## *Tip des Monats*

In derselben Reihe
erschienen außerdem als Heyne-Taschenbücher:

3 Romane in einem Band

# Alistair MacLean

## Tödliche Fiesta
## Nevada Pass
## Der Satanskäfer

WILHELM HEYNE VERLAG
MÜNCHEN

HEYNE TIP DES MONATS
Nr. 23/47

Titel der Originalausgabe
CARAVAN TO VACCARES/TÖDLICHE FIESTA
Aus dem Englischen von Georgette Skalecki
(Dieser Titel ist in der Allgemeinen Reihe
mit der Band-Nr. 01/5192 erschienen.)

Titel der Originalausgabe
BREAKHEART PASS/NEVADA PASS
Aus dem Englischen von Georgette Skalecki und Erika Nosbüsch
(Dieser Titel ist in der Allgemeinen Reihe
mit der Band-Nr. 01/5330 erschienen.)

Titel der Originalausgabe
THE SATAN BUG
Aus dem Englischen von Ruth Göth
(Dieser Titel ist in der Allgemeinen Reihe
mit der Band-Nr. 01/5034 erschienen.)

2. Auflage

# Inhalt

## Tödliche Fiesta

## Nevada Pass

## Der Satanskäfer

# Tödliche Fiesta

# PROLOG

Sie waren von weither gekommen, die Zigeuner, die sich auf dem staubigen Rasen neben der gewundenen Bergstraße in der Provence niedergelassen hatten, um das Abendessen einzunehmen. Sie waren aus Transsylvanien gekommen, aus der ungarischen Pußta, aus der Hohen Tatra in der Tschechoslowakei, vom Eisernen Tor, ja sogar von den schimmernden Küsten Rumäniens, an denen das Wasser des Schwarzen Meeres aufschäumt. Es war eine lange Reise gewesen, heiß und ermüdend und endlos, die sie in monotoner Wiederholung über die bereits ausgedörrten Ebenen Mitteleuropas geführt hatte, eine langsame und schwierige und erschöpfende Reise. Mitunter war sie sogar gefährlich, wenn die Karawanen die großen Bergzüge überqueren mußten, die ihnen im Weg lagen. Jedenfalls sollte man annehmen, daß eine derartige Reise selbst für diese Nomaden par excellence ermüdend sein mußte.

Auf den Gesichtern der Zigeuner waren jedoch keine Anzeichen von Erschöpfung zu erkennen – Männer, Frauen und Kinder, alle in ihre traditionelle Tracht gekleidet, saßen oder hockten in einem Halbkreis um zwei Bunkeröfen herum und lauschten in schweigender, entrückter Melancholie der unendlich sanften Tsigane-Musik der ungarischen Steppen, die einen Hauch von Heimat mit sich brachte. Für dieses Fehlen jeglicher Erschöpfungserscheinungen konnte es eine Menge Gründe geben. Wie die sehr großen, modernen, tadellos gepflegten und luxuriös ausgestatteten Wohnwagen zeigten, reisen die heutigen Zigeuner mit einem Komfort, den sich ihre Vorfahren, die Europa in von Pferden gezogenen, grellbemalten und unbequemen Planwagen durchquert hatten, nicht hätten träumen lassen. Unsere Zigeuner freuten sich an diesem Abend darauf, ihre nach dem langen Zug durch ganz Europa reichlich dezimierten Vorräte ergänzen zu können – in der Vorfreude dessen hatten sie bereits ihre farblose Reisekleidung abgelegt. In drei Tagen würde ihre Pilgerfahrt zu Ende sein. Vielleicht verfügten sie aber auch nur über außerordentliche Fähigkeiten, sich sehr schnell zu erholen. Was auch immer der Grund war, in ihren Gesichtern war nichts von Müdigkeit zu sehen, nur ein sanftes Wohlgefühl und die bittersüße Erinnerung an ihr weitentferntes Zuhause und vergangene Tage. Aber ein Mann war unter ihnen, dessen Ausdruck – oder Ausdruckslosigkeit – sogar dem unaufmerksamsten Beobachter gezeigt hätte, daß er – wenigstens im Augenblick – die Musik nicht im geringsten genoß und daß seine Gedanken und Absichten sich ausschließlich auf die Gegenwart bezogen. Sein Name war Czerda, und er saß auf der obersten Stufe der kleinen Treppe, die zu seinem Wohnwagen führte – weit abseits und hinter den anderen, ein nur undeutlich erkennbarer Schatten am Rande der Dunkelheit. Der Anführer der Zigeuner kam aus einem Dorf im Donaudelta, das einen unaussprechlichen Namen hatte. Er war ein Mann in mittleren Jahren, hochgewachsen, schlank und kräftig. Er strahlte jene seltsam entspannte, aber unmittelbar wahrnehmbare Ruhe eines Mannes aus, der von einem Augenblick zum anderen Tatenlosigkeit in explosive Tatkraft verwandeln kann. Er war ganz in Schwarz gekleidet, hatte schwarze Haare, schwarze Augen, einen schwarzen Schnurrbart und das Gesicht eines Falken. Die eine Hand, die locker auf seinem Knie lag, hielt eine rauchende schwarze Zigarre. Der Rauch stieg ihm direkt in die Augen, aber Czerda bemerkte es nicht einmal.

Seine Augen standen nie still. Gelegentlich warf er einen Blick auf seine Kameraden, aber nur kurz, nebenbei und uninteressiert. Dann und wann glitt sein Blick zu den Alpilles hinüber, deren drohende Kalksteinspitzen blaß im Mondlicht der sternenklaren Nacht dalagen, aber meistens blickte er abwechselnd nach rechts und links, entlang der Reihe der geparkten Wohnwagen. Dann erstarrte sein Blick plötzlich, aber selbst jetzt blieb sein Gesicht ausdruckslos, wie aus Stein gehauen. Ohne jede Eile erhob er sich, ging die Stufen hinunter, trat seine Zigarre aus und glitt geräuschlos zum Ende der Wohnwagenreihe.

Der Mann, der im Schatten auf ihn wartete, war das jugendliche Abbild Czerdas. Nicht ganz so breitschultrig, nicht ganz so groß, aber das düstere Falkengesicht war dem des älteren Mannes so ähnlich, daß er unmöglich etwas anderes sein konnte als sein Sohn. Czerda, dem es nicht lag, unnötige Worte zu verschwenden oder unnötige Bewegungen zu machen, hob fragend eine Augenbraue. Sein Sohn nickte, führte ihn auf die staubige Straße hinaus, zeigte in eine Richtung und ließ seine Handkante dann wie ein Fallbeil heruntersausen.

In weniger als fünfzig Metern Entfernung ragte ein fast senkrechter massiver Auswuchs aus Kalkstein in die Höhe, aber ein

Auswuchs, wie es ihn auf der ganzen Welt nicht noch einmal gibt, denn unten war er mit Öffnungen übersät, die ihm das Aussehen einer Bienenwabe verliehen. Sie waren durch Menschenhand entstanden – keine Laune der Natur hätte die geometrische Gleichmäßigkeit dieser Eingänge zu schaffen vermocht. Einer dieser Eingänge war ziemlich groß, mindestens achtzehn Meter hoch und nicht weniger breit.

Czerda nickte einmal kurz, drehte sich um und blickte nach rechts die Straße hinunter. Eine undeutliche Silhouette löste sich aus dem Schatten und hob einen Arm. Czerda erwiderte den Gruß und deutete auf den Kalksteinfelsen. Er gab keine Erklärung, und zweifellos war auch keine erforderlich, denn der Mann verschwand augenblicklich, offensichtlich im Felsen. Czerda wandte sich nach links, erkannte einen weiteren Mann im Schatten und machte eine ähnliche Bewegung, nahm die Taschenlampe, die sein Sohn ihm reichte, und ging schnell und lautlos auf den großen Felseneingang zu. Das Mondlicht schimmerte auf den Klingen der Messer, die beide Männer in der Hand hielten. Es waren sehr schmale Messer mit langen, an der Spitze leicht gebogenen Klingen. Als sie durch den Eingang in den Berg traten, konnten sie deutlich hören, daß die Geiger sowohl die Stimmung als auch das Tempo der Musik änderten und einen mitreißenden Zigeunertanz anstimmten. Gleich hinter dem Eingang weiterte sich das Innere des Felsens zu einem Raum, der etwa die Größe einer Kathedrale oder eines Grabmals des Altertums hatte. Czerda und sein Sohn schalteten ihre Taschenlampen ein, aber selbst das helle Licht reichte nicht bis in die entferntesten Ecken dieser ehrfurchterregenden, von Menschenhand geschaffenen Höhle, und von Menschenhand war sie zweifellos, denn an den hochragenden Seitenwänden war deutlich an senkrechten und waagrechten Spuren zu sehen, daß hier Generationen von Bewohnern der Provence riesige Blöcke herausgeschnitten hatten, um sie als Baumaterial zu verwenden.

Der Boden dieser Eingangshöhle – denn trotz ihrer Größe war sie nichts anderes – war mit rechteckigen Narben bedeckt, Löchern, in denen zum Teil Autos Platz gefunden hätten, manche sogar so groß, daß ein ganzes Wohnhaus darin verschwunden wäre. In manchen Ecken lagen Haufen abgerundeter Kalksteinbrocken, aber größtenteils sah der Boden aus, als sei er erst an diesem Tag gründlich geschrubbt worden. Rechts und links öffneten sich zwei weitere große Durchgänge, hinter denen undurchdringliche Dunkelheit lag. Ein unheildrohender Ort, verhängnisvoll, feindselig. Der Hauch des Todes war deutlich zu spüren. Aber Czerda und sein Sohn schienen nichts davon zu bemerken. Sie wandten sich nach rechts und gingen sicheren Schrittes auf die Felsenkammer zu, die hinter dieser Öffnung lag.

Tief in diesem riesigen Irrgarten stand eine schmale Gestalt, ein kaum sichtbarer Schatten in dem fahlen Mondlicht, das durch einen Spalt im Dach der Felsenkammer drang; der Rücken war gegen die Kalksteinwand gepreßt, die gespreizten Finger umklammerten den feuchten Felsen: die erstarrte Haltung eines Flüchtlings, der weiß, daß er verloren ist. Er war noch ein halber Junge, nicht älter als zwanzig, in schwarzen Hosen und einem weißen Hemd. Um den Hals trug er ein silbernes Kreuz an einer dünnen Silberkette. Das Kruzifix hob und senkte sich, hob und senkte sich im Rhythmus des mühsamen Atems, und seine angestrengten Lungen versuchten vergeblich, den Anforderungen des Körpers zu entsprechen, der nicht schnell genug mit Sauerstoff versorgt werden konnte. Weiße Zähne schimmerten, die zurückgezogenen Lippen waren zu einem Lächeln erstarrt, das kein Lächeln war, obwohl es so aussah: Das Gesicht des Jungen glich einer Maske, die nackte Todesangst ausdrückte. Die Nasenlöcher waren gebläht, die Augen weit aufgerissen, der Schweiß auf seinem Gesicht verlieh ihm das Aussehen, als sei es mit Glyzerin eingeschmiert. Es war das Gesicht eines Jungen, auf dessen Schultern Dämonen reiten. Er war fast am Ende seiner physischen Kräfte. Die Gewißheit, daß der Tod unabänderlich auf ihn zukam, hatte eine jenseits jeglicher Vernunft liegende und nicht zu bezähmende Panik ausgelöst, die einen Menschen dazu treibt, über die Grenzen des Verstandes in die endlosen Tiefen des Wahnsinns zu sinken.

Einen Augenblick lang hörte der Junge völlig auf zu atmen, als er zwei tanzende Lichtkegel sah, die über den Boden der Höhle glitten. Die huschenden Lichtstrahlen, die immer heller wurden, kamen vom linken Eingang her. Einen Moment lang stand der junge Zigeuner wie versteinert, aber wenn ihn auch die Fähigkeit verlassen hatte, einen vernünftigen Gedanken zu fassen, so war doch der Selbsterhaltungstrieb noch nicht erloschen: Mit einem rauhen Schluchzen stieß er sich von der Wand ab und rannte auf den rechten Eingang zu. Seine Segeltuchschuhe machten nicht das geringste Geräusch auf dem Höhlenboden. Er bog um die

Ecke, wurde dann plötzlich langsamer und hielt die Hände tastend vor sich, während er darauf wartete, daß seine Augen sich an die hier intensivere Dunkelheit gewöhnten, dann huschte er in die nächste Felsenkammer. Sein mühsam keuchender Atem wurde von den unsichtbaren Wänden um ihn herum als gespenstisches Flüstern zurückgeworfen.

Czerda und sein Sohn gingen mit entschlossenem Schritt durch den Bogengang, der in die Höhle führte, die der Flüchtling soeben verlassen hatte, wobei sie ihre Taschenlampen unaufhörlich in einem Bogen von 180 Grad durch den Raum gleiten ließen. Auf eine Geste Czerdas blieben beide Männer stehen und durchsuchten genau die entferntesten Winkel der Höhle. Sie war leer. Czerda nickte befriedigt und stieß einen seltsamen, leisen Zweitonpfiff aus.

In seinem Versteck, das alles andere als ein Versteck war, schien der Zigeuner in sich zusammenzuschrumpfen. Sein entsetzter Blick wanderte in die Richtung, aus der der Pfiff seiner Meinung nach gekommen war. Fast gleichzeitig hörte er genau den gleichen Pfiff, diesmal aber aus einer anderen Ecke des unterirdischen Labyrinths. Unwillkürlich blickte er in die Richtung, aus der die neue Bedrohung kam, dann drehte er den Kopf nach rechts, von wo er einen dritten Pfiff hörte. Seine Augen versuchten verzweifelt, diese dritte Gefahrenquelle zu lokalisieren, aber es war nichts zu sehen als die alles umhüllende Dunkelheit. Er hörte nichts außer dem weit entfernten Geigenspiel, das eine Erinnerung an eine sichere und gesündere Welt war und die unheimliche Stille in dieser entsetzlichen Höhle noch verstärkte.

Einige Augenblicke stand er regungslos, wahnsinnig vor Angst und völlig ohne jede Entschlußkraft, dann ertönten innerhalb von drei Sekunden die drei Pfiffe noch einmal, aber diesmal waren sie viel näher, und als er wieder den Lichtschimmer sah, der von den beiden Taschenlampen ausging, drehte er sich um und rannte blindlings in die einzige Richtung, die ihm eine momentane Zuflucht gewähren konnte, wobei er sich nicht darum kümmerte, wahrscheinlich aber nicht einmal daran dachte, daß er jeden Moment gegen eine Kalksteinwand rennen konnte. Die Vernunft hätte es ihm sagen müssen, aber die Vernunft hatte ihn verlassen. Er wurde jetzt nur noch vom Instinkt geleitet, von jenem Instinkt, der so alt ist wie die Menschheit und der einem Menschen sagt, daß er nicht sterben darf, bevor er nicht sterben muß.

Er hatte noch nicht mehr als sechs Schritte gemacht, als plötzlich weniger als zehn Meter vor ihm eine starke Stablampe aufleuchtete. Der Flüchtling blieb wie angewurzelt stehen, schwankte, fiel aber nicht, ließ den Arm sinken, den er automatisch hochgerissen hatte, um seine Augen gegen das Licht zu schützen, kniff die eben noch weitaufgerissenen Augen nun zum erstenmal zusammen und versuchte halb unbewußt, das Ausmaß dieser neuen Gefahr zu ergründen, mit der er sich konfrontiert sah. Aber alles, was seine zusammengezogenen Pupillen sahen, war eine kaum erkennbare männliche Gestalt hinter dem Lichtstrahl. Dann kam langsam, unendlich langsam, die andere Hand des Mannes hervor, und das Licht der Taschenlampe fiel darauf: Die Hand hielt ein gebogenes Messer, dessen Klinge tückisch glitzerte. Das Messer und die Lampe begannen sich langsam vorwärts zu bewegen. Der Flüchtling wirbelte herum, machte zwei Schritte und blieb dann wieder abrupt stehen. Die beiden anderen Lampen, in deren Lichtschein ebenfalls Messer funkelten, waren kaum weiter von ihm entfernt als der Mann hinter ihm. Das Entsetzliche an dem Vorgehen der drei Männer, das Nervenzerfetzende an ihrer Art war die fast gemächliche und unbarmherzige Sicherheit.

»Na, na, Alexandre«, sagte Czerda. »Wir sind doch alte Freunde, oder nicht? Willst du uns denn gar nicht mehr sehen?«

Alexandre schluchzte auf und warf sich nach rechts, wo er im Licht der drei Lampen den Eingang zu einer weiteren Höhle sah. Keuchend wie ein Tier, bevor die Hunde es einholen, rannte er stolpernd durch die Öffnung. Keiner seiner drei Verfolger versuchte, ihm den Weg abzuschneiden oder hinter ihm herzurennen. Sie folgten ihm lediglich mit der gleichen Entschlossenheit, sicher und ohne Hast.

In dieser dritten Felsenkammer blieb Alexandre stehen und blickte wild um sich. Diesmal war es eine kleine Höhle, klein genug, daß er sehen konnte, daß alle Wände massiv waren, feindselig und glatt. Sie wiesen nicht die winzigste Öffnung auf, die vielleicht eine weitere Flucht ermöglicht hätte. Der einzige Ausgang war die Öffnung, durch die er gerade hereingekommen war, und damit war er verloren.

Schließlich jedoch erkannte er trotz seines betäubten Verstandes, daß etwas an dieser Kammer anders war. Seine Verfolger mit ihren Lampen waren noch nicht in Sicht, wie kam es also, daß er so gut sehen konnte? Er konnte nichts genau erkennen, dafür war es nicht hell genug, aber im Unterschied zu der stygischen Dunkelheit in den Höhlen davor herrschte hier Dämmerlicht. Fast direkt vor seinen Füßen lag ein riesiger Haufen von Felsbrocken und Steinen, offensichtlich das Resultat eines Steinschlages oder Einsturzes aus vergangenen Zeiten. Alexandre blickte nach oben. Der Steinhaufen, der sich etwa in einem Winkel von vierzig Grad erhob, schien kein Ende zu nehmen. Er erhob sich höher und höher, und Alexandres aufwärts gleitender Blick nahm wahr, daß er mindestens achtzehn Meter emporragte, bevor er endete. Und wo er endete, da mußte er enden – denn dort, ganz oben, war ein kreisrundes Stück Sternenhimmel zu sehen. Von dort also kam das Licht, wurde ihm undeutlich klar, von irgendeinem Deckeneinsturz, der vor langer Zeit stattgefunden hatte.

Sein Körper hatte eigentlich überhaupt keine Kraft mehr, aber jetzt hatte irgendein urzeitlicher Trieb die Steuerung übernommen, und der Körper war nicht mehr sein eigener Herr, wie auch der Verstand die Kontrolle über ihn verloren hatte. Ohne einen Blick in die Richtung zu werfen, aus der seine Verfolger kommen mußten, begann Alexandre den großen Steinhaufen hinaufzuklettern.

Der Steinhaufen war wacklig und im höchsten Grad gefährlich; es war unmöglich, sicher Fuß zu fassen, und bei jeden dreißig Zentimetern, die er vorwärtskam, rutschte er achtundzwanzig zurück. Doch seine wahnsinnige Verzweiflung überwand die Gesetze der Schwerkraft und des Reibungskoeffizienten, und er kletterte Stück um Stück den steilen Berg hinauf, was kein Mensch bei normalem Verstand jemals versucht hätte.

Als er etwa ein Drittel des Weges zurückgelegt hatte, hielt er einen Augenblick inne, als er bemerkte, daß das Licht unter ihm heller wurde, und schaute hinunter. Am Fuß des Steinhaufens standen drei Männer mit eingeschalteten Taschenlampen in der Hand. Sie blickten zu ihm hinauf, machten jedoch keinerlei Anstalten, ihm zu folgen. Seltsamerweise leuchteten sie nicht nach oben, sondern hatten den Lichtstrahl ihrer Lampen auf den Boden zu ihren Füßen gerichtet. Selbst wenn sein verwirrter Verstand diese merkwürdige Handlungsweise registriert hätte, hätte er keine Zeit gehabt, darüber nachzudenken, denn er merkte, daß die trügerischen Steine unter seinen Füßen und Händen nachzugeben begannen, und er setzte seinen mühsamen Weg fort.

Seine Knie schmerzten unerträglich, seine Schienbeine waren abgeschürft, seine Fingernägel abgebrochen, die Handflächen seiner blutenden Hände offen bis fast auf die Knochen. Aber immer noch kletterte Alexandre weiter.

Als er etwa zwei Drittel des Weges hinter sich hatte, mußte er eine Pause machen, aber diesmal nicht, weil er sich dazu entschloß, sondern weil seine blutenden Glieder und erschöpften Muskeln ihm den Dienst versagten. Er schaute hinunter: Die drei Männer standen noch genauso unbeweglich da wie zuvor, hielten den Lichtstrahl ihrer Taschenlampen auf den Boden gerichtet und sahen zu ihm herauf. Es lag etwas ungeheuer Intensives in ihrer Gelassenheit, als ob sie etwas erwarteten. Irgendwo in den Tiefen seines betäubten Verstandes fragte sich Alexandre, warum. Er wandte den Kopf und blickte zum Sternenhimmel hinauf, und da verstand er es:

Am Rand des Steinschlags saß ein Mann, deutlich sichtbar im Licht des Mondes. Sein Gesicht lag teilweise im Schatten, aber Alexandre konnte ohne Schwierigkeiten den buschigen Schnurrbart und die schimmernden weißen Zähne erkennen. Es sah aus, als lächelte er. Vielleicht lächelte er wirklich. Die Klinge des Messers schimmerte im Licht der Taschenlampe, die er in der Hand hielt. Der Mann schaltete seine Lampe aus, als er über den Rand des Loches herunterglitt.

Alexandres Gesicht zeigte keine Reaktion, denn er hatte nichts mehr, womit er hätte reagieren können. Einige Augenblicke verhielt er sich reglos, während der Mann mit dem Schnurrbart von oben her auf ihn zuglitt und dabei eine kleine Steinlawine auslöste; dann versuchte Alexandre verzweifelt, sich auf die Seite zu werfen, um dem Angriff und dem Messer seines Verfolgers zu entgehen, aber wegen seiner Hast und wegen der Steinbrocken, die unaufhörlich von oben auf seinen Körper herabprasselten, verlor er den Halt und begann hilflos nach unten zu rutschen, wobei er sich immer wieder überschlug und nicht die geringste Hoffnung hatte, seinen Fall bremsen zu können. Die oberste Schicht des Steinhaufens hatte sich so gelockert, daß sogar sein Verfolger nur das Gleichgewicht halten konnte, indem er den Weg hinunter mit großen Sprüngen zurücklegte, und die Geschwindigkeit, mit der die drei Männer am Fuß des Steinhaufens mindestens zehn Schritt zurücktraten, zeigte an, in welchem Ausmaß die Steine jetzt auf dem Boden der Höhle aufschlugen. Ein vierter Mann trat in die Höhle, und gleich darauf gesellte sich auch Alexandres Verfolger zu ihnen, der mit seinen großen Sprüngen den Jungen überholt hatte.

Alexandre kam schwer zu Fall; instinktiv verschränkte er die Arme über dem Kopf, um ihn vor den heruntersausenden Steinen zu schützen. Erst nach einigen Sekunden hörte der Steinhagel auf. Kurze Zeit blieb er betäubt liegen. Dann erhob er sich mühsam auf Hände und Knie und kam schließlich taumelnd auf die Füße. Er sah sich einem Halbkreis von fünf Männern gegenüber, von denen jeder ein Messer in der Hand hatte, die unerbittlich auf ihn zukamen. Und jetzt begriff er. Aber jetzt hatte er nicht mehr den Ausdruck eines gehetzten Tieres, denn er hatte alle Schrecken des Todes bereits hinter sich. Jetzt konnte er dem Tod unerschrocken ins Auge sehen, denn es gab nichts mehr, wovor er sich hätte fürchten können. Er stand ganz ruhig da und wartete darauf, daß sie über ihn herfielen.

Czerda bückte sich, legte einen letzten Stein auf den neuen Haufen, der am Fuße des Steinschlages entstanden war, richtete sich wieder auf, besah sich das »Grabmal«, das er und seine Männer errichtet hatten, nickte zufrieden und bedeutete den anderen, die Höhle zu verlassen. Sie gingen. Czerda warf einen letzten Blick auf den Steinhaufen, nickte wieder und folgte seinen Helfern.

Vor der Höhle, in unerträglich hellem Mondlicht, das die Alpilles in fahlem Gelb badete, bedeutete Czerda seinem Sohn, langsamer zu gehen, und ließ die anderen vorgehen.

Czerda fragte ruhig: »Haben wir vielleicht sonst noch Informanten unter uns, Ferenc?«

»Ich weiß es nicht.« Ferenc schüttelte zweifelnd den Kopf. »Josef und Pauli traue ich nicht über den Weg. Aber wie soll man es wissen?«

»Aber du wirst sie im Auge behalten, Ferenc. Ich verlasse mich auf dich. Wie du den armen Alexandre im Auge behalten hast.« Czerda bekreuzigte sich. »Friede seiner Seele.«

»Ich werde sie im Auge behalten, Vater. In einer Stunde werden wir im Hotel sein. Glaubst du, daß wir heute abend viel Geld verdienen werden?«

»Wen kümmert es, wie viele Pennies die dummen Reichen uns zuwerfen? Unser Zahlmeister ist nicht im Hotel, aber wir haben seit Generationen dieses verdammte Hotel besucht, und wir müssen diese Tradition beibehalten.« Czerda seufzte tief. »Der äußere Schein ist das Wichtigste, mein Sohn, das Allerwichtigste. Das darfst du nie vergessen.«

»Ja, Vater«, sagte Ferenc ergeben. Hastig steckte er sein Messer fort. Unbemerkt erreichten die fünf Männer wieder das Lager und setzten sich in einiger Entfernung von den anderen hin, gerade außerhalb des Kreises der Zuhörer, die noch immer entrückt den traurig-glücklichen Zauber des Heimwehs genossen, während sich Lautstärke und Takt der Geigenmusik allmählich zu einem Crescendo steigerten. Die Feuer brannten jetzt niedriger, sie waren nur noch ein schwacher, roter Schein, kaum sichtbar im hellen Mondlicht. Dann brach die Musik plötzlich mit einem herrlichen Schlußakkord ab, die Musiker verbeugten sich tief, und die Zuhörer riefen und klatschten begeistert Beifall, allen voran Czerda, der seine Handflächen gegeneinanderschlug, als hätte er gerade in der Carnegie Hall Heifetz in Hochform genossen. Aber sogar während er klatschte, wanderten seine Augen weg von den Geigern, weg von den Zuhörern und dem Zigeunerlager, bis sein Blick wieder auf dem großen Kalksteinfelsen verharrte, in dem eine der Höhlen erst vor so kurzer Zeit zu einem Grab geworden war.

## 1

»Die Felszinnen von Les Baux mit ihren tiefen Spalten und Rissen, die vom Schlag einer riesigen Axt herzurühren scheinen, und die schrecklichen Überreste der alten Festung selbst stellen die trostloseste Ruine ganz Europas dar, die einem unwillkürlich Ehrfurcht einflößt.« So ähnlich hieß es im Fremdenführer. Und weiter: »Jahrhunderte nach seinem Untergang ist Les Baux immer noch ein offenes Grab, ein furcherregendes und schrecklichgutes Denkmal für eine mittelalterliche Stadt, die ein wildes Leben führte und unter entsetzlichen Qualen starb. Wenn man Les Baux betrachtet, blickt man ins Angesicht des Todes, das dort unzerstörbar in den Stein gehauen ist.«

Nun, das war vielleicht etwas übertrieben, Fremdenführer neigen nun einmal dazu, über das Ziel hinauszuschießen, aber der normale Durchschnittsleser des Fremdenführers würde es schlukken und keine Purzelbäume schlagen, wenn ein reicher Onkel ihm den Trümmerhaufen in seinem Testament vermacht hätte. Es war unbestreitbar die unwirtlichste, kahlste und alles in allem ungemütlichste Ansammlung von zerbrochenem und zerstörtem Mauerwerk in Westeuropa, eine totale und ehrfurchtgebietende Zerstörung, die das Werk einiger Vernichtungsschwadronen im 17. Jahrhundert war; sie hatten einen Monat und wer weiß wie viele Tonnen Schießpulver gebraucht, um Les Baux zu dem zu machen, was es heute ist. Man wäre auch bereit gewesen zu glauben, die gleiche Wirkung sei heute nachmittag innerhalb von Sekunden mit Hilfe einer Atombombe erreicht worden, so vollkommen war die Zerstörung der Festung. Aber immer noch lebten dort oben Menschen, lebten, arbeiteten und starben.

Am Fuß der senkrechten Felswand im Westen lag eine zu den Steintrümmern passende düstere Landschaft, das Höllental: Es trug seinen Namen völlig zu Recht, einmal wegen seiner trostlosen Lage zwischen den ehemaligen Befestigungsmauern von Les Baux im Osten und einem Ausläufer der Alpilles im Westen, und dann auch, weil jene tiefe Schlucht, die sich nur nach Süden öffnete, im Sommer fast unerträglich heiß werden konnte. Aber am nördlichen Ende dieser Sackgasse befand sich ein Gebiet, das einen unglaublichen Kontrast zu der kahlen und trostlosen Wüste bildete, von der es umgeben war, eine grüne, wunderschöne und üppige Oase, die – so stand es im Fremdenführer – »aus einem Märchenbuch stammen könnte«.

Es handelte sich kurz gesagt um ein Hotel, auf dessen dazugehörigem Grundstück es dankenswerterweise Bäume, nach exotischem Muster angelegte Gärten und einen strahlendblauen Swimmingpool gab. Die Gärten lagen im Süden, der untadelig saubere Pool war im Zentrum. Dahinter befand sich ein großer, von Bäumen beschatteter Patio, und hinter diesem lag das Hotel selbst, das seiner Bauweise nach eine Mischung aus einem Trappistenkloster und einer spanischen Hacienda darstellte. Es handelte sich hier um eines der besten und – wie die Beschreibung schon verdeutlicht – exklusivsten und teuersten Hotels Westeuropas.

Rechts vom Patio lag ein sehr großer, über eine Treppe erreichbarer Vorhof, und wenn man sich von dort nach Süden wandte, gelangte man durch einen Torbogen in einer kunstvoll gestutzten Hecke zu einem riesigen, rechteckigen Parkplatz, der mehr als ausreichend von dicht ineinander verwobenem Flechtwert vor der brennenden Sommersonne geschützt wurde.

Den Patio beleuchteten fast unsichtbare Lampen. Sie waren in zwei mächtigen Bäumen angebracht, die fast den ganzen Platz beherrschten; sie beschatteten die fünfzehn Tische, die weit verstreut auf den Steinplatten standen. Sogar die Tische waren bemerkenswert: Die Bestecke schimmerten. Das Geschirr glänzte. Das Kristall funkelte. Und es mußte einem nicht erst gesagt werden, daß das Essen superb und der Châteauneuf schlechthin ein Göttertrank war: Das andächtige Schweigen, in das die verzauberten Dinierenden verfallen waren, war nur vergleichbar mit der ehrerbietigen Stille, wie man sie in den großen Kathedralen dieser Welt vorfindet. Aber selbst in diesem gastronomischen Paradies gab es einen Mißton.

Der Mißton wog etwa 220 Pfund und sprach ununterbrochen, gleichgültig, ob sein Mund voll oder leer war. Offensichtlich störte er die anderen Gäste, er würde sie sogar gestört haben, wenn sie alle gemeinsam von der Eigernordwand gestürzt wären. Zunächst einmal war seine Stimme ungewöhnlich laut, aber nicht auf die gekünstelte Weise wie bei den Neureichen oder den verarmten Mitgliedern der niederen Aristokratie, die es für ihre Pflicht halten, die Aufmerksamkeit der niederen Volksklassen darauf zu lenken, daß es noch eine andere und höhere Art des Homo sapiens gibt. Nein, der hier war echt: er kümmerte sich nicht darum, ob die Leute ihn hörten oder nicht. Er war ein großer Mann, hochgewachsen, breitschultrig und schwer. Die Knöpfe, die die auseinanderstrebenden Teile seines doppelreihigen Dinnerjackets zusammenhielten, mußten mit Angelschnur angenäht sein. Er hatte schwarze Haare, einen schwarzen Schnurrbart, einen sorgsam gestutzten Ziegenbart und ein Monokel an einem schwarzen Band. Durch das Monokel betrachtete er konzentriert die Speisekarte, die er in der Hand hielt. An seinem Tisch saß ein Mädchen von etwa Mitte Zwanzig, sie trug ein blaues Minikleid und war auf eine ziemlich müde Weise außergewöhnlich schön. Im Augenblick musterte sie mit mildem Erstaunen ihren bärtigen Tischherrn, der gebieterisch in die Hände klatschte, eine Geste, die fast unmittelbar einen Geschäftsführer in schwarzem Jacket, einen Oberkellner mit weißer und einen Kellner mit schwarzer Fliege auf den Plan rief. »Encore«, sagte der Mann mit dem Bart. In Anbetracht der Lautstärke, mit der diese Order vorgebracht wurde, wäre es eigentlich unnötig gewesen, das Bedienungspersonal an seinen Tisch zu rufen, sie hätten ihn ohne Schwierigkeiten in der Küche hören können.

»Natürlich.« Der Geschäftsführer des Restaurants verbeugte sich. »Noch ein Entrecôte für den Duc de Croytor. Sofort.« Der Oberkellner und sein Assistent verbeugten sich ebenfalls, drehten sich um und fielen, als sie sich noch keine drei Meter vom Tisch entfernt hatten, in Laufschritt. Das blonde Mädchen sah den Duc de Croytor leicht konsterniert an. »Aber, Monsieur le Duc...«

»Charles für Sie, wenn ich bitten darf«, unterbrach der Duc de Croytor energisch. »Titel bedeuten mir nichts, obwohl man mich hier sogar als ›Le Grand Duc‹ anspricht, was zweifellos auf meinen beeindruckenden Umfang, meinen beeindruckenden Appetit und meine vizekönigliche Art zurückzuführen ist, mit den niederen Klassen umzugehen. Aber für Sie bin ich schlicht Charles, meine liebe Lila.«

Das sichtlich verwirrte Mädchen sagte irgend etwas mit gedämpfter Stimme, das ihr Begleiter offenbar nicht verstehen konnte, denn er versäumte es nicht, sogleich seine fürstliche Ungeduld zum Ausdruck zu bringen.

»Sprechen Sie doch lauter, sprechen Sie lauter. Ich höre schlecht auf diesem Ohr, wissen Sie.«

Sie sprach lauter. »Ich meine, Sie haben doch gerade erst ein riesiges Entrecôte gegessen.«

»Man weiß nie, wann die mageren Jahre anbrechen«, sagte Le Grand Duc ernst. »Denken Sie an Ägypten, Ahhh!«

Ein Oberkellner, eskortiert von einem Schwarm Untergebener, stellte mit feierlichem Ernst, als präsentiere er die Kronjuwelen, ein riesiges Steak vor ihn auf den Tisch – nur mit dem Unterschied, daß offensichtlich sowohl der Ober als auch Le Grand Duc der Ansicht waren, das Entrecôte sei an Kostbarkeit diesen Steinen weit überlegen. Ein Kellner setzte eine große Schüssel mit sahnigem Kartoffelpüree und eine weitere mit Gemüse auf den Tisch, während ein anderer Kellner auf einen nahen Serviertisch ehrerbietig einen Eiskübel mit zwei Flaschen Rosé stellte.

»Wünschen Monsieur le Duc Brot?« erkundigte sich der Geschäftsführer.

»Sie wissen doch genau, daß ich auf Diät gesetzt bin.« Er sagte das, als meine er es auch wirklich, dann fiel ihm plötzlich etwas ein, er wandte sich an das blonde Mädchen und sagte: »Vielleicht Mademoiselle Delafont...?«

»Nein, unmöglich!« Als die Ober sich zurückzogen, starrte sie fasziniert auf seinen Teller. »In zwanzig Sekunden...«

»Das Personal kennt meine kleinen Eigenheiten«, murmelte Le Grand Duc. »Es ist schwierig, deutlich zu sprechen, wenn man den Mund voll Entrecôte hat.«

»Aber ich kenne sie nicht.« Lila Delafont sah ihn nachdenklich an. »Ich weiß zum Beispiel nicht, warum Sie mich eingeladen haben...«

»Abgesehen davon, daß dem Grand Duc niemals etwas verweigert wird, habe ich vier Gründe.« Wenn man ein Fürst ist, kann man andere ohne Entschuldigung unterbrechen. Er spülte den Bissen, den er gerade im Mund hatte, mit einem tüchtigen Schluck Wein hinunter, worauf sich seine Aussprache sofort merklich verbesserte. »Wie ich bereits sagte, man weiß nie, wann die mageren Jahre über einen hereinbrechen.« Er musterte sie wohlwollend, damit sie auch ja verstand, was er meinte. »Ich kannte... ich kenne... Ihren Vater, den Count Delafont gut... Meine Papiere sind untadelig. Sie sind das schönste Mädchen hier, soviel ich sehe. Und Sie sind allein.«

Lila senkte sichtlich verwirrt die Stimme, aber es nützte nichts. Inzwischen betrachteten die anderen Gäste im Restaurant es offensichtlich als unhöflich, sich zu unterhalten, während der Duc de Croytor Hof hielt, und die Stille war ziemlich eindrucksvoll.

»Ich bin nicht allein. Und auch nicht das schönste Mädchen

hier. Weder noch.« Sie lächelte entschuldigend, als fürchte sie, nicht gehört worden zu sein, und nickte in Richtung eines nahen Tisches. »Nicht, solange meine Freundin Cecile Dubois hier ist.«

»Das Mädchen, mit dem Sie vorhin zusammen waren?«

»Ja.«

»Meine Vorfahren und ich haben immer Blondinen bevorzugt.« Sein Ton ließ wenig Zweifel darüber aufkommen, daß er der Ansicht war, Brünette seien nur etwas für den Plebs. Widerwillig legte er sein Besteck aus der Hand und warf einen Blick in die angedeutete Richtung. »Passabel, ganz passabel, das muß ich zugeben.« Er senkte seine Stimme zu einem verschwörerischen Flüstern, das man in mehr als sechs Metern Entfernung sicher nicht mehr verstehen konnte. »Sie ist also Ihre Freundin, wie? Wer ist dann dieser leicht mitgenommen aussehende Tagedieb bei ihr?«

An einem Tisch, der etwa drei Meter entfernt stand und an dem man die Ausführungen des Fürsten durchaus deutlich verstehen konnte, nahm ein Mann seine Hornbrille ab und legte sie mit einer Geste zusammen, die Entschlossenheit ausdrückte. Er war konservativ und teuer in grauen Gabardine gekleidet, hochgewachsen, breitschultrig und schwarzhaarig. Man hätte ihn beinahe gutaussehend nennen können, wenn sein dunkelbraunes Gesicht nicht gewisse Unregelmäßigkeiten aufgewiesen hätte, die offensichtlich von einigen heftigen Schlägen herrührten. Das Mädchen, das ihm gegenübersaß, groß, dunkel, lächelnd und mit Belustigung in den grünen Augen, legte besänftigend eine Hand auf sein Handgelenk.

»Bitte, Mr. Bowman. Das ist es doch nicht wert, oder?«

Bowman schaute in das lächelnde Gesicht und gab sich geschlagen. »Ich bin sehr versucht, Miss Dubois, wirklich sehr versucht.« Er griff nach seinem Weinglas, aber auf halbem Weg hielt er inne. Er hörte Lilas mißbilligende und verteidigende Stimme.

»Ich finde, er sieht aus wie ein Schwergewichtsboxer.«

Bowman lächelte Cecile Dubois an und hob sein Glas.

»Ja, wirklich.« Le Grand Duc schüttete fast einen halben Liter Wein auf einmal hinunter. »Wie einer, der seine besten Tage vor zwanzig Jahren hatte.«

Wein spritzte über den Tisch, als Bowman das Glas mit einer Wucht auf den Tisch stellte, die es eigentlich hätte zerbrechen müssen. Er sprang auf, aber nur, um festzustellen, daß Cecile, abgesehen von ihren sonstigen mannigfaltigen Vorzügen, auch noch über ausgezeichnete Reflexe verfügte: Sie war ebenso schnell auf den Füßen wie er, hatte sich zwischen ihren und den Tisch des Duc geschoben, nahm Bowman am Arm und drängte ihn sanft aber bestimmt auf den Swimmingpool zu. Für die anderen Gäste sahen sie aus wie ein Paar, das das Essen beendet und beschlossen hat, einen kleinen Verdauungsspaziergang zu machen. Obwohl sichtlich widerwillig, fügte sich Bowman. Er machte den Eindruck, als wäre eine Auseinandersetzung mit dem Grand Duc ein ausgesprochenes Vergnügen für ihn gewesen; doch verzichtete er darauf, um sich nicht in der Öffentlichkeit mit einer jungen Dame zu streiten.

»Es tut mir leid.« Sie drückte seinen Arm. »Aber Lila ist meine Freundin. Ich wollte nicht, daß sie sich aufregt.«

»Ha! Sie wollten nicht, daß sie sich aufregt! Ob ich mich aufrege, spielt wohl überhaupt keine Rolle, was?«

»Ach, kommen Sie. Das ist doch alles Unsinn. Sie sehen meiner Ansicht nach nicht ein bißchen wie ein Tagedieb aus.«

Bowman starrte sie mißtrauisch an, aber in ihren Augen fand er keine hinterhältige Belustigung. Sie schürzte die Lippen in spöttischem, aber freundlichem Ernst. »Ich sehe ja ein, daß nicht jeder sich gern einen Tagedieb schimpfen läßt. Weil wir gerade beim Thema sind: Was arbeiten Sie denn wirklich? Nur für den Fall, daß ich sie dem Duc gegenüber verteidigen muß – mit Worten, meine ich.«

»Zum Teufel mit dem Duc.«

»Das ist keine Antwort auf meine Frage.«

»Es ist wirklich eine sehr gute Frage.« Bowman machte eine Pause und schaute nachdenklich vor sich hin, nahm seine Brille ab und putzte sie. »Tatsache ist, daß ich gar nichts tue.«

Sie waren jetzt am Ende des Pools angekommen. Cecile nahm die Hand von seinem Arm und sah ihn entgeistert an.

»Wollen Sie damit sagen, Mr. Bowman...«

»Nennen Sie mich Neil. Alle meine Freunde sagen Neil zu mir.«

»Sie schließen sehr leicht Freundschaften, nicht wahr?« fragte sie zusammenhanglos.

»Tja, so bin ich eben«, sagte Bowman einfach.

Sie tat, als hätte sie es nicht gehört. »Wollen Sie damit sagen, daß Sie niemals arbeiten? Sie tun überhaupt nichts?«

»Nie!«

»Sie haben keinen Job? Sie haben nichts gelernt? Sie können *gar* nichts?«

»Warum sollte ich mich abrackern?« fragte Bowman vernünftig.

»Mein alter Herr hat die Millionen nur so gescheffelt. Und er tut es noch. Die zweite Generation sollte sich dann wirklich kein Bein ausreißen, meinen Sie nicht auch? Sie sollte gewissermaßen dafür sorgen, daß die Batterie der Familie wiederaufgeladen wird, wenn ich das mal so ausdrücken darf. Außerdem brauche ich keinen Job. Das fehlte mir noch. Ich würde ihn nur einem armen Kerl wegnehmen, der ihn nötig hat«, schloß er und sonnte sich in seiner Nächstenliebe.

»Von all diesen überzeugenden Argumenten... Wie konnte es mir nur passieren, einen Mann so falsch einzuschätzen?«

»Die Leute schätzen mich immer falsch ein«, sagte Bowman traurig.

»Nein, das ist nicht wahr. Der Duc hat den richtigen Blick für Menschen wie Sie.«

Sie schüttelte den Kopf, aber auf eine Weise, die eher wie eine Mischung aus Ärger und Sympathie aussah als wie Verurteilung. »Sie sind wirklich ein nichtsnutziger Tagedieb, Mr. Bowman.«

»Neil.«

»Oh, Sie sind unbelehrbar.« Jetzt war sie wirklich zornig.

»Und neidisch.« Als sie wieder in die Nähe des Patios kamen, nahm Bowman ihren Arm, und da er nicht lächelte, machte sie keinen Versuch, sich seinem Griff zu entziehen. »Neidisch auf Sie. Auf Ihren Verstand, meine ich. Auf Ihre Fähigkeit, das ganze Jahr über zu sparen und bescheiden zu leben. Immerhin, daß ihr zwei englischen Mädchen in der Lage seid, euch von eurem Sekretärinnengehalt, oder was immer es sein mag, einen Urlaub zu leisten, der 200 Pfund die Woche kostet...«

»Lila Delafont und ich sind hier, um Material für ein Buch zu sammeln.«

Sie versuchte, förmlich zu sein, aber es mißlang ihr.

»Worüber?« fragte Bowman. »Über die provencalische Küche? Verleger werfen mit Vorschüssen gewöhnlich nicht so großzügig um sich. Wer kommt also dafür auf? Die UNESCO? Das britische Konsulat?« Bowman sah sie durch seine Hornbrille scharf an, aber sie ließ sich nicht so leicht in Verlegenheit bringen. »Schließen wir Waffenstillstand, okay? Einen Waffenstillstand, meine Liebe. Es wäre schade, das alles zu verderben. Die schöne Nacht, das schöne Essen, das schöne Mädchen.« Bowman rückte seine Brille zurecht und ließ seinen Blick über den Patio gleiten. »Ihre Freundin ist auch nicht schlecht. Wer ist denn die Bohnenstange, die bei ihr am Tisch sitzt?«

Sie antwortete nicht sofort, wahrscheinlich, weil sie von dem Anblick des Grand Duc fasziniert war, der ein riesiges Ballonglas mit Rosé in der Hand hielt, während er mit der anderen den Ober dirigierte, der aus einer großen Schüssel das Dessert auf seinen Teller praktizierte. Lila Delafonts Unterkiefer war unkontrolliert nach unten gesunken.

»Ich weiß es nicht. Er sagt, er sei ein Freund ihres Vaters.« Sie riß sich mit einiger Überwindung von dem Schauspiel los und hielt den vorbeikommenden Geschäftsführer an. »Wer ist der Herr, der mit meiner Freundin am Tisch sitzt?«

»Der Duc de Croytor, Madame. Ein sehr berühmter Weinbauer.«

»Eher ein sehr berühmter Weintrinker.« Bowman ignorierte Ceciles mißbilligenden Blick. »Kommt er oft hierher?«

»Die letzten drei Jahre immer um diese Zeit.«

»Ist das Essen um diese Zeit hier besonders gut?«

»Das Essen hier, Sir, ist zu jeder Zeit superb.« Der Geschäftsführer war kein bißchen amüsiert. »Monsieur le Duc kommt zum jährlichen Zigeunerfest, das in Saintes-Maries stattfindet.«

Bowman musterte den Duc de Croytor eingehend. Er löffelte das Dessert mit einem Genuß in sich hinein, der nur noch durch seine Eßgeschwindigkeit übertroffen wurde.

»Man sieht genau, wozu er einen Eiskübel auf dem Tisch braucht«, sagte Bowman, in die Betrachtung des Duc versunken. »Um sein Besteck hin und wieder abzukühlen. Er scheint aber kein Zigeunerblut in sich zu haben, soviel ich sehe.«

»Monsieur le Duc ist einer der berühmtesten Volkskundler Europas«, sagte der Geschäftsführer streng und fügte einen liebenswürdigen Seitenhieb hinzu: »Wissen Sie, er studiert alte Bräuche, Mr. Bowman. Seit Jahrhunderten kommen die Zigeuner aus ganz Europa Ende Mai hierher, um die Gebeine ihrer Schutzheiligen Sara zu verehren und anzubeten. Monsieur le Duc schreibt ein Buch darüber.«

»Diese Gegend wimmelt nur so von seltsamen Autoren«, meinte Bowman.

»Ich verstehe Sie nicht, Sir.«

»Ich schon!« Bowman bemerkte, daß die grünen Augen auch sehr kühl blicken konnten. »Es ist nicht nötig ... was in aller Welt ist das?«

Das zunächst schwache und dann immer lauter werdende Brummen vieler Motoren, die in einem niedrigen Gang hochtourig gefahren wurden, klang, als sei ein Panzerregiment unterwegs. Sie schauten den Vorhof hinunter, als der erste von vielen Zigeunerwagen die gewundene steile Straße zum Hotel heraufkeuchte. Als sie im Vorhof angekommen waren, begannen die Fahrer der ersten Wagen, ihre Fahrzeuge in einem ordentlichen Kreis rund um den Hof aufzustellen, während die nachfolgenden durch den Bogen in der Hecke auf den dahinterliegenden Parkplatz fuhren. Der Radau und die stinkenden Diesel- und Benzinwolken standen – wenn sie auch nicht unvorstellbar oder unerträglich waren – in kraßem Gegensatz zum friedlichen Luxus des Hotels. Wie störend der Krawall war, konnte man daran erkennen, daß Monsieur le Duc vorübergehend aufgehört hatte zu essen. Bowman schaute den Geschäftsführer an, der zu den Sternen hinaufblickte und offensichtlich irgendwelchen Gedanken nachhing.

»Monsieur le Ducs Rohmaterial?« fragte Bowman.

»Richtig, Sir.«

»Und was nun? Unterhaltung? Zigeunergeigen? Straßenroulette? Schießbuden? Süßigkeiten? Wahrsagerinnen?«

»Ich fürchte ja, Sir.«

»Mein Gott!«

Cecile sagte laut und deutlich: »Snob!«

»Ich fürchte, ich muß Ihnen gestehen, daß ich Mr. Bowmans Meinung teile, Madame«, sagte der Geschäftsführer zurückhaltend. »Aber es ist ein alter Brauch, und wir wollen weder die Zigeuner noch die Einheimischen verletzen.«

Er schaute wieder auf den Vorhof hinab und runzelte die Stirn. »Entschuldigen Sie mich bitte.«

Er eilte die Stufen hinunter und ging über den Vorhof auf eine Gruppe von Zigeunern zu, die sich heftig zu streiten schienen. Die Hauptfiguren waren ein kräftig gebauter, etwa fünfundvierzig Jahre alter Zigeuner mit einem Habichtsgesicht und eine offensichtlich verzweifelte Frau gleichen Alters, die ununterbrochen redete. Sie schien den Tränen nahe zu sein.

»Kommen Sie mit?« fragte Bowman seine Begleiterin.

»Wohin? Da hinunter?«

»Snob!«

»Aber Sie sagten doch...«

»Ich bin vielleicht ein nichtsnutziger Tagedieb, aber ich studiere mit Hingabe die menschliche Natur.«

»Sie meinen, Sie sind neugierig?«

»Ja.«

Bowman nahm ihren Arm, was sie widerwillig geschehen ließ, und wollte sich gerade auf den Weg machen, aber dann trat er höflich zur Seite, um dem Grand Duc Platz zu machen, der vorbeihastete – wenn man von einem Mann seiner Statur behaupten kann, er haste. Dicht hinter ihm kam Lila, offensichtlich nicht weniger widerwillig als Cecile. Le Grand Duc hatte ein Notizbuch in der Hand, und in seinen Augen stand ein Glanz, den man als Begeisterung für Folklore auslegen konnte. Aber selbst jetzt, da er begierig war, Informationen zu sammeln, hatte er nicht vergessen, sich Marschverpflegung mitzunehmen, und so mampfte er auf dem Weg zu den Zigeunern einen großen roten Apfel. Er sah aus wie ein Mann, der immer alles bekommt, was er will.

Bowman und die zögernde Cecile folgten den beiden etwas langsamer. Kaum waren sie die Hälfte der Stufen hinuntergegangen, wurde ein Jeep von dem vordersten Wohnwagen abgekoppelt, drei Männer sprangen hinein, und der Wagen fuhr mit großer Geschwindigkeit die Straße hinunter, die er vor kurzem heraufgekommen war. Als Bowman und das Mädchen sich dem Menschenknäuel näherten, in dessen Zentrum der Zigeuner vergebens versuchte, die nun schluchzende Frau zu beruhigen, löste sich der Geschäftsführer aus der Menschentraube und lief auf die Treppe zu. Bowman vertrat ihm den Weg.

»Was ist los?«

»Die Frau behauptet, ihr Sohn sei verschwunden. Sie haben einen Suchtrupp losgeschickt.«

»Oh?« Bowman nahm die Brille ab. »Aber Menschen verschwinden doch nicht so mir nichts dir nichts.«

»Das sage ich auch. Und das ist auch der Grund, weshalb ich die Polizei anrufe.«

Er lief die Treppe hinauf und verschwand im Haus. Cecile, die Bowman ohne große Begeisterung gefolgt war, fragte: »Was ist denn das für eine Aufregung? Warum weint die Frau?«

»Ihr Sohn ist verschwunden.«

»Na und?«

»Das ist alles.«

»Sie meinen, es ist ihm nichts passiert?«

»Jedenfalls weiß niemand etwas.«

»Es könnte ein Dutzend Gründe für sein Verschwinden geben. Sie muß sich doch nicht gleich so aufführen.«

»Zigeuner«, sagte Bowman erklärend, »sind eben sehr temperamentvoll und gefühlsbetont. Sie hängen sehr an ihren Kindern. Haben Sie Kinder?«

Sie war nicht so ruhig veranlagt, wie sie aussah. Sogar im Lampenlicht war zu sehen, daß ihr die Röte ins Gesicht stieg.

Sie sagte: »Das war nicht fair.«

Bowman blinzelte, schaute sie an und sagte: »Nein, das war es nicht. Vergeben Sie mir. Ich habe es nicht so gemeint. Wenn Sie Kinder hätten, und eines wäre verschwunden, würden Sie dann auch so reagieren?«

»Ich weiß es nicht.«

»Ich habe doch gesagt, daß es mir leid tut.«

»Ich würde mir natürlich Sorgen machen.« Sie war kein Mensch, der Zorn oder Abneigung länger als einige Sekunden aufrechterhalten konnte. »Vielleicht würde ich mir sogar schreckliche Sorgen machen. Aber ich wäre nicht so – so heftig, so gramzerfurcht, so hysterisch, nun, jedenfalls nicht wenn...«

»Wenn was?«

»Oh, ich weiß es nicht. Ich meine, wenn ich einen Grund hätte anzunehmen, daß... daß...«

»Ja?«

»Sie wissen ganz genau, was ich meine!«

»Ich werde nie wissen, was Frauen meinen«, sagte Bowman traurig. »Aber vermuten kann ich es diesmal.«

Sie gingen weiter und stießen mit dem Grand Duc und Lila zusammen. Die Mädchen sprachen miteinander, und Bowman erkannte, daß eine gegenseitige Vorstellung unvermeidlich sein würde. Le Grand Duc schüttelte ihm die Hand und sagte:»Angenehm, angenehm.« Doch war deutlich zu erkennen, daß es ihm nicht im mindesten angenehm war, aber als Aristokrat wußte er schließlich, daß er nicht die weiche, schlaffe Hand hatte, die man bei einem Mann seiner Art erwartete: Die Hand war hart, und der Händedruck war der eines starken Mannes, der sorgfältig darauf achtete, nicht zu fest zuzudrücken.

»Faszinierend!« verkündete er. Er wandte sich damit ausschließlich an die beiden Mädchen. »Wissen Sie, daß alle diese Zigeuner von der anderen Seite des Eisernen Vorhangs hierhergekommen sind? Die meisten sind Ungarn oder Rumänen. Ihr Anführer, ein Mann namens Czerda – ich lernte ihn letztes Jahr kennen, er steht jetzt dort bei der Frau – kommt vom Schwarzen Meer.«

»Aber was ist mit den Grenzen?« fragte Bowman. »Vor allem mit denen zwischen Ost und West?«

»Eh? Was? Ah!« Endlich nahm er wahr, daß Bowman neben ihm stand. »Sie reisen völlig unbehindert, schließlich wissen die Leute, daß sie sich auf ihrer jährlichen Pilgerfahrt befinden. Jeder fürchtet sie, glaubt, sie hätten den bösen Blick und würden jeden, der sie angriffe, mit Flüchen belegen. Die Kommunisten glauben es ebenso wie alle andern, sogar noch mehr, soviel ich weiß. Das ist natürlich Blödsinn, reines Gewäsch. Aber was die Leute glauben, das zählt. Kommen Sie, Lila, kommen Sie. Ich habe das Gefühl, daß sie heute abend besonders zu einer Zusammenarbeit mit mir bereit sein werden.«

Sie gingen. Nach ein paar Schritten blieb der Duc stehen und blickte sich um. Er schaute ihnen einige Zeit nach, dann wandte er sich ab und schüttelte den Kopf. »Ein Jammer«, sagte er mit einer Stimme, die er wohl für leise hielt, »ein Jammer, diese Haarfarbe«, nahm Lilas Arm und zog sie mit sich fort.

»Machen Sie sich nichts draus«, sagte Bowman freundlich. »Ich mag Sie, wie Sie sind.« Sie kniff die Lippen zusammen, dann lachte sie laut auf. Groll widersprach Ceciles Naturell.

»Er hat recht, wissen Sie.« Sie nahm seinen Arm, alles war vergeben, und als Bowman ihr gerade sagen wollte, daß die Überzeugung des Duc, blondes Haar sei vornehmer als dunkles, nicht den Stempel göttlicher Unfehlbarkeit trug, fuhr sie mit einem Blick auf die Umgebung fort: »Es ist wirklich faszinierend.«

»Wenn man die Atmosphäre von Zirkus und Rummelplatz mag«, erwiderte Bowman mißmutig. »Ich würde einen weiten Weg auf mich nehmen, um diesen Dingen zu entgehen. Aber ich bewundere Experten.«

Und es stand außer Frage, daß die Zigeuner Experten in der Tätigkeit waren, die sie gerade ausübten. Die Geschwindigkeit und Geschicklichkeit, die Art, wie sie miteinander arbeiteten, ohne einander im Weg zu sein, während sie ihre verschiedenen Stände und Buden aufbauten, war bemerkenswert. Innerhalb von Minuten hatten sie Roulettetische, eine Schießbude, nicht weniger als vier Wahrsagerzelte, einen Imbißstand, einen Süßigkeitenstand, zwei Stände, an denen Zigeunergewänder in leuchtenden Farben angeboten wurden, und seltsamerweise auch einen großen Käfig aufgestellt, in dem sich Hirtenstare tummelten, denen die Mordlust – wie es bei dieser Spezies üblich ist – buchstäblich aus den Augen sprang. Eine Gruppe von vier Zigeunern, die auf den Stufen eines Wohnwagens saßen, begann auf ihren Violinen seelenvolle mitteleuropäische Musik zu spielen. Schon waren Vorhof und Parkplatz beinah unangenehm überfüllt von Dutzenden von Menschen, die langsam umherschlenderten – Gäste aus dem Hotel und auch vermutlich aus anderen Hotels, Einheimische aus Les Baux und eine beträchtliche Anzahl von Zigeunern. Und dieser wirklich repräsentative Querschnitt durch die verschiedenen Menschentypen trug die gleiche Fröhlichkeit zur Schau – alle, von Le Grand Duc abwärts, amüsierten sich, mit Ausnahme des Geschäftsführers, der auf der obersten Stufe der Vorhoftreppe stand und die Szene mit dem Ausdruck tiefer Verzweiflung und gemarterter Resignation betrachtete.

Im Eingang zum Vorhof erschien ein großer, rotgesichtiger Polizist. Er schwitzte stark und war offensichtlich der Ansicht, daß man einen warmen Maiabend auch angenehmer verbringen konnte als damit, ein Fahrrad die steile Straße zum Hotel hochzuschieben. Er lehnte sein Rad an eine Wand. Im gleichen Augenblick schlug die schluchzende Frau die Hände vors Gesicht, drehte sich um und lief auf einen grünweiß gestrichenen Wohnwagen zu. Bowman gab Cecile einen Rippenstoß. »Gehen wir hinüber zu den anderen, okay?«

»Nein, das ist nicht okay. Es ist gemein. Außerdem mögen Zigeuner keine Leute, die spionieren.«

»Spionieren? Seit wann ist das Interesse daran, daß ein Mann verschwunden ist, Spioniererei? Aber ganz wie Sie wollen.«

Als Bowman sich von Cecile entfernte, kehrte der Jeep zurück. Er kam mit einem unnötig dramatischen Schlittern auf dem Kies des Vorhofes zum Stehen. Der junge Zigeuner am Lenkrad sprang heraus und rannte auf Czerda und den Polizisten zu. Bowman folgte ihm, hielt jedoch diskreten Abstand.

»Kein Glück, Ferenc?« fragte Czerda.

»Nirgends eine Spur, Vater. Wir haben die ganze Gegend abgesucht.«

Der Polizist hatte ein schwarzes Notizbuch herausgezogen. »Wo wurde er zum letzten Mal gesehen?«

»Weniger als zwei Kilometer weiter hinten, jedenfalls sagt das seine Mutter«, gab Czerda Auskunft. »Wir hielten in der Nähe der Höhlen an, um zu essen.«

Der Polizist fragte Ferenc: »Dort drin haben Sie auch gesucht?«

Ferenc bekreuzigte sich und schwieg. Czerda antwortete: »Diese Frage dürfen Sie nicht stellen, das wissen Sie auch. Kein

Zigeuner würde jemals diese Höhlen betreten. Sie haben einen schlechten Ruf. Alexandre – das ist der Name des vermißten Jungen – wäre niemals in die Höhlen gegangen.«

Der Polizist steckte sein Notizbuch weg. »Ich würde selbst nicht hineingehen. Jedenfalls nicht um diese Zeit. Die Einheimischen glauben, die Höhlen seien verflucht und voller Gespenster und – und – ich bin hier geboren. Morgen, wenn es hell ist...«

»Bis dahin wird er längst wieder da sein«, sagte Czerda überzeugt. »Es ist nur viel Lärm um nichts.«

»Warum ist die Frau, die gerade weggelaufen ist, sie ist seine Mutter...«

»Ja.«

»Warum ist sie dann so verzweifelt?«

»Er ist noch ein Junge, und Sie wissen, wie Mütter sind.« Czerda zuckte halb resigniert mit den Schultern. »Ich glaube, ich gehe jetzt mal lieber zu ihr und sage ihr Bescheid.«

Er ging. Auch der Polizist entfernte sich. Und Ferenc. Bowman zögerte nicht. Er konnte sehen, wohin Czerda ging, er konnte sich denken, wohin der Polizist unterwegs war – nämlich zur nächsten Kneipe –, also war er im Augenblick nicht daran interessiert, einem von beiden zu folgen. Aber an Ferenc war er interessiert, denn in der Schnelligkeit und Entschlossenheit, mit der er durch den Torbogen zum Parkplatz gegangen war, lag etwas, das darauf hindeutete, daß er etwas Bestimmtes vorhatte. Bowman folgte ihm gemächlich und blieb im Torbogen stehen.

Auf der rechten Seite des Parkplatzes standen die vier Zelte der Wahrsagerinnen, alle aus dem üblichen grellfarbigen Segeltuch. In der ersten Reihe erwartete einen – wie auf einem kleinen Schild zu lesen stand – Madame Marie-Antoinette. Sie garantierte das Geld zurückzugeben, wenn der Kunde nicht zufriedengestellt würde. Bowman ging sofort hinein, nicht aus einer Vorliebe fürs Ausgeben oder für die Sparsamkeit oder für beides zusammen, sondern weil sich Ferenc, als er gerade das Zelt am anderen Ende der Reihe betreten wollte, umdrehte und Bowman direkt ins Gesicht schaute, und weil Ferenc den unmißverständlichen unangenehmen Gesichtsausdruck eines Menschen hatte, der beim allerkleinsten Hinweis Verdacht schöpft. Bowman betrat das Zelt.

Marie-Antoinette war ein weißhaariges altes Weib mit Augen, die wie poliertes Mahagoni glänzten, und einem Mund, der sicher schon so manche Ginflasche geleert hatte. Sie starrte in eine matte Kristallkugel, die matt aussah, weil sie seit Monaten nicht gereinigt worden war, sprach ermutigend über ein langes Leben, Gesundheit, Ruhm und Glück, das alles sei ihm sicher, nahm ihm vier Franc ab und schien in ein Koma zu verfallen, ein Anzeichen, das Bowman richtig als Beendigung der Sitzung deutete. Er ging. Direkt vor dem Zelt stieß er auf Cecile, die ihre Handtasche in einer möglicherweise als unnötig provozierend zu betrachtenden Weise hin und her schwenkte. Sie sah ihn nachdenklich amüsiert an, was den Umständen entsprechend übertrieben war.

»Immer noch beim Studieren der menschlichen Natur?« fragte sie liebenswürdig.

»Ich hätte niemals da hineingehen dürfen.« Bowman nahm die Brille ab und blickte kurzsichtig um sich. Der Mann, der die Schießbude auf der anderen Seite des Parkplatzes unterhielt – ein kleiner dicker Kerl mit dem Gesicht eines Boxers, dessen höchst unspektakuläre Karriere zu einem unvermittelten Ende kam – musterte ihn mit einem Interesse, das man schon beinahe als Unhöflichkeit bezeichnen konnte. Bowman setzte seine Brille wieder auf und blickte auf Cecile hinunter.

»Na, wie steht's mit Ihrem Schicksal?« fragte sie besorgt. »Haben Sie schlechte Neuigkeiten erfahren?«

»Die schlimmsten. Marie-Antoinette sagt, daß ich in zwei Monaten verheiratet sein werde. Sie muß sich irren.«

»Und Sie sind nicht der Typ zum Heiraten«, sagte Cecile mitleidig. Sie nickte mit dem Kopf in Richtung auf das nächste Zelt, über dessen Tür sich eine Inschrift befand. »Ich finde, Sie sollten Madame, wie war doch gleich der Name, konsultieren, damit Sie noch eine zweite Meinung hören.«

Bowman studierte Madame Zetterlings einladenden Text über der Tür und ließ dann den Blick noch einmal prüfend über den Parkplatz gleiten. Der Besitzer der Schießbude schien ihn immer noch so faszinierend zu finden wie zuvor. Bowman befolgte Ceciles Rat und trat in das Zelt.

Madame Zetterling sah aus wie die ältere Schwester von Marie-Antoinette. Ihre Technik war insoweit verschieden, als diese Dame mit einem sehr schmierigen Kartenspiel arbeitete, das sie mit einer solchen Geschwindigkeit und Geschicklichkeit mischte und austeilte, daß sie in jedem europäischen Kasino eine Sensation gewesen wäre, aber die Zukunftsprognosen waren genau die gleichen und der Preis ebenso. Cecile wartete draußen. Sie lächelte immer noch. Ferenc stand jetzt neben dem Torbogen in der Hecke und hatte offensichtlich den Beobachtungsposten des

Schießbudenbesitzers übernommen. Bowman putzte wieder einmal hingebungsvoll seine Brille.

»Gott helfe uns«, sagte er. »Das ist nichts anderes als ein Eheinstitut. Außergewöhnlich. Unheimlich.« Er setzte seine Brille wieder auf. Lots Weib war nichts gegen Ferenc. »Wirklich ganz unglaublich.«

»Was ist denn?«

»Die Ähnlichkeit mit Ihnen«, sagte Bowman düster. »Diese Person, die ich angeblich heirate, ist Ihnen wie aus dem Gesicht geschnitten.«

»Ach du liebe Zeit!« Sie lachte herzlich und amüsiert. »Sie haben wirklich originelle Ideen, Mr. Bowman.«

»Nein«, sagte Bowman, und ohne weitere Anweisungen abzuwarten, trat er in das nächste Zelt. Im dürftigen Schutz, den ihm der Eingang gewährte, drehte er sich um und sah gerade noch, wie Ferenc die Schultern zuckte und durch den Torbogen in den Vorhof trat.

Die dritte Wahrsagerin machte das Trio der Hexen aus *Macbeth* vollständig. Sie arbeitete mit Tarock-Karten, und ihre Zukunftsprognose lief darauf hinaus, daß er in Kürze eine Reise über die Meere machen und dort eine schwarzhaarige Schönheit kennenlernen und heiraten würde. Als er ihr sagte, daß er im nächsten Monat eine Blondine zu heiraten beabsichtige, lächelte sie traurig und nahm sein Geld entgegen.

Cecile, die inzwischen offensichtlich zu dem Schluß gekommen war, daß er auf diesem Rummelplatz die unterhaltsamste Attraktion darstellte, blickte ihm jetzt mit offener, bösartiger Belustigung entgegen.

»Was für niederschmetternde Neuigkeiten gab's denn diesmal?«

Bowman nahm wieder einmal seine Brille ab und schüttelte fassungslos den Kopf. Soweit er es beurteilen konnte, war er nicht mehr Gegenstand der Aufmerksamkeit eines mißtrauischen Mitmenschen. »Ich verstehe das nicht. Sie sagte, der Vater des Mädchens sei ein großer Seemann, so wie dessen Vater und dessen Vater. Für mich ergibt das nicht den geringsten Sinn.«

Aber für Cecile ergab es einen Sinn. Sie betätigte einen unsichtbaren Schalter, und ihr Lächeln erlosch unvermittelt. Sie starrte Bowman an, in ihren Augen standen Unsicherheit und Verblüffung.

»Mein Vater ist Admiral«, sagte sie langsam. »Mein Großvater war ebenfalls Admiral. Und mein Urgroßvater. Sie – Sie könnten das herausgefunden haben.«

»Sicher, sicher. Ich schleppe über jedes Mädchen, das ich vielleicht einmal treffe, ein komplettes Dossier mit mir herum. Kommen Sie mit in mein Zimmer, dann zeige ich Ihnen die Aktenschränke – ich fahre sie in einem Möbelwagen durch die Landschaft, wohin ich auch gehe. Aber warten Sie, ich habe Ihnen ja noch nicht alles erzählt: Meine Auserwählte hat angeblich ein rosenförmiges erdbeerrotes Muttermal an einer Stelle, an der man es normalerweise nicht sehen kann.«

»Großer Gott!«

»Besser hätte ich es auch nicht ausdrücken können. Bleiben Sie hier. Vielleicht kommt es noch schlimmer.« Bowman entschuldigte sich nicht und gab auch keinen Grund an, weshalb er das vierte Zelt betrat, das als einziges für ihn von Interesse war, aber eine Erklärung erübrigte sich sowieso: Das Mädchen war von dem eben Gehörten derartig angeschlagen, daß das seltsame Benehmen Bowmans plötzlich völlig an Bedeutung verloren haben mußte. Das Zelt wurde nur unzureichend von einer Petroleumlampe mit einem großen Docht erleuchtet, die einen Lichtkreis auf einen Tisch warf, der mit einen grünen Tuch bedeckt war, auf dem zwei ineinander verkrampfte Hände lagen. Von der Person, der die Hände gehörten, konnte man nur sehr wenig sehen, da sie im Schatten saß und den Kopf gesenkt hielt; immerhin konnte man erkennen, daß sie nie die Rolle einer der drei Hexen oder der Lady Macbeth selbst bekommen hätte. Sie war jung, mit tizianrotem Haar, das ihr weit über die Schultern herabfiel, und obwohl man ihr Gesicht kaum wahrnehmen konnte, vermittelte es den Eindruck, als sei es sehr schön. Ihre Hände waren es jedenfalls.

Bowman setzte sich ihr gegenüber auf einen Stuhl und blickte auf die Karte auf dem Tisch, auf der zu lesen stand: ›Countess Marie le Hobenaut‹.

»Sind Sie wirklich eine Gräfin, Madame?« fragte Bowman höflich.

»Sie möchten, daß ich Ihnen aus der Hand lese?« Ihre Stimme war leise, schmeichelnd und sanft. Keine Lady Macbeth – hier saß Cordelia.

»Natürlich.«

Sie nahm seine Hand in beide Hände und beugte sich darüber, so tief, daß ihr tizianrotes Haar wie ein Vorhang auf den Tisch fiel. Bowman rührte sich nicht – es war nicht einfach, aber er hielt still

–, als plötzlich zwei heiße Tränen auf seine Hand tropften. Mit seiner linken Hand drehte er die Lampe, und sie hob einen Unterarm, um ihre Augen zu schützen, aber nicht schnell genug, daß er nicht hätte erkennen können, daß das Gesicht tatsächlich schön war und daß ihre großen braunen Augen in Tränen schwammen.

»Warum weint Gräfin Marie?«

»Sie haben ein langes Leben...«

»Warum weinen Sie?«

»Bitte!«

»Also schön. Warum weinen Sie, bitte?«

»Es tut mir leid. Ich – ich bin ganz durcheinander.«

»Sie meinen, ich muß nur irgendwo hinkommen...«

»Mein kleiner Bruder ist verschwunden.«

»Ihr Bruder? Ich weiß, daß jemand vermißt wird. Jeder weiß es. Alexandre. Ihr Bruder also. Hat man ihn noch nicht gefunden?«

Sie schüttelte den Kopf.

»Und die Frau in dem großen grünweißen Wohnwagen ist Ihre Mutter?«

Diesmal ein Nicken. Sie blickte nicht auf.

»Aber warum all die Tränen? Er ist doch erst seit ganz kurzer Zeit verschwunden. Er wird wieder auftauchen, Sie werden sehen.«

Wieder keine Antwort. Sie legte Arme und Kopf auf den Tisch und weinte lautlos. Nur ihre Schultern bebten unbeherrscht. Mit verbittertem Gesicht strich Bowman der jungen Zigeunerin über die Schulter, stand auf und ging. Aber als er aus dem Zelt trat, zeigte sich auf seinem Gesicht nur noch Verblüffung. Cecile sah ihm mit leichter Besorgnis entgegen.

»Vier Kinder«, sagte Bowman ruhig. Er nahm ihren Arm, was sie gern geschehen ließ, und führte sie durch den Torbogen in den Vorhof. Le Grand Duc, immer noch in Gesellschaft des blonden Mädchens, unterhielt sich mit einem massigen Zigeuner, dessen Gesicht von eindrucksvollen Narben gezeichnet und der in dunkle Hosen und ein nicht mehr ganz weißes Rüschenhemd gekleidet war. Bowman übersah geflissentlich Ceciles mißbilligenden Blick und blieb in ein paar Metern Entfernung stehen.

»Tausend Dank, Mr. Koscis, tausend Dank«, sagte Le Grand Duc in seiner huldvollsten Weise. »Ungeheuer interessant, wirklich, ungeheuer interessant. Kommen Sie, Lila, meine Liebe. Was genug ist, ist genug. Ich glaube, wir haben uns einen Drink und einen Happen zu essen verdient.« Bowman sah ihnen nach, als sie auf die Treppe zugingen, die zum Patio führte, dann drehte er sich um und blickte nachdenklich zu dem grünweißen Wohnwagen hinüber.

Cecile sagte: »Tun Sie's nicht.«

Überrascht wandte sich Bowman ihr zu.

»Was soll denn daran falsch sein, einer verzweifelten Mutter zu helfen? Vielleicht kann ich sie trösten, ihr irgendwie helfen, vielleicht kann ich auch ihren Sohn suchen. Wenn mehr Menschen in Notzeiten hilfsbereiter wären, mehr Willen zeigen würden, auch mal eine Abfuhr zu riskieren...«

»Sie sind wirklich ein geradezu erschreckend guter Heuchler«, sagte Cecile bewundernd.

»Außerdem«, fuhr er fort, »gibt es für solche Fälle eine bestimmte Methode. Wenn Le Grand Duc es kann, dann kann ich es auch. Vergessen Sie Ihre Besorgnis.«

Als Bowman die Stufen zu dem Wohnwagen hinaufstieg, stand Cecile immer noch dort, wo er sie verlassen hatte, und kaute nervös auf ihrem Daumen herum. Sie sah sehr besorgt aus.

Auf den ersten Blick schien der Wohnwagen leer zu sein. Aber dann stellten sich Bowmans Augen auf die Dunkelheit ein, und er bemerkte, daß er in einem unbeleuchteten Vorraum stand, durch den man in den Hauptwohnwagen gelangte. Dies erkannte er an einem Lichtschimmer, der durch die schlecht schließende Tür drang, und an gedämpften Frauenstimmen.

Bowman wollte gerade in den Vorraum treten, als sich ein Schatten von einer Wand löste, ein Schatten, der über ungeheuere Fähigkeiten der Beschleunigung und niederschmetternde Schlagkraft verfügte. Und dieser Schatten rammte seinen Kopf in Bowmans Brustkorb, und dieser Kopf hatte die gleiche durchschlagende Wirkung, als sei Bowman gegen einen Zementpfeiler gerannt. Bowman fiel auf die Erde, ohne auf seinem »Rückweg« auch nur eine der Stufen zu berühren, über die er zum Wohnwagen hinaufgestiegen war. Aus einem Augenwinkel sah er undeutlich, daß Cecile hastig einige Schritte beiseite trat, und landete dann mit einer Wucht auf dem Rücken, die auch das letzte Restchen Luft, das nach dem Zusammenstoß mit dem Rammbock noch in seinen Lungen gewesen war, aus ihnen herauspreßte und ihn halb betäubt liegenbleiben ließ. Seine Brille war in weitem Bogen davongeflogen, und während er noch dalag und verzweifelt nach Luft rang, kam der Schatten mit sichtbarer Entschlossenheit die

Treppen herunter. Er war klein, fett und unfreundlich, und er hatte eine Rede zu halten und war wild entschlossen, sie auch wirklich zu halten. Er bückte sich und zog Bowman mit einer Leichtigkeit an den Jackenaufschlägen hoch, die Übles verhieß.

»Sie werden sich noch an mich erinnern, Freundchen.« Seine Stimme hatte den angenehmen Klang von Kieselsteinen, die man in einen Metalltrichter schüttet. »Sie werden sich daran erinnern, daß Hoval keine Durchreisenden mag. Sie werden sich merken, daß Hoval beim nächsten Mal nicht seine Fäuste benützen wird.«

Daraus schloß Bowman, daß Hoval diesmal die Absicht hatte, seine Fäuste zu benützen, und so war es auch. Es war nur ein Schlag, aber er reichte vollkommen aus. Hoval schlug ihn genau auf die gleiche Stelle und – soweit Bowman das aus den Symptomen schließen konnte, die ihm sein nun beinah völlig taubes Zwerchfell übermittelte – mit annähernd dem gleichen Kraftaufwand. Unfreiwillig taumelte er sechs Schritte rückwärts und ging dann wieder schwer zu Boden, diesmal in sitzender Haltung, wobei er die Hände als Stütze hinter sich auf die Erde stemmte. Hoval wischte sich mit einer unangenehmen Geste die Hände ab und kehrte in den Wohnwagen zurück. Cecile sah sich suchend um, bis sie Bowmans Brille entdeckte, dann trat sie zu ihm und half ihm auf, was er leicht beschämt aber dankbar akzeptierte.

»Ich glaube fast, Le Grand Duc arbeitet mit einer anderen Methode«, sagte sie ernst.

»Es gibt viel Undank auf dieser Welt«, stieß Bowman keuchend hervor.

»Nein, tatsächlich! Haben Sie für heute abend genug vom Studium der menschlichen Natur?« Bowman nickte, das fiel ihm leichter als sprechen. »Dann lassen Sie uns um Himmels willen von hier verschwinden. Jetzt brauche ich einen Drink.«

»Was glauben Sie, was ich brauche?« ächzte Bowman.

Sie sah ihn nachdenklich an. »Offen gestanden würde ich sagen, eine Kinderschwester.« Sie nahm seinen Arm und führte ihn die Stufen hinauf zum Patio. Le Grand Duc, eine große Schüssel mit Obst vor und Lila neben sich, hörte auf, an seiner Banane zu kauen und betrachtete Bowman mit einem so ausgesucht unpersönlichen Lächeln, als wollte er ihn beleidigen.

»Das war eine aufsehenerregende Vorstellung, die Sie da unten gegeben haben«, bemerkte er.

»Er schlug mich, als ich gerade nicht aufpaßte«, erklärte Bowman.

»Ah!« machte Le Grand Duc. Und als sie sich noch nicht einmal zwei Meter entfernt hatten, fügte er in durchdringendem Flüsterton hinzu: »Wie ich sagte, er hat seine besten Tage längst hinter sich.« Cecile drückte warnend Bowmans Arm, aber es wäre nicht nötig gewesen: Er lächelte sie müde an, und sein Gesicht zeigte deutlich, daß er genug hatte. Er führte sie an ihren Tisch. Ein Ober brachte Drinks.

Bowman riß sich zusammen und fragte: »Also. Wo werden wir leben? In England oder in Frankreich?«

»Wie bitte?«

»Sie haben doch gehört, was die Wahrsagerin gesagt hat.«

»Oh, mein Gott!«

Bowman hob sein Glas. »Auf David.«

»David?«

»Unseren Erstgeborenen. Ich habe mich gerade für diesen Namen entschieden.«

Die grünen Augen, die Bowman über den Rand des Glases hinweg betrachteten, blickten weder ärgerlich noch belustigt, sondern nur sehr nachdenklich. Auch Bowman wurde sehr nachdenklich. Es war gut möglich, daß Cecile mehr war als nur ein hübsches Gesicht, wie es immer so schön heißt.

## 2

Zwei Stunden später konnte man Bowmans Gesicht beim besten Willen nicht mehr als hübsch bezeichnen. Wenn man fair sein will, muß man sagen, daß es aufgrund der verschiedenen Angriffe, denen es hin und wieder ausgesetzt gewesen war, schon seit einiger Zeit nicht mehr sehr gut aussah, aber die schwarze Strumpfmaske, die er fast bis zu den Augen hinaufgezogen hatte, war nicht gerade dazu angetan, sein Aussehen zu verbessern.

Er hatte seinen grauen Gabardineanzug gegen einen dunklen umgetauscht, und statt des weißen Hemdes trug er jetzt einen dunkelblauen Rollkragenpullover. Die Brille, die er zur Tarnung getragen hatte, legte er in seinen Koffer, machte die Deckenbeleuchtung aus und trat auf die Terrasse hinaus.

Alle Schlafzimmer des Stockwerks lagen auf diese Terrasse hinaus. In zweien brannte noch Licht. Im ersten waren die Vorhänge zugezogen. Bowman glitt zur Tür hinüber, und der Türgriff gab unter seinen Händen nach. Es war Ceciles Zimmer, das wußte er. Sie war wirklich ein vertrauensvolles Geschöpf. Er schlich zum zweiten erleuchteten Fenster, bei dem die Vorhänge nicht zugezogen waren, und spähte verstohlen um die Ecke. Eine lobenswerte Vorsichtsmaßnahme, die sich aber in diesem Fall als völlig überflüssig erwies: hätte er vor dem Fenster einen Indianertanz aufgeführt, wäre es zweifelhaft gewesen, ob die beiden Personen im Zimmer es überhaupt bemerkt, und wenn ja, ob sie sich darum gekümmert hätten: Le Grand Duc und Lila saßen, die Köpfe nah beieinander, an einem schmalen Tisch. Le Grand Duc, ein Tablett mit Sandwiches neben sich, schien dem Mädchen die Grundregeln des Schachspiels beizubringen. Man hätte meinen sollen, daß die übliche Sitzordnung, nämlich die, bei der man einander gegenübersitzt, für einen schnellen Lernprozeß bedeutend günstiger gewesen wäre. Aber Le Grand Duc machte nun einmal den Eindruck eines Mannes, der bei allem, was er anfaßte, seine eigenen Methoden hatte. Bowman ging weiter. Der Mond stand noch hoch am Himmel, aber eine schwere schwarze Wolkenbank bewegte sich von der Befestigung von Les Baux her auf ihn zu. Bowman stieg zur Hauptterrasse hinunter, die neben dem Swimmingpool lag, aber er überquerte sie nicht: Es schien, als ließe die Geschäftsführung die Lichter im Patio die ganze Nacht brennen; jeder, der versucht hätte, den Patio zu überqueren und die Stufen zum Vorhof hinunterzusteigen, wäre von einem eventuell noch wachen Zigeuner unweigerlich gesehen worden. Und daß an diesem Abend einige Zigeuner hellwach waren, daran zweifelte Bowman keinen Augenblick.

Er schlug einen Seitenweg nach links ein, ging zur Rückseite des Hotels und näherte sich dem Vorhof hügelaufwärts von Westen. Langsam und lautlos bewegte er sich auf seinen Gummisohlen und achtete darauf, sich immer im Schatten zu halten. Es gab natürlich keinen Grund, der die Zigeuner dazu bewogen haben sollte, eine Wache aufzustellen; aber was diese Gruppe von Leuten betraf, gab es nach Bowmans Ansicht auch keinen Grund, warum sie es *nicht* hätten tun sollen. Er wartete, bis sich eine Wolke vor den Mond geschoben hatte, dann glitt er in den Vorhof.

Nur in drei Wohnwagen brannte noch Licht. Der am nächsten stehende und größte gehörte Czerda. Helles Licht fiel sowohl aus der halboffenen Tür als auch aus einem geschlossenen Fenster, vor das jedoch keine Vorhänge gezogen waren. Wie eine Katze, die auf einem sonnigen Rasen einen Vogel erspäht hat, schlich sich Bowman ans Fenster und wagte einen Blick über den unteren Rand:

Drei Zigeuner saßen um einen runden Tisch herum, und Bowman erkannte sie alle drei: Czerda, sein Sohn Ferenc und Koscis, der Mann, dem Le Grand Duc so überschwenglich für die erhaltenen Informationen gedankt hatte. Auf dem Tisch war eine Landkarte ausgebreitet und Czerda deutete mit einem Bleistift auf einen bestimmten Punkt und erklärte offenbar irgend etwas. Aber die Karte war in einem so kleinen Maßstab gezeichnet, daß Bowman nicht erkennen konnte, was sie darstellte, und noch viel weniger, worauf Czerda mit dem Bleistift deutete. Das geschlossene Fenster dämpfte die Stimmen so sehr, daß er kein Wort von Czerdas Ausführungen verstehen konnte. Der einzig vernünftige Schluß, den er aus dem Bild ziehen konnte, war der, daß, was immer Czerda plante, er es nicht seinen Leuten zuliebe tun würde. Bowman entfernte sich ebenso lautlos, wie er gekommen war. Das Seitenfenster des zweiten erleuchteten Wohnwagens stand offen, und die Vorhänge waren nur teilweise zugezogen. Als er näher an das Fenster kam, konnte Bowman im Mittelteil des Wagens niemanden entdecken. Er schlich ganz nahe heran, beugte sich vor und riskierte einen schnellen Blick nach rechts: Dort saßen an einem Tisch zwei Männer und spielten Karten. Einer der Männer war Bowman unbekannt, aber in dem anderen erkannte er augenblicklich und voller Freude Hoval, den Zigeuner, der ihn an diesem Abend so unsanft aus dem grünweißen Wohnwagen entfernt hatte. Bowman fragte sich einen Augenblick, warum der Mann jetzt in diesem Wagen saß und was er in dem grünweißen Wagen hatte tun sollen. In Anbetracht des Schmerzes, der immer noch in seinem Zwerchfell nachklang, schien die Antwort auf diese Frage ziemlich klar auf der Hand zu liegen. Aber warum das?

Bowman warf einen Blick nach links. Hinter einer offenen Tür in einer schräg zum Haupttrakt liegenden Trennwand lag ein kleiner Raum. Von seinem Standort aus konnte Bowman in diesem Zimmer niemand entdecken. Er glitt lautlos zum nächsten Fenster. Hier waren die Vorhänge ganz zugezogen, aber das Fenster stand oben einen Spalt offen, zweifellos zur Lüftung. Bowman zog die Vorhänge unendlich langsam und vorsichtig ein winziges Stück beiseite und spähte durch den so entstandenen Spalt. Die Beleuchtung in dem Raum war sehr gedämpft. Das einzige Licht kam hinten aus dem Wagen. Aber es war hell genug, um ganz vorn in der Kammer ein Etagenbett mit drei Stockwerken erkennen zu lassen, in dem drei Männer lagen, die offensichtlich fest schliefen. Zwei von ihnen lagen Bowman zugewandt, doch war es für ihn unmöglich, ihre Gesichter auszumachen; sie waren nichts als verschwommene Schatten im Dämmerlicht. Bowman rückte die Vorhänge wieder zurecht und ging auf den Wagen zu, der ihn wirklich interessierte – auf den grünweißen.

Die rückwärtige Tür am Ende der Treppe war offen, aber es war dunkel dahinter. Inzwischen hatte Bowman ein gesundes Mißtrauen gegen unbeleuchtete Vorräume in Wohnwagen entwickelt und machte um diesen hier einen großen Bogen. Auf jeden Fall interessierte ihn das erleuchtete Seitenfenster des Wagens bedeutend mehr. Es stand halb offen, die Vorhänge waren nur zur Hälfte zugezogen. Es schien geradezu wie geschaffen zum Schnüffeln.

Das Innere des Wagens war hell erleuchtet und bequem eingerichtet. Es befanden sich vier Frauen im Raum, zwei saßen auf einer Bettcouch, die beiden anderen am Tisch. Bowman erkannte die rothaarige Gräfin Marie und neben ihr die grauhaarige Frau, die in die Auseinandersetzung mit Czerda verwickelt gewesen war – Maries Mutter und die Mutter des verschwundenen Alexandre. Die beiden anderen jungen Frauen, eine etwa dreißigjährige mit kastanienbraunen Haaren, die andere kaum über zwanzig mit dunklen Haaren, die höchst unzigeunerisch kurzgeschnitten waren, hatte Bowman noch nie gesehen. Obwohl sie um diese Zeit normalerweise längst schliefen, machten sie keine Anstalten, sich zurückzuziehen. Alle vier sahen traurig und verloren aus. Die Mutter und das schwarzhaarige Mädchen weinten. Das schwarzhaarige Mädchen vergrub sein Gesicht in den Händen.

»Oh, Gott!« Sie schluchzte so bitterlich, daß man kaum verstehen konnte, was sie sagte. »Wann wird das alles endlich aufhören! Und wo wird es enden?«

»Wir müssen hoffen, Tina«, sagte Komtesse Marie. Ihre Stimme klang düster und ohne jede Spur von Hoffnung. »Wir können nichts anderes tun.«

»Es gibt keine Hoffnung.« Das schwarzhaarige Mädchen schüttelte verzweifelt den Kopf. »Du weißt, daß es keine Hoffnung gibt. O Gott, warum mußte Alexandre das tun?« Sie wandte sich an das Mädchen mit den kastanienbraunen Haaren. »Oh, Sara, Sara, heute hat dein Mann ihn noch gewarnt...«

»Das hat er, ja, das hat er.« Das kam von dem Mädchen, das mit

Sara angesprochen worden war, und sie schien kein bißchen glücklicher zu sein als die anderen. Sie legte den Arm um Tina. »Es tut mir so schrecklich leid, Liebes, so schrecklich leid.« Sie machte eine Pause. »Aber Marie hat recht, weißt du. Wo Leben ist, da ist auch Hoffnung.«

Nach diesen Worten herrschte tiefes Schweigen im Wagen. Bowman hoffte inständig, daß sie es brechen würden, und zwar bald. Er war gekommen, weil er Informationen haben wollte, aber bisher hatte er nicht mehr erfahren als die etwas erstaunliche Tatsache, daß sich hier vier Zigeunerinnen auf deutsch und nicht auf rumänisch unterhielten. Aber er wollte mehr wissen, und zwar schnell, denn es entbehrte jeglichen Reizes, hier von einem hellerleuchteten Fenster herumzustehen: Die schwermütige Atmosphäre, die im Wagen herrschte, und die Bedrohung, die hier draußen in der Luft lag, waren nicht gerade dazu angetan, ihm Vertrauen einzuflößen.

»Es gibt keine Hoffnung«, sagte die grauhaarige Frau ernst. Sie wischte sich mit einem Taschentuch über die Augen. »Eine Mutter weiß das.«

Marie sagte: »Aber Mutter...«

»Es gibt keine Hoffnung, weil es kein Leben gibt«, unterbrach die Mutter sie müde. »Du wirst deinen Bruder nicht wiedersehen, und du deinen Verlobten nicht, Tina. Ich weiß, daß mein Sohn tot ist.«

Wieder herrschte Schweigen, und das war ein Glück, denn in diesem Augenblick hörte Bowman ein fast nicht wahrnehmbares Knirschen auf dem Kies, ein Geräusch, das ihm wahrscheinlich das Leben rettete.

Er wirbelte herum. In einer Beziehung hatte er jedenfalls recht gehabt: An diesem Abend lag eine echte Bedrohung in der Luft. Koscis und Hoval waren in weniger als anderthalb Metern Entfernung in ihrer kauernden Haltung erstarrt. Beide Männer lächelten. Beide hielten lange gebogene Messer in den Händen, deren Klingen das Lampenlicht auf die unangenehmste Weise reflektierten.

Bowman erkannte, daß sie auf ihn gewartet hatten. Sie hatten ihn beobachtet, seit er den Vorhof betreten hatte, oder vielleicht schon viel früher, und hatten ihm nur genügend Zeit zur Verfügung geben wollen, um beweisen zu können, daß er etwas vorhatte, was sie nicht für gut hielten – nicht für gut für sie selbst. Und sobald sie es bewiesen hatten, galt es, den Unruhestifter zu beseitigen. Ihre Handlungsweise bewies hinwiederum Bowman, daß etwas ganz entschieden faul war an diesem Pilgerzug, der sich auf dem Weg nach Saintes-Maries befand.

Augenblicklich wurde Bowman klar, was geschehen war, und er verschwendete keine Zeit mit Selbstvorwürfen. Irgendwann würde er dafür Zeit finden, aber jetzt war ganz sicher nicht der richtige Augenblick, als ihm Koscis und Hoval gegenüberstanden und sich nicht die geringste Mühe machten, ihre mörderischen Absichten zu verbergen. Bowman sprang blitzschnell und völlig unerwartet – denn ein Mann, der ein Messer in der Hand hält, rechnet normalerweise nicht damit, daß ein Mann ohne Messer etwas derartig Selbstmörderisches tut – auf Koscis zu, der instinktiv zurückwich und zur Verteidigung sein Messer hochhob. Klugerweise beendete Bowman seinen Sprung nicht, sondern warf sich nach rechts und rannte die paar Meter über den Vorhof zu den Treppen, die zum Patio hinaufführten.

Er hörte das Knirschen des Kieses, als Koscis und Hoval sich an seine Verfolgung machten. Sie sagten irgend etwas, das für Bowman unverständlich war, aber selbst auf rumänisch war der Klang ihrer Stimmen deutlich genug. Bowman nahm mit einem Satz vier Stufen auf einmal, stoppte so abrupt, daß er fast das Gleichgewicht verlor, wirbelte herum und trat mit seinem rechten Fuß zu so fest er konnte, alles in einer einzigen fließenden Bewegung. Koscis hatte das Pech, der vordere zu sein: Er grunzte vor Schmerz, das Messer flog ihm im hohen Bogen aus der Hand und fiel hintenüber auf den Vorhof.

Als Koscis die Treppe hinunterstürzte, rannte Hoval die Treppe hinauf, den Arm angewinkelt, das Messer mit der Schneide nach oben in der Hand. Bowman fühlte einen brennenden Schmerz in seinem linken Oberarm, und dann schlug er zu; und er schlug mit bedeutend mehr Kraft zu, als Hoval an diesem Abend aufgewendet hatte, um ihn zu schlagen. Das war nur zu verständlich, denn Hoval war es nur um die persönliche Befriedigung gegangen, für Bowman aber war es eine Frage des Überlebens. Auch Hoval stürzte die Treppe hinunter, aber er hatte mehr Glück als Koscis: Er landete weich auf seinem Kumpan.

Bowman streifte seinen linken Ärmel hoch. Die Wunde in seinem Unterarm war etwa sechzehn Zentimeter lang, aber obwohl sie heftig blutete, handelte es sich dabei um kaum mehr als eine Schramme, die sich bald schließen würde. Und bis es soweit war, würde sie ihn hoffentlich nicht zu sehr behindern.

Er vergaß seine Sorgen, als er den nächsten herankommen sah. Ferenc rannte über den Vorhof auf die Treppe des Patio zu. Bowman drehte sich um, lief über den Patio zu den Stufen, die zur oberen Terrasse führten und blieb dann kurz stehen, um sich umzuschauen. Ferenc hatte sowohl Hoval als auch Koscis wieder auf die Füße gestellt, und es war klar, daß es nur eine Sache von Sekunden sein würde, bis die drei sich an seine Verfolgung machen würden. Drei gegen einen, und dann die drei auch noch mit Messern. Bowman hatte überhaupt keine Waffe, und das voraussichtliche Ende dieses ungleichen Kampfes war nicht gerade erquicklich. Drei entschlossene Männer mit Messern würden immer einen Unbewaffneten besiegen, vor allem drei Männer, für die der Gebrauch von Messern zu ihrer zweiten Natur geworden war. Im Zimmer des Grand Duc brannte immer noch Licht. Bowman entledigte sich seiner schwarzen Maske und stürmte in das Zimmer: Er hatte das Gefühl, nicht genügend Zeit zum Anklopfen zu haben. Le Grand Duc und Lila spielten noch Schach, doch Bowman hatte jetzt keine Zeit, um sich über überraschende Dinge dieser Art den Kopf zu zerbrechen.

»Um Himmels willen, helfen Sie mir, verstecken Sie mich!« Das Keuchen war vielleicht etwas übertrieben, fand er, aber unter den gegebenen Umständen machte es ihm keine Schwierigkeiten. »Sie sind hinter mir her!«

Le Grand Duc machte nicht im geringsten einen verwirrten Eindruck, und noch viel weniger einen erschreckten. Er runzelte lediglich hoheitsvoll und indigniert die Stirn und vollendete einen Zug, den er gerade begonnen hatte. »Sehen Sie nicht, daß wir beschäftigt sind?« Er wandte sich an Lila, die Bowman mit offenem Mund und aufgerissenen Kinderaugen anstarrte. »Passen Sie auf, meine Liebe, passen Sie auf. Ihr Läufer ist in großer Gefahr.« Er schenkte Bowman einen flüchtigen, leicht angewiderten Blick. »Wer ist hinter Ihnen her?«

»Die Zigeuner. Schauen Sie her!« Bowman rollte seinen linken Ärmel hoch. »Sie haben mich mit dem Messer verletzt!«

Der Ausdruck des Abscheus auf dem Gesicht des Grand Duc vertiefte sich. »Sie müssen ihnen einen Anlaß gegeben haben.«

»Nun, ich war dort unten...«

»Genug!« Er hob gebieterisch die Hand. »Schnüffler können kein Mitleid von mir erwarten. Gehen Sie. Und zwar augenblicklich.«

»Gehen? Augenblicklich? Aber sie werden mich erwischen...«

»Meine Liebe«, wandte sich Le Grand Duc an Lila. Er tätschelte mit einer besitzergreifenden Geste ihr Knie. »Entschuldigen Sie mich einen Augenblick. Ich muß die Geschäftsführung informieren. Es besteht kein Grund zur Panik, das versichere ich Ihnen.«

Bowman stürzte aus dem Zimmer und sah sich schnell um, ob die Terrasse noch frei war. Le Grand Duc rief ihm nach: »Sie könnten ruhig die Tür hinter sich schließen.«

»Aber Charles...« Das war Lila.

»Schachmatt«, sagte Le Grand Duc entschieden. »In zwei Zügen.«

Plötzlich klang das Geräusch schneller Schritte auf, die über den Patio auf die Terrassentreppe zukamen. Bowman flüchtete sich vor diesem Sturm in den nächsten Hafen.

Auch Cecile schlief noch nicht. Sie saß im Bett und hielt eine Zeitschrift in der Hand; ihr Nachthemd hätte unter etwas glücklicheren Umständen Anlaß zu einigen Komplimenten gegeben. Sie öffnete den Mund, entweder aus Überraschung oder weil sie um Hilfe schreien wollte; dann schloß sie ihn wieder und hörte mit überraschender Gelassenheit zu, während Bowman mit dem Rükken an der geschlossenen Tür lehnte und ihr seine Geschichte erzählte.

»Das erfinden Sie doch alles«, sagte sie.

Bowman rollte wieder einmal seinen linken Ärmel hoch, eine Geste, die ihm inzwischen sehr unangenehm war, da das gerinnende Blut das Hemd an der Wunde festkleben ließ.

»Das vielleicht auch?« fragte Bowman.

Sie schnitt eine Grimasse. »Das ist häßlich. Aber warum sollten sie...«

»Pssst!« Bowman hatte Stimmen gehört, die sehr schnell laut wurden. Offenbar handelte es sich um eine Auseinandersetzung, und Bowman bezweifelte nicht, daß es sich dabei um ihn handelte. Er öffnete die Tür einen Spalt und spähte hinaus.

Von Lila beobachtet, die in der offenen Tür stand, versperrte Le Grand Duc mit ausgebreiteten Armen wie ein übergewichtiger Polizist Ferenc, Koscis und Hoval den Weg. Daß man sie nicht sofort erkannte, lag daran, daß sie es für klug gehalten hatten, sich ein paar schmutzige Taschentücher oder andere Stoffetzen als primitive Masken vor die Gesichter zu binden. Dies erklärte die kleine Atempause, die Bowman genossen hatte.

»Das hier ist ein Privatgrundstück, und Zutritt haben nur Gäste«, sagte Le Grand Duc streng.

»Gehen Sie aus dem Weg!« forderte Ferenc.

»Aus dem Weg? Ich bin der Duc de Croytor...«

»Sie werden gleich der tote Duc de...«

»Wie können Sie es wagen, Sir.« Le Grand Duc bewegte sich mit einer für einen Mann seiner Statur überraschenden Schnelligkeit und Wendigkeit vorwärts und erwischte den überraschten und völlig unvorbereiteten Ferenc mit einer geraden Rechten, die wie ein Dampfhammer auf seinem Kinn landete. Ferenc taumelte rückwärts in die Arme seiner Kumpane, die ihn halten mußten, um zu verhindern, daß er zusammenbrach. Einen Augenblick lang zögerten sie, dann drehten sie sich um und verließen die Terrasse so schnell sie konnten, wobei sie den immer noch taumelnden Ferenc mit sich zerrten.

»Charles.« Lila hatte die Hände in der Art gefaltet, die man allgemein als klassische weibliche Geste der Bewunderung bezeichnet. »Wie tapfer von Ihnen!«

»Eine Bagatelle! Die Aristokratie gegen ungehobelte Rüpel, die Klasse zeigt sich eben immer.« Er deutete auf seine Tür. »Kommen Sie, wir müssen unser Spiel beenden und die Brötchen aufessen.«

»Aber – wie bringen Sie es fertig, so ruhig zu sein? Ich meine, werden Sie niemanden anrufen? Die Geschäftsführung oder die Polizei?«

»Was soll das für einen Sinn haben? Sie waren maskiert und werden inzwischen schon über alle Berge sein. Nach Ihnen, meine Liebe.«

Sie gingen hinein und schlossen die Tür hinter sich. Auch Bowman schloß die Tür.

»Haben Sie es gehört?« Sie nickte. »Der gute alte Duc. Damit ist vorläufig erst mal Ruhe.« Er griff nach der Türklinke. »Danke für das Asyl.«

»Wo gehen Sie hin?« Sie schien besorgt oder enttäuscht oder beides.

»Über die sieben Berge und noch weiter.«

»Mit Ihrem Wagen?«

»Ich habe keinen.«

»Sie können meinen nehmen. Unseren, meine ich.«

»Im Ernst?«

»Natürlich, Sie Dummkopf.«

»Eines Tages werden Sie mich zu einem sehr glücklichen Mann machen. Und was den Wagen betrifft – ein anderes Mal komme ich vielleicht auf Ihr Angebot zurück. Gute Nacht.«

Bowman zog die Tür hinter sich zu und war schon fast bei seinem Zimmer angekommen, als er plötzlich stehen blieb. Drei Gestalten lösten sich aus dem Schatten.

»Zuerst kommst du dran, Freundchen.« Ferenc' Stimme war nicht mehr als ein Flüstern. Vielleicht wollte er den Duc nicht noch einmal stören. »Und dann kümmern wir uns um das kleine Fräulein.«

Bowman war drei Schritte von seiner Zimmertür entfernt, und er hatte den ersten bereits gemacht, bevor Ferenc aufgehört hatte zu sprechen – normalerweise setzen Menschen voraus, daß man so höflich ist, ihnen bis zu Ende zuzuhören –, und er hatte den dritten gemacht, bevor sie sich bewegt hatten, wahrscheinlich, weil die beiden anderen warteten, daß Ferenc ihnen sagen würde, was sie tun sollten, und nach dem kurzen Zusammenstoß mit Le Grand Duc hatte Ferenc' Reaktionsvermögen vorübergehend Schaden erlitten. Jedenfalls hatte Bowman die Tür hinter sich zugeschlagen, bevor Ferenc' Schulter dagegen donnerte, und den Schlüssel im Schloß umgedreht, bevor Ferenc ihm die Türklinke aus der Hand reißen konnte.

Er verschwendete keine Zeit damit, sich den Schweiß von der Stirn zu wischen oder sich zu beglückwünschen, sondern rannte quer durch sein Zimmer nach hinten, öffnete ein Fenster und sah hinaus. Die Äste eines ausreichend starken Baumes waren weniger als zwei Meter entfernt. Bowman zog den Kopf zurück und horchte. Irgend jemand ließ seine Wut an der Türklinke aus, dann wurde dieses Geräusch plötzlich von schnellen Schritten abgelöst. Bowman wartete nicht länger. Wenn er etwas aus dem Kontakt mit diesen Männern gelernt hatte, dann dies, daß Zögern verhängnisvoll war.

Es war nicht gerade ein Glanzstück eines Baum-Trapezaktes, was er lieferte. Er stellte sich einfach auf das Fensterbrett, packte einen dicken Ast, schwang sich in den Schutz des Baumes und glitt zu Boden. Er kroch den steilen Hang hinauf, der zu der Straße führte, die hinten um das Hotel herumlief. Oben angekommen hörte er einen gedämpften und aufgeregten Ausruf hinter sich und drehte sich um. Der Mond war wieder frei von Wolken, und er konnte deutlich sehen, daß die drei sich anschickten, hinter ihm her den Hang heraufzuklettern. Und es war auch völlig klar, daß die Messer, die sie in der Hand hielten, sie beim Klettern nicht im mindesten behinderten.

Bowman hatte nur zwei Möglichkeiten, entweder den Hang

hinunter oder weiter hinauf zu rennen. Hügelabwärts lag offenes Land, hügelaufwärts Les Baux mit seinen gewundenen Straßen und Gäßchen und dem Labyrinth zerstörter Häuser. Bowman zögerte nicht. Wie sagte doch einmal ein berühmter Schwergewichtsboxer über seinen Gegner – wohlgemerkt, *nachdem* er den Unglücklichen in den Ring gelockt hatte: »Er kann rennen, aber er kann sich nicht verstecken.« Nun, in Les Baux konnte Bowman sowohl das eine wie das andere. Er setzte seinen Weg hangaufwärts fort.

So schnell es die Steigung und die Biegungen der Straße und seine allmählich weich werdenden Knie erlaubten, rannte er auf das alte Dorf zu. Seit Jahren war er nicht mehr zu derartigen sportlichen Hochleistungen gezwungen gewesen. Er riskierte einen schnellen Blick über die Schulter. Auch die drei Zigeuner schienen nicht gerade trainiert zu sein. Soweit Bowman es beurteilen konnte, waren sie ihm nicht näher gekommen. Aber sie waren auch nicht zurückgefallen. Vielleicht gingen sie sparsam mit ihren Kräften um, damit sie auf dem langen Weg, der ihrer Meinung nach vor ihnen lag, nicht schlapp machten. Wenn das der Fall war, dachte Bowman, dann konnte er genausogut gleich aufhören zu rennen.

Entlang des Stückes gerader Straße, die zum Eingang des Dorfes führte, befanden sich zu beiden Seiten Parkplätze, aber jetzt standen keine Wagen da und es gab also keine Möglichkeit sich zu verstecken. Er erreichte das Dorf. Nachdem er noch etwa hundert Meter weitergerannt war, gelangte er, nun nur noch mühsam keuchend, zu einer Weggabelung. Die rechte Abzweigung führte zu den Befestigungsmauern hinunter und war allem Anschein nach eine Sackgasse. Die linke Straße war schmal, gewunden und sehr steil und führte aufwärts, wie weit, konnte er nicht sehen. Und obwohl ihm davor graute, noch weiter steil aufwärts zu rennen, schien dieser Weg doch mehr Sicherheit zu bieten, also schlug er ihn ein. Er blickte sich noch einmal um und sah, daß seine Verfolger dank seiner momentanen Unentschlossenheit Zeit gehabt hatten, ein ganzes Stück aufzuholen. Sie waren jetzt nicht einmal mehr dreißig Meter hinter ihm. Immer noch bewegten sie sich in dem gleichen enervierenden Schweigen vorwärts, die Messer glitzerten in dem Rhythmus auf, in dem ihre Arme vor und zurück schwangen.

So schnell er konnte, setzte Bowman seinen Weg fort. Ab und zu verlangsamte er sein Tempo, um einen kurzen und ziemlich verzweifelten Blick in verschiedene einladende Öffnungen auf beiden Seiten der Straße zu werfen, aber er wußte, daß nur seine gequälten Beine und seine überforderten Lungen ihm sagten, daß diese Öffnungen einladend seien. Seine Vernunft hingegen sagte ihr, daß diese Anziehungspunkte sicherlich Illusionen waren, die in Sackgassen oder andersartige Fallen führten, aus denen es kein Entrinnen gab. Und jetzt konnte Bowman zum erstenmal hinter sich das heisere, keuchende Atmen der Zigeuner hören. Offensichtlich waren sie in keiner besseren Verfassung als er, aber als er über die Schulter zurückblickte, erkannte er, daß das kein Grund für ihn war, in wilde Begeisterungsstürme auszubrechen: Er hörte sie nämlich einfach deshalb, weil sie ihm jetzt dicht auf den Fersen waren. Ihre Münder standen offen vor Anstrengung, ihre Gesichter waren verzerrt und schweißüberströmt, und hin und wieder stolperten sie, wenn ihre erschöpften Beine nachgaben und sie auf dem holperigen Kopfsteinplaster ausrutschten. Aber jetzt waren sie nur noch fünfzehn Meter hinter ihm. Diese Verringerung der Distanz war der Preis, den Bowman für seine häufige Suche nach einem Unterschlupf zahlen mußte. Aber wenigstens machte ihre Nähe eine Entscheidung für ihn unvermeidlich: Es hatte keinen Sinn, noch mehr Zeit damit zu vergeuden, auf beiden Seiten der Straße nach Verstecken zu suchen, denn wo immer er sich hinwenden würde, mußten sie ihn sehen und würden ihm selbstverständlich folgen. Die einzige Hoffnung, sein Leben zu retten, lag für Bowman jetzt in der Ruine der alten Festung von Les Baux selbst.

Immer noch rennend, kam er schließlich zu einem Eisengitter, das offensichtlich die schmale Straße, die sich inzwischen zu einem gewundenen Schotterweg verengt hatte, völlig blockierte. Ich muß mich ihnen stellen und kämpfen, dachte Bowman, ich muß mich ihnen stellen, dann wird alles in fünf Sekunden überstanden sein. Aber er mußte sich nicht stellen, denn zwischen der rechten Seite des Gitters und einem Tisch in einer Nische in der Mauer, die offensichtlich der Eintrittsschalter war, an dem man bezahlte, um die Ruinen zu besichtigen, klaffte ein kleiner Spalt. Sogar in diesem Augenblick überwältigender Erleichterung, als er den Spalt entdeckte, schossen Bowman zwei Gedanken durch den Kopf: als erstes der völlig idiotische, daß das hier ein ziemlich dämlicher Platz für einen Eintrittskartenschalter sei, wenn die Besucher vorbeischlüpfen konnten, als zweites, dies sei der ideale Ort zum Kämpfen, denn durch diesen engen Spalt konnte sich immer nur einer zwängen, und noch dazu seitwärts, ein Umstand, der ein Bein an der richtigen Stelle ebenso wertvoll machen konnte wie ein Messer. Jedenfalls schien ihm diese Idee ausgezeichnet, bis ihm glücklicherweise einfiel, daß – während er damit beschäftigt wäre, einem der Männer das Messer aus der Hand zu treten – die anderen sich damit beschäftigen würden, zwischen den Gitterstäben hindurch oder oben drüber ihre Messer nach ihm zu werfen, und aus einer Entfernung von weniger als einem Meter schien es nicht sehr wahrscheinlich, daß sie danebenwerfen würden. Also rannte er weiter, wenn man das schwere, schwankende Stolpern, das das letzte war, was er aus sich noch herausholen konnte, noch als Rennen bezeichnen konnte.

Rechts von ihm lag ein kleiner Friedhof. Bowman kam der etwas makabre Gedanke, ein tödliches Versteckspiel zwischen den Grabsteinen zu veranstalten, doch schlug er sämtliche Gedanken an den Friedhof augenblicklich wieder aus seinem Kopf. Er rannte noch fünfzig Meter weiter und sah vor sich das offene Plateau des Les-Baux-Massivs, auf dem es kein Versteck gab und von dem man nur fliehen konnte, indem man in den Abgrund sprang, der das Massiv begrenzte. Er wandte sich scharf nach links, rannte einen schmalen Pfad an einem Gebäude vorbei, das wahrscheinlich irgendwann einmal eine Kapelle gewesen war, und befand sich bald zwischen den zerklüfteten Ruinen der Festung Les Baux selbst. Er blickte den Hügel hinunter und sah, daß seine Verfolger auf eine Entfernung von etwa vierzig Metern zurückgefallen waren, was kaum überraschend war, denn schließlich rannte er um sein Leben, sie aber nicht um ihres. Er blickte zum Himmel hinauf und sah, daß der Mond hoch und hell am wolkenlosen Himmel stand. Er fluchte verbittert vor sich hin, in einer Weise, die ungezählte Dichter früher und neuerer Zeiten in Empörung versetzt hätte. In einer mondlosen Nacht hätte er seine Verfolger mit Leichtigkeit zwischen den ehrfurchtgebietenden Ruinen abhängen können.

Und daß sie ehrfurchtgebietend waren, stand außer Frage. Die Betrachtung riesiger Massen zusammengestürzten Mauerwerks gehörte nicht zu Bowmans Lieblingsbeschäftigungen, aber während er kletterte, fiel, rutschte und sich zwischen Mauerbrocken hindurchzwängte, unter Umständen also, die nicht gerade dazu angetan waren, Bewunderung für Ästhetik oder Bewunderung irgendeiner Art zu wecken, wurde ihm doch unerbittlich die schreckliche Großartigkeit dieses Platzes bewußt. Es war unvorstellbar, daß irgendwelche Ruinen auf der Welt sich mit diesen in ihrer wilden, zerklüfteten und doch erschreckend schönen Verheerung messen konnten. Es gab Berge von Mauersteinen, die bis zu fünfzehn Meter hoch waren, zerstörte Säulen, die hundert Meter hoch in den Nachthimmel ragten, Säulen, die über senkrechten Klippen standen, aus denen sie gewachsen zu sein schienen und in manchen Fällen auch wirklich waren. Es gab natürliche Treppen in den Felswänden, natürliche Kamine in den Überresten der von Menschenhand geschaffenen Wände, es gab Hunderte von Öffnungen im Felsen, manche davon gerade groß genug, daß sich ein Mann hindurchzwängen konnte, andere wieder groß genug, um einem Doppeldecker Platz zu bieten... Es gab seltsame Pfade in den natürlichen Felsen, manche von Menschen hineingehauen, manche nicht, manche steil abfallend, andere fast eben, manche breit genug, um mit einem Vierspänner darauf entlangzufahren, andere so schmal und gewunden, daß nicht einmal eine schwachsinnige Bergziege es gewagt hätte, darauf entlang zu balancieren. Und überall lagen Brocken zertrümmerten Mauerwerks umher, manche so groß wie eine Kinderhand, andere wieder so groß wie ein Wochenendhaus. Und alles war weiß, gespenstisch tot und weiß. In dem hellen, kalten, blassen Mondlicht bot das Ruinenfeld einen Anblick, der einen beinahe an Geister glauben ließ. Auf keinen Fall, überlegte Bowman, war es ein Ort, an dem man freiwillig leben würde. Aber ausgerechnet hier und heute nacht entschied sich, ob er weiterleben oder sterben würde.

Oder sie würden weiterleben oder sterben müssen. Ferenc, Koscis und Hoval. Als Bowman diese Alternative in Betracht zog, gab es für ihn keinen Zweifel, zu wessen Gunsten die Sache ausgehen mußte, und diese Sicherheit beruhte nicht nur auf dem Selbsterhaltungstrieb – obwohl Bowman der letzte gewesen wäre, der leugnete, daß das ein wichtiger Faktor war –, sondern auch darauf, daß er sich klar darüber war, daß er es hier mit üblen Burschen zu tun hatte, die nur einen alles verschlingenden Ehrgeiz im Leben kannten, nämlich ihn zu töten. Aber das war nicht das, worauf es letztlich ankam. Es ging hier nicht um Moral oder Gesetz, es war nur eine Sache der Logik. Wenn sie ihn jetzt umbrachten, dann – das wußte er – würden sie weiter und weiter morden, wenn er aber sie umbrachte, würden sie keine Gelegenheit mehr dazu haben. So einfach war das. Manche Menschen verdienen es zu sterben, und das Gesetz ist in dieser Beziehung durchaus auf der Höhe. Es liegt nur an den eingebauten Sicherheitsfaktoren in jeder gesetzlichen Verfassung, die dazu dient, die Rechte des Individuums zu schützen, daß das Gesetz nicht in der Lage ist, sich im vorhinein mit denjenigen zu befassen, deren böse oder mörderische Absichten jenseits jeder vernünftigen Diskussion liegen und die man unmöglich mit Hilfe des Gesetzes beweisen kann.

Wenn er Angst gehabt hatte, jetzt hatte er jedenfalls keine mehr. Sein Kopf war klar, er überlegte ganz sachlich. Er mußte hoch hinauf. Wenn er sich bis in eine gewisse Höhe hinaufarbeitete, wo sie ihn nicht erreichen konnten, wäre ein toter Punkt erreicht, wenn er noch höher kletterte und sie immer noch versuchten, ihm zu folgen, würde die Gefahr für ihn verringert.

Er blickte zu den hochragenden Ruinen empor, die der Mond in weißem Licht badete, und begann zu klettern.

Bowman hatte nie den Ehrgeiz besessen, ein guter Kletterer zu sein. Aber in dieser Nacht kletterte er ausgezeichnet. Mit dem Teufel im Nacken hätte er normalerweise ein gutes Tempo vorgelegt – mit dreien davon im Nacken brach er jeden Rekord. Jedesmal, wenn er sich nach ihnen umdrehte, sah er, daß sie wieder ein Stück weiter zurückgefallen waren, aber niemals so weit, daß sie ihn für mehr als ein paar Sekunden aus den Augen verloren. Und jetzt, da es keinen Zweifel mehr gab, hinter wem sie her waren, hatten sie ihre handgemachten Masken abgenommen und waren deutlich zu erkennen. Wahrscheinlich waren sie zu Recht zu dem Schluß gelangt, daß sie sie hier oben mitten in der Nacht und in der wilden Einsamkeit der Ruinen nicht mehr brauchten und daß es nicht einmal etwas ausmachen würde, wenn man sie auf dem Rückweg sehen würde, denn zu diesem Zeitpunkt wäre das Corpus delicti für immer verschwunden, und man würde ihnen kein anderes Vergehen anlasten können als das, daß sie die Festung betreten hatten, ohne den verlangten Eintritt von einem Franc pro Kopf bezahlt zu haben. Und dessen hätten sie sich wahrscheinlich gerne beschuldigen lassen.

Bowman hielt inne. Da er sich hier oben überhaupt nicht auskannte, hatte er einen Fehler begangen. Er hatte bemerkt, daß die Wände der Rinne, die er entlangkletterte auf beiden Seiten ständig steiler geworden waren, was ihn aber nicht sonderlich gekümmert hatte, da das schon vorher zweimal der Fall gewesen war; doch diesmal sah er sich, als er um eine Ecke bog, einer senkrechten Felswand gegenüber. Es war eine Sackgasse, aus der es kein Entkommen gab, es sei denn durch Klettern, und die senkrechte Wand war absolut unmöglich zu erklettern. Der kahle Felsen vor ihm war mit Spalten und Öffnungen übersät, aber aus den drei einzigen, die für ihn zugänglich waren, gähnte ihm nur Dunkelheit entgegen; kein Lichtschimmer deutete darauf hin, daß sich am hinteren Ende der Eingänge auch ein Ausgang befand.

Er rannte zurück zu der Wegbiegung, überzeugt, daß er damit seine Zeit vergeudete. Und er hatte recht. Die drei Männer hatten sich keinen Augenblick lang im Zweifel darüber befunden, in welcher Richtung er verschwunden war. Sie waren nur vierzig Meter hinter ihm. Sie sahen Bowman, hielten einen Moment lang inne und rannten dann weiter. Aber sie legten jetzt kein besonderes Tempo mehr vor. Die Tatsache, daß Bowman zurückgekommen war, um festzustellen, wo sie sich befanden, zeigte ihnen, daß er in ernsten Schwierigkeiten steckte.

Ein Mann stirbt nicht, bevor er sterben muß. Er rannte in die Sackgasse zurück und starrte verzweifelt auf die Öffnungen im Felsen. Nur zwei von ihnen waren groß genug, daß ein Mensch hindurchtreten konnte. Wenn er in eine der Höhlen gelangen konnte und Platz genug hatte, um sich um sich selbst drehen zu können, würde die Dunkelheit wenigstens die Vorteile aufwiegen, die ein Mann mit einem Messer hatte – und natürlich konnte immer nur *ein* Mann auf einmal durch den Eingang treten. Ohne besonderen Grund wählte er die Öffnung zu seiner Rechten, kletterte zu ihr hinauf und zwängte sich hindurch. Der Kalksteingang wurde sofort schmaler. Aber er mußte weitergehen, noch befand er sich nicht in Sicherheit – wenn man hier überhaupt von Sicherheit reden konnte. Als er endlich glaubte, gut genug versteckt zu sein, war der Tunnel nicht mehr breiter als sechzig Zentimeter, und nicht einmal ganz so hoch. Es war unmöglich für ihn, sich umzudrehen, alles was er tun konnte, war still zu liegen und darauf zu warten, daß ihn jemand in aller Ruhe in hübsche kleine Stücke zersäbelte. Aber soviel Arbeit mußten sich die drei nicht einmal machen: Alles, was sie tun mußten, war, den Eingang mit Steinen zu verrammeln, dann konnten sie getrost nach Hause gehen und sich zur Ruhe begeben. Bowman kroch zentimeterweise auf Händen und Knien weiter. Plötzlich sah er einen schwachen Lichtschimmer vor sich. Er war überzeugt, daß es sich um eine Einbildung handelte. Es mußte eine Einbildung sein! Aber als er erkannte, daß der Tunnel vor ihm eine Biegung machte, wußte er, daß es keine Einbildung war. Er erreichte die

Biegung und kroch weiter. Vor ihm lag ein Fleckchen Sternenhimmel.

Der Tunnel war plötzlich zu einer Höhle geworden. Es war zwar eine kleine Höhle, nicht so hoch, daß man aufrecht darin stehen konnte – und sie endete nach weniger als zwei Metern, aber es war eine Höhle. Er kroch zum Rand und schaute hinunter. Augenblicklich wünschte er, er hätte es nicht getan: die Ebene lag unerreichbar tief unter ihm, die Reihen der staubigen Olivenbäume waren so weit entfernt, daß sie kleiner als Zierbüsche erschienen.

Er beugte sich noch ein paar Zentimeter weiter über den schwindelnden Abgrund hinaus, wandte den Kopf und blickte nach oben: Die Klippe endete nicht mehr als sechs Meter über ihm – sechs glatte senkrechte Meter ohne die geringste Möglichkeit, mit Händen oder Füßen Halt zu finden.

Er wandte den Blick nach rechts, und dann hatte er es: Hier lag der Pfad, den nicht einmal eine schwachsinnige Ziege entlangbalanciert wäre, ein schmales, brüchiges Sims im Felsen, das in einem nicht zu steilen Winkel bis zu einem Punkt führte, der, wie er jetzt sah, etwas mehr als einen Meter unter dem Rand der Höhle lag. Der Pfad, um einmal diese unpassende Bezeichnung zu gebrauchen, führte zur Spitze der Klippe.

Aber sogar die schwachsinnige Ziege, die Bowman nicht war, würde selbstmörderische Chancen verweigern, die für die Opferziege akzeptabel wären, und die war Bowman in diesem Fall zweifellos, denn Tod und Selbstmord haben so ziemlich die gleichen Folgen. Er zögerte nicht; denn er wußte mit Sicherheit, daß er sich, wenn er einen Augenblick überlegte, dafür entscheiden würde, zu bleiben und die Angelegenheit in der Höhle zu erledigen, anstatt sich auf diesen schrecklichen Pfad zu wagen. Er schwang sich vorsichtig über den Rand, ließ sich an den Armen hinunter, bis er mit den Füßen den Pfad berührte und begann dann, den Sims hinaufzubalancieren.

Er schob sich mit dem Gesicht zur Wand vorwärts, die Arme weit ausgestreckt, die Handflächen in ständigem Kontakt mit der Felswand, nicht, weil er dadurch einen Halt gewann – das war sowieso illusorisch –, sondern, weil er kein Bergsteiger war, keine besondere Vorliebe für große Höhen hegte und sehr genau wußte, daß er, wenn er hinunterschaute, unweigerlich das Gleichgewicht verlieren und auf die staubigen Olivenbäume da unten stürzen würde. Ein erfahrener Alpinist hätte diesen Balanceakt möglicherweise als einen hübschen Sonntagsspaziergang betrachtet, aber für Bowman war er das schrecklichste Erlebnis seines Lebens. Zweimal rutschte sein Fuß auf dem losen Geröll aus, zweimal polterten Kalksteinbrocken in den Abgrund, aber nach einigen Jahrzehnten, die in Wirklichkeit nur zwei Minuten dauerten, hatte er es geschafft und zog sich über den Rand hinauf in Sicherheit. Er schwitzte wie in einem türkischen Bad und zitterte wie ein verdorrtes Blatt im letzten Herbstwind. Er hatte geglaubt, er würde sich nicht mehr fürchten, aber er hatte sich geirrt. Doch jetzt hatte er wieder festen Boden unter sich, und auf festem Boden konnte er am besten handeln.

Er wagte einen kurzen Blick über den Rand der Klippe. Es war niemand zu sehen. Er fragte sich einen Augenblick, was sie zurückgehalten hatte – vielleicht dachten sie, er lauerte im Schatten in der Sackgasse, vielleicht hatten sie auch die falsche Öffnung gewählt. Er hatte keine Zeit, noch weitere Gedanken an andere Möglichkeiten zu verschwenden, er mußte so schnell wie möglich herausfinden, ob es eine Fluchtmöglichkeit von dem Gipfel gab, auf dem er lag. Er mußte es aus drei zwingenden Gründen herausfinden: Wenn es keinen anderen Fluchtweg gab, so würde er hier oben bleiben, bis die Bussarde seine Knochen abgenagt hatten, denn er wußte, daß ihn keine Macht der Erde dazu bringen würde, den Weg wieder hinunterzugehen, den er gekommen war. Er zweifelte zwar, ob es in dieser Gegend Bussarde gab, aber die Vorstellung hatte sich in seinem Kopf festgesetzt. Wenn es einen anderen Fluchtweg gab, dann mußte er darauf gefaßt sein, daß die Zigeuner ihm den Weg abschnitten. Und schließlich: wenn es einen solchen Weg gab und sie ihn als unangreifbar betrachteten, konnten sie sich durchaus dafür entscheiden, ihn hier oben zu lassen und zum Hotel zurückzukehren, um sich um Cecile Dubois zu kümmern, von der sie offensichtlich, wenn auch fälschlicherweise, annahmen, daß sie an seiner lästigen Einmischung beteiligt war.

Er überquerte die zehn Meter des Kalksteinplateaus, legte sich flach auf den Bauch und spähte über den Rand. Eine weitere Suche erübrigte sich: Es gab einen Fluchtweg, einen sehr steilen, mit Geröll beladenen gewundenen Pfad, der nach einiger Zeit in ein Gebiet mündete, in dem massive Kalksteinbrocken herumlagen und das wieder in das Plateau des Les-Baux-Massivs auslief. Nicht sehr einladend, aber eine praktikable Möglichkeit. Er kehrte zur anderen Seite der Klippe zurück und hörte plötzlich Stimmen, zunächst undeutlich, dann ganz klar.

»Das ist Wahnsinn!« Das war Hoval, und zum erstenmal war Bowman völlig seiner Ansicht.

»Das sagst *du*, Hoval, ein Bergsteiger aus der Hohen Tatra?« Das war Ferenc. »Wenn *er* dort hinaufgeklettert ist, dann können *wir* es auch. Ihr wißt genau, daß alles verloren ist, wenn wir diesen Mann nicht töten.«

Bowman blickte hinunter. Hoval konnte er deutlich sehen, von Koscis und Ferenc jedoch nur die Köpfe.

Koscis, der die Entscheidung offensichtlich hinauszögern wollte, sagte: »Ich mag nicht töten, Ferenc.«

Ferenc sagte: »Jetzt ist es zu spät, um zimperlich zu sein. Der Befehl meines Vaters lautet, daß wir erst zurückkehren dürfen, wenn dieser Mann tot ist.«

Hoval nickte widerwillig, ließ sich an den Armen zum Sims hinunter und begann, den Vorsprung entlang zu balancieren. Bowman stand auf, sah sich um, entdeckte einen Kalksteinbrocken, der mindestens einen halben Zentner wiegen mußte, stemmte ihn bis zur Brust und kehrte zum Abgrund zurück.

Hoval hatte offensichtlich viel mehr Erfahrung mit derartigen Kletterpartien als Bowman, denn er kam doppelt so schnell vorwärts. Ferenc und Koscis, deren Köpfe und Schultern Bowman jetzt deutlich sehen konnte, beobachteten Hoval ängstlich. Die Aussicht, ihm vielleicht folgen zu müssen, entbehrte für sie jeglichen Reizes. Bowman wartete, bis Hoval direkt unter ihm war. Hoval hatte schon einmal versucht, ihn umzubringen, und jetzt war er gekommen, um es noch einmal zu versuchen. Bowman fühlte kein Mitleid, als er die Hände öffnete.

Mit seltsamer Lautlosigkeit traf der Kalksteinbrocken Kopf und Schultern Hovals. Das ganze folgende Geschehen spielte sich ebenfalls in gespenstischer Stille ab. Auf dem langen Weg nach unten gab Hoval keinen Ton von sich. Wahrscheinlich war er bereits tot, bevor er fiel. Und auch von dem beträchtlichen Aufprall Hovals und des Felsbrockens, die beide in den Olivenhain krachten, war nicht das geringste zu hören. Sie verschwanden lautlos, verschluckt von der Dunkelheit. Einige Sekunden lang kauerten sie mit erstarrtem Gesichtern da, bevor sie die Katastrophe begriffen. Dann verwandelte sich Ferenc' Gesicht in eine Maske unmenschlicher Grausamkeit. Er griff in seine Tasche, zog eine Pistole heraus, richtete sie nach oben und feuerte. Er wußte, daß Bowman irgendwo dort oben war, aber er konnte nicht wissen, wo. Der Schuß war nicht mehr als ein unkontrollierter Akt blinder Wut, aber dennoch wich Bowman hastig einige Schritte zurück.

Die Waffe brachte eine neue Dimension ins Spiel. Sicherlich hatten sie, aus ihrer Vorliebe für Messer heraus, beabsichtigt, sich Bowmans so still und unauffällig wie möglich zu entledigen; aber Bowman hatte das Gefühl, daß Ferenc kein Mann war, der eine Waffe mit sich herumtrug, wenn er nicht vorhatte, sie auch zu benützen, sollte gar nichts anderes mehr übrig bleiben. Und eines stand fest: Sie würden versuchen, ihn unter allen Umständen zu töten – gleichgültig, ob sie selbst dabei draufgingen oder nicht. Bowman kam zu Bewußtsein, daß er mit seiner Schnüffelei in ein Wespennest gestochen hatte und daß es bei dieser Sache um Leben und Tod ging. Er drehte sich um und rannte los. Ferenc und Koscis waren sicher schon auf dem Rückweg durch den Tunnel, da sie annahmen, daß Bowman vielleicht einen Fluchtweg gefunden hatte. Auf jeden Fall war es sinnlos für sie, zu bleiben, denn alles, was sie von hier aus unternahmen, würde nur ihr vorzeitiges Dahinscheiden nach sich ziehen. Vorzeitig natürlich nur aus ihrer Sicht.

Er rannte den steilen, gewundenen Geröllpfad hinunter, denn es blieb ihm nichts anderes übrig als zu rennen. Er bewegte sich mit immer größeren Sprüngen vorwärts, um nicht das Gleichgewicht zu verlieren. Aber als er drei Viertel des Weges hinter sich hatte, geriet er doch aus dem Gleichgewicht, fiel und rollte hügelabwärts, wobei er krampfhaft versuchte, seinen Fall irgendwie zu bremsen. Aber plötzlich wurde er aufgehalten, unvermittelt und schmerzhaft, als er gegen den ersten der herumliegenden Felsbrocken flog. Sein rechtes Knie war der Hauptleidtragende bei diesem Aufprall. Er war überzeugt, daß die Kniescheibe zertrümmert war, denn als er versuchte aufzustehen, gab sein Bein unter ihm nach, und er mußte sich wieder hinsetzen. Er versuchte es noch einmal, diesmal mit etwas mehr Erfolg. Beim drittenmal schaffte er es und erkannte, daß seine Kniescheibe nur momentan betäubt gewesen war. Auch jetzt spürte er keinen Schmerz, obwohl er wußte, daß sie später sehr weh tun würde und sicherlich stark abgeschürft war. Er humpelte zwischen den allmählich nur noch vereinzelt daliegenden Felsbrocken hindurch, wobei er sich etwa mit der Hälfte der Geschwindigkeit voranbewegte, die er normalerweise erreicht hätte; denn sein Bein gab immer wieder unter ihm nach, als hätte es einen eigenen Willen.

Eine weiße Rauchwolke stieg von einem Felsbrocken direkt vor ihm auf und fast gleichzeitig hörte er den Schuß. Ferenc hatte zu gut kombiniert. Bowman versuchte nicht, in Deckung zu gehen, denn Ferenc konnte sehen, wo er sich befand, und wenn er versucht hätte, sich zu verstecken, wäre Ferenc einfach in sein Versteck heruntergekommen und hätte ihm die Pistole an die Schläfe gesetzt, um sicher zu sein, daß er nicht daneben schoß. Bowman rannte humpelnd weiter, wobei er zwischen den Felsbrocken Haken schlug, um Ferenc kein Ziel zu bieten. Er versuchte nicht einmal herauszufinden, wo seine Verfolger sich befanden, denn das hätte ihm auch nichts genützt. Einige Kugeln schlugen ganz in seiner Nähe ein, eine ließ den Staub direkt neben seinem rechten Fuß hochspritzen. Aber die Tatsache, daß Ferenc selbst rannte und sich auch zwischen den Felsen hindurchschlängeln mußte, machte es beinah unmöglich für ihn, Bowman zu treffen. Außerdem ist es auch unter besten Voraussetzungen sehr schwierig, ein Ziel zu treffen, wenn man abwärts schießen muß. Zwischen den Schüssen hörte Bowman die schweren, schnellen Schritte, und es war ihm klar, daß die Männer aufholten. Aber immer noch sah er sich nicht um, denn wenn er in den Hinterkopf geschossen werden sollte, dann wollte er wenigstens vorher nicht den genauen Zeitpunkt dafür wissen.

Er hatte die Felsen jetzt hinter sich und rannte geradeaus über die harte Erde auf den vergitterten Eingang des Dorfes zu. Ferenc, der stetig näher kam, hätte nun eine Chance gehabt, aber die Schüsse hatten aufgehört und Bowman vermutete, daß ihm die Munition ausgegangen war. Es kam ihm der Gedanke, daß er vielleicht ein Reservemagazin dabeihatte, aber selbst wenn, würde es ihm erhebliche Schwierigkeiten machen, im Rennen die Waffe wieder aufzuladen.

Bowmans Knie schmerzte jetzt, aber merkwürdigerweise funktionierte es wieder besser. Er blickte sich um. Seine Verfolger holten zusehends schneller auf. Bowman glitt durch die Lücke neben dem Gitter ins Dorf und rannte die Weggabelung hinunter, an der er vorher gezögert hatte. Die beiden Zigeuner waren noch nicht in Sicht, aber ihre schweren, schnellen Schritte waren deutlich zu hören. Bowman hoffte, sie würden erwarten, daß er durch den unteren Ausgang das Dorf wieder verlassen würde, also wandte er sich nach links und rannte die kurze Straße hinunter, die zu den alten Befestigungsmauern der Stadt führte. Die Straße mündete auf einen kleinen Platz. Eine Sackgasse. Aber darum kümmerte er sich nicht mehr. Ohne zu wissen weshalb, registrier-

te er die Tatsache, daß in der Mitte des Platzes ein altes schmiede-
eisernes Kruzifix stand. Links stand eine ebenso alte Kirche und
gegenüber lief eine niedrige Mauer, hinter der sich offensichtlich
nichts befand, und zwischen Kirche und Mauer erhob sich eine
senkrechte Felswand mit tiefen Öffnungen, die man irgendwann
einmal aus jetzt nicht mehr bekannten Gründen hineingemeißelt
hatte. Er rannte zu der niedrigen Mauer und spähte hinüber. Auf
der anderen Seite war die Mauer nicht so niedrig: Sie fiel etwa
dreißig Meter senkrecht zu einer Gruppe verkrüppelter Bäume ab.

Ferenc hatte klüger gehandelt, als Bowman vermutet hatte. Er
blickte immer noch über die Mauer, als er plötzlich schnelle
Schritte hörte, die sich dem Platz näherten. Aber es waren nur
Schritte *eines* Mannes: Die beiden hatten sich getrennt, um gleichzeitig beide Fluchtwege zu überprüfen. Bowman richtete sich auf
und rannte lautlos über den Platz. Er versteckte sich im Schatten
einer der vielen Nischen in der hohen Felswand.

Es war Koscis. Als er auf den Platz kam, verlangsamte er sein
Tempo. Sein keuchender Atem rasselte in der klaren Nachtluft. Er
ging an dem schmiedeeisernen Kreuz vorbei, warf einen Blick auf
die offene Kirchentür und kam dann, als sei er von irgendeinem
Urinstinkt geleitet, geradewegs auf die Nische zu, in der Bowman
sich so dicht als möglich an die Wand preßte. Koscis' entschlossene Annäherung wirkte entmutigend. Er hielt sein Messer in
Hüfthöhe, der Daumen lag auf dem Griff. Dies schien seine
bevorzugte Haltung zu sein.

Bowman wartete, bis der Zigeuner an einer Stelle stand, von
der aus er ihn nicht unbedingt entdecken mußte, dann warf er sich
aus der dunklen Nische und bekam – mehr durch Glück als durch
Berechnung – sein Handgelenk zu fassen. Beide Männer landeten
mit einem Krach auf dem Boden. Verbissen kämpften sie um das
Messer. Bowman versuchte, Koscis das rechte Handgelenk auszu-
renken, aber es schien mit Drahtseilen umwickelt zu sein und
Bowman spürte, wie der andere sein Handgelenk langsam frei
bekam. Er nahm das Unvermeidliche vorweg, indem er plötzlich
losließ, sich zweimal abrollte und im gleichen Augenblick wie
Koscis auf die Füße kam. Einen Augenblick lang sahen sie einander an, dann wich Bowman langsam zurück, bis seine Hände die
niedrige Mauer langsam berührten. Er hatte keine Möglichkeit
mehr zu fliehen oder sich zu verstecken.

Koscis kam auf ihn zu. Sein Gesicht, das zunächst nur Unerbittlichkeit ausgedrückt hatte, verzog sich plötzlich zu einem Lä-

cheln, dem jedoch jede Herzlichkeit fehlte. Koscis, der Messer-
held, genoß den Augenblick aus vollem Herzen.

Bowman warf sich vorwärts und dann nach rechts, aber das
kannte Koscis nun schon. Er warf sich seinerseits vorwärts, um
den zweiten Teil der Bewegung zu verhindern. Sein Messer
beschrieb aus Kniehöhe einen Bogen, aber was Koscis vergessen
hatte, war, daß Bowman seinerseits die Sache mit dem Messer
schon mal gesehen hatte. Bowman sprang mit aller Kraft, die sein
rechtes Bein hergab, ließ sich auf sein linkes Knie fallen, und als
das Messer ein paar Zentimeter über seinen Kopf zischte, trafen
seine rechte Schulter und sein Oberarm die Oberschenkel des
Zigeuners. Bowman richtete sich mit einem krampfhaften Ruck
auf und das – im Zusammenwirken mit der Geschwindigkeit und
dem Beschleunigungsfaktor von Koscis' Angriff – wirbelte den
Zigeuner in die Luft und er flog im hohen Bogen, das Messer
nutzlos in der Hand, über die niedrige Mauer in die Tiefe, die
dahinterlag. Bowman drehte sich um und beobachtete seinen
Sturz. Er fiel wie eine Puppe, drehte sich unwirklich langsam in
der Luft, nur von seinem eigenen, verwehenden Schrei begleitet.
Und dann konnte Bowman ihn nicht mehr sehen, und das Schrei-
en hörte auf.

Einige Sekunden blieb Bowman wie gebannt stehen, aber wirklich nur ein paar Sekunden lang. Wenn Ferenc nicht plötzlich mit
völliger Taubheit geschlagen war, dann mußte er den entsetzlichen Todesschrei gehört haben; er würde auf dem schnellsten
Weg herkommen, um nach seinem Ursprung zu forschen.

Bowman rannte über den Platz auf die Hauptstraße zu. Als er
die Hälfte der schmalen Verbindungsgasse hinter sich hatte, glitt
er in einen dunklen Durchgang, denn er hatte Ferenc kommen
hören und einen kurzen Augenblick sah er ihn sogar, als er am
anderen Ende des Durchgangs vorbeilief, in einer Hand die Pistole, in der anderen sein Messer. Ob Ferenc die Pistole inzwischen
wieder geladen oder ob er Angst hatte, so nah am Dorf einen
Schuß abzufeuern, war unmöglich festzustellen. Sogar in dieser
Situation, in der er unter einer fast unerträglichen Anspannung
stand, besaß Ferenc noch genügend Selbsterhaltungstrieb, um
sich immer peinlich genau in der Mitte der Straße zu halten, damit
er nicht etwa von einem unbewaffneten Mann aus dem Hinterhalt
angefallen werden konnte. Seine Lippen waren zurückgezogen
wie zu einem Knurren, sein Gesicht eine Grimasse aus Wut, Haß
und Furcht, das Gesicht eines Wahnsinnigen.

## 3

Nicht jeder Frau, die man mitten in der Nacht aus dem Schlaf reißt, gelingt es, mit hastig hochgeraffter Bettdecke, zerzausten Haaren und schlaftrunkenen Augen aufrecht im Bett zu sitzen und so attraktiv auszusehen, als sei sie auf dem Weg zu einem Ball; aber Cecile Dubois war eine dieser wenigen Frauen. Sie blinzelte, vielleicht ein wenig mehr als sie es getan hätte, wäre sie tatsächlich auf dem Weg zu einem Ball gewesen, und musterte Bowman dann mit einen durchdringenden, kritischen Blick – möglicherweise, weil Bowmans dunkler Anzug im Verlauf der Klettertour und verschiedener Stürze auf den Geröllhalden etwas von seiner Eleganz eingebüßt hatte. Um ehrlich zu sein: jetzt, da er sich im Lampenlicht zum erstenmal richtig begutachten konnte, mußte er zugeben, daß der Anzug vor Schmutz starrte und an so vielen Stellen zerrissen war, daß man ihn nie wieder würde in Ordnung bringen können. Er wartete auf ihre Reaktion, auf Sarkasmus, Zynismus oder schlichten Ärger, aber sie äußerte ihre Gefühle nicht so unverblümt.

Sie sagte: »Ich hatte geglaubt, Sie seien inzwischen im Nachbarbezirk angekommen.«

»Ich wäre beinahe in ein völlig anderes Land gekommen.« Er nahm die Hand vom Lichtschalter und lehnte die Tür an. »Aber ich bin zurückgekommen. Wegen des Wagens. Und Ihretwegen.«

»Meinetwegen?«

»Besonders Ihretwegen. Ziehen Sie sich schnell an. Ihr Leben ist keinen Pfifferling mehr wert, wenn Sie hierbleiben.«

»Mein Leben? Aber warum sollte ich...«

»Stehen Sie auf, ziehen Sie sich an und packen Sie Ihre Sachen.« Er trat ans Bett und schaute sie an, und obwohl er im Augenblick nicht sehr ermutigend aussah, mußte er doch überzeugend gewirkt haben; denn sie preßte einen Moment lang die Lippen aufeinander und nickte dann. Bowman kehrte zur Tür zurück und spähte durch den offenen Spalt in die Dunkelheit hinaus. So bezaubernd Miß Dubois auch mit ihren dunklen Haaren aussah, es bedeutete nicht, daß sie in die Kategorie der »schönen einfältigen Brünetten« gehörte: Sie fällte schnell Entscheidungen, akzeptierte rasch, was sie für unvermeidlich hielt und der Satz: »Glauben Sie vielleicht, ich ziehe mich an, während Sie da 'rumstehen« war ihr nicht einmal eingefallen. Nicht, daß Bowman sich diesem Satz unbedingt widersetzt hätte; doch momentan war er mehr an der drohenden Rückkehr Ferenc' interessiert als daran, wie Cecile sich anzog. Er fragte sich einen Augenblick lang, was Ferenc wohl aufgehalten hatte; er hätte inzwischen längst mit rauchenden Schuhsohlen bei seinem Vater Rapport über die Geschehnisse erstatten müssen. Aber wahrscheinlich schlich Ferenc noch immer hoffnungsvoll mit Messer und Pistole und Mordlust im Herzen durch die winkligen Gäßchen von Les Baux.

»Ich bin soweit«, sagte Cecile.

Bowman sah sich mit mildem Erstaunen um. Sie war wirklich fertig, sie hatte sich sogar bereits gekämmt. Ein verschlossener Koffer lag auf dem Bett.

»Gepackt?« fragte Bowman.

»Gestern abend.« Sie zögerte. »Hören Sie, ich kann nicht einfach verschwinden ohne...«

»Lila? Hinterlassen Sie ihr einen Zettel. Schreiben Sie ihr, Sie würden sich postlagernd Saintes-Maries mit ihr in Verbindung setzen. Ich bin gleich wieder da. Ich muß nur schnell meinen Kram zusammenpacken.«

Er ging zu seinem Zimmer und blieb vor der Tür kurz stehen. Der Südwind seufzte in den Bäumen, und er hörte das Plätschern des Springbrunnens beim Swimmingpool, aber sonst konnte er nichts hören. Er trat in sein Zimmer, stopfte wahllos Kleidungsstücke in einen Koffer und war innerhalb einer Minute wieder bei Cecile. Sie war immer noch eifrig mit ihrem Brief an Lila beschäftigt.

»Postlagernd Saintes-Maries, das ist alles, was Sie schreiben müssen«, sagte Bowman hastig. »Ihre Lebensgeschichte kennt sie doch bereits, nehme ich an.« Über den Rand ihrer Brille, die sie zu Bowmans Überraschung auf der Nase hatte, warf sie ihm einen kurzen, ausdruckslosen Blick zu, setzte ihn damit in puncto Wichtigkeit einer Fliege an der Wand gleich und schrieb weiter. Nach weiteren zwanzig Sekunden setzte sie ihren Namen mit einem Bowman in Anbetracht der Eile unnötig erscheinenden Schnörkel unter den Brief, legte die Brille in das Etui und nickte, um anzudeuten, daß sie fertig sei. Er ergriff ihren Koffer, sie löschten das Licht aus und zogen die Tür hinter sich zu. Bowman nahm seinen Koffer in die andere Hand, wartete, bis das Mädchen den zusammengefalteten Brief unter Lilas Tür durchgeschoben hatte, und dann glitten beide schnell und lautlos die Terrasse entlang und stiegen den Pfad zu der Straße hinauf, die an der Rückseite des Hotels vorbeiführte. Das Mädchen folgte Bowman schweigend und mit schnellen Schritten, und er wollte sich gerade dazu gratulieren, wie gut seine Erziehungsmethoden eingeschlagen hatten, als sie plötzlich seinen linken Arm packte und ihn zum Stehenbleiben zwang. Bowman schaute sie mit gerunzelter Stirn an, aber sein grimmiger Gesichtsausdruck verfehlte seine Wirkung. Kurzsichtig, dachte er entschuldigend.

»Sind wir hier sicher?« fragte sie.

»Im Augenblick ja.«

»Stellen Sie die Koffer ab.«

Er stellte die Koffer ab. Er würde seine Erziehungsmethoden einer Prüfung unterziehen müssen.

»Bis hierher und nicht weiter«, sagte sie entschieden. »Ich bin ein braves Mädchen gewesen, und ich habe getan, was Sie wollten, weil ich glaubte, daß eine Chance von eins zu hundert bestände, daß Sie nicht verrückt sind. Aber die Wahrscheinlichkeit der anderen neunundneunzig Prozent veranlaßt mich dazu, eine Erklärung zu verlangen. Und zwar sofort.«

Ihre Mutter hat sich mit ihrer Erziehung auch nicht gerade überanstrengt, dachte Bowman. Jedenfalls hatte sie sie nicht in die Vorzüge eines höflichen Salongeplauders eingeweiht. Aber irgend jemand hatte auf anderem Gebiet Erstaunliches geleistet, denn falls sie besorgt oder ängstlich war, merkte man ihr nicht das geringste an.

»Sie sind in Gefahr«, sagte Bowman. »Das habe ich Ihnen eingebrockt. Und jetzt muß ich Sie da wieder herausholen.«

»Ich bin in Gefahr?«

»Wir beide sind es. Drei Typen von dem Zigeunertreck da unten haben mir mitgeteilt, daß sie mich umzubringen gedenken. Und dann Sie. Aber zuerst mich. Also hetzten sie mich nach Les Baux hinauf und dann durch das Dorf und die Ruinen.«

Sie schaute ihn nachdenklich an. Sie sah nicht im entferntesten so besorgt oder teilnahmsvoll aus, wie sie es hätte sein sollen. »Aber wenn sie Sie gejagt haben...«

»Ich habe sie abgeschüttelt. Der Sohn des Anführers der Zigeuner, ein netter kleiner Bursche namens Ferenc, ist möglicherweise immer noch dort oben und sucht mich. In der einen Hand hat er eine Pistole, in der anderen ein Messer. Wenn er mich nicht findet, wird er zurückkommen und seinem Daddy Bericht erstatten, und dann werden sich einige seiner Kameraden auf den Weg zu unseren Zimmern machen. Zu Ihrem und zu meinem.«

»Was in aller Welt habe *ich* denn getan?« fragte sie.

»Man hat Sie den ganzen Abend mit mir zusammen gesehen, und man hat gesehen, daß Sie mir in Ihrem Zimmer Unterschlupf gewährt haben. *Das* haben Sie getan.«

»Aber – aber das ist doch lächerlich. Daß die sich so an Ihre Fersen heften, meine ich.« Sie schüttelte den Kopf. »Ich habe mich selbst über das mögliche eine Prozent getäuscht. Sie sind tatsächlich verrückt.«

»Wahrscheinlich.« Jedenfalls, dachte Bowman, war es eine gerechtfertigte Vermutung.

»Ich meine, schließlich brauchen Sie doch nur den Telephonhörer abzuheben.«

»Und dann?«

»Die Polizei anrufen, Sie Dummkopf.«

»Keine Polizei – und zwar, weil ich *kein* Dummkopf bin. Man würde mich wegen Mordes einsperren.«

Sie schaute ihn an und schüttelte langsam den Kopf. Auf ihrem Gesicht spiegelten sich Unglaube, Fassungslosigkeit oder beides.

»Es war nicht ganz so einfach, die Kerle abzuschütteln«, fuhr Bowman fort. »Es gab einen Unfall. Besser gesagt, zwei Unfälle.«

»Märchen.« Sie schüttelte wieder den Kopf und flüsterte: »Alles nur Märchen.«

»Natürlich.« Er griff nach ihrer Hand. »Kommen Sie mit, ich zeige Ihnen die Leichen.« Er wußte genau, daß er Hovals Leiche in der Dunkelheit niemals finden würde, aber Koscis würde er nicht lange suchen müssen, und was den Beweis seiner Geschichte betraf, so würde dafür auch eine Leiche ausreichen. Und dann erkannte er, daß er nichts würde beweisen müssen – nicht mehr: Ihr Gesicht, das zwar sehr blaß aber jetzt sehr beherrscht war, hatte sich irgendwie verändert. Und dann trat sie plötzlich ganz nahe an ihn heran und nahm seine freie Hand in ihre. Sie bekam keinen Schüttelfrost, sie schrak nicht mit Entsetzen vor einem geständigen Mörder zurück, sie trat einfach nur zu ihm und nahm seine Hand.

»Wo wollen Sie hin?« Ihre Stimme war leise, aber fest. »An die Riviera? In die Schweiz?«

Er hätte sie am liebsten in die Arme genommen, aber er beschloß, lieber auf einen geeigneteren Augenblick zu warten. Er sagte: »Nach Saintes-Maries.«

»Nach Saintes-Maries?«

»Das ist der Ort, an dem sich die Zigeuner treffen. Also will ich auch dorthin.«

Nach einer kurzen Pause sagte sie ohne die geringste Gemüts-bewegung in der Stimme: »Um in Saintes-Maries zu sterben.«

»Um in Saintes-Maries zu leben, Cecile. Um das Leben zu rechtfertigen, wenn Sie so wollen. Das müssen wir Tagediebe, das wissen Sie doch.« Sie sah ihn unverwandt schweigend an. Er hatte es nicht anders erwartet – sie war ein Mädchen, das immer wußte, wann es zu schweigen hatte. Im blassen Mondlicht sah ihr Gesicht ernst, ja beinah traurig aus. »Ich möchte herausfinden, warum ein junger Zigeuner verschwunden ist«, fuhr Bowman fort. »Ich möchte herausfinden, warum seine Mutter und drei Zigeuner-mädchen sich zu Tode fürchten. Ich möchte herausfinden, warum drei andere Zigeuner alles versuchten, um mich umzubringen. Und ich möchte herausfinden, warum sie sogar bereit sind, so weit zu gehen, Sie zu töten. Möchten Sie diese Dinge auch gerne wissen, Cecile?«

Sie nickte und zog ihre Hand fort. Er nahm die Koffer wieder auf und sie schlichen am Haupteingang des Hotels vorbei. Es war niemand zu sehen, kein Geräusch war zu hören, das darauf hindeutete, daß sich irgendwo jemand bewegte, kein Geschrei und kein Weinen, nichts als die sanfte, ruhige, friedvolle Atmo-sphäre der Elysischen Gefilde oder eines gutgeführten Friedhofs. Sie gingen den steilen gewundenen Weg bis zu der Straße hinun-ter, die durch das Todestal führte, und wandten sich dort scharf nach rechts. Nach dreißig Metern setzte Bowman mit einem erleichterten Seufzer die Koffer am Straßenrand ab.

»Wo steht Ihr Wagen?« fragte er.

»Am hinteren Ende des Parkplatzes.«

»Das ist wirklich praktisch. Das bedeutet, daß man mit der Karre durch den ganzen Parkplatz und den Vorhof fahren muß. Welches Fabrikat?«

»Peugeot 504. Blau.«

Er streckte die Hand aus. »Die Schlüssel.«

»Warum? Glauben Sie vielleicht, ich bin nicht in der Lage, meinen Wagen aus dem...«

»Nicht *aus* dem Chérie. *Über*. Über jeden, der versucht, sich Ihnen in den Weg zu stellen. Denn sie werden es versuchen.«

»Aber sie schlafen doch alle...«

»Sie unschuldiger Engel. Sie werden so lange herumsitzen und Slibowitz trinken, bis sie die glückliche Nachricht von meinem Ableben hören. Die Schüssel.« Sie schaute ihn mit einem Blick an, der eine Mischung aus Ärger und nachdenklicher Belustigung war, griff in ihre Handtasche und zog die Schlüssel heraus. Er nahm sie, und als er sich zum Gehen wandte, wollte sie ihm folgen. Er schüttelte den Kopf.

»Das nächste Mal«, sagte er.

»Aha.« Sie schnitt eine Grimasse. »Ich glaube nicht, daß wir beide sehr gut miteinander auskommen werden.«

»Das sollten wir aber«, sagte er. »Um Ihretwillen und um meinetwillen. Und es wäre hübsch, wenn ich Sie ohne Narben vor den Altar bringen könnte. Bleiben Sie hier.«

Zwei Minuten später stand er, tief in den Schatten gedrückt, neben dem Eingang zum Vorhof. In drei Wohnwagen – den dreien, die er früher an diesem Abend untersucht hatte – brannte noch Licht, aber nur bei einem – Czerdas – zeigte sich ein Lebenszeichen. Es überraschte ihn nicht, daß er die Beschäftigung von Czerda und seinen Häschern so richtig vorausgesehen hatte – wenn man einmal davon absah, daß er nicht feststellen konnte, ob es sich bei der alkoholischen Flüssigkeit, die hier in Strömen floß, tatsächlich um Slibowitz handelte. Alkohol war es auf jeden Fall. Die beiden Männer, die mit Czerda auf den Stufen des Wohnwagens saßen, waren aus dem gleichen Holz geschnitzt wie Czerda: dunkelhäutig, schlank, kräftig gebaut, einwandfrei Mitteleuropäer und höchst unangenehm. Bowman hatte keinen der beiden je zuvor gesehen und, wenn er sie sich so anschaute, legte er auch keinen gesteigerten Wert darauf, ihre nähere Bekanntschaft zu machen. Aus einigen Gesprächsfetzen erfuhr er, daß sie Maca und Masaine hießen. Wie auch immer sie heißen mochten, eins stand jedenfalls fest: Sie gehörten nicht zum anständigen Teil der Menschheit.

Fast genau zwischen ihnen und Bowmans Versteck stand, mit der Schnauze zum Eingang des Vorhofes, Czerdas Jeep. Er war als einziges Fahrzeug so geparkt. Natürlich würde er im Notfall zuerst in Gang gesetzt werden, und es erschien Bowman klug, etwas dagegen zu unternehmen. In gebückter Haltung schlich er langsam und lautlos über den Vorhof, und während er peinlich darauf achtete, immer den Jeep zwischen sich und dem Wohnwagen zu haben, erreichte er die Schnauze des Fahrzeugs. Er bückte sich vorsichtig zu einem der Vorderreifen hinunter, schraubte die Ventilkappe ab und schob das Ende eines Streichholzes in das Ventil, wobei er ein zusammengeballtes Taschentuch benützte, um das Zischen der entweichenden Luft zu dämpfen. Allmählich senkte sich das Rad, bis sich die Felge in den Gummi fraß. Bowman hoffte inständig, daß Czerda und seine Freunde nicht zum vorderen Kotflügel herüberschauten, denn es hätte sie einigermaßen überraschen müssen, daß er sich um mindestens sechs Zentimeter gesenkt hatte. Aber die Zigeuner waren voraussichtlich mit anderen und wichtigeren Dingen beschäftigt.

»Irgend etwas ist faul,« sagte Czerda überzeugt. »Ganz entschieden faul. Ihr wißt, daß ich solche Dinge immer spüre.«

»Ferenc, Koscis und Hoval können für sich allein sorgen.« Das war der Mann, den Bowman für Maca hielt, und seine Stimme klang sehr zuversichtlich. »Wenn dieser Bowman davongerannt ist, dann kann er ein ganzes Stück weit gerannt sein.«

»Nein.« Bowman riskierte einen schnellen Blick am Kotflügel vorbei und sah, daß Czerda aufgestanden war. »Sie sind schon zu lange weg. Viel zu lange. Kommt. Wir müssen sie suchen.«

Die beiden anderen Zigeuner standen widerwillig auf, blieben aber, ebenso wie Czerda, mit eingezogenen Köpfen stehen wo sie waren und drehten sich langsam um. Bowman hatte das Geräusch im gleichen Augenblick gehört wie sie, das Geräusch schneller Schritte, die vom Patio her näherkamen. Ferenc erschien auf der obersten Stufe der Treppe, stürzte sie, immer drei Stufen auf einmal nehmend, herunter und rannte über den Vorhof auf Czerdas Wohnwagen zu. Er lief taumelnd und stolpernd wie ein Mann, der kurz vor der völligen Erschöpfung steht, und an seinem keuchenden Atem, dem schweißüberströmten Gesicht und der Tatsache, daß er keinen Versuch machte, die Waffe in seiner Hand zu verbergen, konnte man erkennen, daß er sich in einem Zustand beträchtlicher Erregung befand.

»Sie sind tot, Vater!« Ferenc' Stimme war nur ein heiseres Winseln. »Hoval und Koscis sind tot!«

»Um Himmels willen, was sagst du da?« fragte Czerda.

»Tot! Sie sind tot, sage ich dir! Ich habe Koscis gefunden. Sein Genick ist gebrochen, ich glaube, jeder einzelne Knochen in seinem Leib ist gebrochen. Gott weiß, wo Hoval ist.«

Czerda packte seinen Sohn an den Jackenaufschlägen und schüttelte ihn wild. »Sprich vernünftig! Ermordet?« Er brüllte beinahe.

»Dieser Bowman. Er hat sie umgebracht.«

»Er hat sie – er hat sie – und was ist mit ihm?«

»Entkommen.«

»Entkommen! Entkommen! Du verdammter Idiot, wenn dieser Mann wirklich entwischt, wird Gaiuse Strome uns alle umbringen. Schnell! Zu Bowmans Zimmer!«

»Und zu dem Mädchen.«

»Mädchen?« fragte Czerda. »Die Dunkle?«

Ferenc nickte heftig. »Sie hat ihn vor uns beschützt.«

»Und zu dem Mädchen«, stimmte Czerda mit tückischem Gesicht zu.

Die vier Männer rannten auf die Treppe des Patios zu. Bowman glitt zu dem anderen Vorderreifen hinüber, und da er diesmal das Zischen der entweichenden Luft nicht zu dämpfen brauchte, schraubte er nur schnell die Ventilkappe ab und warf sie weg. Dann richtete er sich auf und rannte gebückt über den Vorhof und durch den Torbogen zum Parkplatz.

Hier sah er sich einer unerwarteten Schwierigkeit gegenüber: Ein blauer Peugeot, hatte Cecile gesagt. Wunderbar. Einen blauen Peugeot konnte er jederzeit erkennen – bei Tageslicht. Aber jetzt war nicht Tag, es war Nacht, und obwohl der Mond schien, warf das dichte Flechtwerk über dem Platz einen fast undurchdringlichen Schatten auf die Wagen, die darunter parkten. Wie nachts alle Katzen grau sind, so sehen auch alle Autos nachts gleich aus. Es war vielleicht nicht besonders schwer, einen Rolls-Royce von einem Mini-Cooper zu unterscheiden, aber in diesem Zeitalter des blödsinnigen Konformismus hat die Mehrheit der Wagen gräßlicherweise fast die gleiche Größe und Form. Jedenfalls schien es Bowman in dieser Nacht so. Er glitt schnell von einem Wagen zum nächsten, wobei er sich jeden einzelnen schrecklich lange ansehen mußte, nur um festzustellen, daß es nicht der richtige war.

Er hörte leise aber zornige Stimmen und schlich schnell zum Torbogen zurück: Neben Czerdas Wohnwagen standen die vier Zigeuner, die offensichtlich festgestellt hatten, daß ihre Vögel ausgeflogen waren, wild gestikulierend beieinander. Sie hielten Kriegsrat und überlegten offensichtlich, was sie als nächstes tun sollten, eine Entscheidung, um die Bowman sie nicht beneidete, denn in ihrer Lage wäre er völlig ratlos gewesen.

Plötzlich wechselte der Gegenstand seiner Aufmerksamkeit: Aus dem Augenwinkel hatte er etwas gesehen, das sogar im blassen Mondlicht ganz deutlich als Farbfleck zu erkennen war. Die schreiendbunte Erscheinung auf der oberen Terrasse bestand aus einem grell gestreiften lila Schlafanzug, und in diesem Schlafanzug steckte niemand anderer als Le Grand Duc, der sich auf das Geländer stützte und mit einem Gesicht zum Vorhof herüberblickte, das leichtes Interesse oder wohlwollende Gleichgültigkeit oder einige andere Empfindungen ausdrückte. Genau war es nicht festzustellen, denn ein großer Teil dessen, was man von dem Gesicht sehen konnte, bestand aus Kiefern, die sich rhythmisch auf und nieder bewegten, und der Rest wurde von einem großen roten Apfel verdeckt. Aber es stand jedenfalls fest, daß er sich nicht in einer Aufwallung irgendwelcher heftiger Gefühle befand.

Bowman ließ den Duc mampfen und setzte seine Suche fort. Am hinteren Ende des Parkplatzes, hatte sie gesagt. Er fing noch einmal von vorne an. Er ging zur Westseite hinüber, und der vierte Wagen in der Reihe war es. Jedenfalls glaubte er es. Auf alle Fälle war es ein Peugeot. Er stieg ein und der Zündschlüssel paßte. Weiber, dachte er verbittert, aber er verlor sich nicht in längeren Betrachtungen über dieses Thema, es gab Wichtigeres. Er schloß die Tür so leise er konnte. Es schien unwahrscheinlich, daß das leise Klicken im Vorhof gehört werden konnte, auch wenn die Zigeuner nicht ihren Kriegsrat abgehalten hätten. Er löste die Handbremse, legte den ersten Gang ein und ließ den Fuß auf der Kupplung, griff nach dem Zündschlüssel und schaltete die Zündung und die Scheinwerfer gleichzeitig ein. Sowohl der Motor als auch die Scheinwerfer kamen sofort und der Peugeot wirbelte mit den Hinterrädern den Kies auf, als er mit einem Satz losfuhr. Bowman drehte das Steuer nach links und hielt direkt auf den Torbogen in der Hecke zu. Er sah, wie sich die Zigeuner von der Rückseite des Wohnwagens lösten und losrannten, um ihm den Weg abzuschneiden. Wie sie sehr richtig annahmen, hatte er vor, zwischen dem Torbogen und dem Ausgang des Vorhofes durchzufahren. Czerda schien zu schreien, und obwohl seine Stimme durch das immer lauter werdende Motorengeräusch übertönt wurde, konnte man aus seinen wilden Gesten deutlich erkennen, daß er seinen Männern bedeutete, den Peugeot zu stoppen, obwohl Bowman sich nicht vorstellen konnte, wie sie das bewerkstelligen wollten. Als er durch den Torbogen kam, sah er im Licht der Scheinwerfer, daß Ferenc als einziger eine Feuerwaffe trug, und da er sie direkt auf Bowman richtete, ließ er ihm keine andere Wahl, als direkt auf ihn zuzufahren. Die Panik, die plötzlich auf Ferenc' Gesicht erschien, zeigte, daß er alles Interesse verloren hatte, seine Waffe zu benützen, und jetzt nur noch damit beschäftigt war, sich zu retten. Er warf sich mit einem verzweifelten Schwung nach links, und hätte es auch beinahe geschafft, aber eben nur beinahe. Der Kotflügel des Peugeot erwischte Ferenc am Oberschenkel, und plötzlich war er nicht mehr da; das einzige, was Bowman noch sah, war ein Glitzern, als seine Waffe in hohem

Bogen davonflog. Auf der linken Seite war es Czerda und den beiden anderen Zigeunern gelungen, sich aus der Gefahrenzone zu retten. Bowman riß das Steuer herum, fuhr aus dem Vorhof hinaus und bergab auf die Talstraße zu. Er fragte sich, was Le Grand Duc sich anläßlich dieses Schauspiels wohl zusammengereimt hatte. Wahrscheinlich hatte er nur einmal mit der Kaubewegung ausgesetzt. Mit quietschenden Reifen ging der Peugeot in die rechtwinklige Kurve am Ende der Straße. Bowman hielt neben Cecile, ließ aber den Motor laufen. Sie rannte zu ihm hin und hob einen Koffer hoch.

»Schnell! Beeilen Sie sich!« Sie warf den Koffer fast hinauf. »Hören Sie sie nicht kommen?«

»Ich höre sie«, sagte Bowman besänftigend. »Ich glaube, wir haben Zeit.« Sie hatten Zeit. Sie hörten das Heulen des Motors, ein Heulen, das leiser wurde, als der Jeep vor der Kurve scharf bremste. Dann kam er in Sicht, und er nahm die Kurve ganz jämmerlich. Czerda kurbelte wie verrückt, aber die Vorderräder schienen ihren eigenen Willen zu haben. Bowman beobachtete mit Interesse, wie der Jeep geradeaus weiterfuhr, über den anderen Straßenrand schleuderte, die Böschung hinunterholperte und schließlich krachend zum Stehen kam.

»Ts, ts, ts!« Bowman schüttelte den Kopf. »Haben Sie schon mal einen so unvorsichtigen Fahrer gesehen?« Er überquerte die Straße und schaute auf das Feld hinunter. Der Jeep lag mit rotierenden Rädern auf der Seite, während die drei Zigeuner, die ihr Fahrzeug verlassen hatten, bevor es zum Stehen kam, etwa fünf Meter weit davon entfernt auf einem Haufen lagen. Als Bowman noch dastand und auf sie hinunterschaute, entwirrte sich das Knäuel von Armen und Beinen und die drei Männer kamen mühsam auf die Füße. Verständlicherweise war Ferenc nicht dabei. Bowman merkte, daß Cecile neben ihn getreten war.

»Das ist Ihr Werk«, sagte sie anklagend. »Sie haben was mit dem Jeep gemacht.«

»Ach, nicht der Rede wert,« sagte er bescheiden. »Ich habe nur ein bißchen Luft aus den Reifen gelassen.«

»Aber – Sie hätten diese Männer dadurch umbringen können! Der Jeep hätte auf sie stürzen und sie zerquetschen können.«

»Es ist nicht immer möglich, alles so zu arrangieren, wie man es sich vorstellt«, entgegnete Bowman in bedauerndem Ton. Sie sah ihn mit einem Blick an, an den sich Dr. Crippen wahrscheinlich gewöhnt hatte, nachdem er vor Gericht gezerrt worden war, also änderte Bowman seinen Ton. »Sie sehen nicht dumm aus, Cecile, und sprechen auch nicht so, also verderben Sie nicht den guten Eindruck, indem Sie sich dumm benehmen. Wenn Sie der Ansicht sind, daß unsere drei Freunde da unten nur hierhergekommen sind, um die gute provençalische Nachtluft zu genießen, warum gehen Sie dann nicht hinunter und fragen sie, wie es ihnen geht?«

Sie drehte sich um und ging wortlos zum Wagen zurück. Er folgte ihr, und sie fuhren schweigend los. Nach einer Minute verlangsamte Bowman das Tempo und fuhr den Wagen auf einen kleinen Ausweichplatz am rechten Straßenrand. Durch die Windschutzscheibe konnten sie die senkrechten Kalksteinfelsen mit den riesigen Öffnungen sehen, hinter denen in undurchdringlicher Dunkelheit unsichtbare Höhlen lagen.

»Sie wollen doch nicht etwa hier halten?« Ihre Stimme klang fassungslos.

Er schaltete den Motor aus und zog die Handbremse an. »Ich habe bereits gehalten.«

»Aber hier werden sie uns finden!« Jetzt klang ihre Stimme verzweifelt. »Sie müssen uns hier finden. Sie müssen jeden Augenblick hier sein!«

»Nein. Wenn sie nach ihrem kleinen unfreiwilligen Purzelbaum überhaupt noch in der Lage sind zu denken, dann werden sie annehmen, daß wir inzwischen bereits die halbe Strecke nach Avignon hinter uns haben. Außerdem glaube ich, daß es einige Zeit dauern wird, bis sie ihre Begeisterung für Mondscheinfahrten wieder entdecken.«

Sie stiegen aus dem Wagen und schauten sich den Eingang der Höhle an. Drohend war nicht die richtige Bezeichnung dafür, unheimlich auch nicht. Diese Bezeichnungen waren viel zu schwach. Es war wortwörtlich ein entsetzlicher Ort, und Bowman konnte nun den Standpunkt des Polizisten, der im Hotel gewesen war, begreifen. Aber er glaubte keinen Moment lang, daß man in Les Baux geboren und im Aberglauben aufgewachsen sein mußte, um eine panische Angst davor zu entwickeln, diese Höhlen nachts zu betreten. Es war ganz einfach ein Ort, wohin sich niemand, der seine fünf Sinne beieinander hatte, nach Sonnenuntergang hineinwagen würde. Er hatte, so hoffte er, seine fünf Sinne beieinander, und wollte daher ebenfalls nicht hineingehen. Aber er mußte es tun.

Er nahm eine Taschenlampe aus seinem Koffer und sagte zu Cecile: »Warten Sie hier.«

»Nein! Sie können mich nicht allein lassen!« protestierte sie entschieden.

»Drinnen wird es wahrscheinlich noch viel schlimmer sein.«

»Das ist mir gleich.«

»Wie Sie meinen.«

Sie gingen los und betrachteten den Berg durch den größten Eingang auf der linken Seite. Wenn man ein dreistöckiges Haus auf Räder setzten könnte, hätte man es ohne Schwierigkeiten hindurchrollen können. Bowman ließ den Strahl seiner Taschenlampe über die Wände der Höhle gleiten, Wände, die mit den Kratzmalereien ungezählter Generationen bedeckt waren, dann steuerte er auf den Durchgang in der rechten Wand zu, der in eine noch größere Höhle führte. Bowman bemerkte, daß Cecile, obwohl sie flache Sandalen trug, häufiger stolperte, als es bei den vereinzelten Unregelmäßigkeiten in dem Kalksteinboden nötig gewesen wäre. Er war jetzt ziemlich sicher, daß ihre Sehkraft bedeutend schwächer war, als er vermutet hatte. In der nächsten Höhle gab es nichts, was Bowman interessiert hätte. Sicherlich, die Decke war so hoch, daß sie sich in der Dunkelheit verlor, aber da sich nur eine Fledermaus dort oben hin verirren konnte, war das unwichtig. Vor ihm gähnte ein neuer Durchgang.

»Ein schrecklicher Ort«, flüsterte Cecile.

»Für immer würde ich hier auch nicht wohnen wollen.«

Nach ein paar weiteren Schritten sagte sie: »Mr. Bowman!«

»Neil.«

»Darf ich Ihren Arm nehmen?« Daß man das heutzutage noch fragte!

»Bitte, bitte«, sagte er liebenswürdig. »Sie sind nicht der einzige Mensch, der hier drin ein bißchen Sicherheit braucht.«

»Das ist es nicht. Ich habe keine Angst, wirklich nicht. Es ist nur – Sie leuchten mit der Taschenlampe mal hierhin und mal dorthin, und deshalb kann ich nichts sehen und stolpere andauernd.«

Also nahm sie seinen Arm und stolperte nicht mehr, sondern zitterte nur, als hätte sie einen Malaria-Anfall. Schließlich fragte sie: »Was suchen Sie?«

»Sie wissen genau, was ich suche.«

»Vielleicht – ja, sie könnten ihn hier versteckt haben.«

»Begraben haben sie ihn sicher nicht, es sei denn, sie hätten Dynamit bei sich gehabt. Aber sie könnten ihn hier versteckt haben. Unter einem Haufen Kalksteinbrocken zum Beispiel, es liegen ja genügend herum.«

»Aber wir sind schon an Dutzenden von Steinhaufen vorbeige-kommen und Sie haben sie gar nicht beachtet.«

»Wenn wir zu einem frisch aufgehäuften kommen, werden Sie den Unterschied sehen«, sagte er lapidar. Sie zitterte wieder heftig, und er fuhr fort: »Warum mußten Sie bloß unbedingt mitkommen, Cecile? Sie sagten nicht die Wahrheit, als Sie mir mitteilten, Sie hätten keine Angst – Sie sind von grenzenloser Furcht befallen.«

»Ich bin lieber hier drinnen in Ihrer Gesellschaft von grenzenlo-ser Furcht befallen, als draußen allein.« Es war nur noch eine Frage von Sekunden, bis ihre Zähne zu klappern anfangen wür-den.

»Damit haben Sie vielleicht sogar recht«, gab er zu. Sie liefen jetzt leicht bergauf und traten durch eine weitere Öffnung in eine weitere riesige Höhle. Nach ein paar Schritten blieb Bowman abrupt stehen.

»Was ist los?« fragte Cecile flüsternd. »Was gibt es?«

»Ich weiß es nicht.« Er schwieg. »Doch, ich weiß es.« Zum erstenmal zitterte er selbst.

»Sie auch?« Wieder dieses Flüstern.

»Ich auch. Aber das ist es nicht. Irgend jemand ist gerade über mein Grab gelaufen.«

»Wie bitte?«

»Das hier ist es. Das ist der Ort. Wenn man so alt ist und so viel gesündigt hat wie ich, dann riecht man das.«

»Den Tod?« Jetzt zitterte auch ihre Stimme. »Menschen können den Tod nicht riechen.«

»Ich kann es.«

Er schaltete die Taschenlampe aus.

»Machen Sie sie an, machen Sie sie an!« Ihre Stimme war schrill, fast hysterisch. »Um Gottes willen, machen Sie sie an, bitte!«

Er nahm ihre Hand weg, legte den Arm um sie und hielt sie fest an sich gedrückt. Mit etwas Glück, dachte er, würde es ihnen vielleicht gelingen, einigermaßen synchron zu zittern, wenn auch nicht ganz so synchron wie die Paare bei den Tanzmeisterschaften im Fernsehen. Als die Vibrationen etwas schwächer geworden waren, sagte er: »Fällt Ihnen an dieser Höhle irgend etwas Beson-deres auf?«

»Hier ist Licht! Von irgendwoher kommt Licht!«

»Richtig.« Sie gingen vorwärts, bis sie zu einem riesigen Stein-haufen kamen, der bis zu einem großen viereckigen Stück Ster-

nenhimmel hinaufreichte. Vom Gipfel bis zum Fuß des Steinschlags verlief eine Spur, die frisch zu sein schien. Bowman
schaltete seine Lampe wieder ein, und nun sah er es ganz deutlich:
Die Spur war frisch. Er ließ den Lichtstrahl über den untersten Teil
des Steinschlags gleiten, und dann hielt der Lichtstrahl, fast
unwillkürlich, plötzlich an und beleuchtete einen Haufen Steine.
Er war vielleicht zweieinhalb Meter lang und einen Meter hoch.

»Hier haben wir einen frisch aufgeschichteten Hügel«, sagte
Bowman. »Jetzt können Sie den Unterschied sehen.«

»Jetzt kann ich den Unterschied sehen«, wiederholte Cecile
mechanisch.

»Bitte gehen Sie ein Stück zurück.«

»Nein. Es ist komisch, aber jetzt geht es mir wieder gut.«

Er glaubte ihr, und er hielt es nicht für komisch. Die Menschheit
hat den Dschungel der Urzeit noch nicht lange genug hinter sich
gelassen, um nicht immer noch größte Furcht vor dem Unbekannten zu empfinden. Aber hier gab es jetzt nichts Unbekanntes
mehr.

Bowman beugte sich über den Steinhaufen und begann die
Steine abzutragen. Sie hatten sich nicht die Mühe gemacht, den
armen Alexandre mit einer dicken Schicht Steine zu bedecken.
Denn innerhalb von ein paar Sekunden stieß Bowman auf die
zerrissenen Überreste eines ehemals weißen und jetzt blutdurchtränkten Hemdes. In dem verkrusteten Blut lag, an einem Silber-
kettchen befestigt, ein silbernes Kreuz. Er öffnete die Kette und
steckte sie und das Kruzifix in die Tasche.


Bowman parkte den Peugeot an der Stelle der Talstraße, an der er
Cecile und die Koffer abgeholt hatte. Er stieg aus.

»Bleiben Sie hier«, sagte er zu Cecile. »Und diesmal meine ich
es!« Sie nickte zwar nicht gerade gehorsam mit dem Kopf, aber sie
widersprach auch nicht. Vielleicht besserten sich seine Erziehungsmethoden allmählich. Ohne große Überraschung stellte er
fest, daß der Jeep noch an der gleichen Stelle lag. Man würde
einen Kran brauchen, um ihn heraufzuholen.

Der Eingang zum Vorhof schien verlassen zu sein, aber Bowman hatte zu Czerda und seinen Mannen ebensolches Vertrauen
entwickelt wie gegenüber einer Gruppe von Kobras oder Schwarzen Witwen, also drückte er sich tief in den Schatten und lief
langsam in den Vorhof. Sein Fuß stieg gegen etwas Festes, und es
ertönte ein schwaches metallisches Klicken. Er blieb wie erstarrt

stehen, aber niemand hatte etwas gehört. Er bückte sich und hob die Pistole auf, die er unabsichtlich gegen eine Tanksäule geschubst hatte. Es war ohne Zweifel die Pistole des jungen Ferenc. Nach der Verfassung zu urteilen, in der Bowman ihn zuletzt angetroffen hatte, konnte man schließen, daß er die Waffe bisher noch nicht vermißt oder Lust gehabt hatte, sie in allernächster Zeit zu benützen. Aber Bowman entschloß sich, sie ihm trotzdem zurückzubringen. Er wußte, er würde niemanden wecken, denn aus Czerdas Wohnwagen schimmerte immer noch Licht. Alle anderen Wohnwagen im Vorhof waren dunkel. Er ging zu Czerdas Wohnwagen hinüber, stieg lautlos die Stufen hinauf und spähte durch die halboffene Tür.

Czerda sah sich mit der verbundenen linken Hand, der abgeschürften Wange und dem großen Streifen Heftpflaster auf der Stirn gar nicht mehr ähnlich, aber gemessen an Ferenc, dessen Wunden er gerade versorgte, ging es ihm geradezu blendend. Ferenc lag auf seinem Bett. Er war nicht ganz bei Bewußtsein, stöhnte und stieß hin und wieder einen Schmerzensschrei aus, während sein Vater einen blutdurchtränkten Verband von seiner Stirn entfernte. Als der Verband, begleitet von einem letzten Schrei, endlich abgerissen war – der plötzlich starke Schmerz hatte Ferenc wieder zu sich gebracht –, konnte Bowman sehen, daß er einen sehr häßlichen Schnitt auf der Stirn hatte, aber dieser Schnitt verlor gegen die schweren Abschürfungen im Gesicht völlig an Bedeutung. Wenn er noch irgendwo sonst am Körper Abschürfungen dieser Größenordnung hatte, mußte Ferenc ganz beträchtliche Schmerzen haben und sich sehr elend fühlen. Diese Überlegung nötigte Bowman kein Mitleid ab: Wenn es nach Ferenc gegangen wäre, hätte sich Bowman jetzt in einem Zustand befunden, in dem er nie mehr irgend etwas gespürt hätte.

Ferenc setzte sich taumelnd auf, während sein Vater einen frischen Verband anlegte, dann beugte er sich vor, stützte die Ellenbogen auf die Knie, legte sein Gesicht in die Hände und stöhnte.

»Um Himmels willen, was ist passiert? Mein Kopf...«

»Es wird schon wieder«, sagte Czerda besänftigend. »Ein Schnitt und eine Schürfwunde. Das ist alles.«

»Aber wie ist das denn passiert? Warum ist mein Kopf...«

»Der Wagen. Natürlich. Dieser Teufel von Bowman!« Aus Ferenc' Mund war das ein ziemlich starkes Stück, fand Bowman. »Hat er... hat er...«

»Verdammt noch mal, *ja!* Er ist entkommen – und er hat unseren Jeep ruiniert.«

»Siehst du das hier?« Czerda deutete auf seine Hand und seine Stirn. Ferenc streifte ihn mit einem uninteressierten Blick, dann wandte er sich ab. Er hatte andere Dinge im Kopf.

»Meine Waffe, Vater! Wo ist meine Waffe?«

»Hier«, sagte Bowman. Er richtete seine Pistole auf Ferenc und trat in den Raum. Die blutbefleckte Kette und das Kruzifix baumelten an seiner linken Hand. Ferenc starrte ihn an. Er sah aus wie ein Mann, der den Kopf bereits auf den Pflock gelegt hat und hinter dessen Rücken der Scharfrichter das Beil schwingt – denn an Bowmans Stelle hätte Ferenc sicher den Scharfrichter gespielt. Czerda, der mit dem Rücken zur Tür gestanden hatte, wirbelte herum und verharrte dann ebenso regungslos wie sein Sohn. Er schien von Bowmans Besuch ebensowenig begeistert zu sein wie Ferenc. Bowman trat zwei Schritte vor und legte das blutige Kruzifix auf den Tisch.

»Seine Mutter möchte es vielleicht gerne haben«, sagte er. »Allerdings sollte man vielleicht zuerst das Blut abwischen.« Er wartete auf eine Reaktion, aber es erfolgte keine, also fuhr er fort: »Ich werde Sie töten, Czerda. Das muß ich doch, oder? Denn niemand wird jemals beweisen können, daß Sie den armen Alexandre umgebracht haben! Aber ich verlange keine Beweise, alles, was ich brauche, ist Sicherheit. Aber jetzt werde ich es noch nicht tun. Ich kann es noch nicht tun, nicht wahr? Ich darf doch keine unschuldigen Menschen sterben lassen, oder? Aber später, später werde ich Sie umbringen. Und anschließend werde ich Gaiuse Strome umbringen. Sagen Sie ihm, daß ich das vorhabe, ja?«

»Was wissen Sie von Gaiuse Strome?« flüsterte er.

»Genug, um ihn an den Galgen zu bringen. Und Sie.«

Czerdas Gesicht verzog sich plötzlich zu einem Lächeln, doch seine Stimme war immer noch dasselbe Flüstern.

»Sie haben gerade gesagt, daß Sie mich noch nicht umbringen können.« Er machte einen Schritt auf Bowman zu.

Bowman sagte nichts. Er verschob die Mündung seiner Pistole, bis sie auf den Punkt zwischen Ferenc' Augen zeigte. Czerda machte keine Anstalten, dem ersten Schritt noch einen zweiten hinzuzufügen. Bowman schaute ihn an und deutete auf einen Hocker am Tisch.

»Setzen Sie sich«, sagte er. »Mit dem Gesicht zu Ihrem Sohn.«

Czerda tat wie befohlen. Bowman machte einen Schritt vorwärts, und es war offensichtlich, daß Ferenc' Reaktionsvermögen noch nicht in vollem Umfang zurückgekehrt war, denn der entsetzte Ausdruck auf dem, was von seinem Gesicht noch übrig war, um Empfindungen auszudrücken, und sein Mund, der sich zu einem Warnruf öffnete, kamen viel zu spät für Czerda, der schwer zu Boden krachte, als der Lauf von Bowmans Pistole ihn hinterm Ohr traf. Ferenc fletschte die Zähne und fluchte gotteslästerlich. Jedenfalls nahm Bowman das an, denn Ferenc war zu seiner rumänischen Muttersprache zurückgekehrt. Aber der Zigeuner hatte noch nicht einmal richtig losgelegt, als Bowman wortlos auf ihn zutrat und seine Pistole erneut hochschwingen ließ. Ferenc' Reaktionen waren noch langsamer, als Bowman es für möglich gehalten hätte: Er stürzte neben seinem Vater zu Boden und blieb reglos liegen.

»Was in aller Welt...«, ertönte plötzlich eine Stimme hinter Bowman. Er warf sich zur Seite, ließ sich zu Boden fallen, wirbelte herum und riß seine Waffe hoch. Dann erhob er sich langsam: Cecile stand in der Tür, die grünen Augen weit aufgerissen, das Gesicht schreckerstarrt.

»Sie Närrin«, sagte Bowman grob. »Sie wären eben fast gestorben. Wissen Sie das nicht?« Sie nickte, immer noch mit ausdruckslosem Gesicht. »Kommen Sie 'rein. Sie sind wirklich eine Närrin. Warum um alles in der Welt haben Sie nicht getan, was ich Ihnen gesagt habe und sind geblieben, wo Sie waren?« Wie in Trance trat sie ein und zog die Tür hinter sich zu. Sie starrte auf die beiden Männer hinunter und dann wieder zu Bowman hinüber. »Warum, um Gottes willen, haben Sie diese beiden Männer niedergeschlagen? Sie sind doch verletzt.«

»Weil noch nicht der richtige Zeitpunkt war, sie umzubringen«, sagte Bowman kalt. Er wandte ihr den Rücken zu und begann, den Raum methodisch und gründlich zu durchsuchen. Wenn man einen Raum durchsucht, sei es der Wohnwagen eines Zigeuners oder die Villa eines Barons, muß man ihn im Verlauf der Suche vollkommen zerstören. Also machte sich Bowman systematisch daran, Czerdas Wohnwagen in eine Ruine zu verwandeln. Er riß die Bettwäsche in Stücke, schlitzte die Matratzen mit Hilfe des Messers auf, daß er sich von dem bewußtlosen Czerda geborgt hatte, zerstreute die Füllung im ganzen Raum, um sicherzugehen, daß nichts darin versteckt war, und brach die verschlossenen Schränke auf. Er ging in das Küchenabteil, zerschlug alles Geschirr, in dem irgend etwas verborgen sein konnte, leerte ein

Dutzend Konservenbüchsen in das Spülbecken, zerschlug Einweckgläser und eine ganze Anzahl Weinflaschen und beendete sein Zerstörungswerk damit, daß er den Inhalt der Besteckkästen auf dem Boden verstreute, um sicher zu sein, daß sich unter dem Papier, mit dem sie ausgelegt waren, nichts verbarg. Es war nichts da.

Cecile, die ihn wie in Trance beobachtet hatte, sagte: »Wer ist Gaiuse Strome?«

»Wie lange haben Sie denn zugehört?«

»Die ganze Zeit. Wer ist Gaiuse Strome?«

»Ich weiß es nicht«, sagte Bowman ehrlich. »Ich habe den Namen vor heute nacht noch nie gehört.«

Er wandte seine Aufmerksamkeit den größeren Kleiderschränken zu. Er riß die Sachen heraus, warf sie auf den Boden und schob sie mit dem Fuß auseinander. Aber auch hier fand er nichts.

»Das Eigentum anderer Menschen bedeutet Ihnen wohl nicht besonders viel, wie?« Inzwischen hatte sich Ceciles Trancezustand in die betäubte Verständnislosigkeit eines Menschen verwandelt, der verzweifelt versucht, die Realität zu begreifen.

»Er ist bestimmt versichert«, sagte Bowman beruhigend. Er machte sich über das letzte noch intakte Möbelstück her, eine wunderschöne geschnitzte Mahagonikommode, die in jeder Währung ein kleines Vermögen wert war. Er brach die Schubladen mit der unschätzbaren Hilfe von Czerdas Messer auf, leerte den Inhalt der beiden ersten auf den Fußboden und wollte gerade die dritte öffnen, als ihm etwas auffiel. Er bückte sich und zog ein Paar schwere, zusammengerollte Wollsocken hervor. In dem Knäuel fand er ein mit einem Gummiband zusammengehaltenes Bündel brandneuer knisternder Banknoten mit fortlaufenden Seriennummern. Er brauchte länger als eine halbe Minute, um sie zu zählen.

»Achtzigtausend Schweizer Franken, in Tausend-Franken-Scheinen«, sagte er. »Ich frage mich, wo Czerda die bloß her hat. Na, ist egal.« Er stopfte die Banknoten in seine Gesäßtasche und nahm seine Suche wieder auf.

»Aber – aber das ist Diebstahl!« Es wäre vielleicht übertrieben zu sagen, daß Cecile entsetzt aussah, aber jedenfalls stand nicht viel Bewunderung in ihren großen grünen Augen. Doch Bowman war nicht in der Stimmung für Moralpredigten.

»Oh, halten Sie den Mund!« sagte er.

»Aber Sie haben doch genug Geld!«

»Vielleicht habe ich mir das andere auch auf diese Weise beschafft.«

Er brach die nächste Schublade auf, wühlte den Inhalt mit der Schuhspitze durch und drehte sich dann um, als er links unten ein Geräusch hörte: Ferenc rappelte sich mühsam hoch. Bowman nahm seinen Arm und half ihm auf, schlug ihm mit aller Gewalt seitlich gegen den Unterkiefer und ließ ihn wieder zu Boden gleiten. Wieder war Ceciles Gesicht vor Schrecken erstarrt. Der Ausdruck des Schocks mischte sich mit Anzeichen beginnenden Abscheus. Wahrscheinlich war sie ein mit Zärtlichkeit erzogenes Kind, das mit der Ansicht aufgewachsen war, daß die Oper, das Ballett oder das Theater die ideale Abendunterhaltung darstellten. Bowman machte sich an die nächste Schublade.

Cecile beobachtete ihn mit zusammengepreßten Lippen und sah einen Augenblick lang aus wie eine ungehaltene Gouvernante.

»Die Zeit drängt. Ah!«

»Was ist los?« Nicht einmal die anständigsten Frauen sind gegen das Laster der Neugierde gefeit.

»Das ist los.« Er zeigte ihr eine kunstvoll geschnitzte Schatulle aus Rosenholz, mit Intarsien aus Elfenbein und Perlmutt. Sie war verschlossen und so gut gearbeitet, daß es sogar unmöglich war, die Spitze von Czerdas rasierklingendünnem Messer zwischen Dekkel und Kasten zu schieben. Cecile schien diese Tatsache ein geradezu bösartiges Vergnügen zu bereiten, denn sie machte eine Handbewegung, mit der sie die totale Verwüstung des Raumes umfaßte. »Soll ich vielleicht den Schlüssel suchen?« fragte sie liebenswürdig.

»Nicht nötig.« Er stellte die Schatulle auf den Boden und sprang mit beiden Füßen darauf. Nur ein zersplittertes Häufchen Holz blieb übrig. Er zog einen versiegelten Umschlag aus den Trümmern, öffnete ihn und entnahm ihm ein Blatt Papier.

Auf dem Papier stand, mit Schreibmaschine geschrieben, ein Durcheinander anscheinend bedeutungsloser Buchstaben und Zahlen. Es gab auch ein paar Wörter im Klartext, aber ihre Bedeutung war im Zusammenhang mit dem übrigen völlig unklar. Cecile spähte über seine Schulter. Sie hatte die Augen zusammengekniffen, und er wußte, daß es ihr schwerfiel, etwas zu erkennen.

»Was ist das?« fragte sie.

»Sieht aus wie ein Code. Ein oder zwei Worte sind klar. Da haben wir zunächst einmal ›Montag‹, dann ein Datum, den ›24. Mai‹, und schließlich noch einen Ortsnamen ›Grau du Roi‹.«

»Grau du Roi?«

»Das ist ein Fischereihafen und Ferienort unten an der Küste. Jetzt sagen Sie mir bloß, warum schleppt ein Zigeuner eine verschlüsselte Botschaft in einer Schatulle mit sich herum?« Er dachte ein wenig darüber nach, aber es half ihm nicht weiter. Er war zwar noch immer wach und auf den Beinen, aber sein Verstand hatte sich für diese Nacht zur Ruhe begeben. »Dumme Frage. Auf, auf und davon.«

»Wie bitte? Sie wollen doch nicht diese beiden hübschen Schubladen verschlossen lassen?«

»Die lassen wir für die Vandalen übrig.« Er nahm sie am Arm, damit sie auf dem Weg zur Tür nicht zu oft stolperte, und sie schaute ihn fragend an.

»Glauben Sie, daß Sie den Code entschlüsseln können?«

Bowman blickte um sich. »Ich kann Möbel aufbrechen, ich kann Geschirr zertrümmern, aber einen Code entschlüsseln, nein. Kommen Sie, gehen wir ins Hotel.«

Bevor er die Tür hinter sich zuzog, warf Bowman noch einen Blick auf die beiden bewußtlosen, verletzten Männer, die zwischen den Ruinen und den Scherben dessen lagen, was noch vor kurzer Zeit das Innere eines luxuriös ausgestatteten Wohnwagens gewesen war. Um den Wohnwagen tat es ihm beinahe leid.


4


Als Bowman erwachte, sangen die Vögel, der Himmel erstrahlte in wolkenlosem, durchsichtigem Blau und die Strahlen der Morgensonne drangen durch das Fenster herein: nicht durch eines der Fenster im Hotel, sondern durch das Fenster des blauen Peugeot, den er in den frühen Morgenstunden in den Schutz einer dichten Baumgruppe gefahren hatte, die in der Dunkelheit fast vollkommene Deckung gegen die Straße geboten hatte. Jetzt, bei Tageslicht, sah Bowman, daß die Bäume nicht den geringsten Schutz boten, daß der Wagen und seine Insassen vielmehr ohne Schwierigkeiten von jedem Passanten, der sich die Mühe machte, einen flüchtigen Blick in ihre Richtung zu werfen, gesehen werden konnte, und da Zigeuner, deren flüchtigen Blicken er nicht gerade gerne ausgesetzt sein würde, sich nicht in allzu weiter Entfernung befanden, entschied er, daß es Zeit sei, weiterzufahren.

Es tat ihm leid, Cecile wecken zu müssen. Sie schien die Nacht, beziehungsweise den Rest davon, relativ bequem verbracht zu haben – ihr dunkler Kopf lag an seiner Schulter – ein Gedanke, der ihn mit leichtem Neid erfüllte, denn er hatte eine reichlich unbequeme Nachtruhe hinter sich, teils, weil er sich nicht getraut hatte, sich zu rühren, um sie nicht zu wecken, aber hauptsächlich deshalb, weil seine ungewohnten sportlichen Höchstleistungen ihm die verschiedensten Schmerzen in den verschiedensten Muskeln beschert hatten. Er drehte das Fenster herunter, sog die frische, kühle Morgenluft ein und zündete sich eine Zigarette an. Das Geräusch des Feuerzeugs reichte aus, um sie unruhig werden zu lassen. Gleich darauf richtete sie sich auf und blickte ziemlich verschlafen um sich, bis sie wußte, wo sie war.

Sie schaute ihn an und sagte: »Nun, bei den heutigen Hotelpreisen sind wir ja noch mal gut weggekommen.«

»So hab' ich's gerne«, sagte Bowman. »Echter Pioniergeist.«

»Sehe ich vielleicht wie ein Pionier aus?«

»Offen gestanden, nein.«

»Ich möchte ein Bad nehmen.«

»Das sollen Sie auch haben, und zwar bald. Im besten Hotel von Arles. Ehrenwort.«

»Sie sind wirklich ein Optimist. Sie können sicher sein, daß die Hotels schon seit Wochen ausgebucht sind – wegen des Zigeunerfestes.«

»Das stimmt, inclusive des Zimmers, das ich bestellt habe. Ich habe das schon vor zwei Monaten erledigt.«

»Aha.« Sie rutschte ostentativ von ihm weg, was Bowman als ziemlich undankbar empfand. Schließlich hatte sie während der letzten Stunden seine Schulter als Kopfkissen nicht verschmäht. »Sie haben Ihr Zimmer vor zwei Monaten bestellt, Mr. B...«

»Neil.«

»Ich bin sehr geduldig gewesen. Stimmt's, Mr. Bowman? Ich habe keine Fragen gestellt.«

»Nein, das haben Sie nicht.« Er schaute sie bewundernd an. »Was für eine herrliche Ehefrau Sie sein werden. Wenn ich mal spät aus dem Büro heimkomme...«

»Bitte lassen Sie das. Worum geht es hier eigentlich? Und wer sind Sie in Wirklichkeit?«

»Ein Tagesdieb auf Verfolgungsjagd.«

»Auf Verfolgungsjagd? Sie folgen den Zigeunern, die...«

»Ich bin ein sehr rachsüchtiger Tagedieb.«

»Ich habe Ihnen geholfen...«

»Ja, das haben Sie.«

»Ich habe Ihnen meinen Wagen überlassen. Sie haben mich in Gefahr gebracht...«

»Ich weiß. Es tut mir leid. Ich hatte kein Recht dazu. Ich setze Sie in ein Taxi, das Sie zum Flugplatz Martignane, zur nächsten Maschine nach England bringt. Dort werden Sie sicher sein. Oder nehmen Sie diesen Wagen. Ich werde per Anhalter nach Arles fahren.«

»Erpresser!«

»Erpresser? Das verstehe ich nicht. Ich biete Ihnen ein Flugzeug und Sicherheit. Wollen Sie vielleicht sagen, daß Sie bereit sind, mich zu begleiten?«

Sie nickte. Er schaute sie nachdenklich an.

»So unerschütterliches Vertrauen zu einem Mann, an dessen Hände so viel Blut klebt?«

Sie nickte wieder.

»Ich verstehe Sie nicht.« Er starrte geradeaus durch die Windschutzscheibe. »Könnte es sein, daß sich die liebe Miß Dubois im Begriff befindet, sich zu verlieben?«

»Bleiben Sie auf dem Teppich«, sagte sie ruhig. »Die liebe Miß Dubois beschäftigt sich nicht mit derartig romantischen Ideen.«

»Warum kommen Sie dann mit mir? Wer weiß, vielleicht liegen sie alle auf der Lauer – das Sumpfkrokodil in einem dunklen Hauseingang, der Kellner mit einer Giftspritze, der Lächelnde mit dem Messer im Gully – alle Freunde von Czerda, um genau zu sein. Warum also?«

»Ich weiß es wirklich nicht.«

Er startete den Peugeot. »Ich weiß jedenfalls sicher, daß ich es auch nicht weiß.« Aber er wußte es. Und sie wußte es auch. Aber was sie nicht wußte, war, daß er wußte, daß sie es wußte. Dafür, daß es erst acht Uhr morgens war, herrschte bereits beträchtliche Verwirrung, fand Bowman.

Sie waren gerade wieder in die Hauptstraße eingebogen, als sie sagte: »Mr. Bowman, vielleicht sind Sie klüger als Sie aussehen.«

»Das wäre doch wohl kaum möglich.«

»Vor ein oder zwei Minuten habe ich Ihnen eine Frage gestellt.

Aus irgendeinem Grund haben Sie sie bis jetzt noch nicht beantwortet.«

»Eine Frage? Welche?«

»Ach, lassen wir es«, sagte sie resigniert. »Ich habe sie selbst vergessen.«

Le Grand Duc saß aufrecht im Bett und genoß sein Frühstück. Der grell gestreifte lila Pyjama wurde glücklicherweise zum größten Teil von einer riesigen Serviette verdeckt. Das Frühstückstablett hatte etwa die gleiche Breite wie sein Bett und war damit der Größe der Mahlzeit angepaßt, unter der es sich bog. Le Grand Duc hatte gerade ein besonders saftiges Stück Fisch auf die Gabel gespießt, als die Tür aufging und Lila eintrat, ohne vorher angeklopft zu haben. Ihr blondes Haar war ungekämmt. Mit einer Hand hielt sie ihren Morgenrock zu, in der anderen schwenkte sie ein Blatt Papier. Offensichtlich war sie sehr aufgeregt.

»Cecile ist weg!« Sie wedelte das Papier dicht vor seiner Nase hin und her. »Das hat sie mir hinterlassen.«

»Weg?« Le Grand Duc beförderte den großen Bissen Fisch in seinen Mund und kaute genußvoll. »Zum Teufel, diese Seebarbe ist superb. Was heißt weg? Wohin ist sie denn gegangen?«

»Ich weiß es nicht. Sie hat alle ihre Kleider mitgenommen.«

»Geben Sie mal her.« Er streckte die Hand aus und nahm Lila das Blatt Papier ab. »›Nimm postlagernd Saintes-Maries mit mir Verbindung auf.‹ Nicht sehr informativ, würde ich sagen. Dieser gräßliche Kerl, mit dem sie gestern abend zusammen war...«

»Bowman? Neil Bowman?«

»Das ist der gräßliche Kerl, den ich meine. Prüfen Sie nach, ob er noch hier ist. Und ihr Wagen.«

»Daran habe ich noch gar nicht gedacht.«

»Man muß eben kombinieren können«, sagte Le Grand Duc liebenswürdig. Er nahm Messer und Gabel wieder auf, wartete, bis Lila hinausgeeilt war, legte Messer und Gabel auf den Teller zurück, öffnete die Schublade seines Nachttischs und nahm das Notizbuch heraus, das Lila in der vorangegangenen Nacht als seine unbezahlte Sekretärin benutzt hatte, als er die Zigeuner interviewte. Er verglich die Schrift im Notizbuch mit der auf dem Blatt Papier, das Lila ihm gerade gebracht hatte. Es war nicht die gleiche. Le Grand Duc seufzte schwer, legte das Notizbuch an seinen Platz zurück, ließ das Blatt Papier achtlos zu Boden fallen und nahm die Seebarbe wieder in Angriff. Er war gerade damit fertig und hob den Deckel einer Schüssel mit Nieren und Speck hoch, als Lila zurückkehrte. Sie hatte ihren Morgenrock gegen das blaue Minikleid eingetauscht, das sie am Abend vorher getragen hatte und ihr Haar gekämmt. Aber ihre Aufregung hatte sich nicht gelegt.

»Er ist auch weg. Und der Wagen. Oh, Charles, ich mache mir schrecklich Sorgen!«

»Mit dem Grand Duc an Ihrer Seite brauchen Sie sich nicht die geringsten Sorgen zu machen. Die beiden sind offensichtlich in Saintes-Maries.«

»Ich vermute es.« Sie war voller Zweifel und zögerte. »Aber wie komme ich dorthin? Mein Wagen – unser Wagen...«

»Sie werden mich begleiten, Chérie. Le Grand Duc hat immer irgendein Transportmittel zur Hand.« Er schwieg und lauschte dem Stimmengewirr, das sich plötzlich draußen erhoben hatte. »Ts, ts, ts, diese Zigeuner können einen ganz schönen Krach machen. Nehmen Sie doch bitte das Tablett weg, meine Liebe.«

Nicht ohne Schwierigkeiten hievte Lila das Tablett vom Bett. Le Grand Duc schwang sich aus dem Bett, wickelte sich in einen grellfarbigen Kimono und ging auf die Zimmertür zu. Da die lautstarke Störung offensichtlich aus der Richtung des Vorhofes kam, marschierte der Duc zum Geländer der Terrasse hinüber und blickte hinunter. Eine große Gruppe von Zigeunern hatte sich um die Rückseite von Czerdas Wohnwagen geschart, um den einzigen Teil des Wagens, den der Duc nicht sehen konnte. Einige der Zigeuner gestikulierten wild herum, andere schrien durcheinander. Offenbar waren sie alle über irgend etwas sehr wütend.

»Ah!« Le Grand Duc klatschte in die Hände. »Das ist wirklich ein Glück! Es passiert selten, daß man im richtigen Augenblick am richtigen Platz ist. Das ist echte Folklore! Kommen Sie.«

Er drehte sich um und ging entschlossen auf die Treppe zu, die zur Terrasse hinunterführte. Lila packte ihn am Arm.

»Aber Sie können doch nicht im Schlafanzug da hinuntergehen!«

»Seien Sie nicht albern.« Le Grand Duc schüttelte ihren Arm ab und setzte seinen Weg fort, stieg die Stufen zum Patio hinunter, ignorierte oder – was wahrscheinlicher war, bemerkte nicht – die fassungslosen Blicke der frühstückenden Hotelgäste im Patio und blieb am Ende des Vorhofes stehen, um die Szenerie zu überblikken. Auf dem Parkplatz standen bereits keine Zigeunerwagen mehr, und auch zwei oder drei der Fahrzeuge, die im Vorhof geparkt hatten, waren inzwischen verschwunden, während die restlichen offensichtlich zur Abreise fertiggemacht wurden. Aber immer noch waren mindestens zwei Dutzend Zigeuner um Czerdas Wohnwagen versammelt.

Wie ein psychedelischer Caligula schritt Le Grand Duc, dicht gefolgt von der verärgerten und im höchsten Maße erregten Lila, hoheitsvoll die Stufen hinunter und bahnte sich den Weg durch die Menge der Zigeuner, die um Czerdas Wohnwagen herumstanden. Er blieb stehen und besah sich das Bild, daß sich ihm bot. Zerschlagen, voller Schürfwunden, zerschnitten und dick verbunden, saßen Czerda und sein Sohn auf der Treppe ihres Wohnwagens. Beide hatten die Köpfe in die Hände gelegt. Sowohl körperlich als auch geistig schienen sie am Ende ihrer Kräfte zu sein. Hinter ihnen sah man einige Frauen, die sich der mühsamen Aufgabe widmeten, Ordnung im Innern des Wagens zu schaffen, wo es bei Tageslicht noch katastrophaler aussah als nachts bei Lampenlicht. Ein Anarchist mit einem meisterlichen Geschick für Bombenwerfen hätte sich glücklich geschätzt, wäre ihm ein solches Werk gelungen.

»Ts, ts, ts.« Le Grand Duc schüttelte mit einer Mischung von Enttäuschung und Abscheu den Kopf. »Ein Familienstreit. Einige dieser rumänischen Familien sind außerordentlich streitsüchtig, wissen Sie. Hier gibt es nichts zu sehen für einen echten Volkskundler. Kommen Sie, meine Liebe, ich sehe, daß die meisten Zigeuner schon unterwegs sind. Wir sollten es ihnen gleichtun.« Er führte sie die Treppen hinauf und hielt einen vorbeikommenden Boy auf.

»Meinen Wagen, aber bitte sofort.«

»Ihr Wagen ist nicht hier?«

»Natürlich ist er nicht hier. Sie nehmen doch nicht etwa an, daß meine Angestellten im gleichen Hotel wohnen wie ich. Seien Sie in zehn Minuten wieder hier.«

»In zehn Minuten! Ich muß baden, frühstücken, packen, die Rechnung bezahlen...«

»In zehn Minuten.«

Sie war auf die Sekunde pünktlich. Le Grand Duc ebenfalls. Er trug einen doppelreihigen grauen Flanellanzug über einem braunen Hemd sowie einen Panamahut mit einem braunen Band. Aber dieses eine Mal war Lilas Aufmerksamkeit auf etwas anderes gerichtet. Sie starrte wie betäubt zum Ausgang des Vorhofs hinunter.

»Le Grand Duc«, wiederholte sie mechanisch, »hat immer irgendein Transportmittel zur Hand.«

Das Transportmittel bestand in diesem Fall aus einem herrlichen, riesigen handgearbeiteten Rolls-Royce-Kabriolett in Hell- und Dunkelgrün. Daneben stand, die Wagentür aufhaltend, eine Chauffeuse in hellgrüner Uniform, die mit dunkelgrünen Kordeln besetzt war. Die Fahrerin war jung, klein, hatte kastanienbraune Haare und ein außerordentlich hübsches Gesicht. Sie lächelte, als Le Grand Duc und Lila im Fond Platz nahmen. Dann setzte sie sich hinter das Steuer und der Wagen fuhr, wie es im Innern schien, ohne jedes Motorengeräusch an.

Lila schaute den Grand Duc interessiert an, der sich mit einem Anzünder, den er aus einem beeindruckenden Armaturenbrett zu seiner Rechten zog, eine riesige Havanna ansteckte.

»Wollen Sie mir vielleicht erzählen«, sagte sie, »daß Sie ein so unglaublich hübsches Geschöpf nicht im gleichen Hotel absteigen lassen, in dem Sie wohnen?«

»Ganz sicher nicht. Aber das heißt nicht, daß ich mich nicht um meine Angestellten kümmere.« Er drückte auf einen Knopf des Armaturenbrettes und die Trennscheibe glitt lautlos herunter. »Und wo haben Sie die letzte Nacht verbracht, meine liebe Carita?«

»Nun, Monsieur, die Hotels waren alle besetzt und...«

»Wo haben Sie die letzte Nacht verbracht?«

»Im Wagen.«

»Ts, ts, ts!« Das Fenster glitt wieder hinauf und er wandte sich an Lila. »Aber wie Sie sehen, ist es ein sehr komfortabler Wagen.«

Als der Peugeot in Arles einfuhr, hatte sich zwischen Bowman und Cecile eine unterkühlte Atmosphäre entwickelt. Sie hatten über Bekleidungsfragen diskutiert und sich nicht einigen können. Bowman bog in eine relativ ruhige Seitenstraße und hielt gegenüber von einem Gebäude, das wie ein zwar großes, aber auch leicht schmuddeliges Kleidergeschäft aussah. Er schaltete den Motor aus und sah das Mädchen an. Sie blickte stur geradeaus.

»Nun?«

»Tut mir leid.« Sie starrte interessiert auf einen Punkt in der Unendlichkeit. »Ich mache nicht mit. Ich glaube, Sie sind wirklich verrückt.«

»Schon möglich«, nickte er. Er küßte sie auf die Wange, stieg aus, nahm seinen Koffer vom Rücksitz und ging über die Straße.

Dann blieb er stehen und begutachtete eingehend einige exotische Kostüme in der Auslage. Der Wagen spiegelte sich deutlich im Fenster und fast ebenso deutlich auch Ceciles Gesicht: Sie hatte die Lippen fest aufeinandergepreßt und war ganz entschieden wütend. Sie schien zu zögern, stieg dann aus dem Wagen und kam zu ihm herüber.

»Ich könnte Sie verprügeln«, fauchte sie.

»Das wäre mir aber gar nicht recht«, sagte er. »Sie sehen ziemlich kräftig aus.«

»Oh, um Himmels willen, halten Sie den Mund und legen Sie den Koffer wieder in den Wagen.«

Also hielt er den Mund und legte den Koffer wieder in den Wagen, nahm ihren Arm; widerwillig ließ sie sich in das verstaubte Geschäft führen. Zwanzig Minuten später begutachtete er sich in einem mannshohen Spiegel und schauderte. Er trug jetzt einen schwarzen, bis oben zugeknöpften und sehr eng sitzenden Anzug, in dem er endlich nachempfinden konnte, wie eine übergewichtige und in ein Korsett gezwängte Operndiva sich fühlen mußte, wenn sie verzweifelt das hohe C erreichen wollte, ein weißes Hemd, eine schwarze Schnürsenkelkrawatte und einen breitrandigen schwarzen Hut. Es war wie eine Erlösung, als Cecile in Begleitung einer dicken, angenehmen, in Schwarz gekleideten Frau mittleren Alters, die Bowman für die Geschäftsführerin hielt, aus einer Umkleidekabine erschien. Er nahm sie aber nur am Rand wahr, denn jeder Mann, dessen Blick sich nicht ausschließlich auf Cecile konzentriert hätte, wäre entweder ein Fall für den Psychiater oder für den Augenarzt gewesen.

Er hatte sie nie für häßlich gehalten, aber jetzt wurde ihm ein für allemal klar, daß sie ein ungewöhnlich entzückendes Geschöpf war. Es lag nicht an dem eleganten Kleid, das sie trug – ein schönes, wie angegossen sitzendes, exotisches und sehr teures Zigeunerkostüm, in dem kaum eine Regenbogenfarbe fehlte –, und es lag auch nicht an der weißen, gerüschten mantillaähnlichen Kopfbedeckung, obwohl Bowmann gehört hatte, daß das Bewußtsein, schöne Dinge zu tragen, Frauen von innen heraus leuchten läßt. Alles, was er wußte, war, daß sein Herz ein paar Purzelbäume schlug, und er rief es erst zur Ordnung, als er ihr liebes und leicht amüsiertes Lächeln sah und setzte wieder seinen – wie er hoffte – rätselhaften Gesichtsausdruck auf, den er gewöhnlich zur Schau trug. Die Geschäftsführerin faßte seinen Gedanken in Worte:

»Madame sieht wunderschön aus«, sagte sie atemlos.

»Madame *ist* wunderschön«, verbesserte er. »Wieviel kostet es? In Schweizer Franken. Sie nehmen doch hoffentlich Schweizer Franken?«

»Aber selbstverständlich.« Die Geschäftsführerin rief einen Angestellten, der damit begann, Zahlen zu addieren, während sie die Sachen einpackte. »Sie packt ja meine Kleider ein!« Cecile schien verärgert zu sein. »Ich kann doch nicht in diesem Aufzug auf die Straße.«

»Natürlich können Sie das.« Bowman hatte es herzlich und überzeugend sagen wollen, aber seine Worte klangen mechanisch, denn er war immer noch in ihren Anblick versunken. »Hier findet nämlich eine Fiesta statt.«

»Monsieur hat völlig recht«, bekräftigte die Geschäftsführerin. »Um diese Jahreszeit tragen Hunderte von jungen Mädchen aus Arles diese Kleidung. Das ist eine hübsche Abwechslung, und es tut ihnen gut.«

»Und für das Geschäft ist es auch nicht schlecht«, sagte Bowman mit einem Blick auf die Rechnung, die ihm der Angestellte gerade in die Hand gedrückt hatte. »Zweitausendvierhundert Schweizer Franken.« Er schälte drei Tausend-Franken-Scheine aus dem Bündel, das er bei Czerda gefunden hatte und gab sie der Geschäftsführerin. »Der Rest ist für Sie.«

»Zu liebenswürdig!« Aus ihrem verdatterten Gesicht schloß er, daß die Bürger von Arles nicht allzu großzügig waren, wenn es sich um Trinkgelder handelte. »Wie gewonnen, so zerronnen«, philosophierte er und führte Cecile aus dem Laden. Sie stiegen in den Peugeot, und Bowman fuhr etwa zwei Minuten, bevor er in einen fast leeren Parkplatz einbog. Cecile schaute ihn fragend an.

»Ich brauche mein Kosmetikkofferchen«, erklärte er. Er griff in seinen Koffer und brachte eine kleine Ledertasche mit Reißverschluß zum Vorschein. »Ich habe es immer dabei.«

Sie warf ihm einen seltsamen Blick zu. »Ein Mann schleppt gewöhnlicherweise keinen Kosmetikkoffer mit sich herum.«

»Diesen schon. Sie werden gleich sehen, weshalb.«

Als sie zwanzig Minuten später an der Rezeption des größten Hotels von Arles standen, begriff sie weshalb. Sie trugen die gleichen Sachen wie beim Verlassen des Kleidergeschäfts, waren aber trotzdem kaum wiederzuerkennen: Ceciles Gesicht war um einiges dunkler, ebenso ihr Hals, ihre Hände und Handgelenke. Sie hatte einen leuchtend roten Lippenstift aufgelegt und viel zuviel Rouge, Wimperntusche und Lidschatten. Bowmans Gesicht hatte jetzt die Farbe dunklen Mahagonis, sein neuerworbener Schnauzbart stand ihm ausgezeichnet. Der Mann hinter der Rezeption gab ihm seinen Paß zurück.

»Ihr Zimmer ist bereit, Mr. Parker«, sagte er. »Ist das Mrs. Parker?«

»Seien Sie nicht albern«, entgegnete Bowman, nahm Ceciles plötzlich steif gewordenen Arm und folgte mit ihr dem Boy zum Lift. Als sich die Zimmertür hinter dem Pagen geschlossen hatte, schaute sie Bowman ärgerlich an.

»War es nötig, das dem Mann an der Rezeption zu sagen?«

»Sehen Sie sich Ihre Hände an.«

»Was soll mit meinen Händen los sein – abgesehen von der Tatsache, daß sie durch das gräßliche Zeug verschandelt sind, das Sie mir draufgeschmiert haben.«

»Kein Ring.«

»Oh!«

»Ja, allerdings ›oh‹! Der erfahrene Empfangschef sieht solche Dinge sofort – deshalb hat er auch gefragt. Und vielleicht werden ihm irgendwann Fragen gestellt – so in der Art wie: ›Sind heute irgendwelche verdächtigen Paare hier abgestiegen‹ oder so. Was die Kriminalisten betrifft, so befindet sich für sie ein Mann, der mit seiner Geliebten im Schlepptau ankommt, automatisch jenseits jeden Verdachts – man setzt voraus, daß er andere Dinge im Kopf hat.«

»Es ist völlig unnötig, in dieser Weise...«

»Ich werde Ihnen später erzählen, wie es die Schmetterlinge machen. In der Zwischenzeit ist es vor allem wichtig, daß der Mann mir vertraut. Ich werde für eine Weile weg sein. Nehmen Sie ein Bad, wie Sie es sich gewünscht haben. Waschen Sie aber ja nicht die Farbe von Ihren Armen, dem Gesicht und dem Hals ab. Es ist sowieso nicht mehr viel drauf.«

Sie schaute in den Spiegel, hob ihre Hände und untersuchte sowohl sie als auch ihr Gesicht. »Aber wie in aller Welt soll ich baden, ohne...«

»Ich kann Ihnen gern helfen, wenn Sie wollen«, erbot sich Bowman. Sie begab sich ins Badezimmer und sperrte von innen zu. Bowman ging hinunter und blieb einen Moment lang vor einem Telephonkiosk in der Hotelhalle stehen und rieb sich das Kinn – das Bild eines Mannes, der tief in Gedanken versunken war. Das Telephon hatte keine Wählscheibe, was bedeutete, daß

Gespräche nach draußen über die Zentrale des Hotels vermittelt wurden. Er trat in den strahlenden Sonnenschein hinaus.

Sogar zu dieser frühen Morgenstunde drängten sich auf dem Boulevard des Lices bereits die Menschen. Keine Touristen, sondern ortsansässige Kaufleute, die wortwörtlich Hunderte von Verkaufsständen auf dem breiten Bürgersteig des Boulevards aufstellten. Die Straße war ebenso bevölkert wie der Bürgersteig, nur daß sich dort Dutzende von Fahrzeugen – von schweren Lastwagen bis zu Handkarren – drängten, die entladen wurden. Die Ladungen bestanden aus schweren landwirtschaftlichen Maschinen, allen Arten von Nahrungsmitteln, Möbeln und Kleidungsstücken, die man sich vorstellen konnte, und auch aus den lustigsten Souvenirs und wahren Massen von Blumensträußen.

Bowman trat in ein Postamt, entdeckte eine leere Telephonzelle und bat um eine Verbindung mit einer Whitehall-Nummer in London. Während er auf das Gespräch wartete, fischte er die zusammengeknüllte Botschaft aus der Tasche, die er in Czerdas Wohnwagen gefunden hatte und strich sie glatt.

Mindestens hundert Zigeuner knieten auf der Wiese, während der schwarzgekleidete Priester ihnen den Segen gab. Als er seinen Arm senkte, sich umdrehte und auf ein kleines schwarzes Zelt zuging, das in der Nähe aufgestellt worden war, erhoben sich die Zigeuner und begannen sich zu zerstreuen. Manche schlenderten ziellos umher, andere gingen zu ihren Wohnwagen zurück, die sie ein paar Meilen nordöstlich von Arles am Straßenrand abgestellt hatten. Hinter den Wohnwagen ragte das majestätische Bauwerk der alten Abbey de Montmajour empor.

Unter den geparkten Fahrzeugen waren drei sofort zu erkennen: der grünweiße Wagen, in dem Alexandres Mutter und die drei Mädchen wohnten, Czerdas Wagen, der jetzt von einem grellgelb angestrichenen Abschleppwagen gezogen wurde, und der imposante grüne Rolls-Royce des Grand Duc. Das Dach des Wagens war heruntergelassen worden, denn der Himmel spannte sich wolkenlos über der Landschaft, und sogar zu dieser frühen Morgenstunde herrschte bereits eine beträchtliche Hitze. Die Chauffeuse stand – ohne Käppi, um zu zeigen, daß sie momentan nicht im Dienst war – mit Lila neben dem Wagen. Le Grand Duc, der im Wagen geblieben war, erfrischte sich mit einer undefinierbaren Flüssigkeit aus der offenen Autobar und betrachtete die Szenerie mit Interesse.

Lila sagte: »Das hätte ich nie mit dem Begriff Zigeuner assoziiert.«

»Verständlich, verständlich«, gestand der Grand Duc ihr großzügig zu. »Aber schließlich, meine Liebe, kennen Sie eben die Zigeuner nicht, während ich in Europa auf diesem Gebiet eine Autorität bin.« Er machte eine Pause, dachte kurz nach und korrigierte sich dann: »*Die* Autorität in Europa. Was natürlich in diesem Fall gleichbedeutend mit der Welt ist. Das religiöse Element kann sehr stark sein, und ihre Ernsthaftigkeit und Ergebenheit wird nie so deutlich wie auf ihrer Reise zu den Gebeinen ihrer Schutzheiligen Sara. Auf der letzten Etappe ihrer Wallfahrt begleitet sie ständig ein Priester, um Sara zu segnen, und die... aber lassen wir das jetzt! Ich langweile Sie sicher mit meiner Bildung.«

»Langweilen, Charles? Es ist alles faszinierend. Wozu um alles in der Welt ist das schwarze Zelt da?«

»Ein beweglicher Beichtstuhl, der aber kaum benützt wird, fürchte ich. Die Zigeuner haben ihre eigenen Vorstellungen von Gut und Böse. Guter Gott, Czerda geht hinein!« Er warf einen Blick auf seine Uhr. »Viertel nach neun. Bis zum Mittagessen sollte er wieder herauskommen.«

»Sie mögen ihn wohl nicht?« fragte sie. »Sie glauben, daß er...«

»Ich weiß nichts über ihn«, sagte Le Grand Duc. »Ich meine nur, daß sein Gesicht nicht aussieht, als sei es von einem Leben voller guter Taten und frommer Gedanken gezeichnet.«

Nein, darauf deutete wirklich nichts in Czerdas abgeschürftem Gesicht hin, dessen Ausdruck sofort besorgt und grimmig wurde, als er das Zelt hinter sich zumachte. Es war klein und rund, nicht mehr als drei Meter im Durchmesser. Sein Mobiliar bestand aus einer durch einen Vorhang abgeteilten Nische, die als Beichtstuhl diente. »Du bist willkommen, mein Sohn.« Die Stimme, die aus dem Beichtstuhl kam, klang tief und gemäßigt und vermittelte den Eindruck von Autorität.

»Mach' auf, Searl«, sagte Czerda grob. Es entstand eine Bewegung, und dann fiel der dunkle Leinenvorhang und gab die Sicht auf einen sitzenden Priester frei. Er trug eine randlose Brille und hatte ein schmales asketisches Gesicht. Er sah aus wie der Prototyp eines Gottesdieners, dessen Ergebenheit von Fanatismus durchtränkt ist. Er warf einen kurzen uninteressierten Blick auf Czerdas zerschundenes Gesicht.

»Man könnte uns hören«, sagte der Priester kalt. »Ich bin Monsieur Le Curé oder ›Vater‹«

»Für mich bist du Searl und wirst es immer sein«, sagte Czerda verächtlich. »Simon Searl, der Priester ohne Rock. Hört sich an wie ein Kinderreim.«

»Ich bin nicht als Kinderfräulein hier«, sagte Searl düster. »Ich komme von Gaiuse Strome.«

Der kriegerische Ausdruck verschwand augenblicklich von Czerdas Gesicht. Nur die Besorgnis blieb, und sie vertiefte sich, als er das ausdruckslose Gesicht des Priesters betrachtete.

»Ich glaube«, sagte Searl ruhig, »daß eine Erklärung für euer unglaubliches Versagen angebracht wäre. Ich hoffe, es ist eine gute Erklärung.«

»Ich muß hier 'raus, ich muß hier 'raus!« Tina, das dunkelhaarige, kurzgeschorene Mädchen, starrte durch das Fenster des Wohnwagens zu dem Beichtzelt hinüber und wandte sich dann den drei anderen Zigeunerinnen zu. Ihre Augen waren verschwollen, ihr Gesicht leichenblaß. »Ich muß laufen. Ich muß Luft atmen! Ich – ich halte es hier nicht mehr aus!«

Marie le Hobenaut, ihre Mutter und Sara sahen einander an. Ihre Gesichter waren immer noch so traurig und verbittert wie zu dem Zeitpunkt, als Bowman sie in der Nacht beobachtet hatte. Verzweiflung hing nach wie vor in der Luft. »Du wirst doch vorsichtig sein, Tina?« fragte Maries Mutter ängstlich. »Dein Vater – du mußt an deinen Vater denken.«

»Schon gut, Mutter«, sagte Marie. »Tina weiß es ja. Jetzt weiß sie es.« Sie nickte dem dunkelhaarigen Mädchen zu, das durch die Tür nach draußen eilte und fuhr leise fort: »Sie hat Alexandre so sehr geliebt, das wißt ihr doch.«

»Ich weiß«, sagte ihre Mutter heftig. »Es ist ein Jammer, daß Alexandre nicht mehr in sie verliebt war.«

Tina lief durch den rückwärtigen Teil des Wohnwagens. Auf der Treppe saß ein Zigeuner von Ende Dreißig. Im Gegensatz zu den üblichen Zigeunern war Pierre Lacabro so gedrungen und breit, daß er schon fast wie eine Mißgeburt aussah, und ebenfalls im Gegensatz zu ihren geradezu aristokratischen Adlergesichtern hatte er ein sehr rundes, brutales Gesicht mit einem schmalen, grausamen Mund, Schweinsäuglein und einer Narbe, die nie genäht worden war und sich von seiner rechten Augenbraue bis zur rechten Kinnseite herunterzog. Als Tina näher kam, schaute er auf und lächelte sie an, wobei er zwei Reihen abgebrochener Zähne enthüllte.

»Wo willst du denn hin, schönes Kind?« Er hatte eine tiefe, rasselnde und unangenehme Stimme.

»Spazieren.« Sie machte keinen Versuch, ihre Abscheu zu verbergen. »Ich brauche frische Luft.«

»Wir haben Posten aufgestellt – und im Augenblick halten gerade Maca und Masaine Wache. Weißt du das?«

»Glauben Sie, ich will davonlaufen?«

Wieder grinste er. »Du hast zuviel Angst, um wegzulaufen.«

Einer plötzlichen Eingebung folgend sagte sie: »Ich habe keine Angst vor Pierre Lacabro.«

»Warum solltest du auch?« Er hob die Hände, mit den Handflächen nach oben.

»Ein schönes junges Mädchen wie du – ich bin wie ein Vater zu schönen jungen Mädchen, wie du eines bist.«

Tina schauderte und stieg die Stufen hinunter.


Czerdas Erklärung hatte Searl ganz und gar nicht befriedigt. Searl machte nicht den geringsten Versuch, seine Verachtung und sein Mißfallen zu verbergen. Czerda sah sich in Verteidigungsstellung gedrängt.

»Und was ist mit mir?« fragte er. »*Ich* habe gelitten, nicht du und auch nicht Gaiuse Strome. Ich sage dir, er hat in meinem Wagen alles kaputtgeschlagen – und meine achtzigtausend Franken gestohlen.«

»Die du dir noch nicht einmal verdient hattest. Das Geld gehörte Gaiuse Strome, Czerda. Er wird es zurückhaben wollen. Wenn er es nicht bekommt, wird er vielleicht statt dessen dein Leben verlangen.«

»Um Himmels willen, so versteh doch! Bowman ist spurlos verschwunden! Ich weiß nicht...«

»Du wirst ihn finden, und dann wirst du ihn hiermit erledigen.« Searl griff in seine Soutane und brachte eine Pistole mit aufgeschraubtem Schalldämpfer zum Vorschein. »Falls es wieder schiefgehen sollte, würde ich vorschlagen, daß du uns die Mühe ersparst und dich gleich selbst erschießt.«

Czerda blickte ihn lange an. »Wer ist dieser Gaiuse Strome?«

»Ich weiß es nicht.«

»Wir waren doch einmal Freunde, Simon Searl...«

»Ich schwöre dir, ich habe ihn noch nie gesehen. Seine Instruktionen erhalte ich entweder per Brief oder per Telephon oder durch einen Mittelsmann.«

»Weißt du dann vielleicht, wer *dieser* Mann ist?« Czerda packte ihn am Arm und zerrte ihn zum Zeltausgang. Er hob ein Eckchen der Plane hoch: Sie konnten beide deutlich Le Grand Duc sehen, der gerade erneut sein Glas füllte. Er blickte direkt in ihre Richtung und sein Gesichtsausdruck war sehr nachdenklich. Czerda ließ die Plane hastig wieder fallen. »Nun?«

»Ich muß ihn schon mal gesehen haben«, sagte Searl. »Ich glaube, er ist ein reicher Adliger.«

»Vielleicht ein reicher Adliger mit Namen Gaiuse Strome?«

»Ich weiß es nicht. Und ich will es auch nicht wissen.«

»Das ist jetzt das drittemal, daß ich diesen Mann auf der Pilgerfahrt sehe. Es ist auch das dritte Jahr, daß ich für Gaiuse Strome arbeite. Der Mann hat mir gestern abend Fragen gestellt. Heute früh war er unten bei mir, um sich meinen demolierten Wohnwagen anzusehen. Und jetzt starrt er zu uns herüber. Ich glaube...«

»Heb' dir deine Vermutungen für Bowman auf«, riet ihm Searl. »Und ansonsten kann ich dir nur empfehlen, dir nicht zuviel den Kopf zu zerbrechen. Unser Auftraggeber wünscht, anonym zu bleiben. Er schätzt es nicht, wenn man in sein Privatleben einbricht, verstanden?«

Czerda nickte widerwillig, schob die Pistole mit dem Schalldämpfer in sein Hemd und verließ das Zelt. Le Grand Duc starrte ihn nachdenklich über den Rand seines Glases hinweg an.

»Guter Gott«, sagte er milde. »Hat er doch tatsächlich schon nach so kurzer Zeit die Absolution bekommen.«

Lila sagte höflich: »Wie meinten Sie, Charles?«

»Ach nichts, meine Liebe, gar nichts.« Er ließ seinen Blick wandern und sah Tina, die mit verzweifeltem Gesicht scheinbar ziellos über die Wiese ging. »Hallo, das ist aber ein bemerkenswert hübsches Füllen. Niedergeschlagen vielleicht, ja, wirklich niedergeschlagen. Aber schön.«

Lila sagte: »Charles, ich fange an zu glauben, daß Sie auch ein Connaisseur hübscher Mädchen sind.«

»Das ist in der Aristokratie schon immer so gewesen. Carita, meine Liebe, fahren Sie los. Nach Arles, und zwar so schnell es geht. Ich fühle mich unwohl.«

»Charles!« Lila war die personifizierte Besorgnis. »Geht es Ihnen nicht gut? Ist die Sonne zu heiß? Vielleicht sollten wir das Dach...«

»Ich bin hungrig«, sagte Le Grand Duc schlicht.

Tina sah dem Rolls-Royce nach, der sich mit kaum hörbarem Motorenzirpen entfernte, und blickte dann scheinbar gleichgültig um sich. Lacabro war von den Stufen des grünweißen Wohnwagens verschwunden. Von Maca und Masaine war nichts zu sehen. Wie zufällig stand sie plötzlich vor dem Eingang des schwarzen Beichtzeltes. Ohne es zu wagen, sich noch einmal umzudrehen, um festzustellen, ob sie beobachtet wurde, schob sie die Plane beiseite und trat in das Zelt. Zögernd machte sie einige Schritte auf den provisorischen Beichtstuhl zu.

»Vater! Vater!« Ihre Stimme war nur ein zitterndes Flüstern. »Ich muß mit Ihnen sprechen.«

Searls tiefe, ernste Stimme klang aus dem Beichtstuhl: »Dafür bin ich ja da, mein Kind.«

»Nein, nein!« Immer noch das Flüstern. »Sie verstehen mich nicht. Ich muß Ihnen schreckliche Dinge anvertrauen.«

»Nichts ist so schrecklich, daß ein Diener Gottes es nicht anhören könnte. Deine Geheimnisse sind bei mir sicher, mein Kind.«

»Aber ich will nicht, daß sie bei Ihnen sicher sind! Ich will, daß Sie zur Polizei gehen.«

Der Vorgang fiel und Searl wurde sichtbar. Sein schmales Gesicht drückte Mitgefühl und Besorgnis aus. Er legte einen Arm um ihre Schultern.

»Was immer dich auch bedrückt, meine Tochter, deine Sorgen sind vorüber. Wie ist dein Name, meine Liebe?«

»Tina. Tina Daymel.«

»Schenke Gott dein Vertrauen, Tina, und erzähle mir alles.«

In dem grünweißen Wohnwagen saßen Marie, ihre Mutter und Sara in düsterem Schweigen beieinander. Hin und wieder schluchzte die Mutter trocken auf und wischte sich mit einem Taschentuch über die Augen.

»Wo ist Tina?« fragte sie schließlich. »Wo kann sie sein? Sie ist schon so lange fort?«

»Machen Sie sich keine Sorgen, Madame Zigair«, beruhigte Sara sie. »Tina ist ein vernünftiges Mädchen. Sie wird nichts Unüberlegtes tun.«

»Ich weiß. Ich weiß, daß ich mich albern benehme. Aber Alexandre...«

»Bitte, Mutter.«

Madame Zigair nickte und schwieg. Plötzlich wurde die Tür aufgerissen und Tina in den Raum geschleudert. Sie fiel mit dem

Gesicht nach unten auf den Boden. Lacabro und Czerda standen in der Tür, ersterer grinsend, letzterer voll wilder und kaum beherrschter Wut. Tina blieb liegen, wie sie hingefallen war; sie hatte das Bewußtsein verloren. Ihr Kleid hing in Fetzen von ihrem Rücken, der mit blutigen geschwollenen Striemen bedeckt war – offensichtlich hatte man sie erbarmungslos ausgepeitscht.

»Nun«, sagte Czerda leise. »Vielleicht lernt ihr es jetzt.«

Die Tür schloß sich. Die drei Frauen starrten voller Entsetzen auf das so grausam mißhandelte Mädchen hinunter, dann fielen sie auf die Knie, um sie aufzuheben.

## 5

Bowmans Verbindung mit England kam schnell, und innerhalb von fünfzehn Minuten war er wieder im Hotel. Der Flur, auf dem sein Zimmer lag, war mit einem dicken Teppich ausgelegt, der die Schritte vollkommen verschluckte. Er wollte gerade die Türklinke herunterdrücken, als er von drinnen Stimmen hörte. Nein, nicht mehrere Stimmen, nur eine, Ceciles, und auch sie hörte er nur mit Unterbrechungen. Der Klang ihrer Stimme war unverkennbar, aber die Zwischentür dämpfte die Geräusche so sehr, daß er kein Wort verstehen konnte. Er wollte gerade sein Ohr an die Tür legen, als ein Zimmermädchen mit einem Arm voll Bettwäsche um die Ecke des Korridors bog. Bowman ging lässig weiter, und einige Minuten später schlenderte er ebenso lässig wieder zurück. Jetzt hörte man keinen Laut mehr aus dem Zimmer. Er klopfte und trat ein. Cecile stand am Fenster. Als er hereinkam, drehte sie sich zu ihm um und lächelte ihm entgegen. Sie hatte ihr schimmerndes dunkles Haar gebürstet oder gekämmt oder sonst was, aber was immer sie auch damit gemacht hatte, sie sah bezaubernder aus als je zuvor.

»Hinreißend«, sagte er. »Wie sind Sie ohne mich zurecht gekommen? Auf mein Wort, wenn unsere Kinder nur einen Bruchteil so schön werden wie...«

»Ich habe eine wichtige Frage«, unterbrach sie ihn. Plötzlich bemerkte er, daß ihrem Lächeln die Wärme fehlte. »Diese Sache mit Mr. Parker, als Sie sich eintrugen. Sie haben doch Ihren Paß vorgezeigt, nicht wahr – Mr. Bowman?«

»Ich habe ihn mir von einem Freund geborgt.«

»Natürlich. Wie hätte es auch sonst sein sollen. Ist Ihr Freund eine wichtige Persönlichkeit?«

»Was soll das denn nun wieder?«

»Was sind Sie von Beruf, Mr. Bowman?«

»Ich habe Ihnen doch gesagt...«

»Natürlich. Ich hatte es vergessen: Faulenzer.« Sie seufzte. »Und was nun – Frühstück?«

»Ich muß mich zunächst einmal rasieren. Das wird zwar meinem schönen dunklen Teint ruinieren, aber das kann ich wieder reparieren. Und dann frühstücken wir.«

Er nahm sein Rasierzeug aus dem Koffer, ging ins Bad, schloß die Tür hinter sich und fing an, sich zu rasieren. Er blickte sich um. Sie war hier hereingekommen, hatte sich ihrer lästigen Wäsche entledigt und ein sehr vorsichtiges Bad genommen, um die Farbe nicht abzuwaschen. Dann war sie wieder aus der Wanne gestiegen und hatte die Farbe auf ihren Handflächen erneuert. Und all das in fünfzehn Minuten. Ganz zu schweigen von der zeitraubenden Haarbürsterei. Er glaubte es nicht. Sie machte auf ihn den Eindruck eines verwöhnten Mädchens, das fünfzehn Minuten allein damit vertrödelte, sich die Zähne zu putzen. Er warf einen Blick in die Badewanne: Sie war unzweifelhaft noch naß, also hatte sie zumindest den Wasserhahn angestellt. Er hob das zusammengeknüllte Badetuch auf: Es war so trocken wie der Sand der Wüste Sinai. Sie hatte ihr Haar gebürstet, das war alles. Abgesehen von dem Telephongespräch.

Er rasierte sich, brachte seine Kriegsbemalung wieder in Ordnung und ging mit Cecile hinunter. Er führte sie zu einem Ecktisch in dem ziemlich überladenen Patio, in dem es von Skulpturen nur so wimmelte. Trotz der frühen Tageszeit war der Raum schon von späten Frühstückern und verfrühten Kaffeetrinkern gut besetzt. Zum größten Teil handelte es sich um Touristen, aber hier und da sah man auch einige angesehene Bürger von Arles, die teils die traditionelle Fiesta-Tracht trugen und teils als Zigeuner gekleidet waren.

Als sie sich hinsetzten, wurde ihre Aufmerksamkeit von einem riesigen hell- und dunkelgrünen Rolls-Royce gefangengenommen, der vor der Börse parkte. Daneben stand eine Chauffeuse, deren Uniform in den Farben genau zum Wagen paßte. Cecile betrachtete den prunkvollen Wagen mit unverhohlener Bewunderung.

»Himmlisch«, sagte sie. »Einfach himmlisch!«

»Ja, in der Tat«, stimmte Bowman ihr zu. »Man sollte es nicht für möglich halten, daß sie ein so großes Auto steuern kann.« Er ignorierte Ceciles beleidigten Blick und schaute sich gemächlich im Raum um. »Dreimal dürfen Sie raten, welchem Herrn aus ärmlichen Kreisen er gehört.« Cecile folgte der Richtung seines Blickes. Drei Tische von ihnen entfernt saßen Le Grand Duc und Lila. Ein Ober erschien mit einem schweren Tablett, das er vor den Grand Duc hinstellte, der ein Riesenglas Orangensaft hinunterschüttete, bevor der Kellner noch Zeit gehabt hatte, seinen offensichtlich schmerzenden Rücken wieder in eine aufrechte Haltung zu zwingen.

»Ich dachte, der Bursche würde nie mehr kommen«, sagte Le Grand Duc laut und taktlos.

»Charles!« Lila schüttelte den Kopf. »Sie haben doch gerade erst ein riesiges Frühstück hinter sich.«

»Und jetzt habe ich noch eins vor mir. Reichen Sie mir bitte die Brötchen herüber, meine Liebe.«

»Guter Gott!« An ihrem Tisch legte Cecile eine Hand auf Bowmans Arm. »Der Duc und Lila.«

»Warum so überrascht?« Bowman beobachtete den Duc, der eifrig Marmelade aus einem großen Topf löffelte, während Lila ihm Kaffee eingoß. »Selbstverständlich ist er hier – wo die Zigeuner sind, da ist logischerweise auch der berühmte Volkskundler. Und natürlich im besten Hotel. Dort drüben bahnt sich eine innige Freundschaft an. Kann sie kochen?«

»Kochen kann sie - komischerweise kann sie es. Sie kocht sogar ganz ausgezeichnet. Sie macht ein herrliches Cordon bleu.«

»Gütiger Himmel, er wird sie entführen!«

»Aber was macht sie denn hier bei ihm?«

»Das ist doch ganz einfach. Sie haben ihr das Stichwort Saintes-Maries gegeben. Also wollte sie dorthin. Und sie hatte keinen Wagen, jedenfalls nicht, seit wir mit ihm abgefahren waren. Und er hat einen Wagen – ich wette ein Pfund gegen einen Penny, daß der Rolls-Royce da draußen ihm gehört. Und sie scheinen sich ziemlich gut zu verstehen, wenn auch nur der Himmel weiß, was sie an unserem voluminösen Freund findet. Sehen Sie sich seine Hände an – sie arbeiten wie ein Förderband. Der Himmel möge verhüten, daß ich mich mal mit ihm auf einem Rettungsboot befinde, wenn man die letzte Ration austeilt.«

»Ich finde, er sieht gut aus. Auf seine Weise.«

»Ein Orang-Utan sieht auch gut aus. Auf seine Weise.«

»Sie mögen ihn also nicht?« Sie schien belustigt. »Nur weil er sagte, Sie seien...«

»Ich traue ihm nicht. Er spielt eine Rolle. Ich wette, er ist kein Folklorist, hat nie etwas über die Zigeuner geschrieben und wird es auch nie tun. Wenn er ein so berühmter und wichtiger Mann ist, warum hat dann keiner von uns beiden jemals von ihm gehört? Und warum kommt er drei Jahre hintereinander hierher, um ihre Bräuche zu studieren? Sogar für jemanden wie mich, der keinen Schimmer von Zigeunerbräuchen hat, hätte ein Jahr gereicht.«

»Vielleicht mag er die Zigeuner.«

»Vielleicht. Aber vielleicht mag er sie aus ganz unlauteren Gründen.«

Cecile schaute ihn schweigend an und sagte dann mit gedämpfter Stimme: »Sie glauben, er ist Gaiuse Strome?«

»Ich habe nichts Derartiges gesagt. Und erwähnen Sie den Namen hier drin nicht – Sie wollen doch noch ein bißchen weiterleben, oder?«

»Ich verstehe nicht...«

»Woher wollen Sie wissen, daß sich unter all diesen Leuten hier im Patio, die eine Zigeunertracht tragen, nicht ein echter Zigeuner befindet?«

»Es tut mir leid. Es war dumm von mir.«

»Ja.« Er schaute zu Le Grand Ducs Tisch hinüber. Lila war aufgestanden und sagte irgend etwas. Le Grand Duc entließ sie mit einer hoheitsvollen Geste und sie ging auf den Hotelausgang zu. Mit sehr nachdenklichem Gesicht blickte Bowman ihr nach, als sie den Patio durchquerte, die Stufen hinaufstieg, durch das Foyer ging und verschwand.

»Sie ist wirklich schön«, murmelte Cecile.

»Wie bitte?« Bowman sah sie an. »Ach so. Ja, ja natürlich. Unglücklicherweise kann ich Sie nicht beide heiraten – es gibt dummerweise ein Gesetz, das das verbietet.« Immer noch nachdenklich blickte er zum Grand Duc hinüber und wandte sich dann wieder Cecile zu. »Gehen Sie hinüber und sprechen Sie mit unserem gutgenährten Freund. Lesen Sie ihm aus der Hand. Sagen Sie ihm die Zukunft voraus.«

»*Wie bitte?*«

»Sie sollen zu dem großen Herzog...«

»Ich finde das nicht komisch.«

»Ich auch nicht. Es wäre mir auch nicht eingefallen, Sie hinzuschicken, wenn Ihre Freundin noch da wäre, sie könnte Sie erkennen. Aber beim Duc besteht diese Gefahr nicht – er kennt Sie ja kaum. Und in dieser Verkleidung erst recht nicht. Es gibt sowieso keine Möglichkeit, ihn dazu zu bewegen, seinen Blick von seinem Teller loszureißen.«

»Nein!«

»Bitte, Cecile.«

»Nein!«

»Denken Sie an die Höhlen. Ich habe keinen Anhaltspunkt.«

»Aber was kann ich denn tun?«

»Fangen Sie mit dem üblichen Blabla an. Dann sagen Sie ihm, Sie würden sehen, daß er sehr wichtige Pläne für die Zukunft habe und daß er damit keinen Erfolg haben werde – dann hören Sie auf. Weigern Sie sich, mehr zu sagen, und weichen Sie aus. Geben Sie ihm das Gefühl, daß er keine Zukunft hat. Achten Sie auf seine Reaktion.«

»Dann vermuten Sie also wirklich...«

»Ich vermute gar nichts.«

Widerwillig schob sie ihren Stuhl zurück und stand auf.

»Legen Sie bei Sara ein gutes Wort für mich ein.«

»Bei Sara?«

»Sie ist die Schutzheilige der Zigeuner, oder nicht?«

Bowman sah ihr nach. Sie trat höflich zur Seite, um einen Zusammenstoß mit einem anderen Gast, einem asketisch und fromm aussehenden Priester, zu vermeiden, der gerade herein-kam. Es war unmöglich, sich Simon Searl als etwas anderes vorzustellen als einen selbstlosen und ergebenen Gottesdiener, in dessen Hände man getrost sein Leben legen könne. Beide mur-melten eine Entschuldigung und Cecile ging weiter. Am Tisch des Grand Duc blieb sie stehen. Er setzte seine Kaffeetasse ab und musterte sie mit hoheitsvollem Unmut.

»Was gibt es?«

»Guten Morgen, Sir.«

»Ja, ja, guten Morgen.« Er nahm seine Kaffeetasse wieder auf. »Was gibt es?«

»Soll ich Ihnen Ihre Zukunft voraussagen, Sir?«

»Sehen Sie nicht, daß ich beschäftigt bin? Gehen Sie.«

»Es kostet nur zehn Franc, Sir.«

»Ich habe keine zehn Franc.« Er setzte seine Tasse wieder ab und betrachtete sie zum erstenmal genauer. »Beim Jupiter, wenn Sie nur blond wären...« Cecile lächelte, nützte das Moment der Bewunderung aus und nahm seine linke Hand.

»Sie haben eine lange Lebenslinie«, verkündete sie.

»Ich bin gesund wie ein Fisch im Wasser.«

»Und Sie haben blaues Blut in den Adern.«

»Jeder Idiot kann das sehen.«

»Sie haben ein sehr freundliches Wesen...«

»Nicht, wenn ich nahe am Verhungern bin.« Er entriß ihr seine Hand, benützte sie, um ein Brötchen aus dem Korb zu nehmen, und schaute auf, als Lila zurückkam. Mit dem Brötchen in der Hand deutete er auf Cecile. »Entfernen Sie bitte diese lästige junge Dame. Sie macht mich krank.«

»Sie sehen aber gar nicht krank aus, Charles.«

»Wie können Sie sehen, was mit meinem Verdauungsapparat passiert?«

Lila wandte sich mit einem halb freundlichen und halb entschuldigenden Lächeln an Cecile, einem Lächeln, das augenblicklich erstarb, als sie erkannte, wen sie vor sich hatte. Aber sofort setzte sie ihr Lächeln wieder auf und sagte: »Vielleicht möchten Sie gern *mir* aus der Hand lesen?« Ihr Ton war perfekt, versöhnlich, ohne herablassend zu sein, ein sanfter Vorwurf gegen die Unfreundlichkeit des Duc. Le Grand Duc blieb völlig ungerührt.

»Aber in einiger Entfernung, wenn ich bitten darf«, sagte er entschieden. »Nicht hier am Tisch.«

Sie entfernten sich, und Le Grand Duc sah ihnen so nachdenklich nach, wie es eben möglich ist, wenn sich Ober- und Unterkiefer in ständiger Kaubewegung befinden. Er wandte seinen Blick von dem Mädchen ab und dem Platz zu, auf dem Lila gesessen hatte. Bowman schaute ihm direkt ins Gesicht, wechselte aber sofort die Blickrichtung. Le Grand Duc versuchte, der neuen Richtung zu folgen, und es schien ihm, als ob Bowman den hochgewachsenen hageren Priester fixierte, der mit einer Tasse Kaffee vor sich an einem Tisch saß. Der Duc erkannte, daß es sich um den gleichen Priester handelte, der bei der Abbey de Montmajour die Zigeuner gesegnet hatte. Und es konnte kein Zweifel darüber bestehen, woran der Priester interessiert war: Er interessierte sich ganz außerordentlich für den Grand Duc selbst. Bowman beobachtete Lila und Cecile, die in einiger Entfernung miteinander sprachen. Im Augenblick hielt Cecile Lilas Hand und schien sie zu irgend etwas überreden zu wollen, während sich auf Lilas Gesicht ein verwirrtes Lächeln zeigte. Er sah, wie Lila Cecile etwas in die Hand drückte, und verlor sofort das Interesse an den beiden: Aus dem Augenwinkel hatte er etwas gesehen, was ihm von bedeutend größerer Wichtigkeit schien – oder jedenfalls dachte er, er hätte es gesehen. Jenseits des Patios lag die fröhliche und geschäftige Fiesta-Szenerie des Boulevard des Lices. Immer noch stellten Händler, inzwischen in letzter Minute, ihre Stände auf, aber jetzt waren die Besucher und Schaulustigen weitaus in der Überzahl. Gemeinsam boten sie ein farbenprächtiges und fremdländisches Bild. Die wenigen Menschen, die in nüchternen Geschäftsanzügen auftauchten, waren völlig fehl am Platz. Zu Dutzenden sah man kamerabehängte Touristen, von denen die meisten mit der entsetzlich sorglosen Schlampigkeit gekleidet waren, die fast alle Reisenden befällt, sobald sie die heimatlichen Grenzen hinter sich gelassen haben, aber sogar sie bildeten einen relativ farblosen Hintergrund für die drei völlig unterschiedlichen Gruppen von Leuten, die in ihrer herrlichen Kleidung aller Augen auf sich lenkten: Die Mädchen von Arles, kostbar gekleidet in ihre traditionellen Fiesta-Kostüme, die Zigeuner aus einem Dutzend verschiedener Länder und die Guardiens, die Cowboys der Camargue.

Bowman beugte sich vor. Seine Augen suchten gespannt die Menge ab. Und dann sah er wieder, was vorher plötzlich seine Aufmerksamkeit erregt hatte – er sah die rote Flamme nur einen Lidschlag lang, aber es gab keinen Zweifel: Es war Marie le Hobenaut, und sie hatte es sehr eilig. Bowman wandte sich Cecile zu, die gerade an den Tisch zurückkam und sich setzte.

»Tut mir leid. Sie müssen wieder aufstehen. Es gibt Arbeit. Auf der Straße...«

»Aber wollen Sie denn gar nicht wissen – und was ist mit meinem Frühstück...?«

»Das hat Zeit. Es geht um ein Zigeunermädchen. Tizianrotes Haar, grün-schwarzes Kostüm. Folgen Sie ihr. Sie hat ganz sicher ein bestimmtes Ziel. Sie hat es schrecklich eilig. Los!«

»Sehr wohl, Sir.« Cecile schaute ihn fragend an, stand dann auf und ging. Bowman sah ihr nicht nach. Statt dessen ließ er seinen Blick scheinbar gelangweilt durch den Patio wandern. Als erster verließ Simon Searl den Raum, und zwar unmittelbar nach Cecile. Er wartete nicht einmal auf den Kellner, sondern ließ einige Münzen als Bezahlung neben der Kaffeetasse zurück. Sekunden später war Bowman auf den Beinen und folgte dem Priester auf die Straße hinaus. Hinter einer großen Kaffeetasse, die den größten Teil seines Gesichts verdeckte, sah Le Grand Duc den beiden nach.

In der farbenfroh gekleideten Menge fiel die düstere schwarze Robe Searls derart auf, daß Bowman nicht die geringsten Schwierigkeiten hatte, ihm zu folgen. Und was die Verfolgung noch leichter machte, war die Tatsache, daß Searl, als ergebener Diener Gottes, seinen Mitmenschen scheinbar kein Mißtrauen entgegenbrachte, denn er blickte sich nicht ein einziges Mal um. Bowman holte ihn bis auf drei Meter ein. Jetzt sah er deutlich Cecile, die sich nicht mehr als drei Meter von Searl befand, und gelegentlich flammte irgendwo das tizianrote Haar Marie le Hobenauts auf. Bowman schlängelte sich noch dichter an Searl heran und wartete auf eine günstige Gelegenheit.

Sie ergab sich fast augenblicklich. Direkt neben einer Gruppe von Fischständen versuchten sechs unsympathisch aussehende Zigeuner einige Pferde zu verkaufen, die ihre besten Tage längst hinter sich hatten. Als Bowman – nicht mehr als anderthalb Meter hinter Searl – in die Nähe der Pferde kam, stieß er mit einem dunkelhaarigen jungen Mann mit einem hübschen schmalen Gesicht und einem haarfeinen Schnauzbart zusammen. Er trug einen schwarzen Sombrero und modische, engsitzende dunkle Kleidung. Beide Männer murmelten Entschuldigung, traten zur Seite und setzten ihren Weg fort. Der dunkle junge Mann machte nur zwei Schritte, drehte sich um und schaute Bowman nach, der schon fast außer Sicht war: Er zwängte sich gerade zwischen den Pferden hindurch.

Unvermittelt blieb Searl vor ihm stehen, als ein aufsässiges Pferd wieherte, den Kopf zurückwarf und ihm den Weg versperren wollte. Es bäumte sich auf, Searl trat klugerweise zurück und in diesem Augenblick trat Bowman ihn in die Kniekehle. Searl grunzte vor Schmerz und fiel auf sein gesundes Knie. Bowman, auf beiden Seiten durch Pferde gedeckt, beugte sich scheinbar besorgt über ihn und schlug mit den Knöcheln seiner rechten Hand hart in den Nacken des Mannes. Searl brach zusammen.

»Diese verdammten Pferde!« rief Bowman. Sofort beruhigten einige Zigeuner die aufgebrachten Tiere und zogen sie auseinander, um einen freien Raum um den Priester zu schaffen.

»Was ist passiert?« fragte einer von ihnen. »Was ist passiert?«

»Verkaufen Sie diesen Satan vielleicht?« fragte Bowman. »Man sollte ihn erschießen. Er trat ihn genau in den Bauch. Stehen Sie nicht 'rum. Holen Sie einen Arzt.«

Einer der Zigeuner machte sich augenblicklich auf den Weg. Die anderen beugten sich tief über den reglos daliegenden Mann, und diesen Augenblick nützte Bowman, um sich diskret zu entfernen. Aber nicht diskret genug, um der Aufmerksamkeit des jungen Mannes zu entgehen, der kurz vorher mit Bowman zusammengestoßen war: Er war scheinbar mit der Betrachtung seiner Fingernägel beschäftigt.

Bowman beendete gerade sein Frühstück, als Cecile zurückkam.

»Ich schwitze«, verkündete sie. »Und ich habe Hunger!«

Bowman machte einem vorbeikommenden Kellner ein Zeichen.

»Nun?«

»Sie ging in eine Apotheke. Dort kaufte sie meterweise Verbandszeug und ganze Massen von Salbe und Creme, und dann lief sie zu den Wohnwagen zurück. Sie stehen auf einem Platz, gar nicht weit von hier...«

»Ging sie zum grün-weißen Wagen?«

»Ja. Und an der Tür erwarteten sie zwei Frauen. Und dann verschwanden alle drei im Wohnwagen.«

»Zwei Frauen?«

»Eine in mittleren Jahren, die andere jung, mit kastanienbraunen Haaren.«

»Maries Mutter und Sara. Die arme Tina.«

»Was meinen Sie damit?«

»Ich rede nur so vor mich hin.« Er blickte über den Hof. »Sehen Sie sich die beiden Turteltauben an.«

Cecile folgte seinem Blick und sah Le Grand Duc, der sich gerade mit dem erleichterten Ausdruck eines Mannes, der mit knapper Not dem Hungertod entgangen ist, in seinem Stuhl zurücklehnte. Er lächelte mild, als Lila ihre Hand auf die seine legte, und unterhielt sich angeregt mit ihr.

»Ist Ihre Freundin ein wenig beschränkt oder so?« fragte Bowman.

Sie maß ihn mit einem langen kühlen Blick. »Nicht mehr als ich.«

»Aha. Sie hat Sie natürlich erkannt. Was haben Sie ihr gesagt?«

»Nichts – außer, daß Sie um Ihr Leben rennen mußten.«

»Hat sie sich nicht gewundert, daß Sie mich begleitet haben?«

»Ich habe ihr gesagt, ich wollte es.«

»Haben Sie ihr gesagt, daß ich den Duc im Verdacht habe?«

»Nun...«

»Das macht nichts. Hatte sie Ihnen irgend etwas zu erzählen?«

»Nicht viel. Nur, daß sie auf der Fahrt hierher einmal anhielten, um einen Zigeunergottesdienst zu beobachten.«

»Gottesdienst?«

»Sie wissen schon, das ist was Religiöses.«

»Mit einem richtigen Priester.«

»Lila hat es jedenfalls gesagt.«

»Frühstücken Sie in Ruhe fertig.« Er schob seinen Stuhl zurück. »Ich bin bald wieder da.«

»Aber ich dachte – ich dachte, Sie würden sich vielleicht dafür interessieren, was der Herzog gesagt hat, wie er reagierte. Schließlich haben Sie mich doch deswegen hinübergeschickt.«

»Tatsächlich?« Bowman schien zerstreut. »Später.« Er stand auf und betrat das Hotel. Das Mädchen sah ihm mit verwirrtem Gesicht nach.


»Groß, sagst du, El Brocador. Muskulös. Sehr schnell.« Czerda rieb sich sein zerschlagenes und verbundenes Gesicht in zärtlicher Erinnerung und schaute die vier Männer an, die am Tisch in seinem Wohnwagen saßen: El Brocador – der dunkelhäutige junge Mann, mit dem Bowman auf der Straße zusammengestoßen war – Ferenc, Pierre Lacabro und der immer noch wacklige und leichenblasse Simon Searl, der versuchte, seinen Nacken und seine Kniekehle gleichzeitig zu massieren.

»Sein Gesicht war dunkler, als du es beschrieben hast«, sagte El Brocador. »Außerdem hatte er einen Schnauzbart.«

»Dunkle Gesichter und Schnauzbärte kann man in den Geschäften kaufen. Er kann sein Kennzeichen nicht verbergen – Gewalttätigkeiten.«

»Ich hoffe, ich treffe diesen Mann bald«, sagte Pierre Lacabro. Es klang beinahe sehnsüchtig.

»Ich würde es nicht gar zu eilig haben«, sagte Czerda trocken. »Du hast ihn überhaupt nicht gesehen, Searl?«

»Ich habe überhaupt nichts gesehen. Ich spürte nur die beiden Schläge – nein, den zweiten Schlag habe ich nicht einmal gespürt.«

»Was hattest du überhaupt in dem Patio des Hotels zu suchen?«

»Ich wollte mir diesen Duc de Croytor von der Nähe ansehen. Du warst es, der mich auf ihn aufmerksam gemacht hat, Czerda. Ich wollte seine Stimme hören. Sehen, mit wem er spricht. Sehen, ob er mit irgend jemandem Kontakt hat, der . . .«

»Er ist mit diesem englischen Mädchen zusammen. Er ist harmlos.«

»Kluge Männer tun solche Dinge, um sich zu tarnen«, sagte Searl.

»Kluge Männer tun jedenfalls nicht Dinge wie du«, versetzte Czerda grimmig. »Jetzt weiß Bowman, wer du bist. Er weiß jetzt bestimmt, daß im Wohnwagen von Madame Zigair jemand liegt, der schwer verletzt ist. Wenn der Duc de Croytor tatsächlich der ist, für den du ihn hältst, dann muß er wissen, daß du ihn verdächtigst, Gaiuse Strome zu sein – und wenn er es tatsächlich ist, dann werden diese drei Dinge ihm ganz entschieden mißfallen.« Searls Gesichtsausdruck ließ keinen Zweifel darüber, daß auch er diese Befürchtung hegte. Czerda fuhr fort: »Bowman. Er ist die einzige Lösung. Der Mann muß zum Schweigen gebracht werden. Heute noch. Aber vorsichtig. Ganz leise. Durch einen Unfall. Man kann nie wissen, ob er nicht hier irgendwo Freunde hat.«

»Ich habe dir gesagt, wie man es machen kann«, sagte El Brocador.

»Es ist eine gute Methode. Wir fahren heute nachmittag weiter. Lacabro, du bist der einzige von uns, den er nicht kennt. Geh' in sein Hotel. Halt' die Augen offen. Folge ihm. Wir dürfen ihn jetzt unter keinen Umständen mehr aus den Augen verlieren.«

»Es wird mir ein Vergnügen sein.«

»Keine Gewalt«, warnte ihn Czerda.

»Natürlich nicht.« Er sah plötzlich niedergeschlagen aus. »Aber ich weiß nicht, wie er aussieht. Dunkel und muskulös – es gibt Hunderte von dunklen, muskulösen...«

»Wenn er der Mann ist, den El Brocador beschrieben hat, und der Mann, den ich im Patio des Hotels gesehen habe«, sagte Searl, »dann ist er in Begleitung eines Mädchens, das wie eine Zigeunerin gekleidet ist. Sie ist jung, hübsch, hauptsächlich in Grün und Gold gekleidet und hat vier goldene Armreifen am linken Handgelenk.«

Als Bowman an den Tisch zurückkam, blickte Cecile von den Überresten ihres Frühstücks auf.

»Sie haben sich Zeit gelassen«, bemerkte sie.

»Ich habe nicht gebummelt. Ich bin einkaufen gewesen.«

»Ich habe Sie nicht gehen gesehen.«

»Es gibt hier einen Hinterausgang.«

»Und jetzt?«

»Jetzt habe ich etwas Wichtiges zu erledigen.«

»Und da sitzen Sie hier herum?«

»Bevor ich es tue, muß ich mich noch um eine andere dringende Angelegenheit kümmern. Und dazu muß ich hier herumsitzen. Wissen Sie, daß es in dieser Stadt ein paar sehr neugierige Chinesen gibt?«

»Wovon in aller Welt reden Sie denn?«

»Von dem Paar, das neben Romeo und Julia da drüben sitzt. Schauen Sie jetzt nicht hin. Der Mann ist ein großer Chinese um die vierzig, man kann das Alter dieser Leute ja immer sehr schwer schätzen. Die Frau bei ihm ist jünger, Eurasierin, sehr hübsch. Beide tragen leicht getönte Brillen mit eingebauten Reflektoren, so daß man die Augen von außen nicht sehen kann.«

Cecile hob ihre Kaffeetasse zum Mund und schaute sich scheinbar gelangweilt im Patio um. »Jetzt sehe ich sie«, sagte sie.

»Trauen Sie nie Leuten mit reflektierenden Brillengläsern. Er scheint ein reges Interesse am Grand Duc zu haben.«

»Das liegt an seinem Umfang.«

»Möglich.« Bowman schaute nachdenklich zu dem chinesischen Paar hinüber, dann wanderte sein Blick zu Grand Duc und zu Lila und wieder zurück zu den Chinesen. Schließlich sagte er: »Jetzt können wir gehen.«

Sie sagte: »Diese wichtige Sache – diese erste wichtige Sache, die Sie erledigen müssen...«

»Ich habe sie schon erledigt. Ich werde den Wagen vorfahren.«

Le Grand Duc sah ihm nach, als er hinausging, und kündigte Lila an: »In etwa einer Stunde werden wir uns unter unsere Forschungsobjekte mischen.«

»Forschungsobjekte?«

»Die Zigeuner, mein Kind. Aber zuvor muß ich noch ein neues Kapitel meines Buches verfassen.«

»Soll ich Ihnen Papier und Bleistift bringen?«

»Nicht nötig, meine Liebe.«

»Sie meinen – Sie meinen, Sie machen das alles nur im Kopf? Das ist doch nicht möglich, Charles.«

Er tätschelte ihre Hand und lächelte nachsichtig.

»Aber einen Liter Bier könnten Sie mir organisieren. Es wird allmählich außerordentlich warm. Suchen Sie einen Kellner, ja?«

Gehorsam entfernte sich Lila, und Le Grand Duc sah ihr nach. Es war nichts Nachsichtiges mehr in seinem Gesichtsausdruck, als er sie kurz und lächelnd mit dem Zigeunermädchen sprechen sah, das ihr kurz zuvor die Zukunft aus der Hand gelesen hatte.

Auch die Betrachtung des chinesischen Paares am Nebentisch änderte seine Meinung nicht, und erst recht nicht die Tatsache, daß in diesem Augenblick Cecile zu Bowman in einen weißen Wagen stieg. Und der Unwillen auf seinem Gesicht vertiefte sich, als er beobachtete, daß Sekunden später ein zweiter Wagen losfuhr.

Cecile sah sich verblüfft im Inneren des weißen Simca um. »Was ist denn das alles?« fragte sie.

»Zum Beispiel ein Telephon«, erklärte er. »Ich habe das alles arrangiert, während Sie frühstückten. Um genau zu sein, ich habe zwei herrichten lassen.«

»Zwei was?«

»Zwei Mietwagen. Man weiß nie, wann man den zweiten einmal brauchen kann.«

»Aber – aber in so kurzer Zeit!«

»Die Garage befindet sich unten in dieser Straße – sie haben extra einen Mann abgestellt.« Er nahm Czerdas kaum verringerte Geldscheinrolle aus der Tasche, knisterte kurz damit und steckte sie wieder ein. »Hängt alles nur von der Bezahlung ab.«

»Sie sind wirklich ziemlich amoralisch, wie?« Sie sprach fast bewundernd.

»Was soll das heißen?«

»Nun, ich spreche von der Art, wie Sie mit dem Geld anderer Leute umgehen.«

»Das Leben ist zum Leben da, das Geld zum Ausgeben«, sagte Bowman entschieden. »Ein Leichentuch hat keine Taschen.«

»Sie sind ein hoffnungsloser Fall«, seufzte sie. »Völlig hoffnungslos. Und was soll dieser Wagen überhaupt?«

»Warum die Verkleidung, die Sie tragen?«

»Warum – oh, ich verstehe. Der Peugeot ist natürlich bekannt. Daran hatte ich nicht gedacht.« Sie schaute ihn neugierig an, als er den Simca in die Richtung eines Wegweisers mit der Aufschrift ›Nîmes‹ lenkte. »Wo wollen Sie hinfahren?«

»Ich weiß es nicht genau. Ich suche einen Platz, wo ich ungestört sprechen kann.«

»Mit mir?«

»Keine Angst. Ich werde den ganzen Rest meines Lebens Zeit haben, mit Ihnen zu sprechen. Als wir im Patio saßen, saß ein verbeult aussehender Zigeuner in einem verbeult aussehenden Renault und beobachtete uns zehn Minuten lang. Beide sind etwa hundert Meter hinter uns. Ich möchte gern mit dem Zigeuner mit dem verbeulten Gesicht sprechen.«

»Oh!«

»Allerdings ›Oh‹! Man fragt sich, wie es kommt, daß die Häscher dieses Gaiuse Strome so fix hinter uns her sind.« Er musterte sie von der Seite: »Sie sehen mich sehr merkwürdig an, wenn ich mal so sagen darf.«

»Ich denke nach.«

»Und?«

»Wenn sie hinter Ihnen her sind, warum haben Sie sich dann die Mühe mit den Leihwagen gemacht?«

»Als ich den Simca mietete, wußte ich nicht, daß sie schon hinter mir her waren,« erklärte Bowman geduldig.

»Und jetzt bringen Sie mich wieder in Gefahr? Wahrscheinlich jedenfalls.«

»Ich hoffe nicht. Wenn ja, dann tut es mir leid. Aber wenn sie hinter mir her sind, dann sind sie auch hinter einem zauberhaften Zigeunermädchen her, das neben mir gesessen hat – vergessen Sie nicht, daß der Priester Sie verfolgt hat, als er diesen bedauerlichen Unfall erlitt. Wäre es Ihnen lieber, wenn ich Sie zurückgelassen hätte und Sie sich der Bande allein hätten entgegenstellen müssen?«

»Sie bieten einem nicht gerade viele Alternativen«, beklagte sie sich.

»Ich habe nicht mehr zu bieten«, Bowman warf einen Blick in den Rückspiegel. Der zerbeulte Renault war weniger als hundert Meter hinter ihnen. Cecile blickte über ihre Schulter zurück.

»Warum halten Sie nicht jetzt und sprechen mit ihm? Er würde es niemals wagen, hier etwas zu unternehmen. Es sind viel zu viele Menschen in dieser Gegend.«

»Viel zu viele«, nickte Bowman. »Wenn ich mich mit ihm unterhalte, möchte ich im Umkreis einer halben Meile keinen Menschen antreffen.«

Sie warf ihm einen kurzen Blick zu, schauderte und schwieg. Bowman lenkte den Simca über die Rhône nach Trinquetaille, bog links in die Straße nach Albaron ein und dann wieder links in die Straße, die am rechten Flußufer entlang nach Süden führte. Hier verlangsamte er das Tempo und ließ den Wagen ausrollen. Hinter ihm tat der Fahrer des Renault in diskreter Entfernung das gleiche. Bowman fuhr wieder an: der Renault folgte.

Bowman fuhr noch eine Meile weiter in die eintönige Ebene der

Camargue hinein und hielt an. Der Renault stoppte ebenfalls. Bowman stieg aus, ging zum Kofferraum des Wagens, warf einen kurzen Blick in Richtung des Renault, der in etwa hundert Metern Entfernung parkte, öffnete den Kofferraum, nahm ein Werkzeug aus dem Kasten, schob es in sein Jackett, machte den Kofferraum wieder zu und kehrte wieder auf seinen Sitz zurück. Das Werkzeug legte er neben sich auf den Boden.

»Was ist das?« fragte Cecile mit Besorgnis in der Stimme.

»Ein Wagenheber.«

»Stimmt was nicht mit den Reifen?«

»Wagenheber können auch anderweitig von Nutzen sein.«

Er fuhr wieder los. Nach einigen Minuten Fahrt begann die Straße leicht anzusteigen, machte plötzlich eine unerwartet scharfe Linkskurve und dann lag plötzlich, fast direkt unter ihnen und weniger als sechs Meter entfernt, das glitzernde Wasser der Grand Rhône. Bowman bremste scharf, war in dem Augenblick aus dem Wagen, in dem er zum Stehen kam und ging schnell den Weg zurück, den sie gerade gekommen waren. Der Renault bog um die Kurve und der Fahrer, der sich völlig unerwartet plötzlich Bowman gegenüber sah, brachte den Wagen zehn Meter vor ihm schlitternd zum Stehen.

Bowman verbarg eine Hand hinter dem Rücken, trat zu dem Renault und riß die linke Tür auf. Pierre Lacabro starrte ihm entgegen, sein Gesicht war zu einer brutalen Grimasse verzerrt.

»Ich fange allmählich an zu glauben, daß Sie mich verfolgen«, sagte Bowman milde.

Lacabro antwortete nicht. Statt dessen stieß er sich mit der einen Hand vom Steuerrad und mit der andern vom Rahmen der Karosserie ab und schoß mit einer Geschwindigkeit aus dem Wagen, die für einen Mann seiner Statur überraschend war. Bowman hatte damit gerechnet. Er trat zur Seite, und als Lacabro an ihm vorbeistürzte, ließ er den Wagenheber auf den linken Arm des Mannes heruntersausen. Der Klang des Schlages, das überraschend laute Krachen des brechenden Knochens und Lacabros Schmerzensschrei kamen fast gleichzeitig.

»Wer hat Sie geschickt?« fragte Bowman.

Lacabro, der sich auf dem Boden wand und seinen zerschmetterten linken Unterarm umklammerte, knurrte irgend etwas Unverständliches auf rumänisch. »Bitte, bitte hören Sie zu«, sagte Bowman. »Ich habe es mit Mördern zu tun. Ich weiß, daß ich es mit Mördern zu tun habe. Und was wichtiger ist: ich weiß, wie man mit Mördern umgehen muß. Ich habe Ihnen schon einen Knochen gebrochen – ich glaube, es handelt sich um Ihren linken Unterarm. Ich bin durchaus bereit, Ihnen so viele Knochen zu zerbrechen, wie nötig sind – vorausgesetzt natürlich, Sie bleiben bei Bewußtsein – um herauszufinden, warum diese vier Frauen in dem grünweißen Wohnwagen sich zu Tode fürchten. Falls Sie doch das Bewußtsein verlieren sollten, werde ich mich hinsetzen und warten, bis Sie wieder aufwachen, und dann werden wir weitermachen.«

Cecile hatte den Simca verlassen und stand jetzt nur noch ein paar Meter entfernt. Sie war sehr blaß. Entsetzt starrte sie Bowman an.

»Mr. Bowman, haben Sie vor...«

»Halten Sie den Mund!« Er wandte seine Aufmerksamkeit wieder Lacabro zu. »Kommen Sie schon, erzählen Sie mir etwas über die vier Damen.«

Lacabro stieß Laute hervor, bei denen es sich fast sicher wieder um Schimpfworte handelte, rollte sich schnell herum und als er sich auf seinen rechten Ellenbogen aufstütze, schrie Cecile. Lacabro hatte eine Pistole in der Hand. Aber der Schock oder der Schmerz oder beides hatte seine Reaktionen verlangsamt. Er schrie wieder und die Waffe flog in eine Richtung, während der Wagenheber in eine andere donnerte. Lacabro preßte beide Hände auf seine Nase: Blut sickerte zwischen seinen Fingern hindurch.

»Jetzt ist Ihre Nase weg, nicht wahr?« sagte Bowman. »Dieses dunkelhaarige Mädchen, Tina, ist verletzt worden, oder? Wie schwer ist sie verletzt? Warum wurde sie verletzt? Wer hat sie verletzt?«

Lacabro nahm die Hände von seinem blutenden Gesicht. Seine Nase war nicht gebrochen, aber sie bot trotzdem keinen besonders schönen Anblick, und das würde sich in nächster Zeit auch kaum ändern. Er spuckte Blut und einen Zahn aus, knurrte wieder etwas auf rumänisch und starrte Bowman wie ein wildes Tier an.

»Sie haben es getan«, sagte Bowman überzeugt. »Ja, Sie haben es getan. Sie sind doch einer von Czerdas Kriegern, oder? Vielleicht der wichtigste Krieger. Ich frage mich, ich frage mich wirklich, mein Freund. Haben Sie Alexandre in den Höhlen umgebracht?«

Lacabros Gesichtsausdruck war der eines Wahnsinnigen. Er stieß sich vom Boden ab, kam taumelnd wie ein Betrunkener auf die Beine und stand schwankend wie ein Betrunkener da. Er schien kurz vor dem totalen Zusammenbruch zu stehen, seine Augen rutschten bereits nach oben weg. Bowman trat einen Schritt auf ihn zu. Im selben Augenblick ging Lacabro, der eine unglaubliche Schmerzunempfindlichkeit, die Schlauheit eines Fuchses und die Zähigkeit einer Katze bewies, einen Schritt auf Bowman zu, riß seine rechte Faust hoch und traf ihn – wahrscheinlich mehr durch Glück als durch Berechnung – mit einem gewaltigen Schlag seitlich ans Kinn. Bowman taumelte zurück, verlor das Gleichgewicht und stürzte auf die schmale Grasnarbe, die nur ein kleines Stück von dem Abgrund entfernt war, der senkrecht zur Rhône abfiel. Lacabro nützte seinen Vorteil. Er drehte sich um und rannte der Pistole nach, die nur einen halben Meter von der Stelle entfernt zu Boden fiel, an der Cecile regungslos mit vor Schreck erstarrtem Gesicht stand.

Bowman stützte sich benommen auf einen Arm hoch. Er sah alles, was vorging, wie durch einen Schleier: das Mädchen, die Waffe neben ihr, Lacabro, der sich darauf stürzte, während das Mädchen immer noch stocksteif dastand. Vielleicht konnte sie das verdammte Ding nicht einmal sehen, dachte er verzweifelt. Aber so schlecht konnten ihre Augen doch nicht sein! Wenn sie nicht in der Lage war, eine Waffe zu sehen, die einen halben Meter von ihr entfernt lag, durfte man sie in Zukunft nur noch mit einem weißen Taststock auf die Straße lassen. Aber ganz so schlecht waren ihre Augen nicht. Plötzlich bückte sie sich, hob die Pistole auf, warf sie in die Rhône hinunter und ließ sich dann, in weiser Voraussicht, flach auf den Boden fallen, als Lacabro, dessen zerschlagenes Gesicht zu einer Maske aus Blut und Haß erstarrt war, sie gerade niederschlagen wollte. Aber selbst in diesem Augenblick, der ihn rasend vor Wut über diesen Mißerfolg machen mußte, und in dem er nur von dem Gedanken besessen war, das Mädchen zu vernichten, das ihn um den Besitz der Waffe gebracht hatte, erkannte Lacabro seine bessere Chance. Er ignorierte das Mädchen, drehte sich um und rannte gebückt auf Bowman zu.

Aber Cecile hatte Bowman soviel Zeit verschafft, wie er brauchte: Als Lacabro ihn erreichte, war er bereits wieder auf den Füßen, zwar noch leicht schwindlich und schwankend, aber nichtsdestoweniger ein ernstzunehmender Gegner. Er entging Lacabros erstem Ansturm und dem tückischen Fußtritt und erwischte den Zigeuner, als er an ihm vorbeistürzte. Er bekam ihn am linken Arm zu fassen. Lacabro schrie auf vor Schmerz, riß seinen Arm gewaltsam los und startete den zweiten Angriff. Diesmal machte Bowman keinen Versuch, ihm auszuweichen, sondern kam ihm mit gleicher Geschwindigkeit entgegen. Seine rechte Faust hatte keine Schwierigkeiten, Lacabros Kinn zu treffen, denn er konnte sich mit dem linken Arm nicht mehr decken. Er machte unfreiwillig ein paar Schritte rückwärts, schwankte einen Moment lang am Rande des Abgrunds und stürzte dann rückwärts in die Rhône hinunter. Das Klatschen, als sein Körper auf das schmutzige Wasser aufschlug, schien außerordentlich laut.

Bowman blickte vorsichtig über den Rand des Abgrunds: keine Spur mehr von Lacabro. Wenn er bewußtlos gewesen war, als er auf dem Wasser aufschlug, war er auf den Grund gesunken, und damit war die Sache erledigt. Es gab keine Möglichkeit, seinen Körper in dem dunklen Wasser auszumachen. Aber Bowman hatte sowieso nicht vor, den Zigeuner zu retten: Wenn er nicht bewußtlos wäre, würde er seine Dankbarkeit sicherlich dadurch ausdrücken, daß er versuchte, seinen Retter zu ersäufen, und Bowman fühlte sich nicht genügend mit Lacabro verbunden, um dieses Risiko einzugehen.

Er ging zu dem Renault hinüber, durchsuchte ihn kurz, fand, was er erwartet hatte, nämlich nichts, ließ den Motor an, legte den ersten Gang ein, lenkte den Wagen auf den Abgrund zu und sprang heraus. Der kleine Wagen rollte auf den Rand des Abgrundes zu, stürzte hinunter und schlug mit einem Krach auf dem Wasser auf. Der Aufprall ließ das Wasser zehn Meter hoch spritzen.

Eine ganze Portion dieses Wassers regnete auf Lacabro herunter. Er lag halb sitzend unter einem überhängenden Felsen auf einem schmalen Kiesstreifen. Seine Kleider waren durchweicht. Mit der rechten Hand umklammerte er sein linkes Handgelenk. Auf seinem betäubten und verständnislosen Gesicht stand eine Mischung aus Schmerz, Verwirrung und Ungläubigkeit. Es war auf alle Fälle das Gesicht eines Mannes, der für diesen Tag genug hatte. Bowman ging auf Cecile zu, die immer noch auf dem Boden saß. »Sie ruinieren sich das hübsche Zigeunerkostüm«, sagte er.

»Ja, wahrscheinlich.« Ihre Stimme klang gelassen, bemerkenswert ruhig. »Ist er verschwunden?«

»Sagen wir, ich kann ihn nicht finden.«

»Das war – das war kein fairer Kampf.«

»Das war doch der Sinn des Ganzen, mein Schatz. Im Idealfall hätte er mich mit Kugeln durchlöchert.«

»Aber – aber kann er denn schwimmen?«

»Woher soll ich denn das wissen?« Er führte sie zu dem Simca zurück, und nachdem sie eine Meile schweigend gefahren waren, schaute er sie neugierig an. Ihre Hände zitterten, ihr Gesicht war leichenblaß geworden, und als sie sprach, war ihre Stimme nur ein kaum hörbares Flüstern, in dem ein Zittern mitschwang. Offenbar litt sie unter einem verspäteten Schock.

Sie fragte: »Wer sind Sie?«

»Kümmern Sie sich nicht darum.«

»Ich – ich habe Ihnen heute das Leben gerettet.«

»Ja, richtig, danke schön. Aber Sie hätten die Pistole dazu benützen sollen, ihn zu erschießen oder wenigstens aufzuhalten.«

Es folgte eine lange Pause, dann schniefte sie laut und sagte fast jammernd: »Ich habe in meinem Leben noch nie eine Waffe abgefeuert. Ich kann es nicht einmal sehen, wenn ein anderer es tut.«

»Ich weiß. Es tut mir leid. Es tut mir alles leid, Cecile. Aber am meisten tut mir leid, daß ich Sie in den ganzen Mist mit hineingezogen habe. Mein Gott, ich hätte es besser wissen müssen.«

»Warum geben Sie sich die Schuld?« Immer noch war das halbe Schluchzen in ihrer Stimme. »Irgendwo mußten Sie heute nacht doch hin, und mein Zimmer...« Sie brach ab, schaute ihn von der Seite an und flüsterte: »Sie denken an etwas anderes, nicht wahr?«

»Fahren wir nach Arles zurück«, sagte er. Sie schaute ihn weiter an, wandte dann den Blick ab und versuchte, sich eine Zigarette anzuzünden. Doch ihre Hände zitterten so sehr, daß es ihr nicht gelang. Als sie ins Hotel zurückkamen, zitterten ihre Hände immer noch.

## 6

Bowman fuhr vor dem Hoteleingang vor. In fünf Metern Entfernung saß Lila an einem Tisch im Patio, neben dem Eingang. Es war schwer zu sagen, ob sie eher wütend oder verstört aussah. Aber sicher war jedenfalls, daß sie nicht glücklich aussah.

»Ihr Freund hat sie sitzengelassen«, verkündete Bowman. »Wir treffen uns in fünfzehn Minuten. Am Hintereingang des

Hotels. Bleiben Sie außer Sicht, bis Sie einen blauen Citroën sehen. Ich werde drinsitzen. Bleiben Sie vom Patio weg. Im Foyer werden Sie sicherer sein.«

Cecile nickte in Richtung auf Lila. »Kann ich mit ihr sprechen?«

»Sicher. Drinnen.«

»Aber wenn man uns sieht...«

»Das macht nichts. Werden Sie ihr sagen, was für ein gräßlicher Kerl ich bin?«

»Nein.« Ein halbes Lächeln stahl sich auf ihr Gesicht.

»Ah! Dann werden Sie ihr unsere bevorstehende Hochzeit ankündigen.«

»Das auch nicht.« Wieder das halbe Lächeln.

»Sie sollten sich entscheiden.«

Sie legte eine Hand auf seinen Arm. »Ich glaube, Sie sind möglicherweise ein sehr netter Kerl.«

»Ich bezweifle, daß der Junge in der Rhône Ihre Meinung teilen würde«, sagte Bowman trocken.

Das Lächeln erlosch. Sie stieg aus, Bowman fuhr davon, sie blickte ihm mit leicht gerunzelter Stirn nach und ging dann auf den Patio zu. Sie schaute Lila an, machte eine Kopfbewegung zum Foyer hin, und gemeinsam gingen sie hinein.

»Bist du sicher«, fragte Cecile. »Charles kennt Bowman?«

Lila nickte.

»Wieso? Warum?«

»Ich weiß es nicht. Er ist sehr, sehr schlau, weißt du.«

»Du meinst, er ist nicht nur ein berühmter Weinbauer oder Volkskundler?«

»Das meine ich.«

»Und er traut Bowman nicht?«

»Das ist wirklich sehr milde ausgedrückt.«

»So ein Unsinn. Du weißt, was Bowman von dem Herzog hält. Ich glaube, ich habe auf den richtigen Mann gesetzt, Lila. Er hat heute einen weiteren Verbrecher beseitigt...«

»Er hat was?«

»Ihn in die Rhône geworfen. Ich war dabei. Er sagt...«

»Also deshalb hast du eben noch wie ein Gespenst ausgesehen.«

»Ich habe mich auch ein bißchen wie eins gefühlt. Er sagt, er habe noch zwei andere getötet. Ich glaube ihm. Und ich sah, wie er zwei andere niederschlug. Tarnung ist ja schön und gut, aber einen Toten kann man schließlich nicht vortäuschen. Er ist auf der

Seite der Engel, Lila. Das heißt aber nicht unbedingt, daß das den Engeln besonders angenehm ist.«

»Ich bin kein Engel, und mir gefällt die ganze Geschichte absolut nicht«, sagte Lila. »Das alles ist mir unbegreiflich, und ich weiß nicht, wie ich damit fertigwerden soll. Was sollen wir tun?«

»Du bist nicht verlorener als ich. Was wir tun sollen? Wahrscheinlich das, was man uns gesagt hat.«

»Wahrscheinlich.« Lila seufzte, und ihr Gesicht nahm wieder den vergrämten Ausdruck an. Cecile blickte sie an.

»Wo ist Charles?«

»Er ist weg.« Ihr Gram vertiefte sich. »Er ist einfach mit der kleinen Chauffeuse verschwunden – jedenfalls nennt er sie so – und hat mir gesagt, ich soll hier warten.«

»Lila!« Cecile starrte ihre Freundin an. »Das ist doch nicht möglich...«

»Warum? Warum ist das nicht möglich? Was ist los mit Charles?«

»Nichts natürlich. Überhaupt nichts.« Cecile stand auf. »Ich habe in zwei Minuten eine Verabredung. Mr. Bowman mag es nicht, wenn man ihn warten läßt.«

»Wenn ich daran denke, daß er mit diesem kleinen Biest...«

»Auf mich machte sie den Eindruck eines ausgesprochen hübschen, charmanten Mädchens.«

»Auf mich auch«, gab Lila zu. »Aber das war vor einer Stunde.«

In Wirklichkeit war Le Grand Duc jedoch nicht mit dem kleinen Biest zusammen, er befand sich nicht einmal in ihrer Nähe. Auf dem Platz, auf dem die rumänischen und ungarischen Wohnwagen parkten, war keine Spur von Carita oder dem riesigen grünen Rolls-Royce zu sehen, und von beiden konnte man nicht behaupten, daß sie leicht zu übersehen gewesen wären. Le Grand Duc jedoch war deutlich zu sehen. Nicht weit von dem grün-weißen Wohnwagen entfernt unterhielt er sich, ein Notizbuch in der Hand, äußerst angeregt mit Simon Searl. Czerda, der Zigeunerführer und mittlerweile ein alter Bekannter des Grand Duc, stand zwar ganz in der Nähe, mischte sich jedoch nicht in das Gespräch ein. Aus den wenigen angedeuteten Gefühlsregungen, die sich auf Searls hagerem, asketischem Gesicht bemerkbar machten, konnte man schließen, daß auch er sich gewünscht hätte, nicht an dem Gespräch teilnehmen zu müssen.

»Tausend Dank, Monsieur le Curé, tausend Dank.« Le Grand

Duc zeigte sich von seiner huldvollsten Seite. »Ich kann Ihnen gar nicht sagen, wie sehr mich der Gottesdienst beeindruckt hat, den Sie heute früh auf der Wiese abhielten. Bewegend, sehr bewegend. Beim Jupiter, ich erweitere mein Wissen in jeder Minute.« Er schaute Searl genauer an. »Haben Sie sich das Bein verletzt, mein lieber Freund?«

»Nur ein leichter Krampf.« Den einzig offensichtlichen Krampf hatte er im Gesicht und in der Stimme.

»Ah! Aber Sie müssen etwas gegen diesen leichten Krampf tun – es können sich sehr ernsthafte Komplikationen daraus entwickeln, wissen Sie. Ja, wirklich, das kann sehr ernste Folgen haben.« Er nahm sein Monokel ab und ließ es an dem dicken schwarzen Band kreisen, um Searl besser beobachten zu können. »Habe ich Sie nicht schon irgendwo gesehen – ich meine jetzt abgesehen von der Messe? Ja, ja, natürlich – heute früh, vor dem Hotel. Seltsam, ich erinnere mich nicht, daß Sie da auch schon gehinkt haben. Aber ich fürchte, meine Sehschärfe…« Er setzte das Monokel wieder auf. »Nochmals herzlichen Dank. Und tun Sie etwas gegen den Krampf. Üben Sie die allergrößte Vorsicht, Monsieur le Curé. Um Ihretwillen.«

Le Grand Duc schob das Notizbuch in eine Innentasche seines Jacketts und entfernte sich majestätischen Schrittes. Czerda schaute Searl an. Die nicht von Bandagen verdeckten Teile seines Gesichts zeigten keinerlei Gefühlsregung. Searl fuhr sich mit der Zunge über die Lippen, drehte sich schweigend um und ging.

Sogar für einen ganz in der Nähe stehenden Beobachter, der ihn kannte, konnte der Mann, der am Steuer des blauen, hinter dem Hotel parkenden Citroën saß, fast unmöglich als Bowman zu erkennen sein. Er hatte einen weißen Sombrero und eine dunkle Brille auf, trug ein entsetzliches blauweißes Hemd mit Tupfen, eine offene bestickte Weste, ein Paar Hosen aus Moleskin und hohe Stiefel. Seine Gesichtsfarbe war jetzt um eine Nuance heller, der Schnauzbart in der kurzen Zeit um ein beträchtliches Stück gewachsen. Neben ihm auf dem Sitz lag ein kleiner, mit Geldbeutelschnüren verschlossener Beutel. Die rechte Wagentür öffnete sich und Cecile spähte herein. Sie blinzelte unsicher.

»Ich beiße nicht«, sagte Bowman ermutigend.

»Großer Gott!« Sie glitt auf den Beifahrersitz. »Was – was soll das denn nun wieder?«

»Ich bin ein Guardien – ein Cowboy im Sonntagsanzug, einer

von vielen anderen, die sich hier aufhalten. Ich habe Ihnen doch gesagt, daß ich einkaufen gehen würde. Jetzt sind Sie dran.«

»Was ist in dem Beutel?«

»Mein Poncho natürlich.«

Als er mit ihr zu dem Kleidergeschäft fuhr, das sie an diesem Morgen schon besucht hatten, musterte sie ihn mit dem nachdenklichen Blick, der ihr inzwischen schon fast zur Gewohnheit geworden war. Nach einer angemessenen Wartezeit flatterte die Geschäftsführerin wieder um Cecile herum und schwelgte in bewundernden Bemerkungen, wobei sie ebensoviel mit den Armen sprach wie mit der Stimme. Cecile hatte jetzt das Fiesta-Kostüm eines Mädchens aus Arles an: Sie trug einen bodenlangen Rock mit dunklen Stickereien, aus dem gleichen Material. Der Hut saß auf einer dunkelroten Perücke.

»Madame sieht phantastisch aus!« schwärmte die Geschäftsführerin.

»Madames Aussehen entspricht dem Preis«, sagte Bowman resigniert. Er schälte noch ein paar Banknoten aus dem Bündel und führte Cecile zu dem Citroën. Sie setzte sich hinein und strich anerkennend über den kostbaren Stoff des Kleides.

»Sehr hübsch, das muß ich schon sagen. Ziehen Sie gerne Mädchen hübsch an?«

»Nur, wenn ich bei Verbrechern gebündelte Banknoten finde. Nein, es kommt nicht darauf an, ob ich es gern tue. Man hat ein gewisses dunkelhaariges Zigeunermädchen in meiner Begleitung gesehen. Und in ganz Europa gibt es keine Versicherung, die bereit wäre, dieses schwarze Zigeunermädchen als Kundin aufzunehmen.«

»Aha.« Sie lächelte ihn traurig an. »All diese Besorgnis um Ihre zukünftige Frau?«

»Natürlich, was sonst?«

»Tatsache ist doch wohl, daß Sie es sich im Augenblick nicht leisten können, Ihre Assistentin zu verlieren.«

»Dieser Gedanke ist mir nie gekommen.«

Er fuhr mit dem Wagen nahe an den Platz heran, auf dem die rumänischen und ungarischen Wohnwagen abgestellt waren. Er hielt an, nahm den Beutel vom Sitz, stieg aus, richtete sich auf und drehte sich um. In diesem Augenblick stieß er mit einem Mann zusammen, der vorbeigeschlendert kam. Der Mann blieb stehen und starrte ihn durch sein Monokel ungehalten an: Le Grand Duc war es nicht gewöhnt, von jemandem angerempelt zu werden.

»Verzeihung, Sir«, sagte Bowman.

Le Grand Duc beglückte Bowman mit einem Blick beträchtlichen Abscheus. »Bitte.«

Bowman lächelte entschuldigend, nahm Ceciles Arm und entfernte sich. Sie sagte leise und vorwurfsvoll: »Das haben Sie absichtlich getan.«

»Na und? Wenn er uns nicht erkennt, dann erkennt uns niemand.« Er ging noch ein paar Schritte und blieb dann stehen. »Was kann denn das bedeuten?«

Es war plötzlich eine leichte Unruhe entstanden, als ein einfacher schwarzer Lieferwagen in den Platz einbog. Der Fahrer stieg aus, fragte offensichtlich einen in der Nähe stehenden Zigeuner etwas, der quer über den Platz deutete, stieg wieder in den Lieferwagen und fuhr nahe an Czerdas Wohnwagen heran. Czerda stand am Fuß der kleinen Treppe und unterhielt sich mit Ferenc. Keiner von beiden schien sich bis jetzt merklich von den Verletzungen erholt zu haben. Der Fahrer und ein Helfer sprangen aus dem Wagen, gingen zur Rückseite, öffneten die Türen und zogen, mit beträchtlichen Schwierigkeiten und nicht ohne Hilfe anderer, eine Bahre heraus, auf der – den linken Arm in der Schlinge und das Gesicht dick verbunden – die zusammengesunkene Gestalt Pierre Lacabros lag. Das böse Glitzern in seinem rechten Auge – das linke war vollkommen zugeschwollen – zeigte deutlich, daß Lacabro außerordentlich lebendig war. Czerda und Ferenc beeilten sich, den Bahrenträgern zu helfen. Bestürzung malte sich auf ihren Gesichtern. Unweigerlich war Le Grand Duc als einer der ersten auf dem Schauplatz. Er beugte sich kurz über den zusammengeschlagenen Lacabro und richtete sich wieder auf.

»Ts, ts, ts!« Er schüttelte betrübt den Kopf. »Heutzutage ist man auf der Straße seines Lebens nicht mehr sicher.« Er wandte sich an Czerda. »Ist das nicht mein armer Freund Koscis?«

»Nein.« Czerda sprach mit mühsamer Beherrschung.

»Ah! Ich bin froh, das zu hören. Aber der arme Kerl hier tut mir natürlich leid. Übrigens, würden Sie wohl so nett sein, Mr. Koscis zu sagen, daß ich mich gern noch einmal mit ihm unterhalten würde? Natürlich nur, wenn es ihm paßt.«

»Ich werde sehen, ob ich ihn finden kann.« Czerda half, die Bahre zur Treppe seines Wohnwagens zu tragen, und Le Grand Duc drehte sich um. Um ein Haar wäre er mit dem chinesischen Paar zusammengestoßen, das er schon früher im Patio des Hotels gesehen hatte. Höflich lüftete er entschuldigend den Hut vor der Eurasierin.

Bowman hatte alles genau beobachtet. Er schaute zuerst zu Czerda hinüber, dessen Gesicht eine Mischung aus Wut und Besorgnis ausdrückte, dann wanderte sein Blick zum Grand Duc hinüber und dann weiter zu dem chinesischen Paar. Er wandte sich an Cecile.

»Na also«, flüsterte er. »Ich wußte doch, daß er schwimmen kann. Wir wollen nicht zuviel Interesse am Geschehen zeigen.« Er führte sie ein paar Schritte weiter weg. »Sie wissen, was ich vorhabe – es wird nicht gefährlich, das verspreche ich Ihnen.«

Er sah ihr nach, als sie an Czerdas Wohnwagen vorbeischlenderte und stehenblieb, um ganz in der Nähe des grün-weißen Wagens ihren Schuh zurechtzurücken. Die Vorhänge waren vor das Seitenfenster gezogen, aber das Fenster selbst stand einen Spalt offen.

Befriedigt ging Bowman über den Platz zu einer Gruppe von Pferden hinüber, die in der Nähe einiger Wohnwagen an Bäumen festgebunden waren. Er ließ den Blick scheinbar ziellos umherwandern, um festzustellen, ob er beobachtet wurde, sah, wie sich die Tür von Czerdas Wohnwagen hinter der Bahre schloß, griff in seinen Beutel und brachte eine Handvoll zusammengerollter, in braunes Papier gewickelter Gegenstände zum Vorschein, von denen jeder mit einem zwei Zentimeter breiten blauen Zündpapier versehen war: Es waren einfache, altmodische Feuerwerkskörper...

In Czerdas Wohnwagen hatten sich Czerda, Ferenc, Simon Searl und El Brocador um die immer noch zusammengesunkene Gestalt Pierre Lacabros versammelt. Auf dem kleinen Stück von Lacabros Gesicht, das nicht unter Verbänden verschwunden war, lag eine tiefe Verzweiflung, die nicht nur auf seine körperlichen Schmerzen zurückzuführen war. Er machte den Eindruck eines Mannes, der gekränkt ist, weil ihm nicht das erwartete Maß an liebevoller Pflege und Besorgnis zuteil wird.

»Du Idiot!« Czerda schrie beinahe. »Du hirnverbrannter Idiot! Ich habe dir doch gesagt, du sollst keine Gewalt anwenden! Keine Gewalt!«

»Vielleicht hättest du das lieber Bowman sagen sollen«, schlug El Brocador vor. »Bowman wußte Bescheid. Bowman beobachtete alles. Bowman wartete. Wer wird das bloß Gaiuse Strome berichten?«

»Wer sonst als unser Priester ohne Rock«, sagte Czerda brutal. »Ich beneide dich nicht, Searl.«

Nach Searls Gesichtsausdruck zu urteilen, beneidete er sich auch nicht. Unglücklich sagte er: »Das wird vielleicht gar nicht nötig sein. Wenn Gaiuse Strome der ist, den wir für ihn halten, dann weiß er sowieso schon Bescheid.«

»Er weiß Bescheid?« fragte Czerda. »Wie könnte er Bescheid wissen? Er weiß doch nicht, daß Lacabro einer meiner Männer und also auch einer seiner Männer ist. Er weiß nicht, daß Lacabro keinen Autounfall hatte. Er weiß nicht, daß Bowman dafür verantwortlich ist. Er weiß nicht, daß wir es wieder einmal geschafft haben, Bowman aus den Augen zu verlieren – während eben dieser Bowman jeden unserer Schritte genau zu kennen scheint. Wenn du tatsächlich annimmst, du hättest nichts zu berichten, dann bist du übergeschnappt, Searl.« Er wandte sich an Ferenc. »Sag' den Leuten Bescheid. Jetzt gleich. Wir fahren in einer halben Stunde ab. Heute abend kampieren wir bei Vaccarès. Was war denn das?«

Klar und scharf ertönte eine Reihe scharfer Explosionen, Männer riefen, Pferde wieherten ängstlich, eine Polizeipfeife schrillte, und immer noch ging das Stakkato flacher Detonationen weiter. Gefolgt von den drei anderen stürmte Czerda zur Tür und stieß sie auf.

Sie waren nicht die einzigen, die der Lärm erschreckt hatte, und die nun versuchten, die Ursache der plötzlichen Störung zu ergründen. Es war kaum eine Übertreibung zu behaupten, daß innerhalb einer halben Minute alle Augen der Leute auf den Platz nach Nordosten gerichtet waren, wo eine Gruppe von Guardiens – allen voran Bowman – versuchte, die ausschlagenden, sich aufbäumenden und wiehernden Pferde zu beruhigen.

Nur ein Augenpaar blickte in eine andere Richtung. Es gehörte Cecile. Sie stand, eng an die Wand des grün-weißen Wohnwagens gepreßt, auf Zehenspitzen am Fenster und spähte durch einen Spalt im Vorhang, den sie sich gerade geschaffen hatte.

Es war dämmrig im Inneren des Wagens, aber sogar Ceciles Augen gewöhnten sich schnell an die schummrige Beleuchtung. Es war ihr nicht möglich, ein entsetztes Keuchen zu unterdrücken: Mit dem Gesicht nach unten lag ein Mädchen mit kurzgeschnittenen dunklen Haaren auf einem Bett – offensichtlich war das für sie die einzig mögliche Art zu liegen. Ihr nackter und schrecklich zugerichteter Rücken war nicht verbunden worden und mit einer dicken Schicht Salbe bedeckt. An den fortgesetzten unruhigen Bewegungen und dem gelegentlichen Stöhnen war klar zu erkennen, daß sie nicht schlief.

Cecile ließ den Vorhang wieder an seinen Platz gleiten und entfernte sich. Madame Zigair, Sara und Marie le Hobenaut saßen auf den Stufen und blickten über den Platz. Cecile ging so unbeteiligt wie möglich an ihnen vorbei, was gar nicht einfach war, denn ihre Knie zitterten und sie fühlte sich miserabel. Sie ging über den Platz und gesellte sich zu Bowman, dem es gerade gelungen war, eines der wildgewordenen Pferde zu beruhigen. Er ließ das Pferd los, nahm ihren Arm und führte sie zum Citroën.

»Es war kein schöner Anblick, wie?«

»Bringen Sie mir bei, wie man mit einer Pistole umgeht, und ich werde sie benützen. Auch wenn ich nichts sehen kann. Ich werde nahe genug herangehen.«

»War es so schlimm?«

»Ja, es war so schlimm. Sie ist noch fast ein Kind, ein mageres kleines Geschöpf, und sie haben ihr die Haut in Fetzen vom Rücken gepeitscht. Es ist schrecklich. Das arme Mädchen muß vor Schmerzen verrückt werden.«

»Also tut Ihnen der Mann nicht leid, den ich in die Rhône geworfen habe?«

»Er würde mir leid tun, wenn ich ihm begegnete. Mit einer Pistole in der Hand.«

»Keine Pistolen. Ich selbst habe keine dabei. Aber ich verstehe Ihren Standpunkt.«

»Sie scheinen meine Neuigkeiten ziemlich ruhig aufzunehmen.«

»Ich bin genauso entsetzt wie Sie, Cecile, nur bin ich jetzt schon eine ganze Weile entsetzt, und ich kann es nicht ununterbrochen zeigen. Und was die Schläge betrifft, die das Mädchen bekam – irgend so etwas mußte passieren. Wie Alexandre verzweifelte das arme Mädchen und versuchte, eine Nachricht, irgendeine Information weiterzugeben; also verabreichten sie ihr eine Lektion, von der sie annahmen, sie würde sowohl für das Mädchen als auch für die übrigen Frauen eine einprägsame Lehre sein, und damit haben sie sicher recht.«

»Was für eine Information?«

»Wenn ich das wüßte, dann hätte ich diese Frauen innerhalb von zehn Minuten aus dem Wohnwagen geholt und in Sicherheit gebracht.«

»Wenn Sie's mir nicht sagen wollen, dann sagen Sie's nicht.«

»Schauen Sie, Cecile...«

»Schon gut. Es ist nicht wichtig.« Sie machte eine Pause. »Wissen Sie, daß ich heute früh davonlaufen wollte? Als wir von der Rhône zurückkamen?«

»Es hätte mich nicht überrascht.«

»Aber jetzt will ich es nicht. Nicht mehr. Jetzt haben Sie mich auf dem Hals.«

»Ich wüßte nicht, wen ich lieber auf dem Hals hätte.«

Sie schaute ihn erstaunt an. »Sie haben das ohne Lächeln gesagt.«

»Ich habe es ohne Lächeln gesagt«, bestätigte er.

Sie erreichten den Citroën, drehten sich um und schauten zu dem Platz hinüber. Die Zigeuner liefen in großer Geschäftigkeit durcheinander. Ferenc ging von einem Wohnwagen zum anderen, redete gestikulierend auf die Besitzer ein, und sobald er sie verlassen hatte, begannen sie, die Verbindungsstücke zu den Zugfahrzeugen an den Wagen festzumachen.

»Sie fahren ab?« Cecile schaute Bowman überrascht an. »Warum? Wegen ein paar Knallfröschen?«

»Wegen unseres Freundes, der in der Rhône ein Bad genommen hat. Und meinetwegen.«

»Ihretwegen?«

»Seit unser Freund von seinem Bad zurückgekehrt ist, wissen sie, daß ich hinter ihnen her bin. Sie wissen nicht, wieviel ich weiß. Sie wissen nicht, wie ich jetzt aussehe, aber sie wissen, daß ich inzwischen anders aussehe. Sie wissen, daß sie mich hier in Arles nicht erwischen können, denn sie können nicht wissen, wo ich bin oder wohnen könnte. Sie wissen, daß sie mich, um mich zu kriegen, isolieren müssen, und um das zu können, müssen sie mich ins offene Land hinauslocken. Heute nacht lagern sie mitten im Nirgends, irgendwo tief in der Camargue. Und dort hoffen sie, mich zu erwischen. Denn sie wissen jetzt, daß – wo immer ihre Wohnwagen auch sein mögen – ich auch sein werde.«

»Sie sind ein hervorragender Redner, nicht wahr?« Es stand keine Bösartigkeit in den grünen Augen.

»Reine Übungssache.«

»Und Sie leiden auch nicht ausgesprochen unter Minderwertigkeitskomplexen, nicht wahr?«

»Nein.« Er betrachtete sie nachdenklich. »Glauben Sie, die anderen tun es?«

»Es tut mir leid.« Sie berührte, um Verzeihung bittend, seine Hand. »Ich rede immer so, wenn ich Angst habe.«

»Ich auch – also meistens. Wir fahren ab, nachdem Sie Ihre Sachen aus dem Hotel geholt haben. Und dann verfolgen wir sie in bester Pinkerton-Manier, indem wir ihnen voranfahren. Denn wenn wir ihnen nachfahren, werden sie in gewissen Abständen Wachen einsetzen, die jeden Wagen überprüfen, der ihnen folgt. Und allzu viele Wagen werden nicht nach Süden fahren – heute nacht ist die große Fiesta in Arles, und die meisten Leute werden erst in achtundvierzig Stunden nach Saintes-Maries fahren.«

»Sie meinen, sie würden uns erkennen? In dieser Verkleidung? Sie können doch bestimmt nicht...«

»Sie können uns nicht erkennen. Sie können auch bis jetzt unmöglich hinter uns her sein. Diesmal nicht, dessen bin ich sicher. Sie müssen es auch nicht. Sie werden nach einem Wagen Ausschau halten, in dem ein Paar sitzt. Sie werden nach einem Wagen mit einem Nummernschild aus Arles suchen, weil es ein Leihwagen sein muß. Sie werden nach einem verkleideten Paar suchen, denn es ist ihnen klar, daß wir verkleidet sind, und in dieser Gegend hier kann es sich dabei nur um Zigeuner- oder Guardien-Kostüme handeln. Sie werden nach einem Paar mit inzwischen gut bekannten Charakteristika suchen, wie zum Beispiel Ihrer schlanken Figur, den hohen Backenknochen und grünen Augen, meiner alles andere als schlanken Figur und den Narben im Gesicht, die man nur mit Farbe übertünchen kann. Was glauben Sie, wie viele Wagen mit wie vielen Paaren heute nachmittag nach Vaccarès fahren und all diese Merkmale aufweisen?«

»Einer.« Sie schauderte zusammen. »Es entgeht Ihnen nicht viel, was?«

»Den anderen sicher auch nicht. Also werden wir vor ihnen herfahren. Wenn sie uns nicht einholen, können wir immer noch umkehren und herausfinden, wo sie angehalten haben. Sie werden keinen Wagen beachten, der von Süden heraufkommt. Jedenfalls hoffe ich das inständig. Aber lassen Sie die ganze Zeit die dunkle Brille auf, diese grünen Augen sind zu verräterisch.«

Bowman fuhr zum Hotel zurück und hielt etwa fünfzig Meter vom Patio entfernt an. Einen Parkplatz näher beim Hotel konnte er nicht finden. Er sagte zu Cecile: »Packen Sie Ihre Sachen. Wir fahren in fünfzehn Minuten. Ich werde Sie in zehn Minuten im Hotel treffen.«

»Sie haben natürlich inzwischen noch etwas zu erledigen?«

»Habe ich.«

»Kann ich erfahren, was?«

»Nein.«

»Komisch. Ich dachte, Sie vertrauten mir inzwischen.«

»Natürlich. Jedes Mädchen, das mich heiratet...«

»Das verdiene ich nicht.«

»Nein, das verdienen Sie nicht. Ich vertraue Ihnen, Cecile. Blind.«

»Ja.« Sie nickte, als sei sie zufrieden. »Ich sehe deutlich, daß Sie auch meinen, was Sie sagen. Aber Sie trauen mir nicht zu, daß ich den Mund halte, wenn man mich unter Druck setzen sollte.«

Bowman schaute sie lange an, dann sagte er: »Habe ich im Lauf der letzten Nacht irgendwann einmal behauptet, Sie seien nicht so helle, wie Sie eigentlich sein könnten?«

»Sie haben mich einige Male eine Närrin genannt, falls Sie das meinen.«

»Könnten Sie mir unter Umständen verzeihen?«

»Ich werde mich bemühen.« Sie lächelte und stieg aus dem Wagen. Bowman wartete, bis sie im Patio verschwunden war, verließ den Wagen, ging zur Post, holte ein Telegramm ab, das postlagernd an ihn geschickt worden war, nahm es zum Auto mit und öffnete es. Die Nachricht war in Englisch abgefaßt und nicht verschlüsselt: BEDEUTUNG UNKLAR STOP HALTE ES FÜR NOTWENDIG DASS INHALT AIGUES MORTES ODER GRAU DU ROI MONTAG 28 MAI UNVERSEHRT UND WIEDERHOLT UND INKOGNITO ÜBERBRACHT WIRD STOP FALLS NUR EINES MÖGLICH INHALT NICHT ÜBERBRINGEN STOP WENN MÖGLICH KOSTEN NEBENSÄCHLICH STOP KEINE UNTERSCHRIFT

Bowman las die Nachricht dreimal und nickte. Die Bedeutung war ihm alles andere als unklar, im Gegenteil, jetzt gab es nichts mehr, was ihm noch unklar gewesen wäre. Er nahm Streichhölzer aus der Tasche, verbrannte das Telegramm Stück für Stück im Aschenbecher und zerrieb das verkohlte Papier in winzige Asche-flocken. Immer wieder sah er sich um, um festzustellen, ob sich jemand in ungewöhnlicher Weise für seine ungewöhnliche Beschäftigung interessierte, konnte jedoch niemanden entdecken. Im Rückspiegel sah er, daß der Rolls-Royce des Grand Duc etwa dreihundert Meter weiter hinten an einer Ampel hielt. Sogar ein Rolls-Royce muß halten, wenn die Ampel auf Rot steht, überlegte er. Für den Grand Duc mußten derartige Lappalien ständigen

Anlaß für herzogliche Verärgerung bieten. Er schaute durch die Windschutzscheibe und sah den Chinesen und seine Eurasierin gemächlich auf den Patio zuschlendern. Sie kamen von Westen her. Sie blickten Bowman durch ihre reflektierenden Brillengläser gleichgültig an, aber Bowman warf nicht einmal einen flüchtigen Blick in ihre Richtung.

Le Grand Duc, der an der Ampel festsaß, zeigte überraschenderweise nicht die geringsten Anzeichen von Verärgerung. Er war hingebungsvoll damit beschäftigt, sich Notizen in ein Buch zu machen. Seltsamerweise war es nicht das Buch, das er gewöhnlich benutzte, wenn er seine Kenntnisse über die Zigeunersitten erweitern wollte. Scheinbar zufrieden mit dem, was er geschrieben hatte, steckte er das Buch ein, zündete sich eine riesige Havanna an und drückte auf den Knopf, der das Trennfenster in Bewegung setzte. Carita warf ihm im Rückspiegel einen fragenden Blick zu.

»Es ist wohl überflüssig, Sie zu fragen, ob Sie meine Anordnungen befolgt haben, meine Liebe«, sagte Le Grand Duc.

»Bis aufs i-Tüpfelchen, Monsieur le Duc.«

»Und die Antwort?«

»Neunzig Minuten, mit viel Glück. Ansonsten zweieinhalb Stunden.«

»Wo?«

»Antworten in vierfacher Ausführung, Monsieur le Duc. Postlagernd Arles, Saintes-Maries, Aigues-Mortes und Grau du Roi. Das ist hoffentlich zufriedenstellend.«

»Außerordentlich.« Le Grand Duc lächelte zufrieden. »Es gibt Zeiten, meine liebe Carita, da wüßte ich kaum, was ich ohne Sie täte.« Das Fenster glitt lautlos nach oben. Als die Ampel auf Grün sprang, rollte der Rolls-Royce mit leise summendem Motor an, und Le Grand Duc lehnte sich, die Zigarre in der Hand, in seinem Sitz zurück und betrachtete die Welt um sich herum auf seine übliche hoheitsvolle Weise. Plötzlich jedoch beugte er sich, nach einem ziemlich verwirrten Blick durch die Windschutzscheibe, ganze vier Zentimeter vor, ein Maß an Bewegung, das beim Grand Duc außerordentliches Interesse voraussetzte. Er drückte wieder auf den Knopf und die Trennscheibe glitt herunter.

»Hinter dem blauen Citroën ist ein Parkplatz frei. Stellen Sie den Wagen dorthin.«

Der Rolls-Royce kam langsam zum Stehen, und Le Grand Duc vollbrachte die unerhörte Leistung, selbst die Tür des Wagens zu öffnen und auszusteigen. Er schlenderte gemächlich dahin, blieb stehen und betrachtete die Stückchen gelben Telegrammpapiers, die im Rinnstein lagen und dann den Chinesen, der sich, mit einigen der Papierschnitzel in der Hand, aufrichtete.

»Sie scheinen etwas verloren zu haben«, sagte Le Grand Duc höflich. »Kann ich Ihnen vielleicht helfen?«

»Das ist sehr freundlich von Ihnen.« Das Englisch des Mannes war vollkommen akzentfrei, Oxbridge in Reinkultur. »Es ist nicht wichtig. Meine Frau hat nur einen ihrer Ohrringe verloren. Aber er ist nicht hier.«

»Das tut mir aber leid«, bedauerte Le Grand Duc, schlenderte durch den Eingang in den Patio, ging an der Frau des Chinesen vorbei, die an einem Tisch saß, und nickte ihr andeutungsweise zu, um huldvoll anzuzeigen, daß er ihre Anwesenheit anerkennend registrierte. Le Grand Duc stellte fest, daß sie unzweifelhaft Eurasierin und sehr schön war. Nicht blond, natürlich, aber trotzdem schön. Außerdem stellte er fest, daß sie zwei Ohrringe trug. Le Grand Duc durchquerte gemäßigten Schrittes den Patio und gesellte sich zu Lila, die sich gerade an einen Tisch setzen wollte. Le Grand Duc musterte sie ernst. »Sind Sie unglücklich, meine Liebe?«

»Nein, nein.«

»Oh, doch, das sind Sie. Ich habe einen unfehlbaren Instinkt für solche Dinge. Aus irgendwelchen außergewöhnlichen Gründen haben Sie gewisse Vorbehalte gegen mich. Gegen mich! Gegen mich, den Duc de Croytor!« Er nahm ihre Hand. »Rufen Sie Ihren Vater an, den Grafen Delafont, und zwar jetzt gleich. Er wird Sie beruhigen, darauf gebe ich Ihnen mein Wort. Ich! Der Duc de Croytor!«

»Bitte, Charles, bitte.«

»So ist es schon besser. Machen Sie sich fertig. Wir müssen sofort abreisen. Eine Angelegenheit von höchster Dringlichkeit. Die Zigeuner brechen auf, jedenfalls die, an denen wir interessiert sind, und wir müssen ihnen dorthin folgen, wohin sie gehen.« Lila wollte aufstehen, aber er legte ihr die Hand auf den Arm. »›Dringlichkeit‹ ist ein relativer Begriff. In etwa einer Stunde müssen wir einen schnellen Imbiß zu uns nehmen, bevor wir uns zu den unwirtlichen Weiten der Camargue aufmachen.«

## 7

Für den Neuankömmling erscheint die Camargue wirklich wie ein unwirtliches Ödland, ein einsames Land mit riesigem Himmelsgewölbe und endlosem Horizont, ein flaches und ausgedörrtes Niemandsland, ein Land, aus dem vor langer Zeit alle Lebewesen flohen und es zurückließen, und das den ganzen Sommer lang unter einer erbarmungslosen Sonne dahinsiecht, die von einem blaßblauen Himmel herunterbrennt. Aber wenn der Neuankömmling lange genug bleibt, wird er feststellen, daß der erste Eindruck, wie das fast immer so ist, ein falsches Bild vermittelt. Es stimmt, daß es ein trockenes Land ist, ein kahles, verdorrtes Land, aber es ist weder feindlich noch tot, ein Land, das in keiner Weise die schreckliche Leblosigkeit einer tropischen Wüste oder einer sibirischen Tundra besitzt. Wasserflächen breiten sich aus, und ein Land, in dem es Wasser gibt, kann nicht tot sein: Große und kleine Seen, die nicht mehr als Sumpflöcher und manchmal so seicht sind, daß sie einem Pferd nur bis zu den Fesseln reichen, wechseln einander ab. Andere wiederum sind tief genug, daß man ein Haus darin versenken könnte. Dann die Farben, die ständig wechselnden Blau- und Grautöne der vom Wind geriffelten Wasserspiegel, das blasse Gelb des Moores, das die Teiche umgibt, die Schwarz- und Grautöne der gleichmäßig gewachsenen Zypressen, das Dunkelgrün der Kiefern, das fast erschreckend frische Hellgrün der vereinzelten, saftigen Weideflächen, das einen herrlichen Kontrast zu der braunen, spärlichen, von der Sonne verbrannten Vegetation und den Salzflecken bildet, die in dem größeren Teil dieser Gegend vorherrschen. Und vor allem gibt es hier Leben: eine große Anzahl Vögel, hier und da vereinzelt Gruppen schwarzer Rinder und noch seltener weiße Pferde. Es gibt auch Bauernhöfe und Güter, aber diese liegen so weit von der Straße ab oder so gut hinter Windbrechern verborgen, daß ein Reisender sie kaum zu Gesicht bekommt. Aber eine Tatsache bleibt unbestreitbar bestehen, ein erster Eindruck, der sich nie ändert, ein Eindruck, der die immer wiederkehrende Beschreibung der Camargue als eine endlose Ebene vollkommen rechtfertigt: Die Camargue ist so glatt und flach wie das Meer an einem windstillen Sommertag. Für Cecile war die Camargue, während der blaue Citroën von Arles in südlicher Richtung nach Saintes-Maries fuhr, nichts anderes als eine immer eintöniger werdende Einsamkeit: Und je eintöniger die Umgebung wurde, desto bedrückter wurde Cecile. Ab und zu schaute sie Bowman von der Seite an, aber auch bei ihm fand sie keine Hilfe: Er schien entspannt, fast fröhlich, und falls der Gedanke an das Blut, das an seinen Händen klebte, ihm auf der Seele lastete, verbarg er es meisterlich. Wahrscheinlich hat er schon alles vergessen, dachte Cecile. Dieser Gedanke deprimierte sie noch mehr. Sie ließ den Blick wieder über die kahle Landschaft gleiten und wandte sich dann an Bowman.

»Leben hier Menschen?«

»Sie leben hier, sie lieben hier und sie sterben hier. Hoffen wir, daß letzteres uns nicht heute passiert.«

»Oh, seien Sie still! Wo sind die Cowboys, von denen ich gehört habe – die Guardiens, wie Sie sie nennen?«

»Wahrscheinlich in den Kneipen. Heute ist der Tag der großen Fiesta – es ist ein Feiertag.« Er lächelte sie an. »Ich wünschte, es wäre auch für uns ein Feiertag.«

»Aber Ihr Leben ist doch ein einziger langer Feiertag. Jedenfalls haben Sie das gesagt.«

»Ich sagte, für *uns!*«

»Ein hübsches Kompliment.« Sie schaute ihn nachdenklich an. »Können Sie mir aus dem Stegreif sagen, wann Sie das letzte Mal Ferien gemacht haben?«

»Aus dem Stegreif nicht.«

Cecile nickte und blickte wieder durch die Windschutzscheibe. Etwa eine halbe Meile weiter vorn stand links von der Straße eine ziemlich große Gruppe von Gebäuden, von denen einige sehr solide gebaut schienen.

»Endlich doch noch ein Hinweis auf Leben«, sagte sie. »Was ist das?«

»Ein Bauernhof. Eine Ranch, auf der sich Großstädter zur Erholung als Cowboys betätigen können. Mit Fremdenzimmern, einem Restaurant und einer Reitschule. Das Gut heißt Mas de Lavignolle.«

»Sie waren also schon hier?«

»In jedem Urlaub«, sagte Bowman entschuldigend.

»Wie könnte es auch anders sein.« Sie wandte ihre Aufmerksamkeit wieder dem Hof zu und beugte sich plötzlich vor. Direkt hinter dem Gut stand eine Reihe von Kiefern, und wiederum dahinter kam etwas in Sicht, das zeigte, daß es in der Camargue wirklich sehr lebendig zugehen konnte: Mindestens zwei Dutzend Wohnwagen und vielleicht hundert Autos parkten rechts der Straße ungeordnet auf der festgebackenen Erde. Links von der Straße standen auf einem staubigen Feld Reihen bunter Zelte. Manche der Zelte waren nur gestreifte Markisen, unter denen sich provisorische Tische befanden, die, nach den Dingen zu urteilen, die sich darauf türmten, entweder als Bars oder Imbißstände dienten. In Buden, die mit Segeltuch abgedeckt waren, wurden Souvenirs, Kleider oder Süßigkeiten verkauft, während andere Zelte zu Schießständen, Rouletteständen und sonstigen »Spielhöllen« umgebaut waren. Zwischen den Ständen bewegten sich mehrere hundert Menschen, die die gebotenen Zerstreuungen offensichtlich in vollen Zügen genossen. Als Bowman bremste, wandte Cecile sich ihm zu.

»Was ist das hier alles?«

»Das ist doch deutlich zu sehen, oder nicht? Ein Jahrmarkt auf dem Land. Arles ist nicht der einzige Aufenthaltsort in der Camargue – manche Leute in dieser Gegend betrachten es nicht einmal als einen Teil der Camargue und verhalten sich entsprechend. Einige Gruppen ziehen es vor, sich zur Fiesta-Zeit auf eigene Faust mit Zerstreuungen und Vergnügungen zu versorgen – der Mas de Lavignolle gehört dazu.«

»Meine Güte, Sie sind aber wirklich hervorragend informiert.« Sie schaute wieder nach vorn und deutete auf eine große ovale Arena, deren Wände offensichtlich aus Lehm und Zweigen gemacht waren.

»Was ist das? Ein Korral?«

»Das«, sagte Bowman, »ist eine originale, altmodische Stierkampfarena, in der sich das Hauptereignis des Nachmittags abspielen wird.«

Sie schnitt eine Grimasse. »Fahren Sie weiter.«

Er fuhr weiter. Nachdem er weniger als fünfzehn Minuten eine gerade Strecke der staubigen Straße entlanggefahren war, bog er von der Straße ab und stieg aus. Cecile schaute ihn fragend an.

»Das waren zwei Meilen auf gerader Straße«, erklärte er. »Zigeunerwagen fahren mit einer Geschwindigkeit von dreißig Meilen pro Stunde. Also werden wir sie, vier Minuten bevor sie hier ankommen, sehen.«

»Und ein von panischem Schrecken erfaßter Bowman ist in weniger als fünfzehn Sekunden unterwegs?«

»Natürlich. Wenn ich meinen Champagner noch nicht ausgetrunken habe, dauert es selbstverständlich länger. Aber genug jetzt. Kommen Sie. Mittagessen.«

Zehn Meilen nördlich von ihrem Picknickplatz rollte eine lange Karawane von Zigeunerwagen, in eine dichte Staubwolke gehüllt, gen Süden. Die Wohnwagen, deren verschiedene Farben schon normalerweise alles andere als unauffällig waren, schienen jetzt, im Gegensatz zu der kahlen Landschaft, fröhlicher und fremdartiger denn je.

Das erste Fahrzeug der Reihe, der gelbe Abschleppwagen, der Czerdas Wohnwagen ziehen mußte, war als einziger völlig staubfrei. Czerda saß am Steuer. Neben ihm saßen Searl und El Brocador. Czerda schaute El Brocador mit einem Ausdruck tiefster Bewunderung an, jedenfalls versuchte er, mit seinem zerschlagenen Gesicht, diesen Ausdruck zu vermitteln.

»Teufel auch, El Brocador«, sagte er. »Ich hätte dich lieber neben mir als ein Dutzend solcher unfähiger Priester ohne Rock.«

»Ich bin kein Mann der Tat«, protestierte Searl. »Und ich habe es auch nie behauptet.«

»Man sollte annehmen, daß du über Verstand verfügst«, sagte Czerda verächtlich. »Was ist denn mit ihm geschehen?«

»Wir dürfen nicht so grob mit Searl umspringen«, sagte El Brocador besänftigend. »Wir wissen alle, unter welchem Druck er steht. Wie er sagt, er ist kein Mann der Tat, und er kennt sich in Arles nicht aus. Ich bin dort geboren, ich kenne die Stadt wie meine Westentasche. Ich kenne in Arles jedes Geschäft, das Zigeunerkostüme, Fiesta-Kostüme und Guardien-Kostüme verkauft. Es gibt nicht so viele, wie du vielleicht annimmst. Die Männer, die ich mir zu Hilfe holte, waren ebenfalls Einheimische. Aber ich hatte Glück. Gleich beim ersten Geschäft – genau die Art, wie Bowman sie bevorzugt, ein schäbiger kleiner Stoffladen.«

»Ich hoffe, El Brocador, daß du nicht zuviel – äh – Überredungskünste aufwenden mußtest?« fragte Czerda und wurde dabei fast kokett, was ihm ganz und gar nicht stand.

»Wenn du Gewaltanwendung meinst, nein. Das ist nicht meine Art, das weißt du, und außerdem bin ich in Arles viel zu bekannt, um mir irgend etwas in dieser Richtung leisten zu können. Außerdem war es gar nicht nötig. Ich kenne Madame Bouvier, jeder kennt sie. Für zehn Franc würde sie ihre eigene Mutter in die Rhône werfen. Ich habe ihr fünfzig gegeben.« El Brocador grinste. »Sie konnte mir gar nicht alles so schnell erzählen, wie sie es wollte.«

»Ein blauweißes Hemd mit Tupfen, ein weißer Sombrero und eine schwarze bestickte Weste.« Czerda lächelte voller Vorfreude.

»Es wird einfacher sein, als einen Clown auf einer Beerdigung zu identifizieren.« .

»Das ist richtig. Aber erst müssen wir ihn haben.«

»Er wird dort sein«, sagte Czerda überzeugt. Er zeigte mit dem Daumen auf die nachfolgenden Wagen. »Solange sie da sind, wird er auch da sein. Das wissen wir alle inzwischen. Kümmere du dich ausschließlich um deine Aufgabe, El Brocador.«

»Da gibt es keine Schwierigkeiten.« Was das Selbstbewußtsein betraf, stand El Brocador Czerda nicht nach. »Jeder Mensch weiß, was die verrückten Engländer mögen. Er wird nur ein weiterer verrückter Idiot sein, der versuchte, sich vor den Leuten großzutun. Und ein Dutzend Zeugen werden gesehen haben, wie er sich von uns losriß, obwohl wir alles taten, um ihn aufzuhalten.«

»Der Stier wird extra geschärfte Hörner haben? Wie wir es veranlaßt haben?«

»Ich habe mich selbst darum gekümmert.« El Brocador warf einen Blick auf seine Uhr. »Können wir nicht schneller fahren? Ich habe in zwanzig Minuten eine Verabredung.«

»Keine Angst«, sagte Czerda. »Wir werden schon in zehn Minuten in Mas de Lavignolle sein.«


In diskretem Abstand glitt der grüne Rolls-Royce mit seiner üblichen majestätischen Lautlosigkeit hinter der Staubwolke auf der Straße nach Süden dahin. Das Verdeck war offen. Le Grand Duc saß in königlicher Haltung unter einem Sonnenschirm, den Lila schützend über ihn hielt.

»Haben Sie gut geschlafen?« fragte sie besorgt.

»Geschlafen? Ich schlafe nie nachmittags. Ich hatte nur die Augen geschlossen. Mir gehen viele Dinge durch den Kopf, viel zu viele Dinge, und ich kann mit geschlossenen Augen besser denken.«

»Ach! Das habe ich nicht gewußt.« Die wichtigste Eigenschaft, die man im Umgang mit dem Grand Duc haben mußte, war – wie Lila inzwischen gelernt hatte – Diplomatie. Sie wechselte eiligst das Thema. »Warum fahren wir diesen paar Wagen nach, wo doch noch so viele in Arles sind?«

»Ich habe Ihnen doch gesagt: Für genau die interessiere ich mich.«

»Aber warum...«

»Ungarische und rumänische Zigeuner sind mein Hauptgebiet.« Es lag etwas Endgültiges in seiner Stimme, das weitere Fragen zu diesem Thema verbot.

»Und Cecile. Ich mache mir Sorgen...«

»Ihre Freundin, Miss Dubois, ist bereits abgefahren, und wenn ich mich nicht sehr irre...« – sein Ton ließ keinen Zweifel daran aufkommen, was er von einem derartig ungeheuerlichen Gedanken hielt – »befindet sie sich auf der gleichen Straße wie wir, und zwar ein gutes Stück weiter vorne. Sie trug, das muß ich zugeben«, fügte er nachdenklich hinzu, »ein sehr hübsches Fiestakostüm, wie es die Mädchen aus Arles tragen.«

»Ein Zigeunerkleid, Charles.«

»Das Fiestakostüm aus Arles«, sagte Le Grand Duc. »Mir entgeht kaum etwas, meine Liebe. Als Sie sie sahen, hatte sie vielleicht ein Zigeunerkleid an. Aber nicht mehr, als sie abfuhr.«

»Aber warum sollte sie...«

»Woher soll ich das wissen?«

»Sie haben sie abfahren sehen?«

»Nein.«

»Wie können Sie dann...«

»Unserer lieben Carita entgeht auch kaum etwas. Es scheint, als sei sie mit einem zwielichtig aussehenden Individuum abgefahren, das Guardienkleidung trug. Ich frage mich, was aus diesem anderen gräßlichen Kerl geworden ist – Bowman hieß er, habe ich recht? Ihre Freundin scheint das einzigartige Talent zu besitzen, immer Ladenhüter aufzugabeln.«

»Und ich?« Lila hatte plötzlich einen ganz schmalen Mund.

»Touché! Das habe ich verdient. Es tut mir leid. Ich hatte nicht beabsichtigt, Ihre Freundin zu beleidigen.« Er deutete nach vorn, wo auf der linken Seite ein schmaler Wasserstreifen wie polierter Stahl in der frühen Nachmittagssonne schimmerte. »Und was ist das, meine Liebe?«

Lila warf einen kurzen Blick in die angegebene Richtung. »Weiß ich nicht«, sagte sie beleidigt.

»Le Grand Duc entschuldigt sich nie zweimal.«

»Das Meer?«

»Das Ende der Reise, meine Liebe. Das Ende der Reise für alle Zigeuner, die Hunderte, ja sogar Tausende von Meilen durch ganz Europa gereist sind. Der Etang de Vaccarès.«

»Etang?«

»See. Der Vaccarès-See. Das größte Naturschutzgebiet Europas.«

»Sie wissen wirklich eine Menge, Charles.«

»Ja, das tue ich«, gab der Grand Duc zu.

Bowman packte die Überreste des Mittagessens in einen Weiden-
korb, leerte die Champagnerflasche und schloß den Kofferraum.

»Das war herrlich«, sagte Cecile. »Und wie durchdacht von
Ihnen.«

»Danken Sie nicht mir, danken Sie Czerda. Er hat es bezahlt.«
Bowman blickte nach Norden, die gerade Straße hinunter. Es war
noch nichts zu sehen. »Nun, zurück nach Mas de Lavignolle. Die
Wagen müssen bei dem Jahrmarkt angehalten haben. Auf zum
Stierkampf.«

»Aber ich verabscheue Stierkampf.«

»Diesen werden Sie nicht verabscheuen.«

Er wendete den Citroën und fuhr zurück nach Mas de Lavignolle. Es schienen jetzt weniger Leute da zu sein als vorher, obwohl
die Anzahl der Autos und Wohnwagen sich fast verdoppelt hatte,
eine Diskrepanz, für die es eine einleuchtende Erklärung gab,
denn sobald der Citroën angehalten hatte, hörten Bowman und
Cecile von der Stierkampfarena her Schreien und Johlen. Im
Augenblick interessierte sich Bowman nicht für den Stierkampf.
Er blieb im Wagen sitzen und schaute sich vorsichtig um. Er mußte
nicht lange suchen.

»Zu niemandes Überraschung«, verkündete er, »sind Czerda
und seine Kameraden vollzählig hier aufgekreuzt. Jedenfalls stehen ihre Wagen hier, also nehme ich an, daß sie selbst auch nicht
weit sind.« Er trommelte nachdenklich mit den Fingern auf das
Steuerrad. »Zu niemandes Überraschung, außer zu meiner. Seltsam, seltsam. Ich frage mich, warum.«

»Warum was?«

»Warum sie hier sind.«

»Was meinen Sie damit? Sie hatten doch erwartet, sie hier zu
finden. Deshalb sind Sie doch hierher zurückgefahren, oder?«

»Ich kam zurück, weil die Zeit nicht stimmte. Ihre Verspätung
überzeugte mich davon, daß sie irgendwo angehalten haben
mußten, und der Jahrmarkt hier schien ein ebenso wahrscheinlicher Platz wie jeder andere. Aber ich hätte nicht erwartet, daß sie
überhaupt anhalten würden, bevor sie einen der einsamen Lager-
plätze an einem der Seen im Süden erreicht hätten; denn dort
hätten sie die ganze weite Camargue für sich allein gehabt. Aber
statt dessen beschlossen sie, hier anzuhalten.«

Er schwieg und sie sagte: »Na und?«

»Erinnern Sie sich daran, daß ich Ihnen in Arles erklärt habe, weshalb die Zigeuner meiner Meinung nach so schnell abreisten?«

»Ich erinnere mich an einiges. Es war etwas verwirrend.«

»Vielleicht habe ich mich selbst verwirrt. Irgendwo ist ein Fehler in meinen Überlegungen. Aber wo?«

»Es tut mir leid. Ich verstehe kein Wort.«

»Ich glaube nicht, daß ich meine Wichtigkeit überschätze«, sagte Bowman langsam. »Nicht jedenfalls, was die Zigeuner betrifft. Ich bin überzeugt, daß sie unter Druck stehen, unter sehr großem Druck, mich so schnell wie irgend möglich umzubringen. Wenn man einen Auftrag von größter Dringlichkeit ausführen muß, hält man sich nicht damit auf, einen schönen Sommernachmittag damit zu verbringen, sich einen Stierkampf anzusehen. Nein, in diesem Fall bemüht man sich, so schnell wie möglich voranzukommen. Man lockt Bowman zu einem einsamen Lagerplatz, wo man ihn, da er der einzige ist, der nicht zu Gruppe gehört, ohne Schwierigkeiten entdecken und in aller Seelenruhe aus dem Weg räumen kann. Jedenfalls hält man nicht, um sich auf dem Jahrmarkt einen Stierkampf anzuschauen, denn hier wäre der Gesuchte einer unter Tausenden und unmöglich zu isolieren.« Bowman machte eine Pause. »Jedenfalls nicht, wenn man nicht etwas wüßte, was das Opfer nicht weiß, und wenn man nicht wüßte, daß man ihn sogar unter Tausenden isolieren könnte. Habe ich mich allgemeinverständlich ausgedrückt?«

»Diesmal bin ich nicht verwirrt.« Ihre Stimme war fast nur noch ein Flüstern. »Sie haben sich durchaus verständlich ausgedrückt. Sie sind überzeugt, daß die Leute Sie hier erwischen werden. Es gibt nur eins, was Sie tun können.«

»Nur eins«, stimmte Bowman zu. »Ich muß versuchen, mir völlige Gewißheit zu verschaffen.«

»Neil!« Sie packte sein rechtes Handgelenk, ihr Griff war überraschend fest.

»Na endlich. Sie könnten mich in Gegenwart der Kinder ja auch nicht ewig Mr. Bowman nennen, oder?«

»Neil.« Ein flehender, fast verzweifelter Ausdruck stand in ihren Augen, und plötzlich schämte er sich seiner Schnoddrigkeit. »Gehen Sie nicht! Bitte, bitte, gehen Sie nicht! Es wird irgend etwas Schreckliches hier geschehen. Ich weiß es.« Sie fuhr sich mit der Zunge über die trockenen Lippen. »Fahren Sie weg von hier. Jetzt gleich. Sofort. Bitte.«

»Es tut mir leid.« Er zwang sich, sie nicht anzuschauen, ihr flehendes Gesicht hätte die Entschlußkraft eines Engels ins Wanken gebracht, und er hatte keinen Grund, sich als Engel zu betrachten. »Ich muß bleiben, und dieser Ort ist ebensogut wie jeder andere. Ein Entscheidungskampf ist unvermeidlich, und ich glaube immer noch, daß ich hier eine bessere Chance habe als am Ufer irgendeines verlassenen Teichs im Süden.«

»Sagten Sie, Sie *müssen* bleiben?«

»Ja.« Er starrte weiter geradeaus. »Es gibt vier gute Gründe dafür, und sie befinden sich alle in dem grünweißen Wohnwagen.« Sie antwortete nicht, und er fuhr fort: »Aber Tina allein wäre schon Anlaß genug, zu bleiben, Tina mit dem blutiggepeitschten Rücken. Wenn irgend jemand Ihnen das angetan hätte, würde ich ihn umbringen. Ich würde gar nicht darüber nachdenken, ich würde ihn töten, weil es das einzig Vernünftige wäre. Glauben Sie mir das?«

»Ich denke schon.« Ihre Stimme war sehr leise. »Nein, ich *weiß*, daß Sie es tun würden.«

»Sie hätte es genauso treffen können.« Er wechselte den Tonfall eine Nuance und sagte: »Sagen Sie mir jetzt: Würden Sie einen Mann heiraten, der davonrennen und Tina zurücklassen würde?«

»Nein, das würde ich nicht.« Sie sprach sehr sachlich.

»Ha!« Er wechselte den Tonfall noch ein wenig. »Muß ich daraus schließen, daß Sie, wenn ich nicht davonlaufe und Tina im Stich lasse . . .« Er brach ab und schaute sie an. Sie lächelte ihn an, aber vor ihren grünen Augen lag ein Schleier, sie wußte nicht, ob sie lachen oder weinen sollte, und als sie sprach, konnte man das Zittern in ihrer Stimme ebensogut für ein unterdrücktes Schluchzen wie für ein beginnendes Lachen halten.

»Sie sind ein völlig hoffnungsloser Fall«, sagte sie.

»Sie wiederholen sich.« Er öffnete die Autotür. »Ich werde nicht lange weg sein.«

Sie öffnete ihre Tür. »Wir werden nicht lange weg sein«, korrigierte sie.

»Sie werden nicht . . .«

»Und ob ich werde. Es ist ja ein schöner Zug von Ihnen, daß Sie die kleine wehrlose Frau beschützen, aber man kann auch alles übertreiben. Was soll inmitten Tausender von Menschen schon groß passieren? Außerdem haben Sie selbst gesagt, daß sie uns unmöglich erkennen können.«

»Wenn sie Sie mit mir zusammen erwischen . . .«

»Sollten sie Sie erwischen, werde ich nicht da sein; denn wenn sie Sie nicht erkennen können, dann haben die Kerle nur eine Möglichkeit, Sie zu fangen: Sie müßten etwas tun, was Sie nicht tun sollten, wie zum Beispiel in einen Wohnwagen einbrechen.«

»Am hellichten Tag? Glauben Sie, ich bin übergeschnappt?«

»Ich bin mir nicht ganz sicher.« Sie nahm energisch seinen Arm. »Aber eines weiß ich ganz bestimmt. Erinnern Sie sich an das, was ich in Arles gesagt habe? Sie haben mich auf dem Hals, Kamerad.«

»Für's ganze Leben?«

»Wir werden sehen.«

Bowman blinzelte überrascht und schaute sie genau an. »Sie machen mich zu einem sehr glücklichen Mann«, sagte er. »Als ich noch ein kleiner Junge war, sagte meine Mutter diesen Satz immer, wenn ich etwas haben wollte, und ich wußte genau, daß ich es dann bekam. Der weibliche Verstand arbeitet bei allen Frauen gleich, nicht wahr?«

Sie lächelte heiter und schien nicht im geringsten beunruhigt zu sein. »Auf die Gefahr hin, mich abermals zu wiederholen: Sie sind viel klüger, als Sie aussehen.«

»Auch das sagte meine Mutter immer.«

Sie zahlten das Eintrittsgeld und stiegen die Treppen zur Tribüne hinaus. Es war ziemlich voll. Hunderte von Menschen in farbenfroher Kleidung bevölkerten die Ränge, nur wenige Leute waren in »Zivilkleidung«. Guardiens und Zigeuner waren etwa in gleicher Anzahl erschienen, dazwischen sah man vereinzelt Leute aus Arles im Sonntagsstaat, aber der Großteil des Publikums bestand aus Touristen und Einheimischen.

Zwischen den Zuschauern und der sandigen Arena lief ein Gang von etwa einem Meter zwanzig Breite, der sich um die ganze Arena zog und von ihr durch eine etwa einen Meter zwanzig hohe Holzbarriere getrennt war: In diesen Gang, den Callajon, rettete sich der Stierkämpfer, wenn die Sache für ihn brenzlig wurde.

In der Mitte der Arena schien ein kleiner aber ungewöhnlich tückisch aussehender schwarzer Camargue-Stier sich mit der Vernichtung einer weißgekleideten Gestalt zu befassen, die sich um sich selbst drehte, Haken schlug, sich wand und knapp aber elegant den Angriffen des immer wütender werdenden Stiers auswich.

»Hallo!« Cecile, die mit großen Augen fasziniert auf das Schauspiel hinunterschaute, hatte für den Augenblick ihre Ängste vergessen und genoß den Anblick beinahe. »Das ist schon eher was.«

»Sie würden lieber das Blut des Mannes sehen als das des Stiers?«

»Sicher. Nein, ich weiß nicht recht. Er hat nicht einmal ein Schwert.«

»Schwerter benützt man bei spanischen Corridas, in denen der Stier getötet wird. Das hier ist der provencalische Cours libre, in dem niemand getötet wird, obwohl der Razateur – der Stierkämpfer – gelegentlich etwas beschädigt aus dem Kampf hervorgeht. Sehen Sie den roten Knopf, der zwischen den Hörnern des Stiers festgebunden ist? Den muß der Razateur zuerst abreißen. Dann die beiden Stückchen Schnur. Und dann die beiden weißen Quasten, die an den Spitzen der Hörner befestigt sind.«

»Ist das nicht gefährlich?«

»Ich würde mir dieses Hobby nicht gerade aussuchen«, gab Bowman zu. Er hob den Blick von dem Programm, das er in der Hand hielt, und schaute nachdenklich in den Ring hinunter.

»Stimmt was nicht?« fragte Cecile.

Bowman antwortete nicht sofort. Er schaute immer noch in den Ring hinunter, wo der weißgekleidete Razateur sich mit bemerkenswerter Schnelligkeit in einem engen Kreis um den Stier herum bewegte und dabei nie die Eleganz eines Balletttänzers verlor, auch nicht, wenn er ab und zu ausbrach, um dem angreifenden Stier auszuweichen. Plötzlich bewegte er sich in einem scheinbar knochenbrecherischen Winkel vor und riß blitzschnell den Knopf ab, der zwischen den Hörnern des Stieres befestigt war. Eines der Hörner schien dabei beinahe seine Brust zu streifen.

»Na schön«, sagte Bowman. »Das ist also El Brocador.«

»El wer?«

»Brocador. Der Junge da unter in der Arena.«

»Kennen Sie ihn?«

»Wir sind einander noch nicht vorgestellt worden. Er ist gut, finden Sie nicht?«

El Brocador war mehr als gut, er war glänzend. Indem er seine schnellen, fast flüchtigen Bewegungen mit eiskalter Berechnung einteilte und sie mit fast verächtlicher Leichtigkeit ausführte, wich er immer wieder den wütenden Angriffen des Stiers mit vollendeter Geschicklichkeit aus. In vier aufeinanderfolgenden Angriffen riß er die beiden Schnurenden, an denen der rote Knopf gehangen hatte, und die beiden Quasten ab, die an den Hörnern des Stiers befestigt waren. Nachdem er die zweite Quaste entfernt hatte, verbeugte er sich, ohne von dem Stier noch Notiz zu nehmen, tief und würdevoll vor dem Publikum, lief leichtfüßig zur Barriere hinüber und sprang elegant in den Schutz des Callajon, unmittelbar bevor der Stier seine Hörner mit voller Wucht in das Holz rammte. Die oberste Latte zersplitterte unter dem Ansturm. Die Zuschauer klatschten und johlten vor Begeisterung.

Aber nicht alle. Es waren vier Männer da, die nicht nur nicht Beifall klatschten – sie schauten nicht einmal zur Arena hinüber. Bowman, der selbst nicht viel Zeit damit verbracht hatte, den Kampf zu beobachten, hatte sie zwei Minuten nach Betreten der Tribüne entdeckt: Czerda, Ferenc, Searl und Masaine. Sie schauten sich den Stierkampf nicht an, weil sie zu sehr damit beschäftigt waren, die Menge einer eingehenden Prüfung zu unterziehen. Bowman wandte sich an Cecile.

»Enttäuscht?«

»Wie bitte?«

»Es war ein ziemlich lahmer Stier.«

»Machen Sie nicht so schreckliche Witze. Was in aller Welt soll das denn?«

Drei Clowns in den üblichen schreiend bunten Kostümen, mit bemalten Gesichtern, riesigen falschen Nasen und lächerlich kleinen Hüten auf dem Kopf, waren in der Arena erschienen. Einer von ihnen hatte ein Akkordeon dabei, auf dem er sofort zu spielen begann. Seine beiden Begleiter kletterten über die Barriere, wobei sie es beide schafften, hängenzubleiben und flach auf die Gesichter zu fallen. Als sie sich wieder aufgerappelt hatten, begannen sie, einen alten englischen Matrosentanz zu tanzen.

In diesem Augenblick öffnete sich das Gatter, und ein frisch ausgeruhter Stier erschien. Wie sein Vorgänger war auch er klein und schwarz, aber was ihm an Größe fehlte, machte er durch seine schlechte Laune wieder wett: In dem Augenblick, als er die tanzenden Clowns erblickte, senkte er den Kopf und stürmte los. Er ging nacheinander auf die Clowns los, aber sie glitten, ohne auch nur einmal aus den Takt zu geraten, sich graziös drehend im Ring umher, als hätten sie den Stier gar nicht wahrgenommen. Sie waren offensichtlich Razateure, die auf eine langjährige Erfahrung zurückblicken konnten. Plötzlich stoppte die Musik, nicht so der Stier: er ging auf einen der Clowns los, der sich umdrehte und um Hilfe schreiend davonrannte. Die Menge brüllte vor Lachen. Voller Wut blieb der Clown abrupt stehen, schüttelte die Faust gegen das Publikum, warf einen Blick über die Schulter, schrie erneut auf, rannte los, berechnete den Sprung über die Barriere falsch und krachte hart dagegen. Der Stier war fast direkt hinter ihm. Es schien unvermeidlich, daß der Clown entweder aufgespießt oder zerquetscht würde. Keines von beiden geschah jedoch, aber er kam nicht ganz ungeschoren davon, denn als er sich wie durch ein Wunder freigekämpft hatte, sah man, daß seine bauschigen Hosen an dem einen Horn des Stiers hingen. Der Clown, jetzt nur noch in weiße knöchellange Unterhosen gekleidet, setzte seine Flucht fort, wobei er immer noch nach Hilfe schrie. Dicht auf den Fersen folgte ihm der rasende Stier, der die Hosen hinter sich herschleifte. Die Menge bog sich vor Lachen.

Nicht so die vier Zigeuner. Genau wie vorher ignorierten sie auch jetzt die Vorgänge unten in der Arena vollständig. Aber sie standen nunmehr nicht länger auf einem Fleck. Sie hatten damit begonnen, sich langsam im Uhrzeigersinn durch die Menge zu bewegen, wobei sie alle Gesichter sehr eingehend prüften. Und Bowman beobachtete die vier Zigeuner ebenso genau.

Unten im Cajallon intonierte der Akkordeonspieler die »Geschichten aus dem Wienerwald«. Die beiden Clowns kamen zusammen und tanzten in der Mitte der Arena würdevoll einen Walzer. Natürlich griff der Stier das tanzende Paar an. Er hatte die beiden fast erreicht, als sie auseinandertanzten, wobei jeder für sich eine Drehung vollendete, bevor er wieder zu seinem Partner zurückkehrte. Der Stier konnte seinen Ansturm nicht mehr bremsen, und seine eigene Geschwindigkeit trieb ihn zwischen den beiden hindurch. Die Menge tobte. Cecile lachte derartig, daß sie sich die Tränen abwischen mußte. Auf Bowmans Gesicht lag nicht einmal der Anflug eines Lächelns: In Anbetracht dessen, daß Czerda nicht einmal sechs Meter von ihm entfernt war und geradewegs auf ihn zukam, war ihm wirklich nicht zum Lächeln zumute. »Ist das nicht einfach köstlich?« sagte Cecile.

»Köstlich. Warten Sie hier.«

Augenblicklich verschwand ihr Lächeln, und sie schaute ihn besorgt an. »Wohin...«

»Vertrauen Sie mir?«

»Ich vertraue Ihnen.«

»Wir werden eine weiße Hochzeit haben. Ich bin nicht lange weg.«

Bowman schlenderte davon. Er mußte ganz nah an Czerda vorbei, der immer noch jeden mit einer Gründlichkeit musterte, daß die Leute mit gehobenen Augenbrauen und gerunzelten

Stirnen reagierten. Ein paar Meter weiter, in der Nähe des Ausgangs, blieb Bowman hinter dem höflich applaudierenden chinesischen Paar stehen, das er schon in Arles gesehen hatte. Sie sehen bemerkenswert distinguiert aus, dachte er. Da es ziemlich unwahrscheinlich war, daß sie den ganzen Weg von China bis hierher gekommen waren, mußten sie offensichtlich in Europa wohnen. Er fragte sich nebenbei, was für einen Beruf ein solcher Mann in Europa wohl ausüben mochte, dann bannte er diese Überlegung aus seinem Kopf. Es gab wichtigere Dinge, mit denen er sich beschäftigen mußte.

Er ging hinten um die Arena herum, etwa zweihundert Meter weit in südlicher Richtung die Straße hinunter, überquerte sie und ging wieder zurück. Er kam an der Rückseite von Czerdas Wohnwagen heraus, die in zwei dichten Reihen ziemlich weitab von der Straße parkten. Die Wohnwagen schienen völlig verlassen zu sein. Es war keine Wache zu sehen, weder bei Czerdas Wagen noch bei dem grün-weißen, aber die beiden Wagen interessierten ihn an diesem Nachmittag sowieso nicht. Derjenige, der ihn interessierte, war, wie er schon erwartet hatte, bewacht. Auf der obersten Stufe der kleinen Treppe saß auf einem Hocker der Zigeuner Maca mit einer Bierflasche in der Hand. Bowman schlenderte gemächlich auf den Wohnwagen zu. Maca ließ die Bierflasche sinken, blickte auf ihn herunter und runzelte warnend die Stirn. Bowman ignorierte die Warnung, kam unbeirrt näher, blieb stehen und betrachtete in aller Ruhe Maca und den Wohnwagen. Maca machte eine ruckartige, verächtliche Bewegung mit seinem Daumen, die unmißverständlich besagte, daß Bowman sich davonscheren solle. Bowman blieb jedoch, wo er war.

»Verschwinden Sie!« befahl Maca.

»Zigeunerschwein«, sagte Bowman freundlich.

Maca, der offensichtlich glaubte, nicht richtig gehört zu haben, starrte ihn einen Moment lang ungläubig an, dann verzerrte sich sein Gesicht vor Wut. Er packte die Bierflasche am Hals, stand auf und sprang herunter. Aber Bowman hatte sich noch schneller bewegt, und seine Faust traf Maca noch, bevor dessen Füße den Boden berührten. Mit verdrehten Augen taumelte Maca betäubt rückwärts. Bowman schlug noch einmal mit gleicher Kraft zu, fing den jetzt bewußtlosen Mann auf, bevor er fallen konnte, zerrte ihn um den Wohnwagen herum, ließ ihn fallen und stieß ihn mit dem Fuß an einen Platz, wo ihn etwaige Passanten nicht entdecken konnten. Bowman schaute sich hastig um. Wenn irgend jemand den kurzen Zwischenfall bemerkt hatte, so war er jedenfalls nicht daran interessiert, deswegen ein Geschrei anzufangen. Zweimal ging Bowman um den Wohnwagen herum, aber es waren keine Beobachter zu entdecken, die ihm im Schatten auflauerten, nichts deutete auf eine drohende Gefahr hin. Er stieg die Stufen hinauf und betrat den Wohnwagen. Der rückwärtige, kleinere Teil war leer. Die Tür, die zum vorderen Abteil führte, war mit zwei schweren Riegeln gesichert. Bowman schob die Riegel zurück und trat ein.

Einen Augenblick lang konnten seine Augen in dem fast dunklen Raum nichts erkennen. Die Vorhänge waren zugezogen, und es waren sehr schwere Vorhänge. Bowman zog sie auf.

Vorn im Wohnwagen stand das dreistöckige Bett, das er schon in der vergangenen Nacht gesehen hatte. Auch diesmal lagen drei Männer auf diesen Betten. Beim erstenmal hatte er nichts dabei gefunden, denn Betten sind schließlich zum Schlafen da, und es war durchaus nicht merkwürdig, wenn sie nachts belegt waren, aber man würde nicht damit rechnen, daß sie auch am frühen Nachmittag benutzt wurden. Doch Bowman hatte gewußt, daß er sie belegt finden würde.

Alle drei Männer waren wach. Sie stützten sich auf die Ellbogen hoch. Ihre an das Dämmerlicht gewöhnten Augen blinzelten im grellen Licht des sonnigen Nachmittags. Bowman trat wortlos auf sie zu, griff über den Mann im untersten Bett hinweg und hob seine rechte Hand hoch: Das Handgelenk war an einen Ring gefesselt, der in die Stirnwand des Wohnwagens eingelassen war. Bowman ließ die Hand fallen und untersuchte den Mann im mittleren Bett. Dieser war ebenso gefesselt. Bowman machte sich nicht die Mühe, auch noch den Mann im obersten Bett zu untersuchen. Er trat einen Schritt zurück und schaute sie dann nachdenklich an.

Er sagte: »Graf Hobenaut, Ehemann von Marie le Hobenaut, Mr. Tangevec, Ehemann von Sara Tangevec, und den dritten Namen kenne ich nicht. Wer sind Sie, Sir?« Die Frage galt dem Mann auf dem untersten Bett. Er war ein Mann in mittleren Jahren, langsam ergrauend und sehr vornehm aussehend.

»Daymel.«

»Sie sind Tinas Vater?«

»Das bin ich.« Der Ausdruck auf seinem Gesicht war der eines Mannes, der seinen Henker empfängt und nicht seinen Retter. »Wer in Gottes Namen sind Sie?«

»Mein Name ist Bowman. Neil Bowman. Ich bin gekommen, um Sie drei hier wegzubringen.«

»Ich weiß nicht, wer Sie sind.« Das kam von dem Mann auf dem mittleren Bett; er schien über Bowmans Erscheinen ebenso unglücklich zu sein wie Daymel. »Es ist mir auch gleichgültig. Aber gehen Sie um Gottes willen oder Sie werden uns allen den Tod bringen.«

»Sie sind der Graf le Hobenaut?« Der Mann nickte. »Haben Sie schon gehört, was mit Ihrem Schwager geschehen ist? Mit Alexandre?«

Le Hobenaut schaute ihn mit einer Mischung aus Nachdenklichkeit und Verzweiflung an, dann sagte er: »Was ist mit meinem Schwager?«

»Er ist tot. Czerda hat ihn umgebracht.«

»Was soll denn dieser Blödsinn? Alexandre soll tot sein? Wie kann er tot sein? Czerda hat uns versprochen...«

»Sie haben ihm geglaubt?«

»Natürlich. Czerda hat alles zu verlieren...«

»Sie beide haben ihm geglaubt?« fragte Bowman. Sie nickten. »Ein Mann, der einem Mörder traut, ist ein Narr. Sie sind Narren – alle drei. Alexandre ist tot – ich habe seine Leiche gefunden. Wenn Sie glauben, daß er lebt, warum fragen Sie Czerda dann nicht, ob Sie ihn sehen können? Oder Sie, Daymel, warum fragen Sie Czerda nicht, ob Sie Ihre Tochter sehen können?«

»Sie ist doch nicht...«

»Sie ist nicht tot. Nur halbtot. Sie haben ihr mit Peitschen die Haut vom Rücken gefetzt. Warum taten sie das? Warum töteten sie Alexandre? Weil beide versuchten, irgend jemandem irgend etwas zu erzählen. Was war das, was die beiden erzählen wollten, meine Herren?«

»Ich bitte Sie, Bowman.« Le Hobenauts Verzweiflung war nur einen Schritt von Panik entfernt. »Gehen Sie!«

»Warum haben Sie und die anderen so entsetzliche Angst vor ihnen? Und sagen Sie mir nicht wieder, daß ich gehen soll, denn ich werde nicht gehen, bevor ich die Antworten weiß.«

»Sie werden die Antworten nie bekommen«, sagte Czerda.

## 8

Bowman drehte sich langsam um, denn jetzt war mit Schnelligkeit auch nichts mehr zu gewinnen. Auf seinem Gesicht waren keine Anzeichen eines Schocks oder des tiefen Kummers zu sehen, den er empfand. Aber Czerda, der mit einer Pistole mit aufgesetztem Schalldämpfer in der Tür stand und Masaine, der mit einem Messer in der Hand neben ihm stand, machten keinen Versuch, ihre Gefühle zu verbergen. Beide Männer lächelten breit, aber ihr Lächeln hatte nichts Herzliches. Auf ein Kopfnicken Czerdas trat Masaine vor und überprüfte die Fesseln der drei Männer. Er sagte: »Sie sind nicht berührt worden.«

»Wahrscheinlich war er zu sehr damit beschäftigt, ihnen zu sagen, wie klug er ist.« Czerda machte sich nicht die geringste Mühe, die ungeheure Befriedigung zu verhehlen, die er in diesem Augenblick empfand. »Es war alles zu einfach, Bowman. Sie sind wirklich ein Idiot. Geschäftsleute in Arles, die ein Trinkgeld von sechshundert Schweizer Franken bekommen, vergessen wohl kaum die Person, die es ihnen gegeben hat. Ich sage Ihnen, ich konnte kaum ernst bleiben, als ich da in der Menge herumging und angeblich nach Ihnen suchte. Aber wir mußten so tun, als hätten wir Sie nicht erkannt, sonst hätten wir Sie nie erwischt, nicht wahr? Sie Narr, wir hatten Sie schon erkannt, bevor Sie die Tribüne betraten.«

»Sie hätten es vielleicht Maca sagen sollen«, murmelte Bowman.

»Vielleicht, aber ich fürchte, Maca ist kein guter Schauspieler«, sagte Czerda bedauernd. »Er hätte nicht gewußt, wie er es hätte bewerkstelligen sollen, einen Scheinkampf echt aussehen zu lassen. Und wenn wir gar keine Wache hiergelassen hätten, wären Sie doppelt mißtrauisch gewesen.« Er streckte die linke Hand aus. »Achtzigtausend Franken, Bowman.«

»Soviel Wechselgeld trage ich nicht lose mit mir herum.«

»*Meine* achtzigtausend Franken.«

Bowman schaute ihn voller Verachtung an. »Wo sollte jemand wie Sie achtzigtausend Franken herhaben?«

Czerda lächelte, trat unvermutet einen Schritt vor und stieß die Mündung des Schalldämpfers in Bowmans Magengrube. Bowman krümmte sich, er keuchte vor Schmerz.

»Ich hätte Sie gerne quer über das Gesicht geschlagen, wie Sie es bei mir gemacht haben.« Czerdas Lächeln war verschwunden.

»Aber im Augenblick ist es mir lieber, wenn Sie keine sichtbaren Verletzungen haben. Das Geld, Bowman.«

Bowman richtete sich langsam auf. Als er sprach, war seine Stimme nur ein heiseres Krächzen.

»Ich habe es verloren.«

»Verloren?«

»Ich hatte ein Loch in der Tasche.«

Czerdas Gesicht verzerrte sich vor Wut, er hob die Waffe, um Bowman niederzuschlagen, dann lächelte er plötzlich. »Sie werden es innerhalb einer Minute finden, wetten?«

Der grüne Rolls-Royce verlangsamte sein Tempo, als er sich dem Mas de Lavignolle näherte. Le Grand Duc, über den Lila immer noch schützend den Sonnenschirm hielt, betrachtete nachdenklich die Umgebung.

»Czerdas Wohnwagen«, stellte er fest. »Überraschend. Man sollte eigentlich nicht annehmen, daß der Mas de Lavignolle unseren Freund Czerda besonders interessiert. Aber ein Mann wie er wird immer einen guten Grund für das haben, was er tut. Und er wird es zweifellos als eine Ehre betrachten, mich über diese Gründe zu informieren... Was gibt es, meine Liebe?«

»Schauen Sie! Da vorne!« Lila streckte den Arm aus. »Dort.«

Le Grand Duc blickte in die angegebene Richtung: Cecile stieg, flankiert von Searl und El Brocador, ersterer ganz in Schwarz, letzterer ganz in Weiß, die Stufen zu einem Wohnwagen hinauf. Gleich darauf schloß sich die Tür hinter ihnen.

Le Grand Duc drückte auf den Knopf, der die Trennscheibe in der Versenkung verschwinden ließ. »Halten Sie bitte an.« Zu Lila sagte er: »Glauben Sie, daß das Ihre Freundin ist? Es ist das gleiche Kleid, das gebe ich zu, aber diese Fiestakleider sehen für mich alle gleich aus, vor allem von hinten.«

»Es ist Cecile!« Lila war überzeugt.

»Ein Razateur und ein Priester«, überlegte Le Grand Duc. »Sie müssen wirklich zugeben, daß Ihre Freundin eine ganz deutliche Neigung hat, die ungewöhnlichsten Bekanntschaften zu machen. Haben Sie Ihr Notizbuch?«

»Habe ich was?«

»Wir müssen der Sache nachgehen.«

»Sie müssen der Sache nachgehen...«

»Bitte keinen griechischen Chor. Für den wahren Folkloristen ist alles von Interesse.«

»Aber Sie können doch nicht einfach so hineinplatzen...«

»Unsinn. Ich bin der Duc de Croytor. Außerdem platze ich nie irgendwo hinein. Ich *trete* ein.«

Bowman vermutete, daß die Schmerzen in seinem Zwerchfell noch gar nichts waren im Vergleich zu dem, was er in Kürze erleben würde – das heißt, natürlich nur, wenn er dann noch in der Lage wäre, etwas zu spüren. In Czerdas Augen stand ein Glitzern und sein Gesicht zeigte deutlich eine Vorfreude, die Bowman als schlechtes Vorzeichen für seine Zukunft betrachtete.

Er sah sich in dem Wohnwagen um. Auf den Gesichtern der drei Gefesselten lag die verständnislose und matte Verzweiflung von Menschen, für die der Untergang bereits eine akzeptierte Tatsache ist. Czerda und Masaine lächelten in freudiger Erwartung der Dinge, die da kommen sollten, El Brocador war ernst, nachdenklich und wachsam, Simon Searl hatte einen merkwürdigen Ausdruck in den Augen, der begreiflich machte, daß man ihm den Priesterrock abgenommen hatte, während Cecile ein wenig betäubt, ein wenig ängstlich und ein wenig zornig aussah, von Hysterie jedoch weit entfernt war.

»Jetzt verstehen Sie vielleicht, warum ich gesagt habe, daß Sie das Geld innerhalb einer Minute finden würden«, sagte Czerda.

»Ich verstehe es jetzt. Sie finden es...«

»Was für Geld?« fragte Cecile. »Was will dieses Ungeheuer?«

»Er möchte gern seine achtzigtausend Franken zurückhaben – abzüglich einiger Auslagen meinerseits, die sich nicht umgehen ließen – und wer kann es ihm verübeln?«

»Sagen Sie ihm nichts!«

»Verstehen Sie denn nicht, mit was für einer Sorte Menschen Sie es hier zu tun haben? In zehn Sekunden werden sie Ihnen den Arm so weit umgedreht haben, daß er Ihr Ohr berührt, Sie werden vor Schmerzen schreien, und wenn sie Ihnen dann noch die Schulter brechen oder ein paar Glieder ausreißen, ist das zwar unangenehm, aber es macht ihnen nichts aus.«

»Aber – aber ich werde einfach ohnmächtig...«

»Bitte.« Bowman schaute Czerda an, er mied sorgfältig Ceciles Blick. »Das Geld ist in Arles. In einem Schließfach auf dem Bahnhof.«

»Der Schlüssel?«

»An einem Ring. Im Wagen. Versteckt. Ich werde es Ihnen zeigen.«

»Ausgezeichnet«, sagte Czerda. »Das ist zwar eine enttäuschende Entwicklung für Freund Searl, fürchte ich, aber mir macht es kein Vergnügen, jungen Damen weh zu tun, obwohl ich keinen Moment zögern würde, wenn ich dazu gezwungen wäre. Wie Sie sehen werden.«

»Ich verstehe nicht.«

»Sie werden es schon noch verstehen. Sie sind eine Gefahr, Sie sind eine große Gefahr gewesen und Sie müssen verschwinden, das ist alles. Sie werden noch heute nachmittag sterben, und zwar noch innerhalb dieser Stunde, und zwar auf eine Weise, daß nicht einmal der Schatten eines Verdachts auf uns fällt.«

Das war, dachte Bowman, das knappste Todesurteil, von dem er je gehört hatte. Etwas an der lässigen Sicherheit dieses Mannes ließ ihn frösteln.

Czerda fuhr fort: »Jetzt werden Sie verstehen, warum ich Ihr Gesicht nicht beschädigt habe, warum ich wollte, daß Sie äußerlich unverletzt in die Stierkampfarena treten.«

»In die Arena?«

»Richtig, mein Freund, in die Arena.«

»Sie sind verrückt. Sie können mich nicht zwingen, in eine Stierkampfarena zu gehen.«

Czerda sagte nichts. Eifrig unterstützt von dem grinsenden Masaine, packte Searl Cecile, drückte sie mit dem Gesicht nach unten auf eines der Betten, und während Masaine sie festhielt, riß Searl das Festkostüm bis zur Taille auf. Er drehte sich um und lächelte Bowman an, griff in die Falten seines Priestergewandes und brachte etwas zum Vorschein, was so ähnlich aussah wie eine abgewandelte Jagdpeitsche. Sie bestand aus einem dreißig Zentimeter langen Ledergriff, an dem drei lange dünne Lederriemen befestigt waren. Bowman schaute zu Czerda hinüber. Czerda beachtete die Geschehnisse um sich herum nicht, sein Blick war auf Bowman gerichtet, ebenso wie die Waffe, die er in der Hand hielt.

Czerda sagte: »Vielleicht werden Sie doch in die Arena gehen?«

»Ja.« Bowman nickte. »Vielleicht werde ich es tun.«

Searl legte die Peitsche weg. Auf seinem Gesicht lag die bittere Enttäuschung eines verwöhnten Kindes, dem man ein neues Spielzeug weggenommen hat. Masaine nahm die Hände von Ceciles Schultern. Sie richtete sich schwankend auf und schaute Bowman an. Ihr Gesicht sah ziemlich blaß aus, aber ihr Blick war wild. Es war Bowman gerade zu Bewußtsein gekommen, daß sie, wie sie gesagt hatte, durchaus in der Lage wäre, eine Waffe zu gebrauchen, wenn man es ihr beibrachte, als vor der Tür gemäßigte, schwere Schritte hörbar wurden. Die Tür ging auf, und Le Grand Duc trat ein. Hinter ihm erschien mit unsicheren Schritten die offensichtlich besorgte Lila. Le Grand Duc rückte energisch sein Monokel zurecht.

»Ah, Czerda, mein lieber Freund. Sie sind es.« Er warf einen Blick auf die Waffe in der Hand des Zigeuners und sagte scharf: »Richten Sie das verdammte Ding gefälligst nicht auf mich!« Er deutete auf Bowman. »Zielen Sie lieber auf den Burschen da drüben. Er ist Ihr Mann, wissen Sie das nicht, Sie Narr?«

Czerda ließ die Waffe unsicher wieder auf Bowmans Richtung einschwenken und blickte ebenso unsicher den Grand Duc an.

»Was wollen Sie?« Czerda versuchte, seiner Stimme einen autoritären Klang zu geben, aber Le Grand war dafür kaum das richtige Objekt und es gelang ihm nicht. »Warum sind Sie...«

»Halten Sie den Mund!« Le Grand Duc hatte seine einschüchterndste Miene aufgesetzt, und sie war sehr wirkungsvoll. »Jetzt spreche ich. Ihr seid ein paar unfähige und strohdumme Einfaltspinsel. Ihr habt mich gezwungen, die Grundregel meiner Existenz zu zerstören – mich zu erkennen zu geben. In einem Käfig voller geistig zurückgebliebener Schimpansen habe ich mehr Intelligenz gesehen als bei euch. Ihr habt mich Zeit gekostet und mir großen Ärger und Sorge bereitet. Ich bin ernstlich versucht, auf eure Dienste zu verzichten – für immer. Und das heißt, sowohl auf euch wie auf eure Dienste. Was macht ihr hier?«

»Was wir hier machen?« Czerda starrte ihn an. »Aber – aber – Searl sagte, daß Sie...«

»Um Searl kümmere ich mich später.« Dieses Versprechen des Duc kam mit einem solch drohenden Unterton, daß Searl augenblicklich in sich zusammenzuschrumpfen schien. Czerda war so nervös, wie man es bei ihm nie für möglich gehalten hätte, El Brocador sah verwirrt aus und Masaine hatte das Denken offensichtlich vollkommen aufgegeben. Lila sah einfach verblüfft aus.

Le Grand Duc fuhr fort: »Ich meine nicht, was ihr in Mas de Lavignolle macht, Sie Idiot. Ich meine was ihr *hier* macht, in diesem Augenblick, in diesem Wohnwagen.«

»Bowman hat das Geld gestohlen, das Sie mir gegeben hatten«, sagte Czerda beleidigt. »Wir waren...«

»Er hat *was*?« Le Grand Ducs Gesicht verhieß ein Gewitter.

»Er hat Ihr Geld gestohlen«, sagte Czerda unglücklich. »Alles.«

»Alles!«

»Achtzigtausend Franken. Das haben wir gemacht – wir haben herausgefunden, wo es ist. Er wollte mir gerade den Schlüssel zu dem Geldversteck zeigen.«

»Ich hoffe in Ihrem Interesse, daß Sie es finden.« Er schwieg und drehte sich um, als Maca in den Wohnwagen taumelte, wobei er beide Hände vor sein schmerzverzerrtes Gesicht hielt.

»Ist der Mann betrunken?« fragte Le Grand Duc. »Sind Sie betrunken, Sir? Stehen Sie gefälligst gerade, wenn Sie mit mir sprechen.«

»Das war er!« Maca sprach zu Czerda, er schien den Grand Duc nicht bemerkt zu haben, denn seine Augen waren auf Bowman gerichtet. »Er kam daher...«

»Ruhe!« Die Stimme des Grand Duc hätte einen bengalischen Tiger eingeschüchtert. »Mein Gott, Czerda, Sie haben sich mit den nutzlosesten und unfähigsten Helfern umgeben, die ich je das Unglück hatte kennenzulernen.« Er blickte sich im Wohnwagen um, ignorierte die drei gefesselten Männer und trat zwei Schritte auf Cecile zu, die immer noch auf dem Bett saß. Er blickte auf sie hinunter. »Ha! Natürlich Bowmans Komplizin. Warum ist sie hier?«

Czerda zuckte mit den Schultern. »Bowman wollte nicht spuren...«

»Eine Geisel? Sehr gut. Hier ist noch eine.« Er packte Lila am Arm und stieß sie grob durch den Wohnwagen. Sie stolperte, fiel beinahe und setzte sich dann auf das Bett neben Cecile. Ihr Gesicht war starr vor Entsetzen.

»Charles!«

»Halten Sie den Mund.«

»Aber Charles! Mein Vater – Sie sagten doch...«

»Sie sind eine kleine Idiotin«, sagte Le Grand Duc voller Verachtung. »Der echte Duc de Croytor, mit dem ich glücklicherweise große Ähnlichkeit habe, hält sich momentan am oberen Amazonas auf, wo er wahrscheinlich von den Wilden des Matto Grosso verspeist wird. Ich bin nicht der Duc de Croytor.«

»Das wissen wir, Mr. Strome.« Searl kroch fast auf dem Boden vor Unterwürfigkeit.

Wieder einmal stellte Le Grand Duc seine beachtliche Schnelligkeit unter Beweis, als er vortrat und Searl quer über das Gesicht schlug. Searl schrie auf vor Schmerz und taumelte hin und her, bis er schwer gegen die Wand schlug. Einige Sekunden war es still im Wohnwagen.

»Ich habe keinen Namen«, sagte Le Grand Duc sanft. »Es gibt keine Person dieses Namens.«

»Es tut mir leid, Sir«. Searl betastete seine Wange. »Ich ...«

»Ruhe!« Le Grand Duc wandte sich an Czerda. »Bowman hat Ihnen etwas zu zeigen? Zu geben?«

»Ja, Sir. Und da ist noch eine kleine Sache, um die ich mich kümmern muß.«

»Ja, ja, ja. Beeilen Sie sich damit.«

»Ja, Sir.«

»Ich werde hier warten. Wir müssen uns doch noch unterhalten, oder, Czerda?«

Czerda nickte unglücklich, befahl Masaine, die Mädchen zu bewachen, legte seine Jacke über die Waffe und verließ, begleitet von Searl und El Brocador, den Wohnwagen. Masaine, der sein Messer immer noch in der Hand hielt, setzte sich bequem hin. Maca rieb sich vorsichtig sein abgeschürftes Gesicht, murmelte irgend etwas und ging ebenfalls, wahrscheinlich, um seine Verletzungen zu verarzten. Lila schaute mit jammervollem Gesicht zum Grand Duc auf. »O Charles, wie konnten Sie ...«

»Dummkopf!«

Sie starrte ihn verstört an. Tränen rollten über ihre Wangen. Cecile legte einen Arm um sie und warf dem Grand Duc einen haßerfüllten Blick zu.


»Bleiben Sie stehen«, sagte Czerda.

Sie blieben stehen, Bowman vor Czerda, der ihm den Schalldämpfer seiner Waffe in den Rücken bohrte. El Brocador und Searl standen rechts und links neben ihm. Drei Meter entfernt stand der Citroën.

»Wo ist der Schlüssel?« fragte Czerda.

»Ich hole ihn.«

»Das werden Sie nicht. Sie sind durchaus in der Lage, die Schlüssel verschwinden zu lassen oder eine versteckte Waffe zu finden. Wo ist er?«

»An einem Schlüsselring. Ich habe ihn hinten links unter den Fahrersitz geklebt.«

»Searl?« Searl nickte und ging zum Wagen. Czerda sagte säuerlich: »Sie vertrauen nicht vielen Menschen, nicht wahr?«

»Sollte ich das Ihrer Meinung nach?«

»Wie ist die Nummer des Schließfachs?«

»Fünfundsechzig.«

Searl kam zurück. »Das hier sind Wagenschlüssel.«

»Der Messingschlüssel nicht«, sagte Bowman.

Czerda nahm die Schlüssel. »Der Messingschlüssel nicht.« Er machte ihn vom Schlüsselring ab. »Fünfundsechzig. Endlich einmal die Wahrheit. Wie ist das Geld verpackt?«

»In Ölhaut und braunes Papier. Und es ist versiegelt. Mein Name steht drauf.«

»Gut.« Er schaute sich um. Maca saß auf der obersten Stufe einer Wohnwagentreppe. Czerda winkte ihn zu sich. Er erhob sich augenblicklich und kam zu ihnen, während er sich das Kinn rieb und Bowman bösartig anstarrte. Czerda sagte: »José hat einen Motorroller, oder?«

»Willst du eine Nachricht überbringen lassen? Ich hole ihn. Er ist in der Arena.«

»Nicht nötig.« Czerda gab ihm den Schlüssel. »Der ist für das Schließfach Nummer fünfundsechzig auf dem Bahnhof in Arles. Sag ihm, er soll es öffnen und das Paket, das er darin findet, herbringen. Es ist in braunes Papier eingewickelt. Sag ihm, er muß damit vorsichtig umgehen wie mit seinem eigenen Leben. Es ist ein sehr, sehr wertvolles Paket. Sag ihm, er soll so schnell wie möglich zurückkommen und es mir aushändigen, und wenn ich nicht da sein sollte, wird irgend jemand wissen, wo ich hingegangen bin, und er soll mir nachkommen. Ist das klar?«

Maca nickte und ging. Czerda sagte: »Ich glaube, es wird Zeit, daß wir der Arena einen Besuch abstatten.«

Sie überquerten die Straße, gingen aber nicht direkt zur Arena, sondern auf eine der angrenzenden Hütten zu, die offensichtlich als Umkleideräume dienten, denn in der, die sie betraten, hingen Matador- und Razateur-Kleidung und einige verschiedene Clown-Kostüme. Czerda deutete auf eines der letzteren.

»Ziehen Sie das an.«

»Das da?« Bowman betrachtete das schreiend bunte Kostüm. »Warum, zum Teufel, sollte ich?«

»Weil mein Freund hier Sie darum bittet.« Czerda schwenkte drohend seine Waffe. »Machen Sie meinen Freund nicht wütend.«

Bowman tat wie befohlen. Als er fertig war, sah er ohne jede Überraschung, daß El Brocador seine auffällige weiße Uniform mit einem dunklen Anzug vertauschte, daß Searl einen langen blauen Kittel anzog und alle drei Männer Masken und Clownshüte aufsetzten. Sie schienen eine Vorliebe für Anonymität zu haben, eine nicht seltene Eigenschaft bei Leuten, die möglicherweise einen

Mord begehen wollen. Czerda drapierte ein rotes Tuch über seine Pistole, und sie machten sich auf den Weg zur Arena.

Als sie am Eingang des Callajon ankamen, sah Bowman mit leichtem Erstaunen, daß die komische Nummer, die im Gang gewesen war als er die Tribüne verlassen hatte, noch immer nicht zu Ende war. Inzwischen war soviel geschehen, daß es ihm schwerfiel, sich klarzumachen, daß nur ein paar Minuten vergangen waren. Sie sahen, daß einer der Clowns unglaublicherweise einen Handstand auf dem Rücken des Stieres machte, der in ohnmächtigem Zorn dastand und den Kopf von einer Seite auf die andere warf. Die Menge klatschte begeistert. Unter anderen Umständen, dachte Bowman, hätte er vielleicht selbst geklatscht.

In dem kurzen Finale tanzten die Clowns zur Musik des Akkordeons auf die Wand der Arena zu. Sie blieben stehen, stellten sich nebeneinander mit den Gesichtern zum Publikum auf und verbeugten sich tief, wobei sie scheinbar nicht bemerkten, daß sie mit dem Rücken zu dem wieder angreifenden Stier standen. Die Menge schrie eine Warnung: Die Clowns stießen sich, immer noch in der Verbeugung verharrend, im letzten Augenblick voneinander ab und der Stier stürmte über die Stelle hinweg, an der sie noch eine Sekunde vorher gestanden hatten, und krachte mit einer Wucht gegen die Barriere, die ihn vorübergehend betäubte. Als die Clowns in den Callajon sprangen, fuhr die Menge fort zu klatschen und zu pfeifen und Beifall zu rufen. Bowman fragte sich, ob sie in ein paar Minuten auch noch in dieser glücklichen, sorglosen Stimmung sein würden – es schien nicht sehr wahrscheinlich.

Die Arena war jetzt leer, und Bowman und seine Eskorte traten in den Callajon. Das Publikum starrte mit Interesse und beträchtlicher Belustigung Bowmans Kostüm an. Er war ausgesprochen fremdländisch angezogen: Sein rechtes Bein steckte in rotem Stoff, das linke in weißem, und das Wams hatte ein Muster aus roten und weißen Karos. Die weichen grünen Segeltuchschuhe waren so lächerlich lang, daß die Spitzen an den Schienbeinen angebunden waren. Er trug einen weißen kegelförmigen Pierrot-Hut mit einer roten Bommel an der Spitze. Als Verteidigungswaffe hatte man ihm einen ein Meter langen Rohrstock mit einer kleinen Tricolore am Ende gegeben.

»Ich habe die Waffe, und ich habe das Mädchen«, sagte Czerda sanft. »Werden Sie sich das merken?«

»Ich werde es versuchen.«

»Wenn Sie versuchen zu fliehen, wird das Mädchen sterben. Glauben Sie mir das?«

Bowman glaubte ihm. Er sagte: »Und wenn ich sterbe, wird das Mädchen auch sterben.«

»Nein. Ohne Sie ist das Mädchen wertlos, und Czerda führt keinen Krieg gegen Frauen. Ich weiß jetzt, wer Sie sind, oder wenigstens nehme ich es an. Ich habe herausgefunden, daß Sie das Mädchen erst gestern abend kennengelernt haben und es ist undenkbar, daß ein Mann Ihres Schlages ihr irgend etwas von Wichtigkeit mitteilen würde. Professionelle erklären nie mehr als unbedingt nötig, nicht wahr, Mr. Bowman? Und das junge Mädchen kann man zum Reden zwingen. Sie kann uns nicht schaden. Wenn wir das erledigt haben, was wir vorhaben, und das wird in zwei Tagen sein, dann lassen wir sie laufen.«

»Sie weiß, wo Alexandre begraben ist.«

»Ahh, soso. Alexandre? Wer ist Alexandre?«

»Das hätte ich mir denken können. Sie lassen sie laufen?«

»Sie haben mein Wort.« Bowman glaubte ihm. »Als Ausgleich dafür werden Sie jetzt einen überzeugenden Kampf liefern.« Bowman nickte. Die drei Männer packten ihn oder versuchten ihn zu packen, und alle vier stolperten im Callajon herum. Die farbenfrohe Menge war inzwischen in ausgezeichneter Stimmung, die Leute lachten, unterhielten sich vergnügt, und waren entspannt. Offensichtlich hatten alle das Gefühl, daß ihnen eine herrliche Nachmittagsunterhaltung geboten wurde und daß dieser Scheinkampf – denn es war ein Scheinkampf, es gab keine schützend erhobenen Hände und keine zornigen Schläge – nur das Vorspiel zu einer weiteren komischen Nummer war. Sie konnten gar nichts anderes denken, wenn sie beobachteten, wie der Mann in seinem lächerlichen Clownskostüm versuchte, sich freizumachen. Schließlich brach Bowman, begleitet von Pfiffen, Gelächter und ermutigenden Zurufen aus, rannte ein Stück den Callajon hinunter und schwang sich in die Arena. Czerda lief hinter ihm her und wollte über die Barriere klettern, aber er wurde von Searl und El Brocador zurückgehalten, die aufgeregt zum anderen Ende der Arena deuteten. Czerda blickte in die angegebene Richtung. Sie waren nicht die einzigen, die in diese Richtung schauten. Die Menge war plötzlich ganz still, das Gelächter war verklungen und das Lächeln auf den Gesichtern erloschen: Verwirrung hatte sich breitgemacht, eine Verwirrung, die sich sehr schnell in Angst und Sorge verwandelte. Bowman Blick folgte den Blicken der anderen.

Er konnte die Besorgnis der Menge nicht nur verstehen, er teilte sie in vollem Umfang.

Das nördliche Gitter war geöffnet worden, und im Eingang stand ein Stier. Aber dieser hier war kein kleiner leichter schwarzer Stier, wie er im Cours libre, dem unblutigen Stierkampf der Provence, benützt wird. Das hier war ein riesiger spanischer Kampfstier, eines der andalusischen Ungeheuer, die bei den großen Corridas in Spanien bis zum bitteren Ende kämpfen. Er hatte enorme Schultern, einen mächtigen Schädel und erschreckend ausladende Hörner. Er hatte den Kopf gesenkt, aber nicht so tief wie er ihn senken würde, wenn er zum Angriff überging. Er scharrte im Sand, und seine Vorderhufe hinterließen tiefe Rinnen in dem dunklen Sand. Inzwischen sahen die Zuschauer einander mit unbehaglicher und ziemlich ängstlicher Verwunderung an. Zum größten Teil kannten sie sich im Stierkampf aus und wußten, daß das, was sie hier sahen, noch nie dagewesen war, und daß dieser Mann, wie tapfer und geschickt er auch als Razateur sein mochte, schon jetzt so gut wie tot war.

Der riesige Stier trat nun langsam in die Arena, wobei er nach wie vor mit seinen Hufen tiefe Furchen in den Sand grub. Er hatte den Kopf jetzt ein Stück tiefer gesenkt.

Bowman stand regungslos. Er hatte die Lippen aufeinandergepreßt, seine Augen waren zusammengekniffen und wachsam. Zwölf Stunden vorher, als er über den zerstörten Mauern der alten Festung Zentimeter um Zentimeter den Sims in der Felswand entlangbalanciert war, hatte er gewußt, was Angst war, und jetzt wußte er es wieder und gestand es sich auch ein. Angst war gar keine schlechte Sache, dachte er sarkastisch. Sie brachte das Adrenalin in Wallung, und Adrenalin war der Katalysator, der die Fähigkeit zu gewaltigen und abnormal schnellen Reaktionen auslöste. Wie es jetzt aussah, würde er alles Adrenalin brauchen, das er zur Verfügung hatte. Aber er war sich durchaus im klaren, daß er, falls er überhaupt überlebte, nur eine ganz kurze Zeit überleben konnte. Nicht einmal alles Adrenalin der Welt konnte ihn jetzt noch retten.

Czerda, der hinter der Barriere in Sicherheit stand, leckte sich die Lippen, halb aus unbewußter Einfühlung in den Mann in der Arena, halb aus Vorfreude über die Dinge, die da kommen mußten. Plötzlich richtete er sich gespannt auf. Die Zuschauer hielten den Atem an. Eine gespenstische Stille lag über der Arena – es roch nach Tod. Der große Stier griff an.

Mit einer für ein so schweres großes Tier unglaublichen Geschwindigkeit stürmte er wie ein Expreßzug auf Bowman zu. Bowman stand ohne zu blinzeln da, wie ein Mann, der vor Schreck erstarrt ist. Blitzschnell rechnete er sich in seinem Kopf, in dem sich die Gedanken überstürzten, das Verhältnis zwischen der Geschwindigkeit des Stiers und der schnell kleiner werdenden Entfernung zwischen sich und dem Tier aus. Wie in Trance starrten die Zuschauer in die Arena hinunter, überzeugt, daß das Ende dieses wahnsinnigen Pierrot nur ein paar Herzschläge entfernt war. Bowman wartete, bis sein Herz einen dieser Schläge getan hatte, und dann brach er, als der Stier nicht einmal mehr sechs Meter und eine Sekunde von ihm entfernt war, nach rechts aus. Aber der Stier kannte alle Taktiken auswendig: mit beachtlicher Geschwindigkeit warf er sich herum, um ihm den Weg abzuschneiden. Aber Bowmans Ausbruch nach rechts war nur eine Finte gewesen. Er blieb abrupt stehen, warf sich nach links, und der Stier donnerte an ihm vorbei. Sein rechtes Horn verfehlte Bowman um glatte dreißig Zentimeter. Ein ungläubiger und erleichterter Seufzer kam von den Tribünen. Die Zuschauer sahen einander kopfschüttelnd an und äußerten murmelnd ihre Erleichterung. Aber Sorge und Spannung hingen immer noch schwer in der Luft.

Der andalusische Stier konnte ebenso schnell bremsen wie beschleunigen. Er warf einen dichten Sandschleier hoch, wirbelte herum und kam wieder auf Bowman zu. Wieder rechnete sich Bowman den richtigen Moment auf den Sekundenbruchteil genau aus und wiederholte das gleiche Manöver, diesmal jedoch nach der anderen Seite. Wieder verfehlte ihn der Stier, aber diesmal nur um wenige Zentimeter. Wieder kam ein bewunderndes Murmeln von der Tribüne, diesmal von vereinzeltem Händeklatschen begleitet. Die Spannung begann nachzulassen, nicht viel, aber immerhin spürbar. Wieder drehte sich der Stier um, aber diesmal blieb er ruhig stehen – weniger als zehn Meter von Bowman entfernt. Regungslos beobachtete er Bowman, ebenso regungslos beobachtete Bowman den Stier. Bowman starrte auf die großen Hörner. Es gab keinen Zweifel, die Spitzen waren zugefeilt worden. Mit einem merkwürdigen Gefühl des Unbeteiligtseins kam Bowman in den Sinn, daß er noch selten eine überflüssigere Maßnahme gesehen hatte: Ob die Hörner geschärft waren oder den Durchmesser eines Pennystückes hatten, spielte nicht die geringste Rolle. Wenn er von einem dieser Hörner mit der ganzen

Kraft der massiven Schultern und Nackenmuskeln getroffen wurde, dann würde eben dieses Horn sich durch seinen Körper bohren, ganz egal wie die Spitze beschaffen war. Es würde sich vielleicht herausstellen, daß der Weg in den Tod einfacher und weniger schmerzhaft ist, wenn man von einem spitzgefeilten Horn durchbohrt wird; aber diese Überlegung war unwichtig, denn das Endergebnis war unvermeidlich das gleiche.

Die roten Augen des Stiers blinzelten nicht. Unverwandt starrte er Bowman an. Dachte er, fragte sich Bowman, dachte er? Dachte er, was Bowman dachte, nämlich, daß es sich hier gewissermaßen um Russisches Roulette handelte? Erwartete er von Bowman, daß er beim nächsten Mal das gleiche Manöver wiederholte, würde er sich nicht an der Nase herumführen lassen, sondern geradeaus weiterlaufen und ihn aufspießen, während Bowman sich entschlossen hatte, sich auf die andere Seite zu werfen? Oder dachte er vielleicht, daß Bowmans nächstes Manöver keine Finte, sondern echt sein würde, würde er sich entsprechend herumwerfen und Bowman auf diese Weise erwischen? Bluff und Doppel-Bluff, dachte Bowman. Alle Spekulationen waren sinnlos: Hier galten die Gesetze der blinden Chancen, und früher oder später – eher früher als später, denn jedesmal hatte er nur eine Chance von fünfzig zu fünfzig – würde eines dieser Hörner ihm das Leben aus dem Körper stoßen.

Der Gedanke an die Fünfzig-zu-fünfzig-Chance veranlaßte Bowman, einen kurzen Blick auf die Barriere zu riskieren. Sie war nur drei Meter entfernt. Er drehte sich um und rannte drei Schritte darauf zu. Es war ihm bewußt, daß der Stier hinter ihm zum Angriff übergegangen war und daß vor ihm, im Callajon, Czerda mit dem roten Tuch über dem Arm stand; die Waffe darunter hing jedoch offensichtlich nach unten. Er wußte, daß Bowman nicht die Absicht hatte, die Arena zu verlassen, und Bowman wußte, daß Czerda es wußte.

Bowman wirbelte herum, blieb einen Augenblick lang mit dem Rücken zur Barriere stehen und blickte dem Stier entgegen. In schnellen Drehungen bewegte er sich an der Barriere entlang, als der heranstürmende, wutentbrannte Stier tückisch mit dem rechten Horn nach ihm stieß. Die geschärfte Spitze streifte Bowmans Ärmel, zerriß den Stoff aber nicht. Der Stier krachte mit voller Wucht gegen die Barriere. Die beiden obersten Latten splitterten ab. Der Stier richtete sich auf, hakte die Vorderhufe über die Planken und versuchte, über die Barriere zu steigen. Es verging einige Zeit, bis er erkannte, daß Bowman immer noch in der Arena stand, diesmal allerdings in sicherem Abstand.

Inzwischen klatschte die Menge und schrie vor Begeisterung. Das Lächeln kehrte sogar in den Gesichtern zurück, und einige Zuschauer begannen sogar das zu genießen, was anfangs wie ein Selbstmordversuch ausgesehen hatte.

Der Stier blieb eine geschlagene halbe Minute stehen. Nur sein Kopf pendelte langsam hin und her, als sei das Tier von der gewaltigen Kollision mit der Barriere betäubt, was auch wahrscheinlich zutraf. Als er sich wieder bewegte, hatte er seine Taktik geändert. Er griff Bowman nicht an, er trieb ihn vor sich her. Er ging auf Bowman zu, während Bowman rückwärts lief. Ganz allmählich kam der Stier näher, und als er plötzlich den Kopf senkte und zum Angriff überging, war er so nahe gekommen, daß Bowman keinen Platz mehr für irgendein Manöver hatte. Er tat das einzige, was ihm blieb: Als der Stier versuchte, ihn aufzuspießen, sprang er hoch in die Luft. Er landete auf den Schultern des Stieres, machte einen Purzelbaum und hatte wieder festen Boden unter den Füßen. Obwohl er sich wehgetan und verrenkt hatte, gelang es ihm wunderbarerweise, das Gleichgewicht zu halten.

Die Zuschauer tobten und pfiffen vor Bewunderung. Außer sich vor Freude schlugen sie einander auf die Schultern. Hier unter der Maske des Pierrot mußte sich einer der größten Razateure des Tages verbergen. Nein, *der* größte Razateur. Einigen Zuschauern war es fast peinlich, sich um einen so großen Meister Sorgen gemacht zu haben.


Die drei gefesselten Männer auf den Betten, die beiden Mädchen und Masaine beobachteten mit Hangen und Bangen den Grand Duc, der ruhelos im Wohnwagen hin und her ging und mit wachsendem Unmut immer wieder auf seine Uhr sah.

»Was, in Dreiteufelsnamen, macht Czerda denn so lange?« fragte er. Er wandte sich an Masaine. »Sie da. Wo haben sie Bowman hingebracht?«

»Wieso? Ich dachte, Sie wüßten es.«

»Antworten Sie, Sie Kretin.«

»Sie holen den Schlüssel und dann das Geld. Das haben Sie doch gehört. Und danach bringen sie ihn in die Stierkampfarena.«

»In die Stierkampfarena? Warum denn das?«

»Warum?« Masaine sah echt verwirrt aus. »Sie wollten es doch so, oder nicht?«

»Was wollte ich?« Le Grand Duc übte sich in größtmöglicher Beherrschung.

»Sie wollten doch, daß Bowman aus dem Weg geräumt wird.«

Le Grand Duc legte die Hände auf Masaines Schultern und schüttelte ihn in unverhohlenem Zorn.

»Warum in die Arena?«

»Natürlich, damit er gegen einen Stier kämpft. Und zwar gegen einen riesigen spanischen Mörderstier. Ohne Waffe.« Masaine nickte in Richtung auf Cecile. »Wenn er es nicht tut, werden wir sie umbringen. Auf diese Weise, sagt Czerda, kann kein Verdacht auf uns fallen. Bowman müßte jetzt eigentlich schon tot sein.« Masaine schüttelte bewundernd den Kopf. »Czerda ist klug.«

»Er ist ein Vollidiot!« brüllte Le Grand Duc. »Bowman soll umgebracht werden? Jetzt? Bevor wir ihn zum Sprechen gebracht haben? Bevor wir seine Kontakte kennen und wissen, wie er unseren Ring sprengen konnte? Ganz zu schweigen von den achtzigtausend Franken, die wir noch nicht haben. Los, Mann! Halten Sie Czerda auf! Holen Sie Bowman da 'raus, bevor es zu spät ist!«

Masaine schüttelte störrisch den Kopf. »Ich habe den Befehl, hierzubleiben und die beiden Frauen zu bewachen.«

»Ich werde mich später um Sie kümmern«, sagte Le Grand Duc eisig. »Ich kann und darf mich nicht mehr mit Czerda in der Öffentlichkeit sehen lassen. Miß Dubois, laufen Sie sofort...«

Cecile sprang auf. Ihr Kostüm war zwar nicht mehr so schön wie vorher, aber Lila hatte die nötigen Reparaturen angebracht. Sie wollte aus der Tür stürzen, aber Masaine stellte sich ihr in den Weg.

»Sie bleibt hier«, erklärte er. »Mein Befehl...«

»Großer Gott im Himmel!« donnerte Le Grand Duc. »Wollen Sie sich mir etwa widersetzen?«

Er ging mit schweren Schritten auf den offensichtlich besorgten Masaine zu. Bevor der Zigeuner auch nur im entferntesten begreifen konnte, was geschah, ließ Le Grand Duc mit aller Kraft seines Gewichtes seine Ferse auf Maisanes Spann krachen. Maisane heulte auf, hüpfte auf einem Bein herum und bückte sich schließlich, um seinen verletzten Fuß mit beiden Händen zu umklammern. In diesem Augenblick ließ Le Grand Duc seine ineinander verschlungenen Hände auf seinen Nacken hinuntersausen. Der Zigeuner stürzte schwer zu Boden und hatte bereits das Bewußtsein verloren, bevor er ihn berührte.

»Schnell, Miß Dubois, schnell!« drängte Le Grand Duc. »Wenn er nicht schon tot ist, wird Ihr Freund sich jedenfalls in äußerster Gefahr befinden.«

Das traf zweifellos zu. Bowman war immer noch auf den Beinen – aber das verdankte er nur seiner außergewöhnlichen Willenskraft und seinem allerdings allmählich schwindenden Selbsterhaltungstrieb. Sein Gesicht war sand- und blutverschmiert, schmerzverzerrt und eine Maske totaler Erschöpfung. Von Zeit zu Zeit preßte er eine Hand auf die linken Rippen, die die Hauptquelle für seine Schmerzen zu sein schienen. Sein ehemaliges Pierrotkostüm war jetzt zerfetzt und schmutzig, zwei lange Risse an der rechten Seite seines Umhanges zeugten von zwei sehr knappen Ausweichmanövern vor dem messerscharfen Horn des Stieres. Er hatte vergessen, wie oft er inzwischen auf dem sandigen Boden gelegen hatte, aber nicht, wie oft seine Berührungen mit dem Boden unfreiwillig gewesen waren: Zweimal hatte die Schulter des Stiers ihn zu Boden geworfen, einmal hatte ihn das linke Horn von hinten am linken Arm erwischt, und er hatte sich überschlagen. Und jetzt kam der Stier wieder auf ihn zu.

Bowman machte einen Schritt zur Seite, aber seine Reaktionen waren langsamer geworden, ganz entschieden langsamer. Wie vorauszusehen vermutete der Stier falsch, und sein Horn stieß harmlos in die Luft, dafür traf seine Schulter den Mann mit einem flüchtigen Schlag, wenn man den Stoß eines Tieres, das schätzungsweise eine Tonne wiegt und sich mit dreißig Meilen pro Stunde fortbewegt, als flüchtig bezeichnen kann. Bowman überschlug sich und stürzte zu Boden. Der Stier verfolgte ihn und versuchte ihn mit tückischen Stößen aufzuspießen, aber Bowman verfügte noch über genügend Umsicht und körperliche Reserven, so daß es ihm gelang, sich immer wieder um sich selbst zu rollen und so verzweifelt zu versuchen, den Hörnern zu entgehen.

Die Zuschauer waren wieder sehr still geworden. Sie hatten hier, das wußten sie, einen hervorragenden Razateur vor sich, einen Meisterschauspieler, aber sicherlich würde niemand seine Kunst so weit treiben, daß er jedesmal, wenn er sich wieder um sich selbst rollte, dem Tod nur um Zentimeter und manchmal sogar noch knapper entging, denn zweimal in zwei Sekunden riß das Horn des Stiers den Rückenteil des Wamses auf.

Beide Male spürte Bowman das Horn über seinen Rücken kratzen, und das trieb ihn schließlich zu dem, was, wie er wußte, sein letzter Versuch sein würde. Sechsmal rollte er sich, so schnell er konnte, von dem Stier weg und rappelte sich auf. Er konnte nichts weiter tun, als wie ein Betrunkener schwankend dazustehen. In maßloser Wut und zu aufgebracht, um schlau zu sein, griff der Stier erneut an; und wieder senkte sich ein unheimliches Schweigen über die Tribünen. Als es unausweichlich schien, daß der Stier ihn diesmal frontal erwischte, brachte Bowman ein unkontrollierter taumelnder Schritt aus der Gefahrenzone: Das Horn zischte in zwei Zentimeter Entfernung an ihm vorbei. Der Stier war so außer sich, daß er noch zwanzig Meter weiterrannte, bevor er erkannte, daß Bowman nicht mehr da war.

Die Zuschauer tobten. In ihrer Erleichterung, ihrer Bewunderung für diesen Halbgott, schrien, jubelten, klatschten und weinten sie vor Lachen. Was für ein Schauspieler, was für ein Könner, was für ein unglaublicher Razateur! Eine solche Darbietung hatte es noch nie gegeben.

Bowman lehnte sich total erschöpft an die Barriere. Czerda stand nur wenige Schritte von ihm entfernt. Er lächelte. Bowman war fertig, und die tiefe Verzweiflung auf seinem Gesicht zeigte es. Er war nicht nur körperlich fertig, auch seine Nerven hielten der Anspannung nicht mehr stand. Er war nicht mehr bereit, auch nur einen Meter weiter zu rennen. Der Stier senkte in Vorbereitung eines neuerlichen Angriffs den Kopf – wieder lastete Stille über den Tribünen. Welches neue Wunder würde dieser überirdische Mann jetzt vollbringen?

Aber der überirdische Mann hatte für diesen Tag genügend Wunder vollbracht. Als das Schweigen einsetzte, hörte er etwas, das ihn herumwirbeln und mit ungläubigem Gesicht die Menge anstarren ließ. Ganz oben auf der Tribüne stand hinter den Zuschauern Cecile und winkte ihm zu. Offensichtlich merkte sie nicht, daß sich Dutzende von Menschen nach ihr umgedreht hatten und sie anstarrten.

»Neil!« Ihre Stimme war fast ein Schrei. »Neil Bowman! Kommen Sie her!«

Bowman kam. Der Stier stürmte los, aber der Anblick Ceciles und die Erkenntnis, daß es eine Fluchtmöglichkeit gab, hatten Bowman neue Kraft verliehen, wie kurz sie auch vorhalten mochte. Er kletterte, mindestens zwei Sekunden bevor der Stier gegen die Barriere donnerte, in die Sicherheit des Callajon. Bowman riß den Pierrot-Hut, der an dem Gummiband auf seinem Rücken gegangen hatte, herunter, stülpte ihn über eines der geschärften Hörner des Stiers, stürmte an dem völlig verdatterten Czerda vorbei und rannte, so schnell seine erschöpften Beine es erlaubten, die Tribüne hinauf, wobei er der Menge zuwinkte, die ihm eine Gasse freimachte. Obwohl die Zuschauer durch den plötzlichen Wandel der Geschehnisse verwirrt waren, jubelten sie ihm zu. Die ganze Vorstellung war so einzigartig gewesen, daß sie auch seinen Abgang als einen Teil der Darbietung betrachteten. Bowman wußte nicht, wie sie reagierten, und es kümmerte ihn auch nicht. Solange sie vor ihm eine Gasse freimachten und sie hinter ihm wieder schlossen, gewann er einige zusätzliche, vielleicht lebenswichtige Sekunden Vorsprung vor seinen Verfolgern. Er erreichte die oberste Stufe und packte Cecile am Arm.

»Genau im richtigen Moment«, sagte er. Seine Stimme war heiser und verzweifelt, sein Atem ein Keuchen. Er drehte sich um: Czerda bahnte sich rücksichtslos seinen Weg durch die Menge. El Brocador strebte dem gleichen Ziel zu wie sein Boß. Von Searl war nichts zu sehen. Sie liefen die breite Treppe außerhalb der Arena hinunter, vorbei an den Verschlägen, in denen die Stiere gehalten wurden, den Ställen und den Umkleideräumen. Bowman griff durch einen der vielen Risse in seinem Umhang in seine Tasche, fand den Autoschlüssel und zog ihn heraus. Als sie den letzten Umkleideraum erreicht hatten, packte er Ceciles Arm fester und spähte vorsichtig um die Ecke. Er zog den Kopf wieder zurück. Sein Gesicht war bitter vor Kummer.

»Wir haben heute einfach kein Glück, Cecile. Der Zigeuner, den ich niedergeschlagen habe – Maca – sitzt auf der Motorhaube des Citroën. Und was noch schlimmer ist, er reinigt sich die Fingernägel – mit einem der berühmten Messer.« Er öffnete die Tür, die hinter ihnen lag, schob Cecile in den Umkleideraum, in dem er sich für seinen großen Auftritt eingekleidet hatte, und gab ihr die Autoschlüssel. »Warten Sie, bis die Zuschauer herauskommen. Mischen Sie sich unter sie. Nehmen Sie den Wagen, und treffen Sie mich an der südlichen, der See zugewandten Seite der Kirche. Und, um Gottes willen, lassen Sie den Citroën nicht irgendwo dort in der Nähe stehen, fahren Sie ihn auf den Wohnwagenparkplatz östlich der Stadt, und lassen Sie ihn dort.«

»Gut.« Sie ist bemerkenswert ruhig, dachte er. »In der Zwischenzeit haben Sie sicherlich wieder einiges zu erledigen?«

»Wie immer.« Er spähte durch den Türspalt: Im Augenblick war niemand zu sehen.

»Vier Brautjungfern«, sagte er, glitt hinaus und schloß die Tür hinter sich.

Die drei gefesselten Männer lagen ruhig und scheinbar unbeteiligt auf ihren Betten. Lila schnüffelte untröstlich vor sich hin, und Le Grand Duc runzelte drohend die Stirn, als Searl die Stufen heraufgerannt kam. Der besorgte Ausdruck war wieder auf sein Gesicht zurückgekehrt, und er war völlig außer Atem.

»Ich hoffe«, sagte Le Grand Duc drohend, »daß Sie keine schlechten Nachrichten bringen.«

»Ich habe das Mädchen gesehen«, keuchte Searl, »wie ist sie . . .«

»Bei Gott, Searl, Sie und Ihr idiotischer Freund Czerda werden dafür bezahlen. Wenn Bowman tot ist . . .« Er brach ab, starrte über Searls Schulter und stieß ihn dann grob zur Seite. »Wer in aller Welt ist das?«

Searl drehte sich um und folgte mit dem Blick der Richtung der ausgestreckten Hand des Grand Duc. Ein rotweiß gekleideter Pierrot lief mit schlurfenden, unsicheren Schritten über den provisorischen Parkplatz: Er stand kurz vor dem totalen Zusammenbruch.

»Das ist er!« rief Searl. »Das ist er!« Während sie ihm noch entgegenblickten, tauchten hinter einigen Hütten plötzlich drei Zigeuner auf, von denen einer offensichtlich Czerda war. Die drei rannten hinter Bowman her, und sie kamen bedeutend schneller vorwärts als er. Bowman warf einen Blick über seine Schulter, entdeckte die Verfolger, brach seitlich aus, um zwischen einigen Wohnwagen Deckung zu suchen, blieb unvermittelt stehen, als er sah, daß sein Weg durch El Brocador und zwei andere Zigeuner blockiert war, machte eine Drehung um neunzig Grad und rannte auf eine Gruppe von Pferden zu, die in der Nähe angebunden waren. Es waren weiße Camargue-Pferde mit den für die Camargue typischen hochlehnigen und mit großen Sattelknöpfen versehenen Sätteln, die wie Polstersessel aussehen. Er rannte auf das Pferd zu, das ihm am nächsten stand, machte es los, brachte einen Fuß in den seltsam geformten Steigbügel und schaffte es, nicht ohne beträchtliche Anstrengung, sich hinaufzuziehen.

»Schnell!« befahl Le Grand Duc. »Holen Sie Czerda. Sagen Sie ihm, wenn Bowman entkommt, werden weder Sie noch er entkommen. Aber ich will ihn lebend haben. Wenn er stirbt, sterben Sie beide auch. Ich will ihn noch diese Stunde im Miramar Hotel in Saintes-Maries haben. Ich kann es mir nicht leisten, noch länger hierzubleiben. Vergessen Sie nicht, das verdammte Mädchen zu schnappen, und bringen Sie es ebenfalls zu mir. Beeilung, Mann, Beeilung.«

Searl beeilte sich. Als er gerade die Straße überqueren wollte, mußte er schnell ausweichen, um nicht von Bowmans Pferd überrannt zu werden. Le Grand Duc sah, daß Bowman derart im Sattel schwankte, daß er sich, obwohl er die Zügel in der Hand hielt, am Sattelknauf festhalten mußte, um oben zu bleiben. Unter der künstlichen Bräune war seine Haut blaß, das Gesicht verzerrt vor Schmerz und Erschöpfung. Le Grand Duc bemerkte, daß Lila neben ihn getreten war und Bowman ebenfalls beobachtete.

»Ich habe schon davon gehört«, sagte das Mädchen ruhig. Es waren keine Tränen mehr in ihrer Stimme, nur Traurigkeit und Ungläubigkeit. »Und jetzt sehe ich es: Ein Mann wird zu Tode gehetzt.«

Le Grand Duc legte eine Hand auf ihren Arm. »Ich versichere Ihnen, mein liebes Mädchen...«

Sie schlug seine Hand weg und schwieg. Sie mußte auch nichts sagen, die Verachtung und der Abscheu auf ihrem Gesicht sagten genug. Le Grand Duc nickte, wandte sich ab und schaute der immer kleiner werdenden Gestalt Bowmans nach, bis sie um eine Straßenbiegung in Richtung Süden verschwand.

Le Grand Duc war nicht der einzige, der Bowmans Verschwinden mit so großem Interesse beobachtete. Das Gesicht an das kleine Fenster in der Seitenwand des Umkleideraums gepreßt, beobachtete Cecile das weiße galoppierende Pferd und seinen Reiter, bis beide verschwunden waren. Die Gewißheit, was als nächstes geschehen würde, ließ sie an ihrem Platz bleiben. Sie brauchte nicht lange zu warten: Innerhalb einer halben Minute kamen fünf andere Reiter vorbeigaloppiert – Czerda, Ferenc, El Brocador, Searl und ein fünfter Mann, den sie nicht kannte. Mit trockenen Lippen und den Tränen nahe wandte sie sich von dem Fenster ab und schaute die Kleider durch, die auf den Bügeln hingen. Sie fand beinahe sofort, was sie suchte – ein Clownskostüm, bestehend aus ungewöhnlich weiten roten Hosen mit breiten gelben Hosenträgern, einem rot-gelb gestreiften Trikot und einem riesigen schwarzen Jackett. Sie zog die Hosen an, stopfte ihr Fiestakostüm so gut sie konnte hinein – die Hosen waren so großzügig geschnitten, daß es kaum auffiel –, zog das rot-gelb gestreifte Trikot über den Kopf und schlüpfte in die große Jacke. Dann nahm sie ihre rote Perücke ab und setzte eine flache grüne Kappe auf. Es gab keine Spiegel in dem Umkleideraum, aber das war ihrer Meinung nach wahrscheinlich gar nicht so schlecht. Sie ging zum Fenster zurück. Die Nachmittagsvorstellung war offensichtlich vorüber, und die Leute strömten die Treppe herunter und über die Straße zu ihren Autos. Cecile ging zur Tür. Dadurch, daß sie in diesem schauerlich grellen Kostüm eine gewisse Anonymität genoß, daß die Männer, die sie am meisten von allen fürchtete, hinter Bowman her waren und daß da draußen jede Menge Menschen waren, unter die sie sich mischen konnte, war jetzt, so erkannte sie, die beste Gelegenheit, unentdeckt zum Citroën zu gelangen.

Und soweit sie es beurteilen konnte, bemerkte sie niemand, als sie die Straße überquerte und auf den Wagen zuging, und falls sie doch jemand bemerkt haben sollte, machte er auf jeden Fall kein Geschrei darum. Sie schloß den Wagen auf, schaute sich nach allen Seiten um, um sicherzugehen, daß sie unbeobachtet war, glitt auf den Fahrersitz, steckte den Schlüssel ins Zündschloß und schrie mehr vor Schreck als vor Schmerz, als eine große Hand sich wie ein Schraubstock um ihren Hals schloß.

Der Griff lockerte sich, und sie drehte sich langsam um: Maca kniete auf dem Boden hinter dem Sitz. Sein Lächeln war nicht gerade ermutigend – ebensowenig das große Messer, das er in der Hand hielt.


9


Die heiße Nachmittagssonne brannte erbarmungslos auf die verbrannten Ebenen, die Seen, die Moore, die Salzflecken und die gelegentlich aufleuchtenden, hellgrünen Vegetationsinseln herunter. Ein schimmernder Dunst stieg von den Ebenen auf und verlieh der Landschaft ein seltsam ätherisches Aussehen, ließ die Gegend verschwommen erscheinen, eine Illusion, die dadurch noch verstärkt wurde, daß es in der Landschaft keine senkrechten Linien gab. Alle Ebenen sind eben, aber keine ist so eben wie die Camargue.

Sechs Reiter galoppierten auf dampfenden Pferden über diese Ebene. Aus der Luft betrachtet, hätte ihre Art, sich vorwärts zu bewegen, sicher seltsam und höchst verwirrend ausgesehen, daß die Pferde selten mehr als zwanzig Meter hintereinander geradeaus galoppierten und fortgesetzt seitlich ausbrachen. Aber wenn man sie vom Boden aus beobachtete, klärte sich das Geheimnis auf: Es gab in dieser Gegend so viele Moorflecken, von winzigen

Moorlöchern bis zu Flächen, die größer als ein Fußballplatz waren, daß ein Vorgehen in gerader Linie unmöglich war.

Bowman befand sich im Nachteil, und er wußte es. Er war es aus drei Gründen: Wie sein angestrengtes Gesicht zeigte, und die Blutflecken und die Schmutzstreifen konnten es nicht verbergen, war er völlig erschöpft; der gestreckte Galopp und die Tatsache, sich immer wieder nach seinen Verfolgern umdrehen zu müssen, boten keine Gelegenheit zur Erholung. Auch war sein Verstand ebenso unfähig, Entscheidungen zu fällen wie sein Körper, die Entscheidungen in die Tat umzusetzen. Und schließlich kannten seine Verfolger die Gegend wie ihre Westentasche, wohingegen er hier ein völlig Fremder war; und obwohl er sich für einen ganz annehmbaren Reiter hielt, konnte er sich nicht im entferntesten mit seinen Verfolgern messen, deren heutiges Können sich beinahe von der Wiege an entwickelt hatte.

Immer wieder trieb er sein allmählich ermüdendes Pferd an, machte aber kaum den Versuch, es zu lenken, denn das Tier wußte durch Erfahrung und angeborenen Instinkt viel besser als er, wo der Boden fest war und wo nicht. Ab und zu verlor er kostbare Sekunden, wenn er versuchte, das Pferd in eine bestimmte Richtung zu zwingen, und es bockte und darauf bestand, sich seinen Weg selbst zu wählen.

Bowman blickte über seine Schulter nach hinten. Es war hoffnungslos, er wußte, daß es hoffnungslos war. Als er den Mas de Lavignolle verlassen hatte, hatte er einen Vorsprung von mehreren hundert Metern gehabt, jetzt war dieser Vorsprung auf etwa fünfzig Meter zusammengeschmolzen. Die fünf Männer hinter ihm waren fächerförmig ausgeschwärmt. In der Mitte befand sich El Brocador, der offensichtlich ein ebenso guter Reiter wie Razateur war. Es war auch offensichtlich, daß er sich in dieser Gegend ausgezeichnet auskannte, denn von Zeit zu Zeit rief er einen Befehl und deutete mit einem Arm in eine bestimmte Richtung, die einer der Reiter einschlagen sollte. Links von El Brocador ritten Czerda und Ferenc, beide immer noch dick verbunden. Rechts von El Brocador ritt Searl, der in seiner Soutane völlig fehl am Platze schien, und ein Zigeuner, den Bowman nicht kannte.

Bowman schaute wieder geradeaus. Er konnte nichts entdecken, was ihm vielleicht geholfen hätte, kein Haus, keinen Hof, keinen einsamen Reiter, nichts. Und inzwischen war er, nicht ohne guten Grund, wie er grimmig erkannte, so weit nach Westen getrieben worden, daß die Autos, die die Hauptstraße von Arles nach Saintes-Maries entlangfuhren, nur noch kleine schwarze Käfer zu sein schienen, die auf einer Linie am Horizont dahinkrochen. Er blickte sich wieder um: Seine Verfolger waren nicht mehr als dreißig Meter hinter ihm. Sie ritten nicht länger in Fächerform, sondern fast genau hintereinander, und kamen jetzt von links heran und zwangen ihn so, sich nach rechts zu wenden. Er wußte, daß es für diese Maßnahme einen guten Grund geben mußte, aber wenn er nach vorn schaute, konnte er nichts entdecken, was sie rechtfertigte. Direkt vor ihm lag ein ungewöhnlich großer Fleck leuchtend grünen Grases. Er war vielleicht hundert Meter lang und dreißig Meter breit, aber abgesehen von seiner Größe unterschied er sich in nichts von Dutzenden anderer Grünflächen, die er in den letzten drei Meilen passiert hatte.

Bowman erkannte, daß sein Pferd so ziemlich am Ende war. Schweißglänzend, mit Schaum vor dem Maul und schweratmend war es ebenso erschöpft wie Bowman selbst. Zweihundert Meter vor ihm lag ein einladend grüner Fleck, und Bowman kam der unpassende Gedanke, wie schön es wäre, an einem friedlichen Sommertag dort unter einem Sonnenschirm zu liegen. Er fragte sich, warum er nicht aufgab. Das Ende dieser Verfolgungsjagd war so sicher wie der Tod selbst: Er würde aufgeben, nur wußte er nicht, wie er es anfangen sollte.

Er schaute sich wieder um. Die fünf Reiter hinter ihm ritten jetzt in Form eines Halbmondes, der äußerste Mann war nicht mehr als zehn Meter hinter ihm. Er blickte wieder nach vorn, sah, daß die Grünfläche nicht mehr als zwanzig Meter vor ihm lag, und dann kam ihm der Gedanke, daß Czerda jetzt auf Schußweite herangekommen war, und Bowman war sicher, daß er, wenn die fünf Männer zu ihren Wohnwagen zurückkehrten, nicht mehr dabei sein würde. Wieder blickte er über seine Schulter und war überrascht zu sehen, daß alle fünf Männer energisch ihre Pferde zügelten. Er wußte, daß irgend etwas faul war, aber bevor er Zeit hatte, darüber nachzudenken, blieb sein Pferd plötzlich, nur ein paar Zentimeter vom Rand der Grünfläche entfernt, stehen, indem es die Hufe tief in den Boden grub. Das Pferd hielt an, aber Bowman nicht: Er flog aus dem Sattel, segelte hilflos über den Kopf des Pferdes hinweg und landete auf dem Grasstreifen.

Er hätte eigentlich das Bewußtsein verlieren müssen, schlimmstenfalls hätte er sich den Hals brechen, bestenfalls krachend auf dem Boden landen und sich schwere Schürfwunden zuziehen müssen, aber nichts davon geschah, denn es zeigte sich augenblicklich, daß die Wiese nicht das war, was sie schien. Er schlug nicht hart auf dem Boden auf – statt dessen landete er mit einem leisen Platschen auf einer weichen, stoßdämpfenden Masse. Und in diese Masse begann er hineinzusinken. Die fünf Reiter kamen einen Schritt näher, stützten sich auf die Sattelknäufe und schauten gleichgültig auf ihn hinunter. Bowman hatte jetzt eine aufrechte Haltung eingenommen, allerdings lehnte er leicht nach vorn. Er steckte schon bis zu den Hüften im Schwimmsand. Nicht mehr als anderthalb Meter vor sich sah er festen Boden. Verzweifelt ruderte er mit den Armen, um das Festland zu erreichen, aber er kam keinen Zentimeter vorwärts. Die Beobachter saßen regungslos auf ihren Pferden. Die Gleichgültigkeit auf ihren Gesichtern machte auf erschreckende Weise ihre Unerbittlichkeit deutlich. Bowman sank bis zur Taille ein. Er versuchte, sich mit leichten Schwimmbewegungen herauszuarbeiten, denn er hatte erkannt, daß seine krampfhaften heftigen Bewegungen ihn nur noch schneller einsinken ließen. Er sank jetzt langsamer, aber er sank immer noch. Der Sog des Schwimmsandes war entsetzlich in seiner Unbarmherzigkeit.

Er blickte zu den fünf Männern hinauf. Die vollkommene Gleichgültigkeit war von ihren Gesichtern verschwunden. Czerda lächelte das erfreute Lächeln, das er für Gelegenheiten wie diese reserviert hatte. Searl leckte sich auf widerliche Weise die Lippen. Aller Blicke waren unverwandt auf Bowmans Gesicht gerichtet, aber wenn er mit dem Gedanken spielte, um Hilfe zu schreien oder um Gnade zu bitten, so verbarg er das meisterhaft hinter absoluter Ausdruckslosigkeit. In den Befestigungsmauern von Les Baux und in der Stierkampfarena hatte er sich gefürchtet, aber hier fürchtete er sich nicht. In den anderen beiden Fällen hatte er eine Chance gehabt, so verschwindend gering sie auch gewesen war, und sie hatte von ihm selbst abgehangen, von seinem Durchhaltevermögen und seiner Fähigkeit, Augen und Hände zu koordinieren. Aber hier waren all seine Geschicklichkeit, sein außergewöhnliches Reaktionsvermögen und seine körperlichen Fähigkeiten nutzlos – aus dem Schwimmsand konnte man nicht entkommen. Es war das Ende, es war unvermeidlich, und er akzeptierte es. El Brocador schaute Bowman an. Der Schwimmsand reichte ihm jetzt fast bis zu den Achselhöhlen, nur seine Schultern, die Arme und der Kopf waren noch zu sehen. El Brocador studierte das ausdruckslose Gesicht, nickte vor sich hin, drehte sich im Sattel um und schaute nacheinander Czerda und Searl an.

Auf seinem Gesicht lagen Abscheu und Verachtung. Er nahm ein Seil von dem Sattelknauf.

»Das macht man nicht mit so einem Mann«, sagte er. »Ich schäme mich für uns alle.« Mit einem geschickten Schlenkern des Handgelenks warf er das Seil: Es landete genau zwischen Bowmans ausgestreckten Händen.

Sogar einem begeisterten Beschreiber der Attraktionen von Saintes-Maries – falls es einen gibt – würde es schwerfallen, sich in leidenschaftlichen Ergüssen über die Schönheiten der Hauptstraße der Stadt zu ergehen, die von Osten nach Westen parallel zum Ufer verläuft und durch eine hohe Felswand von der See getrennt ist. Es fehlt ihr, ebenso wie dem Rest der Stadt, an künstlerischen oder architektonischen Akzenten und an Atmosphäre, obwohl an diesem Nachmittag die Eintönigkeit vielleicht ein wenig durch die Massen farbenfroh gekleideter Touristen, die Zigeuner, die Guardiens und die unvermeidlichen Jahrmarktsbuden, Wahrsager-Zelte und Souvenirstände aufgelockert wurden.

Es war nicht gerade ein Anblick, der der aristokratischen Seele des Grand Duc tiefe Befriedigung verschaffte. Aber als er in dem Straßencafé vor dem Miramar Hotel saß, war sein Gesichtsausdruck so milde, daß man ihn schon beinahe wohlwollend nennen konnte. Noch seltsamer war es – wenn man seine übliche undemokratische Einstellung in Betracht zog –, daß Carita, seine Chauffeuse, neben ihm saß. Le Grand Duc hob eine Literkaraffe mit Rotwein hoch, goß davon viel in ein großes Glas, das vor ihm stand, dann einen Fingerhut voll in ein kleines Glas, das vor Carita stand, und lächelte wieder wohlwollend, nicht wegen der vorbeiströmenden Menschenmenge, sondern wegen eines Telegrammformulars, das er in der Hand hielt. Es war klar, daß die außergewöhnlich gute Laune des Grand Duc nicht auf Saintes-Maries und seine Besucher zurückzuführen war. Der Ursprung seiner Zufriedenheit lag in dem Stück Papier, das er in der Hand hielt.

»Ausgezeichnet, meine liebe Carita, ganz ausgezeichnet. Genau, was wir wissen wollen. Beim Jupiter, sie haben schnell gespurt.« Er betrachtete wieder das Formular und seufzte. »Es ist höchst befriedigend, wenn Vermutungen sich als hundertprozentig richtig erweisen.«

»Ihre tun das doch immer, Monsieur le Duc.«

»Eh! Was? Ja, ja, natürlich. Nehmen Sie sich noch Wein.« Le Grand Duc hatte vorübergehend sowohl an dem Telegramm als auch an Carita jedes Interesse verloren und starrte nachdenklich den schwarzen Mercedes an, der nur ein paar Meter entfernt angehalten hatte. Das chinesische Paar, das Le Grand Duc zuletzt im Patio des Hotels in Arles gesehen hatte, stieg aus und ging auf den Hoteleingang zu. Es kam ganz nahe an dem Tisch vorbei, an dem Le Grand Duc saß. Der Mann nickte, seine Frau lächelte schwach, und Le Grand Duc verbeugte sich, um ihnen nicht nachzustehen, voller Würde. Er sah ihnen nach, bis sie im Hotel verschwunden waren, dann wandte er sich an Carita.

»Czerda sollte bald mit Bowman hier sein. Ich bin zu dem Schluß gekommen, daß das hier ein ungeeigneter Ort für ein Treffen ist. Hier sitzen wir wie auf dem Präsentierteller. Etwa eine Meile nördlich der Stadt liegt ein großer Rastplatz. Czerda soll dort auf mich warten, während Sie mich hier abholen.«

Sie lächelte und stand auf, um zu gehen, aber Le Grand Duc hob die Hand.

»Noch eine letzte Sache, bevor Sie gehen. Ich muß ein dringendes Telefongespräch führen, und ich wünsche dabei nicht gestört zu werden. Sagen Sie dem Geschäftsführer, daß ich ihn sprechen möchte. Sofort.«

Le Hobenaut, Tangevec und Daymel waren nach wie vor an die Wand gefesselt und lagen auf ihren Betten. Bowmans Pierrotkostüm war verschwunden, und sein Guardienkostüm völlig aufgeweicht. Er lag auf dem Boden. Die Hände waren ihm auf dem Rücken zusammengebunden worden. Cecile und Lila saßen auf einer Bank. Ferenc und Masaine ließen sie keinen Moment aus den Augen. Czerda, El Brocador und Searl saßen am Tisch. Sie sprachen nicht und sahen sehr unglücklich aus. Der Ausdruck der Unbehaglichkeit auf ihren Gesichtern vertiefte sich, als sie die schweren, festen Schritte hörten, die die Stufen zum Wohnwagen heraufkamen. Le Grand Duc trat in altgewohnter eindrucksvoller Manier ein. Er musterte die drei Männer am Tisch mit kalten Blicken.

»Wir müssen schnell weg.« Seine Stimme war scharf, autoritär und kalt wie sein Blick. »Ich habe eine telegraphische Nachricht erhalten, daß die Polizei allmählich mißtrauisch wird und inzwischen vielleicht schon über uns Bescheid weiß – dank Ihnen, Czerda, und dieses Vollidioten Searl. Sind Sie eigentlich wahnsinnig, Czerda?«

»Ich verstehe nicht, Sir.«

»Genau das ist es: Sie verstehen überhaupt nichts. Sie wollten

Bowman umbringen, bevor er uns gesagt hatte, wie er in unseren Ring einbrechen konnte, wer seine Kontaktleute und wo meine achtzigtausend Franken sind. Und was am schlimmsten ist, ihr Kretins wolltet ihn in aller Öffentlichkeit umbringen. Begreifen Sie nicht, was für eine kolossale Publicity das gewesen wäre! Geheim, verstohlen, das sind meine Leitworte.«

»Wir wissen, wo Ihre achtzigtausend Franken sind, Sir.« Czerda versuchte zu retten, was zu retten war.

»So, wir wissen es? Tatsächlich? Ich habe den Verdacht, daß Sie wieder einmal an der Nase herumgeführt worden sind, Czerda. Aber das hat Zeit. Wissen Sie, was mit Ihnen allen geschieht, wenn die französische Polizei Sie erwischt?« Schweigen. »Kennen Sie die rigorosen Strafen, die die französischen Richter über Kidnapper verhängen?« Immer noch Schweigen. »Nicht einer von Ihnen kann darauf hoffen, mit weniger als zehn Jahren Gefängnis davonzukommen. Und wenn man Ihnen den Mord an Alexandre nachweisen kann...«

Le Grand Duc schaute nacheinander El Brocador und die vier Zigeuner an. An ihren Gesichtern war klar zu erkennen, daß sie sehr gut wußten, was passieren würde, wenn man ihnen den Mord nachweisen konnte.

»Na also. Von diesem Moment an hängt Ihre Zukunft und Ihr Leben ganz allein davon ab, ob Sie sich genau an meine Befehle halten – es liegt im Bereich meiner Möglichkeiten, Sie vor den Folgen Ihrer Dummheiten zu bewahren. Verstanden?«

Alle fünf Männer nickten. Keiner sagte ein Wort.

»Sehr gut. Binden Sie die Männer los. Binden Sie Bowman los. Wenn die Polizei sie so findet, dann ist alles verloren. Von jetzt an werden wir unsere Pistolen und unsere Messer dazu benützen, sie in Schach zu halten. Bringen Sie die Frauen her – ich möchte sie alle beieinander haben. Rekapitulieren Sie unsere Pläne, Searl. Fassen Sie sich kurz und klar, so daß auch der Dümmste, und damit sind auch Sie gemeint, verstehen kann, was wir vorhaben. Und irgend jemand soll mir ein Bier bringen.«

Searl räusperte sich und sah ausgesprochen unglücklich aus. Die Arroganz, die ruhige, kalte Sicherheit, die er an diesem Morgen im Beichtzelt Czerda gegenüber an den Tag gelegt hatte, waren verschwunden, als hätten sie nie existiert.

»Treffen irgendwann zwischen gestern und Montag nacht. Schnelles Motorboot wartet...«

Le Grand Duc seufzte voller Verzweiflung und hob Einhalt

gebietend die Hand. »Kurz, aber *klar*, Searl! *Klar*, habe ich gesagt. Treffen *wo*, Sie Narr? Mit *wem*?«

»Entschuldigen Sie, Sir.« Der Adamsapfel hüpfte in seinem dürren Hals auf und ab, als Searl nervös schluckte. »Vor Palavas im Golf von Aigues-Mortes. Der Frachter ›Canton‹.«

»Mit welchem Ziel?«

»Canton.«

»Genau.«

»Erkennungssignale...«

»Vergessen Sie das. Wo ist das Motorboot?«

»Bei Aigues-Mortes, im ›Canal du Rhône à Sète‹. Ich wollte es morgen nach Le Grau du Roi hinunterfahren lassen – ich dachte nicht – ich...«

»Gedacht haben Sie noch nie«, sagte Le Grand Duc müde. »Warum sind diese verdammten Frauen nicht hier? Und warum sind die Männer immer noch gefesselt? Schnell jetzt!« Zum erstenmal entspannte er sich und lächelte leicht. »Ich wette, unser Freund Bowman weiß noch immer nicht, wer unsere drei anderen Freunde hier sind, was, Searl?«

»Kann ich es ihm sagen?« fragte Searl begierig. Die Aussicht, die Aufmerksamkeit von sich auf jemand anderen lenken zu können, war für ihn offensichtlich sehr verlockend.

»Bitte, bitte.« Le Grand Duc nahm einen großen Schluck Bier. »Kann das denn jetzt noch etwas ausmachen?«

»Natürlich nicht.« Searl lächelte breit. »Lassen Sie mich Ihnen den Grafen le Hobenaut, Henri Tangevec und Serge Daymel vorstellen. Die drei sind die führenden Raketentreibstoffexperten auf der anderen Seite des Eisernen Vorhangs. Die Chinesen wollten sie unbedingt haben, weil es ihnen bisher nicht gelungen ist, ein Fahrzeug zum Transport nuklearer Sprengköpfe zu entwickeln. Diese Männer könnten es. Aber zwischen China und Rußland gab es nicht eine Landgrenze, die man überschreiten konnte, nicht ein neutrales Land, das beiden Großmächten freundlich gesonnen wäre und bei einer Unregelmäßigkeit ein Auge oder auch zwei zugedrückt hätte. Also brachte Czerda sie heraus. In den Westen. Niemand würde im Traum darauf kommen, daß diese Männer in den Westen abhauen würden – der Westen hat seine eigenen Treibstoffexperten. Und Zigeunern stellt an der Grenze niemand Fragen. Und natürlich durften die drei Männer nicht auf dumme Gedanken kommen, wenn sie nicht wollten, daß ihre Frauen umgebracht wurden. Und umgekehrt.«

»Jedenfalls wurde das den Frauen gesagt«, sagte Le Grand Duc verächtlich. »Denn das letzte, was wir wollen, war, daß diesen Männern irgend etwas passierte. Aber Frauen – die glauben einfach alles.« Er gestattete sich ein kleines befriedigtes Lächeln. »Das ist die Einfachheit, wenn ich mal so sagen darf, die Einfachheit des wahren Genies. Ah, da kommen die Frauen. Auf nach Aigues-Mortes, und zwar schnell. Sagen Sie in den anderen Wagen Bescheid, Czerda, daß wir sie morgen früh in Saintes-Maries treffen werden. Kommen Sie, Lila, meine Liebe.«

»Mit *Ihnen*?« Sie starrte ihn voller Abscheu an. »Sie müssen verrückt sein! Ich soll mit Ihnen gehen?«

»Der äußere Schein muß gewahrt werden, jetzt mehr denn je. Wer wird einen Mann verdächtigen, der ein so schönes Mädchen neben sich hat? Außerdem ist es sehr heiß, und ich brauche jemanden, der meinen Sonnenschirm hält.«

Eine Stunde später senkte sie, immer noch voller Wut und mit zusammengepreßten Lippen, den Sonnenschirm, als der Rolls-Royce vor den respektgebietenden Mauern von Aigues-Mortes, der am vollkommensten erhaltenen Kreuzfahrerstadt Europas, hielt. Le Grand Duc stieg aus und wartete, bis Czerda den Abschleppwagen, der seinen Wohnwagen zog, zum Stehen gebracht hatte.

»Warten Sie hier«, befahl er. »Ich werde nicht lange weg sein.« Er nickte in Richtung auf den Rolls-Royce. »Behalten Sie Miß Delafont im Augen. Und zwar Sie allein! Unter keinen Umständen darf sich ein anderer sehen lassen.«

Er schaute die Straße entlang, die nach Saintes-Maries führte. Im Moment lag sie verlassen da. Er ging schnell davon und betrat die kahle und drohende Stadt durch das Nordtor, bog rechts in einen Parkplatz ein und bezog im Schutz einer Drehorgel Stellung. Der Leierkastenmann, ein gebeugter alter Mann, der trotz der Hitze des Tages zwei Mäntel und einen Hut trug, hatte auf einem Hocker vor sich hingedöst, hob jetzt den Kopf und musterte Le Grand Duc mit einem Stirnrunzeln. Le Grand Duc gab ihm zehn Franc. Die Stirn des Leierkastenmanns entwölkte sich augenblicklich, er legte einen Schalter um und begann, eine Kurbel zu drehen. Das ohrenbetäubende Kreischen, das daraufhin ertönte, war die atonale Karikatur eines Walzers, den kein lebender oder toter Komponist als sein Werk erkannt hätte. Le Grand Duc zuckte verärgert zusammen, blieb jedoch wo er war.

Innerhalb von zwei Minuten kam ein schwarzer Mercedes

durch das Tor, bog rechts in den Parkplatz ein und hielt an. Das chinesische Paar stieg aus, blickte weder nach rechts noch nach links und ging eilig die Hauptstraße hinunter auf einen kleinen, von Cafés umstandenen Platz in der Nähe des Stadtzentrums. Le Grand Duc folgte ihnen langsam und in diskretem Abstand.

Das Paar erreichte den Platz und blieb unsicher vor einem Souvenirladen unweit der Statue Ludwigs des Heiligen stehen. Unmittelbar danach traten vier große Männer in dunklen Anzügen aus dem Laden – zwei aus jeder Tür – und kreisten sie ein. Einer der Männer zeigte dem Chinesen etwas, das in seiner Handfläche lag. Der Chinese gestikulierte wild und schien heftig zu protestieren, aber die vier großen Männer schüttelten nur entschlossen den Kopf und führten das Paar zu zwei wartenden schwarzen Citroëns.

Le Grand Duc nickte befriedigt und ging den gleichen Weg, den er gekommen war, zu dem wartenden Rolls-Royce und Czerdas Wohnwagen zurück.

Nach weniger als einer Minute Fahrt waren sie an einer kleinen Mole »Canal du Rhône à Sète« angelangt, einem Kanal, der die Rhône bei Grau du Roi mit dem Mittelmeer verbindet und parallel zu der Westmauer von Aigues-Mortes verläuft. Am Ende der Mole lag ein fünfunddreißig Fuß langes Motorboot mit einer großen verglasten Kabine und einem fast ebenso großen Ruderhaus am Heck. Der weitausladende Bug ließ darauf schließen, daß das Schiff beträchtliche Geschwindigkeiten erreichen konnte.

Der Rolls-Royce und der Wohnwagen bogen von der Straße ab und hielten so, daß die Rückseite des Wohnwagens weniger als zwei Meter vom Ende der Mole entfernt war. Die Verfrachtung der Gefangenen vom Wohnwagen auf das Boot wurde reibungslos und mit einer solchen Selbstverständlichkeit vollzogen, daß nicht einmal der aufmerksamste Beobachter mißtrauisch geworden wäre. Tatsächlich aber war der einzige Mensch weit und breit ein Angler, der hundert Meter weit entfernt stand und dessen ganze Aufmerksamkeit sich darauf konzentrierte, was sich am Ende seiner Angelschnur unter Wasser tat.

Ferenc und Searl hatten mit drohend gezogenen Pistolen auf der Mole an der kurzen Gangway Posten bezogen; Le Grand Duc und Czerda, die beide ähnlich unauffällig bewaffnet waren, standen auf dem Deck des Bootes, während zuerst die drei Wissenschaftler, dann ihre Frauen, danach Bowman und Cecile und zuletzt Lila an Bord gingen. Die Mündungen der Pistolen wiesen ihnen den Weg. Sie setzten sich auf die Klappbetten, die sich an den Wänden der Kabine entlangzogen. Ferenc und Searl traten in die Kabine. Searl übernahm das Steuer. Le Grand Duc und Masaine blieben einen Moment lang im Cockpit, um sich zu überzeugen, daß sie nicht beobachtet wurden, dann betrat Le Grand Duc die Kabine, steckte seine Waffe in die Tasche und rieb sich zufrieden die Hände.

»Ausgezeichnet, ganz ausgezeichnet.« Er hörte sich ausgesprochen vergnügt an. »Alles unter Kontrolle, wie üblich. Starten Sie, Searl.« Er drehte sich um und steckte den Kopf durch die Kabinentür nach draußen. »Leinen los, Masaine!«

Searl drückte auf den Starterknopf, und die beiden Motoren sprangen mit einem tiefen Brummen an, ein Geräusch, das jedoch auf keinen Fall laut genug war, um einen kurzen scharfen Schmerzensschrei zu übertönen: Der Schrei entfuhr dem Grand Duc, der immer noch hinten aus der Tür herausschaute.

»Ihre eigene Pistole in Ihrer eigenen Niere«, sagte Bowman. »Keiner rührt sich, oder er stirbt.« Er schaute Ferenc, Czerda, Searl und El Brocador der Reihe nach an. Mindestens drei von ihnen waren bewaffnet, das wußte er. Er bellte: »Sagen Sie Searl, er soll die Maschinen stoppen.«

Searl stoppte die Maschinen, auch ohne daß Le Grand Duc den Befehl an ihn weitergab.

»Masaine soll herkommen«, befahl Bowman. »Sagen Sie ihm, daß ich Ihnen den Lauf einer Pistole in die Niere drücke.« Er schaute sich in der Kabine um. Niemand hatte sich gerührt. »Er soll sich beeilen, sonst drücke ich ab.«

»Das würden Sie nicht wagen!«

»Es wäre nicht so schlimm«, tröstete Bowman ihn. »Die meisten Menschen können auch mit einer Niere leben.«

Er verstärkte den Druck seiner Waffe, und Le Grand Duc keuchte vor Schmerzen. Er krächzte: »Masaine! Kommen Sie sofort her. Legen Sie die Waffe weg. Bowman hat eine Pistole auf mich gerichtet.«

Es folgten ein paar Sekunden Stille. Dann erschien Masaine in der Tür. Da er nicht einmal zu seinen besten Zeiten ein großer Denker war, wußte er offensichtlich nicht, was er tun sollte. Der Anblick von Czerda, Ferenc, Searl und El Brocador, die damit beschäftigt waren, nichts zu tun, überzeugte ihn, daß es wohl im Augenblick das beste war, ebenfalls nichts zu tun. Er trat in die Kabine.

»Jetzt wollen wir uns mit der delikaten Frage des Kräfteausgleichs beschäftigen«, sagte Bowman im Konversationston. Er war immer noch blaß, und jeder Knochen im Leib tat ihm weh. Aber im Vergleich zu der Verfassung, in der er sich noch vor zwei Stunden befunden hatte, fühlte er sich jetzt wie ein Prinz. »Wieviel Einfluß und Druck kann ich wohl auf Sie ausüben, wenn ich hier mit dieser Waffe in der Hand vor ihnen stehe? Inwieweit kann ich meinen Willen durchsetzen? Soweit – aber nur soweit.«

Er zog den Grand Duc an der Schulter zurück, trat zur Seite und beobachtete, wie er schwer auf das Klappbett sank. Es war ein gutes Klappbett – es brach nicht unter ihm zusammen. Le Grand Duc starrte Bowman haßerfüllt an, die Hochspannung in seinen blauen Augen war auf dem Höhepunkt. Bowman blieb völlig ungerührt.

»Es fällt einem schwer, es zu glauben, wenn man Sie ansieht«, fuhr Bowman zum Grand Duc gewandt fort, »aber Sie sind sicher der Intelligenteste von der ganzen Bande. Nicht daß ich damit sagen will, Sie seien besonders intelligent. Ich habe hier eine Waffe, und ich halte sie in der Hand. In diesem Raum befinden sich noch vier andere, die ebenfalls Waffen haben, und obwohl sie sie im Augenblick nicht in der Hand halten, würde es doch nicht lange dauern, bis sie das nachgeholt hätten. Wenn es zu einem Kampf käme, wäre es, glaube ich, einigermaßen unwahrscheinlich, daß ich alle vier erwischen könnte, bevor einer – noch eher zwei – mich erwischten. Ich bin kein Wild Bill Hickock. Außerdem befinden sich acht Unschuldige hier – neun, wenn Sie mich mitzählen – und eine Schießerei in diesem geschlossenen Raum würde fast sicher zur Folge haben, daß einige von ihnen verletzt, ja, vielleicht sogar getötet würden. Und das gefiele mir ebensowenig, wie wenn ich selbst erschossen würde.«

»Kommen Sie zur Sache«, knurrte Le Grand Duc.

»Was ich meine, ist doch ganz klar. Wie groß darf meine Forderung an Sie sein, damit Sie sie nicht mit einer Schießerei beantworten, die wir – dessen bin ich sicher – alle gern vermeiden wollen? Wenn ich Ihnen sagte, Sie sollten mir Ihre Waffen abliefern, würden Sie es dann ruhig tun, mit der Gewißheit, daß Sie alle lange Gefängnisstrafen und wahrscheinlich sogar Mordanklagen erwarten? Ich bezweifle es. Wenn ich Ihnen sagen würde, ich würde Sie gehen lassen, aber die Wissenschaftler und die Frauen mitnehmen, wären Sie dann damit einverstanden? Auch das bezweifle ich, denn sie wären lebende Zeugen für Ihre Verbrechen, und das würde bedeuten, daß Sie, wenn Sie jemals wieder einen Fuß auf westeuropäischen Boden setzten, im Gefängnis landen würden, und wenn Sie in Osteuropa auftauchen sollten, von Glück sagen könnten, wenn man Sie in ein sibirisches Gefangenenlager stecken würde, denn die Kommunisten gehen nicht allzu sanft mit Leuten um, die ihre fähigsten Wissenschaftler entführen. Kurz gesagt, in Europa könnten Sie sich nirgendwo mehr sehen lassen. Es bliebe Ihnen nichts übrig, als mit der ›Canton‹ nach Hause zu fahren, und ich glaube nicht, daß Sie das Leben in China so angenehm finden würden, wie es immer beschrieben wird – natürlich von den Chinesen. Andererseits bezweifle ich es sehr, ob Sie bereit wären, bis zum bitteren Ende zu kämpfen, um die Abreise der beiden jungen Damen und meiner Wenigkeit zu verhindern. Die beiden sind völlig unbedeutend, zwei romantische und ziemlich hohlköpfige Urlauberinnen, die es für einigermaßen amüsant hielten, in diese dunklen Machenschaften verwickelt zu werden.« Bowman vermied es sorgfältig, den Blicken der beiden Mädchen zu begegnen. »Ich gebe zu, daß es mir möglich wäre, Ihnen Ärger zu machen, aber ich glaube nicht, daß ich damit sehr weit käme: Meine Aussage stünde gegen Ihre, ich hätte nicht die geringsten Beweise in der Hand, und ich sehe keine Möglichkeit, daß man Sie mit dem Mord in der Höhle in Verbindung bringen könnte. Der einzige Beweis sind die Wissenschaftler und ihre Frauen, und die wären schon auf halbem Weg nach China, bevor ich irgend etwas unternehmen könnte. Nun?«

»Ich akzeptiere Ihre Argumentation«, sagte Le Grand Duc würdevoll. »Versuchen Sie, uns dazu zu zwingen, uns selbst oder die Wissenschaftler – oder ihre Frauen – aufzugeben, und Sie werden das Boot nicht lebend verlassen. Aber mit Ihnen und den beiden jungen Närrinnen ist das etwas anderes. Sie können zwar Mißtrauen erregen, aber das ist auch alles. Und das ist mir immer noch lieber, als wenn zwei oder drei meiner Männer nutzlos sterben.«

»Es könnten sogar Sie sein«, sagte Bowman.

»Diese Möglichkeit ist mir nicht entgangen.«

»Sie sind meine Geisel, und Sie garantieren mir freien Abzug.«

»Das wird wahrscheinlich das beste sein.« Le Grand Duc erhob sich mit sichtlichem Widerwillen.

»Das gefällt mir nicht«, sagte Czerda. »Was ist, wenn...«

»Wollen Sie der erste sein, der stirbt?« fragte Le Grand Duc müde. »Überlassen Sie lieber mir das Denken, Czerda.«

Czerda fühlte sich offensichtlich unbehaglich, sagte aber nichts mehr. Auf eine Geste von Bowman verließen die beiden Mädchen die Kabine und kletterten auf die Gangway. Bowman folgte ihnen: Er ging rückwärts, und die Mündung seiner Pistole war nur ein paar Zentimeter vom Zwerchfell des Grand Duc entfernt. Am Ende der Gangway sagte Bowman zu den Mädchen: »Verschwindet!« Er wartete zehn Sekunden, und dann sagte er zum Grand Duc: »Drehen Sie sich um.« Le Grand Duc drehte sich um. Bowman versetzte ihm einen heftigen Stoß, der ihn die Gangway hinunterstolpern ließ. Beinahe wäre er gefallen. Bowman warf sich flach auf den Boden. Es bestand ja immer noch die Möglichkeit, daß irgend jemand da unten es sich anders überlegte. Aber es wurden keine Schüsse abgefeuert, keine Schritte wurden auf der Gangway laut. Bowman hob vorsichtig den Kopf. Die Motoren liefen wieder.

Das Motorboot war bereits zwanzig Meter entfernt und beschleunigte schnell. Bowman erhob sich hastig und rannte, gefolgt von Cecile und Lila, auf den Rolls-Royce zu. Carita starrte ihn überrascht an.

»'raus!« sagte Bowman.

Carita öffnete den Mund, um zu protestieren, aber Bowman war nicht in der Stimmung, sich Proteste anzuhören. Er riß die Tür auf, hob Carita aus dem Wagen und stellte sie auf die Straße. Gleich darauf saß er selbst am Steuer.

»Warten Sie!« sagte Cecile. »Warten Sie! Wir kommen mit...«

»Diesmal nicht.« Er beugte sich herunter und riß Cecile ihre Tasche aus der Hand. Sie starrte ihn mit leicht geöffnetem Mund an, sagte jedoch nichts. Er fuhr fort: »Gehen Sie in die Stadt. Rufen Sie die Polizei in Saintes-Maries an, sagen Sie ihr, daß auf einem Rastplatz anderthalb Kilometer nördlich von der Stadt in einem grün-weißen Wohnwagen ein krankes Mädchen liegt und daß sie sie sofort in ein Krankenhaus schaffen müssen. Sagen Sie aber nicht, wer Sie sind, sagen Sie überhaupt nur das, was ich jetzt gesagt habe. Und dann legen Sie einfach auf.« Er nickte zu Lila und Carita hinüber. »Die beiden werden für den Anfang genügen.«

»Genügen? Wofür?«

»Als Brautjungfern.«

Die Straße zwischen Aigues-Mortes und Grau du Roi ist nur ein paar Kilometer lang und verläuft in nur ein paar Metern Abstand größtenteils parallel zu dem Kanal. Die einzige Grenzlinie zwischen Kanal und Straße – wenn man das überhaupt so nennen kann – ist ein schmaler Streifen hohen Schilfs. Und durch dieses Schilf hindurch sah Bowman, weniger als eine Minute, nachdem er losgefahren war, das Motorboot zum erstenmal, nicht weniger als hundert Meter voraus. Es fuhr bereits mit überhöhter Geschwindigkeit, sein Heck lag tief im Wasser, Gischt spritzte von der Leitfläche des Bugs hoch. Das aufgewühlte Kielwasser ließ hohe Wellen ans Ufer des Kanals schlagen.

Searl stand am Steuer, Masaine, El Brocador und Ferenc hatten sich zwar hingesetzt, behielten aber die Passagiere scharf im Auge, während Le Grand Duc und Czerda sich in der Nähe der hinteren Tür unterhielten. Czerda sah immer noch höchst unglücklich aus.

Er sagte: »Aber wie können Sie sicher sein, daß er uns nicht schaden kann?«

»Ich *bin* sicher.« Le Grand Duc hatte inzwischen genügend Zeit gehabt, sein seelisches Gleichgewicht wiederzuerlangen.

»Aber er wird zur Polizei gehen. Das muß er doch.«

»So? Sie haben doch gehört, was er selbst gesagt hat. Sein Wort gegen das von uns allen? Und mit den Beweismitteln in unserer Hand auf dem Weg nach China? Sie werden ihn für verrückt halten. Und selbst wenn sie das nicht tun, gibt es nichts auf der Welt, was sie uns beweisen könnten.«

»Mir gefällt die Sache trotzdem nicht«, sagte Czerda verstockt. »Ich denke...«

»Überlassen Sie mir das Denken«, sagte Le Grand Duc kurz. »Guter Gott!« Glas splitterte, ein Schuß ertönte, und Searl schrie vor Schmerz auf, ließ das Steuer los und umklammerte seine linke Schulter. Das Boot brach aus und fuhr geradewegs auf das linke Ufer zu. Es wäre unzweifelhaft frontal dagegengeprallt, wenn Czerda, obwohl er älter war als sein Kumpane und am weitesten vom Steuer entfernt stand, nicht mit erstaunlicher Schnelligkeit reagiert, sich nach vorn geworfen und das Steuer hart nach Steuerbord gerissen hätte. Es gelang ihm, zu verhindern, daß sich das Boot mit dem Bug ins Ufer bohrte und dort zerschellte, aber die Zeit reichte nicht, um zu verhindern, daß das wild schlingernde Boot mit der Seite schwer gegen das Ufer prallte, und zwar mit einer solchen Wucht, daß alle, die standen, außer Czerda und denen, die saßen, den Boden unter den Füßen verloren. In diesem Augenblick schaute Czerda durch ein Seitenfenster hinaus und sah Bowman weniger als fünf Meter entfernt auf der Uferstraße am Steuer des Rolls: Er zielte mit der Pistole des Grand Duc sorgfältig durch das offene Fenster.

»'runter!« brüllte Czerda. Er lag als erster. »Flach auf den Boden!« Wieder splitterte Glas, wieder ertönte gleichzeitig ein Schuß, aber diesmal wurde niemand verletzt. Czerda richtete sich auf Hände und Knie auf, drosselte den Motor, übergab das Steuer an Masaine und gesellte sich zum Grand Duc und Ferenc, die auf allen vieren auf das Achterdeck gekrochen waren. Alle drei Männer spähten vorsichtig über das Schanzdeck und richteten sich dann auf, wobei sie die Waffen klugerweise hinter dem Rücken verbargen.

Der Rolls-Royce war etwa dreißig Meter zurückgefallen. Bowman wurde von einem Traktor behindert, der einen großen vierrädrigen Wohnwagen zog, und er konnte nicht überholen, da von Süden her immer wieder Wagen entgegenkamen.

»Schneller«, sagte Czerda zu Masaine. »Aber nicht zu schnell, bleib' einfach vor dem Traktor. So ist's gut.« Er beobachtete den letzten von Süden kommenden Wagen. »Jetzt kommt er.«

Die lange grüne Schnauze des Rolls-Royce schob sich an dem Traktor vorbei. Die drei Männer im Ruderhaus brachten ihre Waffen in Anschlag, und der Traktorfahrer bremste bei diesem Anblick so heftig, daß das Fahrzeug nach rechts ausbrach. Als es zum Stehen kam, hing es mit dem rechten Vorderrad über dem Kanal. Dieses Manöver brachte plötzlich den ganzen Rolls-Royce in Sicht. Bowman, der die Waffe schußbereit in der Hand hielt, sah, was geschehen würde, ließ die Waffe fallen und duckte sich. Er zuckte zusammen, als eine Kugel nach der anderen in die Karosserie des Rolls-Royce einschlug. Die Windschutzscheibe hatte plötzlich einen sternförmigen Sprung und wurde vollkommen undurchsichtig. Bowman schlug mit der Faust den unteren Teil der Scheibe aus dem Rahmen, trat das Gaspedal ganz durch, und der Wagen raste los. Es war offensichtlich, daß Bowman, nachdem er das Überraschungsmoment nicht mehr für sich beanspruchen konnte, nicht die geringste Chance gegen die drei bewaffneten Männer hatte, die auf dem Achterdeck auf Posten standen. Er fragte sich flüchtig, was Le Grand Duc zu dem plötzlich so kraß gesunkenen Wiederverkaufswert seines Rolls-Royce sagen würde.

Mit hoher Geschwindigkeit fuhr er an der Arena zu seiner Linken vorbei in die Stadt Grau du Roi hinein und brachte den Wagen vor der Hängebrücke, die den Kanal überspannt und die beiden Teile der Stadt miteinander verbindet, schlitternd zum Stehen. Er öffnete Ceciles Handtasche, schälte ein paar Banknoten aus dem Bündel Schweizer Franken, das er in Czerdas Wohnwagen an sich genommen hatte, verstaute den Rest des Bündels wieder in der Tasche, hoffte, daß die Bürger von Grau du Roi ehrlich waren, verließ den Wagen und rannte den Kai entlang.

Als er sich dem Boot näherte, das am linken Ufer unter der Brücke vertäut lag, verlangsamte er seine Gangart auf Schrittempo. Es war ein breites Fischerboot mit hohem Bug, eine offensichtlich sehr solide Holzkonstruktion, die allerdings ihre besten Tage schon seit einigen Jahren hinter sich hatte. Bowman näherte sich dem Fischer. Er war ein Mann in mittleren Jahren, saß auf einem Belegpoller und stopfte mit trägen Bewegungen ein Netz.

»Ein wunderschönes Boot haben Sie da«, sagte Bowman in bester bewundernder Touristenmanier. »Ist es zu vermieten?«

Der Fischer war verblüfft über die Direktheit der Annäherung. Angelegenheiten, bei denen es um Geld ging, wurden gewöhnlich mit viel größerem Feingefühl gehandhabt.

»Es schafft vierzehn Knoten und ist so stabil wie ein Panzer«, erwiderte der Eigentümer stolz. »Der beste Fischkutter mit Holzrumpf in Südfrankreich. Zwei Perkins-Dieselmotoren. Da steckt was drin. Aber er ist nur zu mieten, M'sieur. Und das auch nur, wenn keine gute Zeit zum Fischen ist.«

»Zu schade«, sagte Bowman. Er nahm ein paar Schweizer Franken aus der Tasche und ließ sie knistern. »Nicht einmal für eine Stunde? Es ist dringend, glauben Sie mir.« Und das war es tatsächlich. In der Ferne hörte er das Motorengeräusch des immer schneller fahrenden Bootes des Grand Duc.

Der Fischer kniff die Augen zusammen, als dächte er angestrengt nach: Es ist nicht so einfach, auf eine Entfernung von einem Meter zwanzig den Nennwert ausländischer Banknoten festzustellen. Aber die Augen von Seeleuten sind gewöhnlich sehr scharf. Er schlug sich gegen den Oberschenkel.

»Ich werde eine Ausnahme machen«, verkündete er und fügte dann schlau hinzu: »Aber ich werde Sie natürlich begleiten müssen.«

»Natürlich, ich hätte auch nichts anderes erwartet.« Bowman gab dem Mann zwei Tausender. Ein kaum sichtbares Schlenkern des Handgelenks, und die Geldscheine waren verschwunden.

»Wann möchte M'sieur fahren?«

»Jetzt.« Er hätte das Boot auch auf andere Weise haben können, aber Bowman zog Czerdas Banknoten als Überredungsmittel ganz entschieden einer vorgehaltenen Waffe vor. Daß er irgendwann doch noch seine Pistole würde benützen müssen, daran zweifelte er nicht.

Sie warfen die Leinen los, gingen an Bord, und der Fischer ließ die Motoren an, während Bowman unauffällig nach hinten spähte. Der Klang der Maschinen des Motorbootes war jetzt sehr nah. Bowman wandte sich um und beobachtete, wie der Fischer die Gashebel nach vorn drückte, während er das Steuer nach steuerbord drehte. Der Kutter begann sich langsam von der Kaimauer zu entfernen.

»Es sieht ganz einfach aus«, sagte Bowman. »Das Boot zu handhaben, meine ich.«

»Für Sie vielleicht. Aber man muß ein Leben lang lernen, um mit einem solchen Boot umgehen zu können.«

»Könnte ich es jetzt versuchen?«

»Nein, nein. Unmöglich. Vielleicht, wenn wir auf der offenen See sind...«

»Ich fürchte, es muß gleich sein. Bitte.«

»In fünf Minuten...«

»Es tut mir leid. Wirklich.« Bowman zog seine Pistole hervor und deutete damit auf die vordere rechte Ecke des Ruderhauses. Als Bowman das Steuer übernahm, sagte der Fischer ruhig: »Ich wußte, daß ich eine Dummheit machte. Ich glaube, ich liebe das Geld zu sehr.«

»Tun wir das nicht alle?« Bowman warf einen Blick über seine Schulter: Das Motorboot war nicht einmal mehr hundert Meter von der Brücke entfernt. Er öffnete die Drosselklappen weit, und das Fischerboot drängte vorwärts. Bowman griff in seine Tasche, zog die letzten dreitausend Franken heraus, die er noch dabei hatte, und warf sie dem Mann hin. »Das wird Sie noch dümmer machen.«

Der Fischer starrte die Geldscheine an, machte jedoch keinen Versuch, sie aufzuheben. Er flüsterte: »Wenn ich tot bin, werden Sie sie wegnehmen. Pierre des Jardins ist kein Dummkopf.«

»Wenn Sie tot sind?«

»Wenn Sie mich umgebracht haben. Mit der Pistole da.« Er lächelte traurig. »Es ist eine wundervolle Sache, eine Pistole zu haben, nicht wahr?«

»Ja.« Bowman drehte die Pistole um, packte sie am Lauf und warf sie dem Fischer zu. »Fühlen Sie sich jetzt auch wundervoll?«

Der Mann starrte die Pistole an, hob sie auf, zielte damit versuchsweise auf Bowman, legte sie dann wieder hin, steckte das Geld ein, hob die Pistole ein zweites Mal auf, stand auf, kam zum Steuerrad herüber und steckte die Waffe in Bowmans Tasche zurück. Er sagte: »Ich fürchte, ich kann nicht sehr gut mit solchen Dingern umgehen, M'sieur.«

»Ich auch nicht. Schauen Sie sich um. Sehen Sie das Motorboot hinter uns?«

Pierre schaute sich um. Das Motorboot war nicht mehr als hundert Meter hinter ihnen. Er sagte: »Ich sehe es. Ich kenne es. Mein Freund Jean...«

»Verzeihung, über Ihren Freund sprechen wir später.« Bowman deutete nach vorn, wo ein Frachter in den Golf hinausfuhr. »Der Frachter ›Canton‹. Ein kommunistisches Schiff auf dem Weg nach China. Hinter uns in dem Motorboot sind ein paar Schurken, die eine Gruppe von Leuten gegen deren Willen an Bord der ›Canton‹ bringen wollen. Ich will das verhindern.«

»Warum?«

»Wenn Sie glauben, Sie müssen mich fragen, warum, nehme ich wieder die Pistole aus der Tasche, und Sie müssen sich wieder hinsetzen.« Bowman blickte sich rasch um: Das Motorboot war bis auf fünfzig Meter herangekommen.

»Sie sind natürlich Engländer?«

»Ja.«

»Sind Sie ein Agent der Regierung?«

»Ja.«

»Von der Institution, die wir Geheimdienst nennen?«

»Ja.«

»Sind Sie unserer Regierung bekannt?«

»Ihrem Deuxième Bureau ja. Dessen Boß ist auch mein Boß!«

»Boß?«

»Chef.«

Pierre seufzte. »Ich muß es glauben. Und Sie wollen das Boot aufhalten, das hinter uns herkommt?« Bowman nickte. »Dann gehen Sie bitte zur Seite, das ist eine Arbeit für einen Fachmann.«

Bowman nickte wieder, nahm die Pistole aus der Tasche, ging zur linken Seite des Ruderhauses hinüber und drehte das Fenster herunter. Das Motorboot war jetzt weniger als drei Meter hinter dem Fischkutter in nicht mehr als sechs Metern Entfernung auf parallelen Kurs gegangen und kam schnell heran. Czerda hatte das Ruder übernommen. Le Grand Duc stand neben ihm. Bowman hob die Pistole, dann senkte er sie wieder, als das Fischerboot sich auf die Seite legte und in einem Bogen auf das Motorboot zufuhr.

Drei Sekunden später krachte der eichene Bug des Kutters in die Backbordseite des Motorbootes.

»Das war doch wohl mehr oder weniger das, was Ihnen vorschwebte, M'sieur«, fragte Pierre.

»Mehr oder weniger«, gab Bowman zu.

Die beiden Boote bewegten sich voneinander weg und gingen wieder auf parallelen Kurs. Das Motorboot war schneller und zog vorneweg. In der Kabine herrschte beträchtliche Verwirrung.

»Wer war denn dieser Wahnsinnige?« fragte Le Grand Duc.

»Bowman«, sagte Czerda überzeugt.

»Waffen 'raus!« brüllte Le Grand Duc. »Waffen 'raus! Holt ihn euch!«

»Nein.«

»Nein? Nein? Sie wagen es, meinen Anordnungen...«

»Ich rieche Benzin. Ein Schuß und – pufffff! Ferenc, geh' und überprüfe den Backbordtank.« Ferenc ging und kam innerhalb von zehn Sekunden wieder.

»Nun?«

»Der Tank hat einen Riß. An der Unterseite. Der Treibstoff ist fast völlig ausgelaufen.« Noch während er sprach, begann der Backbordmotor zu spucken, hustete noch einmal und verstummte. Czerda und Le Grand Duc sahen einander an – keiner sprach ein Wort.

Beide Boote hatten inzwischen den Hafen hinter sich gelassen und befanden sich im offenen Wasser des Golfes von Aigues-Mortes. Das Motorboot, das nur noch mit einer Maschine betrieben wurde, war so weit zurückgefallen, daß es jetzt fast auf einer Linie mit dem Fischkutter lag. Bowman nickte Pierre zu, der sein Nicken erwiderte. Er ließ das Steuer kreiseln, das Fischerboot beschrieb einen scharfen Bogen, donnerte mit voller Wucht genau an die gleiche Stelle des Motorbootes wie vorher und scherte sofort wieder aus.

»Gott verdammt noch mal!« An Bord des Motorbootes platzte Le Grand Duc beinahe vor Wut, und er unternahm nicht den geringsten Versuch, das zu verbergen.

»Er hat uns leck geschlagen. Er hat uns leck geschlagen! Können Sie ihm nicht ausweichen?«

»Mit einem Motor ist das Manövrieren sehr schwierig.« In

Anbetracht der Umstände war Czerda geradezu mustergültig beherrscht. Er übertrieb in keiner Weise: Die Kombination einer ausgefallenen Backbordmaschine und eines Lecks in der Backbordwand machte die Aufrechterhaltung eines geraden Kurses zu einer schlichten Unmöglichkeit. Czerda war kein Seemann, und trotz all seiner Anstrengungen verfolgte das Motorboot nun einen ziemlich unsteten Kurs.

»Sehen Sie!« sagte Le Grand Duc scharf. »Was ist das?«

In etwa drei Meilen Entfernung, etwa auf halbem Weg nach Palavas, sandte ein großer altmodischer Frachter, der fast keine Fahrt machte, mit einer Signallampe eine Botschaft.

»Das ist die ›Canton‹!« rief Searl. Er war so aufgeregt, daß er sogar vergaß, sich die inzwischen verbundene Fleischwunde an der Schulter zu reiben. »Die ›Canton‹! Wir müssen ein Erkennungssignal hinüberschicken. Drei lang, drei kurz.«

»Nein!« Le Grand Duc war außer sich. »Sind Sie wahnsinnig? Wir dürfen sie doch nicht hier hineinziehen. Die internationalen Auswirkungen – Vorsicht!«

Das Fischerboot kam wieder auf sie zu. Le Grand Duc und Ferenc stürzten ins Ruderhaus und feuerten einige Schüsse ab. Die Fenster auf dem Fischerboot zersprangen, aber Bowman und Pierre hatten sich bereits auf das Deck fallen lassen, was auch Le Grand Duc und Ferenc fast im gleichen Augenblick tun mußten, als nämlich der eichene Bug des Fischerbootes genau an der Stelle in das Motorboot krachte, an der sie standen.

Fünfmal wurde das Manöver innerhalb der folgenden zwei Minuten wiederholt, fünfmal erzitterte das Motorboot unter den zerstörerischen Angriffen. Inzwischen war das Feuer auf Befehl des Grand Duc eingestellt worden. Die Munition war fast zu Ende.

»Wir müssen uns die letzten Kugeln für den Zeitpunkt und den Ort aufheben, an dem sie am wirkungsvollsten sind.« Le Grand Duc war jetzt völlig ruhig. »Das nächste Mal...«

Sie schauten hinüber: Die ›Canton‹ hatte wirklich abgedreht und machte zusehends Fahrt.

»Was hatten Sie anderes erwartet?« fragte Le Grand Duc. »Keine Angst, wir werden sie schon wiedersehen.«

»Was meinen Sie damit?« fragte Czerda.

»Später. Wie ich schon sagte...«

»Wir sinken!« Searls Stimme war beinahe ein Kreischen. »Wir sinken!« Er übertrieb in keiner Weise: Das Motorboot lag jetzt tief im Wasser, und das Meerwasser drang durch die verschiedenen Lecks herein, die der Bug des Fischkutters geschlagen hatte.

»Das ist mir durchaus klar«, sagte Le Grand Duc. Er wandte sich an Czerda. »Sie kommen wieder. Hart Steuerbord – nach rechts, schnell. Ferenc, Searl, El Brocador, Sie kommen mit mir.«

»Meine Schulter«, jammerte Searl.

»Vergessen Sie Ihre Schulter. Kommen Sie mit.«

Die vier Männer standen direkt an der Kabinentür, als der Kutter wieder auf sie losging. Aber diesmal war es gelungen, das Motorboot genügend zu drehen, um den Aufprall soweit zu mildern, daß beide Schiffe einander nur streiften. Als das Ruderboot des Fischerbootes auf gleicher Höhe mit der Kabine des Motorbootes war, stürmten Le Grand Duc und seine drei Männer hinaus ins Cockpit. Le Grand Duc wartete auf den richtigen Moment, stand dann mit einer Geschwindigkeit, die bei einem Mann seiner Statur überraschte, auf dem Schanzdeck und sprang von dort auf das Achterdeck des Fischerbootes. Innerhalb von zwei Sekunden folgten ihm die anderen. Zehn Sekunden später fuhr Bowman herum, als die linke Tür des Ruderhauses aufflog und Ferenc und Searl im Rahmen erschienen. Beide hielten Pistolen in der Hand.

»Nein!« Bowman wirbelte herum, um den Sprecher ausfindig zu machen. Die Mündungen der Pistolen des Grand Duc und El Brocadors befanden sich weniger als dreißig Zentimeter von seinem Gesicht entfernt. Le Grand Duc sagte: »Reicht es jetzt?«

Bowman nickte. »Es reicht.«

## 10

Fünfzehn Minuten später, als die Dämmerung allmählich hereinbrach, tuckerte das Fischerboot friedlich den Rhônekanal hinauf. Pierre Jardins stand gelassen am Steuer. Die drei Wissenschaftler und ihre Frauen – letztere hatte man erst Sekunden bevor das Motorboot sank, an Bord gehievt – saßen auf dem Vorderdeck. Die Zigeuner hielten sie mit ihren getarnten Waffen in Schach und ließen sie nicht aus den Augen. Für alle Welt sahen sie wie Urlaubsreisende aus, die an einem warmen Sommerabend eine gemächliche Kreuzfahrt genossen. Die Glasreste waren aus den Fensterrahmen entfernt worden, und die wenigen Kugeleinschläge in den Holzwänden des Ruderhauses wurden diskret von El Brocador und Masaine verdeckt, die lässig an der Steuerbordwand des Aufbaus lehnten. Abgesehen von Pierre waren Bowman und Le Grand Duc die einzigen im Ruderhaus. Letzterer hielt eine Pistole in der Hand.

Ein paar Kilometer kanalaufwärts kamen sie an dem Traktor vorbei, der so unvermittelt von der Straße abgekommen war, als der Schießwettbewerb zwischen dem Rolls-Royce und dem Motorboot begonnen hatte. Der Traktor hing immer noch mit dem rechten Vorderrad über dem Kanal: Verständlicherweise hatte es der Fahrer für klüger gehalten, auf Hilfe zu warten, anstatt zu riskieren, daß sein Fahrzeug im Kanal verschwand, wenn er versuchte, es selbst wieder flottzumachen. Seltsamerweise war der Fahrer immer noch dort. Er ging mit wütendem Gesicht unablässig auf und ab. Czerda gesellte sich zu den drei Männern im Ruderhaus. Besorgt sagte er: »Das gefällt mir nicht. Das gefällt mir ganz und gar nicht. Es ist viel zu ruhig. Vielleicht gehen wir geradewegs in eine Falle. Bestimmt wird irgend jemand...«

»Hebt das Ihre Stimmung vielleicht etwas?« Le Grand Duc deutete in Richtung Aigues-Mortes: Zwei schwarze Polizeiwagen näherten sich mit heulenden Sirenen und flackerndem Blaulicht. »Irgend etwas sagt mir, daß unser Freund, der Traktorfahrer, sich bei irgend jemand beschwert hat.«

Die Vermutung des Grand Duc erwies sich als richtig. Die Polizeiwagen rasten heran und verlangsamten dann unvermittelt das Tempo, denn der Traktorfahrer stand in der Mitte der Straße und wedelte heftig mit den Armen. Sie hielten, und uniformierte Gestalten sprangen heraus und umringten den gestikulierenden Fahrer, der seine Geschichte offensichtlich mit großem Eifer und äußerst packend schilderte.

»Nun, wenn die Polizei mit jemand anderem beschäftigt ist, kann sie nicht gut uns gleichzeitig belästigen«, stelle Le Grand Duc tiefsinnig fest. »Fühlen Sie sich jetzt besser, Czerda?«

»Nein!« Czerda sah aus, als meinte er es auch. »Zwei Dinge stören mich: Dutzende von Leuten, wahrscheinlich sogar Hunderte von Leuten müssen gesehen haben, was sich draußen im Golf abgespielt hat. Warum hat uns auf unserem Rückweg niemand aufgehalten? Warum hat niemand der Polizei berichtet, was geschehen war?«

»Offen gestanden, ich weiß nicht«, sagte Le Grand Duc nachdenklich. »Aber ich kann es mir denken. Das gleiche passiert immer wieder – wenn eine große Anzahl von Menschen irgend etwas sieht, überläßt es immer einer dem anderen, etwas dagegen zu tun. Es hat Fälle gegeben, in denen Fußgänger beobachteten, wie ein Mann auf offener Straße erschlagen wurde, und sie taten nichts dagegen. Die Menschheit steht derartigen Dingen seltsam teilnahmslos gegenüber. Vielleicht ist es die natürliche Abneigung dagegen, ins Rampenlicht zu treten. Aber ich weiß es nicht. Nur eines zählt: daß wir den Hafen erreichen, ohne irgendwelches Befremden hervorzurufen. Was ist mit der anderen Frage? Sie hatten doch zwei.«

»Ja.« Czerda machte ein grimmiges Gesicht. »Was in Gottes Namen werden wir jetzt tun?«

»Das ist kein Problem«, lächelte Le Grand Duc. »Habe ich Ihnen nicht gesagt, daß wir die gute ›Canton‹ wiedersehen würden?«

»Ja, aber wie...«

»Wie lange werden wir bis Port le Bouc brauchen?«

»Port le Bouc?« Czerda runzelte die Stirn. »Mit dem Wohnwagen und dem Abschleppwagen?«

»Womit sonst?«

»Zweieinhalb Stunden, keinesfalls mehr als drei. Warum?«

»Weil die ›Canton‹ Anweisungen hat, uns dort zu erwarten, falls bei dem Treffen vor Palavas irgendwelche Schwierigkeiten auftreten sollten. Sie wird bis morgen mittag dort bleiben – und wir werden schon heute abend dort sein. Wissen Sie immer noch nicht, daß ich immer mehrere Möglichkeiten zur Auswahl habe, Czerda? Und heute abend werden die drei Wissenschaftler und ihre Frauen an Bord genommen. Ebenso Bowman. Und ebenso – um jedes mögliche Risiko auszuschließen – die beiden jungen Damen und, so fürchte ich, auch dieser unglückliche Fischer hier.« Pierre des Jardins warf Le Grand Duc einen Blick zu, hob die Augenbrauen und konzentrierte sich dann wieder auf seine Aufgabe: Für einen Mann, der gerade sein Todesurteil gehört hatte, war das eine beachtlich geringe Reaktion. »Und dann, mein lieber Czerda, werden Sie und Ihre Männer so frei wie die Vögel sein, denn wenn Bowman und seine drei Freunde in China ankommen, werden sie einfach verschwinden, und man wird nie wieder etwas von ihnen hören. Die einzigen Zeugen, die Ihnen gefährlich werden könnten, werden für immer verschwunden sein und auf beiden Seiten des Eisernen Vorhangs wird nicht einmal der Schatten eines Verdachts gegen Sie oder einen Ihrer Männer aufkommen.«

»Wenn ich an Ihnen je gezweifelt habe, so bitte ich Sie um Verzeihung.« Czerda sprach langsam, fast ehrerbietig. »Das ist wahres Genie.« Er sah aus wie ein Mann, dem eine Zentnerlast von den Schultern genommen worden war.

»Das ist die Grundlage«, sagte Le Grand Duc mit einer wegwerfenden Handbewegung. »Nun denn. Wir werden bald in Sichtweite der Mole sein, und wir wollen dem empfindlichen Nervensystem unserer jungen Damen keinen Schock zufügen, beispielsweise einen Schock, der bewirkt, daß sie mit dem Abschleppwagen und dem Wohnwagen mit Höchstgeschwindigkeit davonfahren, bevor wir die Mole überhaupt erreicht haben. Alles in den Laderaum, und bleibt außer Sicht, bis ich euch rufe. Sie und ich bleiben hier sitzen, während Bowman das Boot anlegt. Verstanden?«

»Verstanden.« Czerda schaute ihn bewundernd an. »Sie denken an alles!«

»Ich versuche es«, winkte Le Grand Duc bescheiden ab, »ich versuche es.«

Die drei Mädchen standen mit einem Jungen, der auf einem Moped saß, am Ende der Mole, als Bowman, anscheinend allein, das Boot längsseits brachte. Sie rannten hin, befestigten die Taue, die er ihnen zuwarf und sprangen an Bord. Cecile und Lila sahen ihm halb lächelnd, halb besorgt entgegen, gespannt, was für Neuigkeiten er brachte. Carita blieb zurückhaltend im Hintergrund.

»Na?« fragte Cecile. »Nun erzählen Sie schon! Was ist geschehen?«

»Es tut mir leid«, sagte Bowman. »Die Sache ist schiefgegangen.«

»Nicht für uns«, sagte Le Grand Duc jovial. Er stand auf, Czerda ebenfalls. Beide hielten eine Pistole in der Hand. Le Grand Duc strahlte die Mädchen an. »Jedenfalls nicht wesentlich. Wie nett, Sie wiederzusehen, meine liebe Carita. Haben Sie sich gut mit den beiden jungen Damen unterhalten?«

»Nein«, sagte Carita kurz angebunden. »Sie wollten nicht mit mir sprechen.«

»Vorurteile, nichts als Vorurteile. Czerda, alles an Deck und dann innerhalb einer Minute alles in den Wohnwagen.« Er schaute zum Ende der Mole. »Wer ist der Bursche mit dem Moped?«

»Das ist José.« Czerda befand sich in einer für ihn absolut ungewöhnlichen Hochstimmung. »Der Junge, den ich das Geld holen schickte, das Bowman mir gestohlen hat – *uns* gestohlen, meine ich natürlich.« Er trat auf das Deck hinaus und winkte. »José! José!«

José schwang ein Bein über das Moped, kam die Mole herunter und sprang an Bord. Er war ein magerer hochgewachsener Bursche mit einem Wust schwarzer Haare, glänzenden Knopfaugen und einem frühreifen wissenden Gesichtsausdruck.

»Das Geld?« sagte Czerda. »Hast du das Geld?«

»Welches Geld?«

»Natürlich, natürlich. Für dich ist es ja nur ein braunes Paket.« Czerda lächelte nachsichtig. »Aber es war der richtige Schlüssel?«

»Ich weiß es nicht.» Josés intelligenter Gesichtsausdruck war offensichtlich eine Vorspiegelung falscher Tatsachen.

»Was soll das heißen, du weißt es nicht?«

»Ich weiß es nicht, ob es der richtige oder der falsche Schlüssel war«, erklärte José geduldig. »Alles was ich weiß, ist, daß es auf dem Bahnhof von Arles keine Schließfächer gibt.«

Es folgte ein ziemlich langes Schweigen, währenddessen einigen der Anwesenden eine Reihe nicht gerade angenehmer Gedanken durch den Kopf ging, dann räusperte sich Bowman und sagte entschuldigend: »Ich fürchte, es ist alles meine Schuld. Es war der Schlüssel zu meinem Koffer.«

Wieder folgte ein langes Schweigen, dann sagte Le Grand Duc mit ungeheurer Beherrschung: »Der Schlüssel zu Ihrem Koffer. Ich hätte nichts anderes erwartet. Wo sind die achtzigtausend Franken, Mr. Bowman?«

»Siebzigtausend. Ich fürchte, ich mußte ein paar Scheine abzweigen. Laufende Ausgaben, wissen Sie.« Er nickte in Richtung Cecile. »Das Kleid allein hat mich...«

»Wo sind sie?« donnerte Le Grand Duc. Für heute hatte er sich lange genug beherrscht. »Die siebzigtausend Franken?«

»Ah, ja. Nun, äh...« Bowman schüttelte den Kopf. »Es ist soviel passiert seit gestern abend...«

»Czerda!« Le Grand Duc hatte zwar sein inneres Gleichgewicht wieder erlangt, aber es stand auf wackligen Füßen. »Setzen Sie Ihre Pistole an Miß Dubois' Schläfe. Ich zähle bis drei.«

»Schon gut«, sagte Bowman. »Ich habe das Geld in den Höhlen von Les Baux gelassen. In der Nähe von Alexandre.«

»In der Nähe von Alexandre?«

»Ich bin kein Idiot«, sagte Bowman müde. »Ich weiß, daß

möglicherweise die Polizei dorthin kommt und Alexandre findet. Aber es liegt ganz in der Nähe.«

Le Grand Duc musterte ihn nachdenklich und wandte sich dann an Czerda. »Das wäre doch nur ein kleiner Umweg auf unserer Fahrt nach Port le Bouc, oder?«

»Zwanzig Minuten. Nicht mehr.« Er nickte zu Bowman hinüber. »Der Kanal ist schön tief hier. Brauchen wir den da denn noch, Sir?«

»Nur bis wir wissen, ob er die Wahrheit gesagt hat oder nicht«, sagte Le Grand Duc unheilvoll.

Als Czerda in den Rastplatz am Eingang des Höllentals einbog, war es bereits dunkel. Le Grand Duc, der mit El Brocador bei Czerda im Abschleppwagen gesessen hatte, stieg aus, streckte sich und sagte: »Die Damen lassen wir hier. Masaine soll auf sie aufpassen. Alle anderen kommen mit.«

Czerda fragte verwirrt: »Brauchen wir so viele?«

»Ich habe meine Gründe.« Le Grand Duc gab sich geheimnisvoll. »Stellen Sie meine Urteilskraft in Frage?«

»Niemals!«

»Ausgezeichnet.«

Augenblicke später bewegte sich eine große Gruppe von Menschen durch die riesigen, an Grabkammern erinnernden Höhlen. Alles in allem waren sie zu elft – Czerda, Ferenc, Searl, El Brocador, die drei Wissenschaftler, die beiden Mädchen, Bowman und Le Grand Duc. Einige von ihnen hatten Taschenlampen in der Hand, deren Licht weiß und unheimlich über die hohen Kalksteinwände huschte. Czerda ging schnell und sicher voran, bis sie zu einer Höhle kamen, wo sich ein Steinschlag bis zu einem undeutlich zu erkennenden Stück Sternhimmel erhob. Er trat an den Fuß des Steinschlages und blieb stehen.

»Hier ist es«, sagte er.

Le Grand Duc beleuchtete die angegebene Stelle eingehend mit seiner Taschenlampe. »Sind Sie sicher?«

»Ich bin sicher.« Czerda richtete den Strahl seiner Lampe auf einen Steinhügel am Fuß des Steinschlags. »Unglaublich, nicht wahr? Diese Idioten von der Polizei haben ihn noch nicht einmal gefunden!«

Le Grand Duc richtete seine Lampe auf den Steinhügel. »Sie meinen...«

»Alexandre. Hier haben wir ihn begraben.«

»Alexandre ist nicht mehr von Interesse.« Le Grand Duc wandte sich an Bowman. »Das Geld, wenn Sie so freundlich sein wollen.«

»Ah, ja. Das Geld.« Bowman zuckte die Achseln und lächelte. »Hier endet die Reise, fürchte ich. Es ist kein Geld hier.«

»Was?« Le Grand Duc trat einen Schritt vor und stieß Bowman den Lauf der Pistole in die Rippen. »Kein Geld?»

»Es ist schon noch vorhanden. Aber nicht hier. Es liegt auf einer Bank in Arles.«

»Sie haben uns 'reingelegt?« fragte Czerda ungläubig. »Sie haben uns den ganzen Weg hierher...«

»Ja.«

»Sie erkauften sich auf diese Weise ein zwei Stunden längeres Leben?«

»Für einen zum Tode Verurteilten können zwei Stunden eine sehr lange Zeit sein.« Bowman lächelte, schaute Cecile an und wandte sich dann wieder an Czerda. «Aber auch eine sehr kurze Zeit.«

»Sie erkauften es sich, zwei Stunden länger zu leben!« Czerdas Erstaunen über diese Tatsache schien größer als seine Betroffenheit über den Verlust des Geldes.

»Wenn Sie so wollen, ja.«

Czerda brachte seine Waffe in Anschlag. Le Grand Duc trat vor, packte Czerdas Handgelenk und zwang die Hand nach unten. Mit leiser, verbitterter Stimme sagte er: »Er gehört mir.«

»Sir.«

Le Grand Duc richtete seine Pistole auf Bowman, dann winkte er damit nach rechts. Einen Moment lang schien Bowman zu zögern, dann zuckte er die Achseln. Le Grand Duc drückte Bowman den Lauf seiner Waffe ins Kreuz und schob ihn vor sich her in eine andere Höhle. Nach ein paar Sekunden zitterte der Knall eines Schusses durch die Höhlen, seinem Echo folgte ein dumpfes Geräusch wie das Fallen eines Körpers. Die Wissenschaftler standen da wie vom Donner gerührt, auf ihren Gesichtern lag tiefe Verzweiflung. Czerda und seine Kumpane sahen einander voll grimmiger Befriedigung an. Cecile und Lila klammerten sich aneinander, in dem verwaschenen Licht der Taschenlampen waren ihre tränennassen Gesichter aschfahl. Dann hörten alle die bekannten maßvollen Schritte zurückkommen und starrten auf die Ecke, um die die beiden Männer verschwunden waren.

Le Grand Duc und Bowman kamen im gleichen Augenblick in Sicht. Beide hielten Pistolen in den ruhigen Händen.

»Tun Sie's nicht«, sagte Bowman.

Le Grand Duc nickte. »Wie mein Freund sagt, tun Sie's nicht.«

Aber nach einer Schrecksekunde hatten Ferenc und Searl ihre Fassungslosigkeit überwunden und taten es doch. Es knallten zwei Schüsse, zwei Schreie ertönten, und dann fielen zwei Pistolen mit scharfem metallischen Klirren auf den Kalksteinboden. Ferenc und Searl standen erstarrt vor Schmerz und umklammerten ihre zerschmetterten Schultern. Es war, überlegte Bowman, das zweitemal, daß Searl an dieser Schulter verwundet worden war, aber er konnte sich nicht dazu überwinden, Mitleid mit ihm zu haben, denn er wußte jetzt, daß es Searl gewesen war, der Tina so grausam ausgepeitscht hatte.

Bowman sagte: »Manche Leute brauchen lange, um zu lernen.«

»Falsch, Neil. Manche lernen's nie.« Le Grand Duc schaute Czerda an, sein Gesichtsausdruck zeigte deutlich, daß er lieber woanders hingeschaut hätte. »Vom richterlichen Standpunkt aus hatten wir nichts gegen Sie in der Hand. Nicht die kleinste Spur eines Beweises. Nicht, bis Sie uns persönlich und allein zu Alexandres Grab führten und zugaben, daß Sie ihn hier begraben hatten. Vor all diesen Zeugen. Jetzt wissen Sie, warum Bowman noch zwei Lebensstunden für sich herausschlug.« Er wandte sich an Bowman. »Übrigens, wo ist das Geld nun wirklich, Neil?«

»In Ceciles Handtasche. Ich habe es dort hineingesteckt.«

Die beiden Mädchen kamen langsam und unsicher näher. Die Tränen waren versiegt, aber auf ihren Gesichtern lag völlige Verständnislosigkeit. Bowman steckte die Pistole in die Tasche, ging zu ihnen hinüber und legte die Arme um die Schultern der beiden.

»Es ist alles in Ordnung«, sagte er. »Es ist alles vorüber. Wirklich.« Er nahm die Hand von Lilas Schulter, legte die Fingerspitzen an ihre Wange und drehte ihr Gesicht zu sich herum. Sie schaute ihn wie betäubt und fragend an. Er lächelte. »Der Duc de Croytor ist tatsächlich der Duc de Croytor. Und seit vielen Jahren mein Chef.«

# EPILOG

Der Mond schien auf die Terrasse des Hotels herunter. Bowman, der auf einem Stuhl saß und an einem Drink nippte, hob die Brauen, als Cecile aus einem Zimmer kam, stolperte und beinahe über eine Verlängerungsschnur fiel. Sie gewann das Gleichgewicht wieder und setzte sich neben ihn.

»Vierundzwanzig Stunden«, sagte sie. »Nur vierundzwanzig Stunden. Ich kann es einfach nicht glauben.«

»Sie sollten sich eine Brille kaufen«, bemerkte Bowman.

»Ich habe eine Brille, danke.«

»Dann sollten Sie sie aufsetzen.« Bowman legte freundlich eine Hand auf ihre. »Schließlich haben Sie Ihren Mann doch jetzt.«

»Oh, seien Sie still!« Sie machte keinen Versuch, ihre Hand wegzuziehen. »Wie geht es dem jungen Mädchen?«

»Tina ist im Krankenhaus in Arles. Sie wird in ein paar Tagen hier sein. Ihr Vater und Madame Zigair sind jetzt bei ihr. Hobenauts und Tangevecs essen drin im Speisesaal. Es ist zwar nicht gerade ein festlicher Anlaß, aber ich würde doch sagen, daß sie eine gewisse Erleichterung verspüren müßten. Und Pierre des Jardins müßte jetzt schon wieder zu Hause in Grau du Roi sein.«

»Ich kann es nicht glauben.« Bowman schaute sie an und erkannte dann, daß sie ihm nur mit einem halben Ohr zugehört hatte und mit einem ganz anderen Thema beschäftigt war. »Er – er ist Ihr Chef?«

»Charles? Ja, das ist er. Das hält niemand für möglich. Ich arbeitete früher als Agent für die Armee und als Militärattaché in Paris. Jetzt habe ich einen anderen Job.«

»Darauf wette ich«, sagte sie gefühlvoll.

»Der einzige Mensch, der darüber Bescheid weiß, ist Pierre, der Mann mit dem Fischerboot. Deshalb behielt er auch so fabelhaft die Ruhe. Er wurde verpflichtet, zu schweigen. Und das sind Sie auch.«

»Ich weiß nicht, ob mir das gefällt.«

»Sie werden tun, was man Ihnen sagt. Charles, das kann ich Ihnen versichern, steht in der Gesellschaftsordnung viel höher als ich. Wir sind jetzt seit acht Jahren zusammen. Seit zwei Jahren wissen wir, daß die Zigeuner vom Eisernen Vorhang irgend etwas über die Grenze schmuggeln. Aber wir wußten nicht, was. Diesmal gaben uns die Russen einen Tip – aber nicht einmal sie wußten, was wirklich vorging.«

»Aber dieser Gaiuse Strome...«

»Unser chinesischer Freund aus Arles? Wird derzeit von der französischen Polizei festgehalten. Er kam der Sache zu nahe, und Charles ließ ihn unter irgendeinem Vorwand verhaften. Sie werden ihn gehen lassen müssen. Er genießt diplomatische Immunität. Er hat alles arrangiert – er ist der chinesische Militärattaché in Tirana.«

»Tirana?«

»Albanien.«

Sie griff in ihre Handtasche, nahm ihre Brille heraus und sagte dann: »Aber uns wurde gesagt...«

»Uns?«

»Lila und ich sind Sekretärinnen im Marineministerium. Wir sollten ein Auge auf Sie haben. Es wurde uns gesagt, daß einer von Ihnen unter Verdacht stünde...«

»Tut mir leid. Das haben Charles und ich arrangiert. Man durfte uns nie zusammen sehen. Wir brauchten eine Möglichkeit, einander auf dem laufenden zu halten. Freundinnen unterhalten sich miteinander. Mädchen rufen ihre Chefs zu Hause an. Damit hatten wir die Verbindung.«

»*Sie* haben das alles geregelt?« Sie zog ihre Hand weg. »Sie wußten...«

»Es tut mir leid. Wir mußten es tun.«

»Sie meinen...«

»Ja.«

»Das erdbeerfarbene Muttermal...«

»Ich entschuldige mich noch einmal.« Bowman schüttelte bewundernd den Kopf. »Aber ich muß sagen, es war das vollständigste Dossier, das ich je in Händen gehalten habe.«

»Ich verabscheue Sie! Ich verachte Sie! Sie sind der widerlichste...«

»Ja, ich weiß, und es macht mir keine Sorgen. Was mir jedoch Sorgen macht, ist, daß wir bisher nur zwei Brautjungfern aufgetrieben haben, und ich sagte...«

»Zwei«, sagte sie, »werden durchaus genug sein.«

Bowman lächelte, stand auf, streckte ihr die Hand entgegen und Arm in Arm gingen sie zur Balustrade hinüber und schauten hinunter. Fast direkt unter ihnen saßen der Duc de Croytor und

Lila an einem natürlich völlig überladenen Tisch. Es war offensichtlich, daß Le Grand Duc unter einer großen emotionalen Anspannung litt, denn obwohl er eine mit einer Papiermanschette versehene Lammkeule in der Hand hielt, aß er nicht.

»Guter Gott!« sagte er. »Guter Gott!« Er schaute aus einer Entfernung von etwa zwölf Zentimetern in das hübsche Gesicht seines blonden Gegenübers. »Ich werde blaß, wenn ich daran denke. Ich hätte Sie für immer verlieren können. Das hatte ich nicht gewußt!«

»Charles!«

»Können Sie tatsächlich Cordon bleu zubereiten?«

»Ja, Charles.«

»Brochettes de queues de langoustines au beurre blanc?«

»Ja, Charles.«

»Poulet de la ferme au champagne?«

»Ja, Charles.«

»Filets de sole Retival?«

»Aber natürlich, Charles.«

»Pintadeau aux morilles?«

»Meine Spezialität.«

»Lila, ich liebe Sie. Heiraten Sie mich.«

»Oh, Charles!«

Sie umarmten einander vor den erstaunten Augen der anderen Gäste. Vielleicht war es als ein Symbol zu werten, daß die Lammkeule dem Duc aus der Hand glitt und auf den Boden fiel.

Immer noch Arm in Arm gingen Bowman und Cecile zum Patio hinunter. Bowman sagte: »Lassen Sie sich von dem Roméo dort unten nicht zum Narren halten. Das Essen ist ihm total gleichgültig. Jedenfalls, wenn es um Ihre Freundin geht.«

»Der große mutige Herzog ist im Innersten ein kleiner schüchterner Junge?«

Bowman nickte. »Altmodische Anträge sind nicht gerade seine Stärke.«

»Aber vielleicht Ihre?«

Bowman führte sie an einen Tisch und bestellte Drinks. »Ich verstehe nicht ganz.«

»Ein Mädchen wird gern gefragt, ob es heiraten will.«

»Aha! Cecile Dubois, wollen Sie mich heiraten?«

»Warum eigentlich nicht?«

»Touché!« Er hob sein Glas. »Auf Cecile.«

»Danke herzlich, lieber Herr.«

»Ich meinte nicht Sie. Ich sprach von unserer Zweitgeborenen.«

Sie lächelten einander zu und drehten sich dann nach dem Paar um, das am Nebentisch saß: Le Grand Duc und Lila schauten einander immer noch versunken in die Augen, aber Le Grand Duc hatte nichtsdestoweniger sein seelisches Gleichgewicht wiedergefunden: Befehlend klatschte er in die Hände.

»Noch einmal!« sagte Le Grand Duc.

# Nevada Pass

# Die Personen der Handlung

| | |
|---|---|
| John Deakin | ein Revolverheld |
| Colonel Claremont | US-Kavallerist |
| Colonel Fairchild | Kommandant von Fort Humboldt |
| Gouverneur Fairchild | Gouverneur von Nevada |
| Marica Fairchild | Nichte des Gouverneurs und Tochter von Colonel Fairchild |
| Major O'Brien | Adjutant des Gouverneurs |
| Nathan Pearce | Marshal der US-Armee |
| Sepp Calhoun | ein ziemlicher Schurke |
| White Hand | Häuptling der Paiute |
| Garritty | ein Spieler |
| Rev. Theodore Peabody | zukünftiger Seelsorger in Virginia City |
| Doktor Molyneux | Arzt der US-Armee |
| Chris Banlon | Lokomotivführer |
| Carlos | Koch |
| Henry | Steward |
| Bellew | Sergeant der US-Armee |
| Devlin | Bremser |
| Rafferty | Soldat |
| Ferguson Carter Simpson | Telegraphisten der US-Armee |
| Benson Carmody Harris | drei kleinere Schurken |
| Captain Oakland Lieutenant Newell | passiv, aber wichtig |

Die folgenden Daten stehen in engem Bezug zur Wahl des Jahres 1873 als Zeitpunkt dieser Geschichte:

| | |
|---|---|
| Goldrausch in Kalifornien | 1855-75 |
| Entdeckung der Goldader von Comstock | 1859 |
| Unruhe unter den Indianern Nevadas | 1860-80 |
| Nevada wird Bundesstaat | 1864 |
| Bau der Union Pacific Railway | 1869 |
| Goldgrube entdeckt | 1873 |
| Cholera in den Bergen | 1873 |
| Herstellung der ersten Winchester-Repetierbüchsen | 1873 |
| Gründung der Universität von Nevada (Elko) | 1873 |
| Feuersbrunst in Lake's Crossing, dem späteren (1879) Reno | 1873 |

PS. Es mag seltsam erscheinen, daß bei Ausbruch einer Choleraepidemie Truppen der US-Armee eingesetzt wurden, aber in Nevada wurde erst 1893 ein staatlicher Gesundheitsdienst errichtet.

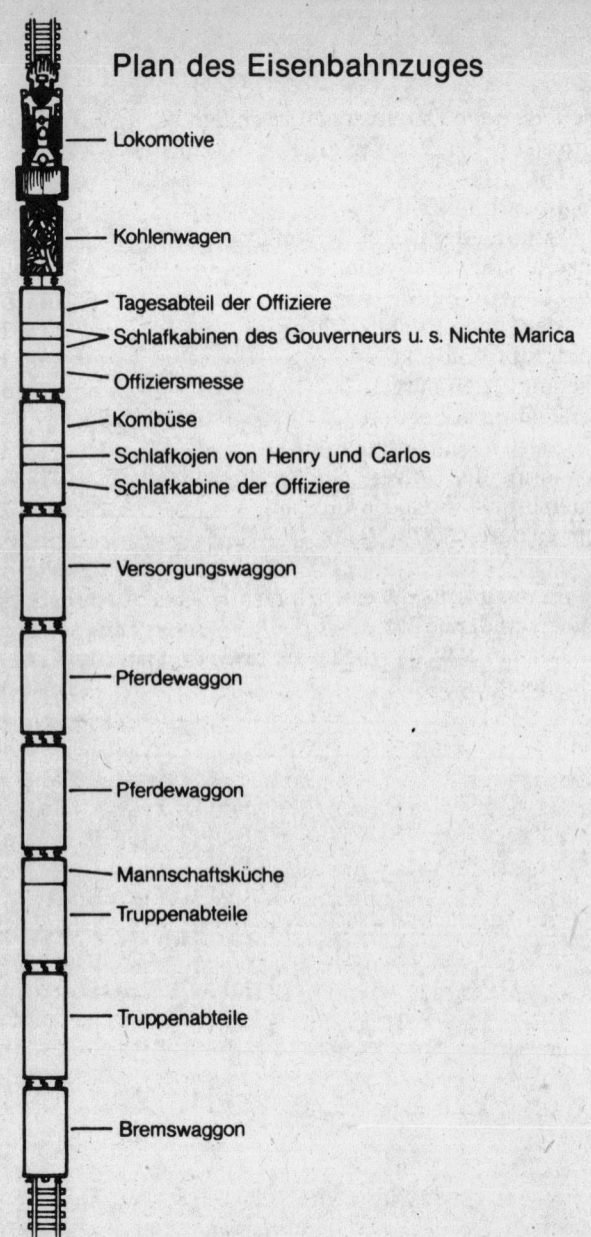

# Plan des Eisenbahnzuges

— Lokomotive

— Kohlenwagen

— Tagesabteil der Offiziere

— Schlafkabinen des Gouverneurs u. s. Nichte Marica

— Offiziersmesse

— Kombüse

— Schlafkojen von Henry und Carlos

— Schlafkabine der Offiziere

— Versorgungswaggon

— Pferdewaggon

— Pferdewaggon

— Mannschaftsküche

— Truppenabteile

— Truppenabteile

— Bremswaggon

# 1

Der Saloon, der zu dem Hotel gel...
habe es den Namen »Imperial« jer...
einen erdrückend trostlosen Eindru...
rissigen Wänden hingen in willkürli...
te Bilder von Männern, die durchwe...
rados aussahen und bei deren Betrac[h]...
dazugehörigen Fahndungsangaben ve...... Die reichlich mitge-
nommenen, unglaublich verbogenen Fußbodenbretter hatten eine Farbe, im Vergleich zu der der Anstrich der Wände geradezu
frisch erschien. Überall standen ganz offensichtlich häufig verfehlte Spucknäpfe, und die dunklen Flecken unter den Zigaretten-
stummeln, die zu Hunderten auf dem Boden lagen, zeugten
davon, daß die Besucher dieses Etablissements keine übertriebene
Angst vor Zimmerbränden hatten. Die Schirme der Petroleumlampen waren ebenso wie die Decke des Raumes rußgeschwärzt,
und der große Spiegel an der Wand hinter der Theke war halb-
blind vor Schmutz. – Alles in allem war das Luxushotel von Reese
City mit seinem Saloon nicht gerade das, was sich ein erschöpfter
Reisender erträumte. Und was die Gäste betraf, so sahen die
meisten von ihnen nicht so aus, daß man sich gerne zu ihnen an
den Tisch gesetzt hätte. Es waren fast ausnahmslos schäbig gekleidete, unrasierte ältere Männer, die mit trostlosen Mienen in ihre
Whiskygläser starrten, als sähen sie auf deren Boden ihre nicht
minder trostlose Zukunft vor sich.

Der Barkeeper, ein kurzsichtiges Individuum, mit einer Schür-
ze, die er – vermutlich um dem Problem zu begegnen, das es
bedeutete, sie von Zeit zu Zeit waschen zu müssen – schon vor
langer Zeit genialerweise schwarz eingefärbt hatte, schien sich
auch nicht viel wohler zu fühlen: Mit mißmutigem Gesicht versuchte er mit Hilfe eines geradezu antiken Handtuchs, an dem
man nur bei ganz genauem Hinsehen ein paar Stellen entdecken
konnte, die darauf schließen ließen, daß es ursprünglich einmal
weiß gewesen war, ein mehrfach gesprungenes und angeschlage-
nes Glas auszupolieren.

Im ganzen Saloon gab es nur einen einzigen Tisch, an dem
gesprochen wurde. Er stand in der Nähe der Tür und an ihm

... von ihnen mit dem Rücken zur Wand auf ... Wand. Der Mann, der auf der Bank in der ... glos die dominierende Persönlichkeit der Run- ... oß und schlank und tief gebräunt und die vielen ... ...chen um seine Augen deuteten darauf hin, daß er ... ...roßteil seines Lebens in der Sonne verbracht hatte. Er trug ... niform eines Colonels der US-Kavallerie, war ungefähr fünf- ... Jahre alt, ungewöhnlicherweise glatt rasiert und hatte unter einer nur mühsam gebändigten, silbergrauen Mähne ein scharf geschnittenes und intelligentes Gesicht, dessen Ausdruck in diesem Augenblick kaum als entgegenkommend zu bezeichnen war.

Sein Blick war auf einen Mann gerichtet, der ihm gegenüber am Tisch stand – ein großer, kräftig gebauter, ganz in Schwarz gekleideter Bursche mit finsterer Miene und einem haarfeinen, schwarzen Oberlippenbärtchen. Auf seiner Brust glitzerte die Plakette, die ihn als US-Marshal auswies. Er sagte: »Aber Colonel Claremont, unter Umständen wie diesen ist es doch zweifellos –«

»Vorschriften sind Vorschriften«, unterbrach ihn Claremont und man merkte ihm deutlich an, daß er gewohnt war, daß seine Autorität respektiert wurde. »Armeeangelegenheiten sind Armeeangelegenheiten. Zivile Angelegenheiten sind zivile Angelegenheiten. Es tut mir leid, Marshal – äh –«

»Pearce. Nathan Pearce.«

»Natürlich. Selbstverständlich. Entschuldigen Sie. Ich hätte es wissen müssen.« Claremont schüttelte bedauernd den Kopf, aber in seiner Stimme lag nicht die Spur von Bedauern. »Es ist ein Truppentransport. In diesem Zug werden keine Zivilisten befördert – außer mit besonderer Genehmigung von Washington.«

Pearce sagte freundlich: »Stehen wir nicht gewissermaßen alle im Dienste der Regierung?«

»Nach den Armeebestimmungen nicht!«

»Ich verstehe«, nickte Pearce, aber er sah nicht so aus, als verstünde er tatsächlich. Er betrachtete nachdenklich die übrigen fünf, darunter eine junge Frau: niemand trug eine Uniform. Schließlich blieb sein Blick an einem kleinen schmächtigen Mann mit hoher gewölbter Stirn und beginnender Glatze hängen, der einen Gehrock und einen Priesterkragen trug und ständig so aussah, als fürchte er sich. Er wand sich förmlich unter dem durchdringenden Blick des Marshals, und sein vorspringender Adamsapfel bewegte sich auf und ab, als schlucke er unentwegt.

Claremont, der Pearce' Blick bemerkt hatte, erklärte kühl: »Reverend Theodore Peabody hat sowohl eine ausdrückliche Genehmigung als auch besondere Fähigkeiten.« Es war klar erkennbar, daß Claremont große Achtung vor dem Priester hatte. »Sein Vetter ist Privatsekretär des Präsidenten. Reverend Peabody wird als Seelsorger in Virginia City arbeiten.«

»Er wird was?« Pearce streifte den sich nun sichtlich windenden Priester mit einem Blick und wandte sich dann fassungslos an Claremont: »Das ist doch der helle Wahnsinn! Da hätte er ja sogar bei den Paiute-Indianern bessere Überlebenschancen.«

Peabody fuhr sich nervös mit der Zunge über die Lippen: »Aber – aber es heißt doch, daß die Paiute jeden weißen Mann sofort töten.«

»Nein, nicht sofort. Meistens ziehen sie die Sache ganz schön in die Länge.« Pearces Blick wanderte weiter. Neben dem jetzt regelrecht entsetzten Geistlichen saß eine massige Gestalt in einem großkarierten Anzug, deren mächtiger Schädel zu ihrem Körperbau paßte. Der Mann lächelte breit und sagte mit dröhnender Stimme: »Dr. Edward Molyneux, wenn's recht ist, Marshal.«

»Ich nehme an, Sie fahren ebenfalls nach Virginia City. Sie werden alle Hände voll damit zu tun haben, Totenscheine auszufüllen. Und ich fürchte, Sie werden nur höchst selten natürliche Todesursachen angeben können.«

Molyneux erwiderte gespielt hoheitsvoll: »Derartige Stätten des Lasters betrete ich nicht. Ich bin als Arzt nach Fort Humboldt verpflichtet. Daß ich keine Uniform trage, liegt daran, daß man bislang noch keine gefunden hat, in die ich hineinpasse.«

Pearce nickte, wechselte höflichkeitshalber noch ein paar Worte mit dem Arzt und ließ dann den Blick weiterwandern. Mit leicht gereizter Stimme sagte Claremont: »Ich werde Ihnen die Mühe eines individuellen Verhörs ersparen, aber nicht, weil ich der Ansicht bin, daß wir dazu verpflichtet sind, sondern aus reiner Höflichkeit.« Falls Claremont dies als Zurechtweisung gemeint hatte, kam er nicht in den Genuß einer Reaktion. Er wies auf den Mann zu seiner Rechten, eine imposante Erscheinung mit langem, weißem Haar, Schnurrbart und Bart, die so aussah, wie man sich einen Senator vorstellt. Abgesehen von dem Bart hatte er eine geradezu verblüffende Ähnlichkeit mit Mark Twain. Claremont sagte: »Gouverneur Fairchild von Nevada kennen Sie sicher.« Pearce nickte und wandte seine Aufmerksamkeit dann der jungen Frau zu, die links neben Claremont saß. Sie war ungefähr Mitte Zwanzig, hatte ein blasses Gesicht, rauchfarbene Augen und die

Haare, die sich aus der strengen Frisur gelöst hatten und unter dem breitkrempigen grauen Filzhut hervorragten, waren schwarz wie die Nacht. Sie saß zusammengekauert da und hatte sich ganz fest in ihren grauen Mantel gewickelt: Der Besitzer des Hotels Imperial war nicht bereit, seine Verdienstspanne dadurch zu reduzieren, daß er die Brennstoffvorräte für den Holzofen über Gebühr beanspruchte. »Miss Marica Fairchild, die Nichte des Gouverneurs«, erklärte Claremont.

»Aha!« Pearce blickte von ihr zum Colonel. »Der neue Quartiermeister?«

Claremont erwiderte kurz: »Sie zieht zu ihrem Vater, dem Kommandanten von Fort Humboldt. Rangältere Offiziere haben dieses Privileg.« Er deutete auf den Mann zu seiner Linken: »Der Adjutant des Gouverneurs und sein Verbindungsoffizier zur Armee, Major Bernard O'Brien. Major O'Brien hat –«

Er brach ab und sah Pearce neugierig an: Pearce ließ den Blick nicht von O'Brien, einem stämmigen, sonnengebräunten Mann mit einem runden, fröhlichen Gesicht. O'Brien erwiderte den Blick mit wachsendem Interesse und sprang schließlich in plötzlichem Wiedererkennen auf. Die beiden Männer schüttelten sich strahlend die Hände und schlugen sich gegenseitig auf den Rükken. Die Stammgäste des Hotels Imperial betrachteten die Szene voller Staunen: Keiner der Anwesenden konnte sich erinnern, daß Major Nathan Pearce jemals auch nur andeutungsweise irgendwelche Gefühle geäußert hatte.

O'Brien war hell begeistert. »Sergeant Pearce! Ich hätte Sie nie erkannt. In Chattanooga war Ihr Bart doch –«

»Fast so lang wie der Ihre, Lieutnant.«

»Major«, korrigierte O'Brien mit gespielter Strenge und fügte traurig hinzu: »Die Beförderung kommt langsam, aber sie kommt. Nathan Pearce! Der beste Scout der Armee, der tapferste Kämpfer gegen die Indianer, der treffsicherste Schütze –«

Pearce winkte ab: »Nach Ihnen, Major, nach Ihnen. Erinnern Sie sich noch an den Tag, als –« Die beiden Männer hatten einander die Arme um die Schultern gelegt und offensichtlich jedes Interesse an dem Rest der Gesellschaft verloren. Sie steuerten auf die Bar zu, die eine derartige architektonische Mißgeburt war, daß ihre schäbige Pracht schon wieder eine gewissen Bewunderung verdiente: Sie bestand aus drei gewaltigen und vermutlich gewaltig schweren Eisenbahnschwellen, die auf zwei beängstigend wackligen Böcken ruhten, die aussahen, als würden sie jeden Augenblick unter ihrer Last zusammenbrechen. Ursprünglich war diese bestechend einfache Konstruktion oben mit grünem Linoleum verkleidet und an drei Seiten hinter bodenlangen Samtvorhängen verborgen gewesen. Aber die Zeit war an Linoleum und Samt nicht spurlos vorübergegangen, und die Geheimnisse des genialen Innenarchitekten waren inzwischen für jedermann sichtbar, aber die Gebrechlichkeit der Theke hielt Pearce nicht davon ab, die Ellbogen auf die Bar zu stützen und dem Glaspolierer ein Zeichen zu geben. Die beiden Männer begannen sich leise zu unterhalten.

An dem Tisch neben der Tür verharrten die fünf, die zurückgeblieben waren, eine Weile in Schweigen, bis Marica Fairchild schließlich leicht verwirrt sagte: »Was meinte der Marshal, als er sagte ›nach Ihnen‹? Ich meine, sie sprachen doch von Scouts und Kämpfen gegen die Indianer und vom Schießen, und, na ja, der Major kann doch kaum etwas anderes als Formulare ausfüllen, irische Lieder singen, seine abscheulichen Geschichten erzählen und –«

»Und schneller einen Menschen töten als jeder, den ich kenne. Stimmt's, Gouverneur?« sagte der Colonel.

»Es stimmt.« Der Gouverneur legte seiner Nichte die Hand auf den Arm. »Im Sezessionskrieg war O'Brien einer der höchstdekorierten Offiziere der Unionsarmee, meine Liebe. Wie – hm – geschickt er im Umgang mit Gewehr und Revolver ist, muß man gesehen haben, um es zu glauben. Major O'Brien ist mein Adjutant, das ist richtig, aber ein Adjutant ganz besonderer Art. Oben in den Gebirgsstaaten hat die Politik – und schließlich *bin* ich ein Politiker – nicht selten – wie soll ich sagen? – manchmal recht handfeste Begleiterscheinungen. Aber solange Major O'Brien bei mir ist, beunruhigen mich die Aussichten auf Gewalttätigkeit nicht.«

»Du meinst, es wäre möglich, daß jemand auf dich losginge? Hast du denn Feinde?«

»Feinde!« Der Gouverneur schnaubte. »Kein wahrheitsliebender Gouverneur westlich vom Mississippi kann von sich behaupten, keine zu haben.«

Marica sah ihn unsicher an, dann wanderte ihr Blick weiter zu O'Briens breitem Rücken, und der ungläubige Ausdruck auf ihrem Gesicht vertiefte sich noch. Sie wollte etwas sagen, aber dann überlegte sie es sich anders, denn O'Brien und Pearce kehrten mit ihren Gläsern in der Hand an den Tisch zurück. Sie sprachen jetzt ernsthaft miteinander, und Pearce war offenbar ziemlich gereizt. O'Brien versuchte ihn zu beschwichtigen.

Pearce sagte: »Aber zum Teufel, O'Brien, Sie wissen doch, wer dieser Sepp Calhoun ist. Er hat getötet, Poststationen und Züge überfallen, Grenzlandkriege angezettelt und den Indianern Gewehre und Whisky verkauft.«

»Wir wissen alle, wer er ist.« O'Brien war ungemein friedfertig. »Wenn je ein Mann verdient hat, gehenkt zu werden, dann Calhoun. Und er wird bekommen, was ihm zusteht.«

»Erst wenn ein Vertreter des Gesetzes ihn in die Hände bekommt. Und der bin ich! Sie und Ihre Leute haben damit nichts zu tun. Calhoun sitzt in Fort Humboldt in Haft, und ich will nichts weiter als ihn abholen.«

»Sie haben gehört, was der Colonel sagte, Nathan.« O'Brien wandte sich an Claremont. Es war ihm deutlich anzumerken, wie unbehaglich er sich fühlte. »Glauben Sie, wir könnten diesen Verbrecher unter militärischer Bewachung nach Reese City zurückbringen lassen, Sir?«

»Das läßt sich arrangieren«, sagte Claremont ohne zu zögern.

Pearce sah ihn an und sagte süffisant: »Haben Sie nicht vorhin gesagt, dies sei keine Angelegenheit der Armee?«

»Ja. Und daran hat sich nichts geändert. Ich tue Ihnen lediglich einen Gefallen. Aber nur diesen einen, Marshal.« Er zog gereizt seine Taschenuhr heraus und warf einen kurzen Blick darauf. »Sind diese verdammten Pferde immer noch nicht gefüttert und getränkt? Mein Gott, wenn man heutzutage in der Armee etwas getan haben will, muß man sich um alles selbst kümmern.« Er stieß seinen Stuhl zurück und stand auf. »Entschuldigen Sie mich, Gouverneur, aber wir müssen in einer halben Stunde abfahren. Ich bin gleich zurück.«

Pearce nahm O'Brien am Arm und zog ihn zur Bar: »Wir müssen uns beeilen – wir haben schließlich nur eine halbe Stunde, um zehn Jahre nachzuholen.«

»Einen Augenblick noch, meine Herren!« Der Gouverneur griff in seine Aktentasche und holte ein versiegeltes Päckchen heraus. »Das hätten wir beinahe vergessen, Major.«

»Vor lauter Wiedersehensfreude«, sagte O'Brien und gab das Päckchen an Pearce weiter. »Der Marshal von Ogden bat uns, Ihnen dies zu übergeben.«

Pearce bedankte sich mit einem Kopfnicken, und die beiden Männer setzten ihren Weg zur Bar fort. O'Brien ließ seine Blicke scheinbar ziellos umherwandern, aber seinen lächelnden Augen entging nichts. In den letzten fünf Minuten hatte sich nichts verändert, niemand schien sich bewegt zu haben – die alten Männer an der Theke und an den Tischen hätten ebensogut aus einem Wachsfigurenkabinett stammen können. Plötzlich ging die Tür auf und fünf Männer kamen herein, setzten sich an einen Tisch, und einer von ihnen zog ein Kartenspiel aus der Tasche. Keiner von ihnen sprach ein Wort.

»Die Einwohner von Reese City sprühen ja förmlich vor Lebenslust«, bemerkte O'Brien ironisch.

»Alle lebenslustigen Einwohner, eingeschlossen einige, denen man in den Sattel helfen mußte – sind vor ein paar Monaten fortgeritten, als man in Comstock auf die große Goldmine gestoßen war. Übrig geblieben sind die alten Männer, und von denen gibt es weiß Gott nicht sehr viele, denn hierzulande ist es ziemlich schwierig, alt zu werden. Hier leben jetzt nur noch die Säufer und die Landstreicher, die Faulen und Tagediebe. Nicht daß ich mich beklage, aber Reese City braucht etwa genauso dringend einen Marshal wie der Gemeindefriedhof.« Pearce seufzte, hob zwei Finger, um dem Barkeeper klarzumachen, daß er zwei Gläser hinstellen sollte, zog ein Messer aus der Tasche, öffnete das Päckchen, das O'Brien ihm gegeben hatte, entnahm ihm einen Stoß Steckbriefe und breitete sie auf der Theke aus.

»Sie scheinen nicht sonderlich begeistert«, sagte O'Brien.

»Bin ich auch nicht. Wenn ich die Konterfeis bekomme, sind die Halunken meist schon ein halbes Jahr in Mexiko. Aber gewöhnlich stehen sowieso die falschen Namen unter den Bildern.«


Das Bahnhofsgebäude von Reese City befand sich ungefähr im gleichen Zustand wie die Bar des Hotels Imperial. Die heißen Sommer und eisigen Winter im Gebirge hatten auf den Holzwänden ihre Spuren hinterlassen, und obwohl es noch keine vier Jahre alt war, sah das Gebäude aus, als würde es jeden Moment in die Knie brechen, und an den ehemals goldenen Buchstaben, die besagten, daß man sich auf dem Bahnhof von Reese City befand, hatte sich die Witterung derart gütlich getan, daß sie so gut wie unlesbar waren.

Colonel Claremont schob das Stück Segeltuch beiseite, das die längst in ihren rostigen Angeln verrottete Tür ersetzte und rief nach dem Bahnhofsvorsteher. Es kam keine Antwort. Wäre der Colonel mit den Gepflogenheiten in Reese City vertrauter gewesen, hätte ihn dies nicht überrascht: Der Stationsvorsteher – einziger Angestellter der Union Pacific Railways in Reese City – war mit Ausnahme der Zeit, die er mit Schlafen, Essen und Abfertigen der Züge verbrachte, wobei letzteres nur sehr selten von ihm verlangt wurde und ihn freundliche Telegraphisten entlang der Eisenbahnlinie jeweils rechtzeitig darauf vorbereiteten, mit Sicherheit im Hinterzimmer des Hotels Imperial zu finden, wo er Whisky konsumierte, als koste er ihn keinen Pfennig – was auch den Tatsachen entsprach: Zwischen dem Hotelbesitzer und dem Stationsvorsteher bestand ein unausgesprochenes Abkommen – obwohl der gesamte Alkoholbedarf des Hotels mit dem Zug aus Ogden kam, hatte das Hotel seit nahezu drei Jahren keine Frachtrechnung mehr erhalten.

Zornig trat Claremont hinaus und blickte den Truppentransportzug entlang. An Lokomotive und den Tender, die hoch mit Holzscheiten beladen waren, schlossen sich sieben Reisewagen und ein Bremswagen an. Daß der vierte und fünfte Waggon in Wirklichkeit nicht zur Beförderung von Personen gedacht waren, ging eindeutig daraus hervor, daß in beide je eine breite Rampe aus schweren Rundhölzern führte. Am Fuß der einen Rampe stand ein stämmiger, dunkler Bursche mit einem prächtigen Schnurrbart und hakte Punkte auf einer Liste ab, die er in der Hand hielt. Claremont ging mit schnellen Schritten auf ihn zu. Er hielt Bellew für den tüchtigsten Sergeanten der US-Kavallerie, und Bellew seinerseits sah in Claremont den besten CO, unter dem er je gedient hatte, aber beide Männer gaben sich beträchtliche Mühe, die hohe Meinung, die sie voneinander hatten, voreinander zu verbergen.

Claremont nickte Bellew zu, stieg die Rampe hinauf und blickte ins Innere des Waggons. Ungefähr vier Fünftel des Raumes waren zu Pferdeboxen umfunktioniert worden, und das letzte Fünftel reichte gerade zur Unterbringung des Futters und Wassers aus. Die Boxen waren leer. Claremont wandte sich an den Sergeant: »Wo sind die Pferde, Bellew? Und die Männer? Alle auf und davon, was?«

Bellew knüpfte seine Uniformjacke zu und sagte gelassen: »Die Pferde sind gefüttert und getränkt, Colonel. Und jetzt sind die Männer mit ihnen unterwegs – nach zwei Tagen in den Waggons brauchen sie Bewegung, Sir.«

»Da geht es mir nicht anders, nur habe ich keine Zeit dazu. Sehen Sie zu, daß Sie unsere vierbeinigen Freunde wieder in ihre

Boxen kriegen – wir fahren nämlich in einer halben Stunde los. Reicht das Futter und Wasser für die Pferde bis zum Fort?«

»Jawohl, Sir.«

»Und der Proviant für die Männer?«

»Ebenfalls, Sir.«

»Und der Brennstoff für alle Öfen, auch für die in den Pferdewaggons? Oben in den Bergen wird es verdammt kalt.«

»Wir sind eingedeckt, Sir.«

»Ich hoffe es, ich hoffe es! Wo ist Lieutenant Oakland? Und Lieutenant Newell?«

»Kurz bevor ich die Pferde und die Männer zu den Mietställen hinüber brachte, waren sie noch hier. Ich sah, wie sie den Zug entlang gingen, als wollten sie in die Stadt. Sind sie denn nicht dort, Sir?«

»Woher zum Teufel soll ich das wissen? Würde ich Sie fragen, wenn ich es wüßte?« Claremonts Laune sank rapide auf ein neues Tief. »Treiben Sie sie umgehend auf! Und sagen Sie ihnen, sie sollen sich im ›Imperial‹ bei mir melden. Mein Gott! ›Imperial‹! Was für ein Name für so eine Bruchbude!«

Bellew stieß einen sichtbaren, aber taktvollerweise unhörbaren Seufzer der Erleichterung aus, als Claremont sich abwandte und der Lokomotive zustrebte. Er kletterte die Eisentreppe hinauf und betrat den Lokführerstand. Chris Banlon, der Lokomotivführer, war ein kleiner dürrer Mann mit einem unglaublich faltigen, nußbraunen Gesicht, in dem das Auffallendste die grünblauen Augen waren. Er war gerade dabei, mit Hilfe eines schweren Schraubenschlüssels einige Einstellungen vorzunehmen. Als er Claremont bemerkte, drehte er noch ein letztes Mal an der Schraube, an der er gerade arbeitete, legte den Schraubenschlüssel zurück in die Werkzeugkiste und sah Claremont lächelnd an.

»'n Tach, Colonel. Das ist aber eine Ehre!«

»Schwierigkeiten?«

»Nein, nur Vorsorge, Sir.«

»Maschine unter Dampf?«

Banlon öffnete die Tür des Kessels. Die Hitzewelle, die von den rotglühenden Holzscheiten ausging, ließ Claremont unwillkürlich einige Schritte zurückweichen. Banlon machte die Klappe wieder zu. »Von mir aus kann's losgehen, Colonel.«

Claremont blickte nach hinten zum Tender, der hoch mit säuberlich gestapelten Holzscheiten beladen war. »Wie steht's mit dem Brennstoff?«

»Bis zum nächsten Depot haben wir genug. Mehr als genug.«
Banlon betrachtete den Tender voller Stolz. »Henry und ich haben
jeden Winkel ausgenutzt. Ein tüchtiger Arbeiter, dieser Henry.«

»Henry? Der Steward?« fragte Claremont verblüfft. »Und der
Heizer – Jackson – nicht wahr?«

»Ich und mein vorlautes Mundwerk«, sagte Banlon bedrückt.
»Ich werde es nie lernen. Henry wollte gerne helfen. Jackson half
auch – danach.«

»Nach was?«

»Nachdem er in der Stadt Bier geholt hatte.« Die ungewöhnlich
hellen Augen sahen Claremont ängstlich an. »Ich hoffe, Sie nehmen das nicht übel, Sir.«

»Ihr seid Angestellte der Eisenbahn, keine Soldaten«, sagte
Claremont kurz. »Was ihr macht, geht mich nichts an – solange ihr
nicht zuviel trinkt oder uns oben in den verdammten Bergen in
einen Abgrund kutschiert.« Er begann die Stufen hinunterzuklet-
tern, hielt jedoch noch einmal inne und fragte: »Haben Sie Captain
Oakland oder Lieutenant Newell gesehen?«

»Ja, beide. Sie haben sich kurz mit Henry und mir unterhalten
und sind dann in die Stadt gegangen.«

»Haben sie gesagt, wohin sie gehen wollten?«

»Leider nein, Sir.«

»Na gut, vielen Dank.« Claremont stieg die restlichen Stufen
hinunter und blickte den Zug entlang: Bellew war dabei, sein
Pferd zu satteln. Er rief ihm zu: »Geben Sie dem Suchtrupp
Bescheid, daß die beiden in der Stadt sind.«

Bellew salutierte lässig.

O'Brien und Pearce verließen die Bar, und Pearce stopfte die
Steckbriefe in den Umschlag zurück. Plötzlich ertönte ein Wut-
schrei, und die beiden Männer blieben abrupt stehen und blickten
in die Ecke des Raumes, aus der er gekommen war: Am Tisch der
Kartenspieler hatte sich ein sehr großer Mann mit einem eindrucksvollen roten Bart erhoben und über den Tisch gebeugt. Er
trug eine Moleskinhose und ein Jackett aus dem gleichen Material,
die aussahen, als habe er sie von seinem Großvater geerbt. In
seiner Rechten hielt er einen Peacemaker Colt, während er mit der
anderen Hand das linke Handgelenk eines Mannes, der ihm
gegenüber saß, auf die Tischplatte drückte. Das Gesicht des
sitzenden Mannes wurde weitgehend von seinem hochgeschlage-
nen Schafpelzkragen und einem tief in die Stirn gezogenen,
schwarzen Stetson verborgen.

Der Mann mit dem roten Bart sagte: »Jetzt reicht's mir, mein Freund.«

Pearce trat an den Tisch und sagte freundlich: »Was reicht Ihnen, Garritty?«

Garritty schob den Peacemaker vor, bis die Mündung nur noch knapp zehn Zentimeter vom Gesicht des sitzenden Mannes entfernt war. »Die Falschspielerei, Marshal. Der Mistkerl hat mir in fünfzehn Minuten hundertzwanzig Dollar abgeknöpft.«

Pearce blickte mehr automatisch als aus Neugier kurz über die Schulter, als die Tür aufging und Colonel Claremont eintrat. Claremont blieb kurz stehen, lokalisierte sofort den augenblicklichen Mittelpunkt des Geschehens und schritt unverzüglich auf ihn zu – die Rolle eines Statisten oder Zuschauers zu spielen entsprach nicht seinem Wesen. Pearce wandte seine Aufmerksamkeit wieder Garritty zu.

»Vielleicht ist er nur ein guter Spieler.«

»Gut?« Das rotbraune Gestrüpp verbarg soviel von Garrittys Zügen, daß man über seinen Gesichtsausdruck nur Vermutungen anstellen konnte. »Er ist brillant – zu brillant um ehrlich zu sein. Ich kann das beurteilen. Sie wissen, daß ich schon seit fünfzig Jahren Karten spiele, Marshal.«

Pearce nickte. »Sie haben mich zu oft arm gemacht, als daß ich mich noch einmal mit Ihnen an einen Pokertisch setze.«

Garritty bog die linke Hand des sitzenden Mannes, der sich vergeblich zu wehren versuchte, zur Seite, bis sie mit dem Rücken auf der Tischplatte lag und die Karten in der Hand sichtbar wurden: Es waren lauter Buben, Damen und Könige, und als höchste ein Herzas.

Pearce sagte: »Sieht doch ganz astrein aus.«

»Astrein dürfte wohl kaum die richtige Bezeichnung sein!« Garritty wies mit dem Kinn auf die Spielkarten, die auf dem Tisch lagen. »Ungefähr in der Mitte, Marshal –«

Pearce nahm die Karten und blätterte sie durch. Plötzlich hielt er inne und hob die rechte Hand: Ein weiteres Herzas! Pearce legte es mit der Rückseite nach oben auf den Tisch, nahm dem Fremden sein Herzas aus der Hand und legte es, ebenfalls mit der Rückseite nach oben, neben das andere: Beide Rückseiten waren identisch. Pearce sagte: »Zwei gleiche Spiele. Wer hat sie mitgebracht?«

»Na, raten Sie mal!« Garrittys Stimme hatte einen Unterton, der das Schlimmste befürchten ließ.

»Ein alter Trick«, sagte der sitzende Mann. Seine Stimme war leise und angesichts der höchst gefährlichen Situation, in der er sich befand, bemerkenswert ruhig: »Jemand hat das zweite As eingeschmuggelt. Jemand, der *wußte*, daß ich das As habe.«

»Wie heißen Sie?«

»Deakin. John Deakin.«

»Stehen Sie auf, Deakin.« Der Mann gehorchte. Pearce ging gemächlich um den Tisch herum, bis er Deakin gegenüberstand. Die beiden Männer waren gleich groß. »Waffe?« fragte Pearce.

»Keine Waffe.«

»Sie überraschen mich. Ich hätte gedacht, eine Waffe sei für einen Mann wie Sie lebensnotwendig – auf jeden Fall zur Selbstverteidigung, wenn schon zu nichts anderem.«

»Ich bin kein Freund von Gewalttätigkeiten.«

»Ich habe aber das Gefühl, daß Sie in Kürze welche zu spüren bekommen werden.« Mit der rechten Hand hob Pearce die linke Seite von Deakins Schafpelzmantel an, während seine freie linke Hand in die Innentasche des Mantels glitt und nach einigen Sekunden mit einem interessanten Sortiment von Buben, Damen, Königen und Assen wieder auftauchte.

»Junge, Junge«, murmelte O'Brien. »Das nenn' ich aber aus voller Brust gespielt.«

Pearce schob das Geld, das vor Deakin auf dem Tisch lag, zu Garritty hinüber, aber der machte keine Anstalten es zu nehmen, sondern sagte mit barscher Stimme: »Damit ist die Sache noch lange nicht erledigt.«

»Ich weiß«, nickte Pearce geduldig. »Das hätten Sie aus dem schließen können, was ich gesagt habe. Sie kennen meine Position, Garritty. Betrügerisches Kartenspiel ist kein bundesstaatliches Delikt, deshalb kann ich auch nicht eingreifen. Aber wenn es zu Gewalttätigkeiten kommt – dann muß ich als Hüter von Sicherheit und Ordnung eingreifen. Geben Sie mir Ihre Waffe.«

»Mit Vergnügen.« Garrittys Bereitwilligkeit verhieß nichts Gutes. Er reichte Pearce seine riesige Pistole, starrte Deakin drohend an und deutete mit dem Daumen in Richtung auf die Vordertür. Deakin rührte sich nicht. Garritty ging um den Tisch herum und wiederholte die Geste. Deakin schüttelte kaum merklich, aber unmißverständlich den Kopf. Garritty schlug ihm mit dem Handrücken ins Gesicht. Deakin zuckte nicht einmal mit der Wimper. Garritty sagte: »Raus!«

»Ich sagte Ihnen schon, daß ich kein Freund von Gewalttätigkeiten bin«, erklärte Deakin milde.

Als Garritty diesmal zuschlug, tat er es mit der geballten Faust. Deakin stolperte rückwärts, stieß gegen einen Stuhl, wobei er seinen Hut verlor, und ging zu Boden. Und dort blieb er auch, auf einen Ellbogen gestützt, liegen. Aus einem Mundwinkel tropfte Blut. Sämtliche Stammkunden hatten sich dazu aufgerafft aufzustehen und drängten sich heran, um das Schauspiel besser verfolgen zu können und allmählich wich die Fassungslosigkeit auf ihren Gesichtern schierer Verachtung: Gewalttätigkeiten gehörten in diesem Land zum Alltag wie der Pfarrer zur Kirche, und wenn ein Mann eine Beleidigung oder einen körperlichen Angriff hinnahm, ohne den Versuch zu machen, sich zu wehren, so war er in ihren Augen die längste Zeit ein Mann gewesen.

Garritty blickte fassungslos auf den reglosen Deakin hinunter, und es war ihm anzusehen, daß sein rapide wachsender Zorn ihm in Kürze den letzten Rest seiner Beherrschung rauben würde. Pearce, der näher getreten war, um weitere Handgreiflichkeiten von Garrittys Seite zu verhindern, wirkte einen Augenblick lang seltsam verwirrt, aber gleich darauf erkannte er, was Garritty vorhatte, und als Garritty einen Schritt vortrat und in offensichtlich mörderischer Absicht mit seinem rechten Fuß ausholte, trat Pearce ebenfalls einen Schritt nach vorn und stieß Garritty den rechten Ellbogen in die Magengrube. Garritty würgte, keuchte vor Schmerz und brach, beide Hände auf das Zwerchfell gepreßt, zusammen. Sein Atem ging pfeifend.

Pearce sagte: »Ich habe Sie gewarnt, Garritty: Keine Gewaltanwendung in Anwesenheit eines US-Marshals. Wenn Sie so weitermachen, sind Sie für diese Nacht mein Gast, obwohl das jetzt auch keine Rolle mehr spielen würde. Ich fürchte, die Sache liegt sowieso nicht mehr in Ihrer Hand.«

Garritty versuchte sich aufzurichten, was ihm offensichtlich nicht gerade Vergnügen bereitete, und als er schließlich sprach, klang seine Stimme wie die eines Ochsenfrosches mit Kehlkopfentzündung.

»Was zum Teufel meinen Sie mit ›nicht mehr in Ihrer Hand‹?«

»Das Ganze ist jetzt eine bundesstaatliche Angelegenheit.« Pearce nahm die Steckbriefe aus dem Umschlag, blätterte sie schnell durch, zog einen heraus, steckte die übrigen zurück in den Umschlag, warf einen kurzen Blick auf den, den er in der Hand behalten hatte, einen ebenso kurzen Blick auf Deakin und winkte Colonel Claremont zu sich, der kaum merklich fragend die Augenbrauen hob und zu Pearce und O'Brien trat. Wortlos zeigte

Pearce ihm den Steckbrief: Obwohl es graubraun, fleckig und verschwommen war, konnte man auf dem Bild doch eindeutig den Mann erkennen, der sich John Deakin nannte.

»Damit bin ich jetzt wohl doch als Fahrgast zugelassen, Colonel«, sagte Pearce.

Claremont sah ihn schweigend an und wartete. »Gesucht wegen Spielschulden, Diebstahl, Brandstiftung und Mord«, las Pearce vor.

»Da hatte aber jemand viel Sinn für die richtige Reihenfolge«, murmelte O'Brien.

»›John Houston alias John Murray alias John Deakin alias –‹ schon gut, ersparen wir uns den Rest. ›Ehemaliger Dozent der Universität von Nevada‹.«

»Universität?« fragte Claremont entgeistert. »In diesem gottverlassenen Gebirge?«

»Der Fortschritt läßt sich nicht aufhalten, Colonel. Sie wurde dieses Jahr eröffnet. In Elko.« Pearce las weiter: »Wegen Spielschulden und unerlaubten Glücksspiels entlassen. Danach entdeckte Unterschlagung von Universitätsgeldern ist dem Gesuchten zugeschrieben worden. Wurde verfolgt bis Lake's Crossing, dort in einer Eisenwarenhandlung gestellt. Um zu entkommen, setzte er den Laden mit Kerosin in Brand. Feuer geriet außer Kontrolle; Ortskern von Lake's Crossing zerstört, sieben Menschen fanden den Tod!«

Die Gesichter der Zuhörer drückten die verschiedensten Empfindungen aus, die Skala reichte von Ungläubigkeit bis zu Entsetzen und von Zorn bis zu Abscheu. Nur Pearce und O'Brien – seltsamerweise auch Deakin – ließen keinerlei Anzeichen einer Gemütsbewegung erkennen.

Pearce fuhr fort: »Gesuchter wurde weiter verfolgt bis zu den Eisenbahnwerkstätten in Sharps. Ließ Waggon mit Sprengstoff hochgehen. Drei Schuppen zerstört und alles Material vernichtet. Derzeitiger Aufenthalt unbekannt.«

Garrittys Stimme klang immer noch nicht viel besser: »Er – *das* ist der Mann, der Lake's Crossing niedergebrannt und Sharps in die Luft gejagt hat?«

»Wenn diese Angaben richtig sind – und ich halte sie dafür, dann ist er es tatsächlich. Hier von einer zufälligen Übereinstimmung zu sprechen, wäre geradezu lächerlich. Na, Garritty, nach diesem beeindruckenden Sündenregister kommt einem die Sprache mit jenen armseligen hundertzwanzig Dollar geradezu albern vor, was? Aber albern oder nicht, ich rate Ihnen, das Geld gleich einzustecken, denn Deakin wird in nächster Zeit keine Gelegenheit haben, es Ihnen zurückzugeben.« Er faltete den Steckbrief zusammen und wandte sich an Claremont: »Nun?«

»Ein Geschworenengericht erübrigt sich wohl. Aber die Sache ist immer noch keine Angelegenheit der Armee.«

Pearce faltete den Steckbrief wieder auseinander und reichte ihn Claremont: »Ich habe nicht alles vorgelesen, das hätte zu lange gedauert.« Er deutete auf einen Abschnitt: »Das hier habe ich zum Beispiel auch ausgelassen.«

Claremont las laut: »Der Sprengstoffwaggon in Sharps war unterwegs zum Zeugamt der US-Armee in Sacramento, Kalifornien.« Er faltete das Fahndungsblatt zusammen, gab es Pearce und nickte: »Damit ist es eine Angelegenheit der Armee.«


2


Colonel Claremont, dessen Temperament vorsichtig ausgedrückt als explosiv zu bezeichnen war, versuchte angestrengt, sich zu beherrschen. Aber es war klar, daß es ihm nicht gelingen würde. Als gewissenhafter und ungemein gründlicher Mensch, als Mensch, der nach festen Regeln lebte, der eine heftige Abneigung selbst gegen die geringfügigste Störung im reibungslosen Ablauf seines Lebens hegte und völlig außerstande war, Dummheit oder Unfähigkeit gelassen zu ertragen, hatte Claremont bislang noch keine Möglichkeit gefunden, seine einzige Schwäche als Offizier und Mann zu überwinden – und es sah nicht so aus, als ob er in nächster Zeit eine finden würde. Um es geologisch auszudrücken: er ließ die vulkanischen Gase seiner Wut weder abziehen noch gab er überschüssige, überhitzte Energie in Form von Lava und Geisern ab – wie der Krakatau ging er einfach in die Luft, und die Folgen waren meistens ebenso verheerend – zumindest für diejenigen, die sich in seiner unmittelbaren Nähe befanden.

Der Colonel hatte acht Zuhörer: Der ziemlich besorgt dreinschauende Gouverneur, Marica, der Geistliche und der Arzt standen vor dem Eingang des Imperial und O'Brien, Pearce und Deakin beobachteten den brüllenden Colonel vom Bürgersteig aus, wobei Pearce seine Aufmerksamkeit gerecht zwischen Deakin und dem Colonel aufteilte. Der achte Zuhörer war der unselige

Sergeant Bellew. Er hatte Haltung angenommen – jedenfalls soweit ihm das auf dem Rücken seines nervös tänzelnden Pferdes möglich war – und fixierte starr einen Punkt hinter der linken Schulter des Colonels. Es war kalt geworden, aber Bellew schwitzte sichtbar.

»Ihr habt wirklich überall gesucht?« Der Zweifel in Claremonts Stimme war nicht zu überhören. »Wirklich überall?«

»Jawohl, Sir.«

»Offiziere der US-Kavallerie sind in dieser Gegend kaum ein alltäglicher Anblick. Sie müssen doch jemandem aufgefallen sein.«

»Niemandem, den wir gefragt haben, Sir. Und wir haben jeden gefragt, den wir getroffen haben.«

»Das ist doch unmöglich, Mann! Völlig unmöglich.«

»Jawohl, Sir. Ich meine, nein, Sir.« Bellew riß sich endlich von dem Punkt los, auf den sein Blick die ganze Zeit gerichtet gewesen war und schaute regelrecht verzweifelt auf den Colonel hinunter: »Wir können sie nicht finden, Sir.«

Die Gesichtsfarbe des Colonels verdunkelte sich in bedenklichem Maße. Es bedurfte keiner besonderen Hellsicht, um zu sehen, daß der Vulkan Claremonts kurz vor der Eruption stand. Pearce trat auf ihn zu und sagte: »Vielleicht kann ich sie finden, Colonel. Ich nehme mir zwanzig, dreißig Männer, die jeden Winkel in diesem Ort kennen – und so viele sind das gar nicht. In längstens zwanzig Minuten haben wir sie gefunden. *Wenn* sie überhaupt hier sind.«

»Was zum Teufel meinen Sie mit ›wenn‹?«

»Was ich gesagt habe.« Pearce war ganz offensichtlich nicht in friedfertiger Stimmung. »Ich biete Ihnen meine Hilfe an. Ich erwarte keinen Dank und auch keine Anerkennung, aber ein wenig Höflichkeit könnte nicht schaden. Also, was ist? Ja oder nein?«

Claremont hatte schon den Mund geöffnet, um sich Pearce' Ton zu verbitten, als ihm plötzlich fast schmerzhaft bewußt wurde, daß er einen Zivilisten vor sich hatte – einen Angehörigen der unseligen Mehrheit, die weder seiner Kontrolle noch seiner Autorität unterstanden. Claremont beschränkte seinen Umgang mit Zivilisten auf ein Minimum, was zur Folge hatte, daß er fast nicht mehr wußte, wie er mit ihnen reden sollte. Aber daß er jetzt schwieg, lag daran, daß er sich nur schwer mit der demütigenden Vorstellung abfinden konnte, daß diesem ungewaschenen und undisziplinierten Abschaum von Reese City gelingen könnte, was seine eigenen geliebten Soldaten nicht geschafft hatten. Als er schließlich antwortete, kostete es ihn beträchtliche Mühe zu sprechen.

»In Ordnung, Marshal«, sagte er hölzern. »Ich danke Ihnen. Abfahrt also in zwanzig Minuten. Wir warten am Bahnhof.«

»Ich werde pünktlich da sein. Eine Bitte noch, Colonel: Könnten Sie zwei oder drei Ihrer Männer zur Bewachung des Gefangenen abkommandieren?«

»Sie wollen eine Eskorte für ihn?« Claremonts Stimme klang unverhohlen verächtlich. »Er scheint mir nicht gerade gewalttätig, Marshal.«

Pearce lächelte milde. »Das hängt davon ab, was Sie unter Gewalttätigkeit verstehen, Colonel. Wir haben gesehen, daß er kein Freund von Wirtshausschlägereien ist, aber seinem Steckbrief nach ist er durchaus imstande, das ›Imperial‹ in Brand zu setzen oder Ihren kostbaren Truppentransport in die Luft zu jagen, sobald ich ihm den Rücken zukehre.«

Mit diesem Hinweis auf die Gefährlichkeit Deakins verabschiedete sich Pearce und verschwand im Hotel. Claremont sagte zu Bellew: »Rufen Sie Ihre Männer zurück und bringen Sie den Gefangenen zum Zug. Binden Sie ihm die Hände auf den Rücken und legen Sie ihm Fußfesseln an. Spannweite dreißig Zentimeter. Unser Freund hier scheint die Gewohnheit zu haben, sich in Luft aufzulösen.«

»Für wen halten Sie sich eigentlich?« fragte Deakin mit kaum merkbarer Wut in der Stimme. »Das können Sie mit mir nicht machen! Sie sind kein Vertreter des Gesetzes. Sie sind nichts weiter als ein Soldat.«

»Nichts als ein Soldat!« schnaubte Claremont. »Sie –« Er brach ab und reagierte seine Empörung dadurch ab, daß er höchst befriedigt seine Anweisungen korrigierte. »Spannweite der Fußfesseln zwanzig Zentimeter, Sergeant Bellew.«

»Mit Vergnügen, Sir.« Sergeant Bellew genoß es offensichtlich, daß der Zorn des Colonels sich jetzt gegen den anderen richtete. Er zog seine Trillerpfeife aus der Jacke, holte tief Luft und entlockte dem Instrument kurz hintereinander drei unerträglich schrille Töne. Claremont zuckte zusammen, bedeutete den übrigen, ihm zu folgen und machte sich auf den Weg zum Bahnhof. Nach etwa fünfzig Metern blieb er stehen und blickte zurück: Vor dem »Imperial« sammelte sich eine Gruppe von Männern, bei deren

Anblick einem unwillkürlich die Klassifizierung »Blinde, Lahme und Taube« einfiel, obwohl das natürlich übertrieben war.

Infolge der Tatsache, daß jedem Stammgast, der seinen Whisky mit Wasser verdünnt hätte, von den übrigen sofort und für immer der Zutritt zum Saloon untersagt worden wäre, bewegte sich zumindest die Hälfte von ihnen mit dem schwankenden Gang von Segelschiffmatrosen vorwärts, die zu lange auf See waren. Zwei von ihnen hinkten stark und ein anderer, der auch nicht nüchterner war als die übrigen, legte auf seinen zwei Krücken ein beträchtliches Tempo vor – er war den anderen gegenüber im Vorteil, denn er hatte etwas, worauf er sich stützen konnte. Pearce trat zu den Männern und gab ihnen eine Reihe von Instruktionen. O'Brien, der neben Claremont stand, sah zu, wie die graubärtige Schar in verschiedene Richtungen ausschwärmte und schüttelte den Kopf: »Wenn sie auf Schatzsuche nach einer vergrabenen Flasche Bourbon wären, würde ich jederzeit mein ganzes Geld auf sie setzen. Aber so –«

»Ich weiß, ich weiß.« Claremont drehte sich niedergeschlagen um und setzte seinen Weg zum Bahnhof fort. Aus dem Schornstein der Lokomotive quollen dicke schwarze Rauchwolken – Banlon hatte gute Arbeit geleistet. Er streckte den Kopf aus dem Fenster: »Irgendeine Spur, Sir?«

»Leider nein, Banlon.«

»Soll ich die Maschine trotzdem unter Volldampf lassen, Colonel?«

»Selbstverständlich.«

»Sie meinen, wir fahren auf jeden Fall los – auch ohne den Captain und den Lieutenant?«

»Genau das meine ich. In fünfzehn Minuten, Banlon. Pünktlich in fünfzehn Minuten.«

»Aber Captain Oakland und Lieutenant Newell...«

»... werden eben auf den nächsten Zug warten müssen.«

»Aber das kann Tage dauern, Sir.«

»Ich habe momentan nicht die geringste Lust, mir den Kopf über das Wohlergehen des Captains und des Lieutenants zu zerbrechen.« Claremont wandte sich an die anderen und deutete auf die Stufen, die in den ersten Waggon führten. »Es ist kalt und es wird noch verdammt viel kälter werden. Gouverneur, ich hätte Major O'Brien gern noch etwas bei mir. Nur bis man diesen Deakin hergebracht hat. Nichts gegen meine Männer, verstehen Sie mich richtig, bessere gibt es nicht, aber ich traue ihnen nicht zu, daß sie mit einem zweifelhaften Subjekt wie Deakin fertig werden. Aber der Major kommt sicher bestens mit ihm zurecht – und ohne sich besonders anstrengen zu müssen.«

O'Brien lächelte und schwieg. Gouverneur Fairchild nickte zustimmend und stieg dann eilig die Stufen hinauf – es wurde von Minute zu Minute kälter.

Claremont nickte O'Brien kurz zu und ging dann langsam den Zug entlang, wobei er von Zeit zu Zeit mit einem englischen Spazierstöckchen – seinem einzigen Zugeständnis an Individualität oder Exzentrik, je nach Betrachtungsweise – gegen seine ledernen Reitstiefel schlug. Colonel Claremont wußte so gut wie nichts über Züge, aber er besaß einen angeborenen Inspektorenblick und ließ nur selten eine Gelegenheit vorübergehen, diesen Blick zu schulen. Im übrigen war er der Kommandant des Zuges, und er hatte die Angewohnheit, sein Eigentum stets strengstens zu bewachen, auch wenn es ihm nur vorübergehend gehörte.

Im ersten Waggon befand sich das Tagesabteil der Offiziere – in das der Gouverneur gerade eben erst dankbar verschwunden war –, die Schlafkabinen für den Gouverneur und seine Nichte und am Ende die Offiziersmesse. Der zweite Waggon beherbergte die Kombüse, die Schlafkojen für Henry, den Steward, und Carlos, den Koch, und die Schlafkabine der Offiziere. Der dritte Waggon enthielt Versorgungsgüter, und im vierten und fünften Waggon waren die Pferde untergebracht. Im vorderen Teil des sechsten Waggons lag die Mannschaftsküche, während der Rest dieses Waggons und der ganze siebte der Unterbringung der Truppen diente. Durch seinen Inspektionsgang um nichts klüger als zuvor wollte Claremont gerade in den Bremswagen klettern, als er das Getrappel von Pferdehufen vernahm. Er blickte den Zug entlang: Bellew hatte die verlorenen Schafe aufgetrieben. Soweit Claremont feststellen konnte, war die Kavallerieabteilung vollständig versammelt.

Sergeant Bellew selbst ritt an der Spitze. In der linken Hand hielt er einen Strick, dessen anderes Ende um Deakins Hals geschlungen war. Deakin war aufgrund der straffen Fußfesseln gezwungen, sich in einer lächerlich hastigen, steifbeinigen Gangart fortzubewegen, die ihm große Ähnlichkeit mit einer Marionette verlieh. Es war eine beschämende und demütigende Situation für einen erwachsenen Mann, aber Claremont ließ das völlig kalt. Er sah noch, wie O'Brien Bellew entgegenging, dann schwang er sich die Stufen des Bremswagens hinauf, öffnete die Tür und trat ein.

Verglichen mit der Kälte draußen war es hier drinnen stickig und drückend heiß. Die Ursache dafür war nicht schwer zu finden: Der Holzofen in der einen Ecke des Waggons war mit solcher Hingabe beheizt worden, daß die runde gußeiserne, abnehmbare Platte dunkelrot glühte. Neben dem Ofen stand auf der einen Seite eine bis an den Rand mit Holzscheiten gefüllte Kiste, dahinter stand ein Speiseschrank und hinter diesem befand sich das schwere Bremsrad. Auf der anderen Seite des Ofens stand ein Polstersessel und daneben lag eine Matratze, auf der sich Stapel von fadenscheinigen Armeedecken und Bärenfelle türmten.

Kaum sichtbar in dem riesigen Sessel saß ein Mann, den man wohl am besten mit Hilfe des alten Klischees als »im Dienst ergrauten Veteran« beschreiben konnte. Er hatte eine Nickelbrille auf der Nase und las ein Buch. Die weißen Bartstoppeln in seinem Gesicht waren mindestens vier Tage alt und sein Haar – wenn er überhaupt welches besaß – war unter einer Kopfbedeckung verborgen, die aussah wie eine holländische Schiffermütze, die er sich – wohl um die Kälte abzuhalten – tief über die Ohren gezogen hatte. Er war in mehrere nicht genau definierbare Kleidungsschichten gehüllt, deren Krönung eine Eskimojacke aus ebenfalls nicht näher zu bestimmendem Pelz bildete. Und um ganz sicher vor selbst dem kleinsten Luftzug zu sein, hatte er noch eine dicke Navajodecke über sich gebreitet, die von seiner Taille bis auf seine Füße hinunterreichte.

Als Claremont eintrat, richtete sich der Bremser auf, nahm höflich die Brille ab und sah Claremont mit blaßblauen, wäßrigen Augen an. Er blinzelte überrascht und sagte: »Das ist aber eine Ehre, Colonel Claremont.« Obwohl mehr als sechzig Jahre vergangen waren, seit der Bremser zum ersten und einzigen Mal den Atlantik überquert hatte, war sein irischer Akzent noch so ausgeprägt, als habe er das heimatliche Connemara erst tags zuvor verlassen. Er machte Anstalten aufzustehen – ein Vorhaben, das angesichts seiner Vermummung so gut wie aussichtslos war – aber Claremont bedeutete ihm, sitzen zu bleiben. Der Bremser gehorchte bereitwillig und warf einen vielsagenden Blick auf die offene Tür.

Claremont beeilte sich, sie zu schließen und sagte dann: »Sie sind Devlin, nicht wahr?«

»Seamus Devlin, zu Diensten, Sir.«

»Sie führen hier ein ziemlich einsames Leben, was?«

»Das hängt davon ab, was Sie unter Einsamkeit verstehen, Sir.

Sicher – ich bin allein, aber einsam bin ich nie.« Er klappte das Buch zu. »Einsam ist es drüben in der Lokomotive. Natürlich ist der Heizer da, aber man kann nicht mit ihm reden, weil der Lärm viel zu groß ist. Und wenn es regnet oder schneit oder hagelt, muß man immer wieder den Kopf in die Kälte hinausstrecken, um zu sehen, wohin man fährt, so daß man entweder schwitzt oder friert. Ich kenne das – ich war selbst fünfundvierzig Jahre Lokführer. Aber vor ein paar Jahren hab ich damit Schluß gemacht.« Er sah sich mit einigem Stolz um. »Ich glaube, ich hab hier den besten Job, den es auf der Union Pacific gibt. Meinen eigenen Ofen, mein eigenes Essen, mein eigenes Bett, meinen eigenen Sessel –«

»Danach wollte ich Sie gerade fragen«, sagte Claremont. »Ich konnte mir nämlich nicht vorstellen, daß dies die serienmäßige Einrichtung der Bremswagen der Union Pacific ist.«

»Ich habe die Sachen irgendwo aufgelesen«, erklärte Devlin vage.

»Dauert's noch lange bis zur Pensionierung?«

Devlin lächelte fast verschwörerisch. »Sie sind – wie sagt man – sehr diplomatisch? Ja, richtig, diplomatisch. Na schön, Sir, Sie haben recht, ich bin leider etwas alt für den Job, aber dummerweise ist meine Geburtsurkunde schon vor Jahren verschwunden, und das macht die Sache für die Union Pacific etwas schwierig. Aber dies ist auf jeden Fall meine letzte Reise, Colonel. Wenn ich wieder im Osten bin, mache ich es mir für den Rest meiner Tage bei meiner Enkelin am Kamin gemütlich.«

»Möge der Himmel Ihnen die Holzscheite nie knapp werden lassen«, murmelte Claremont.

»Was? Ich meine, wie bitte, Colonel?«

»Nichts. Sagen Sie mal, Devlin, wie vertreiben Sie sich hier eigentlich die Zeit?«

»Na ja, ich koche und esse und schlafe und –«

»Richtig, wie steht's mit dem Schlafen? Wenn eine gefährliche Kurve kommt oder eine steile Senke und Sie schlafen, was geschieht dann?«

»Keine Sorge, Sir. Chris – ich meine Banlon, der Lokführer – und ich, wir haben uns da eine ganz schlaue Sache zusammengebastelt. Es ist nichts weiter als ein Draht in einer Rohrleitung, aber es funktioniert. Chris zieht ein halbes dutzendmal daran, dann läutet hier die Glocke, und dann ziehe ich einmal, damit er weiß, daß ich noch unter den Lebenden weile, wie man so sagt. Und dann zieht er einmal oder zwei-, drei- oder viermal, je nachdem wie stark ich bremsen soll. Und bis jetzt ist noch nie was schiefgegangen, Sir.«

»Aber Sie können doch nicht immer nur essen und schlafen.«

»Ich lese, Sir. Ich lese viel. Täglich mehrere Stunden.«

Claremont sah sich um. »Ihre Bibliothek haben Sie aber gut versteckt.«

»Ich habe keine Bibliothek, Colonel. Nur dieses eine Buch. Das ist alles, was ich lese.« Er drehte das Buch in seinen Händen um und zeigte es Claremont: Es war eine uralte und schon ziemlich zerfledderte Hausbibel.

»Ich verstehe.« Colonel Claremont, ein entschiedener Gegner des Kirchgangs, der höchstens bei Beerdigungen mit Religion in Berührung kam, fühlte sich leicht unbehaglich. »Nun, Devlin, hoffen wir auf eine sichere Reise nach Fort Humboldt und auf eine glückliche Heimkehr in den Osten für Sie.«

»Vielen Dank, Sir. Vielen Dank.« Devlin setzte sich die Nickelbrille wieder auf, und als der Colonel die Tür des Bremswagens hinter sich schloß, war er bereits wieder in seine Lektüre vertieft.

Claremont machte sich auf den Weg zur Lokomotive. Bellew und ein halbes Dutzend Männer waren eifrig damit beschäftigt, die Rampen von den Pferdewaggons zu entfernen. »Alles klar?« fragte Claremont.

»Jawohl, Sir.«

»Seid ihr in fünf Minuten fertig?«

»Leicht, Sir.«

Claremont nickte und ging weiter. Plötzlich war Pearce neben ihm. »Ich weiß, Sie werden es nie tun, Colonel«, sagte er, »aber eigentlich sollten Sie sich bei Bellew und seinen Leuten entschuldigen.«

»Keine Spur von ihnen? Auch nicht die geringste?«

»Wo immer sie stecken mögen – in Reese City sind sie nicht. Darauf wette ich mein Leben.«

Im ersten Moment war Claremont regelrecht erleichtert – erleichtert, weil Pearce und sein herrenloser Haufen nicht mehr Erfolg gehabt hatte als seine eigenen Männer. Aber dann wurde ihm die volle Bedeutung der Desertion oder unverzeihlichen Verspätung der beiden Männer klar, und er sagte grimmig: »Dafür werde ich sie vor's Kriegsgericht bringen!«

Pearce sah ihn prüfend an und sagte: »Ich habe die beiden ja nicht kennengelernt. Hätten Sie ihnen das zugetraut?«

»Nein, verdammt. Nicht im Traum!« Claremont schlug wütend

mit dem Spazierstöckchen gegen seinen Stiefel und zuckte merklich zusammen. »Oakland und Newell waren zwei der besten Offiziere, die ich je hatte. Aber Ausnahmen werden nicht gemacht. Prächtige Offiziere, trotz allem... Kommen Sie, Marshal. Es wird Zeit.«

Pearce verschwand im Zug. Claremont blickte nach hinten, um zu sehen, ob die Türen der Pferdewaggons geschlossen waren. Dann drehte er sich um und hob die Hand. Banlon erwiderte aus der Lokomotive die Geste und öffnete das Dampfventil. Die Treibräder drehten einmal, zweimal, dreimal durch, aber dann griffen sie schließlich doch.

## 3

Bei Einbruch der Dämmerung hatte der Zug Reese City und die flache Hochebene, auf der die Stadt lag, weit hinter sich gelassen und rollte an einem Fluß entlang langsam durch ein leicht ansteigendes, breites, kiefernbestandenes Tal. Der Himmel war wolkenverhangen – es würde eine Nacht ohne Mond und Sterne werden, aber vermutlich mit sehr viel Schnee.

Im Tagesabteil der Offiziere machte man sich allerdings kaum Gedanken über die Kälte, die vor den Fenstern herrschte. Hier drin war es warm und behaglich und die Ausstattung des Wagens war für einen Truppentransportzug geradezu übertrieben luxuriös: Die beiden bequemen Sofas und die Sessel, die im Raum verteilt standen, waren mit schwerem, grünem Samt bezogen und aus dem gleichen Stoff waren auch die bestickten Vorhänge, die von Seidenkordeln zusammengehalten wurden. Den Boden bedeckte ein rostfarbener Teppich, auf dem in der Nähe der Sessel und Sofas mehrere polierte Mahagonitische standen. In der rechten vorderen Ecke befand sich ein Barschrank, der ganz offensichtlich nicht nur als Dekoration diente. Das ganze Abteil war in das warme bernsteinfarbene Licht getaucht, das die kupfernen Petroleumlampen verbreiteten.

Acht Reisende saßen in dem Abteil, und sieben von ihnen hielten ein Glas in der Hand. Nathan Pearce saß neben Marica auf einem Sofa und trank Whisky, während Marica ein Glas Portwein in der Hand hielt. Auf dem anderen Sofa saßen der Gouverneur und Colonel Claremont, und in zwei der drei Sessel Dr. Molyneux und Major O'Brien; sie alle tranken Whisky, wogegen Reverend Theodore Peabody, der es sich in dem dritten Sessel bequem gemacht hatte, mit sichtlicher Überlegenheit Mineralwasser trank. Der einzige, der ohne irgendeine Erfrischung geblieben war, war John Deakin. Abgesehen davon, daß es undenkbar gewesen wäre, einem Verbrecher wie ihm etwas anzubieten, wäre es ihm auch physisch unmöglich gewesen, ein Glas an seine Lippen zu heben, da seine Hände hinter dem Rücken zusammengebunden waren. Er kauerte höchst unbequem und mit gefesselten Füßen nahe dem Gang, der in die Schlafkabinen führte. Außer Marica, die ihm gelegentlich einen besorgten Blick zuwarf, schien niemand sich über seinen Zustand Gedanken zu machen. Im Grenzgebiet war ein Menschenleben nicht viel wert, und Leid etwas so Alltägliches, daß man es kaum noch zur Kenntnis nahm, geschweige denn Mitleid empfand.

Nathan Pearce hob sein Glas: »Auf gute Gesundheit, meine Herren. Mein Ehrenwort, Colonel, ich habe nicht geahnt, daß die Armee so komfortabel reist. Kein Wunder, daß unsere Steuern –«

Claremont fiel ihm ins Wort: »Die Armee reist keineswegs so komfortabel, Marshal. Dies ist der Privatwaggon von Gouverneur Fairchild. Hinter Ihrem Rücken befinden sich die beiden Schlafkabinen, die normalerweise für den Gouverneur und seine Frau reserviert sind – in diesem Fall für den Gouverneur und seine Nichte – und dahinter liegt der private Speiseraum. Der Gouverneur hat uns freundlicherweise angeboten, mit ihm zu reisen und zu essen.«

Pearce hob erneut sein Glas. »Bravo, Gouverneur.« Dann sah er den Gouverneur fragend an: »Was ist los, Gouverneur? Sie wirken ein wenig besorgt.«

Und das tat er wirklich: Er schien blasser als gewöhnlich und sein Gesicht war zu einer Maske erstarrt. Jetzt zwang er sich zu einem Lächeln, leerte sein Glas, füllte es wieder und schlug einen gewollt leichten Ton an.

»Staatsgeschäfte, lieber Marshal, Staatsgeschäfte. Das Leben als Gouverneur besteht nicht nur aus Empfängen und Bällen, wissen Sie?«

»Das kann ich mir vorstellen, Gouverneur.« Pearce beugte sich ein wenig vor und fragte: »Was hat Sie zu dieser Reise bewegt, Sir? Ich meine, als Zivilist –«

O'Brien unterbrach ihn: »Ein Gouverneur hat in seinem Staat volle militärische Gewalt, Nathan. Das wissen Sie sicher.«

Fairchild sagte selbstgefällig: »Bestimmte Angelegenheiten erfordern meine persönliche Anwesenheit in Fort Humboldt.« Er warf einen kurzen Blick zu Claremont hinüber, der fast unmerklich den Kopf schüttelte. »Mehr kann ich nicht sagen – jedenfalls nicht in diesem Augenblick.«

Pearce nickte, als sei er mit dieser Antwort zufrieden, und verfolgte das Thema nicht weiter. Ein unbehagliches Schweigen senkte sich über das Abteil, das nur zweimal von Henry, dem fast schon skeletthaft mageren Steward, unterbrochen wurde, der einmal die Gläser nachfüllte und beim zweiten Mal neue Scheite in den Holzofen schob. Deakins Kopf war auf seine Brust gesunken, und er hatte die Augen geschlossen: Entweder hatte er beschlossen, die Umwelt auszusperren oder er war wirklich eingeschlafen, was allerdings ein Wunder gewesen wäre bei einem Mann, der sich unentwegt, ohne die Hände zu Hilfe nehmen zu können, den unberechenbaren Bewegungen des Zuges anpassen mußte, um nicht umzufallen und im Abteil hin und her geschleudert zu werden. Der Zug, der ein vergleichsweise ebenes Gebiet erreicht hatte, fuhr jetzt schneller und schwankte heftig von einer Seite zur anderen. Selbst auf den gutgepolsterten Plüschsitzen wurde das Schaukeln allmählich ausgesprochen ungemütlich.

Marica wandte sich an den Gouverneur: »Müssen wir denn so schnell fahren, Onkel Charles? Warum denn diese schreckliche Eile?«

»Weil der Lokomotivführer den Befehl hat, mit höchstmöglichem Tempo zu fahren, Miss Fairchild«, antwortete Claremont anstelle des Gouverneurs. »Und weil es sich hier um einen Truppenersatz-Transport handelt, und weil wir bereits zu spät dran sind. Die US-Kavallerie ist nicht gerne unpünktlich und wir sind schon zwei Tage im Verzug.«

Die Tür des Abteils wurde geöffnet, und Henry erschien ein drittes Mal und verkündete mit der Miene eines Mannes, der das Leben als unsägliche Last betrachtet: »Gouverneur, Colonel. Das Essen ist serviert.«

Der Speisesalon war klein und enthielt lediglich zwei Tische für jeweils vier Personen, aber diese Tische und die dazugehörenden Stühle standen in der Qualität der Einrichtung des Tagesabteils in nichts nach. Der Gouverneur, seine Nichte, Claremont und O'Brien saßen an einem Tisch, Pearce, Dr. Malyneux und Reverend Peabody an dem anderen. Auf den Tischen standen einige

Flaschen Rot- und Weißwein und auf irgendeine geheimnisvolle Weise war es Henry gelungen, den Weißwein genau richtig zu temperieren, aber nicht einmal ein diesbezügliches Lob konnte ihn dazu veranlassen, seine chronisch kummervolle Miene auch nur für einen Augenblick durch ein Lächeln erhellen zu lassen.

Peabody wies Henrys Angebot, sein Glas mit Wein zu füllen, energisch ab und stellte sein Glas ostentativ umgekehrt neben seinen Teller. Dann wandte er sich an den Marshal und ein Ausdruck trat auf sein Gesicht, der eine interessante Mischung aus Ehrfurcht und entsetzter Faszination darstellte: »Zufällig stammen wir – der Doktor und ich – beide aus Ohio, und selbst dort kennt jeder Ihren Namen. Und jetzt sitzen wir hier mit Ihnen zusammen – mit dem berühmtesten Gesetzeshüter des Westens! Das ist schon ein merkwürdiges Gefühl!«

Pearce lächelte. »Sie meinen mit dem berüchtigsten, Reverend.«

»Nein, nein, das meine ich nicht!« protestierte Peabody hastig. »Als Diener Gottes bin ich zwar für den Frieden und gegen jegliche Form von Gewalt, aber ich halte Ihnen zugute, daß Sie die vielen Indianer in Ausübung Ihrer Pflicht töteten...«

»Langsam, langsam, Reverend!« unterbrach ihn Pearce. »Erstens war das nur eine Handvoll Leute und die habe ich wirklich nur getötet, weil es nicht anders ging, und zweitens war kaum ein Indianer darunter. Die meisten waren Überläufer oder Verbrecher. Und außerdem ist das alles schon viele Jahre her. Heute bin ich wie Sie ein Mann des Friedens. Fragen Sie den Gouverneur – er wird es Ihnen bestätigen.«

Peabody ließ nicht locker: »Warum tragen Sie dann zwei Revolver, Marshal?«

»Wenn ich es nicht täte, wäre ich längst tot. Es gibt mindestens ein Dutzend Männer – hauptsächlich entlassene Sträflinge, die ich einmal hinter Gitter gebracht habe –, die mich liebend gern ins Jenseits befördern würden. Solange ich meine Waffen trage, bin ich sicher vor ihnen, denn ich habe als Schütze einen gewissen Ruf. Aber sobald einer von diesen Galgenvögeln mich ohne Revolver anträfe, wäre mein Leben keinen Cent mehr wert.« Pearce legte die Hände auf seine Waffen: »Die beiden sind meine Versicherungspolicen, Reverend.«

Peabody bemühte sich redlich, seine Zweifel zu verbergen, konnte es sich jedoch nicht verkneifen zu fragen: »Sie sind ein Mann des Friedens?«

»Jetzt? Jawohl! Früher war ich Scout bei der Armee, ein Feind der Indianer, wenn Sie so wollen. Von der Sorte gibt es immer noch viele. Aber mit der Zeit wird man das Töten leid.«

»Man?« Und wieder scheiterten die Bemühungen des Geistlichen, ein Pokergesicht aufzusetzen – man sah ihm deutlich an, daß er immer noch nicht überzeugt war. »Sie auch?«

»Es gibt noch andere Wege, die Indianer zu befrieden als sie mit Blei vollzustopfen. Ich habe den Gouverneur seinerzeit gebeten, mich zum Indianeragenten zu ernennen. Ich schlichte Streitigkeiten zwischen Indianern und Weißen, teile Reservate zu, versuche den Handel mit Waffen und Whisky zu unterbinden, und sorge dafür, daß unerwünschte Weiße aus der Gegend verschwinden.« Er lächelte. »Letzteres ist ja sowieso ein Teil meines Jobs als Marshal. Die Arbeit ist so mühsam, aber allmählich mache ich Fortschritte. So habe ich zum Beispiel das Vertrauen der Paiutes schon so gut wie gewonnen. Ach, da fällt mir etwas ein!« Er blickte zu dem anderen Tisch hinüber. »Colonel!«

Claremont hob fragend die Augenbrauen.

»Es wäre vielleicht keine schlechte Idee, wenn wir jetzt die Vorhänge schließen ließen, Sir. Wir befinden uns bereits in feindlichem Territorium, und es muß ja nicht sein, daß wir unnötige Aufmerksamkeit auf uns lenken.«

»Jetzt schon? Nun, Sie müssen es wissen. Henry! Haben Sie gehört? Wenn Sie hier die Vorhänge geschlossen haben, gehen Sie zu Sergeant Bellew und sagen Sie ihm, daß er seine auch zuziehen soll.«

Peabody packte Pearce am Arm und sagte mit angstverzerrtem Gesicht: »Sagten Sie feindliches Territorium? Meinen Sie feindliche Indianer?«

»Allerdings.«

Pearce' Gleichmut verstärkte Peabodys Angst noch: »Aber – Sie sagten doch, daß sie Ihnen vertrauen.«

»Stimmt. Sie vertrauen *mir*.«

»Ach so!« sagte Peabody mit leicht dümmlichem Gesichtsausdruck. Dann schluckte er ein paarmal krampfhaft und verfiel in Schweigen.

Henry servierte Kaffee, und O'Brien erfüllte die alkoholischen Wünsche der Reisenden. Alle Fenster waren geschlossen, der Ofen glühte dunkelrot und die Temperatur im Abteil war auf etwa achtundzwanzig Grad gestiegen, aber das schien niemanden sonderlich zu stören. In dieser Gegend waren extreme Temperaturen an der Tagesordnung und wurden gleichmütig hingenommen. Die grünen Samtvorhänge waren sorgfältig zugezogen. Deakin hatte die Augen geöffnet und sich auf einen Ellbogen gestützt. Er schien sich noch unbehaglicher zu fühlen als zuvor, aber wie schon vorher war auch jetzt Marica die einzige, die davon Notiz nahm und ihn immer wieder besorgt musterte. Die übrigen Reisenden vertrieben sich die Zeit mit nichtssagender Konversation, und schließlich stellte Dr. Molyneux sein Glas auf den Tisch, stand auf, streckte sich und unterdrückte ein Gähnen: »Wenn Sie mich bitte entschuldigen wollen. Ich habe einen schweren Tag vor mir, in meinem Alter braucht man seinen Schlaf.«

»Sie haben einen schweren Tag vor sich, Dr. Molyneux?« fragte Marica mit höflichem Interesse.

»Leider ja. Unsere medizinischen Vorräte sind zum größten Teil erst gestern in Ogden eingeladen worden. Bevor wir ins Fort kommen, muß ich alles noch überprüfen.«

Marica sah ihn amüsiert und neugierig an. »Warum diese Eile, Dr. Molyneux? Hat das nicht Zeit, bis Sie ankommen?« Als er nicht sofort antwortete, fragte sie: »Oder ist diese Epidemie schon außer Kontrolle geraten?«

Molyneux erwiderte ihr Lächeln nicht. »Die Epidemie in Fort Humboldt –.« Er brach ab, sah Marica nachdenklich an und wandte sich dann abrupt an Colonel Claremont: »Ich bin der Auffassung, daß jedes weitere Verschweigen der Tatsachen nicht nur sinnlos und kindisch ist, sondern auch eine Beleidigung für eine Gruppe intelligenter Erwachsener darstellt. Ich gebe zu, daß die Geheimhaltung anfangs notwendig war. Aber nun sind alle in diesem Zug von der übrigen Welt abgeschnitten und werden es bleiben, bis wir im Fort sind, wo sowieso –«

Claremont unterbrach den Redefluß: »Schon gut, Doktor, schon gut. Ich bin ja Ihrer Meinung.«

Er wandte sich an seine Mitreisenden und sagte: »Dr. Molyneux ist kein Armeearzt und wird es auch nie werden. Er ist führender Spezialist auf dem Gebiet der Tropenkrankheiten. Die Soldaten in diesem Zug sind Ersatzleute für die vielen Männer, die in Fort Humboldt gestorben sind.«

Bei seinen letzten Worten hatte die Verwirrung auf Maricas Gesicht nackter Furcht Platz gemacht und als sie sprach, war ihre Stimme nur noch ein heiseres Flüstern: »Die Männer – die vielen Männer, die gestorben sind –«

»Ich wünschte wirklich, Sie hätten nicht gefragt, warum der

Zug so schnell fährt oder warum Dr. Molyneux es so eilig hat, Miss Fairchild, und ich wünschte auch, dem Marshal wäre die Besorgnis des Gouverneurs entgangen.« Er blickte seine Zuhörer der Reihe nach an und sagte schließlich mit gepreßter Stimme: »In Fort Humboldt wütet die Cholera!«

Nur zwei der sieben Zuhörer des Colonels zeigten eine merkbare Reaktion. Der Gouverneur, Molyneux und O'Brien hatten bereits von der Epidemie gewußt und waren demzufolge nicht überrascht, Pearce hob lediglich eine Augenbraue und beschränkte sich darauf, ein nachdenkliches Gesicht zu machen – offenbar lag es ihm noch weniger als Pearce, Gefühlsregungen zu äußern. Für einen unbeteiligten Zuschauer wäre die sparsame Reaktion vielleicht eine Enttäuschung gewesen, aber dafür wäre er durch das Verhalten von Marica und dem Reverend voll entschädigt worden. Angst und Grauen standen im Gesicht des Mädchens, und Peabody sah aus, als sei ihm ein böser Geist erschienen. Marica fand als erste die Sprache wieder: »Die Cholera!« flüsterte sie entsetzt. »Um Himmels willen! Mein Vater...«

»Ich weiß, mein Kind, ich weiß.« Der Gouverneur erhob sich, trat zu ihr und legte ihr den Arm um die Schultern. »Ich hätte es dir lieber erspart, Marica, aber ich dachte, wenn – nun ja, wenn dein Vater erkrankt sein sollte, dann wärest du vielleicht lieber –«

Reverend Peabody erholte sich erstaunlich schnell von seinem Schock. Er schnellte wie von einem Katapult geschleudert aus den Tiefen seines Sessels hoch, und schrie mit vor Empörung schriller Stimme:

»Wie konnten Sie es wagen! Gouverneur Fairchild, wie konnten Sie es wagen, dieses arme Kind den schrecklichen Gefahren dieser grauenhaften Seuche auszusetzen! Ich bin entsetzt! Ich bestehe darauf, daß wir umgehend nach Reese City zurückkehren und – und –«

»Wie sollten wir das machen?« fragte O'Brien, wobei er sorgfältig jeglichen Unterton vermied. »Wir fahren auf einer eingleisigen Strecke.«

»Um Himmels willen, Pater, für was halten Sie uns?« Der Vulkan Claremont stand kurz vor einem Ausbruch. »Für Meuchelmörder? Oder potentielle Selbstmörder? Oder für Dummköpfe? Wir haben Proviant für einen Monat dabei. Und wir werden in diesem Zug bleiben, bis Dr. Molyneux die Epidemie in Fort Humboldt besiegt hat.«

»Aber das geht nicht! Das dürfen Sie nicht!« Marica sprang auf, packte Dr. Molyneux' Arm und rief verzweifelt: »Ich weiß, Sie sind Arzt, aber auch ein Arzt kann sich anstecken.«

Molyneux strich ihr beruhigend über die Hand. »Ich nicht. Ich hatte die Cholera schon einmal. Ich bin immun. Gute Nacht.«

Plötzlich fragte eine Stimme vom Fußboden her: »Wo haben Sie sich angesteckt, Doktor?«

Alle starrten Deakin an. Von Verbrechern erwartete man wie von kleinen Kindern, daß sie zu sehen, aber nicht zu hören waren. Pearce wollte aufstehen, aber Dr. Molyneux winkte ab.

»In Indien«, sagte er. »Dort habe ich die Krankheit studiert.« Er lächelte unfroh. »Sehr intensiv sogar. Warum fragen Sie?«

»Aus schierer Neugier. Und wann war das?

»Vor acht oder zehn Jahren. Weshalb interessiert Sie das so?«

»Sie haben gehört, wie der Marshal meinen Steckbrief vorgelesen hat. Ich verstehe ein wenig von Medizin. Deshalb habe ich gefragt.«

Molyneux betrachtete den Gefangenen eine Zeitlang mit seltsam angespannter Miene, dann nickte er den anderen kurz zu und verließ das Abteil.

»Diese Neuigkeiten sind ja nicht gerade erfreulich«, stellte Pearce düster fest.

»Wieviel Todesopfer sind es denn bis jetzt?« Claremont wandte sich mit einem fragenden Blick an O'Brien, und dieser gab wie immer präzise Auskunft: »Bei der letzten Zählung vor etwa sechs Stunden waren es fünfzehn, was bedeutet, daß zu dem Zeitpunkt noch neunundfünfzig am Leben waren. Über die Zahl der Erkrankten liegen uns keine Angaben vor, aber Dr. Molyneux, der auf diesem Gebiet über große Erfahrung verfügt, nimmt aufgrund der Zahl der Toten an, daß ungefähr zwei Drittel bis drei Viertel der restlichen Männer infiziert sind.«

»Es sind also vermutlich nur noch fünfzehn gesunde Soldaten da, um das Fort zu verteidigen«, stellte Pearce nüchtern fest.

»Vermutlich.«

»Eine einmalige Chance für White Hand. Wenn er es wüßte.«

»White Hand? Meinen Sie damit den blutrünstigen Häuptling der Paiute?«

Pearce nickte und O'Brien schüttelte den Kopf. »Wir haben auch an diese Möglichkeit gedacht, sie aber verworfen. Wir alle wissen, daß White Hand besessen ist vom Haß auf den weißen Mann im allgemeinen und auf die US-Kavallerie im besonderen, aber wir wissen auch, daß er alles andere ist als ein Narr. Sonst hätte ihn die Armee oder –« O'Brien gestattete sich ein angedeutetes Lächeln –, »einer unserer furchtlosen Gesetzeshüter nämlich schon vor geraumer Zeit geschnappt. Wenn White Hand weiß, wie unterbesetzt Fort Humboldt derzeit ist, dann weiß er auch warum, und er wird das Fort meiden wie die Pest.« Diesmal wirkte sein Lächeln etwas verkrampft: »Bitte verzeihen Sie, das war nicht gerade geschmackvoll!«

»Was ist mit meinem Vater?« fragte Marica mit zitternder Stimme.

»Vor sechs Stunden war er noch gesund.«

»Sie meinen –«

»Tut mir leid, Miss.« O'Brien legte behutsam eine Hand auf ihren Arm. »Ich weiß auch nicht mehr als Sie.«

»Fünfzehn Kinder Gottes sind in die ewige Ruhe eingegangen.« Peabodys Stimme klang, als käme sie aus den Tiefen eines Grabes. »Ich frage mich, wie viele arme Seelen bis zum Morgengrauen noch von uns gegangen sein werden.«

»Bis zum Morgengrauen werden wir es wissen!« sagte Claremont unfreundlich. Offensichtlich gelangte er immer mehr zu der Auffassung, daß die Anwesenheit des Geistlichen unter Umständen wie diesen alles andere als wünschenswert war.

»Wir werden es wissen?« Pearce hob die Brauen. »Wie werden wir es erfahren?«

»Nicht durch Zauberei. Wir haben einen transportablen Telegraphenapparat im Zug. Wir befestigen ein langes Kabel an der Telegraphenleitung der Eisenbahn und auf diese Weise können wir mit dem Fort westlich von Reese City und selbst mit Ogden im Osten Verbindung aufnehmen.« Marica stand auf.

»Wollen Sie uns verlassen, Miss Fairchild?«

»Ich bin müde.« Sie lächelte gequält. »Und außerdem hat mich die Eröffnung, die Sie uns machen mußten, ziemlich mitgenommen.« An der Tür, die zum Korridor führte, blieb sie plötzlich stehen und blickte nachdenklich auf Deakin hinunter. »Bekommt dieser arme Mann überhaupt nichts zu essen oder zu trinken?«

»Dieser arme Mann!« echote Pearce empört. »Würden Sie diese Formulierung auch vor den Angehörigen der Leute gebrauchen, die bei dem Brand in Lake's Crossing ums Leben kamen? Dieser Galgenvogel hat noch genug Fleisch auf den Rippen. Er wird es überleben.«

»Aber Sie werden ihn doch nicht die ganze Nacht über gefesselt lassen!«

»Doch, das werde ich!« erklärte Pearce entschieden. »Aber morgen früh werde ich ihm die Fesseln abnehmen.«

»Morgen früh?«

»Richtig. Morgen früh erübrigen sich die Fesseln nämlich, weil wir dann mitten in feindlichem Territorium sein werden und er ganz sicher keinen Fluchtversuch machen wird. Ein weißer Mann alleine, ohne Waffen und ohne Pferd, hätte im Gebiet der Paiute keine zwei Stunden zu leben. Seine Spuren im Schnee könnte sogar ein Kind finden – und wenn er zufällig nicht entdeckt werden sollte, würde er mit Sicherheit verhungern oder erfrieren. Und wenn wir auch sonst nicht viel über Mister Deakin wissen – eins steht fest: sein eigenes Leben ist ihm sehr viel wert.«

»Er soll also die ganze Nacht hier liegen – und leiden.«

»Er ist ein Mörder, Brandstifter, Dieb, Betrüger und Feigling«, sagte Pearce geduldig. »Sie haben sich für Ihr Mitleid ein ziemlich erbärmliches Objekt ausgesucht, Madam.«

»Und Sie sind ein ziemlich erbärmliches Objekt eines Marshals, Mr. Pearce.« Nach den ziemlich fassungslosen Gesichtern der Zuschauer zu urteilen, waren stürmische Gefühlsausbrüche bei Marica eine Seltenheit. »Jedenfalls scheinen Sie sich in den Gesetzen nicht besonders gut auszukennen. Nein, Onkel, ich höre nicht auf. Laut Gesetz ist ein Mensch so lange unschuldig, bis seine Schuld bewiesen ist, aber Mister Pearce hat diesen Mann bereits verurteilt und wird ihn vermutlich am nächsten Baum aufhängen. Ein Vertreter des Gesetzes! Daß ich nicht lache! Das Gesetz möchte ich sehen, das ihn ermächtigt, einen Gefangenen schlimmer als ein Tier zu behandeln!«

Nach diesen Worten drehte sie sich abrupt um und verließ mit wehenden Röcken das Abteil. O'Brien sagte mit ausdruckslosem Gesicht: »Ich dachte, Sie kennen das Gesetz, Nathan.«

Pearce sah ihn stirnrunzelnd an, dann grinste er schief und griff nach seinem Glas.

Die dunklen Wolken am westlichen Horizont hatten inzwischen eine bedrohliche blauschwarze Färbung angenommen und bildeten einen gespenstischen Hintergrund für die noch immer in weiter Ferne liegenden, weißschimmernden Berggipfel. Das Tal stieg jetzt steil an, und der Zug, der sich entlang dem teilweise zugefrorenen Fluß die Steigung hinaufkämpfte, passierte die ersten schneebedeckten Kiefern – Vorboten der eisigen Kälte, die weiter oben herrschte.

Im Inneren des Zuges dagegen herrschte geradezu hochsommerliche Hitze, aber Deakin, der das Tagesabteil der Offiziere jetzt für sich allein hatte, war nicht in der Stimmung, sich darüber zu freuen. Und auch für die Behaglichkeit, die der Ofen und der warme Schein der letzten noch brennenden Petroleumlampe dem Raum verliehen, hatte er keinen Sinn. Er hatte sich auf die Seite fallen lassen, um seine Lage wenigstens etwas erträglicher zu machen. Sein Gesicht verzerrte sich vor Schmerz und Anstrengung, als er erneut und wiederum vergeblich versuchte, die Fesseln zu lockern, die seine Hände auf dem Rücken zusammenhielten. Resigniert gab er auf.

Deakin war nicht der einzige in diesem Waggon, der keinen Schlaf fand: Marica saß aufrecht auf der schmalen Schlafkoje, die mehr als die Hälfte ihrer Kabine ausfüllte, kaute nachdenklich auf ihrer Unterlippe herum und warf gelegentlich einen unschlüssigen Blick auf die Tür. Ihre Gedanken kreisten um das gleiche Problem, das Deakin beschäftigte – die unbequeme Lage, in der letzterer sich befand. Plötzlich stand sie entschlossen auf, wickelte sich in eine Decke, trat leise auf den Gang hinaus und zog lautlos die Tür hinter sich zu.

An der nächsten Tür blieb sie stehen und horchte. Dem Schnarchen nach zu schließen, hatte der Gouverneur des Staates Nevada beschlossen, sich erst am nächsten Morgen wieder Sorgen zu machen. Beruhigt ging Marica weiter, öffnete die Tür zum Tagesabteil, schloß sie hinter sich und blickte auf Deakin hinunter. Er erwiderte ihren Blick, aber sein Gesicht blieb völlig ausdruckslos. Marica zwang sich, ruhig und sachlich zu sprechen.

»Geht es Ihnen einigermaßen?«

»Na sieh mal einer an!« Interesse erwachte in Deakins Augen. »Am Ende ist die Nichte des Gouverneurs gar nicht das wohlbehütete kleine Mädchen, das sie zu sein scheint. Sie wissen doch, was der Gouverneur oder der Colonel oder auch Pearce mit Ihnen machen würden, wenn sie Sie hier fänden.«

»Was könnten sie mir schon tun? Ich darf Sie daran erinnern, daß es heute nicht mehr so ist wie vor hundert Jahren, und ich kann Ihnen versichern, daß ich durchaus in der Lage bin, selbständig zu handeln. Und Sie wären der Allerletzte, von dem ich mich maßregeln ließe! Ich habe Sie gefragt, ob es Ihnen einigermaßen gut geht.«

Deakin seufzte. »So ist das Leben – da liegt man sowieso schon am Boden und wird auch noch getreten. Es geht mir fabelhaft. Sehen Sie das nicht? Ich schlafe immer in dieser Lage.«

»Für Sarkasmus habe ich nichts übrig«, sagte sie frostig. »Ich wollte Sie fragen, ob ich etwas für Sie tun kann, aber jetzt habe ich den Eindruck, es wäre besser gewesen, im Bett zu bleiben.«

»Entschuldigen Sie, ich wollte Sie nicht vor den Kopf stoßen. Ich hoffe, Sie billigen mir mildernde Umstände zu. Was Ihr Angebot betrifft, so erinnere ich Sie an das, was der Marshal gesagt hat: Verschwenden Sie Ihr Mitleid nicht an mich.«

»Was der Marshal sagt, interessiert mich nicht im geringsten«, sagte Marica schroff und übersah geflissentlich die Überraschung in seinem Gesicht. »In der Kombüse ist noch etwas zu essen.«

»Mir ist der Appetit vergangen. Trotzdem, vielen Dank.«

»Und wie wär's mit einem Drink?«

»Hallo! Das ist Musik für meine Ohren!« Er setzte sich mühsam auf. »Ich habe den ganzen Abend zugesehen, wie sie getrunken haben, und das war weiß Gott kein Vergnügen. Ich bin es gewöhnt, mein Glas selbst zu halten – würden Sie mir die Hände losbinden?«

»Glauben Sie, ich habe den Verstand verloren? Wenn Sie erst einmal die Hände frei haben –«

»Werde ich sie um Ihren hübschen Hals legen, was?« Er betrachtete ihren Hals eingehend, während sie ihn mit steinernem Gesicht beobachtete. »Er ist wirklich sehr hübsch. Aber das gehört nicht hierher. Was meine Hände betrifft, so kann ich Sie beruhigen: ich werde sogar die größte Mühe haben, das Glas festzuhalten. Sehen Sie her.«

Er drehte sich um und zeigte ihr seine Hände. Sie waren blau angelaufen und die Schnur schnitt tief in das zu unkenntlichen Klumpen aufgeschwollene Fleisch. Deakin sagte: »Was immer auch man gegen unseren Marshal sagen kann, man muß zugeben, daß er mit echter Begeisterung bei der Sache ist.«

Marica schaute mit zusammengepreßten Lippen auf seine geschundenen Hände hinunter. In ihren Augen standen Zorn und Mitleid. Sie sagte: »Wenn Sie mir versprechen –«

»Jetzt muß ich *Sie* fragen, ob Sie glauben, daß *ich* den Verstand verloren habe! Sie nehmen an, ich würde einen Fluchtversuch machen? Hier, wo es von Paiutes nur so wimmelt? Nein, nein, da bleibe ich doch lieber hier und dezimiere die Whiskyvorräte des Herrn Gouverneurs.«

Aber bis er dieses Vorhaben in die Tat umsetzen konnte, vergingen fünf Minuten. Marica brauchte zwar nur eine Minute, um seine Fesseln zu lösen, aber Deakin, der sich in einem Sessel niedergelassen hatte, gelang es erst nach weiteren vier Minuten, die Blutzirkulation in seinen tauben Händen wieder einigermaßen in Gang zu bringen. Der Schmerz mußte unerträglich gewesen sein, aber Deakin verzog keine Miene. Marica, die ihn keine Sekunde aus den Augen ließ, sagte: »Ich glaube, Sie sind viel tapferer, als man Ihnen allgemein zutraut.«

»Es wäre für einen erwachsenen Mann denkbar unpassend, in Gegenwart einer Dame zu jammern.« Er bewegte vorsichtig seine Finger. »Hatten Sie nicht vorhin etwas von einem Drink gesagt, Miss Fairchild?«

Sie brachte ihm ein Glas Whisky. Deakin trank es in einem Zug halb leer, seufzte zufrieden, stellte das Glas auf den Tisch neben sich, bückte sich und begann, seine Fußfesseln zu lösen. Marica sprang auf und rannte vor Wut aus dem Abteil. Bereits Sekunden später war sie wieder da und baute sich drohend vor Deakin auf, der immer noch damit beschäftigt war, sich von den Fesseln zu befreien. Er blickte hoch und betrachtete mißbilligend die kleine, aber nicht ungefährlich wirkende Pistole mit dem Perlmuttgriff, die sie auf ihn gerichtet hielt. »Wozu tragen Sie denn die mit sich herum?« fragte er.

»Mein Onkel sagte, wenn die Indianer mich je erwischen sollten –« Sie brach wütend ab. »Sie gemeiner Schuft! Sie haben mir doch versprochen...«

»Wenn jemand ein Mörder, Brandstifter, Dieb, Betrüger und Feigling ist, kann es Sie doch nicht im Ernst überraschen, wenn er sich auch noch als Lügner entpuppt. Und wenn es Sie doch ernsthaft überrascht, dann spricht das nicht für Ihre Intelligenz.« Er hatte die Fesseln entfernt, trat mit noch etwas wackligen Beinen auf Marica zu und nahm ihr die Pistole aus der Hand – er besaß genug Menschenkenntnis, um zu sehen, wenn jemand gar nicht vorhatte zu schießen.

Er drückte sie behutsam in einen Sessel, legte ihr die kleine Pistole in den Schoß, humpelte zu seinem Sessel und ließ sich mit einem erleichterten Seufzer hineinfallen. »Nur die Ruhe, Lady. Es sieht ganz so aus, als sei ich gar nicht in der Lage zu fliehen. Wollen Sie meine Fußgelenke sehen?«

»Nein!« Offenbar kochte sie vor Wut über ihre eigene Unentschlossenheit.

»Da geht es Ihnen wie mir. Lebt Ihre Mutter noch?«

»Meine Mutter –?« fragte sie entgeistert. »Was hat das denn mit Ihnen zu tun?«

»Ich mache Konversation. So gehört sich das doch bei wohler-
zogenen Leuten, oder?« Er rappelte sich mühsam aus dem Sessel
hoch und ging mit dem Glas in der Hand so vorsichtig auf und ab,
als habe er rohe Eier unter den Füßen. »Nun, lebt sie noch?«

»Ja.«

»Aber es geht ihr nicht gut?«

»Woher wollen Sie das wissen? Und was geht es Sie überhaupt
an?«

»Nichts. Ich bin von einer unstillbaren Neugier besessen.«

»Was für eine gewählte Ausdrucksweise!« spottete Marica.

»Ich darf Sie daran erinnern, daß ich früher an einer Universität
gelehrt habe. Es ist sehr wichtig, den Studenten den Eindruck zu
vermitteln, daß man klüger sei als sie. Und eine gewählte Ausdrucksweise hilft einem dabei. Also, Ihrer Mutter geht es nicht
gut. Wenn es ihr gut ginge, würde ja wohl sie zu Ihrem Vater
fahren. Ich wundere mich übrigens sehr, daß Sie nicht bei Ihrer
kranken Mutter geblieben sind. Und es kommt mir auch sehr
seltsam vor, daß Sie die Erlaubnis bekommen haben, zu Ihrem
Vater zu fahren, obwohl im Fort die Cholera herrscht und die
Indianer alles andere als umgänglich sind. Finden Sie das nicht
auch alles etwas merkwürdig, Miss Fairchild? Ihr Vater muß sehr
schwerwiegende Gründe dafür gehabt haben, Sie um Ihr Kommen zu bitten. Erfolgte die Einladung brieflich?«

»Ich brauche Ihre Fragen nicht zu beantworten!«

»Natürlich nicht. Aber Sie werden es tun! Zusätzlich zu all
meinen übrigen Fehlern bin ich nämlich auch noch penetrant
hartnäckig. Also wie war das? Bekamen Sie einen Brief? Nein,
natürlich nicht. Alle dringenden Mitteilungen kommen per Tele-
graph.« Er wechselte abrupt das Thema: »Sie kennen Ihren Onkel
und Major O'Brien sehr gut, nicht wahr?«

»Jetzt reicht es aber allmählich«, fauchte Marica. »Ich finde es
unglaublich...«

»Schon gut, schon gut!« Deakin leerte sein Glas, setzte sich
wieder, und machte sich daran, sich die Füße zu fesseln. »Das war
alles, was ich wissen wollte.« Er stand auf, reichte Marica ein
Stück Schnur und drehte sich mit den Händen auf dem Rücken zu
ihr um. »Wenn Sie so freundlich sein wollen – aber diesmal bitte
nicht ganz so fest.«

Marica sagte langsam: »Warum interessiert Sie das alles, warum
machen Sie sich Gedanken über mich. Sie haben doch mit sich
weiß Gott genug zu tun...«

»Das habe ich, mein Kind, das habe ich. Ich versuche nur, mich von meinen eigenen Sorgen und Schwierigkeiten abzulenken.« Er zuckte, als sie die Schnur um seine entzündeten Handgelenke zusammenzog. »Langsam! Vorsichtig!« protestierte er.

Sie gab keine Antwort. Schweigend beendete sie ihre Arbeit, half Deakin, sich hinzulegen und verließ wortlos das Abteil. In ihrer Kabine schloß sie leise die Tür hinter sich, und dann blieb sie längere Zeit auf ihrem Bett sitzen und starrte nachdenklich ins Leere.

Auch Banlon, der Lokomotivführer, der in dem vom rötlichen Schein des Feuers erhellten Führerhaus stand, machte ein nachdenkliches Gesicht, während er seine Blicke von den Kontrollgeräten immer wieder zum Himmel und zu dem vor ihm liegenden Schienenstrang wandern ließ. Die schwarze Wolkenwand, die sich mit beträchtlicher Geschwindigkeit nach Osten schob, verdunkelte bereits mehr als die Hälfte des Himmels. In kürzester Zeit würde es dunkel sein – jedenfalls soweit das im Hochland möglich war, wo die Berge und die Kiefern – und in zunehmendem Maße auch die Erde – von einem weißen Tuch bedeckt waren.

Jackson, der Heizer, hätte Banlons Zwillingsbruder sein können – auch er war beängstigend mager, hatte eine tiefbraune Haut und auch sein Gesicht war von tiefen Falten durchzogen. Jackson spürte nichts von der klirrenden Kälte: Bei so steilen Steigungen wie der, die der Zug gerade hinaufkeuchte, kam er kaum mit dem Heizen nach, denn bei Volldampf verschlang der Ofen in Rekordzeit ungeheure Mengen von Brennmaterial, was dazu führte, daß Jackson zeitweise regelrecht in Schweiß gebadet war. Er warf noch einen Armvoll Scheite auf die glühenden Kohlen, wischte sich die Stirn ab und schloß die Tür des Feuerlochs, wodurch es im Führerhaus plötzlich so gut wie dunkel war.

Banlon riß seinen Blick von den Schienen los und wandte sich wieder den Kontrollvorrichtungen zu. Plötzlich ertönte ein lautes, metallisches und höchst bedrohliches Rattern, das Banlon zu einem Schwall nicht wiederholbarer Flüche veranlaßte.

»Was ist los?« fragte Jackson alarmiert.

Banlon antwortete nicht sofort. Er griff hastig nach der Bremse. Einen Augenblick passierte gar nichts. Und dann kam der Zug mit ohrenbetäubendem Knirschen der Bremsen und hartem Aufeinanderkrachen der Puffer zum Stehen. In allen Abteilen suchten die wenigen, die noch wach gewesen waren – mit Ausnahme des gefesselten Deakin – und die meisten derer, die gerade gewaltsam aufgeweckt worden waren, nach einem Halt, denn der Bremsvorgang brachte nicht nur Lärm mit sich, sondern schüttelte den Zug auch noch kräftig durch, und nicht wenige der Schläfer fanden sich plötzlich auf dem Fußboden wieder.

»Wieder dieser verdammte Dampfregler!« schnaubte Banlon. »Ich glaube, die Mutter hat sich gelöst. Gib Devlin durch, er soll die Bremsen fest anziehen.« Er nahm eine nur schwach leuchtende Petroleumlampe von einem Haken und betrachtete mißbilligend den defekten Regler. »Und mach die Feuerluke auf – diese gottverdammte Lampe würde ja gegen kein Glühwürmchen aufkommen.«

Jackson gehorchte. Dann beugte er sich aus dem Fenster und blickte den Zug entlang. »Auf dieser Seite kommen schon ein paar«, verkündete er. »Und sie sehen nicht gerade begeistert aus.«

»Was hast du denn erwartet?« fragte Banlon mürrisch. »Eine Abordnung, die uns danken will, daß wir ihnen das Leben gerettet haben?« Er blickte auf seiner Seite hinaus. »Hier kommen auch ein paar zufriedene Kunden.«

Aber einer der Reisenden lief nicht in Richtung Lokomotive. In der Dunkelheit kaum sichtbar, sprang er vom Zug, blickte sich hastig um, rannte geduckt zur Böschung und sprang mit einem Satz zum Flußufer hinunter. Unten zog er seine eigenartig spitze Mütze aus Waschbärfell tief in die Stirn und lief in die Richtung, aus der der Zug gekommen war.

Colonel Claremont erreichte das Führerhaus der Lokomotive als erster, obwohl er deutlich sichtbar hinkte – er war einer der festeren Schläfer gewesen und nach dem Sturz aus dem Bett höchst unsanft mit der rechten Hüfte auf dem Fußboden aufgeschlagen. Mit einiger Mühe zog er sich die Eisenstufen hinauf.

»Was zum Teufel soll das, Banlon? Sie haben uns alle zu Tode erschreckt!«

»Tut mir leid, Sir«, sagte Banlon ebenso steif wie höflich. »Ich habe nur nach den Vorschriften der Eisenbahngesellschaft gehandelt. Der Ausfall eines Kontrollgeräts gilt als Notfall. Eine Mutter hat sich –«

»Schon gut, schon gut.« Claremont rieb sich vorsichtig die Hüfte. »Wie lange dauert die Reparatur? Wahrscheinlich die ganze verdammte Nacht!«

Banlon gestattete sich ein angedeutetes Lächeln: »Fünf Minuten, Sir, länger nicht.«

Als Banlon sich dran machte, seine Voraussage in die Realität umzusetzen, blieb der Mann mit der Waschbärmütze plötzlich am Fuße eines Telegraphenmastes stehen. Er blickte den Weg zurück, den er gekommen war: er hatte das Zugende bereits mindestens fünfzig Meter hinter sich gelassen. Zufrieden legte er einen langen Gürtel um sich und den Mast und begann zu klettern. Oben angekommen zog er eine Drahtschere aus der Jacke, mit der er hastig die Telegraphendrähte auf der Seite der Isolatoren, die vom Zug entfernt lagen, durchschnitt. Die Drähte verschwanden in der Dunkelheit, und der Mann glitt wieder nach unten.

Im Führerhaus richtete sich Banlon mit dem Schraubenschlüssel in der Hand auf. »Fertig?« fragte Claremont.

»Fertig!« nickte Banlon und hob angelegentlich seine schmutzige Hand, um ein gewaltiges Gähnen zu vertuschen.

Claremont ließ für einen Augenblick seine schmerzende Hüfte außer acht und fragte: »Sind Sie sicher, daß Sie diese Nacht durchfahren können?«

»Wir brauchen nur heißen Kaffee. Und dafür haben wir alles, was wir brauchen, hier in der Kabine. Aber morgen würden wir – Jackson und ich – ganz gerne verschnaufen. Vielleicht können Sie eine Ablösung...«

»Ich werde sehen, was sich tun läßt«, sagte Claremont kurz, aber nicht, weil er etwas gegen Banlon hatte, sondern nur weil der Schmerz in seiner Hüfte erneut seine ganze Aufmerksamkeit verlangte. Er kletterte steifbeinig aus der Lokomotive, ging am Zug entlang bis zum ersten Waggon und stieg dort ebenso steifbeinig die eisernen Stufen hinauf. Der Zug setzte sich langsam wieder in Bewegung. Gleichzeitig erschien der Mann mit der Waschbärmütze am Rande der Böschung, blickte prüfend nach beiden Seiten, begann zu rennen und sprang hinten auf den dritten Waggon auf.

4

Es wurde langsam hell und in dieser Höhe und so spät im Jahr geschah das erst, wenn der Morgen eigentlich schon vorbei war. Die Gipfel der Berge, die am Abend zuvor in weiter Ferne geschimmert hatten, waren inzwischen zwar viel näher gerückt, aber momentan nicht zu sehen. Die eintönig schmutzig-weiße Wolkendecke im Westen ließ darauf schließen, daß es ein paar Meilen weiter schneite. Und das leise Schwanken der schneebedeckten Kiefernwipfel zeigte, daß der Morgenwind zunehmend auffrischte. An einigen Stellen des Flusses, wo das Wasser fast stillstand, kroch das Eis von den Rändern auf die Mitte zu. Der Bergwinter hatte begonnen.

Henry, der Steward, war gerade dabei, den bereits glühenden Ofen im Tagesabteil der Offiziere zu schüren, als Colonel Claremont durch den Gang eintrat und an dem auf dem Boden liegenden, schlafenden Deakin vorbeiging, ohne ihn auch nur eines Blickes zu würdigen. Claremonts Hüftverletzung war anscheinend nur noch eine unangenehme Erinnerung, denn er hinkte nicht mehr und rieb sich geschäftig die Hände. »Ein scheußlicher Morgen, Henry.«

»Das kann man wohl sagen, Sir. Möchten Sie frühstücken? Carlos hat schon alles vorbereitet.«

Claremont trat ans Fenster, zog den Vorhang beiseite, säuberte die beschlagene Scheibe und blickte mürrisch nach draußen. Er schüttelte den Kopf.

»Später. Es sieht aus, als bekämen wir bald Schnee. Bevor es losgeht, möchte ich noch mit Reese City und Fort Humboldt sprechen. Holen Sie Ferguson, den Telegraphisten. Und sagen Sie ihm, er soll gleich alles Nötige mitbringen.«

An der Tür wäre Henry beinahe mit dem Gouverneur zusammengestoßen, der, gefolgt von O'Brien und Pearce, das Abteil betrat. Pearce beugte sich zu Deakin hinunter, rüttelte ihn unsanft wach und begann, die Fesseln zu lösen.

»Guten Morgen, guten Morgen!« Claremont war ganz in seinem Element - endlich hatte er wieder Gelegenheit, etwas zu tun. »Bin gerade dabei, mit Reese City und Fort Humboldt Verbindung aufzunehmen. Der Telegraphist muß jeden Augenblick hier sein.«

»Soll ich den Zug anhalten lassen?« fragte O'Brien.

»Ich bitte darum.«

O'Brien öffnete die Tür, trat auf die vordere Plattform hinaus, schloß die Türe hinter sich und zog an einem in Kopfhöhe angebrachten Seil. Ein oder zwei Sekunden später steckte Banlon den Kopf aus dem Führerhaus der Lokomotive, blickte den Zug entlang und sah, wie O'Brien den rechten Arm hob und senkte. Banlon winkte bestätigend und zog den Kopf zurück. Gleich darauf verlangsamte der Zug seine Geschwindigkeit. O'Brien kehrte in das Abteil zurück und klopfte sich mit den Händen auf die Oberarme.

»Großer Gott, ist das eine Kälte da draußen.«

»So was belebt, mein lieber O'Brien«, sagte Claremont sarkastisch, und man sah ihm deutlich an, wie wenig ihn die Aussicht begeisterte, selbst hinaus zu müssen. Er sah Deakin an, der seine Hände massierte, und wandte sich dann an Pearce. »Wo wollen Sie den Burschen unterbringen, Marshal? Ich kann Sergeant Bellew beauftragen, ihn unter Bewachung stellen zu lassen.«

»Nichts gegen Bellew, Sir. Aber einen Mann, der so geschickt mit Zündhölzern, Petroleum und Sprengstoff umgehen kann - und ich nehme an, daß jeder Truppentransportzug von all diesen Dingen eine beträchtliche Menge geladen hat - behalte ich lieber selbst im Auge, Sir.«

Claremont nickte kurz und wandte sich dann den beiden Soldaten zu, die gerade eingetreten waren. Ferguson, der Telegraphist, hatte einen Klapptisch, eine Rolle Kabel und einen kleinen Kasten mitgebracht, der sein Schreibzeug enthielt. Sein Assistent, der junge Kavallerist Brown, schleppte den unhandlichen Sendeapparat heran.

»Sagen Sie mir Bescheid, wenn wir anfangen können«, sagte Claremont.

Zwei Minuten später waren die Vorbereitungen beendet. Ferguson hockte auf einer Sofalehne, und von dem Sendegerät vor ihm führte ein Kabel durch das spaltbreit geöffnete Fenster nach draußen. Claremont wischte die beschlagene Scheibe mit seinem Taschenmesser ab und blickte hinaus: Das Kabel führte zur Spitze eines Telegraphenmastes, an dem Brown in einem Gürtel hing. Er war mit seiner Arbeit fertig, blickte nach unten und winkte. Claremont wandte sich an Ferguson: »So. Zuerst das Fort.«

Ferguson sendete dreimal hintereinander das Rufsignal. Unmittelbar darauf drangen leise Morsezeichen an sein Ohr. Ferguson gab die Nachricht weiter: »Sie holen Colonel Fairchild, Sir.«

Während sie warteten, betrat Marica, dicht gefolgt von Reverend Peabody, das Abteil. Peabody machte wie üblich den Eindruck, als käme er gerade von einer Beerdigung und sah aus, als habe er eine schlechte Nacht hinter sich. Marica warf einen kurzen, ausdruckslosen Blick zu Deakin hinüber, und wandte sich dann an ihren Onkel: »Wie steht es?«

»Wir haben Verbindung mit Fort Humboldt, meine Liebe«, sagte der Gouverneur. »In einer Minute wissen wir mehr.«

Aus dem Kopfhörer drangen erneut schwache Morsezeichen. Ferguson schrieb hastig, aber sorgfältig mit, riß das Blatt von seinem Block und reichte es Claremont.

Mehr als eine Tagesreise entfernt hinter den Bergen hatten sich im Telegraphenraum von Fort Humboldt acht Männer versammelt. In einem Drehstuhl hinter einem prächtigen Mahagonischreibtisch mit lederbezogener Platte lümmelte ein Mann, dessen Position man schon daran erkennen konnte, daß er seine Füße, die in verdreckten Reitstiefeln steckten, auf die Schreibtischplatte gelegt hatte. Die Sporen hatten häßliche Spuren in dem Leder hinterlassen, aber das schien ihren Träger nicht zu stören. Aber das war nicht weiter überraschend, denn er sah nicht so aus, als habe er auch nur das mindeste Gefühl für Ästhetik. Selbst wenn er saß, sah man, daß er groß und kräftig war. Die zerschlissene Jacke aus Rehleder sah aus, als würde sie jeden Augenblick von den mächtigen Schultern gesprengt, um die Hüften trug er einen breiten Gürtel, den zwei Peacemaker Colts schwer nach unten zogen, und auf seinem Kopf saß ein uralter Stetson. Das Gesicht mit den hohen Backenknochen, der Hakennase und den kalten grauen Augen wurde von Bartstoppeln verunziert, die mindestens eine Woche alt waren. Man hatte das Gefühl, einen unbarmherzigen Desperado vor sich zu haben - und genau dieses war Sepp Calhoun auch tatsächlich!

Neben dem Tisch saß ein Mann in der Uniform der US-Kavallerie, und einige Schritte weiter hockte ein anderer Soldat vor dem Telegraphen. Calhoun wandte sich an den Mann neben sich:

»Na, Carter, dann wollen wir mal sehen, ob Simpson wirklich die Mitteilung durchgegeben hat, die ich ihm aufgetragen habe.«

Carter reichte ihm stirnrunzelnd das Blatt Papier, auf dem die Nachricht stand. »Drei weitere Fälle«, las Calhoun laut. »Keine Toten mehr. Hoffe, Seuche hat Höhepunkt überschritten. Erbitte voraussichtliche Ankunftszeit.« Er sah den Funker an. »Gut, daß Sie klug genug sind, um nicht überschlau sein zu wollen, Simpson. Keiner von uns kann es sich leisten, einen Fehler zu machen, stimmt's?«

Im Tagesabteil des Truppentransportzuges hatte Colonel Claremont gerade die gleiche Botschaft gelesen. Er legte den Zettel beiseite und sagte: »Nun, das nenne ich gute Nachrichten. Wann werden wir da sein?« Er warf O'Brien einen fragenden Blick zu. »Ungefähr?«

»Diese schwerbeladenen Waggons mit einer einzigen Lok?« O'Brien überlegte kurz. »In dreißig Stunden, würde ich sagen, Sir. Ich kann ja Banlon noch mal fragen.«

»Nicht nötig.« Er wandte sich an Ferguson: »Geben Sie ihnen Bescheid -«

Marica sagte: »Mein Vater -«

Ferguson nickte und begann zu senden. Er hörte sich die Antwort an, nahm die Kopfhörer ab, blickte auf und sagte: »Erwarte Sie morgen nachmittag. Colonel Fairchild gesund.«

Marica lächelte erleichtert, und Pearce fragte Ferguson: »Können Sie dem Colonel mitteilen, daß ich auch mit diesem Zug komme und Sepp Calhoun festnehmen werde?«

Sepp Calhoun lächelte ebenfalls, aber nicht erleichtert - boshaftes Vergnügen glitzerte in seinen Augen, als er den Zettel mit der soeben eingegangenen telegraphischen Mitteilung an einen grauhaarigen und graubärtigen, hochgewachsenen Colonel aus der US-Kavallerie weiterreichte. »Sagen Sie selbst, Colonel Fairchild, übertrifft das nicht alles? Da kommt doch tatsächlich einer, um den armen Sepp Calhoun festzunehmen. Was um alles in der Welt soll ich denn jetzt bloß machen?«

Colonel Fairchild las die Mitteilung, aber er äußerte sich nicht dazu. Sein Gesicht blieb ausdruckslos. Er öffnete verächtlich die Hand und ließ das Blatt zu Boden fallen. Für einen Augenblick trat ein wachsamer Ausdruck in Calhouns Augen, aber dann entspannte er sich und lächelte wieder. Er konnte sich das Lächeln leisten. Er wandte sich an die vier Männer an der Tür - zwei zerlumpte Weiße und zwei ebenso wenig anziehende Indianer - die ihre vier Gewehre auf Fairchild und die beiden Soldaten gerichtet hatten, und sagte: »Der Colonel hat sicher Hunger. Bringt ihn zu seinem Frühstück zurück.«

»Jetzt versuchen Sie bitte, den Telegraphisten in Reese City zu erreichen«. sagte Claremont zu Ferguson. »Fragen Sie ihn, ob er irgendwas über Captain Oakland und Lieutenant Newell weiß.«

»Wir werden uns an den Bahnhofsvorsteher halten müssen, Sir«, erwiderte Ferguson. »Reese City hat keinen Telegraphisten mehr - der ist schon vor längerer Zeit zu den Goldminen abgehauen.«

»Na gut, dann versuchen wir es eben mit dem Bahnhofsvorsteher.«

»Jawohl, Sir.« Ferguson zögerte. »Es heißt aber, daß er sich im Bahnhof nur selten blicken läßt, Sir. Die meiste Zeit seines Lebens scheint er im Hinterzimmer des Hotels Imperial zu verbringen.«

»Probieren Sie es wenigstens.«

Und Ferguson probierte es. Er sendete das Rufzeichen mindestens ein dutzendmal, bevor er aufblickte und sagte: »Ich glaube, ich komme nicht durch, Sir.«

O'Brien sagte leise zu Pearce: »Vielleicht sollte man das Telegraphenamt ins Imperial verlegen.« Claremonts zusammengepreßte Lippen zeigten, daß die Bemerkung nicht leise genug gewesen war, aber er überging sie und sagte zu Ferguson: »Versuchen Sie es weiter.«

Ferguson gehorchte, aber aus seinen Kopfhörern drang nicht das leiseste Ticken. Er schüttelte den Kopf und sah Claremont an, der ihn erst gar nicht zu Wort kommen ließ: »Das Gerät am anderen Ende ist nicht besetzt, wie?«

»Nein, Sir, daran liegt es nicht.« Ferguson war echt verwirrt. »Die Leitung ist tot. Wahrscheinlich ist ein Übertragungsrelais ausgefallen.«

»Ich verstehe nicht, wie das passiert sein kann. Kein Schnee, kein Sturm - und als wir gestern von Reese City aus das Fort anriefen, war noch alles in Ordnung. Versuchen Sie es weiter, während wir frühstücken.« Er zögerte, streifte Deakin mit einem angewiderten Blick und wandte sich schließlich an Pearce: »Soll dieser Verbrecher, dieser Houston, etwa mit uns essen?«

»Deakin«, verbesserte Deakin sanft. »Nicht Houston.«

»Schnauze«, befahl Pearce grob. Und dann beantwortete er die Frage des Colonels: »Wenn es nach mir ginge, könnte er ruhig verhungern - aber, na ja, er kann sich zu mir an den Tisch setzen. Natürlich nur, wenn der Reverend und der Doktor nichts dagegen haben.« Er blickte sich suchend um. »Wie ich sehe, ist der gute Doktor noch gar nicht da.« Er packte Deakin am Arm: »Los, kommen Sie.«

Die sieben Leute ließen sich auf den gleichen Plätzen wie am Abend zuvor nieder, wobei Deakin den Platz von Dr. Molyneux einnahm, der noch immer nicht erschienen war. Peabody, der neben ihm saß, fühlte sich offenkundig höchst unbehaglich: Immer wieder streifte er Deakin mit heimlichen Blicken und machte den Eindruck, als rechne er jede Sekunde darauf, daß seinem

Zwischen 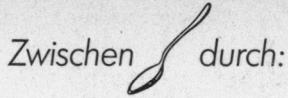 durch:

Die Reisenden sind schon eine bunte Gesellschaft: Peabody vermutet in Deakin einen wahren
Teufel, während dieser sich über das Essen her-
macht. Dr. Molyneux allerdings ist noch nicht
erschienen – warum?
Mag er vielleicht das Essen der Armee nicht?
Wir jedenfalls ziehen eine kleine warme Mahlzeit
für zwischendurch in weniger gefährlicher Umgebung vor. Dazu brauchen wir auch nur heißes
Wasser, einen Löffel und aus dem Schrank die…

Zwischen durch:

*Die kleine, warme Mahlzeit in der Eßterrine. Nur Deckel auf, Heißwasser drauf, umrühren, kurz ziehen lassen und genießen.*
*Die 5 Minuten Terrine gibt's in vielen leckeren Sorten – guten Appetit!*

Tischgenossen Hörner und ein gespaltener Schwanz wüchsen. Deakin seinerseits achtete gar nicht auf ihn: Wie man es von einem Menschen erwartet, der längere Zeit gezwungenermaßen nichts gegessen hat, widmete er seine ungeteilte Aufmerksamkeit dem, was vor ihm auf dem Teller lag.

Claremont beendete sein Frühstück, lehnte sich zurück, bedeutete Henry, ihm Kaffee nachzuschenken, zündete sich eine Zigarre an und blickte hinüber zu Pearce' Tisch. Ein frostiges Lächeln erschien auf seinem Gesicht.

»Ich fürchte, Dr. Molyneux hat Schwierigkeiten, sich den Frühstückszeiten der Armee anzupassen. Henry, gehen Sie und wekken Sie ihn.« Er drehte sich um und rief in den Gang hinaus: »Ferguson?«

»Nichts, Sir. Die Leitung bleibt tot.«

Einen Augenblick lang trommelte Claremont unentschlossen mit den Fingern auf das Tischtuch. Dann traf er eine Entscheidung. »Packen Sie ein«, rief er Ferguson zu und drehte sich wieder zu den anderen um: »Wir fahren weiter, sobald er fertig ist. Major O'Brien, wenn Sie so gut sein möchten und -« Er brach erstaunt ab, als Henry ganz entgegen seinem Naturell in den Speisesalon stürzte. In seinen weitaufgerissenen Augen stand nacktes Entsetzen.

»Was um alles in der Welt ist los, Henry?«

»Er ist tot, Colonel! Er liegt da und ist tot! Dr. Molyneux!«

»Tot? Der Doktor? Sind Sie - sind Sie sicher, Henry? Haben Sie ihn geschüttelt?«

Henry nickte zitternd: »Er ist so kalt wie das Eis auf dem Fluß da draußen.« Er trat zur Seite, um O'Brien vorbeizulassen, der aufgesprungen war und aus dem Abteil stürzte. »Das Herz, würde ich sagen, Sir. Er sieht aus, als sei er ganz friedlich eingeschlafen.«

Claremont stand auf und begann ruhelos auf und ab zu gehen. »Großer Gott! Das ist schrecklich! Entsetzlich!« Es war offenkundig, daß sich Claremont - abgesehen davon, daß ihn die Nachricht von Dr. Molyneux' Tod verständlicherweise geschockt hatte - Sorgen wegen der Folgen machte, die sich zwangsläufig ergeben würden; aber es blieb Reverend Peabody überlassen, dies in Worte zu fassen:

»Mitten aus dem Leben...« Für einen Menschen von der Statur einer unterernährten Vogelscheuche besaß Peabody eine gewaltige, tiefe Stimme, die klang, als käme sie aus den Tiefen eines Grabes. »Schrecklich für ihn, Colonel! Entsetzlich, im besten

245

Mannesalter einfach dahingerafft zu werden, schrecklich auch für all die kranken und sterbenden Seelen im Fort, die ihre letzte Hoffnung auf ihn gesetzt hatten. Oh, diese Ironie, diese bittere Ironie des Schicksals! Das Leben ist nichts als ein wandelnder Schatten.« Was die letzte Bemerkung bedeuten sollte, war unklar, aber Peabody hatte offensichtlich nicht die Absicht, es zu erläutern: Mit gefalteten Händen und fest geschlossenen Augen war er tief in stumme Gebete versunken.

O'Brien kam zurück und beantwortete Claremonts fragenden Blick mit einem stummen Nicken.

»Im Schlaf gestorben, würde ich sagen, Sir. Wie Henry schon meinte: es sieht nach einem Herzanfall aus. Aber seinem Gesicht nach zu urteilen hat er selbst es gar nicht mehr bemerkt.«

»Darf ich ihn mir ansehen?« fragte Deakin.

Sieben Augenpaare - darunter auch das des Reverend Peabody, der seinen Appell an das Jenseits zu diesem Zweck kurz unterbrach - starrten Deakin an, aber in keinem stand soviel Feindseligkeit wie in dem Colonel Claremonts.

»Sie? Warum, zum Teufel?«

»Vielleicht um die genaue Todesursache festzustellen.« Deakin zuckte die Achseln - er wirkte fast gleichgültig. »Sie wissen, daß ich Medizin studiert habe.«

»Waren Sie approbierter Arzt?«

»Ja, aber ich wurde ausgestoßen.«

»Das überrascht mich nicht!«

»Nicht wegen Inkompetenz. Und auch nicht wegen mangelhafter Berufsauffassung.« Deakin hielt inne und sagte schließlich vage: »Es hatte andere Gründe. Und dabei wollen wir es auch belassen. Aber wenn man einmal Arzt war, bleibt man es ein Leben lang.«

»Ja, das wird wohl stimmen.« Claremont war Realist genug, um seine praktische Vernunft über seine persönlichen Gefühle zu stellen. »Nun gut, ich bin einverstanden. Bringen Sie ihn hin, Henry.«

Nachdem die beiden gegangen waren, senkte sich ein tiefes Schweigen über den Speisesalon. Es gab soviel zu sagen, aber alles lag so deutlich auf der Hand, daß es sinnlos schien, es auszusprechen: Wie auf Verabredung vermieden es alle, einander anzusehen und konzentrierten ihre Blicke auf irgendwelche Punkte in der Unendlichkeit. Selbst Henry, der mit einer frischen Kanne Kaffee kam, gelang es nicht, die Beerdigungsatmosphäre aufzulockern, vermutlich weil seine ständig kummervolle Miene ihn bestens zum Hauptleidtragenden jedweden Begräbnisses qualifiziert hätte. Schließlich kam Deakin zurück, und die Blicke fanden wieder ein gemeinsames Ziel.

»Nun, war's ein Herzanfall?« fragte Claremont.

»Ja, ich glaube, so könnte man es nennen«, meinte Deakin nach längerem Zögern. »So ähnlich jedenfalls.« Er sah Pearce an. »Ein Glück für uns, daß wir einen Vertreter des Gesetzes unter uns haben.«

»Was meinen Sie damit?« Gouverneur Fairchild schien noch mitgenommener als am Abend zuvor - aus möglicherweise sehr gutem Grund wirkte er jetzt ausgesprochen betrübt.

»Jemand hat Molyneux bewußtlos geschlagen, eine Spritze aus seinem Arztkoffer genommen, unter dem Brustkasten angesetzt und ihm ins Herz gestoßen. Der Tod dürfte ziemlich unmittelbar eingetreten sein.« Deakin blickte gemächlich von einem zum anderen. »Ich würde sagen, daß es jemand getan hat, der über einige medizinische, zumindest aber anatomische Kenntnisse verfügt. Ist irgend jemand hier, der etwas von Anatomie versteht?«

»Was zum Teufel wollen Sie damit sagen?« fragte Claremont empört.

»Er wurde mit einem schweren, harten Gegenstand wie einem Gewehrkolben auf den Kopf geschlagen. Die Haut über dem linken Ohr ist geplatzt. Aber der Tod trat ein, bevor sich eine Beule bilden konnte. Gleich unter den Rippen ist ein winziger, blauroter Einstich zu sehen. Gehen Sie und überzeugen Sie sich selbst.«

»Das ist absurd.« Aber Claremonts Gesichtsausdruck strafte seine Worte Lügen - er konnte sich des Eindrucks nicht erwehren, daß Deakin genau wußte, was er sagte.

»Natürlich ist es das! In Wirklichkeit hat Molyneux sich ins Herz gestochen, dann die Spritze gesäubert und sich anschließend in seine Tasche zurückgelegt. Ordentlich bis zum letzten Atemzug!«

»Es ist jetzt kaum der richtige Zeitpunkt für -«

»Sie haben einen Mörder im Zug. Warum sehen Sie sich Molyneux nicht an und überzeugen sich selbst?«

Claremont zögerte, aber dann stand er doch auf und begab sich - dicht gefolgt von fast allen Mitreisenden - in den zweiten Waggon; selbst Reverend Peabody schloß sich ängstlich und besorgt an. Zurück blieben Deakin und Marica, die aufrecht und mit im Schoß verkrampften Händen sitzengeblieben war und ihn mit einem höchst seltsamen Ausdruck ansah. Als sie sprach, war ihre Stimme kaum mehr als ein Flüstern.

»Ein Mörder! *Sie* sind ein Mörder! Der Marshal hat es gesagt. Und in Ihrem Steckbrief steht es auch! *Deshalb* sollte ich Ihnen also die Fesseln erst abnehmen und dann wieder locker anlegen! Damit Sie sich später allein befreien konnten und -«

»Der Himmel steh mir bei!« Deakin goß sich müde einen Kaffee ein. »Das Motiv ist natürlich sonnenklar - ich wollte seinen Job, und deshalb hab' ich mitten in der Nacht auf die Socken gemacht und ihn umgebracht. Ich hab ihn extra so getötet, daß es wie ein natürlicher Tod aussah, und dann habe ich allen bewiesen, daß es Mord gewesen ist. Nach der Tat habe ich mir selbstverständlich selbst die Hände auf dem Rücken gefesselt und die erforderlichen Knoten mit den Zehen geknüpft.« Er stand auf, ging an ihr vorbei, trat an eines der beschlagenen Fenster und begann es zu säubern. »Ich bin müde. Es schneit. Der Himmel wird dunkel, der Wind nimmt zu, und hinter den Gipfeln lauert ein Schneesturm. Kein guter Tag für eine Beerdigung.«

»Es wird gar keine geben. Man wird sie nach Salt Lake bringen.«

»Wen?«

»Doktor Molyneux. Und alle Männer, die in Front Humboldt an der Epidemie gestorben sind. Das ist in Friedenszeiten so üblich. Die Verwandten und Freunde - nun ja, sie wollen schließlich die Möglichkeit haben, die Gräber zu besuchen.«

»Aber es wird Tage dauern, bis -«

Ohne ihn anzublicken sagte sie: »Im Versorgungswaggon stehen etwa dreißig leere Särge.«

»Wirklich? Nicht zu fassen! Ein Leichenwagen auf Schienen!«

»Mehr oder weniger ja. Zuerst hieß es, die Särge gingen nach Elko. Aber jetzt wissen wir, daß sie für Fort Humboldt bestimmt sind.« Sie schauderte, obwohl es im Abteil sehr warm war. »Ich bin froh, daß ich nicht mit diesem Zug zurückfahre... Sagen Sie, was glauben Sie, wer war es?«

»Was? Ach so, wer den Doktor umgebracht hat. Wollen Sie einen Mörder auf einen Mörder ansetzen?«

»Nein.« Die dunklen Augen sahen ihn ruhig an. »So hatte ich es nicht gemeint.«

»Nun, *ich* war es nicht, und *Sie* waren es auch nicht. Bleiben also nur noch der Marshal und ungefähr siebzig andere potentielle Mörder übrig. Ich weiß nicht genau, wie viele Soldaten im Zug sind. Ah! Da kommen schon ein paar Verdächtige.«

Claremont betrat, gefolgt von O'Brien und Pearce, das Abteil. Deakin sah ihn fragend an. Claremont nickte düster, ließ sich auf seinem Platz nieder und griff stumm nach der Kaffeekanne.

Im Laufe des Vormittags wurde der Schneefall, wie Deakin vorausgesagt hatte, immer dichter, aber da der Wind nicht in gleichem Maße zunahm, konnte man vorläufig noch nicht von einem Schneesturm sprechen. Alle Anzeichen sprachen jedoch dafür, daß sich das bald ändern würde.

Der Zug fuhr jetzt mitten durch die imposante Gebirgslandschaft. Der Schienenstrang lief nicht mehr durch Täler und an Flüssen entlang, sondern durch enge, steilwandige Schluchten, durch Tunnels und über schmale Simse, die aus dem Fels gesprengt worden waren.

Marica blickte durch ein im Windschatten gelegenes Fenster hinaus, das einigermaßen schneefrei war, und dachte nicht zum erstenmal, daß diese Berge nichts für Leute mit schwachem Herzen und Neigung zu Schwindelanfällen waren. In diesem Augenblick schwankte und ratterte der Zug über eine aus Balken zusammengezimmerte Brücke, die über einen, wie es schien, bodenlosen Abgrund führte und deren unterste Stützpfeiler sich in der düsteren und verschneiten Schlucht tief unten verloren.

Als die Lokomotive die Brücke hinter sich hatte, fuhr sie in einer großen Kurve nach rechts und setzte ihren beschwerlichen Weg nach oben fort - auf der linken Seite säumten turmhohe schneebedeckte Fichten ihren Weg und rechts gähnte der Abgrund. Der Bremswagen hatte die Brücke gerade passiert, als Marica stolperte und beinahe zu Boden gefallen wäre, als die Zugbremsen aufkreischten und den Zug jäh zum Stehen brachten. Die Männer im Speisesalon mußten zwar nicht so mühsam um ihr Gleichgewicht ringen, weil sie alle saßen, aber Claremonts Fluch kam dennoch allen aus dem Herzen. Binnen weniger Sekunden hatten sich Claremont, O'Brien, Pearce und - etwas langsamer - auch Deakin erhoben, waren auf die hintere Plattform des ersten Waggons getreten und in den knöcheltiefen Schnee auf dem Bahnkörper hinuntergestiegen.

Banlon kam ihnen mit von Entsetzen verzerrtem Gesicht entgegengelaufen. O'Brien hielt ihn fest und sah ihn prüfend an.

Banlon schüttelte seine Hand ab und schrie: »Um Himmels willen, kommen Sie! Schnell! Er ist abgestürzt.«

»Wer?«

»Jackson. Mein Heizer!« Banlon rannte zur Brücke, blieb stehen und starrte in die dunkle Tiefe. Dann lief er ein paar Schritte weiter und spähte wieder hinunter. Und dann ließ er sich auf die Knie nieder und legte sich schließlich bäuchlings in den Schnee. Im Nu waren die anderen bei ihm - unter ihnen inzwischen auch Sergeant Bellew mit einigen Soldaten. Alle spähten suchend über den Rand der Brücke: Zwanzig, vielleicht auch dreißig Meter unter ihnen lag auf einem Felsvorsprung eine leblose Gestalt. Noch fünfzig Meter weiter unten war undeutlich das schäumende Wasser des Flusses zu erkennen.

»Nun, Doktor Deakin?« fragte Pearce. Die Betonung auf dem Wort »Doktor« war sehr dezent, aber sie war zu hören. Deakin erwiderte kurz angebunden: »Er ist tot. Das sieht doch jeder Idiot.«

»Ich betrachte mich nicht als Idiot, und *ich* sehe es nicht«, sagte Pearce sanft. »Vielleicht braucht er ärztliche Hilfe. Was meinen Sie, Colonel Claremont?«

»Ich habe nicht das Recht, diesen Mann zu bitten -«

Deakin unterbrach ihn: »Das Recht hat Pearce auch nicht. Wenn ich hinuntersteige - welche Garantie habe ich, daß Pearce das Seil, an dem ich hänge, nicht losläßt? Wir alle wissen, was für eine hohe Meinung der Marshal von mir hat, und wir wissen auch alle, daß das Gericht mich zum Tode durch den Strang verurteilen wird. Es würde dem Marshal eine Menge Zeit und Mühe ersparen, wenn ihm das Seil aus den Händen glitte.«

»Sechs meiner Soldaten werden das Seil halten. Deakin«, sagte Claremont mit steinernem Gesicht. »Sie beleidigen mich, Sir.«

»Ach ja?« Deakin betrachtete ihn nachdenklich. »Ja, ich glaube, Sie haben recht. Ich bitte um Entschuldigung.« Er nahm das Seilende, machte eine doppelte Schlinge, legte sie sich um die Taille und verknotete sie. »Ich brauche noch ein zweites Seil.«

»Noch ein Seil?« Claremont runzelte die Stirn. »Das eine würde schon ausreichen, um ein Pferd zu transportieren.«

»Ich habe eigentlich nicht an ein Pferd gedacht. Hatten Sie die Absicht, Jackson dort unten liegen zu lassen, bis die Geier seine Knochen abgefressen haben? Vielleicht sind Sie ja der Ansicht, daß nur Kavalleristen Anspruch auf eine anständige Beerdigung haben...«

Claremont warf Deakin einen eiskalten Blick zu, drehte sich um und nickte Bellew zu. Eine Minute später erschien ein Soldat mit einem weiterem Seil, und wiederum zwei Minuten später hatte Deakin auf dem Felsvorsprung neben dem zerschmetterten Körper von Jackson Fuß gefaßt.

Nahezu eine Minute lang untersuchte Deakin auf den Knien die hingestreckte Gestalt, dann schlang er das zweite Seil um Jackson und verknotete es. Er richtete sich auf, gab mit der Hand ein Zeichen und wurde wieder auf die Brücke hinaufgezogen.

»Nun?« fragte Claremont ungeduldig.

Deakin nahm das Seil ab und rieb sich seine zerschundenen Knie. »Der Kopf ist zerschmettert und fast jede größere Rippe gebrochen.« Er sah Banlon fragend an: »An seinem rechten Handgelenk ist ein Lumpen festgebunden.«

»Das stimmt.« Banlon schien noch um einiges mehr geschrumpft zu sein. »Er war draußen, um den Schnee von den vorderen Fenstern zu entfernen. Dabei ist er abgestürzt. Der Lumpen am Handgelenk ist ein alter Heizertrick. Er ermöglicht es einem, sich mit beiden Händen festzuhalten.«

»Diesmal klappte es aber nicht ganz, oder? Ich glaube, ich weiß auch, warum. Marshal, Sie kommen wohl besser mit - als Vertreter des Gesetzes müssen Sie den Totenschein ausstellen. Ausgestoßenen Ärzten steht dieses Privileg nicht mehr zu.«

Pearce zögerte, nickte dann aber und ging hinter Deakin her. O'Brien folgte ihm dicht auf den Fersen. Deakin erreichte die Lokomotive, ging ein paar Schritte weiter und blickte hoch: Rings um das Fenster auf der Seite des Lokomotivführers und auf dem hinteren Teil des Langkessels war der Schnee entfernt worden. Deakin stieg ins Führerhaus hinauf und blickte sich suchend um, aufmerksam beobachtet von Pearce, O'Brien und dem inzwischen zu ihnen gestoßenen Banlon. Der Tender war bereits zu zwei Drittel leer, und das restliche Holz lag im hinteren Teil. Auf der rechten Seite lagen die Scheite in wirrem Durcheinander auf dem Boden, als sei ein ganzer Stapel umgefallen.

Ein wachsamer Ausdruck trat in Deakins Augen. Er rümpfte die Nase, und sein Blick wanderte seitwärts und nach unten. Schließlich bückte er sich, griff hinter einige Holzscheite, richtete sich wieder auf und hielt eine Flasche hoch.

»Tequila. Er stank regelrecht nach dem Zeug.« Er sah Banlon ungläubig an: »Und Sie hatten keine Ahnung – Sie wußten von nichts?«

»Das wollte ich auch gerade fragen«, sagte Pearce mit grimmigem Gesicht.

»Gott ist mein Zeuge, Marshal!« Wenn Banlon fortfuhr, in der gleichen Geschwindigkeit zu schrumpfen wie bisher, dann würde er bald völlig verschwunden sein. »Ich habe keinerlei Geruchssinn - da können Sie jeden fragen. Ich lernte Jackson erst in Ogden kennen, und ich hatte nicht die geringste Ahnung, daß er diesen Fusel trank.«

»Jetzt wissen Sie es.« Claremont war im Führerhaus erschienen. »Wir alle wissen es jetzt. Armer Teufel. Und was Sie betrifft, Banlon, so unterstelle ich Sie dem Reglement des Militärs. Wenn weiterhin getrunken wird, enden Sie in einer Zelle von Fort Humboldt, und ich werde dafür sorgen, daß die Union Pacific Sie fristlos entläßt.«

Banlon bemühte sich, gekränkt auszusehen, aber es gelang ihm nicht ganz. »Ich trinke nie im Dienst, Sir.«

»Gestern nachmittag auf dem Bahnhof von Reese City haben Sie getrunken.«

»Ich meine, wenn ich den Zug fahre -«

»In Ordnung. Haben Sie noch Fragen, Marshal?«

»Nein, Colonel. Der Fall ist sonnenklar.«

»Ganz meine Meinung.« Claremont wandte sich wieder an Banlon. »Bellew wird Ihnen einen Kavalleristen als Heizer zuteilen.« Er wandte sich ab.

»Zwei Dinge noch, Colonel«, sagte Banlon hastig. Claremont drehte sich wieder zu ihm um. »Sie sehen, daß uns langsam das Brennmaterial ausgeht; ungefähr zwei Kilometer weiter ist ein Depot -«

»Ich werde Ihnen genügend Leute zur Verfügung stellen. Was gibt es sonst noch?«

»Ich bin ziemlich erschöpft, Sir. Und diese Sache mit Jackson... Wenn Devlin - das ist der Bremser - wenn er mich in einigen Stunden ablösen könnte -«

»In Ordnung.«

Ein Soldat mit einer Kavalleristenmütze auf dem Kopf blickte seitwärts aus der Lokomotive in den mittlerweile dicht fallenden Schnee hinaus. »Ich glaube, da vorne kommt das Brennstoffdepot«, sagte er.

Banlon trat zu ihm, blickte ebenfalls hinaus, nickte, kehrte an seinen Platz zurück und brachte den Zug langsam und so exakt berechnet zum Halten, daß Lokomotive und Tender genau auf der Höhe einer Baracke zum Stehen kamen, die an einer Seite offen und bis unters Dach mit Stapeln von Holzscheiten gefüllt war. Banlon wandte sich an den Soldaten und befahl ihm: »Holen Sie jetzt die Männer des Ladekommandos.«

Es bestand aus zwölf Mann, war binnen Sekunden zur Stelle und machte keinen sehr glücklichen Eindruck. Banlon hatte das Gefühl, die zwölf hätten sich, statt mit dieser Arbeit, lieber mit zwei Dutzend feindlichen Indianern befaßt, und ihr Widerwille gegenüber der angeordneten Aufgabe war auch durchaus verständlich: Es ging zwar bereits auf Mittag zu, aber der Himmel war so dunkel und der Schneefall so dicht, daß die Lichtverhältnisse nicht besser waren als kurz vor Einbruch der Nacht, und die Sichtweite kaum ein paar Schritte betrug. Außerdem wurde es mit jeder Minute kälter. Die Soldaten stellten sich mit dem Rücken zu dem immer heftiger werdenden Schneesturm und bildeten zitternd und mit den Füßen stampfend eine Kette zwischen dem Holzdepot und dem Tender. Sie arbeiteten so schnell sie konnten, denn keiner von ihnen war scharf darauf, sich auch nur eine Sekunde länger als nötig in der beißenden Kälte aufzuhalten.

Ein Stück weiter hinten hastete auf der anderen Seite des Zuges eine nur undeutlich sichtbare Gestalt lautlos die Schienen entlang und kletterte auf die vordere Plattform des Versorgungswaggons. Die Tür war verschlossen. Der Mann, der Überrock und Mütze eines Kavalleristen trug, bückte sich, untersuchte das Schloß, zog einen schweren Schlüsselbund aus der Tasche, wählte einen Schlüssel aus und schob ihn in das Schloß. Die Türe ging sofort auf. Der Mann trat in den Wagen und zog die Tür hinter sich zu.

Ein Zündholz flammte auf, und gleich darauf verbreitete eine kleine Petroleumlampe trübes Licht. Deakin klopfte sich den Schnee vom Mantel, den O'Brien ihm geliehen hatte und sah sich um.

Im hinteren Teil des Waggons standen rechts und links vom Mittelgang auf behelfsmäßigen Gestellen zweiunddreißig gleich große Särge. Wer auch immer die Armee mit Särgen versorgt - er mußte der Ansicht sein, daß alle Kavalleristen gleich groß und gleich schwer waren. Den größten Teil des übrigen Raumes nahmen Vorräte verschiedener Art ein. Rechter Hand stapelten sich Kisten und Säcke mit Nahrungsmitteln. Auf der linken Seite standen messingbeschlagene Kästen aus eingeöltem Holz, die relativ wenig Platz beanspruchten, und nicht näher erkennbare

Gegenstände, über die Zeltplanen gearbeitet waren. Die Holzkästen trugen die Aufschrift: MEDIZINISCHER BEDARF: US ARMY. Deakin hob eine der Planen hoch. Auch hier standen Kisten aus eingeöltem Holz, aber auf diesen stand in großen, roten Buchstaben mehrfach das Wort GEFAHR!, ebenso wie auf den Kästen, die er unter den nächsten Planen entdeckte Als er die letzte und kleinste Plane hochhob, kam jedoch ein hoher, schmaler, grauer Kasten mit einem ledernen Tragegriff zum Vorschein. Er trug die Aufschrift: US ARMY POST & TELEGRAPHEN-DIENST.

Deakin rollte die Plane zusammen, schob sie unter seinen Mantel, nahm den grauen Kasten, machte die Petroleumlampe aus, trat auf die Plattform hinaus und verschloß die Tür hinter sich. Selbst in kurzer Zeit, die er im Inneren des Waggons verbracht hatte, war die Sicht draußen wiederum merkbar schlechter geworden. Bloß gut, daß wir mit dem Zug unterwegs sind, dachte Deakin. Bei diesem Wetter wäre man mit einem Pferd oder einer Kutsche rettungslos verloren.

Er eilte mit dem schweren Kasten in der Hand den Versorgungswaggon entlang und kletterte auf die vordere Plattform des ersten Pferdewaggons. Die Türe war nicht verschlossen. Er trat ein, zog die Türe hinter sich zu, setzte den Kasten ab und machte eine Petroleumlampe an.

Fast alle Pferde standen. Die meisten kauten traurig an dem Heu aus den Krippen herum, die an beiden Längsseiten des Waggons angebracht waren. Ihre Boxen boten ihnen kaum Platz, sich zu bewegen, aber das schien sie nicht zu stören. Auch Deakins Anwesenheit nahmen sie gelassen hin. Einige sahen ihm neugierig entgegen, wandten den Kopf aber bald gelangweilt wieder ab.

Deakin würdigte die Pferde keines Blickes. Er interessierte sich vielmehr für den aus Holzlatten zusammengezimmerten Verschlag, in dem der Heuvorrat untergebracht war und der sich rechts neben ihm befand und fast bis zur Waggondecke reichte. Er entfernte die beiden oberen Latten, kletterte auf den Heuhaufen und grub dicht an der Waggonwand ein tiefes Loch. Dann sprang er wieder auf den Bogen hinunter, wickelte den grauen Kasten in die Plane, kletterte wieder auf den Heuhaufen, hievte den Kasten hinauf, ließ ihn in das Loch hinab und bedeckte ihn mit Heu. Selbst unter ungünstigsten Umständen müßte der Sender mindestens vierundzwanzig Stunden unentdeckt bleiben, dachte

Deakin. Und mehr als vierundzwanzig Stunden brauchte er ihn nicht.

Er machte die Lampe aus, verließ den Waggon und ging weiter bis zum Ende des zweiten Waggons. Auf der Plattform klopfte er den Schnee von seinem Mantel, trat ins Innere, hängte den Mantel an einen Haken im Gang vor den Schlafkojen der Offiziere und ging weiter, wobei er prüfend die Luft durch die Nase einsog. Schließlich blieb er stehen und blickte durch eine offenstehende Tür zu seiner Rechten.

Die Kombüse war klein, aber peinlich sauber, und auf dem Herd standen zahlreiche Töpfe, in denen es kochte und brodelte. Der bis zu der hohen weißen Mütze vorschriftsmäßig gekleidete Koch erwies sich als Neger, dessen Bauch die beste Reklame für seine Kochkünste war. Er lächelte Deakin mit makellos weißen Zähnen an.

»Guten Morgen, Sir.«

»Guten Morgen. Sie sind sicher Carlos, der Koch.«

»Stimmt.« Carlos strahlte. »Und Sie sind sicher Mr. Deakin, der Mörder. Sie kommen gerade rechtzeitig für eine Tasse Kaffee, Sir.«

Banlon stand mit Claremont auf der Plattform der Lokomotive und inspizierte den Tender. Schließlich beugte er sich hinaus und rief: »Das reicht. Vielen Dank.«

Sergeant Bellew hob bestätigend die Hand, drehte sich um und sagte etwas zu seinen Männern, die sich sofort dankbar auf den Weg zu ihren Waggons machten und binnen weniger Sekunden von dem wirbelnden Schneetreiben verschluckt wurden.

»Können wir weiterfahren, Banlon?« fragte Claremont.

»Sobald dieser Schneeschub vorüber ist, Colonel.«

»Natürlich. Übrigens - Sie wollten doch, daß der Bremser Sie ablöst. Das wäre jetzt ein guter Zeitpunkt.«

»Ich wollte zwar abgelöst werden«, sagte Banlon. »aber gerade jetzt wäre es denkbar ungünstig, Sir. Für die nächsten vier Kilometer muß Deakin unbedingt auf seinem Platz bleiben.«

»Für die nächsten vier Kilometer?«

»Ja. Bis wir auf dem Hangman's Pass sind. Jetzt kommt nämlich das steilste Stück der ganzen Strecke.«

Claremont nickte. »Ja, in diesem Fall könnte ein Bremser wirklich nützlich sein.«

## 5

Fort Humboldt lag am oberen Ende eines schmalen, felsigen Tals, das im Westen in eine Ebene überging. Die strategische Lage des Forts war hervorragend. Hinter ihm, im Norden, ragte steiler Fels auf. Im Osten und Süden wurde es von einer schmalen, aber sehr tiefen Schlucht begrenzt, deren östlichen Arm eine Eisenbahnbrücke überspannte. Die Bahnlinie selbst verlief vor dem Fort von Westen nach Osten und führte durch das gewundene Tal in die dahinterliegende Ebene hinaus. Vom Verteidigungsstandpunkt aus hätte Fort Humboldt nicht günstiger gelegen sein können. Es war nur über die Brücke oder durch das Tal zu erreichen, und in diesen beiden Richtungen war es für eine kleine Gruppe mutiger und gut verschanzter Männer ein leichtes, auch eine große Übermacht von Angreifern abzuwehren.

Architektonisch betrachtet wies das Fort nicht die geringsten Anzeichen von Einfallsreichtum auf. Es war Jahre vor der Fertigstellung der *Union Pacific Railway* anno 1869 erbaut worden, und zwar ausschließlich aus lokalem Baumaterial, das die reichlich vorhandenen Kiefernwälder in unbegrenzten Mengen lieferten. Die hölzerne Einfriedung war in der üblichen Form eines Quadrates gebaut und besaß etwa einen Meter unterhalb der Pfahlspitzen einen umlaufenden Steg. Das schwere Tor gegenüber der Eisenbahn und dem Fluß, der sich durch das Tal hinabschlängelte, öffnete sich nach Süden. Rechts neben dem Tor lag im Innern der Umzäunung das Wachtgebäude und auf der linken Seite das Depot für Waffen, Munition und Sprengstoff. Die ganze östliche Seite nahmen die Pferdestallungen ein. Gegenüber lagen die Mannschaftsquartiere und die Feldküche. Auf der nördlichen Seite befanden sich die Offiziersquartiere, die Verwaltung und das Telegraphenbüro, die Krankenstation und einige Räume für die Reisenden, die ausnahmslos erschöpft in Fort Humboldt Station machten – wenn sie es erreichten, hatten sie auf jeden Fall einen sehr weiten Weg hinter sich.

Auch jetzt näherte sich dem Fort von Westen her eine Gruppe Reisender, die sich offenbar nichts sehnlicher wünschte, als die Vorzüge eines Daches über dem Kopf und eines warmen Essens zu genießen. Es waren Indianer, die sich in dem vergeblichen Versuch, sich gegen die schneidende Kälte und den fallenden Schnee zu schützen, bis über die Ohren in ihre Kleidungsstücke gewickelt hatten. Sie wirkten müde, aber nicht so erschöpft wie ihre Pferde, die sich nur langsam durch den tiefen Schnee schleppten. Nur der Anführer, ein ungewöhnlich hellhäutiger und auffallend gutaussehender Indianer, schien nicht müde zu sein – er saß kerzengerade im Sattel. Aber das tat der Häuptling der Paiute eigentlich immer. Er ritt seinen Männern voraus durch das offenstehende und unbewachte Tor, bedeutete ihnen zu warten und ritt weiter bis zu einer Holzhütte, über deren Tür KOMMANDANTUR stand. Der Indianer stieg vom Pferd, ging die wenigen Stufen hinauf, trat in die Hütte und schloß eilig die Türe hinter sich, um den wirbelnden Schnee abzuwehren.

Sepp Calhoun saß in Colonel Fairchilds Schreibtischstuhl, hatte die Füße auf den Schreibtisch des Colonels gelegt und eine der Zigarren des Colonels in der einen und ein Glas vom besten Whisky des Colonels in der anderen Hand. Als der Indianer eintrat, blickte er auf, nahm die Beine vom Tisch und stand auf, eine höchst ungewöhnliche Respektbezeugung für Sepp Calhoun, der gewöhnlich vor niemandem Achtung zeigte. Aber diesem Indianer verweigerte kein Mensch seine Achtung. Jedenfalls kein zweites Mal...

»Willkommen zu Hause, White Hand«, sagte Calhoun. »Du hast nicht lange gebraucht.«

»Bei solchem Wetter beeilt sich der kluge Mann so gut er kann.«

»Ist alles gut gegangen? Die Verbindung nach San Francisco –«

»Ist unterbrochen.« Mit einer hoheitsvollen, verächtlichen Geste lehnte White Hand die angebotene Flasche Whisky ab.

»Wir haben die Brücke über die Anitoba-Schlucht zerstört.«

»Gut gemacht, White Hand. Wieviel Zeit haben wir?«

»Bis die Soldaten aus dem Westen hier sein könnten?«

»Ja. Sie haben zwar keinen Grund anzunehmen, daß hier etwas nicht stimmt und herzukommen, aber wir dürfen nichts riskieren.«

»Es steht viel auf dem Spiel, Sepp Calhoun.« Er überlegte kurz. »Drei Tage. Mindestens.«

»Das ist mehr als genug. Der Zug kommt morgen zwischen Mittag und Sonnenuntergang.«

»Die Soldaten im Zug –«

»Noch kein Wort.« Calhoun zögerte, dann räusperte er sich und sagte: »Ruht euch jetzt ein paar Stunden aus. Vielleicht müßt ihr vor Einbruch der Dunkelheit noch einmal los.«

Schweigen legte sich über den Raum. White Hand betrachtete Calhoun mit völlig ausdruckslosem Gesicht, und dessen Nervosi-

# Lageplan des Fort Humboldt

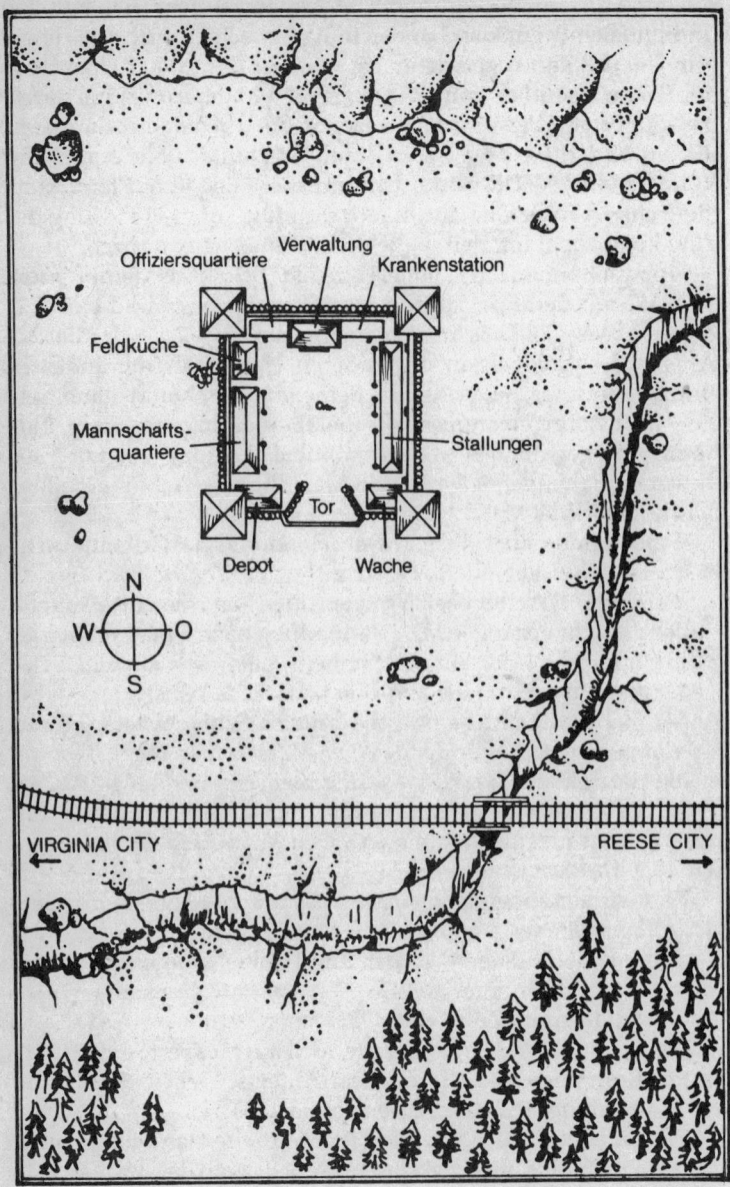

tät wuchs sichtbar. Schließlich sagte der Indianer: »Es gibt Zeiten, Calhoun, in denen White Hand deinen Scharfsinn bezweifelt. Wir hatten über die Einnahme dieses Forts ein Abkommen getroffen, wie du dich sicher erinnerst. Du solltest mit deinen Freunden in den Stunden der Dunkelheit hier herkommen und um Quartier für die Nacht bitten. Man hätte euch aufgenommen, denn ihr seid weiße Männer, und es schneite stark. So weit, so gut. Dann solltet ihr die Nachtwache töten, das Tor öffnen, uns einlassen und die Soldaten in ihren Quartieren überwältigen.«

Calhoun griff nach der Whiskyflasche.

»Es war eine stürmische Nacht, White Hand. Und es schneite wirklich sehr heftig. Wir konnten nicht gut sehen. Wir dachten –«

»Der Sturm blies in euren Köpfen, und der Schnee kam aus dieser Flasche mit Feuerwasser. Ich habe es gerochen. Zwei der Wachtposten wurden übersehen. Sie warnten die anderen, und fünfzehn meiner tapfersten Männer starben, Calhoun. Feuerwasser! Whisky! Und dabei soll der weiße Mann besser sein als der rote!«

»Hör zu, White Hand. Du mußt verstehen –«

»Ich verstehe alles. Ich verstehe, daß du für dich sorgst und für deine Freunde, die alle böse Menschen sind, aber nicht für die Paiute. Wir reiten eine Nacht und einen Tag, um die Anitoba-Brücke zu zerstören. Und jetzt verlangst du, daß wir wieder reiten.«

Calhoun versuchte ihn zu besänftigen: »Doch nur *vielleicht*, White Hand. Es *muß* verhindert werden, daß die Soldaten hierher kommen. Das weißt du doch.«

»Ich verliere im Laufe der Zeit vielleicht noch mehr Männer, nein, nicht vielleicht – ganz sicher sogar. Vielleicht sogar sehr viele. Aber nicht für dich, Calhoun, nicht für deinen teuflischen Whisky. Die Armee des weißen Mannes ist mein Feind und wird es bleiben, solange White Hand lebt; sie hat meinem Volk zu vieles angetan. Aber auch sie hat tapfere und tüchtige Krieger. Und wenn sie herausfinden, daß es White Hand und die Paiute waren, die sie angegriffen haben, werden sie nicht ruhen, bis sie auch den letzten von uns getötet haben. Der Preis ist mir zu hoch, Sepp Calhoun.«

»Und wenn kein weißer Mann übrig bliebe, der erzählen könnte, was geschah?« Calhoun ließ White Hand Zeit, sich mit dieser Möglichkeit vertraut zu machen, bevor er leise und beschwörend fortfuhr: »Der Profit ist noch höher.«

White Hand überlegte sehr lange, aber schließlich nickte er mehrmals. »Der Profit ist noch höher.«

Fünfzehn Minuten nachdem der Truppentransportzug seinen beschwerlichen Weg zum Hangman's Pass wieder aufgenommen hatte, trat Marica im Tagesabteil der Offiziere ans Fenster und blickte hinaus. Sie schien weder die sechs hinter ihr sitzenden Männer noch die eisige Kälte der Scheibe zu bemerken, gegen die sie ihre Stirn preßte. Schließlich sagte sie laut zu sich selbst: »Eine herrliche Aussicht.«

Und damit hatte sie zweifellos recht: Der Schneesturm hatte sich gelegt, und von ihrem Standort aus konnte sie sehen, wie der Schienenstrang in sanftem Bogen durch das atemberaubende schöne Tal nach unten verlief, bis er die spinnenbeinige Brücke erreichte, die tief unten die Schlucht überspannte. Wie häufig nach heftigem Schneefall erschienen alle Konturen ungewöhnlich scharf. Aber Claremont interessierte sich nicht für die Aussicht – ihn beschäftigten weit wichtigere und ausgesprochen unangenehme Dinge. »Kommen Sie mit Ihren Nachforschungen weiter, Marshal?« fragte er.

»Nein, Sir.« Pearce sah zwar nicht gerade gramzerfurcht aus – ein solches Gefühl zu produzieren, geschweige denn es auszudrücken, wäre ihm völlig unmöglich gewesen –, aber man hätte ihn gewiß nicht als heiter bezeichnen können. »Keiner weiß irgendwas, keiner hat irgendwas gesehen oder getan oder gehört, und keiner verdächtigt irgend jemanden. Nein, Sir, daß ich weitergekommen sei, kann ich wirklich nicht sagen.«

»Oh, ich weiß nicht«, widersprach Deakin. »Alles, was man ausklammern kann, bringt einen doch weiter. Ich zum Beispiel war gefesselt, also kann ich es nicht gewesen sein. Somit haben Sie es nur noch mit etwa achtzig Verdächtigen zu tun, Marshal. Für einen Mann, der –«

Er verstummte jäh, als ein scharfer Knall ertönte. Claremont sprang auf und rief alarmiert: »Was zum Teufel war das?«

Marica, die immer noch am Fenster stand, schrie: »O Gott! Um Himmels willen! Nein! Nein!«

Außer Claremont, Pearce und Deakin waren noch drei weitere Männer im Abteil: O'Brien, der Gouverneur und Reverend Peabody. Binnen zwei Sekunden waren alle am Fenster, und ihre Gesichter spiegelten das Entsetzen wider, das aus Maricas Stimme geklungen hatte – oder schien es nur so?

Die drei letzten Waggons – die beiden Waggons mit den Soldaten und der Bremswagen – hatten sich vom Zug gelöst und rollten
mit rapide wachsender Geschwindigkeit den Weg zurück, den der
Zug so mühsam heraufgekeucht war.

»Springt!« schrie Deakin. »Springt raus, bevor es zu spät ist.«

Aber niemand sprang.

Der mittlere der drei Waggons, in dem Sergeant Bellew einquar-
tiert war, begann bereits höchst bedrohlich zu schwanken und zu
rattern. Das Klicken der Räder ertönte in immer kürzer werdenden Abständen, und da die Klemmplatten, die die Schienen
hielten, mit Nägeln und nicht mit Schrauben an den Schwellen
befestigt waren, bestand in zunehmendem Maße die Gefahr, daß
der Schienenstrang selbst sich zu lockern begann.

Nach der anfänglichen Verwirrung machte sich unter den Soldaten in den abwärts rollenden Waggons panische Angst breit.
Alle kämpften darum, das Gleichgewicht zu behalten, aber die
meisten wurden wie Puppen hin und her geschleudert. Je zwei
Mann bemühten sich, von Bellews scharfer Stimme angefeuert,
die beiden Seitentüren zu öffnen. Aber nach wenigen fruchtlosen
Bemühungen gaben sie auf. Und plötzlich schrie einer der Soldaten mit überschnappender Stimme:

»Großer Gott! Die Türen sind versperrt! Von außen!«

Starr vor Entsetzen und außerstande zu helfen blickten die
sechs Männer und das Mädchen den drei Waggons nach, die
inzwischen mindestens einen Kilometer zurückgelegt hatten, immer noch schneller wurden und so gewaltig schwankten, daß sich
die Räder bereits von den Schienen hoben.

»Devlin! Der Bremser!« schrie Claremont. »Um Gottes willen,
warum tut er denn nichts?«

Der gleiche Gedanke beschäftigte auch Sergeant Bellew, wenn
auch verständlicherweise mit noch größerer Eindringlichkeit.

»Der Bremser! Der Bremser! Warum tut er denn nichts?«

Bellew rannte stolpernd durch den wild schwankenden Waggon zur hinteren Tür, was insofern kein Problem darstellte, als der
Mittelgang völlig leer war, da alle Soldaten ihre Gesichter gegen
die Fenster preßten, und wie gelähmt in die verschwimmende
Landschaft hinausstarrten.

Bellew erreichte die hintere Tür und zerrte mit aller Kraft an der
Klinke. Aber auch diese Tür war versperrt. Bellew zog seinen Colt
und feuerte über und neben das Schloß. Er schoß viermal, ohne zu
merken, daß zwei Kugeln abprallten und durch den Waggon

pfiffen – im Augenblick gab es tödlichere Gefahren für die Soldaten als Querschläger. Nach dem vierten Schuß gab die Tür unter
dem verzweifelten Druck von Bellews Hand nach.

Er trat auf die Plattform hinaus und wurde fast im gleichen
Augenblick von dem Sturm, der inzwischen fast Hurrikanstärke
erreicht hatte, und einer besonders heftigen und plötzlichen
Schlingerbewegung des Waggons umgeworfen. Um nicht abzu-
stürzen, mußte er sich mit beiden Händen am Geländer festklam-
mern, und dabei verlor er den Colt, den er in der Rechten gehabt
hatte, auf Nimmerwiedersehen.

Bellew wagte einen selbstmörderischen Versuch, aber da die
Gefahr eines plötzlichen Todes durch eigenes Verschulden nur
der Gefahr eines plötzlichen Todes durch äußere Einflüsse gegenüberstand, hatte er nichts zu verlieren. Er sprang auf die vordere
Plattform des Bremswaggons zu, erwischte das Geländer, zog sich
hoch und näherte sich der Tür, die in den Bremswaggon führte. Er
zerrte mit der ganzen Kraft an ihr, die ihm seine Verzweiflung
verlieh, aber auch diese Tür war abgeschlossen. Bellew preßte sein
Gesicht an die Scheibe neben der Tür und spähte ins Innere. Seine
Augen weiteten sich, und sein Gesicht erstarrte.

Das schwere Bremsrad befand sich am Ende des Waggons, aber
die Hand, die es in Betrieb hätte setzen sollen, umklammerte statt
dessen eine aufgeschlagene Bibel: Devlin lag mit dem Gesicht
nach unten neben seinem Bett, und zwischen seinen schmalen
Schultern ragte der Griff eines Messers hervor.

Bellew löste seinen Blick von dem Toten und starrte mit blinden
Augen auf die Landschaft, die der Zug jetzt mit einer Geschwindigkeit von nahezu hundert Stundenkilometern durchraste. Zum
ersten Mal seit seiner Kinderzeit bekreuzigte er sich, und allmählich verschwand die Angst aus seinem Gesicht und machte stiller
Resignation Platz.

Die sieben Menschen, die immer noch mit entsetzten Gesichtern den Waggons nachblickten, waren in dumpfes Schweigen
versunken – es gab nichts mehr zu sagen. Das Schicksal der
Soldaten war besiegelt.

Die drei Waggons hatten jetzt schon mehr als zwei Kilometer
zurückgelegt und rasten – wie durch ein Wunder immer noch auf
den Schienen – auf die letzte Kurve vor der Brücke zu.

Und dann kam das Ende der Katastrophe. Marica sah es kommen, wandte sich mit einem Ruck vom Fenster ab und schlug die
Hände vors Gesicht. Die Waggons schossen über die Kurve hin-

aus – ob sie die Schienen mit sich rissen oder nicht, ließ sich aus der Entfernung nicht sagen –, kippten zur Seite, wurden von ihrem eigenen Schwung über den Rand des Abgrunds hinausgetragen und drehten sich träge in der Luft, bevor sie – noch immer aneinandergekoppelt – jetzt wieder in ihrer ursprünglichen Lage alle drei gleichzeitig mit dem Donnerknall eines detonierenden Munitionsdepots auf die gegenüberliegende Steilwand krachten. Einen Augenblick lang verharrten die bis zur Unkenntlichkeit verbeulten Waggons in dieser Lage, als seien sie an der Felswand festgenagelt, dann stürzten sie gespenstig langsam in die Tiefe und wurden schließlich vom Zwielicht verschluckt.

Die elf noch verbliebenen Passagiere des Zuges hatten sich am hinteren Ende des zweiten Pferdewaggons, der jetzt das Zugende bildete, versammelt und untersuchten die Kupplung, deren jetzt freies Endstück vorher mit dem ersten Truppenwaggon verbunden gewesen war: Drei der vier massiven Sicherungsbolzen hingen immer noch locker an ihrem Platz. Claremont starrte ungläubig auf sie hinunter. »Wie kann es nur passiert sein? Sehen Sie sich doch nur die Größe dieser Bolzen an!«

»Ich bin zwar nicht so verrückt, mit dem Gedanken zu spielen, in die Schlucht hinunterzusteigen und der Sache nachzugehen – es wäre sowieso sinnlos, weil die Waggons zweifellos völlig zertrümmert sind – aber ich wüßte zu gern, in welchem Zustand das Holz war, an dem diese Bolzen befestigt waren.«

»Ich dachte, ich hätte einen Schuß gehört...«

»Vielleicht«, warf Deakin ein, »war es auch ein schwerer Holzbalken, der auseinanderbrach.«

»Natürlich«, sagte Claremont und ließ die Kette und die Platte fallen. »Natürlich, das muß es gewesen sein.«

»Aber warum sollte er... Banlon, Sie sind der Lokomotivführer. Und außerdem sind Sie der einzige Eisenbahner, den wir noch haben. Also müssen wir uns an Sie wenden.«

»Bei Gott, ich habe keine Ahnung. Vielleicht war das Holz verfault – so was kann vorkommen, ohne daß man es merkt – und dies hier ist tatsächlich die steilste Steigung in den Bergen. Aber ich kann nur Vermutungen anstellen. Aber das größte Rätsel ist mir, warum Devlin nicht gebremst hat.«

»Das wird wohl auch ein Rätsel bleiben«, sagte Claremont düster. Dann gab er sich einen Ruck: »Wie auch immer das Unglück geschah, es ist passiert und wir ändern auch nichts mehr, wenn wir jetzt kostbare Zeit mit Mutmaßungen verschwenden. Es gibt wichtigeres zu tun. Als erstes müssen wir noch einmal versuchen, Verbindung mit Reese City oder Ogden zu bekommen – wir brauchen umgehend Ersatz für die armen Teufel. Gott schenke ihren Seelen den Frieden. Was für ein Ende! Die einzig angemessene Todesart für einen Kavalleristen ist es, durch Feindeshand zu fallen!« Claremont klang nicht ganz so dienstlich, wie er es gerne getan hätte, es kostete ihn offensichtlich einige Mühe, das Geschehene in den Hintergrund zu drängen. Er wechselte das Thema: »Ein Glück, daß wir wenigstens noch die Medikamente haben.«

Aber Deakin dämpfte seine Freude: »Das wird wohl auch nicht viel nützen.«

»Weshalb nicht?«

»Ohne einen Arzt, der weiß, wann man wem was und wieviel verordnet, sind sie so gut wie wertlos.« Man sah deutlich wie Claremont mit sich rang, aber schließlich überwand er sich doch und sagte. »Sie sind doch Arzt.«

»Nicht mehr.«

Ein enger Kreis von Zuhörern bildete sich um die beiden. Selbst Marica, die immer noch leichenblaß war, kam interessiert näher.

»Aber, verdammt noch mal, Deakin, da oben herrscht die Cholera«, sagte Claremont wütend. »Ihre Mitmenschen –«

»Meine Mitmenschen werden mich aufhängen, und es ist die große Frage, ob sie damit bis nach der Gerichtsverhandlung warten werden. Zum Teufel mit meinen Mitmenschen. Und außerdem handelt es sich da oben, wie Sie selbst sagten, nicht um irgendeine Krankheit, sondern um die Cholera.«

Claremont starrte ihn voller Verachtung an: »Und das ist Ihr wahrer Grund?«

»Ich finde, es ist ein sehr guter Grund.«

Claremont wandte sich angewidert ab und blickte fragend in die Runde. »Ich habe nie Morsen gelernt. Kann jemand...«

»Ich bin zwar sicher nicht so gut wie Ferguson«, sagte O'Brien, »aber wenn Sie mir Zeit lassen...«

»Danke, Major. Henry, das Sendegerät steht vorne im Versorgungswaggon unter einer Plane. Bringen Sie es bitte ins Tagesabteil.« Er wandte sich an Banlon: »Makabrerweise werden wir wohl sogar Nutzen aus dem grauenhaften Unglück ziehen – ohne die drei Waggons werden wir doch sicher schneller vorwärtskommen.« Diesmal war es Banlon, der seinem Optimismus einen Dämpfer aufsetzte. »Diese Rechnung geht nicht auf: Devlin war außer mir der einzige, der den Zug fahren konnte – und ich muß irgendwann einmal schlafen.«

»Mein Gott, das hatte ich ganz vergessen. Wollen Sie sich jetzt hinlegen?«

»Ich kann tagsüber doppelt so schnell fahren wie in der Nacht. Ich werde versuchen, bis zum Einbruch der Dunkelheit durchzuhalten. Aber dann werden wir – ich meine Rafferty und ich – ganz schön erledigt sein.«

»Das kann ich mir vorstellen.« Claremont starrte auf die Kupplung hinunter, die vor ihm auf dem Boden lag. »Und wie steht es mit der Sicherheit, Banlon?«

Banlon rieb sich nachdenklich die grauen Bartstoppeln und sagte schließlich: »Ich sehe kein Problem, Colonel. Und dafür habe ich Gründe: Erstens standen die Chancen für ein solches Unglück eins zu einer Million – ich habe noch nie von einem solchen Fall gehört – und zweitens ist die Wahrscheinlichkeit, daß das gleiche noch einmal passiert, verschwindend gering, denn die Lokomotive hat jetzt viel weniger Gewicht zu ziehen und demzufolge werden die Kupplungen geringer belastet. Drittens ist das hier die steilste Steigung der ganzen Strecke, und wenn wir die hinter uns haben, ist der Rest geradezu eine Spazierfahrt.«

»Sie sprachen von vier Dingen. Das waren erst drei.«

»Verzeihung, Sir.« Banlon rieb sich die Augen. »Ich bin wirklich schon müde. Viertens hole ich mir jetzt einen Hammer und einen Nagel und untersuche das Holz an allen Kupplungen.«

»Vielen Dank, Banlon.« Henry kam zurück. Der kummervolle Ausdruck auf seinem Gesicht hatte sich noch vertieft. »Fertig?« fragte Claremont.

»Nein.«

»Was heißt ›nein‹?«

»Der Sender ist verschwunden.«

»Was?«

»Jedenfalls ist er nicht im Versorgungswaggon.«

»Das ist doch ausgeschlossen!«

Henry starrte schweigend ins Leere.

»Sind Sie ganz sicher?« Allmählich gingen die Ereignisse über Claremonts Kräfte.

Henry bedachte den Colonel mit einem tief gekränkten Blick und sagte: »Ich möchte ja nicht unverschämt erscheinen, aber ich schlage vor, daß Sie selbst nachsehen.«

Claremont kämpfte seinen Blutdruck mannhaft nieder. »Durchsucht den Zug! Alle!«

»Moment mal, Colonel«, meldete sich Deakin. »Erstens ist von den zehn Leuten, mit denen Sie reden, Rafferty der einzige, über den Sie Befehlsgewalt haben – von den übrigen untersteht keiner Ihrem Kommando, weder direkt noch indirekt –, zugegebenermaßen eine seltsame Situation für einen Colonel, der prompten und absoluten Gehorsam gewohnt ist. Und zweitens glaube ich nicht, daß es einen Sinn hat, nach dem Sendegerät zu suchen.«

Claremonts Selbstbeherrschung war bewundernswert. Schweigend warf er Deakin einen kalten, fragenden Blick zu.

Deakin sagte: »Als wir heute morgen neues Brennmaterial aufnahmen, sah ich, wie jemand einen Kasten von der Größe eines Sendegeräts aus dem Versorgungswaggon holte und damit am Zug entlang in die Richtung ging, aus der wir gekommen waren. Der Schnee fiel ziemlich dicht und – nun, Sie wissen wohl alle noch, daß man kaum etwas sehen konnte, und es war mir nicht möglich zu erkennen, um wen es sich handelte.«

»Angenommen es war Ferguson, warum sollte er so etwas tun?«

»Woher soll ich das wissen? Diese Sache ist allein Ihr Problem. Und ich sehe nicht ein, weshalb ich Ihnen Ihre Denkarbeit abnehmen sollte.«

»Sie werden immer unverschämter, Deakin.«

»Ich glaube nicht, daß Sie sehr viel dagegen unternehmen können.« Deakin zuckte die Achseln. »Vielleicht wollte er das Gerät reparieren.«

»Und warum mußte er es dazu wegbringen?«

Deakin zeigte Anzeichen einer für ihn völlig uncharakteristischen Gereiztheit. »Woher zum Teufel soll ich –« Er brach ab. »Ist der Versorgungswaggon geheizt?«

»Nein.«

»Die Temperatur liegt weiter unter dem Gefrierpunkt. Wenn Ferguson irgendwelche Reparaturen ausfühlen wollte, wird er das Gerät dazu wohl an einen wärmeren Ort gebracht haben – vermutlich in einen der Truppenwaggons. Und die liegen jetzt auf dem Grund der Schlucht. Ich hoffe, ich habe Ihre Frage damit zu Ihrer Zufriedenheit beantwortet.«

Claremont hatte sich völlig unter Kontrolle. »Das klingt alles sehr einleuchtend – *zu* einleuchtend, wenn Sie mich fragen.«

»Mein Gott, dann gehen Sie doch los und durchsuchen Sie Ihren verdammten Zug.«

»Nein. Wahrscheinlich haben Sie recht. Ich sehe jedenfalls keine andere Erklärung.« Er trat einen Schritt näher an Deakin heran. »Sie kommen mir irgendwie bekannt vor.« Deakin sah ihn kurz an, dann wandte er sich halb ab und starrte schweigend in die Ferne. »Waren Sie bei der Armee, Deakin?«

»Nein.«

»Ich meine bei der Union oder den Konföderierten?«

»Weder noch.«

»Weder noch?«

»Ich habe Ihnen schon mal gesagt, daß ich nichts für Gewalttätigkeiten übrig habe.«

»Wo waren Sie denn dann während des Bürgerkrieges?«

Deakin dachte nach und sagte schließlich: »In Kalifornien. Dort erschienen einem die Vorgänge im Osten unwichtig.«

Claremont schüttelte angewidert den Kopf: »Ihnen geht wohl nichts über Ihre eigene Sicherheit!«

»Ich kann nichts Ehrenrühriges daran finden«, erwiderte Deakin ruhig, wandte sich ab und ging langsam in Richtung Lokomotive davon. Henry blickte ihm nachdenklich nach. Dann wandte er sich an O'Brien und sagte: »Mir geht es wie dem Colonel – ich hab' ihn auch schon mal irgendwo gesehen.«

»Wer ist er?«

»Das weiß ich nicht. Und ich kann mich auch nicht erinnern, woher ich ihn kenne. Aber es wird mir schon wieder einfallen.«

Kurz nach Mittag hatte es erneut zu schneien begonnen, aber diesmal nicht so dicht, daß die Sicht nennenswert behindert gewesen wäre. Der Zug schnaufte in für die Wetterverhältnisse beachtlichem Tempo dahin, und die dicken, schwarzen Rauchwolken, die aus dem Schornstein der Lokomotive quollen, deuteten darauf hin, daß der Heizer mit Feuereifer bei der Sache war. Im Speisesalon hatten sich alle noch verbliebenen Passagiere zum Essen versammelt. Die Stimmung war düster. Claremont wandte sich an Henry: »Sagen Sie Mr. Peabody, daß wir essen.« Henry verschwand und Claremont sagte zum Gouverneur: »Der Appetit ist mir allerdings völlig vergangen.«

»Mir geht es genauso, Colonel.« Und wenn man ihn ansah, glaubte man ihm das auch: Er war leichenblaß, hatte dunkle Ringe unter den Augen und selbst der prächtige weiße Bart konnte die eingefallenen Wangen nicht vertuschen. Seine Ähnlichkeit mit Buffalo Bill wurde zusehends geringer. »Was für eine entsetzliche Reise! Was für eine schreckliche Reise! All diese prachtvollen

Soldaten tot! Captain Oakland und Lieutenant Newell vermißt – wahrscheinlich auch längst tot! Und Dr. Molyneux ermordet! Und der Marshal hat keine Ahnung, wer – wer – mein Gott! Vielleicht ist der Mörder sogar hier in diesem Raum!«

»Die Chancen stehen zehn zu eins dagegen«, beruhigte ihn Pearce. »Es ist viel wahrscheinlicher, daß er unten in der Schlucht liegt.«

»Woher wollen Sie das wissen?« Der Gouverneur schüttelte langsam und verzweifelt den Kopf. »Was für eine grauenvolle Reise! Ich habe das Gefühl, es ist nur eine Frage der Zeit, wann das nächste Unglück geschieht.«

»Ich weiß es nicht«, sagte Pearce. »Aber nach Henrys Gesichtsausdruck zu urteilen, ist es bereits geschehen.«

Henry war mit schreckgeweiteten Augen in den Salon gestürmt und stieß mit heiserer Stimme hervor: »Ich kann ihn nicht finden, Sir. Er ist nicht in seiner Schlafkabine!«

Gouverneur Fairchild stöhnte hörbar. Er und Claremont tauschten einen ahnungsvollen Blick. Deakins Gesicht erstarrte für einen Augenblick, aber gleich darauf entspannte er sich wieder und sagte leichthin: »Weit kann er nicht sein – ich habe erst vor einer Viertelstunde mit ihm gesprochen.«

»Das habe ich gesehen«, bestätigte Pearce säuerlich. »Worum ging's denn?«

»Er versuchte meine Seele zu retten«, erklärte Deakin. »Selbst meine Erklärung, daß Mörder keine Seele haben, konnte ihn nicht...«

»Schweigen Sie!« fuhr Claremont ihn an. »Den Zug durchsuchen!«

»Und anhalten, Sir?«

»Vielleicht ist er noch im Zug. Vielleicht aber auch nicht. Und wenn nicht, muß er irgendwo auf der Strecke liegen – in eine Schlucht kann er nicht gestürzt sein, denn wir sind in der letzten Stunde an keiner vorbeigekommen. Falls wir ihn draußen suchen müssen, werden wir ein ganz schönes Stück zurückfahren müssen, und jeder Meter, den wir weiterfahren –«

»Sie haben recht! Henry, geben Sie Banlon Bescheid.«

Henry rannte nach vorn, während Claremont, der Gouverneur, O'Brien und Pearce sich ans Zugende begaben. Deakin blieb wo er war, er hatte offenbar nicht die Absicht, irgendwohin zu gehen. Marica starrte ihn mit kalten Augen an, und als sie schließlich die fest aufeinandergepreßten Lippen öffnete, war auch nicht eindeutig festzustellen, ob in ihrer Stimme die Feindseligkeit oder die Fassungslosigkeit überwog: »Er kann krank sein, verletzt – vielleicht liegt er sogar im Sterben! Und Sie bleiben einfach sitzen! Wollen Sie den anderen denn nicht suchen helfen?«

Deakin lehnte sich behaglich zurück, schlug die Beine übereinander, zündete sich eine Zigarre an und fragte erstaunt: »Ich? Bestimmt nicht! Was geht er mich an? Oder ich ihn? Zum Teufel mit Peabody!«

»Aber er ist so ein netter kleiner Mann!« Es war schwer zu sagen, worüber Marica mehr entsetzt war – über seine Pietätlosigkeit oder über seine Gleichgültigkeit. »Er hat sich doch zu Ihnen gesetzt und mit Ihnen geredet.«

»Ich hatte ihn nicht dazu aufgefordert.«

Marica sagte fassungslos und jedes Wort betonend: »Es ist Ihnen einfach gleichgültig!«

»So ist es.«

»Der Marshal hatte recht! Ich hätte auf ihn hören sollen! Hängen ist eine viel zu humane Todesart für Sie! Sie sind der gemeinste und selbstsüchtigste Mensch, den ich je kennengelernt habe!«

»Ein negativer Superlativ ist immer noch besser als gar keiner«, sagte Deakin gleichmütig. »Dabei fällt mir etwas ein, das auch eine Superlativbezeichnung verdient – allerdings eine positive.« Er stand auf. »Der Whisky des Gouverneurs. Ungestörter als jetzt werde ich ihn wohl kaum noch genießen können.«

Er trat auf den Gang hinaus und steuerte auf das Tagesabteil zu. Auf Maricas Gesicht mischte sich Zorn mit Verwirrung. Eine Zeitlang verharrte sie regungslos auf ihrem Platz, dann stand sie auf und ging leise hinter Deakin her. Als sie die Tür zum Tagesabteil erreicht hatte, stand er vor dem Barschrank, goß Whisky in ein Glas und leerte es in einem Zug. Marica sah verblüfft zu, wie Deakin das Glas erneut füllte. Wieder nahm er einen kräftigen Schluck, trat ans Fenster und starrte scheinbar blicklos in das Schneetreiben hinaus. Auf seinem Gesicht lag ein Ausdruck unerbittlicher Grausamkeit.

Marica trat leise in das Abteil und war keine vier Schritte mehr von Deakin entfernt, als dieser sich plötzlich umdrehte. Sie wich zurück, als befürchtete sie, geschlagen zu werden. Deakin war so in Gedanken versunken gewesen, daß er mehrere Sekunden brauchte, um zu realisieren, wen er vor sich hatte. Als er Marica schließlich erkannte, glätteten sich seine Züge und er sagte vorwurfsvoll: »Sie haben mich ganz schön erschreckt.«

Marica trat zu ihm, hob eine Hand und berührte zögernd, fast furchtsam seinen Jackenaufschlag. »Wer sind Sie?« fragte sie kaum hörbar.

Er zuckte die Achseln. »John Deakin.«

»*Was* sind Sie?«

»Sie haben doch gehört, was der Marshal sagte –«

Er brach ab, als Stimmen auf dem Gang laut wurden. Gleich darauf betraten Claremont, gefolgt vom Gouverneur, Pearce und O'Brien das Abteil. Claremont sagte gerade: »Da er nicht im Zug ist, muß er hinausgefallen sein und irgendwo neben den Schienen liegen. Wenn wir zurückfahren, sagen wir fünf Kilometer –«

Fairchild unterbrach ihn: »Verdammt, Deakin, das ist mein Whisky!«

Deakin nickte bestätigend. »Er ist ausgezeichnet«, lobte er. »Der besteht vor jedem Kenner!«

Pearce trat schweigend auf ihn zu und ließ ohne Vorwarnung seine Handkante auf Deakins rechtes Handgelenk heruntersausen. Das Glas klirrte zu Boden.

»Was für ein tapferer Mann Sie sind, Marshal«, hörte Marica sich plötzlich zu ihrer eigenen Überraschung höhnisch sagen. »Ob Sie das wohl auch ohne Ihren Revolver wären?«

Alle außer Deakin starrten sie verblüfft an. Dann wandte Pearce seine Aufmerksamkeit wieder Deakin zu. Er musterte ihn verächtlich, zog seinen Colt aus der Tasche seines Revolvergürtels, warf ihn lässig auf das Sofa und grinste Deakin einladend an. Deakin verzog keine Miene. Pearce holte aus und schlug ihn mit der linken Faust mit aller Kraft ins Gesicht. Deakin stolperte rückwärts und ließ sich schwer auf das Sofa fallen. Nach einigen Sekunden, während sich die übrigen Männer peinlich berührt von seinem unmännlichen Verhalten abgewandt hatten, tupfte er sich das Blut von der aufgeplatzten Unterlippe, stand auf und ging zu der Tür hinüber, die auf den Gang hinausführte. Plötzlich kreischten die Bremsen auf, und alle stürmten an Deakin vorbei nach draußen, um Ausschau nach Peabody zu halten. Nur Marica war zurückgeblieben. Sie ging langsam auf Deakin zu, blieb vor ihm stehen, brachte ein hauchdünnes Batisttüchlein zum Vorschein und betupfte damit seine verletzte Lippe.

»Armer Mann«, sagte sie schließlich. »Nur noch so kurze Zeit zum Leben.«

»Noch bin ich nicht tot.«

»Ich meine nicht Sie. Ich meinte den Marshal.«

Sie ging auf den Gang hinaus und verschwand in ihrer Schlafkabine. Deakin sah nachdenklich hinter ihr her, dann trat er an
den Barschrank und genehmigte sich noch einen Whisky.

Während Deakin den Whisky des Gouverneurs dezimierte, ließ
Banlon den Zug langsam zu Tal rollen. Am Ende des Zuges
standen auf der hinteren Plattform des zweiten Pferdewaggons
vier bis zur Unkenntlichkeit vermummte Männer: Claremont und
Pearce suchten die Strecke auf der rechten Seite ab, der Gouverneur und O'Brien auf der linken.

Aber Kilometer reihte sich an Kilometer, und nirgends war
etwas zu sehen, und der Schnee fiel nicht so dicht, daß er in der
kurzen Zeit hätte frische Fußspuren auslöschen oder gar den
Körper eines Mannes unter sich begraben können. Reverend Peabody schien sich in Luft aufgelöst zu haben.

Claremont und O'Brien richteten sich im gleichen Augenblick
auf und wandten der Landschaft den Rücken zu. Ihre Blicke trafen
sich. Claremont schüttelte schweigend den Kopf. O'Brien nickte
zögernd, drehte sich wieder um, beugte sich weit über das Geländer der Plattform und winkte. Banlon, der die ganze Zeit auf ein
Zeichen gewartet hatte, winkte bestätigend zurück. Der Zug kam
ruckend zum Stehen und begann dann erneut vorwärts zu fahren.
Die vier Männer verließen zögernd ihren Beobachtungsposten
und machten sich auf den Rückweg ins Tagesabteil.

Dort angekommen, versammelte Claremont die acht noch verbliebenen Passagiere um sich. Angst und Mißtrauen erfüllten die
Atmosphäre. Alle Anwesenden schienen eifrig bemüht, die Blicke
der anderen zu meiden – alle außer Deakin, der die übrigen
interessiert betrachtete.

Claremont strich sich erschöpft über die Stirn.

»Es ist unfaßbar. Unbegreiflich! Wir *wissen*, daß Peabody nicht
im Zug ist, aber wir wissen auch, daß er den Zug nicht verlassen
haben kann. Ein Mensch kann doch nicht einfach spurlos verschwinden!« Claremont blickte in die Runde, aber es kam keine
Reaktion – abgesehen von dem verlegenen Füßescharren, mit
dem Carlos, der farbige Koch, seine Verwirrung über das unge-
wohnte Beisammensein mit diesen feinen Leuten kundtat. Claremont fuhr fort: »So was gibt es doch nicht, oder?«

»Anscheinend doch«, sagte Fairchild düster. »Schließlich *ist* er
verschwunden!«

»Wie man's nimmt«, meinte Deakin.

»Was soll das heißen?« fuhr Pearce ihn wütend an. »Wissen Sie vielleicht etwas?«

»Nein. Woher auch? Ich war hier, bis Henry Peabodys Verschwinden meldete. Miss Fairchild wird das bestätigen.«

Pearce wollte etwas erwidern, aber Claremont winkte ab und wandte sich an Deakin: »Haben Sie vielleicht eine Vermutung?«

»Ja. Es stimmt, daß wir in der Zeit, in der Peabody verschwunden sein muß, keine Schluchten überquert haben. Aber wir sind über zwei schmale Brücken gefahren – und beide hatten kein Geländer. Er könnte also aus dem Zug und von einer Brücke gestürzt sein, ohne eine Spur zu hinterlassen.«

O'Brien gab sich keine Mühe, seine Zweifel zu verbergen: »Eine interessante Theorie, Deakin. Jetzt brauchen Sie uns nur noch zu erklären, warum er aus dem Zug gestürzt sein soll!«

»Da er mir nicht den Eindruck machte, als sei er seines Lebens überdrüssig, wird er wohl von jemandem hinausgestoßen worden sein. Er war recht klein und zierlich. Ein großer, starker Mann hätte ihn mühelos hinauswerfen können. Ich frage mich, wer dieser Mann gewesen sein könnte. Ich war es nicht – ich habe ein Alibi. Miss Fairchild kann es auch nicht gewesen sein – erstens ist sie kein großer, starker Mann und zweitens bin ich ihr Alibi, wenn ich auch annehme, daß mein Wort für Sie wertlos ist. Aber Sie sind starke Männer! Alle miteinander. Sechs große, starke Männer!« Er hielt inne und betrachtete sie einzeln und in aller Ruhe. »Ich wüßte zu gern, wer von Ihnen es gewesen ist.«

Dem Gouverneur verschlug es fast die Sprache. »Lächerlich!« japste er. »Absolut lächerlich.«

»Sie sind wahnsinnig!« schnaubte Claremont.

»Ich suche nur nach einer Theorie, die den bekannten Tatsachen gerecht wird«, erklärte Deakin freundlich. »Oder hat irgend jemand eine bessere parat?«

Unbehagliches Schweigen war die Antwort. »Aber wer um alles in der Welt sollte einen harmlosen kleinen Mann wie Mr. Peabody töten wollen?« fragte Marica schließlich ratlos.

»Das weiß ich nicht. Aber es gibt noch einige andere, ebenso interessante Fragen: Wer hielt es für notwendig, einen harmlosen alten Arzt wie Dr. Molyneux umzubringen? Und wer könnte zwei – wie ich annehme – ebenfalls harmlose Offiziere wie Oakland und Newell beseitigen wollen?«

»Wer sagt denn, daß den beiden etwas zugestoßen ist?« fragte Pearce mißtrauisch.

Deakin betrachtete ihn lange und mitleidsvoll. Und schließlich sagte er: »Wenn Sie nach allem, was geschehen ist, glauben, daß ihr Verschwinden nur ein Zufall ist, dann wird es Zeit, daß Sie Ihr Dienstabzeichen an jemanden abtreten, der seinen Kopf nicht nur zum Haareschneiden hat! Übrigens würde ich Sie durchaus auch als großen, starken Mann bezeichnen, Marshal.«

Pearce wollte sich auf ihn stürzen, aber Claremont trat dazwischen und wenn es dem Colonel auch an einigem fehlte, so doch keineswegs an Autorität.

»Nein, Marshal! Es hat auf dieser Reise schon genug Gewalttätigkeiten gegeben!«

»Ganz meine Meinung!« dröhnte Fairchild. »Wir sollten uns bemühen, einen möglichst kühlen Kopf zu bewahren. Schließlich wissen wir gar nicht, ob überhaupt irgend etwas von dem, was dieser Spitzbube uns erzählt hat, der Wahrheit entspricht. Vielleicht ist Molyneux gar nicht ermordet worden und vielleicht ist Deakin in Wirklichkeit niemals Arzt gewesen. Er hat es zwar behauptet, aber wir sind uns doch wohl einig, daß seine Glaubwürdigkeit durch seinen Lebenswandel erheblich eingeschränkt ist.«

»Sie verleumden mich öffentlich, Gouverneur«, sagte Deakin. »Es gibt ein Gesetz, nach dem man für derart unbegründete Anschuldigungen Wiedergutmachung verlangen kann. Ich habe sechs Zeugen dafür, daß Sie mich verleumdet haben.« Deakin blickte zweifelnd in die Runde. »Allerdings wohl keine unvoreingenommenen.«

»Ein Gesetz!« Fairchild war puterrot angelaufen, und seine blutunterlaufenen Augen quollen beängstigend weit aus den Höhlen. »Ein Mörder wie Sie, ein Brandstifter, ein Mann, der das Gesetz mit Füßen getreten hat, wagt es, sich auf die geheiligte Verfassung unseres Landes zu berufen!« Er brach ab, weil er bemerkte, daß er sich momentan weit unter seinem rhetorischen Niveau befand und fuhr sachlich fort: »Wir wissen nicht, ob Oakland und Newell ermordet worden sind. Und wir wissen ebenso wenig, ob Peabody das Opfer eines –«

»Sie wollen nur nicht zugeben, daß Grund zur Angst besteht«, sagte Deakin. Aber nachdem er den Gouverneur lange betrachtet hatte, verbesserte er sich: »Vielleicht haben Sie aber auch gar keine Angst.« Der Gouverneur verpaßte die Gelegenheit, die folgende Pause auszunutzen, und Deakin fuhr sinnend fort: »Wenn das der Fall ist, müssen Sie ganz genau wissen, daß Ihnen persönlich keine Gefahr droht...«

Der Gouverneur wurde blaß vor Zorn: »Bei Gott, Deakin, für diese Unterstellung werden Sie büßen, das schwöre ich Ihnen!«

Deakin sagte müde: »Ich soll büßen? Womit? Mit meinem Leben? Das ist bereits anderweitig verplant. Mein Gott, es ist wirklich fabelhaft: Ihr habt nichts anderes im Sinn, als mich der Justiz auszuliefern, und dabei ist einer unter euch, an dessen Händen das Blut von vier Männern klebt. Vielleicht nicht nur von vieren. Vielleicht das von vierundachtzig.«

»Vierundachtzig?« Fairchild sank in sich zusammen.

»Es wäre doch immerhin denkbar, daß nicht verfaultes Holz die Ursache für den Absturz der drei Waggons war.«

Deakin blickte eine Weile nachdenklich ins Leere und wandte sich schließlich wieder an den Gouverneur: »Wenn wir schon gerade dabei sind, alles aufzuzählen, was wir nicht wissen, dann müssen wir auch erwähnen, daß wir keinen Beweis dafür haben, daß für alle Vorfälle nur ein einzelner verantwortlich ist. Es ist ebenso gut möglich, daß zwei oder mehrere von Ihnen zusammenarbeiten, und in diesem Fall wären Sie in den Augen des Gesetzes alle gleichermaßen schuldig. Das habe ich in der Gerichtsmedizin gelernt, aber ich nehme nicht an, daß mir einer von Ihnen glaubt.« Mit diesen Worten drehte er sich um, stützte die Ellbogen auf die Fensterbank und blickte in das trübe, schneeverhangene Zwielicht hinaus.

### 6

Banlon brachte die Lokomotive zum Stehen, sicherte das Bremsrad, versperrte es und zog den schweren Schlüssel ab. Dann wischte er sich müde über die Stirn und wandte sich an Rafferty, der mit halb geschlossenen Augen an der Wand des Führerhauses lehnte: »Mir reicht's. Ich kann nicht mehr.«

Rafferty nickte: »Ich fühle mich wie gestorben.«

Banlon spähte in die Dunkelheit hinaus und schüttelte sich. »Na, dann wollen wir zwei Leichen mal zu Ihrem Colonel gehen.«

Der saß zu diesem Zeitpunkt so nah wie nur möglich neben dem brennenden Holzofen, und auch der Gouverneur, O'Brien, Pearce und Marica drängten sich um ihn. Deakin kauerte in einer entlegenen Ecke auf dem Boden und wie schon einmal, war er auch diesmal der einzige, der kein Glas in der Hand hatte.

Die Tür zur vorderen Plattform ging auf, ein eisiger Windstoß fegte herein, und Banlon und Rafferty beeilten sich die Türe hinter sich zu schließen. Die beiden Männer sahen blaß und völlig erschöpft aus. Banlon mußte gähnen und hatte große Mühe, seinen weitaufgerissenen Mund hinter seiner Hand zu verbergen. Nachdem er ein zweites Mal ausgiebig gegähnt hatte, sagte er: »So, das wär's, Colonel. Wenn wir uns jetzt nicht hinlegen, fallen wir Ihnen vor die Füße.«

»Sie haben gute Arbeit geleistet, Banlon. Ganz ausgezeichnete sogar. Ich werde nicht versäumen, Ihre Vorgesetzten bei der Union Pacific davon in Kenntnis zu setzen. Und was Sie betrifft, Rafferty – auf Sie bin ich wirklich stolz.« Claremont überlegte kurz und sagte dann: »Sie können meine Koje haben, Banlon; und Sie, Rafferty, nehmen die vom Major.«

»Danke.« Banlon gähnte ein drittes Mal. »Noch eins, Colonel: Jemand muß die Maschine unter Dampf halten.«

»Das halte ich für Verschwendung von Brennmaterial. Kann man das Feuer nicht einfach ausgehen lassen und wieder anzünden?«

»Ausgeschlossen.« Banlons entschiedenes Kopfschütteln schloß jede weitere Diskussion aus. »Das würde wieder ein paar Stunden kosten und genausoviel Brennstoff erfordern wie das Weiterheizen. Aber das ist nicht das wichtigste – der Hauptgrund ist ein anderer: Wenn das Feuer ausgeht und das Wasser in den Röhren der Kondensatoren gefriert – nun, Colonel, zu Fuß ist es noch verdammt weit bis Fort Humboldt.« Deakin stand mühsam auf, als seien seine Gelenke eingefroren: »Ich halte nichts von Fußmärschen. Ich werde mich um das Feuer kümmern.«

»Sie?« Pearce hatte sich ebenfalls erhoben und musterte ihn mißtrauisch. »Wieso diese plötzliche Anwandlung von Hilfsbereitschaft?«

»Ich bin nicht die Spur hilfsbereit; einem von Ihnen zu helfen wäre das letzte, was mir in den Sinn käme. Aber erstens steht mein Leben genauso auf dem Spiel wie Ihres – und Sie wissen mittlerweile alle, wie sehr ich am Leben hänge. Zweitens bin ich außerordentlich feinfühlig, Marshal, und spüre demzufolge, daß ich hier nicht sonderlich gern gesehen bin. Drittens ist mir kalt – hier ist es reichlich zugig – und in der Lokomotive ist es warm und gemütlich. Viertens lege ich keinen Wert darauf, den Rest der Nacht zuzusehen, wie Sie alle Whisky trinken. Fünftens fühle ich mich um so sicherer, je weiter ich von Ihnen entfernt bin – damit meine ich Sie, Pearce, und sechstens bin ich der einzige, dem man trauen kann – oder haben Sie vergessen, Marshal, daß ich als einziger in diesem Zug über jeden Verdacht erhaben bin?«

Deakin drehte sich um und sah fragend zu Banlon hinüber, der seinerseits den Colonel anblickte. Claremont zögerte, dann nickte er.

Banlon sagte: »Das Holz im Ofen muß alle halbe Stunde aufgelockert werden. Legen Sie immer soviel nach, daß der Zeiger des Druckmessers immer zwischen dem blauen und dem roten Strich steht. Wenn er den roten Strich überschreitet – das Dampfablaßventil finden Sie neben dem Druckmesser.«

Deakin nickte und ging. Pearce blickte ihm skeptisch nach und wandte sich dann an Claremont:

»Mir gefällt das nicht. Was sollte ihn daran hindern, die Lokomotive abzukuppeln und allein davonzudampfen? Wir wissen alle, daß dieser Verbrecher vor nichts zurückschreckt.«

»Das hier wird ihn daran hindern, Marshal«, sagte Banlon und zeigte ihm den Schlüssel. »Ich habe das Bremsrad abgesperrt. Wollen Sie den Schlüssel an sich nehmen?«

»Nichts lieber als das.« Pearce nahm ihn, setzte sich, streckte die Beine aus und griff nach seinem Glas. O'Brien stand auf und nickte Banlon und Rafferty zu.

»Ich zeige euch, wo ihr schlafen könnt.«

Die drei Männer verließen das Abteil. O'Brien führte Banlon in die Kabine des Colonels, und dann brachte er Rafferty in sein eigenes Abteil. »Zufrieden?«

Während Rafferty sich pflichtschuldigst respektvoll umsah, holte O'Brien hinter seinem Rücken eine Whiskyflasche aus einem Schrank und hielt sie in den Gang hinaus, damit der Soldat sie nicht sehen konnte. Rafferty sagte: »Natürlich. Ich danke Ihnen vielmals, Sir.«

»Schön. Na dann gute Nacht.« O'Brien schloß die Tür und ging zur Kombüse. Ohne anzuklopfen trat er ein und zog die Tür hinter sich zu. Der Raum war winzig, und zwischen dem Herd und den Schränken für Töpfe, Pfannen, Geschirr und Lebensmittel hatte der Koch kaum noch die Möglichkeit, sich umzudrehen. Aber Carlos und Henry, die beide auf winzigen Hockern saßen, schienen die Räumlichkeiten nicht im geringsten beengend zu finden. Als O'Brien eintrat, blickten sie auf: Henry wie immer kummervoll und der Verzweiflung nahe, und Carlos wie üblich strahlend lächelnd.

O'Brien stellte die Whiskyflasche auf den kleinen Arbeitstisch: »Das werdet ihr brauchen, und die wärmsten Sachen, die ihr finden könnt. Draußen ist es eiskalt. Ich bin bald zurück.« Er blickte sich um. »Hättet ihr in euren eigenen Quartieren nicht viel mehr Platz?«

»Doch, das schon, Mr. O'Brien.« Carlos lächelte breit und deutete auf den Herd, der vor Hitze fast glühte. »Aber dort hätten wir den da nicht. Die Küche ist der wärmste Platz im ganzen Zug.«

Der zweitwärmste Platz war zweifellos das Führerhaus der Lokomotive. Im Augenblick war es allerdings um einige Grade kälter als normalerweise, weil heftige Windstöße fast ununterbrochen Schnee hereinwirbelten. Aber Deakin merkte nichts davon. Im roten Schein der Flammen, der aus dem offenen Feuerloch drang, glänzte sein Gesicht vor Schweiß.

Er warf das vorläufig letzte große Holzscheit in den Ofen, richtete sich auf und schaute auf den Druckmesser: Der Zeiger stand dicht unter der roten Markierung. Er nickte zufrieden und schloß die Ofenklappe. Unvermittelt lag das Führerhaus fast im Dunkeln. Deakin nahm eine der beiden nur schwach leuchtenden Petroleumlampen vom Haken und ging damit in den Tender, der immer noch zu zwei Dritteln mit Holzscheiten gefüllt war. Er stellte die Lampe auf den Boden und begann fieberhaft das Holz von der rechten Seite auf die linke zu stapeln.

Fünfzehn Minuten später war er buchstäblich in Schweiß gebadet, und das, obwohl die Temperatur in dem völlig ungeschützten Tender nahe dem Gefrierpunkt lag. Aber er hatte in dieser kurzen Zeit auch immerhin mehr als die Hälfte der Scheite umgeschichtet. Er richtete sich erschöpft auf, rieb sich den schmerzenden Rücken, drehte sich um, ging ins Führerhaus zurück und prüfte den Druckmesser: Der Zeiger war inzwischen unter die blaue Markierung gefallen. Deakin öffnete hastig die Feuerklappe, stocherte in der Glut herum, warf noch ein paar Scheite in das Feuerloch, schloß die Klappe und kehrte zu seiner zermürbenden Tätigkeit im Tender zurück, ohne den Druckmesser auch nur noch eines weiteren Blickes zu würdigen.

Er hatte noch keine zwanzig Kloben umgeschichtet, als er seine Arbeit unterbrach und die Petroleumlampe hochhielt, um den verbliebenen Stapel besser sehen zu können. Gleich darauf stellte er die Lampe wieder neben sich auf den Boden und räumte noch etwa ein Dutzend Scheite weg, ehe er erneut nach der Lampe griff.

Langsam ließ er sich auf die Knie nieder, und sein normalerweise ausdrucksloses Gesicht verzerrte sich vor Zorn.

Die beiden nebeneinander liegenden Männer waren unverkennbar tot und steif gefroren. Deakin hatte das Holz von den Oberkörpern und Gesichtern entfernt. Beide Männer hatten klaffende Kopfwunden, beide trugen Uniformen von Offizieren der US-Kavallerie – der eine die eines Captains, und der andere die eines Lieutenants. Ohne Zweifel handelte es sich um Oakland und Newell, die Offiziere, die Claremont vermißte.

Als Deakin sich aufrichtete, war sein Gesicht wieder so ausdruckslos wie eh und je – Gefühlsäußerungen waren für ihn ein Luxus, den er sich nicht leisten konnte. Eilig machte er sich daran, den Holzstapel wieder in seinen ursprünglichen Zustand zu versetzen. Da er dabei äußerst sorgfältig vorgehen mußte, inzwischen aber vor Müdigkeit kaum noch die Augen offenhalten konnte, brauchte er dazu fast doppelt so lange wie zum Abräumen.

Als er fertig war, prüfte er den Druckmesser und stellte fest, daß der Zeiger weit unter die blaue Linie gesunken war. Deakin öffnete die Feuertür und warf so viele Scheite in die Öffnung, wie die Feuerbüchse faßte. Dann knallte er die Klappe zu, schlug seinen Kragen hoch, zog den Hut tief in die Stirn und trat aus dem Führerhaus in den eisigen Schneesturm hinaus.

Ohne sich darum zu kümmern, ob man ihn sah – die Sicht war inzwischen sowieso fast gleich Null – ging er am Schienenstrang entlang zurück bis zum Ende des zweiten Waggons, in dem sich die Kombüse und die Schlafquartiere der Offiziere befanden. Dort blieb er abrupt stehen und hob den Kopf. Ganz deutlich hörte er ein seltsames Gluckern. Vorsichtig spähte er um die Ecke:

Auf dem Geländer der vorderen Plattform des dritten Waggons, der die Vorräte enthielt, saß ein Mann und war damit beschäftigt, in Windeseile eine Flasche zu leeren. Da der Wind den Schnee jetzt fast horizontal und parallel zum Zug vor sich her trieb, hatte der Mann lediglich unter der beißenden Kälte zu leiden. Es war Henry, der Steward.

Deakin seufzte unhörbar erleichtert auf, ging dicht am Zug entlang, ein paar Schritte zurück, löste sich aus dem Schutz des Waggons und näherte sich in einem Halbkreis vorsichtig dem Ende des Versorgungswaggons. Auf Händen und Knien kroch er langsam vorwärts und blickte nach oben: Auf der hinteren Plattform war ebenfalls ein Posten: Carlos' schwarzes Mondgesicht war nicht zu verwechseln, auch wenn es jetzt begreiflicherweise nicht zu einem breiten Lächeln verzogen war.

Deakin schlich – wiederum in einem weiten Halbkreis – zum Ende des ersten Pferdewaggons, stieg auf die Plattform, stahl sich unbemerkt ins Innere und zog die Tür hinter sich zu. Als er durch den Waggon nach vorne ging, wieherte eines der Pferde nervös, Deakin trat zu ihm, strich ihm über den Hals und flüsterte ihm besänftigende Worte ins Ohr; das Pferd beschnupperte sein Gesicht und beruhigte sich. Selbst wenn Carlos das Geräusch gehört hätte, hätte er wohl kaum Verdacht geschöpft, denn ein Wiehern war in einem Pferdewaggon schließlich nichts Ungewöhnliches.

Als Deakin am vorderen Ende des Waggons angelangt war, spähte er durch eine Ritze in der Tür nach draußen: Carlos starrte mißmutig auf seine vermutlich sehr kalten Füße hinunter. Deakin wandte sich dem Verschlag zu seiner Linken zu, der das Heu für die Pferde enthielt. Mit größter Sorgfalt und völlig geräuschlos entfernte er die oberen Latten und einen Arm voll Heu, hob das Sendegerät aus der Mulde, legte das Heu und die Latten wieder an ihren Platz, ging mit dem Sender zum Ende des Waggons, trat hinaus, sah sich hastig nach beiden Seiten um und machte sich auf den Weg zum Ende des Zuges.

Etwa fünfzig Meter dahinter stand ein Telegraphenmast. Deakin wickelte die Schleppleitung von dem Gerät ab und befestigte das eine Ende an seinem Gürtel. Dann begann er den Mast hinaufzuklettern.

Aber nach etwa einem Meter kam er nicht mehr weiter. Der Mast war von einem dicken Eismantel umhüllt, der nirgends Halt bot und jeden weiteren Aufstieg unmöglich machte. Deakin sprang auf den Boden zurück, dachte einen Augenblick nach, riß dann ein Stück Stoff aus seinem Hemd und zerriß den Fetzen in zwei Teile.

Dann ging er zu einem der beiden Drahtseile, die den Mast hielten, schlang die Beine darum und zog sich mit den durch die provisorischen Handschuhe aus dem Stoff seines Hemdes notdürftig geschützten Händen Stück für Stück daran hoch. Es war eine ziemlich mühsame Arbeit, denn seine Kraftreserven waren schon sehr reduziert, aber er schaffte es. Als er die Mastspitze erreicht hatte und rittlings auf dem Querbalken saß, stellte er alarmiert fest, daß seine eiskalten Hände ihm nicht mehr gehorchten – in diesem Augenblick waren Erfrierungen das letzte, was er brauchen konnte.

Zwei Minuten lang rieb und knetete er seine Hände, und der Schmerz, mit dem die Blutzirkulation wieder einsetzte, überzeugte ihn, daß er diesem Mißgeschick noch einmal entgangen war. Er löste die Schleppleitung des Senders von seinem Gürtel, befestigte sie an einem Telegraphendraht und kehrte auf dem gleichen Weg, den er gekommen war, auf den Boden zurück, und das so schnell, daß seine Hände wie Feuer brannten. Er öffnete den grauen Kasten und beugte sich über ihn, um ihn so weit wie möglich vor dem Schneetreiben zu schützen. Dann begann er zu senden.

In Fort Humboldt, wo das Wetter nicht besser war, saßen White Hand, Sepp Calhoun und zwei weitere weiße Männer im Büro des Kommandanten. Calhoun hatte wie üblich seine Füße auf Fairchilds Schreibtisch und war wiederum damit beschäftigt, die Whisky- und Zigarrenvorräte des Colonels zu dezimieren. White Hand saß aufrecht in einem hochlehnigen Stuhl und würdigte das vor ihm stehende Glas keines Blickes. Plötzlich wurde die Tür aufgerissen, ein bärtiger Mann stürmte herein und rief: »Schnell! Es kommt eine Nachricht durch!«

Calhoun und White Hand wechselten einen kurzen Blick, sprangen auf und eilten hinaus. Als sie das Telegraphenbüro betraten, war Carter noch damit beschäftigt, die Nachricht niederzuschreiben. Calhoun warf ihm und Simpson, dem anderen Telegraphisten, einen kurzen Blick zu, nickte zu den beiden Wachposten hinüber und flegelte sich in den Schreibtischsessel. White Hand blieb stehen. Carter hörte auf zu schreiben und gab Calhoun das Stück Papier hinüber. Der warf einen Blick darauf, und sein Gesicht verzerrte sich vor Wut.

»Verdammt! Verdammt! Verdammt.«

»Gibt es Ärger, Sepp Calhoun? Ärger für White Hand?« fragte White Hand mit ruhiger Stimme.

»Das kann man wohl sagen! Hör zu: ›Anschlag auf Truppenwaggons fehlgeschlagen. Schwerbewaffnete Wachen auf allen Waggons. Vorsicht geboten.‹ Wie in Gottes Namen haben die verdammten Idioten –«

»Diese Reden nützen nichts, Calhoun.« White Hand sah ihn ausdruckslos an. »Meine Männer und ich werden helfen.«

»Es ist eine schlimme Nacht.« Calhoun trat zur Tür, öffnete sie und ging hinaus. White Hand folgte ihm und schloß die Tür hinter sich. Bereits Sekunden später waren die beiden Gestalten weiß vor Schnee.

Calhoun sagte: »Es ist wirklich eine schlimme Nacht, White Hand.«

»Aber ich bekomme viel dafür. Das hast du selbst gesagt, Sepp Calhoun.«

»Glaubst du wirklich, daß du es schaffen kannst?«

White Hand nickte. »Ausgezeichnet. Auf der einen Seite zur Einfahrt zum Nevada Pass ragt eine Felswand in die Höhe und auf der anderen geht es steil in die Tiefe. Dort findet ihr genügend Felsen, hinter denen ihr euch verbergen könnt. Eure Pferde könnt ihr bereits einen halben Kilometer vorher stehen lassen und –«

»White Hand weiß selbst, was zu tun ist.«

»Natürlich. Entschuldige. Komm jetzt. Wir müssen ihnen sagen, daß sie Banlon anweisen sollen, den Zug dort anzuhalten. Du wirst leichtes Spiel haben, White Hand.«

»Aber die Sache gefällt mir nicht. Ich bin ein Krieger, und ich lebe um zu kämpfen. Aber ein Gemetzel ist nicht meine Sache.«

»Wie du vorhin sehr richtig sagtest: du bekommst viel dafür.«

White Hand nickte schweigend, und die beiden Männer kehrten in das Telegraphenbüro zurück, in dem Carter gerade dabei war, eine Nachricht zu senden. Calhoun deutete ihm mit einer Handbewegung, aufzuhören, setzte sich an den Schreibtisch, nahm einen Zettel und schrieb eine kurze Mitteilung, gab sie an Carter weiter und sagte zu Simpson: »Paß gut auf, mein Freund!«

Carter sendete die Nachricht, während Simpson mitschrieb. Als er fertig war, befahl Calhoun: »So, Simpson, lies vor.«

»›Instruiert Banlon, den Zug zweihundert Meter nach Einfahren in die östliche Zufahrt zum Nevada Pass anzuhalten.‹«

Calhoun nickte Carter wohlwollend zu: »Wenn du weiterhin so gut spurst, hast du eine reelle Chance, alt zu werden.« Als er den Satz beendet hatte, kam die Antwort auf seinen Befehl durch die Kopfhörer. Sie war sehr kurz und Carter las sie vor, ohne auf die übliche Bestätigung durch Simpson zu warten:

»Verstanden. Ende.«

Calhoun lächelte so freundlich, wie das bei seinen Zügen möglich war und sagte: »Jetzt haben wir sie, White Hand.«

Nach Deakins Gesichtsausdruck zu urteilen, war er nicht ganz dieser Meinung. Er nahm die Kopfhörer ab, riß das Schleppkabel von der Telegraphenleitung und versetzte dem Sendegerät einen heftigen Stoß. Es stürzte einen steilen Hang hinunter und verschwand in der Dunkelheit. Deakin rannte los, schlug einen

weiten Bogen um den Zug, erreichte das Führerhaus der Lokomotive, wischte sich den Schnee aus dem Gesicht und blickte auf
den Druckmesser.

Der Zeiger war gefährlich weit unter die blaue Linie gefallen.
Deakin öffnete die Feuertür, sah die nur noch sehr schwach
glühende Asche und begann die Feuerbüchse erneut mit Holz zu
füllen. Diesmal nahm er sich Zeit und wartete geduldig, bis der
Zeiger des Druckmessers bis knapp über die rote Linie geklettert
war. Banlon hatte ihm zwar gesagt, daß dies die Gefahrengrenze
sei, aber das schien Deakin wenig zu kümmern. Er schloß die Tür
zu der nunmehr rotglühenden Feuerbüchse, nahm eine Ölkanne
und zwei Schwellennägel aus Banlons Werkzeugkasten, schlug
den Kragen hoch und verließ das Führerhaus wieder.

Er ging erneut in einem weiten Bogen um den Zug herum bis
zur hinteren Plattform des Versorgungswaggons. Carlos saß zusammengekauert und zitternd an der gleichen Stelle wie zuvor
und bemühte sich vergeblich, sich mit Hilfe einer Flasche Whisky
über die beißende Kälte hinwegzutrösten. Deakin nickte zufrieden, ließ sich auf Hände und Knie nieder, kroch seitlich unter
den Waggon und bis zur Mitte des Schienenstranges, stützte sich
auf die Ellbogen und schob sich langsam über die Schwellen
zwischen den hinteren Drehgestellen des Waggons. Schließlich
hielt er inne und drehte sich unendlich vorsichtig auf den Rükken. Direkt über sich sah er die festgeschraubte Kupplung, die
den Versorgungswaggon mit dem ersten Pferdewaggon verband. Darüber waren die hintere Plattform des Versorgungswaggons und die vordere Plattform des Pferdewaggons zu sehen.
Auf ersterer und keine zwei Meter von Deakin entfernt, saß
deutlich sichtbar Carlos.

Sorgfältig bemüht, jedes verräterische Geräusch zu vermeiden, versuchte Deakin, die Kupplung aufzuschrauben. Aber er
merkte gleich, daß er nichts erreichen würde, außer die Haut
seiner Handflächen einzubüßen. Er ließ die Kupplung los, hob
die Kanne und spritzte Öl auf das Schraubgewinde. Plötzlich
hörte er ein Geräusch, stellte die Kanne in den Schnee und
drehte sich ganz langsam um, bis er wieder nach oben blickte.

Das Geräusch hatte offensichtlich Carlos verursacht, als er
seine Flasche hingestellt hatte. Jetzt richtete er sich auf und
begann schwerfällig auf der Plattform auf und ab zu gehen,
stampfte mit den Füßen und schlug die Arme um sich, um die
Blutzirkulation zu beschleunigen. Aber nach ein paar Sekunden

gab er dieses ebenso anstrengende wie fruchtlose Unterfangen auf und kehrte zu seiner Whiskyflasche zurück.

Deakin machte sich wieder an die Arbeit. Aber auch diesmal tat sich nichts. Behutsam löste er seinen Griff und kramte die beiden Schwellennägel aus seiner Tasche; verglichen mit dem Kupplungsgestänge waren sie fast warm. Langsam und vorsichtig schob er die Nägel in die Kupplungsgelenke und drehte. Die zusätzliche Hebelwirkung half: leise quietschend gab das Gewinde nach. Deakin hielt den Atem an und blickte nach oben. Carlos richtete sich auf, blickte sich mürrisch um und kauerte sich schließlich wieder mit seiner Whiskyflasche in den Windschatten.

Sofort wandte Deakin seine Aufmerksamkeit wieder der Kupplung zu. Abwechselnd nahm er die Ölflasche und die Schwellennägel zu Hilfe, und bald hatte er das Gewinde bis auf zwei oder drei Umdrehungen aufgeschraubt. Er zog die Nägel heraus und beendete seine Arbeit mit den Händen. Die beiden Teile der Kupplung lösten sich voneinander, und er ließ sie langsam und vorsichtig herunter, bis sie senkrecht am Ende ihrer Ketten hingen.

Dann hob er den Kopf: Carlos hatte sich nicht bewegt. Auf Ellbogen und Knien schob sich Deakin den Weg zurück, den er gekommen war, kroch unter dem Zug hervor und kehrte in einem weiten Bogen zum Führerhaus der Lokomotive zurück. Der Zeiger des Druckmessers stand auf der blauen Linie. Nachdem er die Feuerbüchse wieder gefüllt hatte – eine Arbeit, die Deakin zunehmend lästig fand – stand der Zeiger bald wieder auf Rot. Deakin sank erschöpft auf einen Klappsitz in der Ecke und schloß die Augen.

Es ließ sich unmöglich sagen, ob er schlief oder nicht, aber wenn ja, dann mußte er in seinem Gehirn eine Art Zeitschaltuhr haben, denn er stand in regelmäßigen Abständen auf, warf ein paar Holzscheite in die Feuerbüchse und kehrte wieder auf seinen Platz zurück. Als Banlon und Rafferty mit O'Brien ins Führerhaus kamen, fanden sie ihn zusammengesunken auf dem Klappsitz, den Kopf gesenkt und das Kinn auf der Brust. Er schien zu schlafen. Plötzlich fuhr er hoch.

»Etwas anderes hatte ich nicht erwartet«, sagte O'Brien verächtlich. »Bei der Arbeit eingeschlafen!«

Deakin schwieg und zeigte mit dem Daumen in Richtung auf den Druckmesser. Banlon trat näher und überprüfte ihn.

»Lange kann er aber nicht geschlafen haben, Major. Der Druck ist genau richtig.« Er drehte sich um und warf einen Blick auf den Tender: die Holzscheite waren säuberlich aufgestapelt und nichts ließ erkennen, daß sie umgeschichtet worden waren. »Und Brennmaterial hat er auch nicht mehr verbraucht als normal. Ganz gute Arbeit, würde ich sagen. Aber er kennt sich ja auch mit Feuer aus. Wenn man an Lake's Crossing denkt –«

»Schon gut, Banlon.« O'Brien wandte sich um. »Kommen Sie mit, Deakin.«

Deakin erhob sich steifbeinig und blickte auf seine Uhr. »Mitternacht! Dann war ich sieben Stunden hier anstatt vier!«

»Banlon brauchte den Schlaf. Was wollen Sie, Deakin? Etwa Mitleid?«

»Nein, etwas zu essen!«

»Carlos hat das Abendessen fertig.« Deakin fragte sich, wann er das wohl gemacht hatte. »Gehen Sie in die Küche. Wir haben schon gegessen.«

»Das kann ich mir denken.«

O'Brien und Deakin kletterten aus dem Führerhaus und gingen an den Schienen entlang zum vorderen Ende des ersten Waggons. Auf der Plattform angekommen, beugte sich O'Brien über das Geländer und winkte. Banlon winkte zurück und verschwand im Inneren des Führerhauses. O'Brien öffnete die Tür zum Tagesabteil der Offiziere.

»Kommen Sie schon.«

Deakin rieb sich die Stirn. »Gleich. Wenn der Zug steht, kommt keine Frischluft in das Führerhaus, und dementsprechend fühle ich mich auch.«

O'Brien betrachtete ihn nachdenklich, doch dann kam er offenbar zu dem Schluß, daß Deakin dort, wo er stand, nichts anrichten konnte, denn er nickte, trat ins Innere des Waggons und schloß die Tür hinter sich.

Banlon öffnete die Ventile. Die Räder drehten auf den vereisten Schienen durch, die Lokomotive schnaufte, und dicke Rauchwolken quollen aus dem Schornstein. Dann ließ das Schnaufen nach, die Räder griffen, und der Zug setzte sich in Bewegung. Deakin hielt sich am Geländer fest, beugte sich weit nach außen und blickte zurück. Es war schwierig, etwas zu erkennen – es konnte ebensogut Einbildung sein, aber er hatte den Eindruck, daß zwischen dem Versorgungswaggon und dem ersten Pferdewaggon eine Lücke entstand. Gleich darauf fuhr der Zug durch eine Kurve, und Deakin sah, daß es keine Einbildung gewesen war:

Die beiden Pferdewaggons waren in nunmehr zwei- bis dreihundert Meter Entfernung auf dem Gleis stehengeblieben, und kurz darauf hatte die Dunkelheit sie verschluckt.

Deakin richtete sich auf und gestattete sich ausnahmsweise ein allerdings kaum wahrnehmbares, befriedigtes Lächeln, das jedoch sofort wieder verschwand, als er die Tür zum Abteil der Offiziere öffnete. Der Gouverneur, Claremont, Pearce und O'Brien saßen – wie üblich mit Gläsern in der Hand – dicht neben dem Ofen, während Marica etwas abseits und mit im Schoß gefalteten Händen dasaß. Als Deakin in der Tür erschien, blickten alle gleichzeitig auf.

»Essen gibt's in der Küche«, sagte O'Brien.

»Das sagten Sie schon. Wo kann ich heute schlafen?«

»Sie könnten lernen, ›danke‹ zu sagen.«

»Ich kann mich nicht erinnern, daß mir jemand für die sieben Stunden gedankt hätte, die ich in diesem verdammten Führerhaus zugebracht habe. Wo schlafe ich?«

»Hier«, sagte Claremont. »Legen Sie sich auf eines der Sofas.«

Deakin nickte und wollte weitergehen, aber Claremont hielt ihn zurück.

»Deakin!« Er drehte sich um. »Sie haben da draußen einiges geleistet. War es kalt?«

»Ich habe es überlebt.«

Claremont sah den Gouverneur an, der erst zögerte, dann aber nickte. Claremont holte eine Flasche Whisky aus dem Getränkeschrank und reichte sie Deakin, der sie zögernd entgegennahm. »Wie Miss Fairchild sagte, Sie sind unschuldig, bis Ihre Schuld bewiesen ist. Nehmen Sie die Flasche. Vielleicht wärmt der Whisky Sie ein wenig auf, Deakin.«

»Vielen Dank, Colonel.«

Als Deakin auf dem Weg zum hinteren Ende des Waggons an Marica vorbeikam, blickte sie auf, und ein kaum wahrnehmbares Lächeln erschien auf ihrem Gesicht. Deakin ging weiter, als habe er es nicht bemerkt, und sofort wurde Maricas Gesicht wieder ausdruckslos wie das seine.

Den drei Männern in der winzigen Küche gelang das schier Unmögliche: Sie fanden alle Platz. Carlos und Henry bedienten sich großzügig aus Deakins Flasche, während Deakin sich über eine Mahlzeit hermachte, die quantitativ imposant, qualitativ jedoch recht fragwürdig war: Carlos hatte seine Kochkünste aus verständlichen Gründen nicht voll entfalten können. Deakin kratzte mit der Gabel die letzten Reste von seinem Teller, hob sein Glas und leerte es in einem Zug.

»Tut mit leid, Mr. Deakin«, entschuldigte sich Carlos, »ich fürchte, es war etwas angebrannt.«

Deakin fragte nicht, was »es« war. »Lassen Sie nur. Auf jeden Fall bin ich satt geworden.« Er gähnte. »Jetzt brauche ich nur noch eine Mütze voll Schlaf.« Er nahm die Whiskyflasche, überlegte kurz und stellte sie wieder hin. »Ich habe nie sonderlich gern getrunken. Ich glaube, ihr habt mehr davon.«

Carlos strahlte: »Besten Dank, Sir, besten Dank!«

Deakin ging zurück zum Tagesabteil. Als er eintrat, war Marica bereits gegangen, und der Gouverneur, Claremont, O'Brien und Pearce befanden sich im Aufbruch zu ihren Nachtquartieren; keiner würdigte ihn eines Blickes, geschweige denn eines Wortes. Deakin seinerseits tat, als sei er bereits allein im Abteil. Er schob noch ein paar Holzscheite in den Ofen, streckte sich auf dem Sofa neben der vorderen Eingangstür aus und zog seine Uhr aus der Tasche: Es war ein Uhr.

## 7

»Ein Uhr«, sagte Sepp Calhoun. »Wirst du bei Tagesanbruch wieder hier sein?«

»Ich werde bei Tagesanbruch wieder hier sein.« White Hand stieg die Stufen vom Büro des Kommandanten hinab und trat zu seinen Kriegern, die sich bereits auf dem Gelände des Forts versammelt hatten. Es waren mindestens fünfzig und alle beritten. White Hand schwang sich in den Sattel und hob grüßend die Hand. Calhoun erwiderte den Gruß. White Hand riß sein Pferd herum und trieb es in scharfem Galopp auf das Tor zu; seine Krieger folgten ihm.

Deakin wachte auf, schwang die Beine über den Rand des Sofas und blickte erneut auf seine Uhr: Es war vier Uhr. Er stand auf und ging leise durch den Gang, vorbei an den Abteilen, in denen der Gouverneur und Marica schliefen, und trat auf die hintere Plattform des ersten Waggons hinaus. Von dort kletterte er auf die vordere Plattform des zweiten Waggons. Vorsichtig spähte er durch das Fenster in der Tür.

Keine zwei Meter entfernt ragten zwei dürre Beine aus der Küche in den Gang – unverkennbar Henrys.

Deakin zog sich mit nachdenklichem Gesicht vom Fenster zurück. Er kletterte auf das Geländer der Plattform und zog sich mit einiger Mühe auf das Waggondach hinauf. Auf Händen und Knien kroch er über das schnee- und eisverkrustete Dach von einem Halt bietenden Entlüfter zum nächsten, und das Rütteln und Schaukeln des Waggons machte das gefährliche Unternehmen nicht gerade einfacher.

Der Zug fuhr eine schmale, tiefe Schlucht entlang und vorbei an schneebeladenen Kiefern, die dicht neben den Schienen wuchsen. Die herabhängenden Äste streiften fast die Waggondächer. Zweimal blickte er gerade noch rechtzeitig über die Schulter, um zu sehen, wie der Zug unter tiefhängenden, schweren Ästen hindurchfuhr, und er mußte sich flach auf den Bauch legen, um nicht vom Dach gefegt zu werden.

Schließlich erreichte er das Ende des zweiten Waggons, schob sich millimeterweise über den Rand des Daches und blickte hinunter: Carlos ging – bis über die Ohren vermummt – unermüdlich auf der Plattform auf und ab. Deakin machte kehrt und kroch wieder ein Stück zurück. Dann stand er auf und ging ein paar Schritte, wobei es ihm größte Schwierigkeiten machte, das Gleichgewicht zu halten.

Ein mächtiger Kiefernast kam auf ihn zu. Deakin zögerte keine Sekunde. Er wußte, wenn er es jetzt nicht tat, war es fraglich, ob er je wieder den Mut dazu haben würde. Er machte ein paar schnelle Schritte rückwärts, um den Zusammenprall mit dem Ast zu mildern und streckte die Arme hoch.

Er packte den Ast mit beiden Händen und stellte erschrocken fest, daß er keineswegs so stark war, wie er ausgesehen hatte – die dicke Schneeschicht hatte einen falschen Eindruck erweckt. Der Zweig bog sich. Verzweifelt riß Deakin die Beine hoch, aber noch immer hing er nur zwanzig Zentimeter über dem Dach. Er blickte nach unten, und im gleichen Augenblick fegte er über Carlos hinweg.

Deakin streckte die Beine aus, und seine Absätze gruben tiefe Rillen in den gefrorenen Schnee. Dann gab er den Zweig frei, obwohl ihm durchaus bewußt war, daß er Gefahr lief, von einem der Entlüfter zerfetzt zu werden.

Er wurde nicht zerfetzt, aber er war in diesem Augenblick nicht in der Verfassung, sein Glück voll zu würdigen, denn er hatte zwar auf seinen Kopf aufgepaßt, aber der Aufprall seines Rückens auf dem Dach war immer noch schmerzhaft genug. Und doch war es gerade das vereiste Dach, das ihm das Leben rettete. Wäre er auf einem schnee- und eisfreien Dach gelandet, wäre ihm die ungeheuere Bremswirkung mit Sicherheit zum Verhängnis geworden. Aber auch unter den gegebenen Umständen sah es nicht besonders rosig für ihn aus, denn er schlitterte mit so großer Geschwindigkeit über das Dach, daß er mit größter Wahrscheinlichkeit über das Ende hinausschießen und auf den Schienen landen würde.

Aber diesmal waren paradoxerweise die potentiell tödlichen Entlüfter seine Rettung. Instinktiv griff er nach dem ersten Entlüfter, der in seine Reichweite kam. Er hatte das Gefühl, daß seine rechte Schulter ausgerenkt und sein Arm ausgerissen wurde, und seine Hand öffnete sich. Aber sein Tempo hatte sich merklich verlangsamt. Er griff nach dem nächsten Entlüfter und der schmerzhafte Prozeß wiederholte sich – aber es lohnte sich: sein Tempo verringerte sich wiederum erheblich. Er rutschte auf den dritten und letzten Entlüfter zu und schlang seinen rechten Arm um ihn, aber diesmal blieb ihm Zeit, seine linke Hand zu Hilfe zu nehmen und mit ihr sein rechtes Handgelenk zu umklammern. Auch diesmal war der Schmerz kaum zu ertragen. Aber Deakin ließ nicht los. Sein Körper wurde in einem Dreiviertelkreis herumgerissen, bis seine Beine bis zu den Knien seitlich über das Dach hinausragten. Aber er hielt sich fest. Er wußte, daß er etwas tun mußte, denn sehr viel länger würde er sich nicht halten können. Langsam und unter großen Schmerzen zog er sich wieder zur Mitte des Daches hinauf, kroch bis zum Ende und ließ sich auf die hintere Plattform fallen.

Völlig erschöpft kauerte er ganze fünf Minuten lang zusammengekrümmt und nach Luft schnappend auf dem Boden und fühlte sich, als sei er die Niagarafälle in einem Faß hinuntergefahren. Er rechnete seine vermutlichen Verletzungen zusammen: Eine Reihe gebrochener Rippen vorn, wo der Zweig gegen seine Brust geprallt war, eine nicht minder beträchtliche Zahl von Rippenbrüchen im Rücken, wo er auf das Waggondach aufgeschlagen war und eine gebrochene und verrenkte Schulter. Aber nach einer ebenso vorsichtigen wie eingehenden Untersuchung stellte er fest, daß er sich in Wirklichkeit keinen einzigen Knochen gebrochen hatte. Und die Schürfwunden stellten keine ernsthafte Behinderung dar – sie würden zwar noch eine Weile schmerzen, aber sie machten ihn nicht kampfunfähig. Er zog sich hoch, öffnete die hintere Tür des Versorgungswaggons und trat hinein.

Er ging zwischen den aufeinandergestapelten Särgen und den Kisten mit den Medikamenten hindurch zum vorderen Ende des Versorgungswaggons und spähte durch eine der beiden kleinen kreisförmigen Luken hinaus: Carlos ging immer noch auf der Plattform auf und ab. Deakin zog seine Schafpelzjacke aus und befestigte sie vor der einen Sichtluke. Vor die andere hängte er eine schwere Sackleinwand. Dann zündete er eine der Petroleumlampen an, die an der Wand des Waggons hingen. Deakin bemerkte, daß zwischen zwei Brettern auf der rechten Seite ein schmaler Spalt klaffte, durch den möglicherweise ein dünner Lichtstrahl nach draußen fallen konnte. Aber um ihn zu sehen, mußte man rechts vom Waggon stehen, und Carlos befand sich vorne. Es bestand also kein Grund zu ernsthafter Besorgnis.

Mit Hilfe eines Schraubenziehers und eines Hartmeißels, die er sich vorsorglich aus Banlons Werkzeugkiste mitgenommen hatte, öffnete Deakin eine messingbeschlagene, geölte Holzkiste mit der Aufschrift MEDIZINISCHER BEDARF US ARMY. Der Deckel sprang mit einem mißtönenden Geräusch auf, aber Deakin kümmerte sich nicht darum – mit Lärm verbundene, geheime Unternehmungen ließen sich in einem fahrenden Zug viel leichter tätigen als in einem stehenden: Ein altersschwacher Zug, rostige Räder und uralte Drehgestelle machten während der Fahrt soviel Lärm, daß eine Unterhaltung auf die Entfernung von nur wenigen Schritten in normaler Lautstärke unmöglich war. Kein Geräusch im Inneren des Versorgungswaggons, das leiser war als ein Pistolenschuß, wäre für Carlos zu hören gewesen – und selbst einen Schuß hätte er wohl kaum gehört, denn er hatte seinen räumlich begrenzten Fußmarsch wieder aufgegeben und beschlossen, es noch einmal mit dem Whisky zu versuchen.

Die medizinischen Vorräte waren in ungewöhnliche graue, unbeschriftete Metallbehälter verpackt. Deakin nahm eine der Blechdosen aus der Kiste und hob den Deckel hoch. Sie enthielt glänzende Patronen. In Deakins Gesicht zuckte kein Muskel. Die Entdeckung war offenbar kein Schock für ihn. Er öffnete zwei weitere Büchsen: Der Inhalt war der gleiche.

Deakin ließ die Holzkiste mit dem gewaltsam geöffneten Deckel achtlos stehen – er war offenbar an einem Punkt angelangt, an dem es ihm gleichgültig war, ob sein Tun bemerkt wurde. Er nahm sich eine zweite Kiste vor, die er ebenso brutal aufbrach wie die erste. Auch sie enthielt Munition. Mit der Lampe in der Hand ging er bis zum Ende des Versorgungswaggons, ohne die übrigen Holzkisten, die den Aufschriften nach ebenfalls medizinischen Bedarf enthielten, weiter zu beachten. Er kam zu den aufeinandergestapelten Särgen und machte sich daran, einen aus dem unteren Ständer herauszuziehen. Dieses Vorhaben kostete ihn soviel Kraft, daß sich seine Zweifel daran, daß die Särge tatsächlich leer waren, noch erheblich verstärkten.

Carlos setzte die Flasche ab, aus der er getrunken hatte, schüttelte sie und stellte sie auf den Kopf: Sie war leer. Kummervoll und leicht schwankend trat er an das seitliche Geländer der Plattform, lehnte sich weit hinaus und schleuderte die Flasche in die Dunkelheit. Und dann verschwand plötzlich der kummervolle Ausdruck von seinem Gesicht, und seine Augen verengten sich zu schmalen Schlitzen, wodurch seine Züge jede Gutmütigkeit verloren. Er blinzelte, aber es änderte sich nichts: aus einer Lücke in der Seitenwand des Versorgungswaggons drang ein schwacher Lichtschein nach draußen. Mit einer Geschwindigkeit und Behendigkeit, die man einem so großen und schweren Mann wie ihm gar nicht zugetraut hätte, schwang er sich von der hinteren Plattform des zweiten Waggons auf die vordere Plattform des Versorgungswaggons. Und dann griff er in die Innentasche seines Mantels und brachte ein sehr unerfreulich aussehendes, feststehendes Messer zum Vorschein.

Am anderen Ende des Waggons entfernte Deakin gerade den böse zugerichteten Deckel von dem Sarg, er hob die Laterne, und sein Gesicht verhärtete sich, aber es zeigte weder Überraschung noch Erschütterung – er hatte gefunden, was er erwartet hatte: Reverend Peabody war seit vielen Stunden tot.

Deakin legte den Deckel wieder an seinen Platz und zog einen weiteren Sarg aus dem Gestell, was diesmal noch erheblich mehr Kraftaufwand erforderte als beim ersten. Deakin machte rücksichtslos Gebrauch von seinem Hartmeißel, und binnen Sekunden war der Deckel entfernt. Er blickte ins Innere des Sarges und nickte fast unmerklich: Der Sarg war bis zum Rand voll mit frisch geölten Winchester-Büchsen.

Deakin warf den Deckel lose auf den Sarg, stellte die Petroleumlampe darauf, zog einen dritten Sarg heraus und öffnete ihn dank der Übung in wenigen Sekunden. Er hatte gerade festgestellt, daß auch dieser Sarg voll mit brandneuen Winchester-Gewehren war, als etwas seine Aufmerksamkeit erregte: Die Petroleumlampe hatte geflackert – ein Alarmzeichen, denn in dem geschlossenen Waggon hätte normalerweise kein Luftzug entstehen können.

Deakin drehte sich genau in dem Augenblick um, als Carlos sich mit gezücktem Messer auf ihn stürzen wollte. Deakin packte die Hand, die das Messer hielt, am Gelenk, und es kam zu einem kurzen, aber erbitterten Kampf, der jäh unterbrochen wurde, als beide Männer über einen Sarg stolperten und im Fallen voneinander abließen. Deakin stürzte in einen Gang zwischen zwei Reihen von Särgen, während Carlos mitten in den Waggon fiel. Beide Männer waren sofort wieder auf den Beinen, und Carlos hob das Messer, um es nach Deakin zu werfen, dem in der Enge kaum Platz für taktische Bewegungen blieb. Er trat heftig gegen den losen Deckel des Sarges, auf dem die Petroleumlampe stand, der Deckel flog in die Luft und nahm Carlos sekundenlang die Sicht, dann zerschellte die Petroleumlampe auf dem Boden, und der Versorgungswaggon war in Dunkelheit gehüllt. Deakin verlor keine Zeit: Im Dunkeln gegen einen Mann zu kämpfen, der ein Messer hatte, wäre regelrechter Selbstmord gewesen.

Er rannte zum hinteren Ende des Versorgungswaggons, trat hinaus und schloß die Tür hinter sich. Er blickte sich nicht einmal mehr um: ihm blieb nur ein Weg – nach oben. Er kletterte über das Geländer auf das Dach, legte sich auf den Bauch, blickte hinunter und wartete auf Carlos. Aber die Sekunden vergingen, und Carlos zeigte sich nicht. Deakin wandte den Kopf und spähte in die Dunkelheit. Er wischte sich die Flocken aus dem Gesicht, rieb sich die Augen und hielt erneut Ausschau.

Keine fünf Meter entfernt kroch Carlos mit gezücktem Messer vorsichtig das Dach entlang. Er machte ganz den Eindruck, als freue er sich auf die Fortsetzung des Kampfes. Deakin teilte seine Freude nicht – im Augenblick wäre er nicht einmal für einen schmächtigen Halbwüchsigen ein ernsthafter Gegner gewesen. Physisch gesehen war Carlos ihm haushoch überlegen, aber Deakin hoffte, daß wenigstens die geistige Beweglichkeit seines Verfolgers durch den beträchtlichen Konsum von Whisky stark eingeschränkt war.

Deakin, der jetzt auf Händen und Knien auf dem Dach hockte, drehte sich um und sah dem näherkommenden Carlos entgegen. Weiter vorn glaubte er, den Beginn einer langen Brücke zu sehen, aber es blieb ihm keine Zeit mehr, sich zu vergewissern: Carlos war keine zwei Meter mehr entfernt, und hob mit teuflischem Grinsen die Hand mit dem Messer. Er sah nicht aus, als befürchte er sein Ziel zu verfehlen. Deakin nahm eine Handvoll gefrorenen Schnee und schleuderte ihn seinem Angreifer ins Gesicht, was diesen jedoch nicht davon abhielt, das Messer nach ihm zu werfen. Aber Deakin hatte sich bereits nach vorn geworfen, prallte mit der rechten Schulter gegen Carlos' Brustkasten und das Messer flog über ihn hinweg. Carlos erwies sich unerfreulicherweise als sehr kräftig. Es war, als sei Deakin gegen eine Mauer gerannt. Allerdings hatte das vereiste Dach ihm nicht die Möglichkeit gegeben, mit voller Wucht anzugreifen. Carlos' Hände schlossen sich um seinen Hals.

Deakin versuchte den Griff des Farbigen zu lockern, aber das erwies sich als unmöglich. Wütend schlug er ihn mit aller noch verbliebenen Kraft wahllos ins Gesicht und auf den Körper. Aber Carlos lächelte nur breit. Langsam und vor Anstrengung zitternd zog Deakin beide Füße an und richtete sich auf. Carlos machte die Bewegung mit – solange er nicht gezwungen wurde, seine Hände vom Hals seines Opfers zu nehmen, war es ihm gleichgültig, ob er lag, hockte oder stand.

Bei aller Wut bewegten sich die beiden Männer sehr langsam und vorsichtig, denn beide befürchteten, auf dem spiegelglatten Dach den Halt zu verlieren. Und dann sah Carlos plötzlich unter sich die ersten Bohlen einer Brücke, die über eine scheinbar bodenlose Schlucht führte. Unvermittelt grub er seine Finger tief in Deakins Nacken. Seine Selbstüberschätzung und sein Whiskykonsum hatten ihn daran gehindert zu erkennen, weshalb Deakin aufgestanden war. Und als es ihm endlich klar wurde, war es zu spät. Deakin packte Carlos am Mantel und warf sich nach hinten. Carlos war völlig überrascht und verlor auf dem vereisten Dach augenblicklich den Halt. Während sie fielen, zog Deakin die Beine an, bis die Knie fast sein Kinn berührten und stieß beide Füße in Carlos' Zwerchfell. Der schnelle Sturz und das unmittelbar anschließende Emporgeschleudertwerden durch Deakins Tritt lösten Carlos' Würgegriff, und hilflos um sich schlagend, stürzte er vom Waggondach in die Tiefe.

Deakin fand Halt an einem der Entlüfter und starrte in den Abgrund. Aber alles, was noch an Carlos erinnerte, war ein langsam verhallender Schrei.

Deakin war nicht der einzige, der ihn hörte. Henry, der gerade einen Kaffee kochte, blickte überrascht auf. Er lauschte einige Sekunden lang angestrengt, aber als alles still blieb, zuckte er die Achseln und wandte sich wieder der Kaffeekanne zu.

Deakin klammerte sich noch eine Zeitlang mit einer Hand an den Entlüfter und massierte mit der anderen seinen mißhandelten Hals. Dann schob er sich vorsichtig ans Ende des Daches und ließ sich auf die hintere Plattform hinab. Er trat ins Innere des Versorgungswaggons, zündete wieder eine Petroleumlampe an und setzte seine Nachforschungen fort. Er öffnete zwei weitere Kisten, die angeblich medizinischen Bedarf enthielten, in Wirklichkeit aber ebenfalls bis an den Rand mit Winchestermunition gefüllt waren. An der fünften Kiste wollte er schon vorbeigehen, als ihm auffiel, daß sie etwas länger war als die anderen. Sofort setzte er den Meißel an. Die Kiste war vollgestopft mit grauen Guttapercha-Säcken, wie sie für den Transport von Schießpulver verwendet wurden.

Deakin beschloß, noch eine weitere Kiste zu öffnen, obwohl sie sich in keiner Hinsicht von den anderen unterschied. Sie enthielt Zylinder von etwa fünfzehn Zentimeter Länge, die in graues Ölpapier gewickelt waren. Deakin steckte zwei davon in die Tasche, machte die Petroleumlampe aus, ging nach vorn und nahm seine Felljacke von der runden Sichtluke. Als er sie gerade überziehen wollte, sah er durch die Luke, wie sich die hintere Tür des zweiten Waggons öffnete und Henry erschien. Er trug eine Kaffeekanne, zwei Becher und eine Laterne. Er schloß die Türe hinter sich und blickte sich leicht erstaunt um. Offensichtlich war es nicht Carlos' Art gewesen, seinen Posten zu verlassen.

Deakin verlor keine Zeit. Er eilte zur hinteren Plattform des Versorgungswaggons und schaute durch eine der Sichtluken ins Innere:

Henry öffnete mit hocherhobener Laterne die Tür und betrat vorsichtig den Versorgungswaggon. Er blickte nach links und blieb mit völlig fassungslosem Gesicht stehen, was unter den gegebenen Umständen durchaus verständlich war – schließlich war er nicht darauf gefaßt gewesen, die Holzkisten offen vorzufinden. Wie ein Schlafwandler stellte Henry langsam die Kaffeekanne und die Becher ab und ging vorsichtig weiter zum hinteren Teil des Waggons, wo er mit aufgerissenen Augen und weit geöffnetem Mund die drei offenen Särge anstarrte, von denen zwei Winchester-Gewehre und der dritte die sterblichen Überreste des Reverend Peabody enthielten. Dann erwachte er ganz allmählich aus seinem tranceähnlichen Zustand, sah sich hastig um, um sich zu überzeugen, daß er sich nicht in der Gesellschaft des geistesgestörten Vandalen befand, der für all dies verantwortlich war, zögerte, machte Anstalten, den Waggon zu verlassen, überlegte es sich jedoch plötzlich anders und ging auf das Ende des Wagens zu. Und Deakin sah sich wieder einmal gezwungen, auf das Dach zu klettern.

Henry trat auf der hinteren Plattform hinaus. Mehrere Sekunden vergingen, ehe er begriff, was er sah. Er stand da wie versteinert. Plötzlich kehrten seine Lebensgeister zurück. Er drehte sich um und verschwand wieder im Inneren des Waggons. Deakin sprang auf die Plattform hinunter und folgte ihm langsam.

Henry rannte wie von Furien gehetzt und ohne einmal anzuhalten bis ins Tagesabteil der Offiziere, wo Deakin offiziell die Nacht verbrachte. Sein Instinkt hatte ihn nicht getrogen: Deakin war verschwunden. Henry nahm sich keine Zeit für irgendwelche Gefühlsäußerungen, sondern machte sofort kehrt und rannte den Weg zurück, den er gekommen war. Als er vom ersten in den zweiten Waggon wechselte, hatte er viel zu viele Dinge gleichzeitig im Kopf, als daß er nach oben geblickt hätte, aber selbst, wenn er es getan hätte, wäre es höchst unwahrscheinlich gewesen, daß er Deakin auf dem Dach über sich entdeckt hätte. Als Henry in den Schlafwaggon stürzte, wobei er die Tür hinter sich weit offen stehen ließ, sprang Deakin auf die Plattform und wartete gespannt neben der Tür.

Er brauchte nicht lange zu warten, denn gleich darauf ertönte wildes Hämmern an einer Tür, und dann Henrys Stimme. Sie klang genau so, wie Henry ausgesehen hatte, nämlich fast hysterisch.

»Um Himmels willen, Major, kommen Sie schnell. Sie sind weg! Sie sind alle weg!«

»Wer zum Teufel, wer ist weg?« O'Briens Stimme klang ausgesprochen mürrisch, wie die Stimme eines Mannes eben klingt, der höchst unsanft aus tiefem Schlaf geweckt wird. »Reden Sie vernünftig, Mann!«

»Weg, Major, sie sind weg! Die beiden Pferdewaggons – sie sind nicht mehr da!«

»Was? Sie sind betrunken!«

»Ich wünschte, ich wär's! Sie sind weg, sage ich Ihnen! Und die Kisten mit den Patronen und dem Sprengstoff sind geöffnet worden. Die Särge auch. Und Carlos ist verschwunden. Und Deakin ebenfalls. Keine Spur – von beiden keine Spur! Ich habe einen Schrei gehört, Major –«

Deakin hatte genug gehört. Er ging in den zweiten Waggon,

durch das Speiseabteil, blieb vor Maricas Tür stehen und versuchte, sie zu öffnen. Sie war abgeschlossen. Er sperrte sie mit seinem Schlüssel auf, trat ein und schloß hinter sich wieder ab. Auf dem kleinen Tisch neben Maricas Schlafkoje brannte ein schwaches Nachtlicht. Deakin schraubte es höher, legte eine Hand auf die Schulter des schlafenden Mädchens und schüttelte es sanft. Marica bewegte sich, drehte sich um, öffnete die Augen, riß sie weit auf und machte Anstalten zu schreien. Deakin legte ihr die Hand auf den Mund.

»Nicht! Wenn Sie schreien, werden Sie sterben.« Ihre Augen öffneten sich noch weiter. Deakin schüttelte den Kopf und versuchte ermutigend auszusehen, was unter den gegebenen Umständen ziemlich schwierig war. »Nicht durch meine Hand, Madam! Ich spreche von Ihren Freunden da draußen. Sie sind hinter mir her. Wenn sie mich finden, werden sie mich töten. Können Sie mich verstecken?«

Er zog seine Hand zurück. Obwohl ihr Puls flog, hatte sie keine Angst mehr, aber sie war immer noch auf der Hut. »Warum sollte ich?« fragte sie.

»Weil ich Sie nur retten kann, wenn ich am Leben bleibe.«

Sie sah ihn völlig verständnislos an und schüttelte schließlich langsam den Kopf. Deakin drehte seinen Gürtel um, öffnete eine an der Unterseite angebrachte Tasche, entnahm ihr einen Ausweis und zeigte ihn ihr. Sie las ihn und begriff zunächst gar nichts. Aber schließlich nickte sie begreifend. Auf dem Gang wurden Stimmen laut. Marica stieg aus ihrer Koje und gab Deakin ein Zeichen; sofort kletterte er in die Koje, drückte sich an die Wand und zog sich die Decke über den Kopf. Marica schraubte hastig das Nachtlicht herunter und stieg gerade wieder ins Bett, als es klopfte. Marica antwortete nicht, sondern richtete in aller Eile die Decken und Kissen so, daß Deakin so gut wie möglich verborgen war. Wieder klopfte es, diesmal wesentlich energischer.

Marica stützte sich auf den Ellbogen und fragte mit verschlafener Stimme: »Wer ist da?«

»Major O'Brien, Madam.«

»Kommen Sie herein. Es ist nicht abgeschlossen.« Die Tür öffnete sich und O'Brien erschien auf der Schwelle. »Was fällt Ihnen denn ein, mich um diese Zeit zu stören, Major?« fuhr Marica ihn an.

O'Brien wirkte sehr betreten. »Deakin ist weg.«

»Weg? Machen Sie sich nicht lächerlich! Wo sollte ein Mensch in dieser Wildnis hin?«

»Das ist es ja, Madam. Er kann nirgendwohin. Deshalb nehmen wir ja auch an, daß er immer noch im Zug ist.«

Marica sah ihn kühl und ungläubig an: »Und Sie dachten, daß ich vielleicht –«

Hastig und verlegen versuchte O'Brien sie zu beschwichtigen. »Nein, nein, Miss Fairchild. Ich meine nur, es wäre doch möglich, daß er sich heimlich hier eingeschlichen hat, während Sie schliefen –«

»Nun, unter *meinem* Bett hat er sich nicht versteckt.« O'Brien machte hastig kehrt, und der Klang seiner Schritte verlor sich. Deakin steckte seinen Kopf unter der Bettdecke hervor.

»Meine Hochachtung, Madam«, sagte er voller Bewunderung. »Das war eine beachtliche Leistung. Und Sie mußten nicht einmal lügen. Ich hätte nie gedacht –«

»Raus! Sie sind von oben bis unten voller Schnee, und ich hole mir den Tod!«

»Nein. Sie stehen auf, ziehen sich an und holen Colonel Claremont.«

»Ich soll mich anziehen? Während Sie hier liegen und –«

Deakin hielt sich ergeben die Hand vor die Augen. »Mein liebes Kind – ich meine, Madam – ich habe andere und weit weniger angenehme Dinge im Kopf. Sie haben den Ausweis gesehen. Achten Sie darauf, daß niemand Sie hört, wenn Sie mit dem Colonel reden, und daß niemand Sie sieht, wenn Sie ihn herbringen. Sagen Sie ihm nicht, daß ich hier bin.«

Marica streifte ihn mit einem nachdenklichen Blick, aber sie stellte keine Fragen mehr – Deakins Gesichtsausdruck erstickte jeden Widerspruch im Keime. Sie zog sich hastig an, ging und kehrte zwei Minuten später mit dem verständlicherweise reichlich verwirrt dreinblickenden Colonel zurück.

Als Marica die Türe hinter sich geschlossen hatte, zog Deakin sich die Bettdecke vom Gesicht und schwang die Beine über den Rand der Koje.

»Deakin!« Claremont war fassungslos. »Was in Gottes Namen –«, er brach ab und griff nach dem Colt an seiner Hüfte.

»Lassen Sie das verdammte Schießeisen stecken«, sagte Deakin müde. »Sie werden später noch genug Gelegenheit haben, es zu benutzen. Allerdings nicht gegen mich.«

Er reichte Claremont seinen Ausweis. Der Colonel nahm ihn

zögernd entgegen und las ihn, aber erst beim dritten Mal begriff er, was er in der Hand hielt. »John Stanton Deakin... US-Regierung... Geheimdienst... Allan Pinkerton .‹« Er fand seine Fassung erstaunlich schnell wieder und gab Deakin den Ausweis gelassen zurück. »Mr. Pinkerton kenne ich persönlich. Das ist seine Unterschrift. Ich erkenne Sie jetzt. Ich weiß, wer Sie sind: 1866 hießen Sie John Stanton. Sie sind der Mann, der damals den Überfall auf den Adams Express aufklärte, bei dem 700 000 Dollar geraubt worden waren.« Deakin nickte. »Was kann ich für Sie tun, Mr. Deakin?«

»Was *du* für *ihn* tun kannst – aber du hast ihn doch gerade erst kennengelernt.« Marica schien nichts mehr zu begreifen. »Woher weißt du, daß er – ich meine, willst du ihm keine Fragen stellen oder –«

»Niemand stellt John Stanton Deakin Fragen, meine Liebe«, erklärte Claremont nachsichtig.

»Aber ich habe noch nie auch nur ein Wort von ihm gehört.«

»Wir dürfen keine Werbung betreiben«, sagte Deakin geduldig. »*Geheim*dienst ist nun mal eine geheime Sache. Für Fragen ist jetzt keine Zeit. Sie sind hinter mir her, und Ihr beider Leben ist keinen Pfifferling mehr wert.« Er hielt nachdenklich inne. »Das träfe allerdings auch dann zu, wenn sie nicht hinter mir her wären.« Er öffnete die Tür einen Spalt, lauschte und schloß sie wieder. »Sie sind vorne und reden. Das ist unsere Chance. Kommen Sie.« Er riß das Laken von Maricas Bett und stopfte es unter seine Jacke.

»Was haben Sie damit vor?« fragte Claremont.

»Das erkläre ich Ihnen später. Kommen Sie.«

»Kommen? Mit Ihnen? Und mein Onkel? Ich kann ihn doch nicht einfach –«

Deakin sagte sehr sanft: »Ich habe die Absicht, dafür zu sorgen, daß der ehrenwerte und aufrechte Gouverneur, Ihr geliebter Onkel, wegen Mordes, Hochverrats und schweren Diebstahls vor Gericht kommt.«

Marica sah ihn fassungslos an. Deakin öffnete vorsichtig die Tür. Aus dem Tagesabteil der Offiziere drang Stimmengewirr. Henrys Worte waren deutlich zu verstehen: »Richmond! Da habe ich ihn gesehen! In Richmond!« Henry klang ausgesprochen unheilvoll. »Dreiundsechzig war es. Ein Spion der Union! Ich habe ihn nur einmal gesehen. Er konnte fliehen. Aber er ist es!«

»Großer Gott! Ein Geheimagent!« O'Briens Stimme klang unangenehm, aber gleichzeitig war ihr deutlich zu entnehmen, daß er Angst hatte. »Sie wissen, was das bedeutet, Gouverneur?«

Offensichtlich wußte der Gouverneur es nur zu genau, denn seine Stimme zitterte und klang ungewöhnlich schrill:

»Sucht ihn! Um Himmels willen, sucht ihn. Und wenn ihr ihn findet, bringt ihn um. Hört ihr? Bringt ihn um! Bringt ihn um!«

»Ist er nicht einfach reizend?« flüsterte Deakin in Maricas Ohr.

Lautlos schlich er den Gang entlang. Marica folgte ihm bleich und zitternd, und den Abschluß bildete der erstaunlich gelassene Claremont. Sie durchquerten hastig den Speisesaal und traten auf die hintere Plattform hinaus. Schweigend wies Deakin auf das Dach. Claremont sah ihn zuerst verwirrt an, aber dann nickte er. Mit Deakins Hilfe war er im Nu oben, klammerte sich mit einer Hand an einen Entlüfter und reichte die andere Marica. Bald waren alle drei auf dem Dach und drängten sich eng zusammen.

»Es ist schrecklich hier!« Maricas Stimme zitterte, aber vor Kälte, nicht vor Angst. »Wir werden erfrieren!«

»Sagen Sie nichts Schlechtes über Zugdächer«, tadelte Deakin sie. »Für mich sind sie eine Art zweite Heimat geworden. Außerdem ist hier im Augenblick der sicherste Platz. Vorsicht! Bücken!«

Gehorsam duckten sie sich, und ein schwerer Kiefernast fegte über sie hinweg. Deakin sagte: »Das mit dem sichersten Platz gilt natürlich nur, wenn man auf diese verdammten, tiefhängenden Äste achtet.«

»Und nun?« fragte Claremont ruhig.

»Wir warten. Wir warten und horchen.« Deakin streckte sich auf dem Dach aus und legte sein Ohr an den Entlüfter. Claremont tat das gleiche. Deakin streckte den Arm aus und zog Marica zu sich heran.

»Sie brauchen mich nicht festzuhalten«, sagte Marica kühl.

»Ich möchte aber. Das macht die romantische Umgebung«, erklärte Deakin. »Ich bin für diese Dinge sehr empfänglich.«

»Ach, wirklich?« Ihre Stimme war eisig.

»Ich will nicht, daß Sie von diesem verdammten Zug herunterfallen.«

Marica verfiel in Schweigen.

»Sie sind direkt unter uns«, sagte Claremont leise. Deakin nickte.

O'Brien, Pearce und Henry standen mit dem Gewehr in der Hand unschlüssig im Speiseabteil.

Pearce sagte: »Wenn Henry einen Schrei gehört und Deakin

tatsächlich mit Carlos gekämpft hat, dann sind sie vielleicht beide vom Zug gefallen und –«

Völlig außer Atem stürzte der Gouverneur herein:

»Meine Nichte ist verschwunden!«

Es entstand ein kurzes, verblüfftes Schweigen, von dem O'Brien sich als erster erholte. Er sagte zu Henry: »Sehen Sie nach, ob Colonel Claremont – nein, lassen Sie, ich gehe selbst.«

Deakin und Claremont wechselten einen Blick, dann drehte Deakin sich um und schaute gerade rechtzeitig über das hintere Dachende um zu sehen, wie O'Brien vom ersten in den zweiten Waggon eilte. Deakin bemerkte, daß O'Brien die elementarste Höflichkeitsregel außer acht ließ, indem er seine Pistole nicht ins Halfter schob, bevor er bei seinem kommandierenden Offizier vorsprach. Deakin kroch zu dem Entlüfter zurück und legte geistesabwesend den Arm um die Schultern des Mädchens. Wenn sie immer noch etwas dagegen einzuwenden hatte, so versäumte sie diesmal es zu sagen.

Claremont fragte: »Hatten Sie und Carlos eine Auseinandersetzung?«

»Gewissermaßen. Auf dem Dach des Versorgungswaggons. Er fiel herunter.«

»Carlos fiel herunter?« Maricas Aufnahmefähigkeit für neue und immer unangenehmere Enthüllungen war so ziemlich erschöpft. »Aber – aber vielleicht ist er schwer verletzt. Ich meine, vielleicht liegt er irgendwo neben dem Gleis und erfriert in dieser entsetzlichen Kälte.«

»Nein, er liegt nicht neben dem Gleis, und er spürt auch die Kälte nicht mehr. Wir fuhren gerade über eine Brücke, als es passierte. Er stürzte in eine Schlucht.«

»Sie haben ihn getötet!« Deakin konnte die heiseren Worte kaum verstehen. »Das ist Mord!«

Deakin verstärkte den Griff um ihre Schultern. »Wäre es Ihnen vielleicht lieber, wenn *ich* auf dem Grund der Schlucht läge?«

Sie schwieg einige Augenblicke, und dann sagte sie: »Es tut mir leid, das war dumm von mir.«

»Jawohl«, bestätigte Claremont unhöflich. »Was nun?«

»Wir übernehmen die Lokomotive.«

»Sind wir da sicher?«

»Ja, sobald wir unseren Freund Banlon los sind.« Claremont sah ihn verständnislos an. »Tut mir leid, Sir, aber Banlon gehört auch dazu.«

»Ich kann es nicht fassen!«

»Er hat mindestens drei Männer auf dem Gewissen.«

»*Drei* Männer?«

»Von dreien weiß ich es mit Sicherheit.«

Auch diese Eröffnung verarbeitete Claremont in erstaunlich kurzer Zeit. Er sagte mit ruhiger Stimme: »Er ist also bewaffnet?«

»Ich weiß es nicht. Ich glaube schon. Auf jeden Fall hat Rafferty sein Gewehr bei sich. Und das würde Banlon benutzen – nachdem er Rafferty aus der Lokomotive gestoßen hätte.«

»Was ist, wenn er uns kommen hört?«

»Das wird sich finden, Colonel.«

»Wir könnten uns im Zug verbarrikadieren. Ich habe meinen Revolver –«

»Aussichtslos! Die Männer sind zu allem entschlossen. Bei aller Hochachtung, Colonel, aber ich bin nicht sicher, ob Sie Pearce oder O'Brien mit einer Handfeuerwaffe gewachsen wären und selbst wenn Sie sie abwehren könnten, würden eine Menge Schüsse fallen. Und Banlon wäre bereits durch den ersten alarmiert. Er würde keinen Menschen an sich heranlassen und ohne Aufenthalt bis Fort Humboldt durchfahren.«

»Na und? Dort wären wir unter Freunden.«

»Leider nein.« Er hob warnend die Hand, blickte vorsichtig über das Dachende und sah, wie O'Brien vom zweiten in den ersten Waggon hastete. Wieder legte er das Ohr an den Entlüfter. O'Brien hatte seine souveräne Gelassenheit restlos verloren.

»Der Colonel ist auch verschwunden! Henry, bleiben Sie hier und lassen Sie niemanden raus oder rein. Wenn Sie einen der Gesuchten sehen, schießen Sie! Ohne Vorwarnung! Nathan, Gouverneur – wir fangen hinten an und durchsuchen jeden Winkel dieses verdammten Zuges.«

Deakin drängte Claremont vorwärts, aber der Colonel rührte sich nicht und starrte auf das Zugende.

»Die Pferdewaggons sind fort.«

»Ja, ja, kommen Sie jetzt!«

Geräuschlos schoben sich die drei über die Dachmitte des ersten Waggons. Am anderen Ende angekommen ließ Deakin sich auf die vordere Plattform hinunter und blickte durch die Sichtluke ins Innere des Waggons: Henry stand mit dem Rücken zum Speiseabteil am anderen Ende, und seine wachsamen Augen konnten von diesem strategisch günstigen Platz aus sowohl den vorderen als auch den hinteren Eingang überblicken. In der rechten Hand hielt er einen Peacemaker Colt und er machte nicht den Eindruck, als habe er Hemmungen, ihn zu benützen.

Deakin warf einen kurzen Blick nach oben, legte einen Finger auf die Lippen, deutete ins Innere des Waggons, streckte die Hand aus und half Marica und Claremont auf die Plattform herunter. Immer noch schweigend hielt er Claremont nun die rechte Hand hin, und dieser händigte ihm nach kurzem Zögern seinen Revolver aus. Deakin gab den beiden zu verstehen, daß sie bleiben sollten, wo sie waren, kletterte auf das Geländer, griff nach der Rückwand des Tenders und verlagerte sein Gewicht auf einen der Puffer. Langsam zog er sich hoch, bis er über das aufgestapelte Brennholz im hinteren Teil des Tenders sehen konnte.

Banlon blickte angestrengt nach vorn. Rafferty hatte die glühende Feuerbüchse geöffnet und stocherte in der Glut herum. Er ließ die Klappe offen, drehte sich um und begab sich in den Tender. Sofort zog Deakin seinen Kopf zurück. Rafferty nahm zwei Scheite und wandte sich wieder der Feuerbüchse zu. Deakin zog sich wieder hoch, glitt über die Rückwand in den Tender und kletterte schnell und mit größter Vorsicht über die gestapelten Scheite auf den Boden hinunter.

Banlon stand plötzlich stocksteif da. Irgend etwas hatte seine Aufmerksamkeit erregt – höchstwahrscheinlich eine Bewegung oder eine kurze Spiegelung im Fahrerfenster. Er wechselte einen kurzen Blick mit Rafferty, und dann drehten sich beide Männer gleichzeitig um und blickten nach hinten: Deakin war nur noch vier Schritte von ihnen entfernt, und die Mündung des Colts in seiner Hand zeigte genau auf Banlons Bauch.

Deakin wandte sich an Rafferty: »Lassen Sie Ihr Gewehr schön da drüben stehen. Hier, lesen Sie das.«

Zögernd nahm Rafferty den Ausweis aus Deakins Hand und las ihn im Licht der Feuerbüchse. Dann gab er ihn Deakin verwirrt zurück.

Deakin sagte: »Colonel Claremont und Miss Fairchild befinden sich auf der ersten Plattform. Helfen Sie ihnen herüber. Aber leise, wenn ich bitten darf. Andernfalls wird Ihr Leben ein jähes Ende finden.«

Rafferty zögerte, nickte dann aber und ging. Gleich darauf kam er mit Claremont und Marica zurück. Als sie vom Tender ins Führerhaus der Lokomotive überwechselten, trat Deakin auf Banlon zu, packte ihn, schleuderte ihn gegen die Wand und drückte ihm unsanft die Mündung seines Colts an die Kehle.

»Ihre Waffe, Banlon. Galgenvögel wie Sie haben immer eine Waffe.«

Banlon, dessen Gesicht eine grünlich-graue Färbung angenommen hatte, rang krampfhaft nach Atem, gab sich aber gleichzeitig redlich Mühe, empört zu wirken:

»Was soll das?« keuchte er. »Colonel Claremont –«

Deakin riß ihn hoch, drehte ihm den rechten Arm auf den Rücken und schob ihn vor sich her zu der offenen Tür auf der rechten Seite des Führerhauses.

»Spring!«

Banlon starrte entsetzt in den Abgrund hinunter, an dem der Zug entlangfuhr. Deakin stieß Banlon nachdrücklich die Mündung seines Colts in den Rücken. »Spring, habe ich gesagt!« Marica wollte sich auf ihn stürzen, aber Claremont hielt sie zurück.

»Unter der Werkzeugkiste!« schrie Banlon. »Unter der Werkzeugkiste!«

Deakin trat zurück und zog Banlon von der Tür weg. Er stieß ihn in eine Ecke und sagte zu Rafferty: »Holen Sie die Waffe!«

Rafferty blickte fragend zu Claremont hinüber, und dieser nickte. Der Soldat holte den Revolver unter der Werkzeugkiste hervor und händigte ihn Deakin aus, der daraufhin Claremont seine Waffe zurückgab. Der Colonel wies auf den hinteren Teil des Tenders, und Deakin nickte.

»Sie sind nicht dumm, wenn Sie uns im Zug nicht finden, werden sie sehr bald auf die Idee kommen, uns auf dem Dach zu suchen, und dort werden uns unsere Spuren verraten.« Deakin wandte sich an Rafferty: »Halten Sie Banlon in Schach. Wenn er sich rührt, töten Sie ihn.«

»*Töten?*« echote Rafferty verstört.

»Eine Klapperschlange würden Sie auch nicht nur *verwunden* oder? Und Banlon ist gefährlicher als eine Klapperschlange. Aber auch wenn Sie ihn nicht töten, wird er bald sterben. Am Galgen.«

»Ich? Am Galgen?« Banlon verzog verächtlich das Gesicht. »Für wen halten Sie sich, Deakin! Laut Gesetz –«

Ohne Vorwarnung schlug Deakin ihn so heftig mit dem Handrücken ins Gesicht, daß er gegen die Kontrollinstrumente taumelte und das Blut ihm aus Nase und Mund schoß.

»Das Gesetz bin ich!«

Banlon versuchte vergeblich, den Blutstrom mit Hilfe eines schmierigen Stoffrestes zu bremsen. Sein ohnehin sehr runzliges Gesicht wirkte jetzt noch verwelkter, und seine Augen schossen ruhelos hin und her wie die eines gefangenen Tieres, das nach einem Fluchtweg sucht.

»Das ist das Ende, Banlon«, sagte Claremont. »Wer mit dem Schwert lebt, kommt durch das Schwert um. John Stanton Deakin ist wirklich das Gesetz, Banlon – er ist Geheimagent. Ich nehme an, Sie wissen, was das bedeutet.«

Nach der Panik zu urteilen, die sein Gesicht ausdrückte, wußte er es. Deakin schärfte Rafferty ein: »In den Körper, nicht in den Kopf! Wir wollen doch nicht, daß hier Querschläger herumfliegen.«

Er ging in den Tender und begann den Holzstapel in der rechten hinteren Ecke abzutragen. Marica und Banlon ließen ihn nicht eine Sekunde aus den Augen. Claremont teilte – mit entsichertem Colt – seine Aufmerksamkeit zwischen Deakin und Banlon. Rafferty hatte befehlsgemäß nur Augen für Banlon.

Deakin hatte seine Arbeit beendet, richtete sich auf und trat zur Seite. Maricas rauchfarbene Augen weiteten sich. Sie wurde aschfahl. Claremont starrte auf die beiden uniformierten Gestalten, deren obere Körperhälften freigelegt worden waren.

»Oakland! Newell!«

Deakin sagte mit kalter Stimme zu Banlon: »Wie ich gesagt habe: am Galgen!« Er wandte sich an Claremont. »Jetzt wissen Sie, warum Sie Oakland und Newell in Reese City nicht finden konnten. Sie haben den Zug nie verlassen.«

»Ob sie etwas bemerkt haben, was sie nicht hätten bemerken sollen?«

»Was immer sie bemerkt haben, es muß hier im Führerhaus gewesen sein. Sie wurden zweifellos hier umgebracht – man kann nicht unbemerkt zwei tote Offiziere über einen Bahnhof schleppen, auf dem es von Soldaten wimmelt. Ich glaube nicht, daß sie etwas Verdächtiges oder Belastendes *gesehen* haben. Nicht im Führerhaus. Wahrscheinlich haben sie etwas *gehört* – vielleicht eine aufschlußreiche Unterhaltung zwischen Banlon und noch jemand. Und dann sind sie vermutlich in das Führerhaus gestiegen, um die beiden zur Rede zu stellen. Und dieser Entschluß wurde ihnen zum Verhängnis.«

»Der zweite Mann muß Henry gewesen sein. Banlon hat mir selbst erzählt, daß sie Jackson, den Heizer, in die Stadt geschickt haben...«

»... um die Leichen ungestört unter dem Brennholz verstecken zu können. Und der arme Jackson mußte sterben, weil er sie gefunden hatte.« Deakin bückte sich und deckte die beiden Toten wieder mit einigen Scheiten zu. »Ich glaube, Banlon hatte Angst, daß das Brennholz zu schnell verbraucht und Jackson die Toten entdecken würde und drängte ihm den Tequila auf, um ihn außer Gefecht zu setzen und in aller Ruhe die Leichen beiseite schaffen zu können, während Jackson seinen Rausch ausschlief. Aber der Schnaps bewirkte lediglich, daß Jackson sich nicht mehr die Mühe machte, die Scheite gleichmäßig abzutragen, sondern alle aus der gleichen Ecke holte. Und so fand er die beiden Toten doch. Daraufhin mußte Banlon ihn töten. Wahrscheinlich benutzte er einen schweren Schraubenschlüssel; aber damit hat er ihn nicht umgebracht.«

»Bei Gott, Colonel, der Mann ist wahnsinnig!« schrie Banlon. Claremont würdigte ihn keines Blickes, seine ganze Aufmerksamkeit galt Deakin. »Fahren Sie fort.«

»Als Jackson in der Schlucht aufschlug, war er sofort tot. Aber im Nacken hatte er eine tiefe Wunde, die stark geblutet hatte.«

»Und Tote bluten nicht.«

»Nein, Tote bluten nicht. Banlon wickelte einen Putzlappen um Jacksons Handgelenk, warf ihn über die Brücke, hielt den Zug an und sorgte für Spuren, die beweisen sollten, daß Jackson das Fenster gereinigt hatte. Dann erzählte er uns seine Geschichte.«

Banlons Stimme war heiser vor Angst: »Sie können mir nichts beweisen.«

»Das ist richtig. Auch nicht, daß Sie einen Schaden am Dampfregler vortäuschten, damit die Telegraphendrähte nach Reese City durchgeschnitten werden konnten.«

Claremont sagte langsam: »Ich habe gesehen, wie Banlon in Reese City das Dampfventil überprüfte –«

»Wahrscheinlicher ist, daß er die Schraube lockerte. Leider kann ich auch nicht beweisen, daß er vorzeitig anhielt, um Brennmaterial zu laden, damit hinter der vorderen Kupplung des ersten Transportwaggons eine Sprengladung angebracht werden konnte, die dann kurz vor dem Ende der steilsten Steigung in den Bergen losging. Es läßt sich jetzt leicht erraten, warum niemand absprang oder versuchte, die Waggons zu stoppen. Wenn wir die

Trümmer untersuchen, werden wir zweifellos feststellen, daß alle Türen von außen abgesperrt waren und der Bremser ermordet wurde.«

»O mein Gott!« flüsterte Marica. »Die Männer wurden alle – ermordet?«

Vier Schüsse krachten, aber wie durch ein Wunder prallten alle vier Kugeln außen an den eisernen Wänden des Führerhauses ab und verschwanden pfeifend in der Dunkelheit.

»Runter!« schrie Deakin. Alle warfen sich gleichzeitig auf den Boden – alle außer Banlon. Er hatte nichts mehr zu verlieren. Plötzlich hielt er einen schweren Schraubenschlüssel in der Hand und schlug dem am Boden liegenden Rafferty damit ein großes Loch in den Schädel. Dann entriß er ihm das Gewehr, drehte sich blitzschnell um und fuhr Claremont an, dessen Revolver auf den hinteren Teil des Tenders gerichtet war: »Keine Bewegung!« Dann wandte er sich an Deakin, dessen Colt noch im Gürtel steckte: »Wenn Sie sich bewegen würden, wäre es mir nur recht.«

Keiner der Männer rührte sich.

»Waffen weg.«

Sie gehorchten.

»Aufstehen! Hände hoch!«

Die drei erhoben sich – Deakin und Claremont mit erhobenen Armen. »Haben Sie nicht gehört?« schnauzte Banlon Marica an.

Sie schien ihn wirklich nicht zu hören. Fassungslos starrte sie auf den toten Rafferty hinunter. Banlon hob das Gewehr: »Ich sag's nicht noch einmal, Lady!«

Wie in Trance hob sie langsam die Arme. Banlon wandte seine Aufmerksamkeit wieder Deakin zu, und deshalb entging ihm, daß sich Maricas erhobene rechte Hand langsam hinter eine der hängenden Petroleumlampen schob. Falls Deakin die verstohlene Bewegung gesehen hatte, ließ er sich jedenfalls nichts anmerken. Maricas Finger schlossen sich langsam um die Lampe.

Banlon sagte: »Ich weiß nicht, warum Sie das Laken mitgebracht haben, aber es kommt wie gerufen. Los, klettern Sie auf die Holzscheite und winken Sie damit!«

Marica nahm die Lampe vom Haken und schleuderte sie nach vorn. Banlon sah aus dem Augenwinkel, wie das Licht auf ihn zukam. Er drehte sich um und trat zur Seite, aber es war zu spät – die Lampe traf ihn mitten ins Gesicht. Er ließ zwar das Gewehr nicht fallen, kämpfte aber zwei Sekunden lang um sein Gleichgewicht, und zwei Sekunden waren für einen Mann wie Deakin mehr als genug. Er stürzte sich auf Banlon, das Gewehr fiel polternd zu Boden, und Banlon stolperte rückwärts und krachte gegen den Boiler. Deakin packte ihn an der Kehle und schlug seinen Kopf zweimal gegen die Eisenwand.

Zum ersten Mal verzichtete Deakin auf sein Pokerface: als sein Blick auf Raffertys Leiche fiel, wurde sein Gesicht hart und bitter und fast unmenschlich, und zum ersten Mal betrachtete Marica ihn mit Furcht. Deakin wandte sich wieder Banlon zu, der kein Lebenszeichen mehr von sich gab. Aber Deakin wollte kein Risiko eingehen: Noch einmal krachte Banlons Schädel gegen den Boiler. Dann hob Deakin den Mann hoch, schleppte ihn zu der offenen Tür und warf ihn hinaus.

Pearce und O'Brien standen mit der Waffe in der Hand auf der vorderen Plattform des ersten Waggons und trauten ihren Augen nicht, als plötzlich Banlons Körper an ihnen vorbeiflog. Sie starrten einander entgeistert an und zogen sich dann hastig ins Innere des Waggons zurück.

Deakin hatte seine Gefühle wieder unter der gewohnten, undurchdringlichen Maske verborgen. Er wandte sich an Marica: »Sagen Sie es nur. Ich weiß schon. Ich hätte es nicht tun sollen.«

»Warum nicht?« fragte sie ruhig. »Sie sagten doch, Sie könnten ihm nichts beweisen.«

Zum zweiten Mal in dieser Nacht entgleiste Deakins Gesichtsausdruck: Völlig verblüfft starrte er sie an, und dann sagte er: »Vielleicht haben wir mehr gemeinsam, als Sie denken.«

Sie lächelte ihn liebenswürdig an: »Woher wissen Sie, was ich denke?«

Im Tagesabteil der Offiziere hielten O'Brien, Pearce, Henry und der Gouverneur Kriegsrat. Zumindest drei von ihnen. Der Gouverneur hielt ein randvolles Glas Whisky in der Hand und starrte völlig gebrochen vor sich hin.

»Es ist entsetzlich«, stöhnte er. »Entsetzlich! Ich bin ruiniert! O mein Gott!«

O'Brien sagte grob: »Sie fanden es überhaupt nicht entsetzlich, als ich dahinterkam, daß Sie Wahlergebnisse gefälscht und ein Vermögen an Bestechungsgeldern ausgegeben hatten, um Gouverneur zu werden und als Sie Nathan und mir vorschlugen, mit Ihnen gemeinsame Sache zu machen. Sie fanden es auch nicht entsetzlich, als Sie Nathan zum Indianeragenten ernannten. Und Sie fanden es nicht im mindesten entsetzlich, die Hälfte unserer

Gesamteinnahmen zu verlangen. Ich muß gestehen, mir wird bei Ihrem Anblick ziemlich übel, Gouverneur.«

»Ich hatte nicht damit gerechnet, daß wir es mit solchen Dingen zu tun bekämen«, murmelte der Gouverneur. »All diese Morde! Wie kann sich ein ehrlicher Mann unter solchen Umständen seinen Seelenfrieden bewahren?« O'Brien schnappte hörbar nach Luft, aber der Gouverneur sprach unbeirrt weiter: »Sie haben mir nicht gesagt, daß meine Nichte als Geisel dienen sollte, falls es mit ihrem Vater Schwierigkeiten gäbe. Und Sie haben mir auch nicht gesagt –«

Pearce fiel ihm ins Wort: »Ich würde Ihnen gern eine ganze Menge sagen. Aber im Augenblick habe ich wichtigere Dinge im Kopf.«

»Sie sind doch angeblich Männer der Tat.« Fairchild versuchte sarkastisch zu klingen. »Warum unternehmen Sie nichts?«

O'Brien sah ihn verächtlich an.

»Was denn, Sie alter Narr? Haben Sie nicht gesehen, daß sie am Ende des Tenders eine Barrikade aus Holzscheiten errichtet haben? Um die zu durchschlagen, brauchten wir eine Kanonenkugel, und abgesehen davon ist es wohl nicht ratsam, sich hinauszuwagen – es sei denn, einer von uns wäre von akutem Lebensüberdruß befallen. Auf anderthalb Meter«, fügte er düster hinzu, »würden sie uns kaum verfehlen.«

»Es muß ja kein Frontalangriff sein. Gehen Sie nach hinten, klettern Sie aufs Dach. Dann können Sie von *oben* angreifen.«

O'Brien dachte nach und sagte schließlich: »Vielleicht sind Sie doch kein solcher Narr.«

Während Deakin sich mit den Kontrollgeräten vertraut machte, schürte Claremont das Feuer, und Marica saß, in eine Plane gewickelt, auf einem Stapel Holzscheite und bewachte durch einen strategisch günstigen Spalt in der Barrikade den vorderen Teil des ersten Waggons. Claremont schloß die Tür der Feuerbüchse und richtete sich auf.

»Es war also Pearce?«

»Jawohl«, sagte Deakin. »Pearce. Wir hatten ihn schon lange in Verdacht. Es stimmt, daß er früher gegen die Indianer gekämpft hat, aber vor sechs Jahren ist er auf die andere Seite gewechselt. Für die Allgemeinheit ist er trotzdem immer noch Onkel Sams Mann, der ein väterliches Auge auf die Reservate hat. Whisky und Waffen. Sehr väterlich!«

»Und was ist mit O'Brien?«

»Gegen den liegt nichts vor. Über seine militärische Karriere ist alles bekannt. Ein guter Soldat, aber menschlich ein Trauerspiel. Erinnern Sie sich an die große Wiedersehensszene in Reese City, als er mit Pearce im Andenken an die guten alten Tage von Chattanooga im Jahre 1863 schwelgte? O'Brien war dort, das stimmt, aber Pearce war mehr als tausend Kilometer entfernt – er war Scout bei einer der sechs Kavallerie-Kompanien, die das spätere Nevada auf die Beine gestellt hatte. O'Brien ist keine Spur besser als Pearce.«

»Gilt das auch für den Gouverneur?«

»Allerdings. Er ist schwach und geldgierig und ganz groß im Manipulieren.«

»Wird er auch an den Galgen kommen?«

»Aber sicher.«

»Sie haben sie alle verdächtigt, nicht wahr?«

»Das ist meine Art. Und mein Job.«

»Warum nicht auch mich?«

»Sie wollten nicht, daß Pearce mitfuhr. Das machte Sie unverdächtig. Aber *ich* wollte, daß er mitfuhr. Und daß ich Gelegenheit bekam mitzufahren, erreichte ich ja ohne Schwierigkeiten mit Hilfe der ausgezeichneten Steckbriefe, die der Geheimdienst lieferte.«

»Sie haben mich an der Nase herumgeführt. Die Regierung oder die Armee hätte mich ebensogut ins Vertrauen ziehen können.«

»Niemand hat Sie an der Nase herumgeführt. Als ich in den Zug stieg, wußte ich über die Vorgänge im Fort nicht mehr als Sie.«

»Aber jetzt wissen Sie mehr.«

»Ja, jetzt weiß ich mehr.«

»Deakin!« Deakin wirbelte herum, und seine Hand fuhr zu der Waffe an seinem Gürtel. »Ein Colt ist auf die kleine Lady gerichtet, seien Sie also schön artig, Deakin.«

Deakin befolgte den Rat. Pearce saß auf dem Dach des ersten Waggons und grinste häßlich.

Deakin achtete sorgfältig darauf, keine verdächtige Bewegung zu machen, was doppelt ratsam schien, als dicht hinter Pearce O'Brien mit einer Pistole in der Hand auf dem Dach auftauchte. Deakin rief: »Was verlangt ihr von mir?«

»So ist es brav, Mr. Geheimagent«, lobte Pearce. »Halten Sie den Zug an.«

Deakin wandte sich den Instrumenten zu und sagte leise zu sich selbst: »Halten Sie den Zug an, hat der Mann gesagt.«

Er begann ganz sacht zu bremsen und schloß das Dampfventil. Aber dann bremste er plötzlich mit aller Kraft. Die Räder der Lokomotive blockierten sofort, und die Puffer zwischen den Waggons prallten mißtönend aufeinander.

Den beiden Revolverhelden auf dem Dach verging das Grinsen im Bruchteil einer Sekunde. Pearce stürzte auf die Plattform herunter und erwischte gerade noch rechtzeitig das Geländer, um nicht aus dem Zug zu fallen. Seine Waffe segelte in hohem Bogen davon. O'Brien lag ausgestreckt in Längsrichtung auf dem Dach des Waggons und klammerte sich an einen Entlüfter.

Deakin schrie: »Runter!« Er löste die Bremse, öffnete das Dampfventil weit und sprang mit einem Satz in den Tender. Claremont lag auf dem Boden des Führerhauses, während Marica mit schmerzverzogenem Gesicht auf dem Boden des Tenders saß.

Pearce hatte sich hochgerappelt und suchte eiligst Schutz im ersten Waggon. O'Brien hob mit mordlüsternem Gesicht seine Pistole. Deakin hörte den Schuß, das Klirren, mit dem die Kugel auf dem Eisen aufschlug und das Pfeifen des Querschlägers nahezu gleichzeitig. Instinktiv packte er das nächstliegende Scheit und schleuderte es aus der Deckung dorthin, wo er O'Brien zuletzt gesehen hatte.

O'Brien hatte kein Ziel, auf das er schießen konnte, aber das schien ihm auch nicht erforderlich: Ein Querschläger konnte ebenso tödlich sein wie ein direkter Treffer. Und dann verzerrte sich sein Gesicht plötzlich vor Entsetzen: Das Holzstück, das auf ihn zukam, erschien ihm so groß wie ein Baumstumpf. Immer noch an den Entlüfter geklammert warf er sich zur Seite, aber es war zu spät: der Kloben traf ihn mit voller Wucht an der Schulter, und seine Waffe flog davon. Ohne zu ahnen, daß O'Brien keine Waffe mehr hatte, warf Deakin ein Scheit nach dem anderen hinter dem ersten her. Es gelang O'Brien zwar, einigen der Geschosse auszuweichen, aber die Mehrzahl traf doch ihr Ziel. Rückwärts kriechend wie ein Krebs bewegte er sich so schnell er konnte auf das hintere Ende des Daches zu und ließ sich erleichtert auf die rückwärtige Plattform des ersten Waggons hinab.

Deakin stand auf und riskierte einen ersten kurzen und dann einen längeren zweiten Blick nach hinten: Die Luft war rein. Sowohl die vordere Plattform als auch das Dach des ersten Waggons waren leer. Er wandte sich an Marica.

»Verletzt?«

Sie rieb sich ihre Kehrseite. »Nur dort, wo ich mich so plötzlich hingesetzt habe.«

Deakin lächelte und sah Claremont an. »Und Sie?«

»Nein. Nur meine Würde.«

Deakin nickte, drehte das Dampfventil noch weiter auf, nahm Raffertys Gewehr, ging zum hinteren Teil des Tenders und machte sich daran, einen zweiten Spalt in der Barrikade zu schaffen.

Im Tagesabteil wurde wieder ein Kriegsrat abgehalten, und diesmal beteiligte sich auch der Gouverneur daran. Im Augenblick herrschte eine ausgesprochen enttäuschte, wenn nicht gar defätistische Stimmung. Gouverneur Fairchild hielt wieder – oder immer noch – ein randvolles Glas Whisky in der Hand und brütete vor sich hin. O'Brien und Pearce, der gerade eine Flasche auf den Tisch zwischen ihnen zurückstellte, hatten immer noch nicht ganz begriffen, daß es tatsächlich jemandem gelungen war, sie zu überrumpeln. Henry, der ebenfalls ein Glas in der Hand hatte, hielt sich in respektvoller Entfernung, und sein kummervoller Gesichtsausdruck hatte sich noch um einiges vertieft.

»Die Idee war gut, nur mit der Ausführung haperte es – und das lag doch wohl an Ihnen. Oder ist es etwa meine Schuld, daß er schlauer war als Sie? Bei Gott, wenn ich zwanzig Jahre jünger wäre –«

»Sie sind es aber nicht«, fuhr O'Brien ihn an. »Also halten Sie den Mund.«

Henry sagte schüchtern: »Wir haben noch eine Kiste Sprengstoff. Wir könnten –«

»Wenn Ihnen nichts Besseres einfällt, halten Sie besser ebenfalls den Mund. Wir brauchen den Zug schließlich noch.«

Die nachfolgende Stille wurde jäh unterbrochen, als mit einem Knall die Whiskyflasche zersprang und die messerscharfen Glassplitter im Abteil herumflogen. Der Gouverneur fuhr sich mit der Hand über die Wange und betrachtete fassungslos das Blut an seinen Fingern. Ein zweiter Knall ertönte, und Pearce' schwarzer Hut flog durch das Abteil. Und plötzlich begriffen sie, was los war. Alle vier warfen sich auf den Boden und krochen in den Gang, der zum Speiseabteil führte. Drei weitere Kugeln schlugen im Tagesabteil ein, aber als die letzte ankam, war es bereits leer.

Deakin zog das Gewehr aus dem Spalt in der Holzbarrikade, stand auf, nahm Marica am Arm und brachte sie ins Führerhaus.

Er öffnete das Dampfventil noch ein wenig weiter, hob den toten Rafferty auf, trug ihn in den Tender, bedeckte ihn mit einem Stück Segeltuch und kehrte ins Führerhaus zurück.

Claremont sagte: »Ich glaube, ich gehe jetzt besser wieder auf meinen Posten.«

»Nicht nötig. Heute kommen sie nicht nochmal.« Er sah sich Claremont genauer an. »Nur Ihre Würde ist verletzt, wie?« Er hob Claremonts linken Arm und besah sich die Hand, die heftig blutete. »Reinigen Sie die Wunde mit Schnee, Madam, und verbinden Sie sie dann bitte mit einem Streifen von Ihrem Laken.« Er blickte nach vorn. Der Zug fuhr jetzt mit etwa zwanzig Stundenkilometern – mehr wäre bei den sehr beschränkten Sichtverhältnissen nicht zu verantworten gewesen. Deakin drehte sich um und stocherte lustlos in der Feuerbüchse herum.

Claremont zuckte zusammen, als Marica die Wunde säuberte. Er sagte: »Vorhin auf dem Dach sagten Sie, im Fort würden uns keine Freunde erwarten.«

»Einige schon – aber die sitzen hinter Schloß und Riegel. Das Fort ist überfallen worden. Von Sepp Calhoun. Wahrscheinlich haben ihm die Paiute geholfen.«

»Indianer! Was haben denn die Indianer davon – außer Vergeltungsmaßnahmen?«

»Eine ganze Menge. Und die Bezahlung für sie, die dieser Zug mit sich führt, ist nicht die erste dieser Art, die sie bekommen.«

»Bezahlung?«

»Im Versorgungswagen. Dr. Molyneux sagte, er wolle die medizinischen Vorräte überprüfen – deshalb mußte er sterben.«

»Mußte?«

»Dieser Zug befördert keine Medikamente. Die betreffenden Kisten sind voll Gewehrmunition.«

Claremont sah zu, wie Marica seine Hand verband. Nach einer langen Pause fragte er: »Und der Reverend?«

»Der Reverend? Ich bin nicht sicher, ob Peabody jemals eine Kirche von innen gesehen hat. Er war seit zwanzig Jahren Agent und seit acht Jahren mein Partner.«

Man sah Claremont deutlich an, daß er glaubte, sich verhört zu haben: »Er war was?«

»Sie haben ihn erwischt, als er einen der Särge öffnete. Sie wissen schon, die Särge für die Opfer der Cholera.«

»Ich weiß wozu die Särge da sind.« Claremont klang gereizt, aber das war vermutlich auf seine Verwirrung zurückzuführen.

»Ich fürchte, ich muß Sie schon wieder enttäuschen. In Fort Humboldt herrscht ebensowenig die Cholera wie hier bei uns. Die Särge sind voller Winchestergewehre, Repetierbüchsen mit Röhrenmagazinen.«

»Nie gehört.«

»Gibt es aber.«

»Wieso weiß ich nichts davon?«

»Nur wenige Leute wissen davon – außerhalb der Fabrik. Die Produktion hat erst vor vier Monaten begonnen, und bislang ist noch keines der Gewehre verkauft worden. Aber die ersten vierhundert wurden aus der Fabrik gestohlen. Doch jetzt haben wir sie ja Gott sei Dank wiedergefunden.«

»Ich fürchte, ich werde eine Weile brauchen, um das alles zu verarbeiten. Was ist mit den Pferdewaggons passiert, Mr.Deakin?«

»Ich habe sie abgehängt.«

»Das dachte ich mir. Aber warum?«

Deakin warf einen Blick auf den Druckmesser. »Moment. Gleich. Wir haben zu wenig Druck.«

Im Speiseabteil, in dem Fairchild und die übrigen ihren dritten Kriegsrat abhielten, konnte sich niemand über zu wenig Druck beschweren – er lastete auf allen. Der Gouverneur, O'Brien und Pearce starrten schweigend vor sich hin, und auch die von irgendwo herbeigeschaffte Flasche Whisky konnte die Stimmung nicht bessern. Henry stocherte mit kummervollem Gesicht im Ofen herum.

Der Gouverneur hob den Kopf. »Nichts? Fällt Ihnen gar nichts ein?«

»Nichts!« bestätigte O'Brien lapidar.

»Es *muß* eine Lösung geben.«

Henry zog den Schürhaken aus dem Feuerloch und richtete sich auf: »Ich bitte um Vergebung, aber wir brauchen keine Lösung.«

»Schweigen Sie bitte«, sagte O'Brien müde.

Aber diesmal weigerte sich Henry zu gehorchen: »Wir brauchen keine Lösung, weil es gar kein Problem gibt. Die einzige Frage wäre höchstens was passiert, wenn wir ihn nicht aufhalten. Und die Antwort darauf ist ganz einfach: Er fährt weiter, bis er wohlbehalten bei seinen Freunden in Fort Humboldt ankommt.«

Plötzlich wurden die anderen hellwach, und nach längerem, nachdenklichem Schweigen sagte O'Brien langsam: »Bei Gott, ich glaube, Sie haben recht, Henry. Nur weil er weiß, daß wir Waffen an die Indianer verkaufen, haben wir angenommen, daß er alles über uns und unsere *wirklichen* Pläne weiß. Aber das tut er natürlich nicht. Wie sollte er auch? Niemand weiß das. Keiner außer uns hatte Verbindung zum Fort. Ausgezeichnet! Nun, meine Herren, es ist eine abscheuliche Nacht. Ich schlage vor, wir lassen Deakin einfach weiterfahren. Er scheint etwas davon zu verstehen.«

Mit breitem Grinsen griff der Gouverneur nach der Flasche und sagte voller Zuversicht: »White Hand wird ihn sicher herzlich willkommen heißen, wenn wir in Fort Humboldt ankommen.«

White Hand war in diesem Augenblick ziemlich weit vom Fort entfernt und vergrößerte die Entfernung mit jeder Minute. Es schneite immer noch, aber nicht mehr so heftig; und auch der Wind hatte nachgelassen. White Hand und seine dick vermummten Krieger galoppierten ein breites, gewundenes Tal entlang. Der Häuptling wandte den Kopf etwas nach links und blickte nach oben: über den Bergen im Osten wurde der Himmel allmählich heller.

White Hand drehte sich im Sattel um, wies nach Osten und drängte seine Männer ungeduldig zur Eile. Die Paiute beschleunigten ihr Tempo.

Auch Deakin bemerkte, als er sich vor der offenen Feuerbüchse aufrichtete, die ersten Anzeichen der Morgendämmerung. Er warf einen Blick auf den Druckmesser, nickte zufrieden und schloß die Feuertür. Claremont und Marica saßen blaß und erschöpft auf den beiden Klappsitzen im Führerhaus. Deakin hatte noch keine Zeit, müde zu sein und fuhr mit seinem Bericht fort.

»Wovon sprachen wir? Ach ja, von den Pferdewaggons. Ich *mußte* sie abhängen. Indianer – höchstwahrscheinlich Paiute unter Führung von White Hand – haben die Absicht, uns aufzuhalten und aus dem Hinterhalt anzugreifen, sobald wir uns dem Nevada Pass nähern. Ich kenne diesen Paß. Sie werden gezwungen sein, ihre Pferde mindestens einen Kilometer vorher zurückzulassen – und ich wollte verhindern, daß sie hier im Zug frische Pferde vorfinden.«

»Aus dem Hinterhalt?« Claremont verstand gar nichts mehr. »Aber ich dachte, die Indianer arbeiten Hand in Hand mit diesen – diesen Abtrünnigen da hinten.«

»Das tun sie auch. Aber sie nehmen an, daß der Versuch, die Truppenwaggons abzuhängen, fehlgeschlagen ist, und wollen die

Sache nun auf ihre Weise regeln. Ich mußte irgendwie erreichen, daß sie das Fort verlassen – andernfalls könnten wir es nie betreten.«

Claremont sagte verwirrt: »Sie nehmen an, daß –«

»Erinnern Sie sich, daß plötzlich der Sender verschwunden war? Ich hatte ihn versteckt! Im Heuverschlag des ersten Pferdewaggons. Als wir heute nacht anhielten und ich dieses verdammte Feuer in Gang halten mußte, habe ich den Sender zwischendurch benutzt und im Fort dachten sie, ich sei O'Brien.«

Claremont sah ihn lange an. »Sie waren sehr fleißig, Deakin.«

»Aber warum das alles?« Marica breitete hilflos die Hände aus. »Warum wurde Fort Humboldt überfallen? Bloß wegen ein paar Kisten mit Waffen und Munition? Warum wollen die Paiute den Zug angreifen? Warum wurden so viele Menschen getötet? Was veranlaßte meinen Onkel, O'Brien und Pearce, ihr Leben zu riskieren und ihre Karriere aufs Spiel zu setzen –«

»Die Särge kommen nicht leer in Fort Humboldt an, und sie werden es auch nicht leer verlassen.«

»Aber Sie behaupten doch, es herrsche keine Cholera –«, sagte Claremont.

»Das ist auch richtig, aber dafür herrscht dort oben eine andere Seuche, die mindestens so ansteckend ist und ebenfalls verheerende Folgen hat. Haben Sie je die Namen Mackay, Fair, O'Brien – er hat nichts mit unserem Freund hinten im Zug zu tun – und Flood gehört?«

Claremont betrachtete seine Hand und sah zu, wie das Blut langsam durch den Verband sickerte. »Ja, aber ich weiß nicht mehr, in welchem Zusammenhang.«

»Es sind die Namen der vier Männer, die zu Beginn dieses Jahres in Comstock auf die große Goldmine stießen. Wir wissen mit Sicherheit, daß bislang bereits für zehn Millionen Dollar Gold gefunden wurde. Und es gibt nur einen Weg, auf dem es nach Osten transportiert werden kann: diesen Schienenstrang. Und dann kommt natürlich noch der reguläre Goldbarrentransport aus den kalifornischen Minen dazu. Beide Transporte *müssen* Fort Humboldt passieren. Ich vermute daher, daß derzeit in Fort Humboldt mehr Goldbarren lagern als irgendwo sonst außerhalb der staatlichen Tresore.«

Claremont sagte: »Nur gut, daß ich bereits sitze.«

»Das ist noch nicht alles. Wie Sie wissen, wird der Gouverneur des Staates benachrichtigt, sobald ein größerer Barrentransport sein Territorium durchquert, und seine Aufgabe ist es, entweder die militärischen oder die zivilen Behörden zu informieren, damit sie die Bewachung des Transports übernehmen. In diesem Fall hat Fairchild niemanden informiert. Niemanden außer O'Brien, der seinerseits Pearce benachrichtigte; Pearce wiederum informierte Calhoun, der die Paiute anheuerte. Alles ganz einfach, finden Sie nicht?«

»Und die Barren sollten in den Särgen transportiert werden?«

»Wie sonst? Können Sie sich eine einfachere und risikoärmere Form des Transports vorstellen? Kein Mensch öffnet Särge – schon gar nicht die Särge von Männern, die an Cholera gestorben sind. Wenn nötig könnten diese Särge mit den Goldbarren sogar mit allen militärischen Ehren bestattet werden – natürlich nur, um in der folgenden Nacht wieder ausgegraben zu werden.«

Claremont schüttelte den Kopf. Er war nahe daran zu verzweifeln. »Irgendwo dort draußen erwarten uns die mörderischen Paiute, in den Waggons hinter uns sitzen die Desperados, und in Fort Humboldt erwarten uns Calhoun und seine Überläufer –«

»Machen Sie sich keine Sorgen«, sagte Deakin beruhigend. »Es wird mir schon was einfallen.«

Marica sah ihn mit einem kühl abschätzenden Blick an: »Ich bin *sicher*, daß Ihnen etwas einfallen wird, Mr. Deakin.«

»Es ist mir sogar schon etwas eingefallen.«


# 9


Der Nevada Pass lag in einer unwirtlichen, kahlen Gegend. Auf der linken, beziehungsweise südlichen Seite ragte eine fast senkrechte Felswand in die Höhe, und rechts fiel das Gelände zu einem ausgetrockneten Wasserlauf ab. Der Hang war übersät mit Felsblöcken, die ausgezeichnete Deckung für Menschen boten, für Pferde jedoch viel zu klein waren – die konnte man nur in dem Kiefernwäldchen auf der anderen Seite des Tales verstecken. Als sie das Gehölz erreicht hatten, ließ White Hand seine erschöpften Reiter anhalten.

Er stieg vom Pferd und streckte die Hand aus: »Dort drüben wird der Zug halten. Dort werden wir uns verstecken.« Er wandte sich an zwei seiner Männer. »Die Pferde bleiben hier. Führt sie tiefer in das Gehölz. Sie dürfen nicht zu sehen sein.«

Im Speiseabteil des Zuges war Ruhe eingekehrt: Henry döste neben dem Ofen vor sich hin und Fairchild, O'Brien und Pearce hingen, die Köpfe auf die Unterarme gelegt, über den Tischen und schliefen. Deakin blickte angestrengt durch das Fahrerfenster nach vorn – es schneite immer noch, und die Sicht war schlecht. Marica war ebenfalls hellwach. Sie zog das Laken zurecht, das so um Colonel Claremont gewickelt war, daß dieser bis auf die Arme von Kopf bis Fuß in Weiß gehüllt war. Deakin winkte ihn heran.

»Wir sind bald am Paß. Ungefähr noch zwei Kilometer. Aber Sie steigen schon einen Kilometer davor aus. Sehen Sie das dichte Kieferngehölz auf der rechten Seite?« Claremont nickte. »Dort werden sie ihre Pferde versteckt haben. Unter Bewachung natürlich.« Er zeigte auf Raffertys Gewehr in Claremonts Händen. »Geben Sie ihnen *keine* Chance!«

Claremont schüttelte langsam den Kopf und schwieg. Sein Gesicht war nicht weniger unerbittlich als das von Deakin.

White Hand und ein zweiter Indianer kauerten hinter einem Felsblock am Hang. Sie blickten hinunter auf die tiefer gelegene östliche Einfahrt zum Paß: Noch war nichts zu sehen. Plötzlich streckte der zweite Indianer die Hand aus und berührte White Hands Schulter. Beide Männer wandten die Köpfe und lauschten: In der Ferne war schwach, aber unverkennbar das Schnaufen und Keuchen einer Lokomotive zu hören. White Hand sah seinen Gefährten kurz an und nickte.

Deakin griff in seinen Mantel und zog die beiden Sprengkapseln hervor, die er im Versorgungswaggon eingesteckt hatte. Die eine Kapsel legte er behutsam in die Werkzeugkiste, die andere behielt er in der Hand und drehte langsam das Dampfventil zu. Augenblicklich verringerte der Zug seine Geschwindigkeit.

O'Brien fuhr hoch, eilte ans Fenster, wischte hastig das Kondenswasser ab und blickte hinaus. Im nächsten Augenblick war er bei Pearce und rüttelte ihn wach:

»Aufwachen! Aufwachen! Wir halten. Nathan, wo sind wir hier?«

»Am Nevada Pass.« Die beiden Männer sahen einander fragend an. Fairchild kam schlaftrunken auf die Beine, trat ans Fenster und fragte verängstigt: »Was hat dieser Satan nun schon wieder vor?«

Er brauchte nicht lange auf die Antwort zu warten: Als der Zug fast ganz zum Stehen gekommen war, zündete Deakin die Sprengkapsel in seiner Hand und schleuderte sie rechts aus dem Führerhaus. Im gleichen Augenblick trat Claremont auf der linken Seite auf die Eisentreppe hinaus, die vom Führerhaus hinunter führte. Pearce, O'Brien, Fairchild und Henry wichen vom Fenster zurück und rissen die Hände hoch, als plötzlich ein greller Lichtschein die Dunkelheit zerriß, und gleich darauf der kurze scharfe Knall einer Explosion ertönte. Die Scheibe blieb ganz, und nach ein oder zwei Sekunden drängten sie sich wieder vor dem Fenster. In der Zwischenzeit hatte sich Claremont auf der linken Seite aus dem Führerhaus fallen und die kurze Böschung hinabrollen lassen. Das weiße Laken erwies sich als vollendete Tarnung. Deakin öffnete das Dampfventil.

Die Verwirrung der vier Männer am Fenster war weit geringer als die von White Hand und seinem Gefährten. Der Häuptling sagte unsicher: »Es kann sein, daß unsere Freunde uns ihre Ankunft mitteilen wollten. Da! Sie fahren weiter!«

»Ja. Und ich sehe noch etwas.« Der andere Indianer sprang auf. »Die Truppenwaggons! Die Waggons mit den Soldaten sind nicht da!«

»Geh in Deckung, du Narr!« White Hand machte im Augenblick nicht im entferntesten den Eindruck eines souveränen Häuptlings: fassungslos starrte er den Zug an, dessen Lokomotive eindeutig nur drei Waggons zog.

»Woher zum Teufel soll *ich* wissen, was er vorhat?« fuhr O'Brien den Gouverneur an.

»Ich bin außerstande, die Pläne eines Wahnsinnigen zu durchschauen.«

Fairchild sagte: »Sie könnten aber versuchen, es herauszufinden, oder?«

Pearce hielt Fairchild einen seiner Revolver hin: »Wissen Sie was, Gouverneur: Sie finden es heraus!«

Der Gouverneur nahm die Waffe. Er war eindeutig nicht bei Sinnen. »Das werde ich auch, verlassen Sie sich darauf!«

Er ging mit der Waffe in der Hand nach vorn, öffnete die vordere Tür des ersten Waggons einen Spalt und spähte hinaus. Eine Sekunde später ertönte ein Revolverschuß, und knapp zwanzig Zentimeter neben seinem Kopf schlug eine Kugel in die Wand des Waggons. Fairchild zog sich eiligst zurück und schlug die Türe hinter sich zu: Er hatte seine fünf Sinne jetzt eindeutig wieder beieinander. Am ganzen Leibe zitternd kehrte er in das Speiseabteil zurück.

»Nun, was haben Sie herausgefunden?« fragte Pearce höhnisch.

Der Gouverneur schwieg. Er knallte die Waffe auf den Tisch und griff nach der Whiskyflasche.

In der Lokomotive fragte Deakin: »Wer war's?«

»Mein Onkel.« Marica betrachtete voller Abscheu den immer noch rauchenden Colt.

»Getroffen?«

»Nein.«

»Schade.«


Claremont kroch, immer noch in seinen weißen Tarnanzug gehüllt, langsam bis zum oberen Rand der kurzen Böschung und wagte einen kurzen Blick auf die andere Seite. Der Zug war fast einen Kilometer weiter gefahren. Der Colonel suchte mit den Augen das Flußbett ab, in dem wie am Hang überall Felsbrocken herumlagen, konnte aber kein Anzeichen für die Anwesenheit von Menschen entdecken. Aber das überraschte ihn nicht. White Hand war viel zu erfahren, um seine Gegenwart vorzeitig zu verraten. Claremont blickte über das Tal zu dem fernen Kieferngehölz hinüber. Wenn Deakin recht hatte und Pferde in der Nähe waren, dann wurden sie dort verborgen gehalten, und Claremont stellte Deakins Scharfsinn nicht länger in Frage. Es würde schwierig sein, sich den Bäumen zu nähern, aber nicht unmöglich: Ein schmaler, abzweigender Flußarm führte bis an den Rand des Gehölzes und wenn es ihm gelang, die Sohle dieses ausgetrockneten Grabens ungesehen zu erreichen, dann müßte er für die restliche Strecke eigentlich geschützt sein. Das einzige Risiko lag in der Überquerung des Schienenstranges. Claremont war schon zu lange Soldat, um irgendwelche Gefahrenmomente zu übersehen, aber im Endeffekt beurteilte er seine Chancen, unbemerkt über die Schienen zu kommen, doch als recht gut: Die Aufmerksamkeit des oder der Wachtposten bei den Pferden würde sich nahezu sicher auf den Zug und die versteckten Paiute konzentrieren, und die waren links von ihm und mindestens einen Kilometer entfernt. Darüber hinaus war es immer noch nicht ganz hell, und es schneite nach wie vor. Claremont verlor keine Zeit: Auf Ellbogen und Knien machte er sich daran, die Schienen zu überqueren.

Deakin drosselte das Dampfventil. Marica warf ihm von ihrem Beobachtungsposten am hinteren Ende des Tenders einen kurzen Blick zu. »Halten wir an?«

»Wir fahren nur langsamer.« Er deutete auf die rechte Seite des Führerhauses. »Kommen Sie her und legen Sie sich hier auf den Boden.«

Zögernd kam sie näher. »Sie meinen, es wird geschossen?«

»Zu erwarten, daß sie mit Rosenblättern werfen, wäre wohl etwas unrealistisch.«

Der Zug kroch jetzt nur noch etwa mit fünfzehn Stundenkilometern dahin, aber es war offenkundig, daß er nicht anhalten würde. Das Gesicht des Indianerhäuptlings drückte erst Verwirrung, dann Erbitterung und zuletzt ausgesprochene Wut aus.

»Diese Narren!« tobte er. »Diese Narren! Warum halten sie nicht an?« Er sprang auf und winkte. Der Zug fuhr weiter. White Hand schrie seinen Kriegern zu, ihm zu folgen. Sie verließen ihre Verstecke und rannten stolpernd den Hang hinunter, so schnell das unebene und schneebedeckte Gelände es zuließ. Deakin öffnete das Dampfventil etwas weiter.

Wieder blickten O'Brien, Pearce, der Gouverneur und Henry fassungslos aus dem Fenster. Pearce sagte: »White Hand! White Hand und seine Krieger! Was hat das zu bedeuten?« Er rannte zur hinteren Plattform, und die anderen folgten ihm dicht auf den Fersen. Als sie angekommen waren, begann der Zug langsamer zu fahren.

Fairchild sagte: »Wir könnten abspringen. White Hand könnte uns Deckung geben und –«

»Idiot!« Wieviel Respekt Pearce einstmals für den Gouverneur seines Staates auch empfunden haben mochte – inzwischen war er jedenfalls auf den Nullpunkt gesunken. »Das ist hier doch genau das, was er will! Bis Fort Humboldt ist es von hier immer noch ganz schön weit.« Er winkte und deutete auf die Lokomotive. White Hand winkte zurück, drehte sich um und schrie einen Befehl. Augenblicklich richtete sich eine größere Anzahl von Gewehren auf das Führerhaus.

Deakin warf sich auf den Boden und der Kugelhagel traf lediglich die Lokomotive. In der anschließenden Feuerpause riskierte er einen kurzen Blick durch die Tür des Führerhauses: Die Indianer luden im Laufen ihre Gewehre nach. Deakin öffnete das Dampfventil wieder ein wenig weiter.

O'Brien fühlte sich zunehmend unbehaglich. »Was zum Teufel

hat der Bursche nur vor? Er könnte sie leicht hinter sich lassen, wenn er –«

Er und Pearce starrten einander an.

Claremont, der das Wäldchen unbemerkt erreicht hatte, glitt lautlos zwischen den Bäumen hindurch und schlich sich in einem großen Bogen von hinten an sein Ziel heran: Die Wachen standen am unteren Rande des Gehölzes und beobachteten die Geschehnisse auf der anderen Talseite. Claremonts unerbittlicher Gesichtsausdruck zeigte deutlich, daß der Colonel nicht die geringsten Skrupel hatte, die ahnungslosen Männer von hinten zu erschießen – keiner von ihnen hatte auch nur den geringsten Anspruch auf faire Behandlung.

Alles in allem waren es ungefähr sechzig Pferde, und keines von ihnen war angekoppelt oder angebunden – die Ponies der Indianer waren genauso gut dressiert wie die der US-Kavallerie. Claremont suchte die drei besten Pferde heraus und näherte sich ihnen langsam – alle anderen würde er in die Flucht jagen. Sie wieherten nicht und nur einige warfen ihm uninteressierte Blicke zu.

Die beiden Wachtposten standen unten vor dem Wäldchen und waren von dem Feuergefecht, das fast zwei Kilometer von ihnen entfernt auf der anderen Seite des Tales stattfand, so gefesselt, daß Claremont sich ihnen unbemerkt bis auf zehn Schritte nähern konnte. Er ging hinter einem kräftigen Kiefernstamm in Deckung, lehnte sein Gewehr an den Baum und zog seinen Colt.

Auf dem Zug versuchten Pearce und O'Brien mit wildem Gestikulieren und wiederholtem Deuten auf das ferne Kieferngehölz zu erreichen, daß White Hand mit seinen Männern kehrtmachte. Als der Indianerhäuptling dies endlich begriff, blieb er stehen und bedeutete seinen Männern, das gleiche zu tun. Dann drehte er sich um und wies auf das Kiefernwäldchen.

»Die Pferde!« brüllte White Hand. »Zurück zu den Pferden!« Aber schon nach dem ersten Schritt blieb er abrupt stehen: Die beiden Schüsse waren in der klaren Luft deutlich zu hören. White Hand gab zwei seiner Männer mit unbeweglichem Gesicht ein Zeichen und sie setzten sich in Richtung auf das Wäldchen in Bewegung, beeilten sich aber nicht sonderlich – es war ihnen klar, daß auch sie nichts mehr ändern konnten, wenn sie rannten.

Pearce sagte wütend: »Jetzt wissen wir, warum Deakin die

Geschwindigkeit gedrosselt und die Sprengkapsel gezündet hat – er wollte uns ablenken, während Claremont auf der anderen Seite absprang.«

»Was mich beunruhigt, sind die beiden Dinge, die wir *nicht* wissen: *Warum* ist White Hand hier, und woher um alles in der Welt wußte Deakin, daß er hier sein *würde*?« O'Brien schien nichts mehr zu verstehen.

Die Indianer standen mit gesenkten Gewehren fast dreihundert Meter hinter dem Zug und starrten ihm nach. Deakin blickte zurück und öffnete das Dampfventil ein wenig.

»Wir *müssen* ihn aufhalten!« Fairchilds Stimme war deutlich anzumerken, daß er kurz vor einem hysterischen Anfall stand. »Wir müssen, wir müssen, wir müssen. Wir fahren kaum mehr als Schrittgeschwindigkeit. Wir könnten abspringen, zwei Mann auf jeder Seite des Zuges und nach vorn laufen und –«

O'Brien fiel ihm ins Wort: »Und zusehen, wie er uns zuwinkt und abdampft?«

»Glauben Sie wirklich, daß er deshalb so langsam fährt?«

»Warum wohl sonst?«

Claremont hielt die beiden reiterlosen Pferde am Zügel und lenkte sein eigenes Pferd eine schmale Furt hinauf. Vor ihm kamen die durchgegangenen Pferde allmählich zum Stehen. Oben angelangt hielt Claremont sein Pferd an und blickte nach vorn: In weiter Ferne war der Eingang zu einem Tal zu sehen, das nach rechts abzweigte. Die Telegraphenmaste, die aus dem Schnee herausragten, waren deutlich zu erkennen: Es war das westliche Ende des Nevada Passes.

Claremont verzog schmerzlich das Gesicht und betrachtete seine verbundene linke Hand: Der Verband und ein Stück des Zügels waren blutgetränkt. Er gab sich einen Ruck und stieß dem Pferd die Fersen in die Seiten.

Der Zug fuhr jetzt schneller und ließ die Indianer immer weiter hinter sich. White Hand sah den beiden Kriegern, die vom Kiefernwäldchen zurückkamen, unbeweglich und mit ausdruckslosem Gesicht entgegen. Einer der beiden hob stumm die Hände. White Hand nickte und wandte sich ab. Seine Männer sammelten sich um ihn, und schweigend setzten sie sich in Zweierreihen an den Schienen entlang in Richtung Fort Humboldt in Bewegung.

Auf der hinteren Plattform des Zuges sahen Fairchild,

O'Brien, Pearce und Henry mit wachsender Nervosität White Hand und seine Männer immer weiter zurückbleiben. Und ihre nervliche Verfassung verschlimmerte sich noch, als sie kurz hintereinander zwei Pistolenschüsse hörten. Fairchild war am Ende seiner Kraft: »Und was sollte das?«

»Das war zweifellos Claremont«, sagte Pearce überzeugt. »Wahrscheinlich war das das Zeichen für Deakin, daß er die Pferde von White Hand in alle Winde zerstreut hat. Das bedeutet, daß White Hands Männer einen langen Fußmarsch vor sich haben. Und wenn sie endlich in Fort Humboldt ankommen, wird Deakin ihnen einen rauschenden Empfang bereiten.«

»Sepp Calhoun ist auch noch da«, sagte der Gouverneur voller Hoffnung.

»Calhoun hat nicht mehr Chancen, mit Deakin fertig zu werden, als meine Großmutter«, sagte Pearce. »Selbst wenn er ausnahmsweise mal nüchtern sein sollte.« Er betrachtete einen Augenblick lang aufmerksam die vorbeigleitende Landschaft und blickte triumphierend in die Runde: »Was habe ich gesagt? Jetzt fährt er schneller!«

Pearce hatte recht. O'Brien sagte: »Wahrscheinlich hat er die Hoffnung aufgegeben, daß wir auf seine Tricks hereinfallen und abspringen.« Er beugte sich über das Geländer und blickte nach vorn. Ein scharfer Knall ertönte, und O'Brien zog blitzschnell den Kopf zurück. Er nahm seinen Hut ab und betrachtete eingehend das gezackte Loch in der Krempe.

Pearce sagte trocken: »In anderer Hinsicht scheint er aber durchaus noch Hoffnung zu hegen.«

In der Lokomotive blickte Deakin durch das Führerfenster nach vorn. Es hatte aufgehört zu schneien. Keine zweihundert Meter entfernt stießen der westliche Ausgang des Nevada Passes und das Tal zu seiner Rechten zusammen, und dort sollte Claremont auf ihn warten. »Festhalten!« sagte Deakin. Er schloß das Dampfventil und bremste scharf. Die Räder blockierten augenblicklich, und zum zweiten Mal prallten krachend die Puffer aufeinander. Die vier Männer auf der hinteren Plattform sahen sich mit einer Mischung aus Furcht und Verwirrung an. Deakin reichte Marica Banlons Revolver und holte die zweite Sprengkapsel aus der Werkzeugkiste.

Der Zug kam zum Stehen. »Jetzt!« kommandierte Deakin, und Marica sprang aus dem Führerhaus, landete mit einem Schmerzensschrei auf der Böschung und überschlug sich mehrere Male.

Deakin löste die Bremse, riß den Hebel herum und öffnete das Dampfventil so weit es ging. Sekunden später war er neben ihr.

Es dauerte mehrere Minuten, ehe die vier Männer auf der hinteren Plattform merkten, daß der Zug rückwärts fuhr. O'Brien entdeckte es als erster und beugte sich hinaus. Seine Augen weiteten sich vor Verblüffung, als er sah, daß Deakin von der Böschung aus auf ihn zielte, aber er erfaßte die Situation trotzdem noch so rechtzeitig, daß er der Kugel entgehen konnte.

»Großer Gott«, sagte er, »sie sind abgesprungen!«

»Um Himmels willen! Runter vom Zug« kreischte Fairchild hysterisch.

O'Brien hielt ihn zurück. »Nein!«

»Mein Gott, Mann, erinnern Sie sich doch, was mit den Truppenwaggons passiert ist!«

»Wir brauchen den Zug! Kennen Sie sich mit Lokomotiven aus, Nathan?«

Pearce schüttelte den Kopf.

»Ich auch nicht. Aber ich will's versuchen.« Er wies nach vorn. »Kümmern Sie sich um Deakin.«

Pearce nickte und sprang von der Plattform. Der Zug fuhr jetzt bereits schneller, und Pearce überschlug sich mehrmals, bevor er am Fuß der Böschung landete. Er stand auf und blickte sich um.

Der immer schneller fahrende Zug war bereits fünfzig Meter entfernt. Pearce blickte in die andere Richtung, wo er gerade noch Deakins Kopf und Schultern sehen konnte. Deakin stützte Marica, so gut er konnte.

»Das hat uns gerade noch gefehlt«, sagte Deakin. »Wo haben Sie sich verletzt?«

»Am Knöchel. Und an der Hand.«

»Können Sie stehen?«

»Ich weiß nicht. Ich glaube nicht.«

»Dann setzen Sie sich.« Er half ihr, sich neben dem Schienenstrang niederzulassen, aber wenn sie damit gerechnet hatte, daß er sich auch weiterhin um sie kümmern würde, wurde sie enttäuscht. Er blickte dem Zug nach und sah, daß er sich bereits mehr als einen halben Kilometer entfernt hatte. Was er nicht sah, war, daß O'Brien über die Holzscheite in den Tender kletterte und gleich darauf mit bedrücktem und unentschlossenem Gesicht vor der verwirrenden Vielzahl von Bedienungs- und Kontrollgeräten stand.

Deakin bückte sich und schob die Sprengkapsel unter eine

Schiene dicht neben der Schwelle. Er bedeckte sie mit Steinen und Erde und ließ nur den Zünder frei.

Marica fragte kühl: »Wollen Sie das Gleis in die Luft sprengen?«

»So ist es.«

»Daraus wird wohl nichts werden.« Pearce kam mit dem Colt in der Hand auf sie zu. Er warf einen kurzen Blick auf Marica, die mit der rechten Hand ihr linkes Handgelenk massierte. »Von einem fahrenden Zug zu springen, ist gar nicht so einfach, was?« sagte er ironisch und wandte sich dann an Deakin: »Ihren Revolver, wenn ich bitten darf. Und fassen Sie das Ding am Lauf an, Freundchen.«

Deakin griff in seine Jacke und zog seinen Colt heraus. Plötzlich sagte Marica hinter Pearce: »Ich hab' auch eine Waffe. Drehen sie sich um, Marshal. Hände hoch.«

Pearce gehorchte und starrte verblüfft auf den Revolver in Maricas Hand hinunter.

Deakins Finger schlossen sich um den Lauf seines Colts, Pearce, der ahnte, was kommen würde, warf sich zur Seite, so daß der Schlag etwas von seiner Wucht einbüßte. Aber trotzdem stolperte er und fiel zu Boden, und der Revolver entglitt seiner vorübergehend kraftlosen Hand. Er wollte sich über ihn werfen, aber Deakin war noch schneller. Er sprang vor und holte mit dem rechten Fuß aus.

Marica krümmte sich vor Entsetzen, als sie das Geräusch hörte. Sie flüsterte: »Sie haben ihn geschlagen, als er Ihnen den Rücken zuwandte und die Hände erhoben hatte und dann – und dann –«

»Und dann habe ich ihn auf den Kopf getreten. Wenn Sie das nächste Mal eine Waffe auf einen Mann wie Pearce richten, dann achten Sie darauf, daß das Ding entsichert ist.«

Sie starrte ihn an, blickte auf die Waffe in ihrer Hand und schüttelte langsam den Kopf. Dann blickte sie auf.

»Sie könnten sich wenigstens bedanken.«

»Was? Ja, sicher. Danke.« Er blickte die Schienen entlang: Der Zug schwankte bereits bedrohlich. Deakin blickte in die andere Richtung und sah Claremont mit zwei Pferden am Zügel auf sie zureiten.

Auf ein Zeichen von Deakin hielt er die Pferde an und blieb wo er war. Deakin zerrte Pearce ein Stück an den Schienen entlang, ließ ihn schließlich fallen, eilte zurück, bückte sich, steckte den Zünder an, nahm Marica auf die Arme und eilte mit ihr die Böschung hinunter zu Claremont. Dort hob er sie auf eines der Pferde, schwang sich selbst auf das dritte, und gemeinsam ritten sie davon. Nach einiger Zeit hielten sie wie auf Verabredung die Pferde an und blickten zurück.

Die Explosion war erstaunlich leise. Geröll und Erde flogen durch die Luft. Als sich der Staub gelegt und der Rauch verzogen hatte, sah man, daß eine der Schwellen verbogen und ein ganzes Stück der linken Schiene völlig deformiert war.

Claremont sagte unsicher: »Das können sie doch reparieren. Sie können das kaputte Schienenstück abschrauben, herausheben und durch ein Gleisteil ersetzen, das sie hinter dem Zug abschrauben.«

»Ich weiß. Aber wenn ich das Gleis mit einer größeren Sprengladung völlig zerstört hätte, bliebe ihnen nichts anderes übrig, als zu Fuß zum Fort zu laufen.«

»Na und?«

»Auf diese Weise würden sie lebend im Fort ankommen.«

Marica sah ihn entsetzt an.

»Das hieße, daß wir alle sterben würden.«

Maricas Ausdruck veränderte sich nicht.

»Verstehen Sie mich nicht?« fragte Deakins Stimme sanft. »Ich habe keine andere Wahl.«

Marica schauderte und wandte sich ab. Deakin blickte sie mit ausdruckslosem Gesicht an und trieb sein Pferd an. Einen Augenblick später folgten ihm die anderen.

## 10

O'Brien lehnte sich erschöpft an die Wand des Führerhauses und wischte sich aufatmend den Schweiß von der Stirn. Der Zug fuhr zwar immer noch rückwärts, aber er wurde eindeutig langsamer. O'Brien blickte nach hinten: White Hand und seine Männer waren jetzt kaum noch zweihundert Meter entfernt. White Hands Gesicht spiegelte zuerst Verblüffung und dann Erleichterung wider. Er winkte dem Zug zu, gab seinen Männern ein Zeichen und rannte los. Zwei Minuten später kletterten die Krieger auf den stehenden Zug, während White Hand sich auf die Lokomotive schwang. O'Brien begrüßte ihn, öffnete das Dampfventil, und der Zug setzte sich vorwärts in Bewegung.

»Und die Pferde waren weg?« fragte O'Brien.

»Ja. Alle. Und zwei meiner Männer erschossen. Von hinten! Sie haben uns einen langen Weg erspart, Major O'Brien. Wo ist mein Freund, Marshal Pearce – ich sehe ihn gar nicht.«

»Sie werden ihn gleich sehen. Er ist abgesprungen, weil er etwas Wichtiges zu erledigen hatte.«

O'Brien blickte durch das Fahrerfenster nach vorn, wo der westliche Ausgang des Nevada Passes auftauchte. Plötzlich beugte er sich, um besser sehen zu können, aus der Tür der Lokomotive: Ein Körper lag neben dem Gleis. O'Brien erkannte Pearce und fluchte. Er bremste scharf.

Der Zug kam ruckend zum Stehen. O'Brien und White Hand sprangen ab, eilten nach vorn und blickten mit finsteren Gesichtern auf den blutenden und immer noch bewußtlosen Marshal hinunter. Und dann hoben beide Männer plötzlich gleichzeitig den Kopf und sahen das Ergebnis von Deakins Sabotage.

White Hand sagte leise: »Dafür wird Deakin sterben.«

O'Brien sah ihn lange an und prophezeite dann düster: »Nicht, wenn er dich zuerst sieht.«

»White Hand fürchtet niemanden.«

»Vor diesem Mann solltest du dich aber fürchten. Er ist ein Geheimagent, besitzt die Schläue eines Fuchses und ist vom Glück geradezu verfolgt. Marshal Pearce kann sich glücklich schätzen, daß Deakin nicht beschlossen hat, ihn umzubringen. Komm, wir müssen die Schiene reparieren.«

Unter O'Briens Anleitung brauchten die Paiute nicht mehr als zwanzig Minuten für die Reparatur. Sie arbeiteten in zwei Gruppen – die eine entfernte das verbogene Schienenstück und die andere montierte hinter dem Zug ein Teil aus dem Schienenstrang. Das deformierte Schienenstück wurde die Böschung hinuntergeworfen, und das Ersatzteil von hinten herbeigeschleppt und eingepaßt. Die Schwellen einzubetten und die Spur auszurichten war eigentlich keine Arbeit für Amateure, aber O'Brien hoffte, daß das provisorisch reparierte Gleis trotzdem eine Weiterfahrt ermöglichen würde. Pearce, der am Schienenräumer lehnte, kam langsam wieder zu Bewußtsein; Henry saß neben ihm und betupfte ununterbrochen besorgt seine Wange und Schläfe, die eindrucksvolle Schürfwunden aufwiesen. »Wir fahren los«, verkündete O'Brien. Die Paiute, Pearce und Henry bestiegen die Waggons, während White Hand und O'Brien auf die Lokomotive kletterten. O'Brien löste die Bremse und öffnete vorsichtig das Dampfventil, während er gleichzeitig ängstlich hinausblickte. Als sie das neue Schienenstück erreichten, senkte es sich leicht aber nicht bedrohlich. Sobald der letzte Waggon die reparierte Stelle passiert hatte, kehrte O'Brien zu den Geräten zurück und öffnete das Dampfventil so weit es ging.

Deakin, Claremont und Marica hatten angehalten, waren aber nicht abgestiegen. Deakin erneuerte hastig den Verband an Claremonts immer noch blutender Hand.

Claremont drängte: »Mann, jede Minute zählt! Wir verlieren kostbare Zeit.«

»Und wir verlieren *Sie*, wenn wir die Blutung nicht zum Stehen bringen.« Er warf einen flüchtigen Blick auf Marica, die vor Schmerz die Zähne zusammenbiß und mit der rechten Hand ihr linkes Handgelenk umklammerte. »Wie geht's?«

»Es geht.«

Deakin sah sie kurz an und wandte sich wieder dem Verband zu. Sie hatten sich kaum wieder in Bewegung gesetzt, als er sie erneut anblickte: Sie war im Sattel zusammengesunken. »Schmerzt Ihr Handgelenk so sehr?« fragte er.

»Nein, mein Knöchel. Ich bekomme den Fuß nicht in den Steigbügel.« Deakin ritt auf die andere Seite ihres Pferdes. Ihr linkes Bein hing neben dem Steigbügel. Er schaute nach oben. Es hatte aufgehört zu schneien und die abziehenden Wolken gaben den Blick auf einen strahlend blauen Himmel frei und über den Bergen ging die Sonne auf. Er wandte sich wieder Marica zu: Sie war kaum noch imstande, sich im Sattel zu halten. Er hob sie zu sich auf den Sattel, ergriff mit der freien Hand die Zügel ihres Pferdes und trieb beide Tiere zu schnellem Galopp an. Claremont, der in kaum besserer Verfassung zu sein schien als Marica, folgte dicht auf. Sie ritten jetzt parallel zu den Eisenbahnschienen. Der Boden war dort eben und schneefrei, und sie kamen ganz gut voran.

Sepp Calhoun saß, wo er immer saß: auf dem Stuhl des Kommandanten, die Füße auf dem Tisch des Kommandanten; wie gewohnt trank er den Whisky des Kommandanten und rauchte eine seiner Zigarren. Außer ihm war nur noch Colonel Fairchild im Zimmer, der mit auf den Rücken gefesselten Händen auf einem einfachen Holzstuhl saß. Die Tür ging auf und ein schmieriger und sehr dunkelhäutiger Weißer trat ein.

Calhoun fragte freundlich: »Alles in Ordnung, Carmody?«

»Alles in Ordnung. Die Telegrafisten sind mit den anderen eingesperrt. Benson ist am Tor, und Harris ist in der Küche.«

»Gut. Wir haben gerade noch Zeit, was zu essen, ehe unsere Freunde ankommen. Knapp eine Stunde, würde ich sagen.« Er sah Fairchild mit spöttischem Grinsen an. »Die Schlacht am Nevada Pass ist jetzt schon Geschichte, Colonel.« Er lächelte breit. »Ich glaube, das Wort ›Massaker‹ dürfte die Geschehnisse wohl am besten beschreiben.«

Im Versorgungswaggon verteilte Pearce, der sich erstaunlich schnell erholt hatte, Repetiergewehre und Munition an die Paiute, die ihn dicht umdrängten. Von der üblichen Zurückhaltung der Indianer war nichts zu bemerken. Pearce ging mit drei Winchestern unter dem Arm nach vorn und kletterte auf den Tender. Er ging weiter ins Führerhaus der Lokomotive und reichte White Hand eines der Gewehre.

»Ein Geschenk für dich, White Hand.«

Der Indianer lächelte. »Sie halten Ihr Wort, Marshal Pearce.«

Pearce versuchte zu lächeln, wurde aber sofort derart nachdrücklich an seine Verletzungen erinnert, daß er es gleich wieder bleiben ließ. Statt dessen sagte er: »Noch zwanzig Minuten. Nicht mehr als zwanzig Minuten.«


Deakin hatte fünfzehn Minuten Vorsprung vor ihnen. Er hielt kurz die Pferde an und blickte nach vorn. Die Brücke über die Schlucht war noch knapp einen halben Kilometer entfernt; gleich dahinter lag das Gelände von Fort Humboldt. Er half Marica zurück auf ihr eigenes Pferd und gab ihr und Claremont ein Zeichen, vorauszureiten. Er zog seine Pistole aus dem Gürtel und behielt sie in der Hand. In strahlendem Sonnenschein überquerten die Pferde vorsichtig die Brücke, die die Schlucht überspannte, und galoppierten zum Tor hinauf. Benson, der Wachtposten, ein Mann mit stumpfem, dummem und brutalem Gesicht baute sich mit dem Gewehr im Anschlag vor ihnen auf.

»Wer seid ihr?« Seine Stimme klang undeutlich, als habe er zuviel getrunken. »Was wollt ihr in Fort Humboldt?«

»Von *Ihnen* nichts.« Deakins Stimme klang kalt und herrisch. »Zu Sepp Calhoun, aber schnell!«

»Wen bringen Sie da mit?«

»Sind Sie blind? Das sind Gefangene. Vom Zug.«

»Vom Zug?« Benson nickte unsicher – es machte ihm sichtlich Schwierigkeiten, einen klaren Gedanken zu fassen. »Also gut. Kommen Sie mit.«

Benson führte sie über den Hof. Als sie sich der Kommandantur näherten, ging die Türe auf, und Calhoun erschien, in jeder Hand einen Revolver. Er fragte wütend: »Wen, zum Teufel, bringst du da, Benson?«

»Er sagte, sie kämen vom Zug, Boß.«

Deakin achtete weder auf Calhoun noch auf Benson, sondern richtete seine Pistole auf Claremont und Marica: »Absteigen, ihr beiden!« Er wandte sich an Calhoun. »Sind Sie Calhoun? Ich schlage vor, wir unterhalten uns drinnen.«

Calhoun richtete beide Revolver auf Deakin. »Halt, halt! Nicht so schnell, Mister. Wer sind Sie überhaupt?«

Deakin sagte müde und gereizt! «Ich bin John Deakin. Nathan Pearce schickt mich.«

»Das behaupten *Sie*.«

»Die beiden können es bestätigen.« Er wies mit dem Kinn auf Claremont und Marica, die inzwischen abgestiegen waren und sehr mitgenommen wirkten. »Sie sind mein Paß. Mein Geleitbrief. Nennen Sie es, wie Sie wollen. Nathan hat gesagt, ich soll sie als Beweis mitbringen.«

Calhoun schien etwas besänftigt: »Ich hab schon Pässe gesehen, die sich in besserem Zustand befanden.«

»Die beiden wollten besonders schlau sein. Hier, das ist Colonel Claremont, der neue Kommandant. Und das ist Miss Fairchild – die Tochter des derzeitigen Kommandanten.«

Calhouns Augen weiteten sich, sein Mund öffnete sich, und er hätte beinahe die Waffen fallen lassen, aber gleich darauf hatte er sich wieder in der Gewalt. »Das werden wir gleich sehen. Los, hinein.« Er und Benson schoben die drei anderen in das Büro des Kommandanten.

Colonel Fairchild blickte auf. Trotz der gefesselten Hände erhob er sich schwankend.

»Marica! Colonel Claremont!« Marica humpelte durch das Zimmer und umarmte ihn. »Mein Liebes, mein Liebes, was haben sie mit dir gemacht? Und was – was in Gottes Namen machst du hier?«

Deakin sagte zu Calhoun: »Zufrieden?«

»Scheint ja soweit alles zu stimmen – aber von einem John Deakin habe ich noch nie was gehört.«

»Was glauben Sie, wer die vierhundert Winchestergewehre aus der Fabrik gestohlen hat? Um Himmels willen, Mann, hören Sie auf, kostbare Zeit zu verschwenden! Die Dinge stehen schlecht, sehr schlecht! Ihr ach so geschätzter Häuptling hat die Sache verpatzt. Er ist tot. O'Brien ebenfalls. Pearce ist schwer verletzt. Die Soldaten haben den Zug erobert, und wenn es ihnen gelingt, ihn wieder in Bewegung zu setzen –«

»White Hand, O'Brien, Pearce –«

Deakin wies mit dem Kinn auf Benson. »Sagen Sie ihm, er soll draußen warten.«

»Draußen?« Calhoun schien verwirrt.

»Draußen. Es kommt noch schlimmer – aber das ist nur für Ihre Ohren bestimmt.«

Calhoun nickte dem verdutzten Benson zu, und dieser ging und schloß die Türe hinter sich.

Calhoun sagte verzweifelt: »Schlimmer kann es doch gar nicht mehr werden –«

»O doch!« widersprach Deakin, stieß ihm die Mündung seines Colts zwischen die Zähne, nahm ihm beide Waffen ab und reichte eine an Claremont weiter, der sie auf Calhoun richtete. Deakin steckte seinen Colt wieder in den Gürtel, holte ein Messer aus der Tasche, durchschnitt die Fesseln von Colonel Fairchild, der nicht weniger verblüfft war als Calhoun, und legte Calhouns zweiten Revolver auf den Tisch neben dem Colonel. »Nehmen Sie ihn. Sobald Ihre Finger wieder gehorchen. Wie viele Männer hat Calhoun? Außer Benson?«

»Wer sind Sie? Wie –«

Deakin packte Fairchild am Rockaufschlag. »Wie viele Männer?«

»Zwei. Carmody und Harris.«

Deakin drehte sich blitzschnell um und stieß Calhoun die Mündung seines Colts in die Nieren. Calhoun schnappte nach Luft. Deakin wiederholte die Behandlung und sagte lächelnd: »Sie haben das Blut vieler Männer an Ihren Händen, Calhoun, und ich warte sehnlichst darauf, daß Sie mir einen Grund liefern, der mir das Recht gibt, Sie zu töten.« Es war Calhoun deutlich anzusehen, daß er ihm glaubte. »Sagen Sie Benson, daß er, Carmody und Harris sofort zu mir kommen sollen.«

Deakin öffnete die Tür einen Spalt weit und schob Calhoun in die Öffnung. Benson ging nur ein paar Schritte entfernt auf und ab.

Calhoun sagte heiser: »Hol Carmody und Harris. Aber schnell!«

»Was ist los, Boß? Sie sehen aus wie der Tod.«

»Um Himmels willen, Mann, beeil dich.«

Benson zögerte, aber dann rannte er doch los. Deakin schloß die Tür und sagte zu Calhoun: »Drehen Sie sich um.«

Calhoun gehorchte. Deakin, der seinen Colt am Lauf hielt, holte aus und traf Calhoun mit dem Kolben. Der Mann brach ohne einen Laut zusammen. Marica starrte ihn entsetzt an.

»Ersparen Sie mir Ihre Vorhaltungen«, bat Deakins Stimme müde. »Eine Minute später wäre er so gefährlich gewesen wie ein in die Enge getriebenes Raubtier.« Er wandte sich an Fairchild. »Wie viele Leute haben Sie noch?«

»Wir haben nur zehn Mann verloren.« Fairchild massierte immer noch seine Hände. »Die übrigen wurden in ihren Quartieren überrascht. Calhoun und seine Freunde – wir hatten den verdammten Überläufern für die Nacht Schlafplätze zur Verfügung gestellt – töteten die Posten und ließen die Indianer herein. Die Überlebenden sind nicht hier, sondern zwei Kilometer entfernt in einer verlassenen Mine untergebracht, wo sie von Indianern bewacht werden.«

»Das macht nichts. Ich brauche sie nicht. Ich will sie gar nicht hier haben. Eine Schlacht ist das letzte, was ich möchte. Wie fühlen Sie sich jetzt?«

»Sehr viel besser, Mr. Deakin. Was kann ich für Sie tun?«

»Wenn ich das Zeichen gebe, laufen Sie in die Waffenkammer und bringen mir einen Sack Sprengpulver und Zünder. Wo sind die Gefängniszellen?«

»Auf der anderen Seite des Hofes.«

»Und der Schlüssel?«

Fairchild nahm einen Schlüssel von dem Brett hinter seinem Schreibtisch und reichte ihn Deakin, der ihm dankend zunickte, den Schlüssel einsteckte und ans Fenster trat.

Er brauchte nur wenige Sekunden zu warten. Benson, Carmody und Harris überquerten den Hof im Laufschritt. Auf ein Nicken von Deakin hin half Claremont ihm, den bewußtlosen Calhoun so gut es ging auf die Füße zu stellen. Als die drei Männer sich dem Büro des Kommandanten näherten, wurde plötzlich die Tür aufgerissen und Calhoun die Treppe hinuntergestoßen. Benson, Carmody und Harris standen wie vom Donner gerührt da und starrten fassungslos auf ihren Anführer hinunter. Und als sie schließlich aufblickten, schauten sie genau in die Mündung von Deakins Colt. Fairchild rannte quer über den Hof. Deakin befahl den drei Männern, ihren Boß aufzuheben und trieb sie dann vor sich her zu den Zellen hinunter, wobei er mit der freien Hand sein

Pferd am Zügel hinter sich herzog. Als er die Zellentür gerade wieder abgesperrt hatte, kam Fairchild mit einem wie es schien, ziemlich schweren Sack aus einer in der Nähe gelegenen Tür. Deakin war bereits auf sein Pferd gestiegen. Er nahm den Sack, befestigte ihn an seinem Sattelknopf und lenkte sein Pferd quer über den Hof durch das Haupttor nach draußen. Marica erschien, gestützt von dem immer noch sehr geschwächten Claremont, vor der Kommandantur. Gemeinsam mit Fairchild liefen sie so schnell sie konnten zum Tor.

Deakin brachte sein Pferd hinter einen Felsabbruch, der gesprengt worden war, um den Zugang zu der Brücke zu schaffen, in Deckung, stieg ab, warf sich den Sack über die Schulter und ging auf die Brücke zu.

Pearce beugte sich aus dem linken Fenster des Führerhauses und blickte nach vorn. Ein breites Lächeln überzog sein übel zugerichtetes Gesicht.

»Wir sind da!« Jubel klang aus seiner Stimme. »Wir sind fast da!«

White Hand trat zu ihm: Die Brücke war kaum noch einen Kilometer entfernt. White Hand lächelte und tätschelte den Lauf seiner Winchesterbüchse.

Deakin war es in der Zwischenzeit gelungen, zwei große Ladungen Sprengpulver zwischen den hölzernen Brückenpfeilern und den Verstrebungen auf beiden Seiten zu verkeilen. Er hatte kaum die Hälfte des Pulvers verbraucht, das Fairchild ihm gegeben hatte, aber er nahm an, daß die Menge ausreichen würde. Er kletterte an einem hölzernen Strebepfeiler hinauf, warf einen halbleeren Sack auf die Schienen und hob vorsichtig den Kopf: der Zug war höchstens noch dreihundert Meter entfernt. Hastig kletterte er wieder hinunter, setzte die Zünder der beiden Sprengladungen in Brand und kletterte ebenso schnell wieder auf die Brücke. Der Zug war jetzt nur noch zweihundert Meter entfernt. Deakin schulterte den Sack und rannte zurück zum westlichen Ende der Brücke.

Pearce und White Hand, die sich auf beiden Seiten aus dem Führerhaus beugten, sahen Deakin erst in dem Augenblick, als er wieder festen Boden unter den Füßen hatte. Sie starrten einander einen Augenblick lang an, und dann hoben sie gleichzeitig ihre Repetiergewehre. Die meisten Kugeln schlugen in die Erde und einige prallten in Deakins Nähe von den Felsen ab, aber keine traf ihr Ziel, da Deakin im Zickzack rannte, und das Schwanken des Führerhauses jeden präzisen Schuß verhinderte. Sekunden später hatte Deakin den schützenden Felsabbruch erreicht.

»Die Brücke!« schrie Pearce. »Er sprengt die Brücke!« O'Brien schloß mit wut- und angstverzerrtem Gesicht das Dampfventil und bremste scharf. Aber der Zug befand sich bereits auf der Brücke.

Fairchild, Claremont und Marica, die keine zweihundert Meter entfernt waren, blieben wie angewurzelt stehen: Der Zug schien die Brücke unbeschadet überqueren zu können – Lokomotive und Tender hatten tatsächlich bereits wieder festen Boden unter den Rädern. O'Brien, der vor den Kontrollgeräten stand und unverständliche Worte murmelte, merkte, daß er einen Fehler gemacht hatte, löste die Bremse und öffnete das Dampfventil, so weit es ging. Aber es war zu spät: Zwei weiße Flammen schossen fast gleichzeitig hoch, ein zweifacher Donner ertönte, der von einem ohrenbetäubenden Krachen abgelöst wurde, als die Brücke zusammenbrach und in die Schlucht stürzte. Die drei Waggons rissen den Tender und die Lokomotive mit sich in die Tiefe, aber unmittelbar bevor die Lokomotive im Abgrund verschwand, sprangen drei Gestalten mit Gewehren aus dem Führerhaus und landeten auf dem felsigen Boden.

Zitternd aber unverletzt richteten Pearce, O'Brien und White Hand sich auf. Als die drei Männer ihre Repetiergewehre auf ihn richteten, schien Deakin für Sekunden wie gelähmt, aber dann brachte er sich mit einem Sprung in Sicherheit, bevor noch ein Schuß gefallen war – der Schock hatte die Reaktionsfähigkeit der Männer mit den Gewehren stark reduziert.

Fairchild, Claremont und Marica warfen sich flach auf den Boden, als die drei mit den Winchestern im Anschlag naherkamen. Die drei Männer waren jetzt keine fünfzehn Meter mehr von Deakin entfernt und kamen langsam um den Felsabbruch. Zu spät sahen sie, daß er eine bereits gezündete Sprengkapsel in der Hand hielt. Er wartete bis zum allerletzten Moment, dann warf er die Kapsel.

Die Explosion blendete sie sekundenlang und warf sie zu Boden. Deakin rannte um die Ecke des Abbruchs: Rauch und Staub hingen in der Luft, aber er konnte sehen, daß White Hand seine Waffe verloren hatte – er hielt sich beide Hände vor die

Augen. Deakin hob das Gewehr auf und richtete es auf die immer noch völlig verdatterten Männer.

Deakin sagte: »Zwingt mich nicht dazu, als der Mann in die Geschichte einzugehen, der als erster einen anderen mit einer Winchester tötete!«

Pearce, der sich am schnellsten wieder gefaßt hatte, warf sich zur Seite und riß sein Repetiergewehr hoch. Deakin schoß. »Ist sonst noch jemand lebensmüde?« fragte er.

O'Brien schüttelte den Kopf und warf seine Waffe auf den Boden. Seite Augen tränten derartig, daß er kaum etwas sehen konnte.

Fairchild, Marica und Claremont näherten sich den dreien; Claremont hielt ein Gewehr in der verletzten Hand. Deakin, Fairchild und Marica traten an den Rand der Schlucht und blickten hinunter: Weit unten in der Tiefe lagen die zerborstenen und zerfetzten Überreste des Zuges, und oben auf den zermalmten Waggons sahen sie die umgestürzte Lokomotive.

Deakin sagte düster: »Auge um Auge. Nun ja, ich glaube, diejenigen, auf die es ankommt, haben wir – O'Brien, Calhoun und White Hand.« Fairchild klang bedrückt: »Alle bis auf einen.«

Deakin sah ihn an: »Sie – Sie wußten Bescheid über Ihren Bruder?«

»Ich habe es immer vermutet, aber nie gewußt. Er – war er der Anführer?«

»Nein, das war O'Brien. O'Brien hat ihn benutzt. Er hat seine Geldgier und seine Schwäche ausgenutzt.«

»Und was hatte er davon? Den Tod!«

»Für ihn, aber auch für Sie und Ihre Tochter ist es so am besten.«

»Und was wird jetzt?«

»Eine Abteilung Ihrer Männer wird die Pferde holen, die ich auf der Strecke zurückgelassen habe. Eine andere wird die Telegraphenleitung reparieren. Und dann werden wir eine Pioniertruppe und Techniker kommen lassen, die die Brücke wieder aufbauen.«

Marica fragte: »Fahren Sie nach Reese City zurück?«

»Sobald die Brücke repariert ist, und ein Zug das ganze Gold abtransportiert, das in Fort Humboldt lagert. Und diese Fracht werde ich erst aus den Augen lassen, wenn der Zug in Washington angekommen ist.«

»Es wird Wochen dauern, bis die Brücke repariert ist«, sagte Fairchild.

»Das ist anzunehmen.«

Marica lächelte. »Es sieht so aus, als hätten wir einen langen, harten Winter vor uns.«

Deakin erwiderte ihr Lächeln: »Ich glaube nicht, daß er mir so vorkommen wird.«

# Der Satanskäfer

# 1

Es war keine Post für mich da an diesem Morgen, aber das war keine Überraschung. Drei Wochen schon, seitdem ich diese Büroräume im ersten Stock der Oxford Street gemietet hatte, war keine Post für mich da. Ich schloß die Tür des winzigen Vorzimmers, das vielleicht einmal, wenn das Cavell Detektiv- und Überwachungsinstitut sich solche Extravaganzen zu leisten imstande war, einer Vorzimmerdame zu Nutz und Frommen dienen mochte, kurvte um den Tisch und den Stuhl herum und stieß die Tür mit dem Schild ›Privat‹ auf.

Dahinter lag das Zimmer des Chefs des Detektiv- und Überwachungsinstituts Pierre Cavell. Das bin ich. Nicht nur Chef, sondern gleichzeitig auch gesamter Mitarbeiterstab. Es war ein größerer Raum als das Vorzimmer, ich wußte es, denn ich hatte es ausgemessen. Doch nur der geschulte Blick des versierten Fachmanns hätte das sonst mit bloßem Auge zu erkennen vermocht. Ich bin kein anspruchsvoller Ästhet, aber auch ich muß zugeben, daß es eine ziemlich trostlose Bleibe war. Der verwohnten Wände einstiges Weiß hatte jene undefinierbare, einzigartig graue Patina angenommen, die nur der Londoner Nebel und die Vernachlässigung langer Jahre hervorzubringen imstande sind. Ein engbrüstiges hohes Fenster blickte in einen düsteren Hof. Daneben hing der unvermeidliche Monatskalender. Ein Schreibtisch, nicht gerade neu, stand auf dem Linoleumboden, ein Drehstuhl für mich, ein ruppiger Ledersessel für den Besucher, ein fadenscheiniger Vorleger, um dessen Füße warmzuhalten, ein Hutständer und ein paar grüne, blecherne Aktenschränke – leer, wie der Hutständer. Sonst nichts. Und Platz für mehr war auch nicht da.

Ich war gerade dabei, mich in besagtem Drehstuhl niederzulassen, als ich den dunklen Zweiklang der Glocke im Vorzimmer und gleich darauf das Quietschen der Türangeln vernahm. »Bitte läuten und eintreten« stand dort zu lesen, und irgend jemand kam dieser Aufforderung gerade nach. Ich zog die linke oberste Schreibtischschublade auf, warf schnell ein paar Briefumschläge und Schriftstücke vor mich hin, betätigte rasch einen Schalter neben meinem Knie, und ich war kaum aus meinem Stuhl hochgekommen, da klopfte es auch schon an der Innentür.

Der Mann, der eintrat, war groß und schlank und in der Herrenmode *up to date*. Ein Mantel mit schmalen Revers hing über einem dunklen, untadelig sitzenden Anzug vom neuesten italienischen Schnitt, die wildlederne Linke hielt den rechten Handschuh und die Aktenmappe in vollendeter Perfektion. Vermutlich schleppte er ständig einen Mikrometer mit sich herum. Ein honoriger Steuerberater der Stadt von Rang und Ansehen. Als das mußte er aller Welt erscheinen. Und auch ich sah nichts anderes in ihm.

»Verzeihen Sie, daß ich hier so ohne weiteres eindringe«, sagte er, lächelte flüchtig, ließ drei Goldkronen aufblitzen und warf einen knappen Blick zurück. »Ihre Sekretärin scheint –«

»Aber bitte, kommen Sie doch ganz herein.« Auch seine Rede war die des Steuerberaters, der er zu sein schien, gemessen, bestimmt und um ein Winziges überartikuliert. Er gab mir die Hand. Sogar der Händedruck fügte sich zum Ganzen: rasch, sauber, unpersönlich.

»Martin«, stellte er sich vor. »Henry Martin. Mr. Piere Cavell?«

»Ja. Wollen Sie nicht Platz nehmen, Mr. Martin?«

»Danke.« Mr. Martin setzte sich nicht einfach, Mr. Martin nahm Platz. Sehr gerade, die Füße beieinander, die Aktenmappe sorgfältig auf den geschlossenen Knien ausbalanciert, saß er da und sah sich mit einem angedeuteten Lächeln, das nicht einmal die Goldkronen entblößte, bei mir um, ohne auch nur das Geringste zu übersehen.

»Der Laden läuft nicht – sagen wir, nicht gerade überwältigend, Mr. Cavell?«

Sollte er doch kein Steuerberater sein? Leute dieser Fakultät sind in der Regel höflich, wohlerzogen und mit unnötigen Beleidigungen sparsam. Eventuell war er ein wenig aus der Façon geraten, auch das konnte sein. Wer zum Privatdetektiv gehen muß, ist selten in völlig normaler Gemütsverfassung.

»Mein Trick, um das Finanzamt an der Nase herumzuführen! Darum lasse ich hier alles so, wie es ist«, gab ich zurück. »Wie kann ich Ihnen helfen, Mr. Martin?«

»Indem Sie mir einige kleine Auskünfte über sich selbst erteilen.« Er lächelte nicht mehr, und seine Augen wanderten nicht länger.

»Über mich?« Meine Stimme war scharf, nicht messerscharf, lediglich in der Preislage, deren man sich bedient, wenn man innerhalb von drei Wochen seit Betriebsöffnung noch keinen

Klienten hatte. »Kommen Sie bitte zur Sache, Mr. Martin. Ich habe zu tun.« Und das hatte ich auch. Meine Pfeife hatte ich anzustekken, die Morgenzeitung zu lesen, und ähnliches.

»Tut mir leid. Für Sie. Ich hätte nämlich eine sehr delikate und nicht ganz einfache Mission für Sie. Ich muß jedoch absolut sichergehen, daß Sie auch der Mann sind, den ich brauche. Verständlich, Mr. Cavell, nicht wahr?«

»Mission?« Ich besah mir diesen Henry Martin noch etwas genauer und kam zu der Überzeugung, daß es mir kaum schwerfallen sollte, ihn ausgesprochen unsympathisch zu finden. »Ich führe keine Missionen durch, Mr. Martin. Ich führe Überwachungen durch.«

»Selbstverständlich. Wenn Sie etwas zu überwachen haben.« Sein Ton war zu neutral, um beleidigend zu sein. »Dürfte ich vielleicht mit einigen Informationen aufwarten? Finden Sie sich doch bitte noch ein Weilchen mit meiner etwas ungewöhnlichen Methode, mich einzuführen ab, Mr. Cavell. Ich glaube, Ihnen versprechen zu können, daß Sie es nicht bedauern werden.« Damit öffnete er seine Mappe, brachte eine Lederhülle zum Vorschein, entnahm dieser einen Bogen Papier und begann Absatz für Absatz vorzulesen.

»Pierre Cavell. Geboren in Lisieux, englisch-französischer Abstammung. Vater Diplomingenieur, John Cavell aus Kingsclere, Hampshire; Mutter Anne-Marie Lechamps aus Lisieux, französisch-belgischer Abstammung. Eine Schwester, Liselle. Beide Eltern und die Schwester bei einem Luftangriff auf Rouen ums Leben gekommen. Auf Fischerboot nach Deauville-Newhaven geflüchtet. Als Achtzehn- oder Neunzehnjähriger sechsmal als Fallschirmjäger in Frankreich eingesetzt und von jedem Einsatz mit Informationen von größter Wichtigkeit zurückgekehrt. Zwei Tage vor Invasionsbeginn als Fallschirmjäger in der Normandie eingesetzt. Bei Kriegsende für nicht weniger als sechs Tapferkeitsauszeichnungen vorgeschlagen – drei britische, zwei französische, eine belgische.«

Henry Martin sah auf und lächelte dünn.

»Und nun der erste Mißton in der Lobeshymne. Auszeichnungen verweigert mit der Begründung, durch die Kriegsjahre vorzeitig erwachsen und an Spielzeug desinteressiert zu sein. Dann aktiv in die britische Armee eingetreten und bis zum Major befördert – beim militärischen Geheimdienst, soweit ersichtlich in ständiger Zusammenarbeit mit M.I.6 – Gegenspionage; später zur

Polizei übergetreten. Sagen Sie, Mr. Cavell, warum sind Sie eigentlich aus der Armee ausgeschieden?«

Hinauswerfen konnte ich ihn auch später noch. Augenblicklich war ich noch viel zu interessiert an dem, was er wußte, und vor allem, woher er es wußte. »Kein Ruhmesblatt«, sagte ich nur.

»Sie sind gegangen worden.« Und wieder lächelte er dünn. »Tja, wenn ein junger Offizier schon glaubt, einem älteren unbedingt ein paar langen zu müssen, dann sollte er in der Wahl des Dienstgrades ein bißchen vorsichtig sein und sich möglichst an die unteren halten. Sie hatten leider das Pech, sich ausgerechnet einen Generalmajor auszusuchen.« Er blickte wieder in seine Aufzeichnungen. »Und daraufhin traten Sie zur Metropolitan Police über, wurden in Eilmärschen befördert und sehr schnell Kommissar. Auf Ihrem Sektor scheinen Sie überdurchschnittliche Begabungen aufzuweisen zu haben, das muß man zugeben. In den letzten zwei Jahren durchgehend mit Sonderaufgaben betraut, deren Charakter hier zwar nicht detailliert aufgeführt sind, immerhin jedoch gewisse Mutmaßungen zuläßt. Und dann traten Sie auch aus den Diensten der Polizei. Stimmt das?«

»Genau.«

»In den Personalakten macht sich ›Ausgeschieden‹ immer besser als ›entlassen‹, was Ihnen zumindest geblüht hätte, wenn sich Ihr eigener Entschluß um vierundzwanzig Stunden verzögert hätte. Sie scheinen mit genialen Fähigkeiten zur Insubordination ausgestattet. Soweit hieraus hervorgeht, dürfte es sich um einen Sonderbeauftragten gehandelt haben. Immerhin hatten Sie Freunde, außerordentlich einflußreiche Freunde. Denn innerhalb einer Woche nach Ihrem Ausscheiden aus den Diensten der Polizei wurden Sie bereits wieder zum Sicherheitschef in Mordon ernannt.«

Ich hielt in meiner Betätigung, die darin bestand, die Papiere auf meinem Schreibtisch schön glatt zu streichen, inne und sagte sehr ruhig: »Einzelheiten zu meiner dienstlichen Laufbahn sind jederzeit greifbar, wenn Sie wissen, wohin Sie sich zu wenden haben. Sie haben jedoch kein Recht, über diese letztgenannte Information zu verfügen.« Das Mikrobiologische Forschungsinstitut Mordon in Wiltshire war so undurchdringlich abgesichert, daß ein Eindringen in den Kreml dagegen ein Kinderspiel sein mußte.

»Dessen bin ich mir durchaus bewußt, Mr. Cavell. Aber ich bin nun einmal im Besitz außergewöhnlich zahlreicher Informationen, die ich eigentlich nicht besitzen dürfte, wie beispielsweise der zusätzlichen Kleinigkeit, daß Sie, wie aus Ihren Akten ersichtlich, auch hier Ihres Amtes enthoben wurden. Und darüber hinaus – der eigentliche Anlaß meines heutigen Besuchs übrigens – weiß ich sogar auch noch *warum*.«

Das außergewöhnliche Beurteilungsvermögen, mit dem ich meinen ersten Klienten so treffend als Steuerberater eingeschätzt hatte, war nicht gerade ein vielversprechender Anfang für meine Detektivlaufbahn. Nicht wenn man sie ihm auf einem Silbertablett dargeboten hätte, würde dieser Henry Martin mit einer Bilanz etwas anzufangen gewußt haben. Ich fragte mich zwar, welcher Art sein Gewerbe sein mochte, hatte aber nicht die leiseste Ahnung.

»In Mordon wurden Sie also entlassen«, fuhr Mr. Martin präzis fort. »Und zwar in erster Linie, weil Sie Ihren Mund nicht halten konnten. Nicht, daß Sie etwa gegen die Sicherheitsbelange von Mordon verstoßen hätten, o nein, das wissen wir.« Er nahm seine randlose Brille ab und polierte bedächtig die Gläser. »Tja, wenn man einmal durch fünfzehn lange Jahre Ihrer Spezialpraxis gegangen ist, dann dürfte man eigentlich so weit sein, daß man von allem, was man so weiß, kaum mehr die Hälfte mit sich selbst zu erörtern wagt. Sie jedoch haben aus Ihrer Einstellung zu der Art von Tätigkeit, für die man sich in Mordon hergibt, durchaus keinen Hehl gemacht, weder leitenden Wissenschaftlern noch sonstigen Persönlichkeiten gegenüber, die in Mordon etwas zu melden haben. Und Sie sind nicht der erste, der sich über die Tatsache, daß dieses Mordon – Mittelpunkt des Gesundheitswesens, wie es im Staatshaushalt veranschlagt wird – ausschließlich dem Kriegsministerium untersteht, mit einer gewissen Bitterkeit ausläßt. Sie wußten selbstverständlich, daß Mordon in der Hauptsache für Kriegszwecke tätig ist, aber Sie sind einer der wenigen, die genau wissen, wie unheimlich und verheerend diese Waffen, die hier vervollkommnet wurden, in ihrer Wirkung sind. Sie gehören zu der kleinen Anzahl derer, die wissen, daß es nur weniger mit diesen Waffen ausgerüsteter Flugzeuge bedarf, um innerhalb von Stunden jedwedes Leben in jedwedem Land auszulöschen. Und Sie hatten Ihre eigenen sehr ausgeprägten Ansichten über die wahllose Anwendung solcher Waffen gegenüber einer arglosen und unschuldigen Zivilbevölkerung und ließen diese bei zu vielen Anlässen und zu vielen Leuten in Mordon laut werden. Deshalb sind Sie heute nun Privatdetektiv.«

»Tja, so ist das Leben«, bestätigte ich, stand auf, ging zur Tür, drehte den Schlüssel herum und steckte ihn ein. »Sie entschuldigen, Mr. Martin, aber Sie haben leider schon ein bißchen zuviel gesagt. Und Ihre Informationsquellen über meine Mordoner Tätigkeit würden mich doch sehr interessieren. Ehe Sie mir diese nicht verraten haben, verlassen Sie mein Büro nicht.«

Mr. Martin seufzte und setzte die Brille wieder auf. »Wie dramatisch – verständlich, gewiß, aber vollkommen überflüssig. Halten Sie mich für einen Narren, Cavell? Sehe ich so aus? Alles, was ich Ihnen sagte, mußte gesagt werden, um Sie zur Mitarbeit zu gewinnen. Und nun werde ich meine Karten auf den Tisch legen. Im wahrsten Sinn des Wortes.« Er holte die Brieftasche heraus, entnahm ihr eine elfenbeinfarbene Karte und legte diese auf den Tisch. »Sagt Ihnen das etwas?«

Es sagte mir einiges, eine ganze Menge sogar. »Weltfriedensrat« prangte in der Mitte. Rechts unten: Henry Martin, London, Bevollmächtigter.

Martin zog den Stuhl näher heran, stützte die Arme auf meine Schreibtischplatte und sah mich mit unbeweglich ernstem Gesicht an.

»Davon dürften Sie natürlich wissen, Mr. Cavell. Und ich glaube nicht zu übertreiben, wenn ich behaupte, daß diese Organisation die bei weitem stärkste Kraft zum Guten der heutigen Welt ist. Wir stehen über Rassen, Religionen und Politik. Daß der Premier und die meisten Kabinettsmitglieder dieser Organisation angehören, werden Sie wohl gehört haben. Ich möchte mich nicht eingehender dazu auslassen, aber ich kann Ihnen versichern, daß auch die meisten kirchlichen Würdenträger, ob nun Katholik, Protestant oder Jude, dem Weltfriedensrat angehören. Und was die Aristokratie und Leute von Rang und Namen anbelangt, so liest sich die lange Liste unserer Mitglieder wie der *Debrett's* oder *Who's Who*. Das Außenministerium, das tatsächlich weiß, was gespielt wird, und der ganzen Entwicklung angstvoller denn jeder anderen gegenübersteht, ist zuverlässig auf unserer Seite. Wir können mit gutem Gewissen sagen, daß wir heute die Unterstützung der besten, der klügsten und der weitblickendsten Männer des Landes haben. Jawohl, Mr. Cavell, ich habe sehr mächtige Persönlichkeiten hinter mir.« Er lächelte flüchtig. »Sogar einflußreiche Leute von Mordon.«

All das stimmte, ich wußte es, abgesehen von der letzten Bemerkung über Mordon, und auch das mochte zutreffend sein, bei allem, worüber er informiert war. Ich selbst – weder der richtige Typ für den *Debrett's* noch für *Who's Who* – war kein Mitglied des Weltfriedensrats. Trotzdem war mir durchaus klar, daß diese Institution, obzwar jüngsten Geburtsdatums, von der gesamten westlichen Welt als letzte und größte Hoffnung der Menschheit betrachtet wurde.

Martin nahm mir die Karte wieder ab und ließ sie in seine Brieftasche gleiten.

»Alles, was ich damit sagen möchte, ist, daß ich der immerhin angesehene Vertreter einer eminent wichtigen Körperschaft bin.«

»Das glaube ich ohne weiteres«, sagte ich.

»Danke.« Und noch einmal erfolgte ein Griff in die Mappe, und diesmal brachte er einen Stahlflakon, in der Größe einer Taschenflasche, zum Vorschein. »In diesem Land, Mr. Cavell, existiert leider eine Militaristenclique, die alle Anstrengungen macht, unsere Träume und Hoffnungen zunichte zu machen, und die wir, ganz ehrlich gesagt, fürchten. Wahnsinnige sind es, die täglich lauter und lauter über einen Präventivkrieg gegen die Sowjetunion reden. Über einen bakteriologischen Krieg. Nun, wie dem auch sei, es ist höchst unwahrscheinlich, daß sie damit viel Anklang finden werden. Trotzdem müssen wir auch den größten Unwahrscheinlichkeiten gegenüber sehr wachsam bleiben.« Er sprach wie jemand, der eine Rede hält und diese hundertmal durchprobiert hat.

»Gegen einen solchen bakteriologischen Angriff gäbe es keinerlei Verteidigungsmöglichkeiten. Nach zweijähriger intensivster Forschungsarbeit hat man ein Vakzin gegen diesen Virus entwickelt, doch der einzige Vorratsbestand davon liegt in Mordon.« Er hielt inne, zögerte ein wenig und schob mir dann den Stahlflakon über den Tisch zu. »Eine Behauptung, die nicht mehr zutrifft, weil nämlich diese Flasche vor drei Tagen in Mordon verschwand. Ihr Inhalt ist ausreichend, so viel Vakzine zu produzieren, um sämtliche Nationen der Welt zu immunisieren. Und wir wollen die Hüter unserer Brüder sein, Mr. Cavell.«

Ich sagte nichts. Ich starrte ihn nur an.

»Bitte bringen Sie das sofort nach Warschau an diese Adresse.« Er schob mir ein Stück Papier zu. »Sie bekommen sofort hundert Pfund von mir ausgezahlt, wir erstatten sämtliche anfallenden Unkosten und zahlen nach erfolgter Rückkehr weitere hundert Pfund. Eine delikate Mission, eine gefährliche vielleicht sogar. In Ihrem Fall allerdings kann davon kaum die Rede sein. Wir haben Sie sorgfältigst überprüft, Mr. Cavell. Es ist uns bekannt, daß Sie sich in sämtlichen europäischen Gäßchen und Hintertüren so genau auskennen wie ein Taxichauffeur in den Londoner Straßen: Grenzen dürften Ihnen, aller Voraussicht nach, kaum Schwierigkeiten bereiten.«

»Und meine Antikriegssympathien«, murmelte ich.

»Natürlich, natürlich.« Eine erste Spur von Ungeduld schwang in seiner Stimme mit. »Wir waren gezwungen, Sie sehr gründlich unter die Lupe zu nehmen, Mr. Cavell, und Sie verfügten in jeder Hinsicht über die besten Qualifikationen. Sie waren der *einzige*, der für diese Aufgabe in Frage kam.«

»Sehr schmeichelhaft. Und sehr interessant.«

»Mir ist nicht ganz klar, was Sie damit sagen wollen«, unterbrach er mich brüsk. »Wollen Sie die Sache übernehmen, Mr. Cavell?«

»Nein.«

»Nein?« Sein Gesicht wurde leer und still. »Sie sagen ›nein‹? Das also ist die Quintessenz all Ihrer edlen Besorgnisse um der Menschheit Wohl? Und das ganze Gerede in Mordon –«

»Sie sagten doch eben selbst, daß es um meine Praxis nicht gerade glänzend bestellt ist«, unterbrach ich. »Seit drei Wochen hatte ich nicht einen einzigen Klienten, und trotz aller fingierten Hinweise, das Gegenteil zu demonstrieren, wird sich daran auch in den nächsten drei Monaten nichts ändern. Und dann –« fügte ich hinzu und wischte den vorgetäuschten Posteingang in die Schreibtischecke, »dann sagten Sie doch gerade noch selbst, daß Sie gar keine andere Wahl hätten als mich.«

»Sie lehnen also nicht grundsätzlich ab, den Auftrag zu übernehmen?«

»Grundsätzlich nicht.«

»Wieviel?«

»Zweihundertfünfzig Pfund. Jeder Weg.«

»Ist das Ihr letztes Wort?«

»Mein letztes.«

»Hätten Sie etwas dagegen, wenn ich auch noch etwas dazu sagen würde, Cavell?« Nanu, wo waren sie plötzlich hin, die guten Manieren?

»Dagegen habe ich unbedingt etwas. Halten Sie Ihre Reden und Moralpredigten im Weltfriedensrat. Hier geht es um ein Geschäft.«

Feindseligkeit kroch in die Augen hinter den dicken Gläsern. Er starrte mich einen langen Augenblick stumm an. Dann griff er in die Brieftasche und entnahm ihr das Geld, fünf flach gebündelte

Päckchen, die er exakt und ordentlich vor sich hinlegte. Als er damit fertig war, blickte er auf und sah mich an. »Zweihundertundfünfzig Pfund. Genau.«

»Unter den Umständen wäre es ratsam, wenn die Londoner Geschäftsstelle des Weltfriedensrats sich einen neuen Bevollmächtigten suchte«, schlug ich vor. »Wer sollte eigentlich um diese hundertfünfzig übers Ohr gehauen werden – ich oder der Weltfriedensrat?«

»Weder, noch.« Gläsern, gefroren klirrten die Worte wie Eiszapfen von seinen Lippen, und sein Blick enthielt die gleichen Minusgrade. Offensichtlich hatte er nicht viel für mich übrig. »Wir offerierten Ihnen einen fairen Preis; in Angelegenheiten von so außergewöhnlicher Wichtigkeit jedoch sind wir natürlich darauf vorbereitet, erpresserischen Forderungen zu begegnen. Nehmen Sie das Geld bitte an sich.«

»Nicht, bis Sie vor meinen Augen die Gummistreifen gelöst und jedes Bündel dieser fünfzig Fünfer durchgezählt haben.«

»Du lieber Gott!« Seine kühl präzisierte Art zu reden war mit einemmal dahin und hatte etwas Heftigem, um nicht zu sagen Unbeherrschtem, Platz gemacht. »Kein Wunder, daß Sie aus all Ihren Positionen geflogen sind.« Er riß die Streifen auf und zählte das Geld Schein für Schein durch. »Das wäre es. Fünfzig. Zufrieden?«

»Zufrieden.« Ich zog die rechte Schublade heraus, nahm Geld, Adresse und Stahlbehälter, warf alles hinein und machte sie wieder zu, genau in dem Moment, da auch Martin damit fertig war, die Sicherheitsriemen an seiner Mappe zu schließen. Und irgend etwas, das in der Luft zu liegen schien, möglicherweise die regungslose Stille, die ihn aus meiner Richtung ankroch, ließ ihn plötzlich scharf aufblicken und zu der gleichen Unbeweglichkeit erstarren, mit der ich ihm gegenübersaß. Nur seine Augen wurden groß und größer, bis sie den gesamten Raum hinter den randlosen Gläsern einzunehmen schienen.

»Es ist eine Pistole, ganz richtig«, versicherte ich ihm. »Eine japanische Hanyatti, Neun-Schuß-Automatic, geladen und entsichert. Das bißchen Tesafilm vor der Mündung braucht Ihnen keinen Kummer zu machen. Das ist lediglich dazu da, den sehr differenzierten Mechanismus zu schützen. Die Kugel, die dahinter sitzt, dürfte das nicht behindern. Die schlägt durch, und falls noch ein Zwillingsbruder hinter Ihnen säße, auch durch den – garantiert. Legen Sie die Hände auf den Tisch.«

Martin tat wie ihm geheißen. Er verhielt sich sehr ruhig. Leute, die auf drei Fuß Distanz in ein Mündungsrohr sehen, verhalten sich stets sehr ruhig. Seine Augen jedoch hatten sehr schnell wieder einen ganz normalen Ausdruck angenommen, und er schien im Grunde durchaus nicht so besorgt, wie er vorgab. Das behagte mir nicht ganz, denn wenn irgend jemand Grund und Anlaß zur Besorgnis hatte, dann war es Henry Martin. Vielleicht aber war es gerade das, was ihn zu einem gefährlichen Gegner machte.

»Ihre Art, Geschäfte zu tätigen, ist etwas ungewöhnlich, Cavell.« Kein Zittern in der Stimme, nur trockene Verachtung. »Was soll das? Wollen Sie mich erpressen?«

»Werden Sie nicht albern. Und geben Sie sich nicht erst solchen Hoffnungen hin. Sie fragten mich vorhin, ob ich Sie für einen Narren hielte. Zeit und Umstände waren nicht dazu angetan, Ihnen darauf eine Antwort zu geben. Jetzt können Sie sie haben. Sie sind ein Narr, weil Sie völlig vergessen zu haben scheinen, daß ich in Mordon gearbeitet habe. Ich war Sicherheitschef. Und die erste Aufgabe eines Sicherheitschefs ist es, zu wissen, was in seinem eigenen Amtsbereich vorgeht.«

»Ich fürchte, ich komme da nicht ganz mit.«

»Das soll Ihnen gleich aufgehen. Sagen Sie, diese Vakzine hier – welchen speziellen Virus sollen sie eigentlich immunisieren?«

»Ich bin lediglich Agent des Weltfriedensrats.«

»Das tut nichts zur Sache. Was etwas zur Sache tut, ist die Tatsache, daß sämtliche Gegengifte, die es bis heute gibt, ausschließlich in Horder Hall, Essex, entwickelt und gelagert wurden. Dieser Behälter aber, und das ist der springende Punkt, kommt aus Mordon und enthält keine Vakzine. Er enthält aller Wahrscheinlichkeit nach den einen oder anderen der dort lagernden Viren.

Zweitens weiß ich genau, daß es normalerweise für jeden – ob nun Weltfriedensanhänger oder nicht – völlig ausgeschlossen ist, Geheimviren aus Mordon herauszubringen, gleichgültig wie schlau und gerissen er auch sein mag. Wenn nämlich der letzte Mann die Laboratorien verlassen hat, treten Vierzehn-Stunden-Uhren in Betrieb, und die Kombination, sie außer Kraft zu setzen, ist lediglich zwei Menschen bekannt. Sollte irgend etwas aus Mordon weggekommen sein, dann nur mit Raub und Gewalt. Und das erfordert eine sofortige Untersuchung.

Drittens sagten Sie doch, das Außenministerium stünde geschlossen hinter Ihnen. Wenn dem so ist, warum dann diese ganze Verschleierungstaktik, mit der Sie an mich herangetreten sind, das Zeug hinauszuschmuggeln? Die diplomatische Mission nach Warschau sagt alles.

Und schließlich und endlich, mein Bester, Ihr größter Schnitzer war der, daß Sie völlig vergessen zu haben scheinen, daß ich immerhin selbst einmal eine Weile bei der Gegenspionage war. Und jede neue Körperschaft oder Organisation, die sich hierzulande gründet, wird erst einmal genauestens unter die Lupe genommen, so auch der Weltfriedensrat, als er sein Hauptquartier hier aufschlug. Zufällig ist mir sogar eins der Mitglieder bekannt, ein älterer, kleiner, rundlicher und sehr kurzsichtiger Typ, der in jeder Hinsicht genau das Gegenteil von Ihnen ist. Sein Name ist Henry Martin, und er ist der Bevollmächtigte der Londoner Geschäftsstelle des Weltfriedensrates. Der wahre Bevollmächtigte.«

Die Hände auf dem Tisch, blickte er mich unbewegten Gesichts, aber durchaus nicht erschrocken oder in die Enge getrieben an. Dann sagte er sehr ruhig: »Mehr bleibt wohl nicht zu sagen, nicht wahr?«

»Nicht allzuviel.«

»Und was gedenken Sie zu tun?«

»Sie dem Sonderdienst zu übergeben. Und gleichzeitig wird auch eine Bandaufnahme unseres soeben geführten Gesprächs mitgehen. Denn ehe Sie kamen, stellte ich vorsichtshalber mein Tonbandgerät ein. Kein Beweismittel, ich weiß es, aber Adresse, Behälter und vor allem Ihre Fingerabdrücke auf den fünfzig Fünfern sind ausreichend belastendes Material.«

»Ich glaube, mir ist bei Ihnen doch ein kleiner Fehler unterlaufen. Einigen wir uns.«

»Ich lasse mich nicht kaufen. Zumindest nicht für fünfzig lumpige Fünfer.«

Pause. »Fünfhundert?« fragte er sanft.

»Nein.«

»Tausend? Tausend Pfund, Cavell, sofort.«

»Halten Sie den Mund.« Ich griff nach dem Telefon, legte den Hörer auf den Tisch und begann mit dem linken Zeigefinger zu wählen. Ich war bei der dritten Nummer angelangt, als mich ein hartes Klopfen an der Tür innehalten ließ.

Ich ließ den Hörer da, wo er war, und stand geräuschlos auf. Die Korridortür war zu gewesen, als Martin in mein Zimmer gekommen war. Ohne zu läuten, kam niemand herein. Ich hatte es nicht läuten gehört, und es hatte auch nicht geläutet. Trotzdem stand jemand in meinem Vorzimmer, und zwar direkt vor der Tür.

Martin lächelte. Es war zwar nur die Andeutung eines Lächelns, aber ein Lächeln. Und das gefiel mir nicht. Ich deutete mit der Pistole in die Ecke und sagte leise: »Stellen Sie sich dahin, Martin – mit dem Gesicht zur Wand und die Hände nach hinten.«

»Ich glaube nicht, daß das unbedingt notwendig ist«, sagte er gelassen, »draußen steht ein gemeinsamer Freund von uns.«

»Tun Sie, was ich sage.« Er verfügte sich in die Ecke. Ich ging zur Tür, hielt mich wohlweislich seitlich daneben und rief hinaus: »Wer ist da?«

»Polizei, Cavell. Machen Sie auf.«

»Polizei?« Die Stimme kam mir verdammt bekannt vor, aber schließlich gibt es eine ganze Menge Leute, die in der Lage sind, eine ganze Menge Stimmen zu imitieren. Ich warf einen Blick nach Martin, aber der hatte sich nicht gerührt. »Ihren Ausweis – schieben Sie ihn durch die Tür«, verlangte ich.

Draußen regte sich etwas; eine längliche Karte kroch durch den Türspalt. Keine Kennmarke, kein Dienstausweis, eine schlichte Visitenkarte mit dem Namen »D.R. Hardanger« und einer Whitehall-Telefonnummer. Und der Kreis derer, die wußten, daß dies die einzige Form der Identifikation war, mit der Polizeichef Hardanger sich auszuweisen pflegte, war sehr klein. Stimme und Karte stimmten überein. Ich schloß auf.

Es war Hardanger. Unverkennbar. Groß und wuchtig, mit rotem Bulldoggenkopf und abgewetzter Melone, im abgetragenen Trenchcoat – so abgewetzt wie seinerzeit, als ich noch für ihn gearbeitet hatte. Ich versuchte das zu erkennen, was hinter ihm stand, aber mehr als ein khakifarbenes Bein und ein khakifarbener Arm war nicht auszumachen. Und weiter kam ich nicht, denn Hardanger wuchtete seine solide Autorität bereits vierbeinig in mein Büro und zwang mich zurückzutreten.

»Schon gut, Cavell«, winkte er ab, und dabei flackerte ein winziges Lächeln in seinen ungewöhnlich hellen Augen auf. »Legen Sie die Kanone weg. Die Luft ist rein. Die Polizei ist da.«

Ich schüttelte den Kopf. »Bedaure, Hardanger, aber ich stehe nicht mehr in Ihren Diensten. Ich besitze einen Waffenschein für dieses Schießeisen, und Sie sind ohne zu fragen in mein Büro eingedrungen.« Ich wies mit dem Kopf in Richtung Martin. »Nehmen Sie sich den erst einmal vor, dann meinetwegen. Vorher nicht.«

Henry Martin, die Hände noch immer auf dem Rücken, drehte sich langsam um. Er grinste. Hardanger grinste zurück. »Na, wie stehts? Soll ich Sie mal kurz durchsuchen?«

»Lassen Sie's lieber, Sir«, ging Martin auf den Ton ein. »Sie wissen doch, wie ausgesprochen kitzlig ich bin.«

Ich starrte von Hardanger zu Martin und von Martin zu Hardanger, und dann ließ ich die Pistole sinken und sagte gottergeben: »Na schön, also was ist los?«

»Hören Sie zu, Cavell«, legte Hardanger sofort mit angerauhter Polterstimme los, »diese ganze Chose hier tut mir zwar leid, aber es war verdammt nicht anders zu machen. Und warum es nicht zu umgehen war, werde ich Ihnen gleich erklären. Unser Freund hier heißt tatsächlich Martin – John Martin. Vom Sonderdienst. Kommissar. Seit kurzem aus Toronto zurück. Wollen Sie seine Papiere sehen oder genügt Ihnen mein Wort?«

Ich ging zum Schreibtisch zurück, legte die Pistole weg und holte alles, was ich von Martin kassiert hatte, Geld, Stahlbehälter und Warschauer Adresse aus der Schublade. Ich spürte, wie meine Gesichtsmuskeln sich spannten, aber meine Stimme blieb ruhig.

»Nehmen Sie gefälligst Ihre verdammten Requisiten an sich, und machen Sie, daß Sie verschwinden. Und Sie auch, Hardanger. Ich weiß nicht, wozu dieses Affentheater hier aufgeführt wurde, und ich will es auch gar nicht wissen. Ich verzichte dankend. Es interessiert mich nicht. Raus. Ich schätze es nicht, mich von irgendwelchen superklugen Wichtigtuern zum Narren halten zu lassen. Und ich bin nicht dafür, Katze und Maus zu spielen, wenn ich dabei die Maus machen soll. Auch nicht für den Sonderdienst.«

»Beruhigen Sie sich doch, Cavell. Es war nun einmal notwendig, verdammt, das habe ich Ihnen doch bereits gesagt und –«

»Lassen Sie mich mal mit ihm reden, Hardanger«, unterbrach der Khakifarbene. Erst als er um Hardanger herumkam, hatte ich Gelegenheit, ihn etwas eingehender zu besichtigen. Offizier, und nicht gerade einer der untersten Dienstgrade, schlank, wendig, energisch – ein Typ, gegen den ich ausgesprochen allergisch bin. »Mein Name ist Cliveden, Davell. Generalmajor Cliveden. Ich muß –«

»Ich bin seinerzeit gegangen worden, weil mir einem Generalmajor gegenüber die Hand ausgerutscht ist, und ich gebe zu bedenken, daß es mir nun, nachdem ich unter die Zivilisten gegangen bin, auf eine Wiederholung nicht ankommen soll. Raus. Und zwar umgehend. Und das gilt auch für Sie.«

»Hab ich Ihnen nicht gleich gesagt, wie er ist?« brummte Hardanger mehr zu sich selbst als zu den anderen beiden. »Lassen wir es doch«, sagte er achselzuckend und holte eine Armbanduhr aus der Manteltasche.

»Los, gehen wir. Aber das werden Sie vielleicht doch ganz gern behalten wollen, nehme ich an. Als Andenken. Die hatte er noch zur Reparatur nach London gebracht, und gestern kam sie zurück und wurde im Büro abgegeben.«

»Von wem reden Sie da eigentlich?« fragte ich schroff.

»Von Neil Clandon. Von Ihrem Nachfolger als Sicherheitschef in Mordon. Ich glaube, er war einer Ihrer besten Freunde.«

Ich machte keinerlei Anstalten, ihm die hingehaltene Uhr abzunehmen.

»›War‹ sagten Sie? Clandon?«

»Clandon. Tot. Ermordet, wenn Sie es genau wissen wollen. Und zwar muß es gestern spät nachts oder auch heute in den frühen Morgenstunden passiert sein, als ins Hauptlabor eingebrochen wurde.«

Ich sah die drei an und wandte mich dann ab, um durch das schmierige Fenster in den grauen Nebel über dem *Gloucester Place* zu starren. Nach einer Weile sagte ich: »Vielleicht nehmen Sie doch lieber Platz.«

Neil Clandon war heute morgen von einem patrouillierenden Sicherheitsposten, kurz nach zwei Uhr im Korridor neben der schweren Stahltür, die zum Labor I im E-Block führte, gefunden worden. Daß er tot war, stand außer Frage. Nur, woran er gestorben war, stand noch nicht fest, weil es in diesem Institut, in dem es von Ärzten wimmelte, niemandem gestattet war, sich dem Toten zu nähern. Das war ehernes Gesetz, das absolut galt.

Wenn die Alarmglocken schrillten, dann trat der Sonderdienst in Aktion, einzig und allein der Sonderdienst.

Der Dienstälteste von der Wache war geholt worden und hatte sich dem Leichnam bis auf sechs Fuß genähert. Seinem Bericht zufolge mußte Clandon schwer gelitten haben, soweit ersichtlich, war er in qualvollen Krämpfen gestorben. Die Symptome wiesen eindeutig auf eine Blausäurevergiftung hin. Wenn der Posten in der Lage gewesen wäre, den typischen bitteren Mandelgeruch festzustellen, wäre diese angenommene Diagnose einwandfrei bestätigt gewesen. Das jedoch war ausgeschlossen. Sämtliche

Polizisten des internen Wachdienstes machten ihre Dienstrunden in Gasanzügen mit Atemgeräten.

Der Wachhabende hatte noch etwas anderes bemerkt. Die Uhr in der Stahltür war verändert worden. Von sechs Uhr abends bis acht Uhr morgens war sie normalerweise gestellt. Jetzt stand sie auf Mitternacht. Das hieß, daß bis um zwei Uhr mittags kein Mensch, bis auf diejenigen, die die Kombination kannten, ins Labor konnte.

Nicht Hardanger, sondern der Generalmajor gab mir diese Auskünfte. Ich hörte mir das alles an und sagte dann: »Und Sie? Was haben Sie mit all dem zu tun?«

»Generalmajor Cliveden ist stellvertretender Kommandant des *Royal Army Medical Corps*, erklärte Hardanger, »und damit automatisch Leiter des Mikrobiologischen Forschungsinstituts in Mordon.«

»Nicht zu meiner Zeit«, gab ich zurück.

»Mein Vorgänger ist in Pension gegangen«, sagte Cliveden kurz. Trotzdem war einwandfrei herauszuhören, daß ihn diese Tatsache etwas beunruhigte. »Meiner Gesundheit soll das nichts anhaben«, sagte er denn auch prompt. »Selbstverständlich wurde mir der Vorfall zuerst gemeldet. Ich war in London, verständigte den Chef sofort und habe erst mal ein Sauerstoff-Azetylen-Team aus Aldershot nach Mordon beordert. Das wird unter Aufsicht des Sonderdienstes die Tür öffnen.«

»Was?« Ich starrte ihn entgeistert an. »Sind Sie vollkommen verrückt geworden?«

»Wie soll ich das verstehen?«

»Blasen Sie alles ab. Um Gottes willen sofort. Nichts wie abblasen. Wie um Himmels willen sind Sie nur auf diese glorreiche Idee verfallen? Wissen Sie denn nichts über diese Tür? Abgesehen von der Tatsache, daß auch die besten Schweißer nicht innerhalb von ein paar Stunden durch diesen Spezialstahl kommen. Wissen Sie nicht, wie gefährlich diese Tür ist? Wissen Sie nicht, daß sie mit einem Gas, das fast tödlich ist, gefüllt ist? Daß sie darüberhinaus mit einem Isolator versehen ist, der bei den zweitausend Volt, die er hat, nicht nur beinahe, sondern einwandfrei tödlich ist?«

»Verdammt, nein, Cavell, das wußte ich nicht.« Seine Stimme war kleinlaut geworden. »Ich habe diese ganze Geschichte doch gerade erst übernommen.«

»Und selbst wenn Sie hineinkämen, haben Sie sich auch überlegt, was dann passiert? Sie haben Angst, Generalmajor Cliveden, nicht wahr? Womöglich ist schon jemand drin gewesen, womöglich war jemand leichtsinnig, womöglich ist dabei ein versiegelter Tank zu Bruch gegangen oder ein Behälter umgekippt worden. Der Gedanke daran macht Sie fertig, nicht wahr?

Ein Behälter mit Botulismustoxin zum Beispiel, einer der Viren, die in Labor I kultiviert worden und gelagert sind. Es dauert immerhin zwölf Stunden, diesen Virus durch Sauerstoff zu entgiften und unschädlich zu machen. Wer vor der Oxydation damit in Berührung kommt, ist ein toter Mann. Und Clandon? Gibt der Ihnen nicht zu denken? Wie wollen Sie wissen, ob nicht auch er an einer Botulinvergiftung gestorben ist? Die Symptome gleichen denen einer Blausäurevergiftung genau. Woher wollen Sie wissen, ob nicht auch die beiden Wachen infiziert waren? Der Dienstälteste zum Beispiel? In dem Moment, da er seine Gasmaske abnahm, um mit Ihnen zu sprechen, wäre er ein Todeskandidat gewesen. Haben Sie sich schon vergewissert, ob er überhaupt noch lebt?«

Cliveden griff nach dem Telefon. Seine Hand zitterte. Während er die Nummer wählte, wandte ich mich an Hardanger. »Richtig, Ihre Erklärung, Chef?«

»Martin?«

Ich nickte.

»Zwei gute Gründe gab es dafür. Zum ersten sind Sie der Hauptverdächtige.«

»Sagen Sie das noch einmal.«

»Sie sind gegangen worden«, sagte er grob und ohne Umschweife. »Und nicht gerade rühmlich. Ihre Einstellung zu Mordon als Forschungsinstitut war allenthalben wohlbekannt. Außerdem stehen Sie durchaus in dem Ruf, wenn es sein muß, vor nichts zurückzuschrecken und das Gesetz selbst in die Hand zu nehmen.« Er lächelte ohne jeden Humor. »Und das kann ich aus einem reichen Schatz eigener Erfahrungen mit Ihnen nur bestätigen.«

»Sie sind ja wahnsinnig. Wofür halten sie mich? Glauben Sie etwa, daß ich meinen besten Freund umbringen würde?« ging ich hoch.

»Sie sind der einzige Außenstehende, der das gesamte Sicherungssystem von Mordon kennt. Der einzige, Cavell. Wenn einer ohne alle Schwierigkeiten herein- und hinauskommt, dann Sie.« Er legte eine bedeutungsvolle Pause ein. »Und Sie sind der einzige Mensch auf dieser Welt, der die Kombination zu den einzelnen Labortüren kennt. Kombinationen, die, wie Sie wissen, lediglich von der Fabrik, in der sie hergestellt wurden, geändert werden

können. Nach Ihrem Ausscheiden hielt man solche Vorsichtsmaß-
nahmen für nicht erforderlich.«

»Dr. Baxter, der Zivildirektor, kennt die Kombination.«

»Dr. Baxter wird vermißt. Wir finden nirgends auch nur eine
Spur von ihm. Die Situation mußte sehr schnell klargestellt werden. Und das war der beste Weg. Der einzige Weg. Sofort,
nachdem Sie heute morgen aus dem Haus gegangen waren,
haben wir uns Ihre Frau vorgenommen. Und die sagte –«

»Sie waren bei mir zu Hause?« Ich starrte ihn an. »Sie haben
Mary damit belästigt? Sie ausgequetscht? Verdammt, man sollte
doch meinen –«

»Regen Sie sich ab«, winkte Hardanger trocken ab. »Es rentiert
sich nicht, falsche Zähne einzuschlagen. Ich war nicht selbst da,
sondern einer der jüngeren Offiziere. Eine Dummheit – zugegeben. Auch nur anzunehmen, daß eine Frau, die gerade sechs
Wochen verheiratet ist, ihren Mann preisgeben wird! Selbstverständlich hat sie behauptet, daß Sie die ganze Nacht nicht aus dem
Haus gegangen wären.«

Ich sah ihn an, ohne einen Ton zu sagen. Er gab den Blick
genauso zurück. »Na«, sagte er dann, »Und was überlegen Sie
jetzt? Ob Sie mir an den Kragen gehen sollen, weil ich es gewagt
habe, Marys Glaubwürdigkeit zu bezweifeln, oder warum sie
nicht sofort angerufen hat, um Sie zu warnen?«

»Beides.«

»Sie lügt nicht. Sie vergessen ganz, wie gut ich sie kenne. Und
sie konnte nicht anrufen, weil wir die Leitung sowohl hier wie
auch bei Ihnen zu Hause unterbrochen haben. Jawohl, noch ehe
Sie kamen, hatten wir uns hier bereits betätigt. Jedes Wort, das Sie
zu Martin sagten, habe ich draußen an Ihrem Vorzimmerapparat
mitgehört.« Er lächelte. »Und ein paar Minuten haben Sie mich ja
auch ganz schön fertig gemacht.«

»Wie sind Sie denn überhaupt hereingekommen? Es war doch
nichts zu hören. Die Glocke ging nicht.«

»Der Sicherungskasten hängt draußen. Auch nicht gerade da,
wo er hingehört.«

Ich nickte. »Das werde ich ändern müssen.«

»Na, wie dem auch sei, Sie gehen klar, Cavell. Einen Oscar für
Kommissar Martin, würde ich vorschlagen. In genau zwölf Minuten hatte er alles herausgebracht, was wir wissen wollten. Aber
wir mußten es wissen.«

»Warum? Warum ausgerechnet auf diese Weise? Hätten Sie ein

paar Ihrer Leute mobil gemacht und Taxis, Kinos, Theater usw. kontrollieren lassen, dann wäre in ein paar Stunden genauso bewiesen gewesen, daß ich heute nacht kaum in Mordon gewesen sein konnte.«

»Ich konnte nicht warten.« Er räusperte sich mit unnötigem Aufwand. »Und das bringt mich gleich auf meinen zweiten Grund. Wenn Sie nicht der Mörder sind, dann sind Sie der Mann, den ich brauche, um ihn zu finden. Jetzt, da Clandon tot ist, sind Sie, wie gesagt, der einzige, der das gesamte Sicherheitssystem von Mordon kennt. Keiner sonst. Peinlich, aber nicht zu ändern. Wenn einer Licht in dieses Dunkel bringen kann, dann sind Sie es.«

»Ganz zu schweigen von der Tatsache, daß ich jetzt, da Clandon tot ist und Baxter vermißt wird, der einzige Mensch bin, der imstande ist, diese Tür zu öffnen.«

»Das auch«, gab er zu.

»Das auch«, äffte ich nach. »Und das ist alles, was Sie wollen, nicht wahr? Wenn die Tür dann offen ist, hat der Mohr seine Schuldigkeit getan und kann gehen.«

»Nicht, wenn es nicht Ihr eigener Wunsch sein sollte.«

»Wirklich? Ist das Ihr Ernst? Erst Derry, jetzt Clandon. Verdammt, dagegen würde ich schon ganz gern etwas unternehmen.«

»Ich weiß. Und Sie sollen völlig freie Hand haben.«

»Davon wird der General kaum sehr erbaut sein.« Kein Mensch nannte Hardangers obersten Chef beim Namen. Die wenigsten kannten ihn.

»Erledigt. Alles bereits erledigt. Stimmt übrigens, angetan davon ist er nicht. Und ich habe dabei das dumpfe Gefühl, daß er überhaupt nicht sonderlich angetan ist von Ihnen.« Hardanger grinste sauer. »So etwas soll des öfteren vorkommen in der eigenen Familie.«

»Und das haben Sie im voraus für mich getan? Na, dann besten Dank für die gute Meinung, die Sie immerhin von mir haben müssen.«

»Sie standen zwar als Verdachtsperson auf unserer Liste obenan, für mich allerdings waren Sie nie verdächtig. Trotzdem mußte ich sichergehen. Sie wissen selbst, wie viele unserer besten Leute in den letzten Jahren über die Mauer gegangen sind.«

»Wann soll's losgehen?« fragte ich. »Gleich?« Cliveden hatte gerade den Hörer in die Gabel gelegt. Seine Hand war noch immer nicht ganz sicher.

»Wenn Sie soweit sind.«

»Sofort. Ich bin gleich fertig.« Hardanger war ein Altmeister, wenn es galt, Gemütsbewegungen hinter einer unbewegten Fassade zu verstecken. Jetzt aber trat ein neugierig gespannter Ausdruck in seine Augen, der sich nicht verbergen ließ. Genau der Blick war es, mit dem man jemanden beobachtet, der soeben die Beine verwechselt hat. Ich wandte mich an Cliveden.

»Die Wachen im Institut? Was gehört?«

»Es geht ihnen gut. Also doch kein Botulin, was Clandon umgebracht hat. Die Hauptlabors sind einwandfrei versiegelt.«

»Und Dr. Baxter?«

»Nichts. Keine Spur bisher. Er –«

»Keine Spur? Damit wären es also zwei. Duplizität der Ereignisse! Falls man es so nennen will.«

»Worüber reden Sie da eigentlich?«

»Über Easton Derry, meinen Vorgänger in Mordon. Auch er verschwand vor ein paar Monaten – genau gesagt, eine Woche, nachdem er bei meiner Hochzeit den Trauzeugen gespielt hatte. Und auch er ist bisher nicht wieder aufgetaucht. Na, aber das wissen Sie ja wohl selbst.«

»Verdammt, woher denn?« Ein gründlicher Mensch! Welch ein Segen, daß er nicht gerade Arzt und ich sein Patient war.

»Seit meiner Ernennung bin ich alles in allem zweimal dazu gekommen, nach Mordon zu fahren... aber bleiben wir bei Baxter. Er ist ordnungsgemäß, wie immer, aus dem Labor gegangen – bißchen später als sonst. Und wiedergekommen ist er nicht. Er wohnt bei einer verwitweten Schwester in einem Einfamilienhaus in der Nähe von Alfringham, etwa fünf Meilen außerhalb. Angeblich soll er gar nicht heimgekommen sein.« Er wandte sich an Hardanger: »Wir müssen umgehend hin.«

»Sofort, Sir. Cavell kommt mit.«

»Na, das freut mich«, gab Cliveden zurück. Aber er sah nicht danach aus, und verübeln konnte ich es ihm nicht. Man wird nun einmal nicht Generalmajor, ohne nicht auch einen gewissen Armeegeist zu entwickeln, und dem Armeegeist ist die Welt eine exakt verwaltete Angelegenheit, in der alles wie am Schnürchen zu klappen hat und in der Privatdetektive keine Daseinsberechtigung haben. Er bemühte sich indessen höflich zu bleiben und aus dem unvermeidlichen Übel das Beste zu machen, denn er fuhr fort: »Wir können jede Unterstützung gebrauchen. Können wir jetzt gehen?«

»Sobald ich meine Frau angerufen und sie von dem, was sich

hier getan hat, verständigt habe – falls ihr Apparat wieder ange-
schlossen sein sollte.« Hardanger nickte. Doch noch ehe ich nach
dem Hörer greifen konnte, legte sich Clivedens Hand energisch
darauf.

»Bedaure, Cavell, telefoniert wird nicht. Hier ist absolute Geheimhaltung geboten. Es ist unerläßlich notwendig, daß niemand, aber auch *niemand*, von dem, was in Mordon passiert ist,
etwas erfährt.«

Ich hob seine Hand samt Hörer am Gelenk hoch und nahm ihm
den Hörer ab. »Chef, sagen Sie ihm doch bitte, was dazu zu sagen
ist.«

Hardanger sah plötzlich aus, als wenn ihn die Schuhe drückten.
Während ich bereits wählte, raffte er sich zu einer Art Entschuldigung auf. »Leider, Sir, ich fürchte, wir haben Cavell nichts zu
sagen. Er ist weder in der Armee, noch untersteht er dem Sonderdienst. Und er ist – sagen wir, allergisch gegen jede Art von
Autorität.«

»Wenn es um Staatsgeheimnisse geht, kann man doch wohl
verlangen –«

»Da muß ich Sie leider berichtigen.« Hardanger schüttelte nachdrücklich den Kopf. »Staatsgeheimnisse, über die ein Außenstehender freiwillig informiert wird, sind keine Staatsgeheimnisse
mehr. Niemand hat uns zu diesen Informationen gezwungen,
und er selbst hat nicht darum gebeten. Somit ist er niemandem
verpflichtet. Und es liegt uns sehr viel an seiner Mitarbeit.«

Ich erledigte meinen Anruf, beruhigte Mary, daß ich nicht
eingelocht, sondern unterwegs nach Mordon sei, und versprach,
mich im Laufe des Tages nochmal zu melden. Und nachdem dies
geschehen war, zog ich mein Jackett aus, streifte ein Schulterhalfter über und steckte die Hanyatti ein. Ein Riesenapparat. Ganz im
Gegensatz jedoch zu Kommissar Martin war mein Jackett geräumig. Ich war nicht so für die italienische Linie. Hardanger und
Cliveden sahen mir zu. Hardanger unbewegten Gesichts, Cliveden mißbilligend. Zweimal setzte er zu einer Bemerkung an,
zweimal besann er sich eines Besseren. Das alles war gegen
sämtliche Regeln und Dienstvorschriften. Aber auch Mord ist
gegen sämtliche Regeln und Dienstvorschriften.

# 2

Die Armee hatte uns einen Hubschrauber bereitgestellt, doch der Nebel war zu dicht. Statt dessen ließen wir uns in einer Jaguarlimousine von einem Polizisten in Zivil nach Wiltshire bringen – einer von der Sorte, der mit Wonne und Wucht auf den Gashebel und die Hupe drückte. Gleich hinter Middlesex jedoch lichtete sich der Nebel, die Sicht auf den Straßen wurde klar, und wir fuhren immerhin schon kurz nach Mittag in Mordon ein.

Mordon ist ein architektonisches Greuel, Schandfleck jedweder Landschaft. Hätte sein Planer – so es einer war – sich von einem Gefängnis des frühen neunzehnten Jahrhunderts, dem Mordon genau glich, inspirieren lassen, es hätte nicht abstoßender und häßlicher ausfallen können.

Düster, grau und streng lag es unter dem dunklen, tiefen Oktoberhimmel jenes Tages. Vier parallele Reihen flacher, grauer Steinkästen, drei Stockwerke hoch, und jeder Mauerblock in seiner ganzen widerlich abschreckenden Leblosigkeit wie eine verödete, vergessene viktorianische Mietskaserne der übelsten Elendsviertel großer Städte. Für das, was sich dahinter tat, die passende Fassade.

In einem Abstand von knapp zweihundert Metern zog sich jeder Block eine Viertelmeile hin. Der Raum zwischen Gebäudekomplex und dem Zaun, der das Gelände – 450 Meter etwa, da wo der Anmarsch am kürzesten war –, war völlig kahl und leer. Keine Bäume, keine Büsche, keine Sträucher, nicht einmal ein bunter Blumenfleck. Hinter Büschen kann man sich verstecken, unter Umständen sogar hinter einem Blumenbeet. Nicht aber hinter Grasbüscheln, deren Grün kaum zwei Zoll hoch steht. Und nichts und gar nichts wuchs höher in der grauen Trostlosigkeit des Mordoner Geländes.

Der schlichte Ausdruck Geländezaun – keine Mauer, hinter Mauern kann man sich verstecken – ist eine Fehlbezeichnung. Jeder Konzentrationslagerkommandant des Zweiten Weltkriegs hätte seine Seele für Mordon verkauft. Solche Zäune garantieren ungestörte Nachtruhe.

Die äußere Stacheldrahtumgrenzung, fünfzehn Fuß hoch, fiel in einem Winkel von etwa siebzig Grad nach außen ab. Das Gegenstück, lediglich nach der anderen Seite abgeschrägt, zog sich mit einem Zwischenraum von zwanzig Fuß um den gesamten äußeren Umkreis. Dressierte Polizeihunde, Wolfshunde und Dobermans, die nur dem Kommando des eigenen Postens folgten, patrouillierten nachts durch diesen Stacheldrahtverhau. Drei Fuß inseitig des zweiten Zauns, genau unter dem Überhang, stand ein Falldrahtzaun, dessen feines Gestänge, normalerweise schon kaum wahrnehmbar, dem nächtlichen Kletterer bestimmt unsichtbar blieb. Und dann, zur Vervollständigung des Ganzen noch ein letzter Zaun, dessen fünf Drähte durch Isolatoren liefen, die an den Betonpfeilern angebracht waren. Um sicherzugehen, daß jeder mitbekam, worum es hier ging, waren Verbotsschilder im Abstand von zehn Metern im gesamten Umkreis aufgestellt, die die Öffentlichkeit in fünf verschiedenen Versionen auf das aufmerksam zu machen hatten, was bei Zuwiderhandlungen ihrer harrte. Vier davon, schwarz auf weiß, lauteten: ›Zutritt für Unbefugte verboten‹; ›Achtung Polizeihunde‹; ›Verbotenes Gelände‹; ›Achtung Hochspannung‹; das letzte in grellem Blaurot gehalten, verhieß schlicht in gelben Lettern: ›Heeresgelände. Eindringlinge werden erschossen‹. Nur ein Wahnsinniger oder ein kompletter Analphabet hätte es auf sich genommen, hier in Mordon einzudringen.

Wir fuhren in die Ringstraße, die um das ganze Camp lief, flitzten rechts an den stechginsterbewachsenen Feldern vorbei und bogen nach einer Viertelmeile in den Haupteingang. Der Polizeifahrer stoppte kurz vor dem geschlossenen Schlagbaum und drehte für den sich nähernden Sergeant das Fenster herunter. Ein Maschinengewehr hing über dessen Schulter, und es war nicht gerade zu Boden gerichtet.

Erst als er Cliveden entdeckte, ließ er es sinken und gab irgend jemandem, der vom Wagen aus nicht zu sehen war, ein Freizeichen. Der Schlagbaum hob sich, der Wagen passierte und hielt dann vor einem schweren Eisentor. Wir stiegen aus und machten uns auf den Weg zu dem einstöckigen Gebäude, das den Besuchern von Mordon offen stand.

Zu dritt erwartete man uns bereits. Zwei davon kannte ich – Colonel Weybridge, stellvertretender Kommandant von Mordon, und Dr. Gregori, Dr. Baxters Chefassistent des E-Blocks. Weybridge, obzwar theoretisch Cliveden unterstellt, war der eigentliche Chef von Mordon. Ein hochgewachsener Mann, in dessen frisches Gesicht der eisengraue Schnurrbart nicht recht passen wollte und der in dem Ruf stand, ein hervorragender Mediziner zu sein. Mordon war sein Leben. Er war einer der wenigen, die innerhalb des Geländes wohnten und der, wie es hieß, die Tore von Mordon kaum zweimal im Jahr passierte. Gregori war ein wuchtiger, großer

Italiener, Exprofessor der medizinischen Fakultät von Turin und ein brillanter Mikrobiologe, der in Kollegenkreisen größtes Ansehen genoß. Der Dritte war ein stämmiger Zeitgenosse, der genau in den formlosen Tweedanzug paßte, den er trug. Er sah aus wie ein Bauer und konnte demgemäß gar nichts anderes sein als das, was sich gleich herausstellte: Polizist in Zivil, Inspektor Wylie vom Polizeibezirk Wiltshire.

Cliveden und Weybridge tätigten die allgemeine Vorstellung, dann übernahm Hardanger den Vorsitz. Ob General oder Colonel, ob militärisches Reglement oder nicht, es stand außer Frage, wer hier das entscheidende Wort zu sprechen hatte. Und Hardanger stellte das sofort einwandfrei klar.

Ohne alle Umschweife pfiff er sofort den Inspektor an. »Was haben Sie hier eigentlich zu suchen, Wylie? Kein Angehöriger des Polizeibezirks hat das Recht, sich innerhalb dieser Tore aufzuhalten. Allerdings möchte ich annehmen, daß Sie darüber nicht ganz im Bilde und darum auch nicht verantwortlich zu machen sind. Wer hat Ihnen die Genehmigung erteilt?«

»Ich.« Colonel Weybridges Stimme war ruhig, aber er wich sofort in die Verteidigung zurück. »Die Umstände waren äußerst ungewöhnlich – gelinde gesagt.«

»Lassen Sie mich erklären«, schaltete Inspektor Wylie sich ein. »Unserer Polizeizentrale wurde heute nacht gegen elf Uhr dreißig von Ihrer Wache telefonisch Meldung gemacht, daß die Mannschaft eines ihrer Streifenwagen hinter einem unbekannten Kerl her wäre, der genau außerhalb des Geländes ein Mädchen überfallen oder belästigt hatte. Es handelte sich wohl um die Jeeps, die auf der Ringstraße zum Nachtdienst eingesetzt sind. Eine Zivilangelegenheit, mit der die Armee nichts zu tun hat. Also wandte man sich an uns. Der Wachtmeister vom Dienst samt einem seiner Leute waren kurz nach Mitternacht noch hier, fanden aber nichts und niemanden.

Ich selbst kam heute morgen vorbei, und als ich sah, daß die Zäune durchschnitten waren – na ja, ich nahm halt an, daß das eine mit dem anderen etwas zu tun haben könnte.«

»Die Zäune durchschnitten?«, unterbrach ich. »Die Grenzzäune? Das ist doch wohl nicht möglich?«

»Leider, Cavell, dem ist so, fürchte ich«, bestätigte Weybridge trübe.

»Und die Streifenwagen, die Hunde, die Falldrähte, der Strom? Was war damit los?« protestierte ich.

»Tja, Sie werden es ja selbst sehen. Sie sind nun einmal durchschnitten, die Zäune. Mehr kann ich auch nicht dazu sagen.« Weybridge war bei weitem nicht so ruhig, wie er sich gab. Ich wäre jede Wette eingegangen, daß sie alle beide, er wie auch Gregori, innerlich Blut und Wasser schwitzten.

»Na, wie dem auch sei«, fuhr Wylie gelassen fort, »ich war dabei, mir den Vorfall von der Wache schildern zu lassen, und traf dabei Oberst Weybridge. Der hat mich gebeten, möglichst unauffällig ein paar Ermittlungen – diskrete Ermittlungen – nach dem verschwundenen Dr. Baxter durchzuführen.«

Hardanger sah Weybridge an. »Das haben Sie gemacht?« fragte er kühl und sachlich. »Kennen Sie Ihre eigenen Dienstbefugnisse nicht? Wissen Sie nicht, daß sämtliche Ermittlungen nur durch Ihren eigenen Sicherheitschef oder meine Londoner Dienststelle durchzuführen sind?«

»Clandon war tot und –«

»O Gott!« Hardangers Stimme war scharf wie eine Peitsche.

»Jetzt weiß Inspektor Wylie also auch noch, daß Clandon tot ist. Oder waren Sie auch darüber schon im Bilde, Inspektor?«

»Nein, Sir.«

»Na, jetzt sind Sie es jedenfalls. Zu wem haben Sie sonst noch darüber geredet, Oberst Weybridge?«

»Zu niemandem.« Seine Stimme war gepreßt, sein Gesicht blaß.

»Gott sei Dank. Sie dürfen nicht glauben, daß ich die Sicherheitsbestimmungen bis ins Lächerliche auszuwalzen gedenke – auch wenn das, was Sie glauben oder nicht glauben, völlig unwichtig ist. Wichtig allein ist, was ein oder zwei Leute in Whitehall glauben. Die erlassen die Befehle, und wir führen sie aus. Und die Instruktionen für einen derartigen Vorfall sind einwandfrei klar. Wir übernehmen den Fall – und zwar voll und ganz. Und Sie halten sich heraus – voll und ganz. Selbstverständlich lege ich Wert auf Ihre Mitarbeit, aber das entscheidende Wort spreche ich.«

Cliveden nahm einen Vermittlungsanlauf. »Amateurversuche werden nicht nur abgelehnt, sie sind strikt verboten. Das war es wohl, was der Chef damit sagen wollte, und ich nehme an, daß seine Ausführungen auch an meine Adresse gerichtet waren, nicht wahr, Hardanger?«

»Machen Sie meine Arbeit nicht noch schwieriger, als sie es ohnehin schon ist, Sir.«

»Das liegt nicht in meiner Absicht. Als Kommandant darf ich aber doch wohl bitten, über den Stand der Dinge informiert und zugezogen zu werden, wenn das Labor geöffnet wird.«

»Das ist selbstverständlich«, gab Hardanger zu.

»Wann?« fragte Cliveden. »Das Labor, meine ich.«

Hardanger sah mich an. »Was meinen Sie, Cavell? Die zwölf Stunden, von denen die Rede war, sind um.«

»So genau kann ich das auch nicht sagen.« Ich sah Gregori an.

»Ist die Ventilation in Labor I eingeschaltet worden?«

»Aber nein. Wie denn? Es durfte ja keiner auch nur in die Nähe. Wir haben alles gelassen, wie es ist.«

»Und falls da drin irgend etwas gekippt ist«, fuhr ich vorsichtig fort, »was dann? Glauben Sie, daß inzwischen eine einwandfreie Oxydation eingetreten ist?«

»Das bezweifle ich. Die Luft ist zu statisch.«

Ich wandte mich an Hardanger. »Alle diese Labors sind mit einem speziellen Ventilationssystem, das die Luft herauszieht und sie dann unter Verschluß filtriert, ausgestattet. Und ich wäre dafür, daß wir die Dinger jetzt mal in Gang bringen. Sagen wir, meinetwegen in einer Stunde dann.«

Hardanger nickte. Gregori, dessen dunkle Augen hinter den starken Gläsern immer besorgter wurden, gab noch ein paar telefonische Anweisungen und zog dann im Gefolge von Cliveden und Weybridge ab. Hardanger wandte sich an Wylie.

»Sie scheinen mir da an allerlei Informationen gelangt zu sein, die Sie nicht haben sollten. Aber Ihnen brauche ich ja wohl die üblichen fürchterlichen Drohungen nicht mit auf den Weg zu geben.«

Wylie grinste. »Dazu ist mir mein Job weiß Gott zu lieb. Gehen Sie nicht zu hart ins Zeug mit dem alten Weybridge, Sir. Mediziner sind nun einmal keine Sicherheitsbeamte. Er hat's ja doch nur gut gemeint.«

Hardanger seufzte tief. »Tja, die Wege der Gerechten, zu denen auch ich mich zähle, werden durch all jene, die es immer nur gut meinen, oft recht dornenvoll. Was ist los mit Baxter?«

»Er scheint gegen sechs Uhr dreißig abends hier weggegangen zu sein, Sir, etwas später als gewöhnlich, möchte ich annehmen, denn er hat seinen Sonderbus nach Alfringham verpaßt.«

»Jedenfalls hat er sich ausgetragen?« fragte ich noch einmal nach. Jeder Wissenschaftler, der das Institut verließ, hatte sich an der Wache namentlich auszutragen und seine Kennmarke abzugeben. »Das steht einwandfrei fest. Er mußte also auf den regulären 6.48-Bus warten. Und nach Aussagen des Schaffners und zweier Fahrgäste ist jemand, der unserer Beschreibung entspricht, auch tatsächlich an dieser Haltestelle zugestiegen. Der Schaffner jedoch glaubt sicher zu sein, daß niemand an der Alfringham-Farm ausgestiegen ist. Folglich müßte er durch Alfringham durchgefahren sein, eventuell auch durch Hardcaster, bis zum Bahnhof.«

»Einfach verschwunden.« Hardanger nickte. Und dann sah er diesen kompakten, ruhig und gelassen in die Welt blickenden Polizeiinspektor noch einmal nachdenklich an. »Wie wär's, hätten Sie Lust zur Abwechslung mal für uns an diesem Fall mitzuarbeiten, Wylie?«

»Warum nicht, Sir? Wäre mal was anderes in diesem täglichen Trott. Nur fürchte ich, daß meine Dienststelle einiges dagegen einzuwenden haben wird.«

»Das käme auf den Versuch an. Die werden mit sich reden lassen. Sie sitzen doch in Alfringham, wenn ich mich nicht irre? Ich rufe Sie an.«

Wylie ging. Der Leutnant, der draußen stand, hatte bereits die Hand erhoben, um zu klopfen. Hardanger winkte ihn herein.

»Morgen, Sir. Morgen, Mr. Cavell.« Der blonde junge Leutnant sah müde aus, doch seiner Stimme war nichts anzumerken. »Wilkinson, Sir. Offizier vom Dienst der letzten Nachtpatrouille. Der Oberst nahm an, daß Sie mich eventuell zu sehen wünschen.«

»Sehr gescheit, kann man wohl sagen. Das möchte ich in der Tat. Hardanger, Polizeichef Hardanger. Sind Sie derjenige, der Clandon heute nacht gefunden hat?«

»Perkins, ein Unteroffizier der Wache, war es. Und der rief mich dann. Ich sah sofort – auf einen Blick –, was los war und ließ den E-Block versiegeln, verständigte den Oberst, und der bestätigte meine Anweisungen.«

»Sehr vernünftig von Ihnen«, versicherte Hardanger anerkennend, »davon reden wir später noch. Und die Sache mit dem Zaun hat man Ihnen natürlich auch gemeldet?«

»Selbstverständlich, Sir. Da – da Mr. Clandon ja nicht da war, mußte ganz automatisch alles an mich gegeben werden. Wir konnten ihn nirgends finden. Vermutlich war er bereits tot.«

»Anzunehmen. Und den Schaden draußen am Zaun haben Sie natürlich auch gleich unter die Lupe genommen.«

»Nein, Sir.«

»*Nein?* Warum nicht? Das wäre doch zumindest Ihre Sache gewesen.«

»Nein, Sir. Das war Sache des Fachmanns.« Über das abgespannte Gesicht ging ein halbes Lächeln. »Wir haben Maschinengewehre bei uns, Sir, keine Mikroskope. Es war stockdunkel. Außerdem dürften zu dem Zeitpunkt schon einige Stiefel darüber weggetrampelt sein und nicht allzuviel zum Untersuchen übriggelassen haben. So habe ich denn lediglich vier Mann Bewachung dort aufmarschieren lassen, zwei außen, zwei innen, und Befehl gegeben, nichts und niemandem Zutritt zu geben.«

»So was von Intelligenz hätte ich doch weiß Gott bei der Armee nicht vermutet«, lobte Hardanger. »Das war erstklassig, junger Mann.« Des jungen Leutnants Gesicht bekam ein wenig Farbe bei dem Bemühen, nicht zu zeigen, wie wohl ihm diese Lobeshymne tat. »Haben Sie sonst noch etwas veranlaßt?«

»Nichts, was Ihnen weiterhelfen könnte, Sir. Einen zusätzlichen Jeep – normalerweise sind jeweils drei auf Patrouille – habe ich zum Ausleuchten des Zaunes noch eingesetzt. Aber bis auf den einen Defekt konnte nichts festgestellt werden. Und zum Schluß habe ich mir noch die wildgewordene Jeepmannschaft, die hinter diesem Kerl her war, vorgeknöpft und ihnen angekündigt, daß sie sich postwendend zu ihren Regimentern packen könnten, falls solche ritterlichen Anwandlungen nochmal überhand nehmen sollten. Die haben bei ihren Fahrzeugen zu bleiben, gleichgültig, was auch passiert.«

»Sagen Sie, Leutnant, halten Sie diese Episode mit der bedrängten Maid nur für eine Finte? Eventuell, um demjenigen, der durch den Zaun kam, freie Fahrt zu verschaffen?«

»Wofür sonst, Sir?«

»Ja«, seufzte Hardanger, »wofür sonst. Wie viele Leute sind normalerweise im E-Block beschäftigt, Leutnant?«

»Fünfundfünfzig bis sechzig, Sir.«

»Ärzte?«

»Ein gemischter Haufen, Sir. Ärzte, Mikrobiologen, Chemiker, Techniker, Armee-Angehörige und Zivilisten. Ich weiß leider nicht allzuviel von ihnen. Es ist nicht unsere Sache, hier viel zu fragen.«

»Und wo sind die jetzt alle, nachdem der E-Block versiegelt ist?«

»Zum Teil wollten sie wieder verschwinden, als sie das Labor geschlossen fanden, aber der Oberst – Oberst Weybridge meine ich – war dagegen.«

»Paßt mir bestens in den Kram, Leutnant. Wenn Sie mir zwei Boten oder Ordonnanzen oder was weiß ich zur Verfügung stellen könnten. Einen für mich, einen für Kommissar Martin. Der Kommissar würde sich ganz gern einmal persönlich mit diesen Leuten unterhalten. Veranlassen Sie das bitte. Und falls Sie auf Schwierigkeiten stoßen sollten, dann berufen Sie sich nur auf General Cliveden. Aber erst mal wäre es mir lieb, wenn Sie mit uns kämen und uns bei den Posten an diesem Zaundefekt ausweisen würden. Und dann sorgen Sie auch bitte noch dafür, daß sämtliche Leute, die die Jeeps fahren, und die Männer, denen die Hunde zugeteilt sind, sich in zwanzig Minuten im Empfangsraum einfinden.«

Fünf Minuten später standen Hardanger und ich da, wo das mysteriöse Loch im Zaun war. Die Wachen hatten sich außer Hörweite verzogen, und Wilkinson war gegangen. Die äußere Stacheldrahtumgrenzung, durch bogenförmige Zementpfähle befestigt und verstärkt, wirkte wie der selbstgebastelte Entwurf einer hypermodernen Großstadtlichtanlage. Dreißig Drähte in einem Abstand von sechs Zoll zogen sich durch den Zaun. Der untere fünfte und sechste Strang waren durchschnitten und dann mit starkem, grauem Bindfaden, der um die beiden Stacheln nächst der Bruchstelle gewickelt war, wieder ausgeflickt worden. Aber man mußte schon verdammt scharfe Augen haben, um das zu entdecken.

Drei Tage lang hatte es nicht geregnet, also zeigten sich auch keinerlei Fußspuren. Der Boden war zwar noch immer feucht vom Morgentau, doch wer immer sich hier betätigt haben mochte, um die frühen Morgenstunden, da die Feuchtigkeit sich niedergeschlagen hatte, mußte er längst über alle Berge gewesen sein.

»Durchsägt oder durchschnitten?« fragte Hardanger. »Ihre Augen sind jünger als meine.«

»Durchgezwickt. Mit einer Drahtschere oder Kombizange, schätze ich. Sehen Sie sich die Schnittflächen an. Kaum zu erkennen, aber einwandfrei vorhanden.«

Hardanger nahm das Drahtende und besah sich den Schaden genauer. »Aha – abgeschrägt von links nach rechts«, konstatierte er mehr für sich. »Genau, wie der Linkshänder sein Handwerkszeug manipuliert, um die stärkste Druckwirkung zu erzielen, sieh mal an.«

»Ein Linkshänder, jawohl«, bestätigte ich.

»Oder aber ein Rechtshänder, der uns irreführen wollte. Einer jedenfalls, der entweder Linkshänder oder sehr clever oder aber beides ist.«

Hardanger warf mir einen vernichtenden Blick zu und ging langsam zum inneren Zaun. Keinerlei Fußabdrücke, keinerlei Spuren im Mittelweg. Der Innenzaun war an drei Stellen durchschnitten, und wer immer es auch gewesen sein mochte, der die Drahtschere oder die Kombizange angesetzt hatte, vor den beobachtenden Augen der Ringstraße schien er sich hier geschützter geglaubt zu haben. Und warum er sich hier vor Hunden und Wachmannschaften so sicher gefühlt hatte, war eine Angelegenheit, die erst noch zu klären war.

Die Falldrähte unter dem Überhang des zweiten Zauns waren intakt. Wer immer der Täter gewesen sein mochte, er hatte einen ganz verdammten Dusel gehabt, nicht über dieses Drahtgespinst gestolpert zu sein. Ober aber er hatte sich genauestens ausgekannt. Und unser Freund mit der Kombizange schien mir wahrhaftig keiner von der Sorte, die sich allzusehr auf ihr Glück zu verlassen pflegt.

Die Methode, die er angewandt hatte, um durch den stromgeladenen Zaun zu gelangen, bewies es einwandfrei. Im Gegensatz zu den meisten dieser Zäune, bei denen nur der oberste Draht ständig Strom führt und alle anderen erst durch das senkrechte Verbindungskabel, das an jedem Isolator angebracht ist, energieversorgt werden, war bei dieser Mordoner Konstruktion jeder einzelne Draht geladen. In dem Moment, da einer dieser Drähte mit der Erde in Berührung kam, wurden die Alarmglocken ausgelöst, als sei der Zaun von menschlichen Händen angefaßt oder durchschnitten worden. Das jedoch hatte unseren Freund von seinem Vorhaben nicht hindern können. Die beiden Kabelstücke, die zwischen den zwei Pfosten auf dem Boden lagen, bewiesen es. Er hatte ganz einfach das Strangende mit dem untersten Isolator eines Pfostens verbunden, das gleiche auf der anderen Seite mit dem zweiten Ende durchgeführt und so eine andere Stromführung zustande gebracht.

Den gleichen Trick hatte er am oberen Draht angewandt. Und dann hatte er die beiden untersten Drähte einfach durchschnitten, zu Boden fallen lassen und war unter dem dritten Draht durchgekrochen.

»Ein ganz gerissener Vogel«, sagte Hardanger, nachdem er mit der Besichtigung dieses Kunststücks fertig war. »Das allein ist beinah schon ein Beweis, daß er die Konstruktion von innen gekannt haben muß.«

»Oder sie von außen mit einem scharfen Feldstecher oder Teleskop eingehend studiert hat. Vergessen Sie nicht, daß die gesamte Ringstraße ja schließlich eine öffentliche Verkehrsstraße ist. Kein Kunststück, die Konstruktion vom Wagen aus eingehend zu erforschen: Und bei guten Sichtverhältnissen möchte ich fast mit Sicherheit behaupten, daß man die inneren Falldrähte in der Sonne glitzern sehen kann.«

»Schon möglich«, brummte Hardanger tiefsinnig. »Nur bringt uns leider dieses Herumstehen und Hinstarren auch kein Stück weiter. Gehen wir. Fangen wir mal an, ein bißchen zu fragen.«

Sie waren alle schon da und harrten der Dinge, die da kommen sollten. Ein nervöser Haufen, der unruhig auf den Bänken der Empfangshalle herumhockte. Verdöst die einen, aufgeregt die anderen, alle aber ziemlich mitgenommen und bleich. Und ich wußte genau, daß Hardanger keine dreißig Sekunden brauchte, um die vorherrschende Stimmung zu erfassen und sich psychologisch darauf einzustellen. Dem war so. Er nahm an einem der Tische Platz und blickte dann unter seinen struppigen Augenbrauen auf – hellblau – kalt – durchdringend – feindselig. Als Schauspieler stand er Kommissar Martin in nichts nach.

»Also dann bitte«, sagte er abrupt. »Die Jeepmannschaft. Diejenigen, die gestern selbständig auf Jagd gezogen sind. Nehmen wir uns die erst einmal vor.«

Drei Mann hoch – ein Unteroffizier und zwei einfache Soldaten – erhoben sich langsam. Hardanger nahm den Unteroffizier aufs Korn.

»Sie heißen?«

»Muirfield, Sir.«

»Sie hatten heute nacht das Kommando über den Jeep?«

»Ja, Sir.«

»Denn schildern Sie, was vorgefallen ist.«

»Jawohl, Sir. Wir hatten gerade eine Runde um die Ringstraße hinter uns, stoppten an der Hauptwache, um Meldung zu machen, daß alles in Ordnung sei, und fuhren dann weiter. Elf Uhr fünfzehn dürfte es gewesen sein, eventuell auch eine Minute früher oder später, Sir. Kaum zweihundertfünfzig Meter vom Tor entfernt, sahen wir dieses Mädchen plötzlich in die Scheinwerfer rennen. Total aufgelöst, jammernd und schreiend. Ich saß am Steuer. Ich stoppte, sprang heraus, und die anderen kamen hinterher. Natürlich hätte ich ihnen sagen sollen, da zu bleiben, wo sie waren –«

»Was Sie hätten tun sollen, interessiert mich nicht. Schildern Sie jetzt das, was vorgefallen ist, Mann.«

»Als wir bei ihr angelangt waren, stellten wir fest, daß sie ganz aus dem Leim gegangen war; das Gesicht verdreckt, der Mantel total zerrissen. Ich sagte –«

»Hatten Sie die Frau jemals vorher gesehen?«

»Nein, Sir.«

»Würden Sie sie wiedererkennen?«

Er zögerte. »Das glaube ich kaum, Sir, ihr Gesicht war ganz verschmiert.«

»Und sie hat mit Ihnen gesprochen?«

»Ja, Sir. Sie sagte –«

»War Ihnen die Stimme bekannt? Oder einem von Ihnen?«

Hardanger blickte die beiden Soldaten an.

Nachdrückliches Kopfschütteln von allen Seiten. Keiner hatte sie je gehört oder gesehen.

»Na schön«, sagte Hardanger resigniert. »Und dann rückte sie also mit der Moritat von der geschändeten Jungfrau heraus, und in diesem psychologisch geeigneten Moment machte sich jemand bemerkbar und haute ab. Und ihr, alle Mann hoch, hinterher. Haben Sie ihn wenigstens flüchtig erspäht?«

»Ganz flüchtig nur, Sir. Ein Schatten in der Dunkelheit, mehr nicht.«

»Mit einem Wagen ist er entkommen, wenn ich richtig informiert bin. Auch nur ein Schatten in der Dunkelheit, nehme ich an.«

»Jawohl, Sir. Kein Wagen, Sir. Ein Lastwagen. Ein geschlossener Laster. Ein Bedford.«

»So, so.« Hardanger sah auf. »Ein Bedford! Und woher wollen Sie das so verdammt genau wissen? Nach Ihren Angaben war es doch dunkel.«

»Es war ein Bedford«, beharrte Muirfield. »Den Motor höre ich überall heraus. Automechaniker von Beruf, Sir.«

»Er hat recht«, mischte ich mich ein. »Der Bedford hat ein ganz charakteristisches Motorengeräusch.«

»Augenblick, ich bin gleich wieder da.« Hardanger stand bereits, und es bedurfte keiner hellseherischen Gabe, um zu wissen, wo er hinwollte. Ans nächste Telefon. Er warf mir einen Blick zu, nickte kurz zu den Männern hin und verschwand eilends.

»Und wer von Ihnen war gestern nacht mit dem Hund auf Streifendienst in Nr. I?« fragte ich wohlwollend. Der Durchgang zwischen den beiden Zäunen war in vier Sektionen aufgeteilt, abgegrenzt durch Holzbarrieren. Nummer I war diejenige, in der das Malheur passiert war.

»Sie, Ferguson?«

Ein dunkler, untersetzter Soldat, Mitte zwanzig etwa, hatte sich erhoben. Ferguson war aktiv, der geborene Soldat: Hart, aggressiv und nicht sehr hell.

»Ich«, sagte er. Etwas Bockiges lag in diesem einen Wort. Nicht viel, eine Andeutung gerade, hinter der allerdings weitere Reserven zu vermuten standen, mit denen aufzuwarten er durchaus bereit war, wenn ich es wünschte.

»Wo waren Sie gestern nacht um elf Uhr fünfzehn?«

»In Nummer I. Mit Rollo. Das ist mein Wolfshund.«

»Und Sie haben die Vorkommnisse, die Unteroffizier Muirfield uns eben geschildert hat, mit angesehen?«

»Ja, natürlich.«

»Lüge Numero eins, Ferguson. Lüge Numero zwei, und Sie können, noch ehe es dunkel wird, zu Ihrem Regiment abrücken.«

»Ich lüge nicht.« Sein Gesicht war plötzlich häßlich geworden. »Mit mir können Sie nicht so umspringen, *Mister* Cavell. Von Ihnen lasse ich mir gar nichts sagen. Bilden Sie sich ein, wir wüßten nicht alle, daß Sie hier geflogen sind?«

Ich wandte mich an die Ordonnanz. »Ich lasse Oberst Weybridge bitten herzukommen. Sofort.«

Die Ordonnanz schickte sich an, dem Befehl nachzukommen, wurde jedoch von einem langen Sergeant, der sich erhoben hatte, zurückgehalten.

»Nicht nötig, Sir. Ferguson ist ein Narr. Herauskommen muß es sowieso. Der war auf eine Zigarettenlänge und eine Tasse Kakao bei dem Zahn vom Nachtdienst in der Vermittlung. Ich hatte Nachtdienst. Gesehen habe ich ihn zwar nie dort, aber ich wußte davon und machte mir weiter keinen Kummer. Ferguson ließ Rollo immer in Nummer I zurück, und das ist ein Hund, der jeden gleich fertigmacht, Sir. Nummer I war sicher.«

»Eben! Vollkommen sicher! Vielen Dank immerhin. Und das hatten Sie sich so weit einer Weile zur lieben Gewohnheit werden lassen, Ferguson, nicht wahr?«

Er zog einen Flunsch und sagte mürrisch: »Nein. Gestern zum erstenmal –«

»Ferguson«, stoppte ich ab, »wenn es noch eine Rangstufe tiefer als bis zum einfachen Soldat ginge, dann wären Sie es und blieben es bis zum Ende Ihrer Tage. Tun Sie mir den einen Gefallen, und gebrauchen Sie das bißchen Grips, das Ihnen gegeben ist. Oder bilden Sie sich etwa ein, daß derjenige, der dieses Ablenkungsmanöver inszeniert hat, sich mit seiner Zange dort aufgebaut hätte, wenn er nicht genau gewußt hätte, daß Sie um diese Zeit mit allergrößter Wahrscheinlichkeit durch Abwesenheit glänzen? Denn, sowie Mr. Clandon seine Elf-Uhr-Runde an der Wache beendet hatte, zogen Sie sich doch wohl regelmäßig zu Ihrer Zigarettenpause zurück, so war es doch wohl?«

Eigensinnig schweigend starrte er auf den Fußboden, bis dem Sergeant die Galle hochkam. »Menschenskind, Fergie, erbarm dich und streng deinen Gipskopf an.«

Abermaliges Schweigen, diesmal jedoch von einem sich geschlagen gebenden Kopfnicken begleitet.

»Na, so kommen wir der Sache ja langsam näher. Und immer, wenn Sie sich verzogen, ließen Sie den Hund zurück?«

»Ja, Sir.« Fergusons verbissener Widerstandsgeist war dahin.

»Und der Hund? Wie reagiert der?«

»Der geht ran. Egal wer kommt – vom General abwärts beißt der jede Gurgel durch – mit Ausnahme meiner«, plädierte Ferguson im Brustton der Überzeugung.

»Davon war gestern abend allerdings nichts zu merken«, hielt ich ihm entgegen. »Und ich frage mich nur, warum?«

»Der muß sich aber gerührt haben, Sir«, verteidigte Ferguson sich stur.

»Was heißt hier muß? Haben Sie ihn sich einmal angesehen, ehe Sie ihn wieder zum Zwinger brachten?«

»Angesehen? Nee. Wozu denn? Als wir das Loch im Zaun entdeckten, dachten wir uns gleich, daß derjenige, der sich da zu schaffen gemacht hat, beim Anblick von Rollo nur noch ums liebe Leben gerannt ist. Ich jedenfalls hätte mich ganz verflucht beeilt –«

»Her mit dem Hund«, sagte ich. »Holen Sie ihn. Aber legen Sie ihm um Himmels willen den Maulkorb an.« Ferguson zog ab, und während er unterwegs war, kam Hardanger zurück. Ich berichtete, was ich in Erfahrung gebracht und daß ich um den Hund geschickt hatte.

»Und was erwarten Sie zu finden?« fragte Hardanger. »Garantiert nichts. Ein Chloroformstoß, oder was es sonst so gibt auf diesem Gebiet, hinterläßt keine Spuren, genausowenig wie diese scharf zugespitzten Waffen mit einem dieser verrückten Gifte. Was wäre zurückgeblieben? Ein Nadelstich höchstens.«

»Nach allem, was ich so über diesen vierbeinigen Kollegen vernommen habe, würde ich es selbst für die Kronjuwelen von England nicht wagen, mich ihm mit einer Chloroformmaske auch nur zu nähern. Und was diese verrückten Gifte – wie Sie sich auszudrücken beliebten – anbelangt, so glaube ich kaum, daß unter Hunderttausend auch nur einer an sie herankommt und bestenfalls in der Lage wäre sie anzuwenden. Außerdem bleibt es ein recht fragwürdiges Unterfangen, nachts scharf zugespitzte Waffen gegen sehr bewegliche, pelzverbrämte Ziele zu richten. Und der Bruder von gestern nacht hat meines Erachtens wenig für Fragwürdigkeiten und dafür viel für Sicherheiten übrig.«

Ferguson war in zehn Minuten wieder da, voll beschäftigt, ein wildes Tier, das sich geradezu tollwütig gegen alles, was sich ihm näherte, benahm, zu bändigen. Rollo hatte einen Maulkorb um, aber selbst das machte ihn mir nicht vertrauenerweckender. Und es bedurfte keinerlei Überredungskünste, das Wort des Sergeants, daß der Hund ein reißender Wolf sei, der radikal allem den Garaus mache, zu akzeptieren.

»Benimmt der Köter sich immer so?« erkundigte ich mich.

»An sich nicht.« Ferguson selbst war ganz perplex. »Eigentlich nie. Gewöhnlich pariert er aufs Wort – bis ich ihn von der Leine lasse. Dann allerdings fällt er alles an, was ihm in den Weg kommt – egal, wer es ist. Eben aber ist er beinah auf mich losgegangen. Ein Versuch zwar nur, aber mistig irgendwie.«

Es dauerte nicht lange, der Ursache für Rollos Reizbarkeit auf den Grund zu kommen. Das, was man mit dröhnenden Kopfschmerzen zu bezeichnen pflegt, mußte ihn martern. In Augenhöhe etwa war die Kopfhaut angeschwollen, und es bedurfte vier kräftiger Männer, das Tier festzuhalten, während ich die verschwollene Partie mit den Fingerspitzen abtastete. Wir drehten ihn um, ich zog das dicke Fell am Hals auseinander und examinierte so lange, bis ich fand, was ich suchte: Zwei Dreieckrisse im Abstand von drei Zoll, tief eingegraben und höchst unerfreulich aussehend.

»Sie sollten dem Kollegen hier mal ein paar Tage freigeben«, riet ich Ferguson, »und vor allem sollten Sie die Risse im Hals gut desinfizieren. Viel Spaß dabei. Bringen Sie ihn wieder weg.«

»Also doch kein Chloroform oder Gift«, gab Hardanger zu, als wir allein waren. »Stacheldraht, was?«

»Was sonst? In ganz exaktem Abstand. Irgendwer muß einen Handschutz angelegt, durch den Draht gegriffen haben und den Hund in dem Moment, da er faßte, mit dem Kopf durchgezerrt und festgeklemmt haben, so daß er, ohne sich den Kopf auszureißen, nicht mehr zurückkam. So konnte er ihn dann, offensichtlich in aller Ruhe, mit harten Gegenständen bearbeiten: Einfach und altmodisch, aber sehr wirksam. Wer immer der Vogel ist, hinter dem wir her sind, dumm ist er nicht.«

»Klüger als Rollo auf jeden Fall«, stimmte Hardanger tiefsinnig zu.

## 3

Cliveden, Weybridge, Gregori und Wilkinson erwarteten uns bereits, als wir, begleitet von zwei soeben aus London angekommenen Assistenten aus Hardangers Stab, am E-Block ankamen. Den Schlüssel zu der schweren Holztür kramte Wilkinson heraus.

»Und seitdem sie Clandon gefunden haben, war kein Mensch hier drin?« erkundigte sich Hardanger noch einmal.

»Dafür garantiere ich, Sir. Die ganze Zeit über standen Posten hier.«

»Aber Cavell hatte doch gebeten, die Ventilation anzustellen. Wie war das denn zu machen, ohne daß jemand hineinging?«

»Oben auf dem Dach ist noch eine zweite Schaltanlage, Sir. Sämtliche Sicherungskästen, Verteiler und Schalter – alles oben. Kein Elektriker braucht ins Hauptgebäude, um die Instandhaltungs- und Reparaturarbeiten durchzuführen.«

»Scheint verdammt wenig zu geben, woran ihr nicht denkt«, gab Hardanger voller Hochachtung zu. »Na, dann machen Sie den Laden mal auf, Wilkinson.«

Die Tür schwang zurück. Wir gingen einer nach dem anderen hinein, bogen nach links ab und marschierten den langen Korridor entlang. Das Labor lag ganz hinten am anderen Ende, etwa zweihundert Meter weiter, aber so und nicht anders hatten wir zu gehen. Es gab nur diesen einen Eingang für den gesamten Block. Sicherheit war alles. Unterwegs mußten wir durch ein halbes Dutzend Türen. Teilweise öffneten sie sich durch Fotozellen, teilweise waren sie mit langen fünfzehn-Zoll-Griffen versehen. Ellbogengriffe. Im Hinblick auf die Lasten, die die Mordoner Wissenschaftler gelegentlich zu tragen hatten, war es ratsam, dafür zu sorgen, daß sie immer beide Hände frei hatten.

Und dann kamen wir zum Labor I – und zu Clandon. Clandon lag direkt vor der massiven Stahltür des Labors, aber es war nicht mehr der Neil Clandon, den ich einmal gekannt hatte – der große, energiegeladene, freundliche Ire, der so viel Humor gehabt hatte, der Mann, der durch so lange Jahre hindurch mein Freund gewesen war. Sonderbar klein sah er jetzt aus, klein und kläglich und hilflos. Wie ein Fremder, nicht mehr wie Neil Clandon. Selbst das Gesicht war das eines anderen. Die weitaufgerissenen Augen waren die eines Irren, der den Bereichen gesunden Menschenverstands längst fern, in einen von Zwangsvorstellungen getriebenen, grauenhaften Wahnsinn abgeglitten war. Verzerrt geöffnete Lippen über zusammengepreßten Zähnen zeugten von qualvollem Todeskampf. Niemand, der dieses Gesicht und diese verkrampften Glieder sah, konnte bezweifeln, daß Neil Clandon auf die entsetzlichste Weise, in der ein Mensch sterben kann, gestorben war.

Vage spürte ich, wie aller Augen sich auf mich richteten, aber ich verstand es durchaus, meine Mimik so einzustellen, wie ich sie brauchte. Ich ging auf den Toten zu, beugte mich tief über ihn und konnte mich für die unwillkürliche Grimasse, die ich schnitt, bei meinem Freund nur noch still entschuldigen. Es war nicht seine Schuld. Ich warf Oberst Weybridge einen Blick zu; der verstand, kam, beugte sich hinab, wie ich es getan hatte und richtete sich wieder auf. »Stimmt, mein Junge, Sie hatten recht«, sagte er und sah Wilkinson an. »Blausäure.«

Ich zog ein Paar Stoffhandschuhe aus der Tasche. Während ich dabei war, sie überzuziehen, hob einer von Hardangers Assistenten die Blitzlichtkamera. Er kam nicht weit. Ich hielt ihn am Handgelenk fest. »Kommt nicht in Frage. Neil Clandon ist kein Objekt für irgendwelche Fotoalben. Um hier noch Aufnahmen zu machen, dazu ist es zu spät. Warum fangen Sie nicht bei der Stahltür an, wenn Sie glauben, sich unbedingt betätigen zu müssen? Fingerabdrücke. Jede Menge werden Sie vorfinden, auch wenn sie uns garantiert samt und sonders nicht weiterhelfen werden.«

Die beiden Assistenten blickten Hardanger an, der blickte unschlüssig zurück, zuckte die Achseln und nickte schließlich. Ich war bereits dabei, Neil Clandons Taschen zu durchsuchen. Es fand sich nicht viel, was mir hätte nützen können – Brieftasche, Zigarettenetui, Streichholzhefte. In der linken Jackentasche das zerknüllte Pergamentpapier, in dem das Konfekt eingewickelt gewesen war.

»Daran ist er gestorben«, sagte ich. »Zyankalikonfekt – die letzte Masche der Süßwarenindustrie. Neben seinem Kopf liegt das Zeug noch, das er gegessen hat. Haben Sie in diesem Bau vielleicht einen Lebensmittelchemiker vorrätig, Oberst?«

»Haben wir. Natürlich.«

»Der wird gleich feststellen, womit das Konfekt und das Papier überzogen sind. Hoffentlich ist er keiner von der Sorte, die die Gewohnheit hat, sich nach allem, was klebrig ist, die Finger abzulecken. Eins steht fest, derjenige, der dieses Zeug verbrochen hat, kannte Clandon. Oder sagen wir, Clandon kannte ihn. Und er kannte ihn gut. Er kannte ihn so gut und dachte sich so wenig dabei, ihn hier zu finden, daß er sich auch noch Konfekt anbieten ließ. Wer immer Clandon ermordet hat, ist nicht nur in Mordon tätig, nein, er muß sogar hier beschäftigt sein – im E-Block. Wenn nicht, wäre Clandon vor lauter Argwohn und Mißtrauen gar nicht auf die Idee gekommen, sich mit solchen Mätzchen einfangen zu lassen. Damit schrumpft der Kreis unserer Ermittlungen beachtlich zusammen. Des Mörders erster Fehler – und ein großer Fehler.«

»Vielleicht«, polterte Hardanger. »Und vielleicht machen Sie sich die Sache auch ein bißchen sehr einfach. Annahmen alles nur. Woher wollen Sie überhaupt wissen, daß Clandon hier ermordet wurde. Sie waren selbst der Meinung, daß wir es mit einem ganz gerissenen Vogel zu tun haben. Dem wäre eher zuzutrauen, daß er Clandon ganz woanders erwischt und ihn erst nach vollbrachter Tag hierher geschleppt hat, um die ganze Geschichte in ein möglichst obskures Licht zu setzen, recht viel Verwirrung zu stiften und uns auf die falsche Spur zu hetzen. Und daß er ausgerechnet auch noch zufällig das Konfekt bei sich gehabt haben soll, das er Clandon zufällig anbot, als Clandon ihn zufällig erwischte – nee, mein Lieber, das zu glauben ist zuviel verlangt.«

»Tja, der Tragödie zweiter Teil ist mir natürlich auch nicht klar«, sagte ich. »Man sollte meinen, daß Clandon *jedem* gegenüber, den er nachts hier traf – gleichgültig wer es auch war – sehr mißtrauisch gewesen sein müßte. Aber gestorben ist Clandon hier, das steht fest.« Ich sah zu Cliveden und Weybridge hinüber. »Wie lange dauert es, bis die Wirkung bei Zyankali eintritt?«

»Praktisch sofort«, sagte Cliveden.

»Und er hat sich in Qualen gewunden«, fuhr ich fort, »also ist er hier gestorben. Bitte – sehen Sie sich doch die Wand mal an. Kratzer. Schwach, aber immerhin. Da muß er noch versucht haben, Halt zu finden, als er umkippte. Ein ›Freund‹ hat ihm dieses Konfekt angeboten, und deshalb läge mir daran, wenn diese Utensilien, Brieftasche, Zigarettenetui und die Streichhölzer eingehend auf Fingerabdrücke untersucht würden. Auch wenn die Chance, daß besagter Freund ihm unter Umständen eine Zigarette und vielleicht sogar auch noch Feuer gegeben haben sollte, oder aber, nachdem er tot war, durch seine Brieftasche gegangen ist, nicht höher als eins zu tausend steht. Ehrlich gesagt, ich glaube selbst nicht daran. Nur die Fingerabdrücke an dieser Tür dürften immerhin ganz interessant sein. Und informativ. Ich wette eins zu hundert, daß sie nur von denen stammen, die die Berechtigung haben, hier ein- und auszugehen. Was ich einzig und allein festgestellt haben möchte, ist, ob man bewußt mit einem Handschuh oder Taschentuch über den Rundgriff und das Zeitschloß gegangen ist.«

»Worauf Sie sich verlassen können«, nickte Hardanger. »Falls Ihre Annahme, daß es sich um einen ganz internen Kreis handelt, zutreffen sollte, dann bestimmt. Schon um die Möglichkeit, daß ein Außenseiter im Spiel ist, einzubeziehen.«

»Clandon spricht dagegen«, sagte ich.

Hardanger nickte wieder, wandte sich um und sah interessiert seinen beiden Männern zu, die sich inzwischen der Tür angenommen hatten. Und gerade in dem Moment kam auch ein Soldat mit einem Fiberkoffer und einem kleinen, zugedeckten Käfig an, stellte beides ab, salutierte, ohne jemanden im besonderen zu meinen, und verschwand. Cliveden zog fragend die Augenbrauen hoch.

»Wenn ich ins Labor gehe«, informierte ich ihn, »dann allein. In diesem Koffer ist ein Gasanzug samt Atemgerät. Das ziehe ich an. Ich werde die Stahltür hinter mir abschließen, die Innentür öffnen und den Hamster mitnehmen. Wenn er nach ein paar Minuten noch am Leben sein sollte, dann ist die Luft rein.«

»Einen Hamster?« Hardangers Interesse wandte sich von der Tür auf den Käfig. Er hob das Tuch. »Armes Kerlchen. Wo haben Sie denn den so blitzartig aufgetrieben?«

»Kein Kunststück. Nirgends in ganz England so kinderleicht aufzutreiben wie gerade in Mordon. Einige weitere hundert dürften in allernächster Nähe greifbar sein, ganz abgesehen von einigen tausend Meerschweinchen, Kaninchen, Affen, Sittichen, Mäusen und Hühnern. In Alfringham, da wo auch Baxter seinen Bungalow hat, werden sie gezüchtet. Lauter ›arme Kerlchen‹, wie Sie soeben treffend bemerkten. Sie haben alle ein sehr kurzes und keineswegs sehr süßes Leben.«

Ich machte den Koffer auf. Mit dem Gasanzug in der Hand sah ich mich um. Jemand hatte meinen Arm festgehalten. Dr. Gregoris dunkle Augen hinter dicken Gläsern blickten mich beschwörend an. Das dunkle Gesicht mit dem starken Bartwuchs spannte sich vor lauter Angst und Unruhe.

»Mister Cavell, gehen Sie nicht hinein.« Seine Stimme war leise und eindringlich und fast verzweifelt. »Tun Sie es nicht, ich bitte Sie.«

Ich sagte gar nichts. Ich sah ihn nur an. Ich hatte ihn gern, wie ihn ausnahmslos alle Kollegen gern hatten. Aber nur, weil ihn jeder gern hatte, war er nicht in Mordon. Er war in Mordon, weil er in dem Ruf stand, einer der hervorragendsten Mikrobiologen Europas zu sein. Italienischer Professor der Medizin, und nun seit über acht Monaten in Mordon. Die größte Errungenschaft, die Mordon jemals geglückt war. Ein Unterfangen, das ein Weilchen auf des Messers Schneide gestanden hatte, bis endlich die Entscheidung fiel. Kabinettssitzungen auf höchster Ebene hatte es bedurft, ehe die italienische Regierung zugestimmt hatte, ihn für unbestimmte Zeit freizugeben. Und wenn nun ein Mann wie Gregori sich Sorgen machte, dann war es vielleicht an der Zeit, daß ich mir auch welche machte.

»Und warum sollte er nicht hineingehen?« verlangte Hardanger zu erfahren. »Ihre Gründe müssen außerordentlich schwerwiegend sein, Dr. Gregori.«

»Das sind sie auch«, schaltete sich Cliveden ein. Man sah ihm nicht nur an, wie ernst es ihm war, man hörte es ihm auch an. »Über dieses Labor ist niemand so gut informiert wie Dr. Gregori. Eben haben wir noch darüber gesprochen. Dr. Gregori macht keinen Hehl daraus, daß ihn der Gedanke an dieses Labor nur mit Grauen erfüllt, und ich müßte lügen, wenn ich nicht zugeben wollte, daß er mir auch einen Schrecken eingejagt hat. Wenn's nach ihm ginge, müßten wir diesen Block rechts und links davon niederreißen, eine fünf Fuß dicke Mauer darum errichten, ein Dach draufsetzen und das Ganze für immer und ewig versiegeln. So schwer sind seine Befürchtungen. Er verlangt, daß es zumindest einen Monat lang verschlossen bleiben soll.«

Hardanger sah Cliveden mit seinem üblichen leeren, blaßblauen Blick an, transferierte diesen dann zu Gregori und landete ihn schließlich bei seinen Assistenten. »Also dann verschwinden Sie mal außer Hörweite, wenn ich bitten darf. Glauben Sie mir, je weniger Sie wissen, desto besser für Sie. Und Sie, Leutnant, schließen sich bitte an. Tut mir leid, aber es geht nicht anders.« Er wartete ab, bis sie alle abgezogen waren und blickte dann Gregori fragend an. »Sie wollen also nicht, daß wir das Labor öffnen, Dr. Gregori? Damit rutschen Sie auf unserer Verdachtsliste an die Spitze, darüber sind Sie sich doch hoffentlich klar.«

»Bitte! Mir ist nicht witzig zumute. Und außerdem ist mir auch nicht danach, ausgerechnet hier zu reden.« Dabei warf er einen Blick auf Clandon und sah genauso schnell wieder weg. »Ich bin nun einmal kein Polizeibeamter, und ich bin auch kein Soldat. Wenn Sie vielleicht –«

»Machen wir.« Hardanger zeigte auf die nächste Tür, die kaum ein paar Meter weiter lag. »Was ist da drin?«

»Nur ein Lagerraum. Entschuldigen Sie, daß ich mich so anstelle –«

»Kommen Sie nur.« Hardanger ging voraus und wir hinterher. Blind für das hier prangende Rauchverbot hatte Gregori sich eine Zigarette angesteckt und qualmte hastig und nervös.

»Ich will Ihre Zeit nicht lange in Anspruch nehmen und mich so kurz fassen, wie es geht. Aber ich muß Sie unbedingt überzeugen.« Er ließ eine Pause eintreten und fuhr dann langsam fort: »Wir leben im nuklearen Zeitalter, einem Zeitalter, in dem Millionen in der täglichen Furcht und Angst vor einer thermo-nuklearen Vernichtung, von der sie glauben, daß sie eines nicht allzufernen Tages kommen muß und kommen wird, existieren und arbeiten. Millionen können nachts nicht schlafen, weil sie in ihren Träumen die Schreckensbilder einer zerstörten, einst schönen, grünen Welt sehen, auf deren Trümmern ihre toten Kinder liegen.«

Er zog tief an seiner Zigarette, drückte sie aus und steckte die nächste an. Und dann sah er in den Rauch und sagte durch die Schwaden: »Ich kenne diese Furcht vor einem nuklearen Armageddon nicht, und ich schlafe nachts gut. Ein solcher Krieg wird niemals kommen. Ich höre mir das Gerede der Russen an und lächle nur, wenn sie mit ihren schwersten Geschützen klappern, und ich höre die Amerikaner mit den ihrigen klappern und lächle ebenfalls. Denn ich weiß genau, daß diese beiden Giganten ihre Säbel, so laut sie auch damit rasseln, schön in der Scheide behal-

ten werden und gar nicht an ihre ferngelenkten Vernichtungswaffen denken, sosehr sie sich auch gegenseitig damit drohen.
Meine Herren, soll ich Ihnen sagen, woran sie denken? An Mordon denken sie. Denn wir – die Engländer will ich sagen – haben
dafür gesorgt, daß die Großen der Welt genau wissen, was sich
hinter diesen Zäunen tut. Hinter diesen Mauern«, fügte er hinzu
und tippte leicht gegen die Wand.

»Die ›ultimative Waffe‹, der Welt einziger Friedensgarant, auch
wenn der Ausdruck ›ultimativ‹ inzwischen ein bißchen strapaziert
worden sein mag und darum in seiner Bedeutung etwas heruntergekommen. In diesem Fall jedoch ist er noch immer präzis und
zutreffend. Falls man unter ultimativ die totale Vernichtung versteht.«

Er lächelte ein bißchen geniert.

»Vielleicht klingt das alles ein bißchen melodramatisch, meine
Herren, mag sein. Halten Sie es meinem südlichen Temperament
zugute, und versuchen Sie, die ganze Tragweite dessen, was ich
Ihnen zu sagen im Begriff bin, zu erfassen. Das gilt nicht für den
General und auch nicht für den Oberst, die sind bereits informiert,
aber für Sie, Polizeichef Hardanger, und auch für Sie, Mister
Cavell.

Wir haben hier in Mordon über vierzig verschiedene Typen von
Pestviren entwickelt. Meine eigene segensreiche Tätigkeit beschränkt sich dabei auf zwei. Einer davon ist ein Derivat des
Botulismustoxins, das noch aus den Forschungsarbeiten des
Zweiten Weltkriegs stammt. Falls es Sie interessieren sollte, vor
dem *D-Day*, dem Invasionstag also, wurden etwa eine Viertelmil-
lion englischer Soldaten damit geimpft. Und ich möchte bezweifeln, daß auch nur ein einziger wußte, wogegen.

Dieses Toxin haben wir nun zu einer in ihrer Wirkung so
unerhörten und entsetzlichen Waffe weiterentwickelt, daß die
stärkste Wasserstoffbombe dagegen ein Kinderspiel ist. Sechs
Unzen, meine Herren, sechs lächerliche Unzen nur, gleichmäßig
über unsere schöne Welt verstreut, würden auch das letzte Lebewesen auf unserem Planeten vernichten. Und das sind, weiß Gott,
keine Hirngespinste.«

Sein Gesicht war tiefernst und seine Stimme von geradezu
dramatischer Eindringlichkeit. »Das ist eine schlichte Tatsache.
Geben Sie mir ein Flugzeug, und lassen Sie mich mit nur einem
einzigen Gramm an einem windstillen Sommernachmittag damit
über London los, und Sie werden am Abend eine tote Stadt mit

sieben Millionen Leichen finden. Nur ein Fingerhut voll von diesem Zeug in die Trinkwasserversorgung, und London wäre ein riesiges Leichenhaus. Die Idealform – Gott soll mich nicht strafen, wenn ich diesen Ausdruck in diesem Zusammenhang gebrauche – der bakteriologischen Kriegsführung. Setzt man dieses Toxin zwölf Stunden der Luft aus, dann wird es durch Oxydation unschädlich. Nach zwölf Stunden also kann die kriegführende Macht A, die ein paar Gramm gegen die kriegführende Macht B eingesetzt hat, völlig beruhigt vor jedem Gegenangriff – sei es der des eigenen Gifts, sei es der der gegnerischen Streitkräfte – ihre Truppen einmarschieren lassen. Die Verteidigung wäre tot. Und nicht nur die Truppen, auch die Zivilbevölkerung, die Männer, die Frauen, die Kinder. Verdorben und gestorben. Alles.«

Gregori kramte in seiner Tasche nach einer Zigarette. Seine Hände zitterten, und er machte keinerlei Anstrengungen, das zu verheimlichen. Er schien sich dessen gar nicht bewußt.

Ich schwang mich zu einem Einwand auf. »Sagen Sie, Dr. Gregori, Sie reden von diesen sogenannten ›ultimativen Waffen‹ als wären wir die einzigen, die sie besäßen. Auch die Russen und die Amerikaner –«

»Auch sie besitzen sie, natürlich. Und wir wissen sogar genau, wo die russischen Laboratorien im Ural liegen. Wir wissen auch, wo die Kanadier diese Waffen produzieren – übrigens waren sie bis vor kurzem auf diesem Gebiet führend –, und es ist uns durchaus kein Geheimnis, daß auch in den Staaten, in Fort Detrick, viertausend Wissenschaftler Tag und Nacht ohne Unterlaß so rastlos an einer Art Blitzprogramm arbeiten, daß in den letzten Jahren eine ganze Reihe von Wissenschaftlern dabei geblieben und achthundert schwer erkrankt sind. Keinem aber ist es bisher gelungen, ein noch tödlicheres Gift zu produzieren. England allein ist es geglückt. Und darum richten sich die Augen der Welt auf uns – auf Mordon.«

»Nicht möglich?« krähte Hardanger trocken dazwischen, aber er verzog keine Miene zu einem Grinsen. »Noch tödlicher als das, was ihr schon habt? Wofür, frage ich mich?«

»Botulin hat seine Mängel«, erklärte Gregori eilig. »Vom militärischen Standpunkt aus gesehen, wollen wir einmal sagen. Man muß es schlucken, einatmen oder sich damit infizieren; es ist nicht kontagiös. Und im übrigen hegen wir den Verdacht, daß man unter Umständen bereits in anderen Ländern ein Vakzin dagegen entwickelt hat. Auf der ganzen Welt aber gibt es kein Gegenmittel gegen den neuesten Virus, den wir in der Lage zu kultivieren sind – einen Virus, der so kontagiös wie ein Buschfeuer ist.

Ein Derivat des Poliovirus – spinale Kinderlähmung, wenn Sie wollen –, aber ein hochentwickeltes Derivat, dessen Potenz millionenfach verstärkt ist, und zwar durch – aber das ist hier nicht wichtig. Sie würden es vermutlich doch nicht verstehen. Wichtig allein ist folgendes: Ganz im Gegensatz zum Botulin ist dieser neue Virus unzerstörbar. Die stärksten Hitze- und die tiefsten Kältegrade beeinträchtigen seine Lebensdauer nicht. Er spricht weder auf Oxydation noch auf Gegengifte an. Seine Lebensdauer scheint unabsehbar, obwohl wir noch immer überzeugt sind oder zumindest hoffen, daß kein Virus in einer seiner Entwicklung und seinem Wachstum feindlichen Umgebung länger als einen Monat zu leben imstande ist. Im Gegensatz zum Botulin indessen ist dieser Virus, wie gesagt, hochgradig kontagiös, und nicht nur das, er ist darüber hinaus genauso infektiös wie das Botulin. Und es ist uns bisher noch nicht gelungen, ein Vakzin dagegen zu entwickeln. Was mich anbelangt, so bin ich überzeugt, daß uns das auch niemals gelingen wird.« Wieder lächelte Gregori, und wieder schien es mir mehr Grimasse als Lächeln. »Nun, wir haben diesem jüngsten Kind unserer Forschung einen höchst unwissenschaftlichen, eben darum aber um so treffenderen Namen gegeben – Satanskäfer. Die entsetzlichste und grauenhafteste Waffe, die die Menschheit jemals erfunden hat und jemals erfinden wird.«

»Und kein Gegengift?« sagte Hardanger. Und diesmal war sein Ton nicht mehr trocken, dafür jedoch seine Lippen. »Nichts – überhaupt kein Gegenmittel?«

»Wir haben die Hoffnung aufgegeben. Erst kürzlich, vor kaum ein paar Tagen, hat Dr. Baxter, wie auch Oberst Weybridge wissen müßte, noch geglaubt, daß wir so weit wären, daß wir es hätten – ein Irrtum – leider. Nein, es ist hoffnungslos. Für alle Zeiten. Alle unsere Bemühungen und Anstrengungen konzentrieren sich jetzt darauf, ein Derivat von verminderter Lebensdauer zu entwickeln, denn in seiner gegenwärtigen Form ist dieser Virus gar nicht einsatzfähig. Sollten wir aber einen Abkömmling mit zu begrenzender Lebensdauer finden – und die Zerstörung müßte dabei durch Oxydation erfolgen –, dann haben wir auch die wahrhaft ultimative Waffe gefunden. Und wenn dieser Tag einmal kommen sollte, dann können sämtliche Nationen der Welt ihre nuklearen Waffen vernichten. Denn jeder nukleare Angriff, so intensiv er auch sein mag, wird immer Überlebende zurücklassen. Die Amerikaner haben errechnet, daß auch ein russischer Großangriff, bei dem alles, bis auf die letzten Reserven, eingesetzt wird, sie im Höchstfall nur etwa siebzig Millionen Tote kosten kann. Nur! Abgesehen von den paar Millionen, die noch durch Strahlungsschäden hinzukommen mögen. Immerhin bliebe jedoch zumindest die Hälfte der Nation erhalten und wäre in ein bis zwei Generationen wieder ein lebensfähiges Volk. Die Nation jedoch, die einem Angriff des Satanskäfers ausgesetzt war, könnte sich nie mehr erheben: Weil es keine Überlebenden gäbe.«

Hardangers Lippen waren zweifellos trocken, ich hatte mich nicht geirrt. Er fuhr mit der Zunge darüber, um das, was er zu sagen hatte, leichter herauszubringen. Das sollte jemand sehen, dachte ich. Hardanger und Angst! Englands Gefängnisse und Zuchthäuser waren voll von Leuten, die dazu nur ungläubig gelächelt hätten.

»Und bis es so weit sein wird«, fragte er tonlos, »bis Sie diese verminderte Virulenz einmal geschafft haben?«

»Ja, bis dahin?« Gregori starrte auf den Zementboden. »Bis dahin? Wie soll ich das erklären? Passen Sie auf: Der Satanskäfer ist in seiner Endform ein staubfeiner Puder. Sagen wir, ich nähme einen Salzlöffel davon und schüttete ihn über das Mordoner Gelände. Was wäre die Folge? Innerhalb einer Stunde wäre alles, was hier kreucht und fleucht, tot. Ganz Wiltshire, noch ehe es Abend wird, ein offenes Grab. In etwa einer Woche, sagen wir, in zehn Tagen meinetwegen, dürfte alles Leben in England erloschen sein. Alles Leben, wohlgemerkt. Die Pest – der schwarze Tod – war nichts dagegen. Und lange, ehe hier der Letzte qualvoll verendet ist, wäre der Satanskäfer – durch Flugzeuge, durch Schiffe, durch Vögel, oder lediglich auch nur durch das Wasser der Nordsee, in Europa. Ich wüßte wahrhaftig nicht, welches Hindernis eine weltweite Ausdehnung aufhalten könnte. Zwei Monate würde ich sagen, bestenfalls zwei Monate.

Stellen Sie sich das vor, Mr. Hardanger, stellen Sie sich das um Gottes willen nur einmal vor, falls Sie dessen fähig sein sollten, was man kaum erwarten kann, weil das einfach über jedes menschliche Vorstellungsvermögen geht. Der Lappe hoch oben in Schweden, der chinesische Bauer auf seinen Reisfeldern im Jangtsetal, der Viehzüchter in Australien, der New Yorker beim Einkaufsbummel über die Fifth Avenue, der Wilde in Sierra del Fuego – tot – sie alle wären tot. Und nur, weil ich einen einzigen, lächerlichen Salzlöffel fallen ließ. Nichts und gar nichts ist imstande, den Satanskäfer auszuhalten. Es wäre sogar möglich, daß er jedes Leben auf diesem Planeten zum Erlöschen bringt. Wer nun der letzte Überlebende sein würde – ehe auch ihn sein Schicksal ereilt –, das kann ich nicht sagen. Ein einsamer Albatros hoch in den Lüften, eine Handvoll Eskimos tief in der Arktis – ich weiß es nicht. Doch die Wasser der Meere sind in ständiger Bewegung, und der Wind weht ewig: Eines Tages – eines nicht allzufernen Tages – müßten auch sie sterben.«

Mir war jetzt sehr nach einer Zigarette, und ich steckte mir eine an. Einer Reiseagentur, die Exkursionen zum Mond im Programm führt, blieben, wenn dieses Tierchen einmal losgelassen war, zumindest die Werbungskosten erspart.

»Wovor ich zittere«, fuhr Gregori fort, »das ist das, was Sie hinter dieser Tür finden werden. Ich bin nicht gerade ein Detektiv, aber um das, was klar und deutlich vor einem steht, zu sehen, braucht man wohl auch keiner zu sein. Wer auch in Mordon eingebrochen sein mag, es war ein Verzweifelter, der *va banque* spielte. Der Zweck rechtfertigt die Mittel – und der einzige Zweck, der solche Mittel rechtfertigen würde, liegt im Virusschrank. Bei den Lagerbeständen des Virusschranks.«

»Was – Virusschrank?« Hardanger zog die buschigen Augenbrauen zusammen. »Könnt ihr diese gottverfluchten Viecher nicht ein bißchen sicherer unterbringen?«

»Die sind sicher«, sagte ich. »Die Zementwände dieses Labors sind durch Stahlplatten verstärkt. Kein Fenster ist da. Der einzige Weg hinein führt durch diese eine Tür. Warum sollten sie also nicht im Schrank stehen?«

»Meinetwegen«, sagte Hardanger, »woher soll ich das schließlich wissen. Aber bitte, Dr. Gregori, ich hatte nicht die Absicht, Sie zu unterbrechen.«

»Das wäre alles, was ich dazu zu sagen habe. Ein Verzweifelter. Einer der es eilig hatte, brandeilig. Und den Schlüssel zum Virusschrank – nur Holz und Glas, nebenbei bemerkt – habe ich hier in meiner Hand. Verstehen Sie? Er mußte das Ding aufbrechen, einschlagen; wer will wissen, was er in seiner Hast alles umgeworfen hat. Und wenn es nur einer der gefährlichsten Behälter war – nur ein einziger – einer, der den Satanskäfer enthielt – drei Stück davon stehen da... Eine sehr entfernte Möglichkeit, gewiß, das gebe ich zu, und trotzdem muß ich Ihnen ganz ehrlich sagen, selbst wenn die Chancen eins zu einer Million stünden, daß es nun ausgerechnet dieser Behälter gewesen sein sollte, der dabei zu Bruch gegangen ist, dann hielte ich es noch immer für ausreichend gerechtfertigt, diese Tür nie mehr zu öffnen. Denn wenn auch nur ein einziger Kubikzentimeter dieser verseuchten Luft entweicht, dann –« Er brach ab und hob hilflos die Hände. »Können wir es verantworten, unter Umständen zum Henker der gesamten Menschheit zu werden? Haben wir das Recht dazu?«

»General Cliveden, was meinen Sie dazu?« fragte Hardanger.

»Ich fürchte, ich muß mich dieser Auffassung anschließen. Versiegeln Sie das Labor.«

»Oberst Weybridge?«

»Ich weiß es nicht. Verdammt, ich weiß es wirklich nicht.« Er riß die Mütze vom Kopf und fuhr sich durch das kurze dunkle Haar. »Oder doch. Ja, ich weiß es. Machen Sie den Laden dicht.«

»Immerhin dürften Sie ja wohl alle drei kompetent sein und wissen, worüber Sie reden«, sagte Hardanger und schob die Unterlippe vor. »Angesichts dieser fachlichen Übereinstimmung wäre es ganz interessant zu hören, wie Cavell darüber denkt.«

»Cavell kommt sich hier allmählich wie in einem Altweiberverein vor, der nur noch Gespenster sieht. Sie sind jetzt alle nur noch von dem Wahn besessen, der Satanskäfer könnte los sein, und kaum mehr fähig, klar zu denken. Bleiben wir doch einmal bei den Tatsachen. Dr. Gregoris ganze Angst beruht auf der Annahme, daß jemand eingebrochen ist und die Viren gestohlen hat. Er hält es für möglich, daß einer dieser Behälter dabei zu Bruch gegangen sein könnte – ein unglücklicher Zufall, der eins zu tausend mit einkalkuliert werden muß – und somit, wohlgemerkt eins zu tausend, die gesamte Menschheit bedroht ist, wenn diese Tür sich öffnet. Wenn aber das Gift gestohlen sein sollte, dann stehen die Chancen nicht mehr eins zu tausend gegen die Menschheit, sondern tausend zu eins. Meine Herren, setzen Sie doch um Himmels willen endlich einmal nur für einen Augenblick Ihre Scheuklappen ab. Stellt denn dieser Virus in den Händen eines Unbefugten, der damit tun und lassen kann, was er will, nicht eine unendlich größere Gefahr dar, als die sehr vage Möglichkeit, daß unter Umständen hinter dieser Tür ein zerschlagener Behälter liegt? Die einfache Vernunft muß Ihnen doch sagen, daß wir uns gegen die größere Gefahr zu schützen haben. Also müssen wir unter allen Umständen in diesen Raum. Wie wollen wir denn sonst überhaupt eine Spur des Diebes und Mörders finden, um dieser weitaus ernsteren Gefahr entgegentreten zu können? Wir müssen hinein, sage ich.

Oder vielmehr, ich muß hinein. Ich werde mich in diesen Gasanzug stürzen und den Hamster mitnehmen. Übersteht er den Ausflug, schön. Wenn nicht, komme ich nicht wieder heraus. Fair genug?«

»Der Teufel hole Ihre verdammte Arroganz«, sagte Cliveden kalt. »Für einen Privatdetektiv sind Sie reichlich anmaßend, Cavell. Sie dürften immerhin berücksichtigen, daß ich der Kommandant von Mordon bin. Die Entscheidung treffe ich.«

»Sie *haben* sie getroffen, General. Heute nicht mehr. Der Sonderdienst hat übernommen – und zwar voll und ganz. Das wissen Sie.«

Hardanger ignorierte uns alle beide. »Auch wenn es nur ein Strohhalm sein sollte –«, wandte er sich an Gregori, »sprachen Sie nicht vorhin von einer Entlüftungsanlage, die Sie in Betrieb setzen wollten? Ist dadurch die Luft nicht gereinigt worden?«

»Von jedem Virus, ja. Nicht aber vom Satanskäfer. Dieser Virus ist faktisch unzerstörbar. Und da drin haben wir es mit einem geschlossenen Kreislaufsystem zu tun. Die Luft wird herausgesaugt, gereinigt und wieder zurückgeführt. Bis auf den Satanskäfer. Der läßt sich nicht herauswaschen.«

Alles schwieg. Dann sagte ich in die Stille: »Sagen Sie, Dr. Gregori, wie lange dauert es eigentlich, bis bei diesem Hamster die Wirkung eintritt, falls das Labor mit dem Satanskäfer oder mit dem Botulin verseucht sein sollte?«

»Fünfzehn Sekunden«, gab er präzise Auskunft. »In dreißig Sekunden windet er sich in Krämpfen, in einer Minute ist er tot. Das gilt für den Satanskäfer. Beim Botulin dürfte es eine Kleinigkeit länger dauern.«

»Versuchen Sie erst gar nicht, mich zurückzuhalten«, sagte ich zu Cliveden. »Ich will wissen, was mit dem Hamster passiert. Bleibt er OK, warte ich weitere zehn Minuten ab und komme dann heraus.«

»Wenn Sie herauskommen.« Er wurde allmählich weich. Cliveden war alles andere, nur kein Narr. Er war viel zu klug, um sich das, was ich vorgebracht hatte, nicht durch den Kopf gehen zu lassen, und einiges davon mußte auch ihm einleuchtend gewesen sein.

»Wenn irgend etwas – irgendeiner der Viren, meine ich – gestohlen worden sein sollte«, sagte ich, »dann kann es nur ein Verrückter gewesen sein, der hier eingebrochen hat. Unweit von hier fließt der Kennet, der, wie Sie wissen, in die Themse mündet.

Wie wollen Sie wissen, ob dieser Idiot nicht gerade in diesem Moment auf die glorreiche Idee kommt, dieses verfluchte Getier ins Wasser zu schütten?«

»Und wie soll ich wissen, ob Sie nun auch wirklich nicht wieder herauskommen, wenn dieser Hamster eingeht?« fragte Cliveden verzweifelt. »Du lieber Gott, Cavell, schließlich sind Sie auch nur ein Mensch. Sie wollen freiwillig da drin bleiben und in aller Ruhe verhungern? Erwarten Sie, daß ich Ihnen das abnehme? Verhungern – oder bestenfalls ersticken, wenn der Sauerstoff ausgeht. Machen Sie sich doch nichts vor. Sie kommen garantiert heraus.«

»Also schön, General, angenommen, ich käme. Würde ich dann diesen Gasanzug samt Atemgerät tragen?«

»Das ist anzunehmen«, sagte er kurz angebunden. »Eine andere Möglichkeit ist kaum gegeben. Denn wenn der Raum verseucht sein sollte, bestünde ohne diesen Schutz keine Aussicht mehr für Sie, durch diese Tür zu kommen. Sie wären tot.«

»Na also. Hier entlang, bitte.« Ich ging zur letzten Tür, die wir passiert hatten, voraus. »Diese Tür ist gasdicht«, erklärte ich, »desgleichen die Doppelfenster. Bleiben Sie hier und halten Sie die Tür einen Spalt auf, um die Labortür im Auge behalten zu können. Sobald ich an der Labortür erscheine, müssen Sie mich sehen. Einverstanden?«

»Worüber reden Sie eigentlich?«

»Darüber.« Ich griff in die Jacke, zog die Hanyatti heraus und entsicherte sie. »Die behalten Sie in der Hand. Sollte ich den Gasanzug und das Atemgerät noch immer tragen, wenn sich die Labortür öffnet, dann knallen Sie mich über den Haufen. Bei fünfzehn Fuß und neun Kugeln dürfte das kaum ein Risiko sein. Und dann brauchen Sie nur noch die Korridortür zu schließen, um den Virus im E-Block abzudichten.«

Er nahm mir die Pistole ab – langsam, widerwillig, unsicher. Doch von dieser Unsicherheit lag nichts in seinen Augen und in seiner Stimme, als er sich schließlich zu einer Antwort aufraffte.

»Sie wissen, daß ich davon Gebrauch machen werde, wenn es sein muß?«

»Das ist mir vollkommen klar.« Ich lächelte, obwohl mir nicht danach zumute war. »Nach allem, was ich da vernommen habe, ist mir eine ehrliche Kugel doch noch lieber als der Satanskäfer.«

»Verdammt, Cavell, entschuldigen Sie, daß mir eben der Kragen geplatzt ist. Alle Achtung vor Ihrem Mut und Ihrer Tapferkeit.«

»Vergessen Sie ja nicht, das in meinem Nachruf in der Times zu erwähnen. Wie wäre es, wenn Sie Ihre Leute jetzt bitten würden, mit dieser Fotografiererei an der Tür aufzuhören, Chef?«

Zwanzig Minuten später waren sie fertig, und ich war bereit. Die anderen sahen mich mit jenem typisch zögernden Blick an, der sich immer in die Augen schleicht, wenn man glaubt, eine Abschiedsrede halten zu müssen und nicht die passenden Worte findet. Ein kurzes Nicken – eine halberhobene Hand – und dann verließen sie mich. Sie gingen den Korridor entlang und verschwanden hinter der Tür. Alle – bis auf Cliveden, der in der offenen Tür stehenblieb. Und in irgendeiner obskuren Anwandlung menschlichen Gefühls und Anstands hielt er die Hanyatti sogar so, daß ich sie nicht sehen konnte.

Der Gasanzug war eng und beklemmend, der geschlossene Atemapparat schnitt mir ins Genick, und die hohe Sauerstoffkonzentration trocknete mir den Mund aus. Oder war er ohnehin trocken? Ich weiß es nicht. Die Zigaretten jedenfalls – drei Stück an der Zahl, normalerweise eine Tagesration für mich –, die ich in der letzten halben Stunde weggequalmt hatte, waren auch nicht dazu angetan, meinen Allgemeinbefund zu heben. Ich ziehe es im allgemeinen vor, mich langsam mit der Pfeife zu vergiften. Krampfhaft suchte ich nach einem zwingenden Umstand, der geeignet gewesen wäre, mich davon auszuhalten, durch diese Tür zu gehen, doch deren gab es so zahlreiche, daß ich mich nicht entscheiden konnte, welchen ich nun nehmen sollte. Sorgfältig prüfte ich noch einmal alles nach – Anzug, Maske, Sauerstoffzylinder. Aber auch damit machte ich mir nur selbst etwas vor, denn sorgfältige Überprüfung alles dessen, was ich da trug, hatte ich auch schon vier an der Zahl hinter mir. Dies war nun die fünfte. Außerdem spürte ich aller Augen auf mir. Und meinen Stolz hatte ich. So begab ich mich denn daran, die Kombination an der schweren Stahltür auszuzählen.

Ein reichlich kompliziertes Unternehmen, auch ohne Gummihandschuhe und Gasmaske. Jetzt, ohne jedes Gefühl in den Fingern, sichtbehindert durch die schräggestellten Brillengläser, doppelt schwierig. Aber genau eine Minute nachdem ich ans Werk gegangen war, hörte ich den dumpfen Schlag, mit dem die letzte Umdrehung des Einstellrings die starken Elektromagneten einschaltete, die den schweren Zentralverschluß öffneten: Drei volle Umdrehungen des Rundgriffs, und schon öffnete sich die Halb-Tonnen-Tür unter dem vollen Gewicht meiner Schulter.

Ich nahm meinen Käfig, schob mich durch die Tür, prüfte sie auf ihre Gängigkeit und zog sie schnellstens hinter mir zu. Drei Umdrehungen des Innengriffs, und die Panzertür war wieder verschlossen. Eine ganze Reihe Fingerabdrücke hatte ich dabei vermutlich weggewischt, aber an denen ging uns doch nicht viel verloren.

Die mit Gummi abgedichtete Milchglastür, die direkt ins Labor führte, lag auf der anderen Seite des winzigen Vorraums. Ich stand davor. Aber was half hier jedes Hinauszögern? Nichts. Abgesehen davon, daß es mein Leben eventuell noch ein bißchen verlängerte. Und so lehnte ich mich denn auf den Fünfzehn-Zoll-Ellbogengriff, drückte auf, ging hinein und zog die Tür hinter mir zu.

Den Griff nach dem Lichtschalter konnte ich mir schenken. Strahlende, schattenlose Neonillumination empfing mich. Wer immer hier auch eingedrungen sein mochte, er mußte entweder die britische Regierung für eine Firma gehalten haben, die sich einen derartigen Stromverbrauch spielend leisten konnte, oder aber er war so brandeilig gewesen, daß er keinen Gedanken mehr an solche Kleinigkeiten verschwenden konnte.

Und auch ich hatte jetzt keine Zeit, an Lichtschalter und Stromrechnungen zu denken. Weder Zeit noch Lust. Mein einziges und alles andere ausschließendes Interesse galt dem Wohlbefinden meines kleinen Hamsters.

Ich stellte den Käfig auf die nächste Bank, zog das Tuch weg und starrte das kleine Vieh an. Und mehr hypnotisierte Faszination und mehr vollkommene und ausschließliche Konzentration hätte man auch auf einem Pulverfaß für das züngelnde Aufflammen der Zündschnur nicht aufzubringen vermocht.

Fünfzehn Sekunden hatte Gregori gesagt, nur fünfzehn Sekunden. War die Luft dieses Labors durch den tödlichen Virus verseucht, mußte der Hamster in fünfzehn Sekunden reagieren. Ich zählte sie, jede einzelne ein Sterbegeläut in die Ewigkeit. Und da, Schlag fünfzehn, zuckte der Hamster heftig. Doch das war nichts, verglichen mit dem Doppelsalto, mit dem mein Herz sich überschlug und plötzlich meinen gesamten Brustkorb einzunehmen schien, ehe es dann dumpf und dröhnend, den ganzen Körper erfüllend, langsam – unglaublich langsam – weiterschlug. Meine Hände in den Gummihandschuhen waren eiskalt, mein Mund trocken und ausgedörrt wie Wüstensand.

Dreißig Sekunden vertropften. Der Hamster müßte sich bereits in Krämpfen winden, wenn der Satanskäfer los wäre. Er wand sich nicht in Krämpfen – falls Krämpfe sich bei Hamstern nicht dergestalt ausnehmen, daß sie sich auf die Hinterbeine setzen und sich mit ihren winzigen Pfötchen gereizt die Nase reiben.

Fünfundvierzig Sekunden. Eine Minute. Vielleicht hatte Gregori die Virulenz des Virus überschätzt? Vielleicht war dieser Hamster hier von besonders kräftiger und widerstandsfähiger Konstitution? Doch Gregori schien mir durchaus nicht zu der Sorte von Wissenschaftlern zu gehören, die sich Ungenauigkeiten leisteten, und das, was da im Käfig auf den Hinterbeinen hockte, sah mir ganz nach einem sehr munteren Hamster aus. Ich fing an, mein Atemgerät zu benützen. Zum erstenmal, seit ich diesen Raum betreten hatte.

Ich hob den Käfigdeckel hoch und nahm meinen Genossen heraus. Er war munter und puppenlustig, soweit ich das beurteilen konnte, wand sich aus meiner Hand, sprang auf den Gummiboden, startete einen längeren Ausflug bis zum anderen Ende des Labors, um sich dort abermals auf die Hinterbeine zu setzen und sich weiter die Nase zu reiben. Ich kam zu dem Schluß, daß ich das, was der Hamster verkraftete, auch noch verkraften würde. Immerhin standen wir zwei, der Hamster und ich, in einem Kräfteverhältnis von eins zu fünfhundert. Also schnallte ich das Atemgerät auf und zog es herunter. Und dann holte ich erst einmal Luft, tief Luft, eine ganze Lunge voll.

Das war ein Fehler. Ich gebe ja zu, daß man, ob der Aussicht, noch ein Weilchen länger auf dieser schönen Welt verweilen zu können, mit vorsichtigem Schnuppern keinen tiefen Seufzer der Erleichterung zustande bringt, aber genau das hätte ich tun sollen. Jedenfalls hatte ich jetzt vollstes Verständnis dafür, daß der Genosse Hamster hier nichts Besseres zu tun wußte, als sich mit so viel gereizter Intensität die Nase zu reiben. Ein widerlicher Gestank zog mir die Nasenlöcher fast zusammen. Schwefelsäure war nichts dagegen.

Ich hielt mir die Nase zu und setzte mich in Marsch. Innerhalb von dreißig Sekunden hatte ich in einem Durchgang, mitten im Labor, das gefunden, was ich gesucht und nicht zu finden gehofft hatte. Der mitternächtliche Besucher hatte durchaus nicht vergessen, das Licht auszulöschen. Bei der Hetze, mit der er sich hier aus dem Staub gemacht haben mußte, konnte er gar nicht auf die Idee gekommen sein, sich auch noch nach einem Lichtschalter umzusehen. Alles, was ihn in diesem Moment beseelt haben mochte, war der Wunsch, aus diesem Raum hinauszukommen und beide Türen so schnell wie möglich hinter sich zu schließen.

Hardanger konnte seine Suche nach Dr. Baxter aufgeben. Dr. Baxter war hier. Noch immer in seinem weißen Arbeitskittel, lag er auf dem Fußboden. Und genau, wie Clandon, schien er in qualvollen Krämpfen gestorben zu sein. Doch ganz im Gegensatz zu Clandon war das, woran er gestorben war, auf gar keinen Fall Blausäure. Und auch ich wußte nicht, was es gewesen sein konnte. Diese merkwürdig bläuliche Gesichtsverfärbung, die enorme Flüssigkeitsabsonderung aus Nase, Augen und Ohren und vor allem dieser entsetzliche Geruch, das alles ließ sich als Symptom zu keiner mir bekannten Todesursache in Zusammenhang bringen.

Der bloße Anblick war ekelerregend, die Idee, sich die Sache aus der Nähe anzusehen, abschreckend, trotzdem zwang ich mich dazu.

Ich berührte ihn nicht. Ich wußte zwar nicht, woran er gestorben war, aber mir war zu dieses Rätsels Lösung ein nicht von der Hand zu weisender Gedanke gekommen, und deshalb ließ ich die Finger davon. Statt dessen beugte ich mich über ihn und examinierte ihn so genau und gründlich, wie das unter den gegebenen Verhältnissen möglich war. Rechts hinterm Ohr entdeckte ich eine kleine Verletzung. Da wo die Haut gerissen war, trat ein wenig Blut heraus, doch zu einer Schwellung war es nicht mehr gekommen. Der Tod war eingetreten, noch ehe sie Zeit gehabt hatte, sich zu entwickeln.

Ein wenig entfernt von ihm, auf dem Fußboden, direkt an der Wand, lagen die Scherben eines dunkelblauen Glases und ein roter Plastikdeckel – Bruchstücke irgendeines Behälters. Doch kein Schild und keine Aufschrift deuteten an, was er enthalten haben mochte.

Kaum ein paar Schritte weiter, war eine mit Gummi abgedichtete Glastür in der Wand. Dahinter lag das, was Wissenschaftler und Techniker als Menagerie bezeichneten. Eine von den vieren, die Mordon besaß. Ich stieß die Tür auf und ging hinein.

Ein riesiger, fensterloser Raum – fast so groß wie das Labor selbst. Hunderte von Käfigen nahmen den gesamten Wandraum ein. Käfige aller Art, geschlossene Spezialkäfige mit eigener Belüftung zum Teil, die meisten jedoch von der üblichen Drahtgitterausgabe. Hunderte von Augen – rote Perlen – starrten mich an. Fünfzehnhundert bis zweitausend Tiere mochten es sein, davon neunzig Prozent Mäuse, schätzungsweise hundert Kaninchen und die gleiche Anzahl Meerschweinchen. Und soweit ich sehen konnte, waren sie alle gesund und munter. Auf jeden Fall von dem, was sich nebenan abgespielt hatte, nicht berührt. Ich schloß die Verbindungstür und ging ins Labor zurück.

Fast zehn Minuten waren um, und nichts war mir passiert. Daß jetzt noch etwas nachkommen sollte, war kaum zu erwarten. Also fing ich meinen Hamster ein, setzte ihn wieder in seinen Käfig, und ich stand bereits an der Tür, als mir einfiel, daß Cliveden draußen stand, bereit, mich zu durchlöchern, falls ich noch immer in diesem Gasanzug steckte. Den Finger am Abzug, würde er vermutlich losdrücken, ohne auch nur wahrzunehmen, daß ich das Atemgerät abgelegt hatte. Und zu verdenken war es ihm nicht. Ich stieg aus dem Gasanzug und öffnete die Tür.

General Cliveden stand mit ausgestrecktem Arm da, die Automatik schußbereit in Augenhöhe auf den Türspalt und mich gerichtet, willens und bereit, mich umzulegen, wenn auch nicht gerade sehr glücklich ob dieser Aussicht. Zu spät, ihn jetzt noch zu warnen, daß die Pistole einen hochempfindlichen Abzug hatte. »Die Luft ist rein«, beeilte ich mich deshalb ihm zuzurufen.

»Sind Sie Ihrer Sache völlig sicher, Cavell?«

»Ich bin einwandfrei noch am Leben«, gab ich gereizt zurück. »Fragen Sie nicht soviel, sondern kommen Sie jetzt lieber rein.« Damit machte ich kehrt und ging ins Labor zurück.

Hardanger war der erste, der durch die Tür kam. »Verdammt, was stinkt denn hier um Himmels willen so?« platzte er sofort heraus und verzog das Gesicht.

»Botulin!« Oberst Weybridge hatte die Antwort gegeben, und in dem unbarmherzig hellen Licht wirkte sein Gesicht plötzlich grau. »Botulin«, flüsterte er wieder.

»Woher wissen Sie das?« verlangte ich zu erfahren.

»Woher ich das weiß –?« Er starrte auf den Boden. Dann hob er den Kopf und sah mich an. »Wir hatten vor vierzehn Tagen einen Unfall. Ein Techniker.«

»Einen Unfall«, wiederholte ich und nickte nur. »Na, dann sollten Sie den Geruch ja kennen.«

»Aber, was zum Teufel –«, fing Hardanger wieder an.

»Ein Toter«, unterbrach ich. »Ein Botulinopfer. Dr. Baxter.«

Keiner sagte ein Wort. Sie sahen mich an, und dann sahen sie sich gegenseitig an, und dann folgten sie mir schweigend dahin, wo Dr. Baxter lag.

Hardanger starrte auf den Toten. »Das also ist Dr. Baxter«, sagte er mit einer Stimme, die nichts verriet. »Wissen Sie das genau, Cavell? Vergessen Sie nicht, daß er gestern um halb sieben ordnungsgemäß durch die Wache gegangen ist.«

»Vielleicht hatte er eine Kombizange«, schlug ich Hardanger als Erklärung vor. »Jedenfalls ist das hier Dr. Baxter, verlassen Sie sich drauf. Irgend jemand hat ihn niedergeschlagen, von der Tür aus eine Botulinbehälter gegen die Wand geknallt und dann blitzartig die Tür zugehauen.«

»Der Unbekannte«, sagte Cliveden heiser, »der große Unbekannte.«

»Oder auch die Unbekannten«, pflichtete ich bei und ging zu Gregori hinüber, der, das Gesicht in die Hände vergraben, an einem Labortisch saß. Weiße, blutlose Flecken zeichneten sich in seinen dunklen, bärtigen Wangen ab, da, wo seine Fingerspitzen sich in die Haut preßten. Seine Hände zitterten. Ich legte ihm die Hand auf die Schulter. »Dr. Gregori. Ich weiß zwar, daß Sie, wie Sie selbst vorhin betonten, weder Polizist noch Soldat sind, man sollte Sie tunlichst mit solchen Geschichten nicht behelligen, aber Sie müssen uns jetzt helfen.«

»Aber selbstverständlich doch«, sagte er erstickt und sah mich dabei aus seinen dunklen Augen, die jetzt voll Wasser standen, an. »Er – er war mir mehr als nur ein Kollege. Was kann ich tun, Mr. Cavell?«

»Der Virusschrank. Bitte überprüfen Sie ihn.«

»Ja, natürlich. Der Virusschrank. Was, um des Himmels willen habe ich mir eigentlich gedacht?« Immer noch starrte er in fasziniertem Entsetzen auf den Toten. Es war ganz offensichtlich, was er sich gedacht hatte. »Gleich, sofort.«

Er war bereits unterwegs zu dem Glasschrank, zog an der Tür, versuchte es energisch noch einmal und schüttelte dann den Kopf. »Er ist zu. Verschlossen.«

»Den Schlüssel haben Sie doch aber wohl?« sagte ich ungeduldig.

»Den einzigen Schlüssel. Und ohne den konnte niemand an den Schrank. Mit Gewalt höchstens. Und darauf deutet nichts hin.«

»Dr. Gregori! Stellen Sie sich nicht dumm! Was glauben Sie, woran Dr. Baxter gestorben ist? An Influenza?«

Nervös, mit unsicheren Fingern, schloß er auf. Niemand sah mehr nach Baxter, alles starrte auf Gregori. Der hatte beide Flügel aufgemacht und griff eben nach einem länglichen Behälter. Er hob den Deckel. Wir warteten. Schweigend blickte er in das rechteckige Ding. Dann ließ er den Kopf sinken, die Schultern sackten ab. Er sah plötzlich alt aus. Alt, müde, geschlagen.

»Weg«, flüsterte er, »sie sind weg. Alle sind sie weg. Alle neun. Sechs enthielten Botulin – ein Glas muß er nach Baxter geworfen haben.«

»Und die anderen«, sagte ich heiser zu dem gebeugten Rücken. »Und die drei anderen?«

»Der Satanskäfer«, stieß er hervor. »Der Satanskäfer ist weg.«

4

Die Kantine des Mordoner Stabes besaß unter denen, die einen etwas wählerischen Gaumen hatten, einen gewissen Ruf, und der Koch, der unseren Lunch zubereitet hatte, schien in Form gewesen. Unter Umständen hing das auch mit der Anwesenheit von Dr. MacDonald, der wie Gregori zum Labor I gehörte und außerdem Präsident der Messe war, zusammen. Trotzdem war ich der einzige, der heute hier einen gewissen Appetit entwickelte. Hardanger stocherte nur auf seinem Teller herum, und weder Cliveden noch Weybridge bezeigten einen regeren Appetit.

Die beiden Fingerabdruckexperten waren noch nicht da. Die durften noch weiter hungern. Unterstützt von drei anderen Detektiven, die von Inspektor Wylie nachgeliefert worden waren, hatten sie eineinhalb Stunden innerhalb des Labors gearbeitet und werteten jetzt die Resultate aus. Über den Griff der Stahltür sowie um das Schloß herum mußte jemand mit einem Leinengewebe – einem Taschentuch höchstwahrscheinlich – gefahren sein. Die Möglichkeit, daß ein Außenstehender am Werk gewesen war, konnte also nicht vollends abgetan werden.

Kommissar Martin kam an, als wir mit dem Essen fast fertig waren. Er war die ganze Zeit damit beschäftigt gewesen, die zeitweilig arbeitslosen Wissenschaftler und Techniker des E-Blocks zu vernehmen, und bei weitem noch nicht zu Ende damit. Die Aussage jedes einzelnen über das, was er am vorhergehenden Abend getan hatte, war genauestens zu überprüfen. Martin äußerte sich nicht, wie er mit seiner Arbeit vorankam, und Hardanger schien genau zu wissen, warum er nicht fragte.

Nach dem Lunch begleitete ich Hardanger zur Hauptwache. Der Sergeant vom Dienst gab uns den Namen dessen, der am Abend zuvor Dienst an der Stechuhr gemacht hatte. Kaum ein paar Minuten später war er zur Stelle. Ein blonder, frischer Unteroffizier grüßte zackig.

»Unteroffizier Norris, Sir. Sie haben mich kommen lassen.«

»Stimmt«, sagte Hardanger. »Nehmen Sie Platz. Ich habe Sie hergebeten, um Ihnen zu dem Mord an Dr. Baxter ein paar Fragen zu stellen.«

Die Schocktherapie wirkte besser als alles zeitraubende, vorsichtige Herumreden. Norris, der angesichts der hohen Obrigkeit im Begriff gewesen war, sich etwas zaghaft niederzulassen, fiel plötzlich so schwer in den Stuhl, als versagten seine Beine und stierte Hardanger an. Die entsetzensstarren Augen und der sprachlos offene Mund hätten unter Umständen auch in den Gestaltungsmöglichkeiten eines mittelmäßigen Schauspielers liegen können. Wie schlagartig jedoch das Blut aus seinen Wangen wich, das war eine Sache für sich.

»Mord an Dr. Baxter«, wiederholte er wie vor den Kopf geschlagen. »Dr. Baxter – er ist *tot*?«

»Ermordet«, sagte Hardanger kurz und bündig. »Er ist heute nacht in seinem Laboratorium ermordet worden. Und es steht fest – woher wir das wissen, soll Sie nicht interessieren –, daß Dr. Baxter heute nacht mit keinem Schritt aus Mordon hinausgekommen ist. Sie haben ihn jedoch an der Wache abgefertigt, das heißt, Sie behaupten, ihn abgefertigt zu haben. Das trifft nicht zu, weil es nicht zutreffen kann. Wer gab Ihnen seine Kennmarke, und wer hat Ihnen geheißen, seine Unterschrift zu fälschen? Oder wer hat sie selbst gefälscht? Was hat er Ihnen dafür bezahlt, Norris?«

Der Unteroffizier hatte Hardanger wie gelähmt angestarrt. Was aber ein richtiger Yorkshireman ist, und das war er, den wirft so leicht nichts aus dem Sattel. Er stand langsam auf, sein Gesicht lief rot an.

»Passen Sie auf, Sir«, sagte er sehr sanft. »Ich weiß zwar nicht, wer Sie sind, gewiß aber keiner von der Sorte, die nichts zu sagen hat – Polizeiinspektor oder meinetwegen auch einer von den Military-Intelligence Superschlauen vielleicht. Eins aber kann ich Ihnen versichern, wagen Sie ja nicht, das noch einmal zu sagen, oder ich schlage Ihnen den Schädel ein.«

»Davon bin ich überzeugt.« Hardanger grinste plötzlich und sah mich an. »Unschuldig, was?«

»So gut hätte er das kaum hinbekommen«, stimmte ich zu.

»Das glaube ich auch. Sie müssen schon entschuldigen, Norris, aber ich mußte etwas feststellen, und zwar sehr schnell. Ich habe einen Mord aufzuklären. Und das ist kein erbauliches Geschäft und zwingt manchmal zu Methoden, die auch nicht gerade schön sind.«

»Jawohl, Sir«, sagte Norris unsicher. Er würgte noch ein wenig an dem, was ihm zugemutet worden war. »Dr. Baxter. Ja, wie – ich meine, wer –«

»Davon ist jetzt nicht die Rede«, stoppte Hardanger energisch ab. »Sie haben ihn ausgetragen. In diesem Buch hier. Achtzehn Uhr zweiunddreißig heißt es hier. Stimmt das?«

»Wenn's da steht, dann stimmt's auch, Sir. Der Zeiteintrag läuft automatisch.«

»Und Sie haben ihm seine Kennmarke abgenommen – diese hier?«

Er hielt sie hoch.

»Ja, Sir.«

»Sie haben nicht zufällig mit ihm gesprochen, oder?«

»Doch, Sir, das habe ich.«

»Worüber?«

»Ganz allgemein. Übers Wetter und so, Sir. Er war immer nett zu uns, Sir. Und über seine Erkältung, ja. Es hatte ihn schwer erwischt. Er hustete und war in einem fort dabei, sich die Nase zu putzen.«

»Sie haben ihn einwandfrei klar und deutlich gesehen?«

»Selbstverständlich. Ich bin jetzt seit acht Monaten hier beim Wachkommando, und ich kenne Dr. Baxter so gut wie meine eigene Mutter. Angezogen wie immer – karierter Ulster, Schlapphut, dicke Hornbrille.«

»Können Sie das vor Gericht beschwören? Daß es Dr. Baxter war, meine ich?«

Er zögerte einen Moment und sagte dann: »Ja, das kann ich beschwören. Und meine beiden Kameraden, die mit mir Dienst gemacht haben, waren dabei und haben ihn genauso gesehen. Die können Sie auch vernehmen.«

Das taten wir. Dann gingen wir zum Verwaltungsblock zurück. Unterwegs sagte ich: »Haben Sie wirklich geglaubt, daß Baxter gestern nicht aus dem Bau gegangen ist?«

»Nein«, gab Hardanger zu. »Gegangen ist er, das steht fest. Und dann mit einer Kombizange zurückgekommen. Entweder allein oder mit noch jemandem. Was ihn natürlich nach außen hin schwer belastet; fragt sich nur, wer dahinter stand und sich seiner als Werkzeug bediente.«

»Und die Unterschrift? Halten Sie sie für einwandfrei?«

»Die ist so einwandfrei, wie eine Unterschrift nur sein kann. Niemand bringt genau die gleiche Unterschrift ein zweites Mal zustande. Ich glaube, ich werde mich gleich einmal an den General in London wenden. Eine Totaldurchleuchtung Baxters dürfte manches Interessante zutage fördern. Besonders Verbindungen, die früher einmal bestanden haben könnten.«

»Damit vergeuden Sie lediglich Ihre Zeit. Baxters Position war das heißeste Eisen, das in ganz Europa zu vergeben war – er war Chef des Labor I von Mordon. Und jeder Schritt, den er vom Tag an, da er laufen lernte, getan hat, jedes Wort, das er gesprochen hat, jeder Mensch, mit dem er jemals zusammengekommen ist – all das ist nicht nur einmal, sondern hundertmal überprüft worden. Nein, nein, dieser Fisch war einfach zu groß, um durch die Maschen des Sicherheitsdienstes zu schlüpfen.«

»Das alles hat man von anderen auch schon behauptet. Und wo sitzen sie heute? In Moskau oder im Zuchthaus«, sagte Hardanger verbissen. »Ich jedenfalls rufe London jetzt an. Außerdem muß ich gleich mal hören, ob Wylie inzwischen über den Bedford, mit dem sie auf und davon sind, irgend etwas herausgebracht hat. Und dann wollen wir mal sehen, was Martin und seine beiden Fingerabdruckexperten machen. Kommen Sie mit?«

»Nein. Ich werde mir inzwischen die internen Wachen, die gestern Dienst hatten, nochmal vorknöpfen und dann mal ein bißchen auf eigene Faust durch die Gegend schnuppern.«

Er zuckte die Achseln. »Von mir aus, bitte! Ihnen habe ich ja nichts zu sagen, Cavell. Und –«, setzte er noch mißtrauisch hinzu, »wenn aber etwas sein sollte, Cavell, hoffe ich doch, daß Sie mich zumindest davon in Kenntnis setzen werden.«

»Halten Sie mich für verrückt? Sie glauben doch nicht etwa, ich starte hier einen Ein-Mann-Feldzug, wenn ich weiß, daß einer mit dem Satanskäfer in der Westentasche herumläuft?«

Er nickte, aber ich hatte das Gefühl, er traute dem Frieden nicht so ganz, als er allein weiterging. Ich verbrachte die nächsten sechzig Minuten damit, die sechs internen Posten, die gestern vor Mitternacht Wache geschoben hatten, zu vernehmen, und erfuhr dabei genau das, was ich zu erfahren erwartet hatte – nichts. Alle Mann hoch kannte ich gut – vermutlich war das der eigentliche

Grund, warum Hardanger mich so unbedingt in Mordon haben wollte –, und alle waren seit mindestens drei Jahren im Institut. Alle ihre Geschichten stimmten genau überein, und keine davon konnte mir etwas nützen. Auch die genaue Überprüfung der Fenster und des gesamten Daches des E-Blocks, die wir zu dritt vornahmen, ergab nichts und war die reinste Zeitverschwendung.

Von dem Zeitpunkt ab, da Clandon kurz nach elf Uhr von Leutnant Wilkinson aus dem Wachhaus weggegangen war, hatte ihn niemand mehr gesehen, bis sein Leichnam gefunden worden war. Und normalerweise erwartete das auch niemand, denn, wenn er seine Runde einmal beendet hatte, zog er sich gewöhnlich in den kleinen Bungalow zurück, der ihm, kaum hundert Meter vom E-Block entfernt, als Privatwohnung diente. Von dieser Wohnung aus konnte er direkt in den aus Sicherheitsgründen ständig heller-leuchteten verglasten Korridor des E-Blocks hinübersehen. Es gehörte nicht allzuviel Scharfsinn dazu, daraus den Schluß zu folgern, daß ihm irgend etwas nicht geheuer erschienen sein mußte und er deshalb hinübergekommen war. Nur so und nicht anders war seine Anwesenheit genau vor der Labortür zu erklären.

Ich machte mich auf den Weg zum Wachhaus und fragte nach dem Kontrollbuch, in dem die Namen sämtlicher Besucher, die in Mordon ein- und ausgegangen waren, und deren Anliegen eingetragen waren. Einige Hundert stellte ich fest. Alle jedoch, bis auf wenige, gehörten zum Personal von Mordon und waren regulär angestellt. Besuchergruppen waren keine Seltenheit: Wissenschaftler des *Commonwealth* und der NATO-Länder, gelegentlich ein kleinerer Haufen Militärpolizei, die, im Dienst mancherlei dummen Fragen ausgesetzt, hierher gebracht wurden, um die segensreiche Tätigkeit, die sich an dieser Gesundheitsfront gegen Anthrax, Polio, asiatische Grippe und andere Krankheiten vollzog, selbst in Augenschein zu nehmen. Solchen Besuchergruppen wurde genau das vorgeführt, was die Mordoner Autoritäten vorgeführt zu haben wünschten. Im Endergebnis zogen sie gewöhnlich kaum klüger ab, als sie angekommen waren. Gestern jedoch hatten keinerlei Besichtigungen dieser Art stattgefunden. Nur vierzehn Besucher waren insgesamt dagewesen, und auch die samt und sonders in Angelegenheiten der Belieferung des allgemeinen Mordoner Warenbedarfs. Ich schrieb mir die Namen und die Gründe, um derentwillen sie sich hier eingefunden hatten, und ging wieder.

Dann rief ich eine Autoverleihfirma an, bat um einen Wagen für unbegrenzte Zeit und veranlaßte, daß man ihn herausbrachte und vor den Toren von Mordon abstellte. Noch einen Anruf nach Alfringham hatte ich unbedingt zu erledigen, und zwar zum *Waggoner's Rest*, und ich hatte sogar Glück und bekam ein Zimmer. Zuletzt rief ich London an, Mary. Ich hieß sie unsere Sachen packen – einen Koffer für mich und einen für sich selbst – und sich umgehend in den nächsten Zug zu setzen. Von Paddington ging einer, mit dem sie um halb sieben hier sein konnte.

Damit verließ ich die Wache und marschierte ein bißchen durchs Gelände. Die Luft war kalt. Ein naßkalter Novemberwind pfiff durch diese Öde, obgleich es Oktober war. Ich ging deshalb nicht schneller. Langsam wanderte ich am inneren Zaun auf und ab und starrte angelegentlich auf meine Schuhe. Cavell in Gedanken! Dieses Bild hoffte ich dem zufälligen Betrachter zu bieten. Fast eine Stunde verbrachte ich damit, die gleiche Viertelmeile auf und ab zu laufen, und zu guter Letzt fand ich das, wonach ich suchte. Ich glaubte wenigstens, es gefunden zu haben. Bei der nächsten Runde machte ich halt, um meine Schuhbänder festzuziehen, und da war ich meiner Sache sicher.

Hardanger war noch immer im Verwaltungsblock, als ich mich auf die Suche nach ihm begab und ihn schließlich auch fand. Sie brüteten gerade über frisch entwickelten Fingerabdruckbogen.

»Na und?« raunzte er mir entgegen, »was Neues?«

»Nix. Und Sie?«

»Keinerlei Fingerabdrücke an Clandons Utensilien – weder an der Brieftasche noch am Zigarettenetui noch an den Streichhölzern, außer seinen eigenen natürlich, versteht sich. Nichts von Bedeutung an den Türen. Aber den Wagen haben wir, den Bedford. Das heißt, Inspektor Wylies Leute haben ihn ausfindig gemacht. Heute nachmittag als gestohlen von einem gewissen Hendry gemeldet, einem Spediteur aus Alfringham, der drei von dieser Sorte laufen hat. Gefunden vor etwa einer Stunde von einer Motorradstreife; und zwar draußen im Hailemer Forst. Meine Leute sind schon unterwegs, um eventuelle Fingerabdrücke festzustellen.«

»Womit man seine Zeit totschlägt, ist ja schließlich auch ganz egal.«

»Kann schon sein. Kennen Sie den Forst in Hailem?«

Ich nickte. »Genau zwischen Alfringham und Mordon gabelt sich der Weg zu einer nördlichen Abzweigung. Eineinhalb Meilen weiter etwa. Nur steht das, was dort einmal an Wald war, heute

nicht mehr. Keine sechs Dutzend Bäume weit und breit. Villen –
Einfamilienhäuser mit Vorgärten und allem Komfort. Anständige
Wohngegend. Und diesen Hendry – haben Sie sich den schon
etwas genauer angesehen?«

»Habe ich. Nix. Ein honoriger Bürger von der Kategorie, die das
Rückgrat Englands darstellt, und nicht nur das, darüber hinaus
auch noch ein persönlicher Freund von Inspektor Wylie. Die
kegeln im gleichen Verein. Na, und das«, sagte Hardanger ironisch, »hebt ihn ja wohl haushoch über jeden Verdacht.«

»Sie werden ja so bitter, Verehrtester!« Ich deutete mit dem
Kopf auf die Bögen. »Aus Labor I, nehme ich an. Saubere Arbeit.
Ich möchte doch ganz gern wissen, welche Fingerabdrücke von
demjenigen stammen, der der Stelle, an der der Bedford gefunden
wurde, am nächsten wohnt.«

Hardanger sah mich mißtrauisch an. »Klarer Fall, was?«

»Und ob. Den können wir gleich abschreiben. Das Beweisob-
jekt auch noch auf der eigenen Schwelle zu deponieren, hieße ja
wohl, sich die Schlinge selbst um den Hals zu legen.«

»Falls man nicht gerade voraussetzt, daß wir so zu denken
gewohnt sind. Ein gewisser Chessingham. Kennen Sie ihn?«

»Chemiker. Kenne ich.«

»Na und? Würden Sie die Hand für ihn heben?«

»Nicht für St. Peter persönlich. In dieser Geschichte hier für
niemanden. Aber ich wette um ein Monatsgehalt, daß der klar
geht.«

»Ich nicht. Nehmen wir ihn uns einmal gründlich vor, dann
werden wir ja sehen.«

»Werden wir. Und wie viele von all diesen Fingerabdrücken
haben Sie nun identifiziert?«

»Fünfzehn verschiedene sind da. Dreizehn gehen klar. Zwei
können wir noch nicht unterbringen.«

Ich überlegte und nickte dann. »Kann hinkommen. Dr. Baxter,
Dr. Gregori, Dr. MacDonald, Dr. Hartnell, Chessingham. Die vier
Techniker: Verity, Heath, Robinson und Marsh. Das wären neun.
Clandon. Einer der Nachtposten. Und Cliveden und Weybridge
natürlich. Alle schon überprüft?«

»Was glauben Sie, was wir hier tun?« sagte Hardanger verdrossen.

»Inklusive Cliveden und Weybridge?« Hardanger riß die Augen
auf, und Martin starrte mit. »Soll das Ihr Ernst sein, Cavell?«

»Glauben Sie, ich reiße Witze, wenn irgendein Idiot mit dieser

Satanspest in der Hosentasche durch die Gegend läuft. Niemand ist hier über jeden Verdacht erhaben – *niemand*.« Er sah mich lange und ohne einen Lidschlag an. Ich ignorierte das. »Und was die beiden bisher nicht identifizierbaren Fingerabdrücke anbelangt –«

»Ganz Mordon werden wir uns vorknöpfen, bis wir die zwei festgestellt haben«, ergrimmte Hardanger sich.

»Das können Sie sich schenken. Mit neunundneunzigprozentiger Sicherheit stammen sie von Bryson und Chipperfield. Kenne ich alle beide.«

»Würden Sie das vielleicht mal etwas näher erklären?«

»Die zwei zuständigen Leute von der Farm in Alfringham, von der wir ständig Nachschub für die Tierexperimente beziehen. Gewöhnlich kommen sie einmal in der Woche mit neuer Fracht an. Der Mordoner Konsum an Versuchsobjekten ist beachtlich. Und die beiden waren auch gestern hier. Das weiß ich, weil ich das Kontrollbuch eingesehen habe. Und zwar haben sie Nachschub für die sogenannte Menagerie in Labor I abgeliefert.«

»Und Sie kennen sie. Was ist davon zu halten?«

»Jung, tüchtig, fleißig und sehr zuverlässig. Beide wohnen draußen auf der Farm. Beide verheiratet mit netten Frauen. Beide haben ein Kind. Einen Jungen von sechs der eine, der andere ein Mädchen gleichen Alters. Keiner von beiden jedenfalls der Typ, von dem anzunehmen wäre, daß er sich in dunkle Machenschaften einließe.«

»Garantieren Sie für sie?«

»Garantieren! Nicht für den alten Petrus persönlich, das sagte ich doch bereits. Ich garantiere für nichts und niemanden. Wir müssen sie uns halt vornehmen. Wenn Sie wollen, mach ich das. Ich kenne sie, und das ist immer ganz günstig.«

»Wollen Sie?« sagte Hardanger und spießte mich noch einmal so intensiv wie eben auf. »Soll ich Ihnen Kommissar Martin mitgeben?«

»Mir egal«, versicherte ich. Es war mir nicht egal, aber ich besann mich auf meine Manieren.

»Dann erübrigt sich das in diesem Fall wohl«, sagte Hardanger, und mir ging dabei durch den Kopf, daß er Momente hatte, in denen er ausgesprochen unangenehm sein konnte. »Ich erwarte dann also Ihren Bericht über das, was Sie da vorgefunden haben. Na schön, dann lasse ich Ihnen jetzt einen Wagen kommen.«

»Danke, ich bin schon versorgt. Autoleihfirma.«

»Wozu?« fragte er stirnrunzelnd. »Polizei- und Armeefahrzeuge sind ja doch wohl jede Menge greifbar hier. Das wissen Sie doch.«

»Ich bin Privatmann und ziehe Privatbeförderung vor.«

Ich fand meinen Wagen vor dem Tor. Und wie die meisten Leihwagen war er älter und hinfälliger, als es seinem Alter entsprach. Aber er fuhr. Und schlecht gefahren war mir augenblicklich sehr viel lieber als gut gelaufen. Mein linkes Bein machte mir, wie immer, wenn ich es länger strapazierte, schwer zu schaffen. Zwei bekannte Londoner Chirurgen hatten mehr als einmal versucht, mich von den Vorteilen einer Amputation zu überzeugen, und geschworen, mich mit einem Ersatzstück zu versorgen, das vom Original nicht nur kaum zu unterscheiden, sondern auch noch dazu garantiert schmerzlos sei. Beide waren sie ganz hingerissen von der Idee, aber es war ja auch nicht ihr, sondern mein Bein, und ich hing nun einmal daran und gedachte es so lange zu behalten, wie es eben ging.

Ich fuhr nach Alfringham, stoppte unterwegs, unterhielt mich fünf Minuten lang mit dem Manager des einzigen Tanzlokals des Städtchens und kam gerade bei Einbruch der Dunkelheit auf der Farm an. Hinter dem Tor parkte ich gleich vor dem ersten der beiden Bungalows, stieg aus und läutete. Nach dem dritten Versuch gab ich es auf und fuhr zum nächsten weiter. Und hier w[ar] ich nicht umsonst hergekommen. In den Fenstern war Lich[t.] lehnte mich an die Glocke. Kaum ein paar Sekunden spä[ter] die Tür auf. Ich blinzelte erst einmal in die plötzliche [...] dann erkannte ich ihn.

»'n Abend, Bryson, wie geht's?« sagte ich. »Sie [...] entschuldigen, daß ich Ihnen noch so spät ins H[aus ...] habe leider einen ziemlich triftigen Grund.«

»Mr. Cavell!« Die unmißverständliche Ü[berraschung ...] Stimme wurde durch das plötzliche Ver[...] die aus dem Zimmer gedrungen ware[n ...] so schnell wiedersehen würden, hä[...] Eigentlich nahm ich an, Sie hät[...] abgesetzt. Wie geht's Ihnen, S[...]

»Ich hätte Sie gern einm[al ...] Chipperfield, aber er ist n[...]

»Der ist hier. Samt seiner [...] uns Samstagabends immer zu[...] ben.« Und dann zögerte er einen [...]

getan hätte, wenn ich mit Freunden bei einem Drink säße und mir plötzlich ein Fremder ins Haus geschneit käme. »Aber bitte, Sir, kommen Sie doch weiter, wir freuen uns, wenn Sie ein Glas mittrinken.«

»Nur ein paar Minuten, Bryson, länger halte ich Sie nicht auf.« Ich folgte ihm in das hellerleuchtete Wohnzimmer. Ein Holzfeuer brannte knisternd im Kamin. Davor, an einem niedrigen Tisch voller Gläser und Flaschen, die Familien Chipperfield und Bryson. Ein trauliches Bild.

Alles erhob sich, als Bryson die Tür hinter mir schloß. Ich kannte sie alle drei: Chipperfield, ein blonder Hüne, genau das Gegenstück zu dem dunklen, gedrungenen Bryson. Die Frauen, jeweils passend dazu, blond und dunkel. Alle beide aber zart, schlank, hübsch, braunäugig und sich sehr ähnlich. Kein Wunder, sie waren Schwestern.

Nachdem wir ein paar Minuten das übliche leere Stroh gedroschen und ich einen Whisky angeboten und ihn um meines Beins willen akzeptiert hatte, sagte Bryson: »Was können wir für Sie tun, Mr. Cavell?«

»Wir sind dabei, das Rätsel um Dr. Baxter aufzuklären«, sagte ich sehr ruhig. »Ich weiß es nicht, aber vielleicht können Sie uns helfen.«

»Dr. Baxter? Aus Labor I?« Bryson sah seinen Schwager an.

»Ted und ich – wir haben ihn gestern noch gesehen. Und uns auch noch ziemlich lange mit ihm unterhalten. Ihm ist doch nichts passiert, Sir?«

»Er ist heute nacht ermordet worden«, sagte ich.

Mrs. Bryson schlug die Hände vor den Mund und unterdrückte ... Entsetzensschrei. Ihre Schwester gab etwas von sich, was ... wie ein »nein – nein« anhörte. Aber ich sah sie alle beide gar ... Ich hatte nur noch Augen für Bryson und Chipperfield. ... rauchte kein Detektiv zu sein, um wahrzunehmen, daß ..., was ich ihnen so schonungslos gesagt hatte, ein völlig ...ter Schock war.

... nacht, kurz vor zwölf, ist es geschehen. In seinem ... jemand hat ein tödliches Virusgift nach ihm geworfen ...nerhalb von Minuten tot gewesen sein. Aber es war ... Ende. Und dann stieß der unbekannte Täter drau ... ür, auf Mr. Clandon und beseitigte auch ihn – mit

...tand auf – weiß wie die Wand. Ihre Schwester

warf blind die Zigarette ins Feuer und brachte sie hinaus. Und dann hörte ich nur noch, wie es draußen, im Bad, jemandem übel wurde.

»Dr. Baxter und Mr. Clandon tot? Ermordet?« Brysons Gesicht war fast so käsig wie das seiner Frau. »Das glaube ich nicht, nein, das kann nicht wahr sein.« Ich sah ihn an. O doch, er glaubte es schon. Er lauschte nach dem, was sich drüben im Bad zu tun schien, und dann sagte er mit so viel vorwurfsvollem Ärger, wie er ihn bei aller Fassungslosigkeit noch aufzubringen vermochte: »Mußte das sein, Mr. Cavell? Hätten Sie uns das nicht auch allein beibringen können – ohne daß die Frauen dabei sind?«

»Tut mir leid«, sagte ich und gab mir alle Mühe so auszusehen, als täte es mir leid. »Ich bin selbst völlig fertig. Clandon war mein bester Freund.«

»Das haben Sie doch ganz bewußt getan«, trumpfte Chipperfield auf. Im allgemeinen war er ein netter Kerl, aber jetzt war es aus mit seiner Umgänglichkeit. »Unsere Gesichter wollten Sie sehen, nicht wahr, Mr. Cavell. Ob *wir* unter Umständen etwas damit zu tun haben könnten, das wollten Sie doch wissen, stimmt das etwa nicht, Mr. Cavell?«

»Gestern nacht, zwischen elf und zwölf Uhr«, sagte ich präzis, »waren Sie und Ihr Schwager für genau fünf Tänze bei diesem Freitag-Abend-Lämmerhüpfen in Alfringham, genau dort, wo Sie seit Jahr und Tag jeden Freitagabend hinzugehen pflegen. Und falls Sie Wert darauf legen, dann nenne ich Ihnen auch noch sämtliche Tänze, die Sie dort getanzt haben. Aber ich glaube, das erübrigt sich wohl. Entscheidend ist, daß weder Sie noch Ihre Frauen das Lokal während dieser einen Stunde auch nur für einen einzigen Augenblick verlassen haben. Anschließend sind Sie dann in Ihren Wagen gestiegen und kurz nach zwölf Uhr zwanzig wieder hier gelandet. Wir haben aber einwandfrei festgestellt, daß alle beiden Verbrechen zwischen 11.15 und 11.45 Uhr verübt worden sein müssen. Packen Sie also mit Ihren Albernheiten ein, Chipperfield. Auch nicht der leiseste Schatten eines Verdachts fällt auf Sie. Wenn, dann säßen Sie längst hinter Schloß und Riegel, und ich hockte nicht bei Ihnen herum und tränke Ihren Whisky. Und da wir gerade von Whisky reden –«

»Du lieber Gott, Mr. Cavell, entschuldigen Sie. Ich bin ein Idiot, der wieder mal dusselig quatscht.« Die Erleichterung stand ihm im Gesicht geschrieben, als er aufstand, um mein Glas nachzugießen. Daß dabei einiges daneben und auf den Teppich ging, schien er nicht zu bemerken. »Wenn Sie aber doch wissen, daß wir nichts damit zu tun haben, wie können wir Ihnen denn dann schon helfen?«

»Sie könnten mir zum Beispiel alles berichten, was sich gestern im E-Block getan hat. Alles. Was Sie dort gemacht haben, was Ihnen aufgefallen ist, was Dr. Baxter gesagt und Sie geantwortet haben. Aber vergessen Sie nichts, nicht die belangloseste Kleinigkeit.«

Also legten sie los, abwechselnd, und ich saß da und sah sie mit unverwandter Aufmerksamkeit an und dachte gar nicht daran, auch nur hinzuhören. Ich war so vollauf damit beschäftigt, so zu tun als ob, daß ich kaum hinsah, als die beiden Frauen zurückkamen, und auf das blasse, verlegene Lächeln, mit dem Mrs. Bryson mich entschuldigend ansah, gar nicht reagierte. Bei der erstbesten Gelegenheit leerte ich meinen Whisky mit Anstand, stand auf und verabschiedete mich. Mrs. Bryson sagte irgend etwas Entschuldigendes über die eigene Albernheit, ich gab ein paar passende Worte zurück, und Bryson sagte: »Daß wir Ihnen im Grund wohl auch nicht weiterhelfen konnten, tut mir leid, Mr. Cavell.«

»Sie haben mir geholfen«, sagte ich. »Polizeiarbeit besteht nun einmal aus dem Sondieren der gegebenen Möglichkeiten, aus entkräften und bestätigen. Und Sie haben mehr entkräftet, als Sie glauben. Mir tut es lediglich leid, daß ich Sie so überfallen mußte. Was das für Sie, die Sie zu Mordon gehören, für ein Schock war, kann ich mir gut vorstellen. Und da wir gerade bei den familiären Banden sind – sagen Sie, wo sind denn eigentlich die Kinder heute?«

»Nicht da. Gott sei Dank!« sagte Mrs. Chipperfield. »Die beiden haben jetzt Herbstferien, und in den Ferien sind sie immer bei der Großmutter in Kent.«

»Ja, im Augenblick sind sie da wohl auch am besten aufgehoben«, stimmte ich zu, entschuldigte mich noch einmal und sah zu, daß ich ohne allzuviel Palaver an der Haustüre schnell wegkam. Es war jetzt ziemlich dunkel geworden. Ich ging zu meinem Leihwagen, stieg ein und fuhr wieder durchs Tor. Dann bog ich links nach Alfringham ab. Vierhundert Meter weiter etwa fand sich eine anständige Parkmöglichkeit. Ich stellte die Scheinwerfer ab und stieg aus.

Mein Bein tat elend weh, und ich brauchte fast fünfzehn Minuten, um zu Brysons Bungalow zurückzukommen. Die Vorhänge waren zwar zugezogen, aber so einwandfrei, daß ich nicht alles, was ich sehen wollte auch sehen konnte, nun auch wieder nicht. Mrs. Bryson saß auf der Polsterbank und weinte sich das Herz aus dem Leib. Ihr Mann hatte den Arm um sie gelegt, in der anderen Hand hielt er sein Whiskyglas, ein gut halbvolles. Chipperfield, auch mit einem Glas bewaffnet, starrte brütend ins Feuer. Und Mrs. Chipperfield, der ich genau gegenüberstand, beugte sich im hellen Lampenschein, der ihr helles Haar aufleuchten ließ, über irgend etwas, das sie in der Hand hielt. Was es war, konnte ich nicht sehen. Aber wozu auch? Ich hätte mit hundertprozentiger Sicherheit sagen können, was es war. Still, wie ich gekommen war, verschwand ich wieder, und ich brauchte meine Zeit, um zum Wagen zurückzukommen. Fünfundzwanzig Minuten blieben mir noch, bis der Londoner Zug in Alfringham einlief. Der Zug – und Mary.

Mary Cavell war mein Leben. Acht Wochen war ich erst mit ihr verheiratet, aber ich wußte genau, daß ich es bis ans Ende meiner Tage bleiben würde. Mein Leben lang. Das kann jeder sagen – wie einfach und abgenützt und im Grunde vielleicht sogar ein bißchen billig. Sie sollten sie nur einmal sehen, dann würden Sie anders denken. Dann würden Sie mir alles glauben.

Sie war klein und blond und schön, und sie hatte ganz erstaunlich grüne Augen. Aber das war es nicht. In den Hauptverkehrszeiten, wenn ganz London auf den Beinen schien, brauchte man sich, ohne lange zu suchen, nur einmal kurz umzusehen, um ein halbes Dutzend davon zusammenzubringen – und alle klein, blond, schön. Nein, das war es wirklich nicht. Auch nicht ihr Talent zum Glücklichsein, dem sich niemand zu entziehen vermochte, nicht ihre unwiderstehliche Fröhlichkeit und nicht ihre Lebensfreude, mit der sie das Leben so intensiv wie ein bunter Schmetterling im Sommer genoß. Es war etwas anderes. Ein Strahlen, das von ihr ausging – von ihren Augen, ihrer Stimme, ihrem ganzen Wesen. Ein Strahlen, das alles in seinen Bann zog und sie zu dem einzigen Menschen machte, von dem ich genau wußte, daß er keinen Feind besaß. Und die einzige Definition, die zu liefern ich dazu imstande bin, ist das altmodische und viel mißbrauchte Wort Güte.

Sie war meine Frau, und ich fragte mich noch immer, warum sie mich geheiratet hatte. Jeden, der ihr jemals begegnet war, hätte sie haben können. Nein, mich hatte sie sich ausgesucht. Warum? Weil ich auch einen gebrochenen Flügel aufzuweisen hatte, nehme ich an. Der deutsche Tankwagen, der im Dreck von Caen über mein Bein gerollt war, die Granate, die einst mein Auge so erwischte, daß ich links kaum noch Tag und Nacht zu unterscheiden vermochte und meine Gesichtshälfte dabei auch noch so zerfetzte – und ein Adonis war ich auch bis dato nie –, daß jede Plastikchirurgie daran vergebens war, das alles mußte es wohl gewesen sein, was mich für Mary zur lahmen Ente machte.

Der Zug fuhr ein, und ich sah sie, gleich in meiner Nähe, leichtfüßig aus dem Abteil springen, gefolgt von einem Kavalier mittleren Jahrgangs, angetan mit Melone und Schirm, bepackt mit ihrem Koffer. Prototyp des Ausbeuters und Wucherers von Anno dazumal, der in einstigen Amtsstunden den Ärmsten der Stadt den letzten Cent herausquetschte und Witwen und Waisen erzittern ließ. Ein Kerl, den ich nie gesehen und von dessen Existenz auch Mary bisher wohl nichts geahnt hatte. Aber so wirkte sie nun einmal auf die Menschheit. Die unwahrscheinlichsten Zeitgenossen wurden zahm und stritten sich um die Ehre, etwas für sie tun zu dürfen. Und dieser Wucherer machte mir ganz den Eindruck eines trefflichen Streiters.

Sie lief mir entgegen, und ich wappnete mich innerlich gegen die Schockwirkung auf mich und andere. Marys Begrüßungen waren von keinerlei Hemmungen gemäßigt, und obwohl ich mich an den Anblick hochgezogener Augenbrauen erstaunter Mitreisender bereits zu gewöhnen begonnen hatte, versöhnt damit war ich immer noch nicht ganz. Wir hatten uns heute morgen zum letztenmal gesehen, aber ich hätte genausogut ein lange vermißter und zärtlich geliebter Abkömmling aus dem australischen Busch sein können, der nach einem langen Leben in der Ferne zum erstenmal wieder in die Heimat kommt. Ich war gerade dabei, sie auf festem Boden abzusetzen, als der Zinsgeier mit ihren Koffern heranschnaufte, sich derselben entledigte, aufstrahlend an die Melone griff, kehrt machte, sich umsah und, noch immer strahlend, über einen Gepäckkarren stolperte. Als er sich die Hosenbeine abklopfte, strahlte er noch immer, griff nochmals nach dem Hut und entschwand.

»Du solltest deine Errungenschaften etwas vorsichtiger anlächeln«, redete ich ihr ins Gewissen. »Soll ich für den Rest meines Lebens jetzt nur noch schuften, um die gegen dich geltend gemachten Schadensersatzansprüche zu zahlen? Bei diesem Unterdrücker der arbeitenden Klasse bin ich soeben nochmal mit einem blauen Auge davongekommen. Mit dem hätte ich es für den Rest meiner Tage zu keinem neuen Anzug mehr gebracht.«

»Aber was hast du nur gegen ihn? Er war reizend.« Sie sah zu mir auf, und da, ganz plötzlich, lächelte sie nicht mehr. »Pierre Cavell, du bist müde, irgend etwas stimmt ganz und gar nicht, und dein Bein tut dir weh.«

»Pierre Cavells Gesicht ist eine Maske«, sagte ich. »Ausgeschlossen, jemals zu sagen, was er denkt und empfindet – undurchdringlich sozusagen. Frag, wen du willst.«

»Und Whisky getrunken hast du auch.«

»Wie hätte ich die lange Trennung sonst überstehen sollen?« Ich brachte sie zum Wagen. »Wir wohnen im *Waggoner's Rest*.«

»Klingt wundervoll. Schindeldach, alte Eichen, traulicher Kamin.« Sie zog sich fröstelnd zusammen. »Kalt ist es. Ich kann gar nicht schnell genug hinkommen.«

Wir waren in drei Minuten da. Ich parkte vor einem hochmodernen Serien-Greuel aus Glas und Chrom. Mary sah erst das Greuel an und dann mich. »Und das soll das *Waggoner's Rest* sein?«

»Darf ich dich auf das Neonschild hinweisen. Sanitäre Außenanlagen und Holzwürmer in den Bettpfosten sind aus der Mode. Aber Zentralheizung haben sie garantiert.«

Der Wirt allerdings, augenblicklich als Empfangschef tätig, hätte sich mit seinem roten Knallkopf und den aufgekrempelten Hemdsärmeln in einem Etablissement des achtzehnten Jahrhunderts weitaus besser ausgenommen. Ein umwerfender Bierdunst ging von ihm aus. Er nahm mich mürrisch zur Kenntnis, lächelte Mary zu und beauftragte einen Zehnjährigen – den Sohn des Hauses vermutlich –, uns unser Zimmer zu zeigen. Es war einigermaßen sauber, geräumig und sah in den Hofgarten hinaus – in das, was der brave Engländer sich unter einem kontinentalen Biergarten vorstellt. Wichtiger war mir, daß man von einem der Fenster direkt den gesamten Weg von der Terrasse zum Hof übersehen konnte.

Die Tür war kaum hinter dem Filius zugefallen, als auch Mary schon ankam. »Was macht dein Bein, Pierre? Ehrlich.«

»Nicht viel Gutes.« Ich hatte es längst aufgegeben, ihr etwas vorzumachen. Was mich anbelangte, war sie ein menschlicher Lügendetektor. »Das gibt sich wieder; das gibt sich immer wieder.«

»In den Sessel«, kommandierte sie. »Und hier ist der Schemel. Keinen Schritt mehr für heute.«

»Keinen? Einige, fürchte ich. Traurig, aber unumgänglich notwendig.«

»Und wenn schon«, beharrte sie eigensinnig. »Du wirst ja wohl nicht unbedingt alles selbst machen müssen. Es gibt genug Leute –«

»Diesmal nicht. Ich muß nochmal weg. Zweimal sogar. Einmal hätte ich dich allerdings gern dabei, deshalb habe ich dich herkommen lassen.«

Sie stellte keine Fragen. Sie griff nach dem Telefon und bestellte Whisky für mich und Cherry für sich. Mister Hemdsärmel kam höchstpersönlich, ein wenig außer Atem vom Treppensteigen, damit an. Mary lächelte ihm zu. »Könnten wir das Abendessen hier oben serviert bekommen?«

»Abendessen?« Mister Hemdsärmel schnappte nach Luft. Sein roter Knallkopf wurde noch um eine Schattierung röter. »Auf dem Zimmer? Das Abendessen? Na, Sie gefallen mir. Was glauben Sie eigentlich, wo Sie hier gelandet sind? Im Claridges?« Er brachte den Blick, mit dem er den Himmel beschworen hatte, zur Erde hernieder und sah Mary wieder an. Er öffnete den Mund, schloß ihn wieder, starrte sie weiter an und wußte, daß er ein verlorener Mann war. »Claridges«, wiederholte er automatisch. »Aber meinetwegen, gut, mal sehen, was sich machen läßt. Gegen alle Hausregeln zwar – aber weil Sie's sind, Madam.«

Er ging. »Man sollte dich unter Polizeiaufsicht stellen lassen«, sagte ich. »Gieß mir doch mal einen Whisky ein und gib mir das Telefon 'rüber.«

Ich wählte dreimal hintereinander. Erst London, dann Inspektor Wylie, dann Hardanger. Er war noch immer in Mordon. Er war müde, und er war verärgert, und ich wußte warum. Ein langer Tag – ein endlos langer Tag – der im Grunde nichts eingebracht hatte.

»Cavell?« Er bellte beinah. »Was haben Sie aus den beiden da draußen herausgebracht? Auf der Farm meine ich.«

»Bryson und Chipperfield? Nichts zu wollen. Zweihundert Zeugen sind willens und bereit zu beschwören, daß keiner der beiden das Mordoner Terrain zwischen elf und zwölf im Umkreis von fünf Meilen auch nur betreten hat.«

»Was soll das wieder für ein Blech sein? Zweihundert –«

»Auf'm Schwof waren sie. Irgend etwas bei den anderen verdächtigen Vögeln aus Labor I herausgekommen?«

»Haben Sie etwa erwartet, daß da etwas herauskommen könnte?« gab er so sauer wie eine Zitrone zurück. »Bilden Sie sich etwa ein, der Täter wird auch noch so dusselig gewesen sein, sich nicht mit einem hieb- und stichfesten Alibi zu versorgen? Da hatte jeder sein Alibi – und sein verdammt gutes Alibi. Ich bin noch immer nicht davon überzeugt, daß da nicht doch ein Außenseiter am Werk war.«

»Chessingham und Dr. Hartnell? Wie steht's mit deren Alibis?«

»Wie kommen Sie denn gerade auf die zwei?« krächzte er mißtrauisch.

»Sie interessieren mich halt. Ich wüßte gern, was sie ausgesagt haben, weil ich mir sie heute abend noch vornehmen werde.«

»Ohne mein Einverständnis werden Sie gar nichts, Cavell«, und jetzt brüllte er beinah. »Leute, die mir den ganzen Laden durcheinanderbringen –«

»Ich bringe nichts durcheinander. Ich gehe, Hardanger. Was hat der General mir zugesichert? Freie Hand. Stimmt's? Ständig blockiert zu werden – was Sie selbstverständlich tun können – deckt sich nicht mit meiner Auffassung von ›freier Hand‹. Und der General wäre auch nicht dafür.«

Pause. Hardanger schluckte an dem Brocken. Es dauerte eine Weile. Schließlich sagte er gemäßigter: »Sie haben doch vorhin selbst so getan, als hielten Sie Chessingham für klar.«

»Sprechen möchte ich ihn jedenfalls. Er ist nicht nur wach und hält die Augen auf, sondern er steht auch noch gut mit Hartnell. Und um den geht es mir im Grunde. Ein ausgezeichneter Chemiker, jung und finanziell ein leichtsinniger Vogel. Weil er von seinen Mikroben was versteht, bildet er sich ein, genauso einen Riecher für finanzielle Spekulationen zu haben. Vor drei Monaten hat er alles, was er besaß, in eine Nachtfluggesellschaft, die in sämtlichen Zeitungen die Reklametrommel gerührt hat, investiert. Und Pech gehabt. Daraufhin hat er sein Haus schwer belastet. Kurz ehe ich mich von Mordon abgesetzt habe, muß das gewesen sein. Und soweit ich weiß, ist er bei diesem Sanierungsversuch auch ziemlich eingegangen.«

»Verdammt, und damit rücken Sie jetzt erst heraus«, polterte er mich an.

»Das ist mir auch erst heute abend plötzlich wieder eingefallen.«

»Ach nee – plötzlich ist Ihnen das wieder eingefallen –«, Hardanger brach ab, als wäre er am Ersticken. Dann sagte er sinnierend: »Sagen Sie mal, ist das nicht vielleicht doch ein bißchen zu simpel? Einfach auf Hartnell loszugehen? Nur weil er langsam auf den Offenbarungseid zusteuert?«

»Das kann man nicht so ohne weiteres sagen. Wie gesagt, so

clever, wie er glaubt, ist er nun auch wieder nicht. Den muß ich mir mal etwas näher ansehen. Ihr Alibi haben sie natürlich alle beide, was?«

»Beide wollen sie zu Hause gewesen sein. Beider Familien sind bereit, das zu beschwören. Aber ich möchte Sie später noch sehen, Cavell.« Na also, dachte ich, warum nicht gleich so. »Ich bin dann im *County* in Alfringham.«

»Und ich im *Waggoner's Rest*, kaum ein paar Minuten weit weg. Könnten Sie nicht bei uns vorbeikommen? Sagen wir, so gegen zehn?«

»Bei uns?«

»Mary ist heute nachmittag nachgekommen.«

»Mary?« Überraschung war herauszuhören, Mißtrauen, das zu verbergen ihm nicht ganz gelang, vor allem aber ehrliche Freude. Einer seiner guten Gründe, um derentwillen er nicht allzuviel für mich übrig hatte, war der, daß ich ihm die beste Sekretärin, die er jemals gehabt hatte, sozusagen weggeschnappt hatte. Drei Jahre hatte sie für ihn gearbeitet. Und wenn jemals jemand von sich behaupten könnte, eines Basilisken behüteter Augapfel zu sein, dann war es Mary.

Er sagte zu. »Also dann um zehn.«

## 5

Ich brach zum Hailemer Forst auf. Mary saß ungewöhnlich schweigsam neben mir. Beim Abendessen hatte ich ihr den ganzen Salat erzählt – alles. Angst an ihr kannte ich nicht. Jetzt hatte sie Angst. Und wie. Zwei verängstigte Seelen in einem Auto.

Viertel vor acht waren wir bei Chessingham. Ein altmodisches, flachgedecktes Gemäuer mit engbrüstigen Fenstern und imposantem Treppenaufgang, der sich über eine Art Vertiefung schwang, die das Kellergeschoß mit Licht versorgte und sich ausnahm wie ein Burggraben. Alte hohe Bäume rings um das Haus seufzten im kalten Nachtwind, und zu regnen fing es auch noch an. Eine Nacht und eine Stätte, die unserer Gemütsverfassung genau entsprach.

Chessingham hatte den Wagen gehört und nahm uns oben am Treppenabsatz in Empfang. Er sah blaß und fertig aus. Das besagte nichts. Alles, was zum E-Block gehörte, hatte heute guten Grund, blaß und fertig auszusehen.

»Cavell«, sagte er nur. Und wenn er uns auch nicht gerade herzlichst die Hand schüttelte, so nahm er uns doch höflich und mit allem Anstand in Empfang, trat zurück und hielt uns die Tür auf. »Ich hatte zwar bereits vernommen, daß Sie wieder in Mordon sind, Cavell, daß Sie sich aber auch noch hier heraus bemühen würden, das habe ich denn doch nicht erwartet. Mein Bedarf an Fragereien ist für heute eigentlich gedeckt.«

»Keine Bange, ist nicht so dienstlich«, beruhigte ich. » Sie sehen doch, meine Frau ist mit, und wenn ich die mitnehme, laß ich die Handschellen zu Hause.«

Und dem war so. Er gab sich einen inneren Ruck und Mary die Hand und führte uns in ein altmodisches Wohnzimmer: Schwere Möbel aus der Zeit König Eduards, fließende Samtportieren, Kaminfeuer. Davor zwei Damen in hochlehnigen Armsesseln. Die eine, jung und hübsch, neunzehn oder zwanzig etwa, wie mit ihren braunen Augen der weibliche Pendant zu Chessingham: seine Schwester. Die andere offensichtlich seine Mutter. Nur sah diese weitaus älter aus als ich es vermutet hatte. Bei näherem Hinsehen allerdings stellte sich heraus, daß sie lediglich viel älter wirkte. Ihr Haar war weiß, und ihre Augen hatten jenen eigenartigen Blick, den alte Menschen manchmal haben, wenn sie spüren, daß das Ende eines langen Weges nahe ist. Von schweren Adern gezeichnet, lagen ihre Hände knittrig und pergamenten im Schoß. Keine Greisin. Aber krank – schwer krank und vorzeitig gealtert. Doch sie saß sehr aufrecht da, und in ihren durchsichtigen, fast aristokratischen Zügen zeigte sich ein liebenswürdiges Lächeln.

»Mr. und Mrs. Cavell«, stellte Chessingham vor. »Dem Namen nach dürftet ihr ihn kennen; von ihm war schon des öfteren die Rede hier. Meine Mutter, meine Schwester Stella.«

»Ich freue mich, Sie kennenzulernen«, sagte Mrs. Chessingham. Ihre Stimme hatte jene distanziert lässige Arroganz, die zu einem viktorianischen Wohnzimmer und einer Horde Dienerschaft wundervoll gepaßt hätte. Dabei sah sie Mary an. »Meine Augen sind heute auch nicht mehr das, was sie einmal waren – leider – aber wie schön Sie sind, das sehen sie trotzdem noch. Kommen Sie und setzen Sie sich zu mir, mein Kind. Wie haben Sie das nur fertiggebracht, Mr. Cavell?«

»Sie muß mich wohl verwechselt haben, Madam.«

»So etwas soll vorkommen«, stimmte Mrs. Chessingham zu. In ihren Augen jedoch lag ein schalkhaftes Zwinkern; das hatten auch die Jahre nicht auszulöschen vermocht. »Entsetzlich, was sich heute in Mordon getan hat, Mr. Cavell. Nicht zu fassen. Wir wissen bereits alles.« Sie hielt inne und fuhr dann mit jenem kleinen lächelnden Zwinkern in den Augen fort: »Ich hoffe doch stark, daß Sie Eric nicht gleich verhaften wollen? Der arme Junge hat ja vor lauter Aufregung noch nicht einmal etwas gegessen.«

»Ihr Sohn hat leider das Pech, zum Labor I zu gehören, mehr haben wir ihm nicht vorzuwerfen. Unsere Bemühungen gehen lediglich dahin, ihn aus dem großen Kreis der Ermittlungen zu eliminieren. Jede Verkleinerung dieses Kreises ist ein gewisser Fortschritt für uns.«

»Eliminieren? Ich bitte Sie«, sagte Mrs. Chessingham nicht ohne eine gewisse Härte in der Stimme, »Eric braucht nicht erst eliminiert zu werden. Er hat damit nichts zu tun. Die bloße Idee ist absurd.«

»Selbstverständlich. Das weiß ich, und das wissen Sie, nur Polizeichef Hardanger, der mit der Aufklärung des Falles beauftragt ist, weiß es nicht. Und gleichgültig, wie überflüssig es auch manchmal sein mag, sämtliche Aussagen sind nun einmal nachzuprüfen. Daß ich hier bin und nicht einer seiner Leute, hat mich einige Überredung gekostet.« Mary sah mich groß an, faßte sich aber gleich wieder.

»Und warum lag Ihnen daran, wenn ich fragen darf?« Mir wurde es langsam peinlich, mit ansehen zu müssen, wie der junge Chessingham in unserer Gegenwart von seiner Mutter bevormundet wurde.

»Weil ich Ihren Sohn kenne, während die Polizei das nicht tut. Das dürfte uns fünfundsiebzig Prozent aller Fragen ersparen. Sonderdienst-Detektive fragen grundsätzlich sehr viel und in einem Fall, wie er hier gegeben ist, nicht immer sonderlich taktvoll, sondern recht rücksichtslos, und ohne sich auch nur ein Blatt vor den Mund zu nehmen.«

»Das bezweifle ich nicht. Genausowenig wie ich bezweifle, daß auch Sie so rücksichtslos wie kaum ein anderer werden können, so der Anlaß dazu gegeben ist. Doch ich bin überzeugt, daß dies heute nicht in Ihrer Absicht liegt.« Mrs. Chessingham seufzte und legte die Hände auf die Sessellehnen. »Nun muß ich Sie aber doch bitten, mich zu entschuldigen! Ich bin alt und nicht gerade wohlauf. Deshalb genieße ich unter einigen anderen Privilegien auch den Vorzug, mein Abendessen im Bett einnehmen zu dürfen.« Lächelnd wandte sie sich an Mary: »Mit Ihnen würde ich mich aber gern noch ein bißchen unterhalten, mein Kind. Sehen Sie, ich habe so wenig Besuch, daß ich dieses Vergnügen so lange wie möglich auskosten möchte. Helfen Sie mir bitte über diese schreckliche Treppe, während Stella das Abendessen richtet.«

Alleingelassen, sah Chessingham mich an und sagte: »Entschuldigen Sie, meine Mutter ist –«

»Ihre Mutter ist eine wundervolle Frau«, unterbrach ich sofort, »kein Grund, sich zu entschuldigen.« Sein Gesicht hellte sich ein wenig auf. »Um zu Ihrer Aussage zu kommen, Sie gaben an, die ganze Nacht zu Hause gewesen zu sein. Und Ihre Mutter und Ihre Schwester sind bereit, das zu beschwören?«

»Natürlich würden sie das – ob ich nun zu Hause war oder nicht«, gab er lächelnd zurück.

Dazu nickte ich nur. »Nachdem ich sie kennengelernt habe, sollte mich das auch nicht wundern. Ihre Mutter könnte aussagen, was immer sie aussagen will, man würde ihr glauben. Nicht aber Ihrer Schwester. Dazu ist sie auch zu jung und zu unerfahren; jeder einigermaßen routinierte Kriminalist würde sie innerhalb von fünf Minuten fertigmachen. Wenn Sie also in irgendeiner Weise mit dieser Geschichte etwas zu tun haben sollten, dann halte ich Sie doch für so klug, daß Sie genau wissen werden, daß alles, was Sie angeben, stimmen muß. Können Ihre Angehörigen beschwören, daß Sie die ganze Nacht hier gewesen sind – bis, sagen wir, elf Uhr fünfzehn?«

Chessinghams Miene verdüsterte sich etwas. »Das nicht. Stella ist um halb elf schlafen gegangen. Danach saß ich noch stundenlang oben auf dem Dach.«

»Chessinghams Observatorium? Davon habe ich gehört. Und dafür haben Sie keinerlei Zeugen?«

»Nein.« Er dachte stirnrunzelnd nach. »Ist das denn so wichtig?« Ratlos und ärgerlich schüttelte er den Kopf. »Ich besitze nicht einmal ein lächerliches Fahrrad, und um diese Zeit verkehrt hier draußen nichts mehr, weder ein Bus noch sonst ein Verkehrsmittel. Außerdem hätte ich nie um Viertel nach elf in Mordon sein können, wenn ich bis um halb elf hier war. Es handelt sich immerhin um eineinhalb Meilen.«

»Wissen Sie, wie das Verbrechen sich abgespielt hat?« fragte ich. »Haben Sie davon gehört, daß eine Art Ablenkungsmanöver inszeniert wurde, um jemanden, der durch den Zaun wollte, zu decken? Dieser faule Fisch ist dann in einem in Alfringham gestohlenen Bedford-Laster entkommen.«

»Man ist zwar nicht sehr mitteilsam bei der Polizei, aber gehört habe ich davon. So etwas spricht sich ja immer sehr schnell herum.«

»Und wissen Sie auch, daß sich dieser Bedford etwa hundertfünfzig Meter von hier entfernt gefunden hat?«

»Hundertfünfzig Meter von hier?« Chessingham schien ehrlich bestürzt, starrte dann ins Feuer und brütete vor sich hin. »Schlecht, was?«

»Meinen Sie?«

Er dachte einen Augenblick nach und grinste dann. »So tüchtig, wie Sie glauben, bin ich nicht. Das ist gar nicht schlecht, das ist sogar sehr gut. Erstens, wäre ich der Fahrer gewesen, dann hätte ich den Wagen – wohlgemerkt nach halb elf – erst mal aus Alfringham holen müssen. Zweitens wäre ich dann nicht gerade nach Mordon gefahren, sondern getürmt. Drittens wäre ich kaum so ein Idiot gewesen, ihn vor meiner Haustür abzustellen. Und viertens kann ich gar nicht fahren.«

»Tja, das ist alles recht gut und schlüssig«, gab ich zu, »aber –«

»Halt!« stoppte er mich aufgeregt. »Das kann ich Ihnen sogar noch viel besser beweisen. Ich muß heute verdammt ein Brett vor dem Kopf haben. Kommen Sie mit nach oben in mein Observatorium.«

Ich kam mit. Durch eine Tür im ersten Stock hörte ich gedämpfte Stimmen: Mary und Mrs. Chessingham. Eine Strickleiter führte in eine Art quadratische Hütte mitten auf dem flachen Dach. Eine Seite war mit Furnierholz verkleidet. Vor dem Eingang hing ein Vorhang. Auf der anderen Seite stand ein beachtlich großes Reflektor-Teleskop in einer Plexiglaskuppel.

»Mein einziges Hobby«, sagte Chessingham. Alle nervöse Spannung war jetzt aus seinem Gesicht gewichen. Es zeigte nur noch den üblichen Eifer, mit dem jeder Enthusiast sein Steckenpferd reitet.

»Übrigens bin ich Mitglied der British Astronomical Association Jupiter-Abteilung, und Korrespondent für ein paar astronomische Monatszeitschriften – einige arbeiten ausschließlich mit Amateuren, aber ich kann Ihnen versichern, daß man bei denen, die von diesem Hobby ganz und gar gepackt sind, kaum mehr von Zeitvertreib reden kann. Bis gegen zwei Uhr morgens habe ich hier oben gehockt und an einer Fotoserie für eine Zeitschrift über den Roten Fleck im Jupiter und den Satelliten Io, der seinen eigenen Schatten verdunkelt, gearbeitet.« Ein Stein schien ihm vom Herzen gefallen. Er wurde ganz aufgekratzt. »Hier ist das Schreiben, mit dem man mich dazu beauftragt hat – irgend etwas, was ich ihnen mal zuschickte, muß ihnen schwer imponiert haben.«

Ich warf einen flüchtigen Blick auf den Brief. Der war einwandfrei.

»Sechs Serien habe ich gemacht. Eine Aufnahme immer besser als die andere, auch wenn ich mich hier selbst beweihräuchere. Warten Sie, die muß ich Ihnen unbedingt zeigen.« Er verschwand durch den Vorhang, hinter dem ich seine Dunkelkammer vermutete, und erschien mit einem Stapel offensichtlich frisch entwickelter Fotos. Ich nahm sie ihm ab. Aber ich konnte diesen trübseligen grauen Flecken und Streifen, die sich gegen ein noch graueres Grau abhoben, beim besten Willen nichts abgewinnen. »Nicht schlecht, was?«

»Gar nicht schlecht.« Dabei fiel mir etwas ein. Ich überlegte und sagte dann schnell: »Läßt sich an diesen Aufnahmen feststellen, um welche Zeit sie gemacht worden sind?«

»Das ist es ja, weshalb ich Sie hierher geschleift habe. Bringen Sie sie zum Greenwich Observatorium, lassen Sie die genauen Längen- und Breitengrade dieses Hauses bestimmen, und man wird Ihnen auf die Sekunde genau sagen, wann jede dieser Aufnahmen gemacht worden ist. Bitte sehr, nehmen Sie sie mit.«

»Danke, danke.« Ich händigte ihm die Fotos lächelnd wieder aus. »Zeitvergeudung. Ich weiß immer genau, wann ich aufzuhören habe, und bei Ihnen bin ich schon weit darüber hinausgegangen. Meinetwegen schicken Sie sie mit herzlichen Grüßen von mir an die Astronomische Monatszeitschrift.«

Wir fanden Mary und Stella vor dem Kamin. Ein paar landläufige Redensarten, ein höfliches Ablehnen der angebotenen Drinks, und schon waren wir wieder unterwegs. Ich schaltete die Heizung ein, soweit es ging, aber nichts rührte sich. Vermutlich war gar keine da, die einzuschalten gewesen wäre. Es war bitter kalt, und es goß. Ich hoffte still, daß wenigstens der Regen nachließe.

»Was hast du herausgebracht?«

»Wie ich das alles hasse«, sagte sie heftig. »Ich mag es einfach nicht. Dieses widerliche Aushorchen. Lügen, nichts als Lügen – egal, wer es ist, ob nun diese reizende alte Dame oder dieses nette Mädchen. Wenn ich bedenke, daß ich all diese Jahre für den Polizeichef gearbeitet und mir nie etwas dabei gedacht –«

»Ich weiß«, sagte ich, »aber du lieber Gott, wo scharf geschossen wird, muß zurückgeschossen werden. Denk doch an den

Doppelmord. Denk an diesen Kerl, der mit diesem Satanszeug in der Tasche herumläuft. Denk an –«

»Du hast recht. Entschuldige. Ich bin halt nicht ganz dafür geschaffen – na ja, lassen wir das. Viel ist es sowieso nicht, was ich da aus ihnen herausgeholt habe. Ein Mädchen haben sie, deshalb war das Essen auch so schnell fertig, als Stella aufstand. Stella ist zu Hause. Ihr Bruder besteht darauf. Er besteht darauf, daß sie sich um ihre Mutter kümmert. Die ist wirklich schwer krank – soweit ich Stella verstanden habe. Es kann so ungefähr jeden Tag zu Ende gehen – obwohl der Arzt überzeugt ist, daß ein ständiger Aufenthalt in wärmerem Klima, in Griechenland oder Spanien eventuell, ihr Leben um zehn Jahre verlängern könnte. Irgendeine gefährliche Herzasthma-Geschichte. Aber sie will halt nicht. Lieber in Wiltshire sterben als in Alicante vegetieren. In diesem Sinne jedenfalls hat sie sich ausgedrückt. Und mehr habe ich leider auch nicht zu bieten.« Genug für mich. Mehr als genug. Ich saß stumm da und überlegte mir gerade, ob der Chirurg, der mir ein neues Bein vorgeschlagen hatte, vielleicht doch nicht ganz so unrecht haben könnte, als Mary abrupt in diese Erwägungen eingriff.

»Und du? Wie weit bist du gekommen?«

Ich berichtete, wie weit ich gekommen war. Als ich zu Ende war, sagte sie: »Du hast doch aber dem Polizeichef erzählt, daß du Chessingham nur sehen wolltest, um ihn über Hartnell auszuholen? Und? Was hast du nun erfahren?«

»Nichts. Von dem war überhaupt nicht die Rede.«

»Ja wie? Warum nicht?«

Ich sagte ihr, warum nicht.

Dr. Hartnell und seine Frau – Kinder hatten sie keine – waren zu Hause. Beide kannten Mary. Aus irgendeinem gesellschaftlichen Anlaß waren wir während der kurzen Zeit, die Mary bei mir in Mordon war, einmal zusammengekommen. Trotzdem dachten sie gar nicht daran, sich etwas vormachen zu lassen. Wen ich auch sprach, alles war nervös und sehr auf der Hut. Und verdenken konnte ich es ihnen wahrhaftig nicht. Mir wäre es schließlich auch nicht anders gegangen, wenn ich den Eindruck gehabt hätte, daß man mir ein paar handfeste Morde aufzuhalsen gedachte.

Wieder ließ ich die alte Platte von der reinen Formalität und den Unannehmlichkeiten einer Befragung durch Hardangers Leute statt meiner ablaufen. Was sie in den frühen Abendstunden getan hatten, interessierte mich nicht. Was sie später getan hätten, verlangte ich zu erfahren.

»Ferngesehen – und zwar ab halb zehn. ›The Golden Cavaliers‹, eine Fernsehverfilmung des erfolgreichen Bühnenstücks, das endlos lange in London auf dem Spielplan gestanden und jetzt gerade abgesetzt worden war.

»Ach! Haben Sie das gesehen« griff Mary das Stichwort auf. »Ich auch. Pierre war gestern mit Geschäftsfreunden aus, und da habe ich's auch eingestellt. Ausgezeichnet fand ich's.« Und dann diskutierten sie die Sendung eine Weile. Mary hatte den Film gesehen, das wußte ich, und was sie jetzt bezweckte, wußte ich auch. Sie wollte feststellen, ob sie auch wirklich ferngesehen hatten, und das hatten sie zweifellos. »Und wann war das Programm zu Ende?« ließ ich mich nach einer Weile vernehmen.

»Gegen elf.«

»Und dann?«

»Dann haben wir schnell noch etwas gegessen und sind schlafen gegangen.«

»So gegen elf Uhr dreißig?«

»Spätestens.«

»Das genügt mir.« Und das war der Moment, da Mary sich räusperte und ich wie zufällig zu ihr hinübersah. Ihre wie zum Gebet gefalteten Hände lagen lässig im Schoß. Ich wußte, was es hieß. Hartnell log. Und obwohl ich es kaum glauben konnte, mußte es stimmen, wenn Mary dieser Meinung war.

Ich sah nach der Uhr. Um acht Uhr sollte ich angerufen werden, es war acht. Inspektor Wylie war pünktlich. Das Telefon läutete, Hartnell nahm ab und übergab mir den Hörer. »Für Sie, Cavell. Die Polizei, glaube ich.« Ich hielt den Hörer ein wenig vom Ohr ab. Wylie hatte schon von Haus aus eine tragende Stimme, und ich hatte ihn gebeten, möglichst laut und deutlich zu sein. Das war er. »Cavell? Sie hatten mir doch gesagt, wo Sie hin wollten, deshalb habe ich mal versucht, Sie zu erreichen. Brandeilig! Ganz finstere Sache an der Hailem-Kreuzung. Muß unmittelbar mit Mordon zusammenhängen, wenn mich nicht alles täuscht. Sehr verdächtig, muß ich sagen. Können Sie sofort einmal herunterkommen?«

»Sowie ich kann. Wo ist das denn?«

»Ganz in Ihrer Nähe, keine halbe Meile weit von da, wo Sie augenblicklich sind. Geradeaus, dann rechts und am Grünen Mann vorbei. Genau da.«

Ich hing ein, stand auf und überlegte unschlüssig einen Moment. »Das war Inspektor Wylie. Muß irgend etwas los sein an der Hailem-Kreuzung. Hätten Sie etwas dagegen, wenn ich Mary ein paar Minuten bei Ihnen ließe? Scheint schwer zu stinken –«

»Aber selbstverständlich doch.« Nachdem sein Alibi erfolgreich angekommen war, wurde Hartnell fast jovial. »Fahren Sie nur zu, wir werden schon auf Ihre Frau aufpassen.«

Ich stellte den Wagen ein paar hundert Meter weiter ab, holte die Taschenlampe aus dem Handschuhkasten und marschierte dahin zurück, wo ich hergekommen war. Ein rascher Blick durch das helle Fenster überzeugte mich, daß mir aus dieser Richtung keine Überraschungen blühen konnten. Hartnell war dabei, die Gläser zu füllen. Man unterhielt sich so angeregt, wie man das immer zu tun pflegt, wenn alle Ängste überstanden sind. Und daß Mary sie in Stimmung halten würde, dessen war ich sicher. Mrs. Hartnell saß noch immer da, wo sie gesessen hatte, ohne daß sie sich auch nur erhoben hätte, um uns zu begrüßen. Die Beine mußten es sein, die ihr zu schaffen machten. Elastikstrümpfe sind durchaus nicht immer ganz so unsichtbar, wie ihre Hersteller das glauben machen möchten.

Die Garage war zwar mit einem schweren Vorhängeschloß versehen, aber den Schlossermeister, in dessen Lehre ich einen Teil meiner Kenntnisse erworben hatte, hätte das höchstens ein Lächeln gekostet. Mich nicht. Ein Meister dieses ehrbaren Handwerks war ich nicht. Trotzdem hatte ich es in zwei Minuten offen, ohne mich auch nur in die Finger geritzt zu haben. Im Verlauf seines mißglückten Abstechers ins große Börsengeschäft hatte Hartnell seinen Wagen verkaufen müssen und besaß als einziges Beförderungsmittel lediglich noch einen Vesparoller, obwohl er, wie ich genau wußte, täglich per Bus nach Mordon kam. Dieser Roller war in anständigem Zustand und machte den Eindruck, als wäre er erst kürzlich einer Generalreinigung unterzogen worden. Was mich interessierte war allerdings nicht das, was daran blitzte, sondern das, was daran verdreckt war. Ich nahm das Vehikel unter die Lupe, kratzte schließlich etwas angetrockneten Schmutz vom vorderen Kotflügel, ließ den Staub in einen Plastikbeutel rutschen und machte diesen dicht. Dann sah ich mich noch zwei Minuten um und ging wieder.

Ein Blick ins Fenster ergab die gleiche Situation. Friedlich vereint, saß man noch immer um den Kamin, machte in Geselligkeit und trank. Ich zog mich wieder in Richtung Garage zurück; diesmal noch weiter an den dahinterliegenden Werkzeugschuppen. Noch ein Schloß. Hier aber war ich einigermaßen weit vom

418

Schuß und außer Sicht. Ich sah mir das Ding gründlich an. Alles andere kostete mich nur einen Griff und ein Lächeln. Der Schuppen war kaum größer als etwa sieben mal fünf Meter, und ich brauchte keine zehn Sekunden, um das zu finden, was ich wollte. Nicht einmal der Versuch, etwas zu verstecken, war hier unternommen worden. Ich stopfte alles, was ich brauchte, kurzerhand in den nächsten Plastikbeutel, schloß wieder ab und ging zurück zum Wagen. Gleich darauf hielt ich an Hartnells Einfahrt und drückte auf den Klingelknopf. Hartnell erschien.

»Na also, das hat ja nicht sehr lange gedauert, Cavell«, sagte er gutgelaunt, als er mich hineinbrachte. »Was war –« Das Lächeln verging ihm, als er mein Gesicht sah.

»War etwas – stimmt etwas nicht?«

»Ganz und gar nicht«, sagte ich eiskalt. »Es stinkt, Dr. Hartnell. Und es stinkt sogar sehr übel. Ich stelle Ihnen anheim, mir das zu sagen, was es zu sagen gibt.«

»Ich?« Sein Gesicht wurde hart, aber ein Schatten von Angst sprang in seine Augen. »Wovon reden Sie eigentlich? – Verdammt, vielleicht werden Sie etwas deutlicher, Cavell.«

»Reißen Sie die Klappe nicht so weit auf«, sagte ich. »Falls Sie unbegrenzt Zeit haben, ich leider nicht. Und da ich es ablehne, meine Zeit zu verschwenden, muß ich leider auch auf alle höflichen und vornehmen Floskeln verzichten. Um es kurz und bündig zu machen, Sie lügen wie gedruckt, Hartnell.«

»Verdammt, das geht zu weit, Cavell!« Sein Gesicht war blaß geworden; ich sah seine geballten Fäuste und wußte, daß er am liebsten auf mich losgegangen wäre, auch wenn ihm als Mediziner mit vierzig Pfund weniger auf den Rippen hätte einleuchten dürfen, daß das ein nicht gerade vielversprechendes Unternehmen war. »So lasse ich nicht mit mir umspringen.«

»Der Staatsanwalt in Old Bailey wird noch ganz anders mit Ihnen umspringen; nehmen Sie es als kleine Übung zur allmählichen Gewöhnung hin. Wenn Sie ›The Golden Cavaliers‹, wie Sie behaupten, gestern abend gesehen haben wollen, dann müssen Sie Ihren Fernsehapparat auf die Lenkstange Ihres Rollers montiert haben. Die Gendarmeriestreife, die Sie gestern noch spät nachts durch Hailem rollen sah, erwähnte allerdings davon nichts.«

»Cavell, ich kann Ihnen nur versichern, daß ich nicht die leiseste Ahnung habe –«

»Kommen Sie, kommen Sie, mir wird allmählich übel«, sagte

ich angewidert. »Lügen sind verzeihlich, Dummheit bei einem Mann Ihres Formats nicht.« Ich sah zu Mary hinüber. »Bitte! Wie war das mit ›The Golden Cavaliers‹?«

Mary zog unglücklich und widerwillig die Schultern hoch. »Sämtliche Sendungen in Südengland waren gestern abend schwer gestört. Wir hatten drei längere Bildstörungen. Es dauerte deshalb bis zwanzig vor zwölf.«

»Also müssen Sie ein Spezialgerät haben, Hartnell«, warf ich hin, ging zum Zeitungsständer und holte mir das Programm, aber noch ehe ich es öffnen konnte, sagte Mrs. Hartnell verängstigt: »Nicht nötig, Mr. Cavell. Die gestrige Sendung war lediglich eine Wiederholung vom Sonntagnachmittag. Und am Sonntag hatten wir den Film gesehen. Komm Tom, du machst damit wirklich nichts besser, im Gegenteil.«

Hartnell warf seiner Frau einen Blick zu, der keinen Zweifel darüber offenließ, wie miserabel ihm zumute war, dann wandte er sich um, warf sich in einen Stuhl und goß das, was noch in seinem Glas war, in sich hinein. Mir bot er nichts an, aber ich war weit davon entfernt, ihm seinen Mangel an Gastfreundschaft als weiteres Manko auf der langen Liste seiner Schwächen anzukreiden. Der Zeitpunkt, sich in höflicher Gastfreundschaft zu üben, schien mir hier nicht ganz gegeben. Statt dessen sagte er: »Ich war aus gestern abend. Irgend jemand rief mich an und forderte mich auf, nach Alfringham zu kommen.«

»Wer?«

»Das tut nichts zur Sache. Ich habe ihn gar nicht getroffen, denn er war gar nicht da, als ich kam.«

»Dürfte es sich nicht zufällig um unseren lieben Freund und Halsabschneider Tuffnell von der Firma Tuffnell und Hanbury handeln, die unter der Bezeichnung ›Rechtsberatung‹ ihr ehrbares Gewerbe betreibt?«

Er starrte mich an. »Tuffnell – Sie kennen Tuffnell?«

»Die seit grauen Vorzeiten bestehende Firma Tuffnell und Hanbury ist der Polizei aller umliegenden Grafschaften wohlbekannt; sie betreibt, wie gesagt, ihr ehrbares Gewerbe unter dem Firmenschild ›Rechtsberatung‹. Jeder kann sich so nennen. Das Gesetz gibt keinerlei Handhabe, dagegen anzugehen. Daher kann auch behördlicherseits nichts dagegen unternommen werden. Tuffnells einzige Rechtskenntnis resultiert aus den mannigfaltigen Anlässen, um derentwillen er sich vor dem Landgericht zu verantworten hatte, gerichtliche Verfahren, in denen in der

Hauptsache von Korruption und Bestechung die Rede war. Eine der größten Geldverleihfirmen weit und breit und die bei weitem als halsabschneiderisch verrufenste.«

»Aber wie kommen Sie nur – wieso tippen Sie gerade auf –?«

»Ich tippe nicht. Ich weiß, daß es Tuffnell war. Nur einer, der Sie völlig in der Hand hat, bringt es fertig, Sie um diese Zeit noch herauszulotsen, und Tuffnell hat Sie in der Hand. Nicht nur mit den hypothekarischen Belastungen Ihres Hauses, sondern auch noch mit einem Wechsel über fünfhundert Pfund.«

»Wer hat Ihnen das gesagt?« fragte Hartnell tonlos.

»Niemand. Dahinter bin ich allein gekommen. Sie glauben doch nicht etwa, daß man in einem Laboratorium, das die höchste Sicherheitsstufe in England hat, tätig sein kann, ohne daß nicht alles, was man tut und läßt, überwacht wird? In Ihrer Vergangenheit kennen wir uns besser aus als Sie selbst, Hartnell, so und nicht anders ist es. Geben Sie schon zu, daß es Tuffnell war.«

Hartnell nickte. »Er bestellte mich für Punkt elf Uhr hin. Was half alles Protestieren? Er drohte mir, mich wegen der Hypotheken in die Zange zu nehmen und mich wegen der fünfhundert Pfund vor das Konkursgericht zu zitieren, wenn ich dieser Aufforderung nicht nachkäme.«

Dazu konnte ich nur noch den Kopf schütteln. »Ihr Wissenschaftler seid doch alle egal. Außerhalb eurer vier Laborwände sollte man euch allesamt entmündigen oder einsperren. Wer Geld verleiht, tut dies auf eigenes Risiko und hat keinerlei rechtliche Handhabe. Er war also nicht da?«

»Nein. Ich wartete erst mal eine Viertelstunde und fuhr dann dahin, wo er wohnt – tolles Ding, Villa mit Tennisplatz, Swimmingpool und allem, was dazu gehört«, sagte Hartnell nicht ganz ohne Bitterkeit. »Ich nahm an, es handle sich vielleicht um ein Versehen, ich dachte, er hätte mich irrtümlich ins Büro bestellt, während er mich zu Hause erwartete. Aber er war nicht da. Kein Mensch war da. So fuhr ich dann wieder zum Büro nach Alfringham zurück, wartete noch eine Weile und machte dann, daß ich wieder nach Hause kam. Gegen Mitternacht dürfte es gewesen sein.«

»Sind Sie wenigstens gesehen worden? Oder haben Sie irgend jemanden getroffen? Gibt es eine Seele, die das bezeugen kann?«

»Niemanden. Keine Seele. Es war spät, und die Straßen waren menschenleer – und eiskalt war es außerdem.« Er hielt inne. »Der Polizeibeamte«, sagte er plötzlich hoffnungsvoll, »Ja, der hat mich gesehen.« Bei den letzten Worten schien seine Stimme ins Stocken zu geraten.

»Und wenn«, gab ich zurück, »von Hailem hätten Sie genausogut auch nach Mordon abzweigen können.« Ich seufzte. »Außerdem existiert dieser Polizeibeamte nicht. Sie sind nicht der einzige, der hier lügt. Merken Sie allmählich, wie brenzlig die Sache für Sie ist? Ein Anruf, den wir Ihnen glauben können oder nicht – und keine Spur von demjenigen, der ihn getätigt hat. Sechzehn Meilen waren Sie auf Ihrem Roller unterwegs, plus Wartezeit in einer normalbelebten Kleinstadt – und nicht eine einzige Seele soll Sie dabei gesehen haben. Und obendrein sind Sie so zutiefst verschuldet und in einer so verzweifelten Klemme, daß man von Ihnen so ungefähr alles verlangen kann. Auch einen Einbruch in Mordon, wenn genug dabei herausspringt.« Schweigend nahm er das hin und stand dann müde auf. »Ich bin unschuldig, Cavell, vollkommen unschuldig. Aber ich weiß, was mir blüht, denn so ein Idiot bin ich nun auch wieder nicht. Also dann auf in die – wie nennen Sie das noch? – Untersuchungshaft.«

»Und Sie. Mrs. Hartnell, was halten Sie davon?« fragte ich.

Mrs. Hartnell lächelte mühsam und sagte stockend: »Daß Sie das vorhaben, glaube ich nicht ganz. Ich – ich habe zwar keine Ahnung wie Polizeioffiziere sich verhalten, wenn sie jemanden wegen Mordverdacht zu verhaften gedenken, aber ganz so, wie sich das hier bei uns abspielt, habe ich es mir doch nicht vorgestellt.«

»Möglicherweise wäre es gescheiter, wenn Sie statt Ihres Mannes in Labor I arbeiten würden«, sagte ich trocken. »Als Alibi steht Ihre Story auf so schwachen Beinen, Hartnell, daß es geradezu lächerlich ist. Kein vernünftiger Mensch würde auch nur einen Augenblick in Erwägung ziehen, Ihnen das alles abzunehmen, aber vielleicht bin ich ein Idiot. Ich nehme es Ihnen ab.«

Hartnell stieß einen Seufzer der Erleichterung von ungewöhnlicher Tiefe und Länge aus. Seine Frau indessen gab in einem etwas zögernden Anfall von Bauernschläue zu bedenken: »Wenn das nur keine Falle ist. Womöglich halten Sie Tom doch für schuldig und beabsichtigen, ihn jetzt nur in Sicherheit zu wiegen?«

»Mrs. Hartnell«, unterbrach ich, »bei allem Wohlwollen muß ich leider feststellen, daß Sie den in der Wildnis von Wiltshire gegebenen Fakten des Daseins mit abgrundtiefer Ahnungslosigkeit gegenüberstehen. Ihr Mann mag zwar annehmen, daß er von niemandem gesehen wurde, aber ich kann Ihnen versichern, daß zwischen halb elf und elf auf dem Weg von Ihrer Wohnung nach Alfringham noch einiges auf den Beinen war. Liebespärchen, schlechten Gewissens heimschleichende Ehemänner, die sich unterwegs noch etwas Mut antrinken mußten, um dem ihrer harrenden Empfang zu begegnen, bejahrte und weniger bejahrte weibliche Blicke hinter nicht ganz geschlossenen Vorhängen. Sie glauben nicht, wie viele Zeugen ich bis morgen mittag mit einem Trupp Detektive auf die Beine brächte – ein volles Dutzend, die Dr. Hartnell zumindest vor der Firma Tuffnell und Genossen warten sahen, wollen wir wetten? Aber das werde ich mir schenken.«

»Tom«, sagte Mrs. Hartnell sanft, »hast du das gehört? Es stimmt, es ist wahr.«

»Jawohl, es ist wahr. Irgend jemand versucht, den Verdacht auf Sie zu lenken, Hartnell, und ich wäre dafür, daß Sie in den nächsten zwei Tagen zu Hause blieben. In Mordon regle ich alles für Sie. Aber Sie werden mit niemandem – wohlgemerkt mit *niemandem* – während dieser Zeit zusammenkommen. Meinetwegen legen Sie sich ins Bett – wenn's sein muß, aber halten Sie bloß den Mund. Ihre Abwesenheit, Ihre Indisposition wird allgemein den Eindruck erwecken, daß wir Sie auf dem Kieker hätten. Kapiert?«

»Vollkommen. Entschuldigen Sie, daß ich mich eben wie ein Idiot benommen habe, Cavell, aber –«

»Die Liebenswürdigkeit selbst war ich auch nicht gerade. Gute Nacht.«

Im Wagen fragte Mary verwundert: »Wo um alles in der Welt ist nur die sprichwörtliche Cavellsche Härte geblieben?«

»Weiß ich nicht. Warum?«

»Du hattest doch nicht nötig, ihm zu sagen, daß er nicht verdächtigt wird. Du hättest ihn, ohne auch nur ein Wort zu sagen, weiter wie bisher arbeiten lassen können. Der ist gar nicht fähig, die Angst, die ihm im Genick sitzt, nicht zu zeigen und somit den wahren Täter glauben zu machen, daß wir ihn in der Zange haben. Und das hätte dir doch genauso in den Kram gepaßt. Aber das hast du nicht fertiggebracht, nicht wahr?«

»Ehe ich geheiratet habe, hätte mir das nicht passieren können. Du bist mein Ruin. Im übrigen würde er, wenn er all das belastende Beweismaterial, das gegen ihn vorliegt, kennen würde, restlos die Nerven verlieren.«

Darauf verstummte sie. Sie saß links von mir, und wer immer

auch links von mir sitzt, den sehe ich nun einmal nicht. Ich wußte jedoch genau, daß sie jetzt zu mir aufsah und mich unverwandt anstarrte. Und schließlich sagte: »Das verstehe ich nicht.«

»Hinten im Wagen liegen drei Plastikbeutel. In einem liegt ein bißchen getrockneter roter Lehm. Hartnell fährt ständig mit dem Bus zum Dienst, aber diesen Lehm – ein ganz eigenartiges rötliches Zeug – fand ich unter dem vorderen Kotflügel seines Rollers. Weit und breit gibt es hier nur ein paar Felder, deren Boden von einer solchen Färbung ist. Und diese Felder liegen in der Nähe des Mordoner Haupttors. Im zweiten ist ein Hammer, den ich im Werkzeugschuppen fand – einwandfrei sauber, aber ich wette, daß noch ein paar graue Haare daran kleben, die unserem Kameraden Rollo, der gestern nacht so traurige Erfahrungen damit gemacht hat, gehören dürften. Im dritten eine Isolierzange, blitzblank und sauber, aber ein mikroskopischer Vergleich der Kratzer und Drahtenden dürfte sehr interessante Resultate erzielen.«

»Und das alles hast du gefunden?« flüsterte Mary erstickt.

»Das alles habe ich gefunden. Ein Genie würde ich sagen.«

»Und jetzt sorgst du dich halbtot, nicht wahr?« fragte Mary. Ich gab keine Antwort, sie ließ sich jedoch nicht beirren. »Bei all diesen Indizien glaubst du noch immer, daß er unschuldig ist? Daß jemand zu derartigen Lügen –«

»Hartnell ist unschuldig. An den beiden Morden auf jeden Fall. Das Schloß an seinem Werkzeugschuppen zeigt deutliche Kratzer, wenn man einen Blick für so etwas hat. Irgend jemand hat es gestern nacht aufgeknackt und war in seinem Schuppen.«

»Wozu hast du das Zeug dann überhaupt mitgenommen –«

»Aus zweierlei Gründen. Einmal, weil es auf unserer schönen grünen Insel ein paar Polizeibeamte gibt, die von dem Glauben, daß zwei und zwei nun einmal unweigerlich vier sein muß, so durchdrungen sind, daß sie Hartnell daraufhin am liebsten ohne jede weitere Verhandlung an der nächstbesten alten Eiche aufhängen würden. Der rote Staub, Hammer und Isolierzange plus Paul Reveres Mondscheinfahrt – das alles ist geradezu vernichtend.«

»Aber – aber hast du nicht selbst gesagt, daß du jede Menge Zeugen auftreiben könntest –«

»Leeres Gewäsch. Auch wenn ich ihn einen abgefeimten Lügner nannte, mein Kaliber hat er nicht. In der Nacht sind alle Katzen grau. Und ein Motorradfahrer mit Mantel, Sturzhelm und Brille sieht aus wie jeder andere. Ich wüßte nur wahrhaftig nicht, was es uns einbringen soll, wenn wir Hartnell und seine Frau halbtot ängstigen. Wenn es uns etwas einbrächte, dann hätte ich weiß Gott nicht gezögert. Nicht bei diesem Irren, der mit diesem Satanszeug in der Tasche herumrennt. Außerdem will ich nicht, daß Hartnell Blut und Wasser schwitzt.«

»Was willst du denn damit sagen?«

»Das weiß ich selbst nicht so genau«, gestand ich. »Hartnell würde keiner Fliege etwas zu leide tun, das weiß ich, aber er ist in eine sehr obskure Geschichte verwickelt, in eine ganz üble Sache.«

»Wie kommst du nur darauf? Du hast doch eben selbst noch gesagt, daß er klar geht. Warum –«

»Herrgott, ich hab dir doch gesagt, daß ich es selbst noch nicht weiß«, sagte ich gereizt. »Nenn es Ahnung, nenn es das undefinierbare Gefühl, das im Unterbewußtsein festsitzt und sich noch nicht bis dahin, wo ich es erkennen kann, heraufgearbeitet hat – was immer es sein mag, demjenigen jedenfalls, der Hartnell durch Nacht und Nebel nach Alfringham gehetzt und ihm inzwischen die faulen Eier ins Nest gelegt hat, dürfte es jetzt nicht nur ein wenig, sondern doch reichlich schwül werden, und das ist mein zweiter Grund, warum ich bei meinem Streifzug durch Hartnells Gelände die Beweisobjekte A, B und C mitgehen ließ. Gälte Hartnell offiziell als einwandfrei entlastet oder säße er im Loch, wäre unser Genosse genauestens informiert, wie seine Aktien stehen. Da Hartnell aber nun mysteriös und sehr verdächtig durch Abwesenheit in Mordon glänzt und zu Hause ist, ohne daß von solchen Indizien die Rede ist, tappt er völlig im dunkeln und kennt sich überhaupt nicht mehr aus. Er muß unschlüssig werden. Und Unschlüssigkeit hemmt jede Aktion, und das wiederum ist ein Zeitgewinn. Und wir brauchen alle Zeit, deren wir habhaft werden können.«

»Pierre Cavell, du hast einen niedrigen und verwerflichen Charakter«, sagte Mary langsam und sehr betont, »aber ich glaube, wenn ich selbst unschuldig eines Verbrechens angeklagt wäre und alles stünde gegen mich, dann wünschte ich mir keinen anderen als dich im Ermittlungsverfahren. Umgekehrt allerdings, wäre ich schuldig, und nichts deutete daraufhin, daß ich es bin, dann wäre mir aber auch jeder andere lieber als gerade du. Das hat mein Vater gesagt, und der sollte es wissen. Du wirst ihn finden, den Kerl, ich weiß es, Pierre.«

Ich wünschte nur, daß ich diesen frommen Glauben hätte teilen können. Doch davon konnte gar keine Rede sein. Ich wußte nichts, überhaupt nichts, außer daß weder Hartnell noch seine liebe Gattin von so frommer, blauäugiger Unschuld waren, wie sie es schienen, und daß mein Bein verflucht wehtat. Dem weiteren Ablauf dieser Nacht sah ich nicht beglückt entgegen.

Kurz vor zehn landeten wir wieder im *Waggoner's Rest*. Hardanger saß in Gesellschaft eines Unbekannten, der, wie sich gleich herausstellte, Polizeistenograf war, in einer stillen Ecke unten im Foyer. Der Polizeichef studierte irgendeinen Schriftsatz, hob ab und zu den Kopf und blickte verdrossen in die Gegend, doch aller Unmut schwand, als er unser ansichtig wurde – sagen wir, als er Marys ansichtig wurde. Ihr brachte er geradezu väterliche Gefühle entgegen, und er begriff es nicht, wie sie sich an ein Subjekt wie mich wegschmeißen konnte.

Ich ließ ihnen ein paar Minuten zur Begrüßung, sah Mary an, und wünschte mir wieder einmal vage wie schon so oft, ein Tonband und eine Kamera bei mir zu haben, um den sanften Tonfall ihrer Stimme und ihr faszinierendes Mienenspiel für einen Tag zu bewahren, an dem mir vielleicht nichts als das von ihr geblieben war. Dann räusperte ich mich diskret, um sie daran zu erinnern, daß ich auch noch da war. Hardanger sah mich an, und sein Lächeln erlosch, als hätte er auf einen inneren Lichtschalter gedrückt.

»Na und Sie, was haben Sie wieder auf Lager?« fragte er.

»Allerhand. Den Hammer, mit dem der Hund gestreichelt wurde, die Isolierzange, mit der der Draht durchschnitten worden ist, und den offensichtlichen Beweis, daß Dr. Hartnells Moped gestern nacht in nächster Nähe von Mordon gewesen sein muß.«

Er zuckte mit keiner Wimper. »Na, dann gehen wir vielleicht mal auf Ihr Zimmer«, sagte er. Wir gingen. Oben angekommen sagte Hardanger zu seinem Begleiter: »Ihren Block, bitte, Johnson«, und zu mir: »Packen Sie aus, Cavell – schön von Anfang an, wenn ich bitten darf.«

Ich packte alles aus und unterschlug lediglich das, was Mary von Chessinghams Angehörigen erfahren hatte.

»Und Sie sind überzeugt davon, daß Hartnell nur etwas in die Schuhe geschoben werden soll?«

»Sieht ganz danach aus.«

»Und daß das auch ein ganz raffinierter Doppeldreh sein könnte, auf die Idee sind Sie noch nicht verfallen? Daß Hartnell selbst dahinter steckt, meine ich?«

»Auch das ist natürlich drin, ich halte es aber für ausgeschlossen. Ich kenne Hartnell. Außerhalb seiner vier Laborwände steht er allen praktischen Dingen des Lebens mit geradezu jämmerlicher Hilflosigkeit gegenüber – nein, von dem Holz, aus dem der rigorose, scharf kalkulierende Gangster ist, von dem ist der wahrhaftig nicht. Und daß er so weit gehen würde, sein eigenes Schloß aufzuknacken, das glaube ich denn doch nicht. Wie dem auch sei, jedenfalls soll er erst einmal zu Hause bleiben, das habe ich ihm aufgetragen. Wer immer die Ampullen gestohlen hat, wußte auch warum. Inspektor Wylie wartet nur darauf, in Aktion zu treten. Veranlassen Sie, daß er Hartnells Haus durch seine Leute beobachten läßt, damit wir sichergehen, daß er auch bleibt, wo er ist. Er wird kaum auf den wahnsinnigen Einfall gekommen sein, sich die Eier ins Haus zu legen, auch wenn er schuldig sein sollte. Und wenn er sie sonstwo hat, dann kann er momentan nicht dran, und damit wären wir eine Sorge los. Gehen Sie doch diesem gestrigen Mondscheinausflug mal nach, das scheint mir wesentlich.«

»Wird gemacht«, versprach Hardanger. »Haben Sie aus Chessingham etwas über Hartnell herausgequetscht?«

»Nichts von Bedeutung. War mehr oder weniger eigene Witterung. Hartnell war eigentlich der einzige aus dem verdächtigen Haufen, der unter Umständen irgendwelchen dunklen Erpressungsversuchen zugänglich sein konnte. Der springende Punkt dabei ist nur, daß auch noch jemand anderes davon wissen muß. Sogar, daß Tuffnell nicht zu Hause war, muß er gewußt haben. Und das ist *derjenige*, hinter dem wir her sind. Wie kann *er* nur dahintergekommen sein?«

»Wie sind Sie denn dahintergekommen?« fragte Hardanger.

»Sehr einfach, Tuffnell selbst hat mich davon informiert. Ich war vor einigen Monaten einmal vierzehn Tage hier, um Derry bei den Überprüfungsarbeiten an einem Haufen frisch eingestellter Wissenschaftler zu helfen. Und bei dieser Gelegenheit habe ich Tuffnell um die Namen all derer ersucht, die bei ihm in der Kreide stehen. Hartnell ist nur einer aus einem ganzen Dutzend.«

»Haben Sie ihn ›ersucht‹, oder haben Sie das von ihm verlangt?«

»Verlangt.«

»Daß das illegal ist, wissen Sie doch wohl. Mit welcher Begründung?«

»Mit der Begründung, ihn sonst für einige Jährchen hinter Schloß und Riegel zu setzen.«

»Waren Sie so gut informiert?«

»Wozu? Obskure Gestalten wie Tuffnell haben immer einiges

zu vertuschen. Demgemäß spurte er. Tuffnell, der könnte über Hartnell geredet haben, ja. Oder auch sein Partner Hanbury.«

»Und die übrige Gefolgschaft? Wie steht es mit der?«

»Ist nicht vorhanden. Nicht mal eine Tipse. Bei dem Geschäft traut man nicht einmal der eigenen Mutter über den Weg. Außer den beiden können nur Cliveden, Weybridge, unter Umständen noch Clandon und ich davon gewußt haben. Und Easton Derry natürlich. Keine Seele sonst hatte Zugang zu den Mordoner Geheimakten. Derry und Clandon sind tot, folglich bleibt nur Cliveden.«

»Absurd. Der war bis nach Mitternacht auf einer Sitzung des Kriegsministeriums. In London.«

»Er könnte immerhin seine Informationen weitergegeben haben. Was ist daran so absurd?« Darauf schien Hardanger nichts zu erwidern zu haben, und ich fuhr fort: »Und Weybridge? Wo war der gestern nacht zwischen elf und zwölf?«

»Im Bett.«

»Wer hat Ihnen das gesagt? Er selbst?« Hardanger nickte, und ich bohrte weiter: »Und wer bestätigt uns das?« Hardanger sah mulmig vor sich hin. »Er lebt ganz allein im Offiziersblock. Witwer. Hat nur eine Ordonnanz, die sich um seinen Kram kümmert.«

»Wie praktisch. Was ist bei den anderen herausgekommen?«

»Sieben wären es noch«, sagte Hardanger. »Einer davon, wie Sie sagten, ein Nachtposten. Ist erst zwei Tage hier – hatte von der Versetzung nichts geahnt. Als Ersatz für einen erkrankten Wachposten vom Regiment abkommandiert. Dr. Gregori war die ganze Nacht zu Hause. Der wohnt etwas außerhalb von Alfringham in einer als gut und teuer bekannten Pension, und ein halbes Dutzend Leute sind vorrätig, die bereit sind, zu beschwören, daß er zumindest bis Mitternacht im Haus war. Damit fällt er flach. Dr. MacDonald war mit Freunden zu Hause, ausgesprochen respektable Leute alle. Sie haben Karten gespielt. Zwei der Techniker, Verity und Heath, waren auf'm Schwof in Alfringham. Die scheinen auch alle beide sauber zu sein. Die anderen zwei, Robinson und Marsh, waren gemeinsam mit ihren Mädchen aus. Kino, Café, dann nach Hause.«

»Und das ist alles?«

»Verdammt alles.«

»Aber was ist mit diesen beiden Technikern und ihren Mädchen?« warf Mary ein. »Robinson und Marsh – die decken sich ja gegenseitig. Und ein Mädchen war doch auch mit im Spiel?«

»Nichts zu wollen«, winkte ich ab. »Wer immer hier am Werk war, ist viel zu gerissen, um mit solchen Selbstversorger-Alibis hausieren zu gehen. Wäre noch eines der beiden Mädchen eine neue Errungenschaft, dann eventuell – vielleicht. Aber seit wir uns die zwei zum letztenmal etwas genauer unter die Lupe genommen haben, hat sich in diesem Liebesleben nichts geändert. Sie sind noch immer mit den beiden beschäftigt, die sie damals auch schon hatten. Harmlose, biedere Kinder aus dem Städtchen. Unser Polizeichef wüßte in genau fünf Minuten alles von ihnen, was er wissen will, und wenn's hoch kommt sogar in zwei.«

»Genau so lange hat's gedauert«, grinste Hardanger. »Die haben nichts damit zu tun. All ihre Sachen sind zwar ans Labor zur Untersuchung gegangen – dieser feine rote Staub kriecht in die kleinsten Ritzen und müßte sie unweigerlich verraten –, aber das ist lediglich Routine, bei der sowieso nichts herauskommen wird. Wollen Sie einen Durchschlag von den Aussagen?«

»Ja, bitte. Und was gedenken Sie als Nächstes zu unternehmen?«

»Was würden Sie als Nächstes zu unternehmen gedenken?« fragte er zurück.

»Ich würde Tuffnell, Hanbury, Cliveden und Weybridge einmal interviewen, ob und zu wem sie sich eventuell über Hartnells finanzielle Verhältnisse geäußert haben. Dann würde ich mich mit Gregori, MacDonald, Hartnell, Chessingham, Cliveden, Weybridge und den vier Technikern einmal unter vier Augen über ihre gesellschaftlichen Beziehungen zu den anderen Mitgliedern des Vereins unterhalten. Die Frage nach eventuellen gegenseitigen Besuchen ließe sich ja ganz unauffällig anbringen. Und gleichzeitig würde ich unsere Fingerabdruckexperten mit dem Auftrag, soviel Material wie möglich mitzubringen, in die einzelnen Behausungen losschicken. Eine Mühe, die sich unter Umständen lohnen könnte. Fingerabdrücke von X, der behauptet, nie bei Y gewesen zu sein, dürften immerhin ganz interessante Erklärungen zutage fördern.«

»Ausnahmslos? Auch bei General Cliveden und Oberst Weybridge?« fragte Hardanger sauer.

»Wessen Gefühle ich damit verletze, ist mir völlig gleichgültig. Dies ist wahrhaftig nicht der Zeitpunkt, noch lange danach zu fragen, wer sich damit auf den Schlips getreten fühlen könnte.«

»Ein Weitschuß, Cavell, ein sehr weiter Weitschuß«, sagte

Hardanger. »Verbrecher, die etwas zu verbergen trachten, insbesondere die Beziehungen, in denen sie zueinander stehen, pflegen sich im allgemeinen nicht gegenseitig zu besuchen.«

»Können Sie es sich leisten, selbst auf einen solchen Weitschuß zu verzichten?«

»Wahrscheinlich nicht«, gab Hardanger zu. »Nee, wahrscheinlich nicht.«

Zwanzig Minuten, nachdem sie mitsamt den Plastikbeuteln abgezogen waren, stieg ich aus dem Fenster und kletterte via Veranda abwärts, begab mich zu meinem Vehikel, das ich in einer Seitenstraße abgestellt hatte, und startete nach London.

## 6

Es war genau halb drei Uhr morgens, als man mich in die Bibliothek der Westend-Wohnung des Generals führte. Der General empfing mich in einem dunkelroten wattierten Morgenrock und bedeutete mir, Platz zu nehmen. Auch er war noch nicht zu Bett gewesen – der Morgenrock besagte nichts, den trug er stets, wenn er zu Hause war.

Er war groß. Über sechs Fuß, und demgemäß proportioniert. Er hatte die Siebzig überschritten, aber seine Haltung war so aufrecht, sein Gesicht so frisch und seine Augen klar, wie die eines um mindestens dreißig Jahre Jüngeren. Er hatte dichtes, eisengraues Haar, einen wohlgestutzten Schnurrbart von der gleichen Farbe, graue Augen und den schärfsten Verstand, dem ich jemals begegnet war. Und diesen Verstand mußte er wohl eben zum Denken benutzt haben und von den Schlußfolgerungen, die sich ergaben, nicht recht erbaut gewesen sein, das sah ich ihm an.

»Also, Cavell, wie stehen die Aktien?« Seine Stimme war präzis, scharf, befehlsgewohnt. »Schöne Schweinerei, die Sie da angerichtet haben.«

»Jawohl, Sir.« Er war der einzige Mensch auf der Welt, dem ich ein ›Sir‹ zugestand.

»Einer meiner besten Leute, Neil Clandon ist tot. Ein anderer, der ihm wohl in nichts nachstand, Easton Derry, ist wahrscheinlich den gleichen Weg gegangen, obwohl er als vermißt gilt. Und Dr. Baxter, ein großartiger Wissenschaftler und zuverlässiger Patriot – Qualitäten, deren wir dringend bedürfen –, ist auch tot. Wessen Schuld, Cavell?«

»Meine«, sagte ich und blickte dabei eine einladende Whiskyflasche an. »Mir wäre sehr nach einem Drink, Sir.«

»Ich wüßte nicht, wann Ihnen einmal nicht danach wäre«, sagte er sauer und dann eine Schattierung milder: »Macht Ihnen Ihr Bein wieder zu schaffen?«

»Es rührt sich etwas. Tut mir leid, daß ich zu so später Stunde hier einbrechen mußte. Es muß leider sein. Wie wünschen Sie – den Bericht?«

»Kurz und bündig und von Anfang an.«

»Hardanger trat um neun Uhr morgens in Aktion. Setzte Inspektor Martin, verkleidet als Gottweißwer, ein, um meine Loyalität zu prüfen. Ich nehme an, Sir, Sie waren an dieser Programmgestaltung beteiligt. Aber Sie hätten mich wenigstens warnen können.«

»Das habe ich versucht«, sagte er ungeduldig. »Es war zu spät. Die Nachricht von Clandons Tod lief bei Cliveden und Hardanger eher ein als bei mir. Ich versuchte, Sie zu Hause und im Büro anzurufen, aber die Verbindung war gestört.« »Dank Hardanger.« Ich nickte nur. »Immerhin bestand ich die Prüfung. Hardanger war befriedigt und bat mich, nach Mordon zu kommen. Sein Vorschlag angeblich, den Sie widerwillig akzeptierten. Muß allerhand kosten, Hardanger etwas einzureden und ihm dann den Eindruck zu vermitteln, daß er derjenige war, von dem der Vorschlag kam.« – »Sie sagen es. Aber unterschätzen Sie Hardanger ja nicht. Ein ganz ausgezeichneter Polizeimann. Und er wittert nichts? Sind Sie sich dessen ganz sicher?«

»Daß es ein abgekartetes Spiel war? Daß Sie mich vom Sonderdienst nach Mordon lancierten und wieder hinausbrachten? Nein, das vermutet er mit keinem Gedanken. Dafür garantiere ich.«

»Gut, also dann bitte weiter.«

Ich faßte mich kurz und verschwendete keine Worte. Das erste übrigens, worauf sich jeder Agent beim General einzustellen hatte. In zehn Minuten wußte er das, worauf es ihm ankam, und vergaß nichts davon.

»Deckt sich fast Wort für Wort mit Hardangers Berichten, die offiziell zu mir gelangt sind«, bemerkte er.

»Fast«, gab ich zurück. »Gute Polizeimänner konzentrieren sich stets nur auf die tatsächlichen Ermittlungsergebnisse.« – »Und Ihre Schlußfolgerungen, Cavell?«

»Wie steht es um die Ermittlungen, die ich Sie in Kent zu tätigen bat, Sir?«

»Negativ.« Ich goß einigen Whisky nach. Ich brauchte ihn dringend. »Hardanger vermutet, daß Dr. Baxter mit im Spiel war«, sagte ich. »Das dürfte Ihnen allerdings bereits bekannt sein – er hat ja telefonisch eine Überprüfung von Baxter angefordert. Er vermutet, daß Baxter begleitet von einem Komplicen in Mordon einbrach und Raubmord insofern nicht in Frage kommt, als Baxter entweder einer Augenblicksreaktion zufolge oder vorsätzlich umgebracht wurde. Was Hardanger nicht weiß, ist, daß es Dr. Baxter war, der Derry Easton umgehend von dem Verschwinden winziger Mengen seltener und wertvoller Viren verständigte und eine Untersuchung beantragte, und Hardanger weiß genausowenig, daß ich als Folgerung von Baxters Gesuch aus Mordon ausschied, um unter dem Deckmantel des Privatdetektivs in London an der Aufklärung dieser Vorkommnisse weiter zu arbeiten.

Hardangers Rückschlüsse sind falsch. Dr. Baxter konnte nicht in Mordon einbrechen, da er Mordon am bewußten Abend gar nicht verlassen hat. Der große Unbekannte – der vermutlich mit einer wohlorganisierten Bande arbeitet – hatte die Kinder der beiden Farmmanager, Bryson und Chipperfield, entführt. Die Tatsache, daß die Kinder nicht, wie behauptet wurde, bei ihrer Großmutter in Kent sind, ist mir eindeutiger Beweis dafür. Bryson und Chipperfield wurden unter dem Druck, daß es um das Leben ihrer beiden Kinder ginge, gezwungen, das auszuführen, was man von ihnen verlangte. Sie kooperierten. Sie hatten die Holzverschläge mit den Tieren an diesem Nachmittag ins Labor I zu tragen. Alte Aktive – alle beide. Die Wachen wären nie auf die Idee verfallen, in die Verschläge zu sehen. In diesen Verschlägen aber saßen zwei Männer. Einer davon war geschickt als Dr. Baxter maskiert, der andere als jemand, den wir X nennen wollen.

Acht Verschläge wurden heraufgebracht, und Bryson und Chipperfield, die die Gewohnheit hatten, ihre Fracht erst mal draußen abzustellen und sie dann, um die Laborarbeit nicht zu stören, alle auf einmal hineinzubringen, handhaben den Transport auch an diesem Nachmittag wie immer. Und das zeugt natürlich von einer hochdetaillierten Kenntnis des inneren Mordoner Getriebes. Während nun die Verschläge draußen standen, verschwand der als X verkleidete in den angrenzenden Garderobenraum, der von den Wissenschaftlern und Technikern des Labors I benutzt wird. Vermutlich verkroch er sich in einem

Spind. Der andere – der imitierte Dr. Baxter – ließ sich in die Menagerie tragen und dort gibt es Dutzende guter Möglichkeiten, sich unsichtbar zu machen. Unsere Ermittlungen ergaben, daß Wissenschaftler und Techniker wie gewöhnlich, so auch an diesem Abend, einzeln nacheinander aus dem Betrieb gingen. Einer von ihnen – der echte X – wartete, bis der Garderobenraum leer war, tauschte dann die Rolle mit seinem dort versteckten Doppelgänger und drückte ihm seine Kennmarke in die Hand. Der falsche X händigte diese an der Hauptwache aus und fälschte die Unterschrift. Es war eine stockdunkle Nacht, unter Hunderten, die aus dem Betrieb strömten, fiel er nicht auf. Das Risiko war nicht groß.

X geht, nachdem die Luft rein ist, ins Labor und hält Baxter mit der Pistole in Schach. Mit größerer Wahrscheinlichkeit allerdings dürfte das bereits von Baxters eigenem Doppelgänger getan worden sein, aber das spielt eigentlich keine Rolle. Baxter verließ das Labor immer als letzter, er war der Verantwortliche, der das Kombinationsschloß einstellte, also war er derjenige, der aus dem Weg geschafft werden mußte. Allmählich setzte sich nun auch der falsche Baxter mit Baxters Ausweis ab.

X kann natürlich nicht einfach die Viren einstecken, Baxter aus dem Weg räumen und verschwinden. Für die Wache ist er bereits gegangen. Er kann also nicht zum zweitenmal passieren. Ehe die letzte Wachrunde um elf nicht vorbei ist, kann er sich nicht rühren. So wartet er denn, nimmt dann die Viren, zieht Baxter erst mit der Pistole eins über den Schädel, wirft die Virusampulle nach dem Bewußtlosen und geht. Er mußte Baxter töten, denn Baxter kannte ihn. Er wußte zwar nicht, wie wir, daß Clandon den E-Block-Korridor mit dem Feldstecher Abend für Abend beobachtete, aber es ist durchaus möglich, daß er auch das vermutete. Ein Mann wie der übersieht nichts und kalkuliert alles mit ein. Und so muß er sich denn auch darüber im klaren gewesen sein, daß Clandon der einzige war, der seine Pläne zu durchkreuzen imstande war. Daher das Zyankalikonfekt. Nachdem Clandon ihn überraschte, muß er wohl versucht haben, sich herauszureden, und ihn irgendwie dazu gebracht haben, das angebotene Konfekt anzunehmen. Er kannte Clandon offensichtlich gut und Clandon kannte ihn.«

Der General strich sich nachdenklich über den Schnurrbart. »Genial – mehr ist dazu nicht zu sagen. Und im wesentlichen dürften Sie recht haben. Nur diese Zyankaligeschichte, die leuchtet mir denn doch nicht ganz ein, bei weitem nicht. Clandon hielt Ausschau nach demjenigen, der die Virusbestände gestohlen hatte, folglich muß er den Verdacht gehabt haben, daß er den Dieb vor sich hatte. Sich in einer solchen Situation noch etwas anbieten zu lassen, ist nicht gut denkbar. Außerdem hatte X eine Pistole bei sich – mit Schalldämpfer, das ist ánzunehmen. Warum so kompliziert mit vergiftetem Konfekt, wenn es auch einfacher gegangen wäre?«

»Ich weiß es nicht, Sir.« Am liebsten hätte ich ihn darauf hingewiesen, daß ich auch nicht dabei war.

»Wie kommen Sie zu dieser Schlußfolgerung?«

»Der Hund, Sir. Der hatte sich am Stacheldraht den Hals aufgerissen. Ich vermutete also, daß auch am Draht noch Blutspuren sein müßten. Und richtig. Es kostete mich genau eine Stunde, das zu finden. Am Innendraht. Niemand brach in der Nacht in Mordon ein. Irgend jemand brach aus.«

»Und warum kam Hardanger nicht drauf?«

»Er hatte keinen Grund, das zu vermuten, was ich vermutete. Ich *wußte*, daß Baxter nicht eingebrochen war, und meine Nachforschungen an der Wache ergaben, daß Baxter sich ständig ein Taschentuch vors Gesicht hielt und eine schwere Erkältung mimte. Das genügte mir. Außerdem kamen Hardangers Männer nicht mehr dazu, die Drähte zu inspizieren. Sie nahmen sich erst die Außenseite vor und gingen dann an die Innenseite.«

»Und fanden nichts.«

»Es war nichts zu finden. Ich hatte das Blut abgewischt.«

»Sie sind unmöglich, Cavell.«

»Ja, Sir.« Das tat mir gut, weil es von ihm kam. »Dann mein Abstecher zu Bryson und Chipperfield. Zwei ausgesprochen gute und zuverlässige Leute, die sich bereits um halb sechs Uhr abends so vollaufen lassen, daß sie nicht mehr fähig sind, einzuschenken, ohne daß dabei die Hälfte auf den Teppich geht. Mrs. Bryson, die nie eine Zigarette anrührt und plötzlich wie ein Kaminschlot qualmt – dicke Luft allenthalben, Angst, Verzweiflung – gut überspielt, aber unverkennbar.«

»Verdächtige?«

»General Cliveden und Oberst Weybridge. Cliveden war zwar zum Zeitpunkt der Tat in London und überhaupt seit seiner Amtsübernahme erst zweimal draußen in Mordon, trotzdem spricht zweierlei gegen ihn. Er hat Zugang zu den Geheimakten und dürfte von Hartnells finanziellen Schwierigkeiten gewußt haben. Und dann war es befremdend, daß ein so tapferer Soldat sich zu dem Aufklärungsunternehmen ins Labor nicht freiwillig meldete. Es wäre seine Sache gewesen, nicht die meine – er ist Kapitän von Mordon.«

»›Tapfer und Soldat‹ – die beiden Worte brauchen nicht unbedingt immer synonym zu sein«, sagte der General trocken. »Vergessen Sie nicht, daß er Mediziner ist und nicht unbedingt zum Helden geboren sein muß.«

»Mag sein. Ich vergesse aber auch nicht, daß von der einen Handvoll Viktoriakreuze, die jemals verliehen wurden, zwei an Ärzte der kämpfenden Truppe fielen. Na ja, das tut weiter nichts zur Sache. Die gleichen Argumente treffen auch auf Weybridge zu, wobei noch hinzukommt, daß er innerhalb des Mordoner Geländes wohnt und kein Alibi hat. Und Gregori versteifte sich – aus Gründen, die ich für unzulänglich halte – viel zu sehr darauf, das Labor für alle Zeiten zu versiegeln. Doch die Tatsache, daß er aus seinen Ängsten so durchaus keinen Hehl machte und überdies auch darauf bestand, den einzigen Schlüssel zum Virusschrank zu besitzen, obwohl diese Tür, wie sich herausstellte, mit einem Schlüssel geöffnet wurde, spricht wiederum eigentlich für ihn. Was wissen Sie von Gregori, Sir?«

»Alles. Jeden Schritt, den er von dem Tag an, da er laufen lernte, getan hat. Und die Tatsache, daß er Ausländer ist, war Anlaß genug, ihn doppelt so scharf wie jeden Engländer unter die Lupe zu nehmen. So von unserer Seite gesehen. Ehe er zu uns kam, stand er in geheimen Forschungsdiensten der italienischen Regierung in Turin, und Sie werden sich ja denken können, mit wieviel exakter Genauigkeit auch da seine Vergangenheit durchschnüffelt wurde. Gregori ist als Persönlichkeit absolut einwandfrei.«

»Was mir eigentlich jede weitere Lust und Laune nehmen sollte, meine Zeit an ihn zu verschwenden. Das Dumme daran ist nur, daß bei Berücksichtigung aller Unterlagen, die wir von jedem besitzen, an keinen mehr zu tippen ist. Jedenfalls wären das einmal die drei Hauptverdächtigen, und wenn mich nicht alles täuscht, dann fängt auch Hardanger bereits an, sich über den einen oder anderen dieser drei seine Gedanken zu machen.«

»Gedanken, die vermutlich von Ihnen stammen?«

»Ungern, Sir. Hardanger ist ein ausgesprochen gerader und aufrichtiger Kerl, und es geht mir gegen den Strich, hinter seinem Rücken operieren zu müssen. Es fällt mir schwer, ihn durch irgendwelche Äußerungen immer wieder bewußt in die Irre zu führen. Außerdem hat er tatsächlich Köpfchen, und es kostet mich beinahe mehr Zeit, Hardanger zufriedenzustellen, auf daß er mir nicht auf die Sprünge kommt, als die tatsächlich notwendigen Ermittlungsarbeiten durchzuführen.«

»Glauben Sie ja nicht, daß mir das alles eine reine Freude ist«, seufzte der General. »Aber es muß nun einmal sein. Wir haben es hier mit entschlossenen Männern zu tun, die im Dunkeln arbeiten, die exakt denken und –«

»Und gewalttätig sind.«

»Jawohl. Verschwiegenheit, gerissene Schläue, Gewalt. Wir müssen sie mit ihren eigenen Waffen schlagen. Ich brauche dazu die Besten, deren ich habhaft werden kann. Und was Verschwiegenheit, Schläue und Gewalt anbetrifft, so wüßte ich niemanden, der Ihnen etwas vormachen könnte.«

»Als sonderlich schlau habe ich mich allerdings bisher nicht erwiesen.«

»Zugegeben«, pflichtete der General bei. »Andererseits war es nicht sehr fair von mir, Ihnen die Schweinereien in Mordon vorzuwerfen. Die Initiative liegt invariabel immer beim Verbrecher. Das Wesentliche für mich ist, daß Sie ein hervorragender Einzelgänger sind, während Hardanger ein genauso hervorragender Mann des Teams ist. Teamarbeit aber bringt Zersplitterung der Autorität mit sich, Entschärfung der Konzentration, Hemmung der Initiative, Verminderung der Geheimhaltung – und all diese Abschwächungen verringern die Erfolgschancen. Nichtsdestoweniger sind auch Sie auf die Organisation angewiesen: Sie nimmt Ihnen all die Routine- und Vorarbeiten ab, die Sie kaum selbst schaffen würden, sie lenkt Aufmerksamkeit und Mißtrauen von Ihnen ab, und solange Hardanger, bewußt oder unbewußt, den Täter oder die Täter im Sinn der Ermittlungen irreführt –« Der General zuckte die Achseln. »Mehr brauche ich nicht, das ist alles, was ich von ihm will.«

»Davon wird er aber nicht erbaut sein, wenn er dahinter kommt.«

»Wenn er dahinterkommt, Cavell. Das lassen Sie meine Sorge sein. – Sonstige Verdachtspersonen?«

»Die vier Techniker. Kaum. Irgendwann sind sie alle im Lauf des Abends gesehen worden, und da wir voraussetzen müssen, daß der Täter zwischen sechs und elf Uhr im Labor festsaß, scheiden sie eigentlich aus. Soweit es um die beiden Morde geht jedenfalls. Hardanger überprüft augenblicklich mit minuziöser Genauigkeit, ob nicht doch einer von ihnen etwas mit diesem Ablenkungsmanöver zu tun haben könnte – möglich ist natürlich alles, aber tausend andere könnten es genausogut gewesen sein. Außerdem muß die Geschichte nicht unbedingt mit dem Mord in Labor I etwas zu tun haben. Hartnell könnten wir eigentlich in der Liste streichen – sein Alibi ist so hoffnungslos, daß es gar nichts anderes sein kann als echt –, aber trotz alledem habe ich das dumpfe Gefühl, daß da irgend etwas nicht ganz stimmt. Ich muß nochmal zu ihm gehen.

Dann wäre noch Chessingham – ein sehr großes Fragezeichen. Als Assistent der chemischen Forschung kann er mit seinem Gehalt weiß Gott nicht gerade die Welt aus den Angeln heben. Immerhin hat es den Anschein, als könne er sich ein großes Haus inklusive Dienstmädchen leisten und auch noch seine Schwester ausschließlich zur Pflege der Mutter zu Hause behalten. Das Dienstmädchen ist erst seit zwei Monaten da, der Gesundheitszustand seiner Mutter sehr schlecht. Ein ständiger Aufenthalt in wärmerem Klima könnte – ärztlichem Anraten zufolge – ihr Leben um Jahre verlängern. Sie selbst lehnt diesen Vorschlag ab, höchstwahrscheinlich jedoch nur, um ihrem Sohn, von dem sie weiß, daß er es sich nicht leisten kann, das Herz nicht schwerzumachen. Chessingham selbst wäre vermutlich froh, wenn er das Geld hätte, sie wegzuschicken. Das möchte ich sogar mit Bestimmtheit behaupten. Der Familiensinn scheint sehr ausgeprägt. Hardanger möchte ich lieber aus der Geschichte heraushalten. Würden Sie veranlassen, daß Chessinghams Bankkonto mit allen Ein- und Ausgängen überprüft und seine aus- und eingehende Post zensiert wird; ferner durch behördliche Umfragen feststellen lassen, ob er einen Führerschein besitzt oder eventuell während seiner Militärdienstzeit irgendwelche Fahrzeuge gefahren hat? Wichtig wäre auch zu erfahren, ob er irgendwo in den Büchern der hiesigen Geldverleihfirmen auftaucht. Daß er Tuffnell und Hanbury nicht in Anspruch genommen hat, weiß ich mit Sicherheit, aber es gibt ja von diesen Haien noch ein Dutzend mehr in der Gegend – und Chessingham geht grundsätzlich nicht weit weg von der eigenen Burg; eventuell steht er schriftlich mit einer Londoner Firma in Verbindung.«

»Mehr wollen Sie nicht?« fragte der General mit einem Schuß Ironie.

»Es dürfte sehr wesentlich sein, Sir.«

»Meinen Sie? Und das prachtvolle Alibi, mit dem er ausgestattet ist – die Jupiteraufnahmen – oder was weiß ich, was das für Dinger waren –, die seine Anwesenheit zu Hause auf die Sekunde zu beweisen imstande sind? Glauben Sie etwa nicht daran?«

»Ich bin zwar überzeugt davon, daß diese Aufnahmen genau anzeigen, um welche Zeit sie gemacht wurden, aber ich bin nicht davon überzeugt, daß Chessinghams Anwesenheit dazu unbedingt erforderlich war. Chessingham ist nicht nur ein ausgezeichneter Wissenschaftler, er ist auch ein ungewöhnlich geschickter Bastler. Er hat sich seine Kamera, sein Radio, sein Fernsehgerät selbst gebaut, und er hat sogar sein Reflektorteleskop ganz allein konstruiert, inklusive der handgeschliffenen Linsen. Kein Kunststück für einen Chessingham, seine Kamera mit einem Selbstauslöser, der in bestimmten Intervallen funktioniert, zu versehen. Außerdem könnten die Aufnahmen während seiner Abwesenheit auch genausogut von irgendwem gemacht worden sein. Nach vorheriger Berechnung der Breiten- und Längengrade könnten die Bilder auch sonstwo aufgenommen worden sein und trotzdem die gleiche Zeitbestimmung ergeben. Chessingham ist ein viel zu schlauer Vogel, um nicht genau zu wissen, welch ein Alibi diese Aufnahmen darstellen – aber nein, er tat, als fiele ihm das überhaupt erst im Lauf des Gesprächs ein. Den Braten sofort fix und fertig hinzustellen, das schien ihm wohl doch nicht geraten.«

»Sie würden St. Peter persönlich nicht trauen, was, Cavell?«

»Eventuell. Das heißt, falls er genügend einwandfreie Zeugen für ein handfestes Alibi beibringt. Hier irgend jemandem den leisesten Schatten eines Zweifels zuzugestehen, Sir, das ist ein Luxus, den ich mir nicht leisten kann. Und Sie wissen es, Sir. Auch Chessingham kann ich diesen leisen Schatten nicht zugestehen; weder ihm noch Hartnell.«

»Hm.« Der General blinzelte mich unter seinen buschigen Augenbrauen an und wich plötzlich vom Thema ab. »Easton Derry verschwand von der Bildfläche, weil er sich nicht zu sehr in die Karten blicken lassen wollte. Und Sie, Cavell? Was verschweigen *Sie* mir alles?«

»Was veranlaßt Sie, das anzunehmen, Sir?«

»Weiß Gott, ich bin ein Narr, Sie überhaupt danach zu fragen. Als wenn Sie mir deshalb auch nur eine Silbe von dem, was Sie mir zu sagen nicht beabsichtigten, sagen würden.« Er goß sich einen Whisky ein und stellte ihn auf dem Kaminsims ab, ohne ihn auch nur anzurühren. »Was steckt dahinter, mein Junge?«

»Erpressung. Erpressung in irgendeiner Form. Unser Freund, der die Botulin- und Satanskäferviren kassiert hat und sie in der Hosentasche mit sich herumschleppt, besitzt die raffinierteste Erpresserwaffe der gesamten Geschichte. Wahrscheinlich ist er hinter Geld her – hinter Riesensummen. Und wenn die Regierung ihre Viren zurückbekommen will, so wird sie das ein Vermögen kosten. Dazu kommt noch etwas: Sollte er sich mit der Regierung nicht einigen, wird er die Viren einer ausländischen Macht verkaufen. Wenigstens hoffe ich das. Was ich fürchte ist, daß wir es nicht mit einem Verbrecher, sondern mit einem Verrückten zu tun haben. Erzählen Sie mir bloß nicht, ein krankes Hirn sei nicht imstande, all das zu organisieren – es gibt Verrückte, die großartig sind. Und wenn das zutrifft, dann ist unser Freund einer von der ›Die Menschheit muß den Krieg vernichten, oder der Krieg wird die Menschheit vernichten‹-Brigade. In unserem Fall allerdings auf reduzierter Ebene: ›England muß Mordon vernichten, oder ich werde England vernichten‹. In dieser Tonlage jedenfalls. Wahrscheinlich wird er sich an eine der großen Tageszeitungen wenden, mitteilen, daß er im Besitz der Viren ist, und kundtun, was er damit zu tun gedenkt.«

Der General nahm sein Whiskyglas und starrte mit der absorbierten Konzentration eines Hellsehers, der die Antwort auf seine Fragen in der Kristallkugel zu entdecken sich bemüht, hinein. »Wie kommen Sie darauf? Auf den Brief, meine ich?«

»Er ist dazu gezwungen, Sir. Druck ist der Erpressung innerstes Wesen. Und unser Freund braucht Publicity. Eine entsetzte Bevölkerung – und sie wäre es mit gutem Grund – würde die Regierung so unter Druck setzen, daß sie auf alle seine Bedingungen eingeht – oder aber abdanken müßte.« – »Sagen Sie, Cavell, wo waren Sie heute abend zwischen fünf vor zehn und zehn?« erkundigte er sich abrupt.

»Wo ich war –« Ich sah ihn an – hart, lange, und er gab den Blick genauso zurück – »Das kann ich Ihnen genau sagen, im *Waggoner's Rest* in Alfringham. In Gesellschaft von Mary, Hardanger und einem Polizeimann in Zivil mit Namen Johnson.«

»Verdammt, ich werde alt oder senil oder beides«, sagte der General ärgerlich, griff nach dem Kaminsims und reichte mir ein Schriftstück. »Lesen Sie selbst, Pierre.« Und dieses ›Pierre‹ machte die Sache sehr verdächtig und übel. Und übel war sie, sehr übel, diese Reuter-Meldung in getippten Großbuchstaben.

*Die Menschheit muß den Krieg vernichten oder der Krieg wird die*

Menschheit vernichten. Es liegt in meiner Hand, die grauenhafteste Vernichtungswaffe, die jemals über die Menschheit gekommen ist und kommen wird, zu zerstören – die bakteriologischen Vernichtungswaffen. Seit vierundzwanzig Stunden befinden sich acht Ampullen Botulismustoxin in meinem Besitz, die ich aus dem Forschungsinstitut Mordon entwendete. Ich bedauere aufrichtig, daß zwei Männer dabei ihr Leben lassen mußten. Was aber sind zwei Menschenleben, wenn das Leben der gesamten Menschheit auf dem Spiel steht?

Der Inhalt jeder dieser Ampullen – richtig angewandt – genügt, um alles Leben in Großbritannien auszulöschen. Ich werde Feuer mit Feuer bekämpfen und das Übel mit seiner eigenen Kraft zerstören.

Mordon muß aufhören zu existieren. Diese Festung des Antichristentums muß dem Erdboden gleichgemacht werden, so daß kein Stein mehr auf dem anderen bleibt. Ich fordere, daß sämtliche Experimente in Mordon umgehend eingestellt und die Gebäude, die nur unchristlichen Zwecken dienen, gesprengt und in Schutt und Asche gelegt werden.

Morgen früh, in den Neun-Uhr-Nachrichten erwarte ich über BBC die Bestätigung meiner Warnung und die Zustimmung zu meinen Forderungen.

Sollte mein Aufruf keine Beachtung finden, dann wäre ich gezwungen, Schritte zu unternehmen, deren Folgen ich nicht auszudenken wage. Doch nichts soll mich daran hindern. Es ist der Wille eines Mächtigeren, daß alle Kriege dieser Welt für immer enden, und ich selbst bin nur ein auserwähltes Instrument.

Auf daß die Menschheit vor der Menschheit bewahrt werde.

Als ich damit zu Ende war, fing ich noch einmal von vorn an und legte das Blatt dann hin. Das war er – der, den wir finden mußten. Keine Seele außerhalb Mordons wußte, daß acht Ampullen gestohlen worden waren. Der General sah mich an. »Was sagen Sie dazu?«

»Ein Verrückter«, sagte ich. »Vollkommen übergeschnappt. Aber die Platte ist nicht schlecht!«

»Cavell, erbarmen Sie sich!« Des Generals Gesicht spannte sich hart, die kalten grauen Augen wurden noch kälter und grauer. »Eine solche Veröffentlichung, und wir können einpacken, wir –«

»Und was erwarten Sie von mir, Sir? Soll ich mich in Sack und Asche an die Klagemauer setzen? Gewiß ist es entsetzlich – aber es war schließlich zu erwarten. Wenn unsere Herzen einmal schweigen, und nur unser Verstand allein reden sollte, dann wäre dieser Zeitpunkt jetzt gekommen.« »Sie haben recht.« Er sagte es nicht, er seufzte es mehr. »Natürlich haben Sie ganz recht, Cavell. Und Ihre Voraussagen waren wieder mal verdammt präzis.«

»Und das kam telefonisch aus Alfringham heute abend zwischen fünf vor zehn und zehn?«

»Nehmen Sie es mir nicht übel, Cavell, ich bin wahrhaftig so weit, daß ich mich allmählich selbst verdächtige. Die Meldung ging an Reuter in London. Wort für Wort langsam diktiert. Die hielten das Ganze für einen schlechten Witz, riefen jedoch für alle Fälle nach Alfringham zurück. Weder von dem Diebstahl noch von den beiden Mordfällen war bisher offiziell etwas bekanntgegeben worden – typisch militärischer Schwachsinn. Seit Stunden weiß ganz Wiltshire von den Morden, und Fleetstreet selbstverständlich auch. Alles, was Reuter herausbrachte, war ein Dementi, aber die Reaktion auf die Rückfrage ließ keinen Zweifel offen, daß sie da ein sehr heißes Eisen angefaßt hatten. Sie werden es nicht für möglich halten, aber sie hingen geschlagene zwei Stunden an der Strippe und argumentierten in allen Tonarten darüber, ob das nun gebracht werden soll oder nicht. Das letzte ›Nein‹, die Entscheidung, keine Verbindung aufzunehmen, kam von ganz oben. Sie wandten sich an Scotland Yard, Scotland Yard wandte sich an mich. Und das war bereits nach Mitternacht. Das hier ist die Originalmeldung. Ein Verrückter, glauben Sie?«

»Ein oder zwei Drähte sind garantiert locker. Im übrigen scheint dieser Denkapparat jedoch bestens zu funktionieren. Der weiß genau, wie dienlich die öffentliche Panikstimmung seiner Sache ist, und um der Sache noch mehr Gewicht zu verleihen, tut er so, als hätte er keine Ahnung, daß drei der Ampullen die noch grauenhafteren Viren des Satanskäfers enthalten. Wenn das auch noch bekannt wäre, dann wäre vor lauter Entsetzen, er könnte auch noch aus Versehen an die falsche Ampulle geraten, die Hölle los. Mit allem wären sie einverstanden, solange er sich bereiterklärt, das Zeug zurückzugeben.«

»Immerhin besteht die Möglichkeit, daß er es wirklich nicht weiß.« So zögernd, so unsicher hatte ich den General noch nie erlebt. »Mit Sicherheit läßt sich da gar nichts sagen.« »Doch«, sagte ich. »Ich bin so frei, das zu sagen. Er weiß es. Werden Sie gegen diese Veröffentlichung angehen?« – »Wir würden Zeit gewinnen. Er braucht die kochende Volksseele.«

»Und wie steht es mit den Mordoner Geschehnissen, dem Einbruch, dem Mord?«

»Morgen früh bringt es jede Tageszeitung bis zum letzten Käseblatt. Um die Zeit wird schon alles ausgetragen. Die Wiltshire-Korrespondenten hatten davon schon in den frühen Abendstunden Wind bekommen. Daraufhin war nichts mehr zu machen.«

»Die Reaktion der Öffentlichkeit dürfte sehr interessant sein.« Ich leerte meinen Whisky und erhob mich. »Ich muß zurück, Sir.«

»Und was werden Sie jetzt tun?«

»Das werde ich Ihnen gleich sagen, Sir. An sich sollte ich bei Bryson und Chipperfield ansetzen, aber das scheint mir reine Zeitverschwendung. Vor lauter Angst um das Leben ihrer Kinder werden sie keinen Ton von sich geben. Zudem bin ich überzeugt, daß sie weder denjenigen gesehen haben, der den Auftrag gab, noch diejenigen, die sie hineinschleppten. Ich fange noch einmal bei der Mannschaft vom Labor I an. Bei Cliveden und Weybridge. Dunkle Anrufe, um irgendeine Reaktion zu provozieren. Dann werde ich mir Chessingham, Hartnell, MacDonald, Gregori und die vier Techniker nochmal höchstpersönlich vorknöpfen. – Ohne spitzfindige Raffinessen. Schlicht und einfach Wind machen werde ich – auf den Busch klopfen. Alles, was ich möchte ist, den winzigsten Anhaltspunkt für einen Verdacht finden, und dann gnade Gott demjenigen, der ihn geliefert hat. Ich verfrachte ihn in den nächstbesten Keller und zerlege ihn in seine Bestandteile, bis ich weiß, was ich wissen will.«

»Und falls Sie Pech gehabt und an den Falschen geraten sein sollten?« erkundigte sich der General und fixierte über meine Schulter hinweg irgendeinen Punkt in der Umgebung. »Dann montiere ich ihn wieder zusammen. So ich kann«, fügte ich achselzuckend hinzu.

»Wir haben nie mit solchen Methoden operiert, Cavell.« – »Wir hatten auch noch nie mit einem Verrückten zu tun, der die Macht hatte, uns alle auszulöschen.«

»Tja, leider ist es so.« Er schüttelte den Kopf. »Und wem werden Sie als erstem Ihre geschätzte Aufmerksamkeit zuwenden?«

»Dr. MacDonald.«

»MacDonald? Warum ausgerechnet MacDonald?«

»Finden Sie es nicht etwas eigenartig, daß er der einzige des gesamten hohen Stabes, der gesamten dramatis personae sozusagen, sein sollte, dessen Alibi von gar keinem Wässerchen getrübt ist? Ich finde es zunächst äußerst interessant. Sollte er etwa vor lauter Bemühungen, den anderen die Steine in den Garten zu werfen, um den Verdacht von sich abzulenken, vergessen haben, aus dem eigenen ein paar wegzuschaffen? Sir, diese unsere Welt ist leider ungewöhnlich dreckig, und Menschen, deren Weste so rein wie Neuschnee scheint, sind mir grundsätzlich verdächtig.«

Der General schwieg und sah mich lange an. Dann blickte er auf die Uhr. »Sie sollten sich noch ein paar Stunden hinlegen, wenn Sie zurück sind. Sie sollten schlafen.« – »Schlafen kann ich auch noch, wenn wir unsere Viren unter Dach und Fach haben, soviel und solange ich will.«

»Das hält auch der Stärkste nur eine Weile durch, Cavell«, sagte er trocken.

»Aber eine Weile hält er es durch. Und daß es nicht lange dauern wird, darauf gebe ich Ihnen Brief und Siegel. In sechsunddreißig Stunden sind die Viren in Mordon.« – »Sechsunddreißig Stunden.« Stille. Der General dachte nach. »Jedem anderen würde ich ins Gesicht lachen – Ihnen nicht. Meine Erfahrungen mit Ihnen haben mich eines Besseren belehrt. Aber – sechsunddreißig Stunden!« Er schüttelte den Kopf. Er war ein Mann der alten Schule, zu höflich, mir ins Gesicht zu sagen, wofür er mich hielt – für einen Narren, für einen Angeber oder auch für beides. »Die Viren, sagten Sie. Und der Mörder?«

»Die Viren sind alles, worauf es mir ankommt. Ob der Mörder dabei selbst über die Klinge springt oder der Polizei wohlbehalten ausgeliefert wird, scheint mir nicht so wichtig. Wie vorsichtig oder wie unvorsichtig er ist, das soll seine Sorge sein.«

»Meine jedenfalls ist die, daß Sie selbst wissen, wie vorsichtig oder unvorsichtig Sie zu sein haben, Cavell. Passen Sie gut auf sich auf – auch wenn es Sie hart ankommen sollte, rechnen Sie damit, daß Sie es mit jemandem zu tun haben könnten, der auch Ihnen überlegen ist.« Seine Hand strich leicht über meine linke Schulter. »Die Hanyatti tragen Sie auch nachts im Bett, was? Von mir haben Sie keine Genehmigung, sie zu gebrauchen, das wissen Sie hoffentlich.«

»Wo werde ich denn, Sir. Damit will ich den Leuten doch nur ein bißchen Angst machen.«

»Herzanfälle laufen bei mir nicht unter ›Angst machen‹, mein Junge. Ich will Sie daran nicht hindern. Was macht Mary?«

»Danke, Sir. Schöne Grüße.«

»Aus Alfringham, natürlich.« Er vergaß einen Augenblick, daß ich der einzige seiner Untergebenen war, der vor seinem Scharfschützenblick nicht in die Knie ging, und zielte einen Moment mit zwei Läufen. »Daß ich sonderlich viel dafür übrig hätte, meine Tochter – meine einzige – in derlei finstere Geschichten hineinge- zerrt zu wissen, könnte ich nicht behaupten.«

»Ich brauchte und ich brauche noch immer jemanden, dem ich vertrauen kann. Und das ist Mary. Sie kennen Ihre Tochter so gut, wie ich sie kenne, sie haßt das Gewerbe, in dem wir nun einmal stecken, aber je mehr sie es haßt, um so schwieriger wird es, sie da herauszuhalten. Und sie ist nun einmal der Meinung, man sollte mich nicht allein aus dem Haus lassen. Nichts hätte sie davon abhalten können, innerhalb von vierundzwanzig Stunden in Al- fringham zu sein.«

Der General sah mich einen Moment an und nickte dann resigniert. Dann brachte er mich zur Tür.

## 7

Dr. MacDonald war Ende vierzig, groß und massig. Er hatte den gewissen wind- und wetterharten Blick, der in gewissen Kreisen des Landadels, die mangels besserer Beschäftigung ihre Zeit noch zu Roß auf der Jagd nach kleinen Füchsen verbringt, des öfteren anzutreffen ist. Er hatte sandfarbenes Haar, sandfarbene Augen- brauen, einen genauso sandfarbenen Schnurrbart, und er hatte das volle, weiche, glatte Gesicht, dessen rötliche Tönung einen Hang zu gutem Essen, gepflegten Weinkellern, einer täglich fri- schen Klinge zur morgendlichen Rasur und einer beginnenden Herzneurose verriet. In seiner ganzen arroganten fülligen Art war Dr. MacDonald ein recht gutaussehendes und eindrucksvolles Exemplar seiner Gattung. Dies jedoch waren nicht gerade seine besten fünf Minuten. Und von wem, der um sechs Uhr fünfzehn in aller Herrgottsfrühe, schlaftrunken sich die Augen reibend, einen unerwarteten Besucher zu bewillkommnen hat, wollte man das an einem stockdunklen, bitterkalten Oktobertag auch verlan- gen.

›Bewillkommnen‹ dürfte vielleicht nicht ganz der richtige Aus- druck sein.

»Verflucht, sind Sie verrückt, hier mitten in der Nacht solchen verdammten Krach zu schlagen?« Er fror und zog den Morgen- rock enger und versuchte, wenigstens ein Auge weit genug aufzubekommen, um mich in den bleichen, diffusen Lichtschwaden, die von der Veranda in die Dunkelheit fielen, zu erkennen. «Cavell! Wollen Sie mir vielleicht erklären, was das heißen soll?»

»Verzeihung, MacDonald«, entschuldigte ich mich um des lieben Friedens willen und hielt ihm auch noch die andere Wange hin. »Eine unchristliche Zeit, Sie haben völlig recht. Aber ich muß Sie sprechen. Es ist sehr dringend.« – »So dringend, daß man deshalb jemanden um diese Zeit aus dem Bett schmeißen muß, ist überhaupt nichts«, wütete er weiter. »Alles was ich zu sagen hatte, habe ich der Polizei bereits gesagt. Und wenn Sie sonst noch etwas wissen wollen, dann bin ich in Mordon zu erreichen. Tut mir leid, Cavell. Gute Nacht! Oder guten Morgen.«

Er trat einen Schritt zurück und schlug mir die Tür ins Gesicht. Ich hatte keine dritte Wange hinzuhalten. Mein linker Fuß war im Türspalt, noch ehe sie zuschnappen konnte. Ich stieß sie auf. Mit Gewalt. Die plötzliche Gewichtsverlagerung tat meinem linken, kaputten Bein nicht gerade wohl, aber das war nichts im Vergleich zu dem, was sie MacDonalds rechtem Ellbogen tat, gegen den die Tür geknallt sein mußte. Er wand sich und begleitete seine Verrenkungen mit Ausdrücken, die der Situation angepaßt waren. Er hatte sein vornehmes Debrett-Näseln zugunsten eines ausgewalzten Schottisch eingepackt. Für das, was er auszudrücken gedachte, weit effektvoller. Es dauerte zehn Minuten, bis er mich bemerkte.

»Raus!« schrie er in einer gelungenen Mischung von Zischen und Brüllen mit wutverzerrtem Gesicht. »Aus meinem Haus – sofort! Sie –« Er startete bei meiner Herkunft, aber ich brachte ihn zum Schweigen.

»Zwei Männer sind tot, MacDonald. Ein Verrückter, der das Leben von zwei Millionen in der Hand hat, läuft frei herum. Das scheint Sie nicht weiter zu belasten. Ich hätte ein paar Fragen und wünsche die Antworten zu hören. Und zwar jetzt.«

»Sie wünschen zu hören? Wer sind denn *Sie* schon, daß Sie etwas zu wünschen hätten.« Die wulstigen Lippen verzogen sich zu einer Grimasse von Hohn und Scherz, und der Oxford-Sandhurst-Tonfall wurde wieder flüssig. »Was mit Ihnen los ist, Cavell, das wissen wir. Geflogen sind Sie aus Mordon und warum? Weil Sie Ihren großen Mund nicht halten konnten. Ein lächerlicher, sogenannter Privatdetektiv sind Sie, aber wahrscheinlich haben Sie geglaubt, daß hier mehr zu holen ist als bei den schmierigen kleinen Scheidungsaffären, auf die Ihre Fakultät spezialisiert ist.

Weiß Gott wie Sie es fertiggebracht haben mögen, sich plötzlich wieder hier einzuschleichen. Seien Sie sich Ihrer Sache ja nicht zu sicher, ehe Sie sich versehen, werden Sie wieder draußen sein. Verlassen Sie sich darauf. Sie haben nicht das Recht, mich etwas zu fragen. Sie sind nicht die Polizei. Wo ist Ihr Dienstausweis? Kann ich ihn mal sehen?« Blanker Hohn stand in seinem Gesicht, und seine Stimme troff vor Verachtung. Zu behaupten, daß er sich bemühte, daraus auch nur einen Hehl zu machen, wäre eine Übertreibung. Ich hatte keinen Dienstausweis, den ich ihm hätte zeigen können. Statt dessen zeigte ich ihm die Hanyatti. Und im allgemeinen erfüllte diese Geste ihren Zweck. Geschrei ist gewöhnlich eine Fassade, hinter der nichts steht. Aber sie erfüllte ihren Zweck nicht. Vielleicht steckte doch mehr in ihm, als ich vermutet hatte.

»Du lieber Gott!« Er lachte. Keines jener Lachen, in dem ein Silberglöckchen mitschwingt. Ein unangenehmes Lachen. »Eine Kanone! Ach nee! Um sechs Uhr morgens. Und was kommt dann? Schenken Sie sich diese billigen melodramatischen Mätzchen. Die Telefonnummer, die man für Ihresgleichen braucht, die habe ich, Cavell. Bei Gott. Ein Anruf bei Polizeichef Hardanger, und Sie können einpacken, Sie billiger, kleiner Sherlock Holmes.« Außerhalb seiner beruflichen Belange schien er kein Pedant in Fragen der Genauigkeit. Ich überragte ihn noch um eine Kleinigkeit und stand ihm gewichtsmäßig in nichts nach.

Das Telefon stand neben mir auf dem Tisch. Er machte zwei Schritte darauf zu, und ich einen auf ihn zu. Meine Hanyatti erwischte ihn mit der Schnauze genau unterm Brustbein, und ich wich einen Schritt zurück, als er wie ein Taschenmesser zusammenklappte. Es war brutal, gewalttätig und dem äußeren Anschein nach sogar völlig ungerechtfertigt. Ich hatte wenig dafür übrig. Aber für die Vorstellung, daß ein Verrückter das Sein oder Nichtsein des gesamten Planeten in der Hand hielt, hatte ich noch weniger übrig. Jede Sekunde war kostbar. Später einmal, wenn alles überstanden war, konnte ich mich immer noch dafür entschuldigen. Aber nicht jetzt.

Er rollte ein Stück weg, krampfte beide Hände um die Rippen und keuchte, als er nach Luft schnappen wollte. Dann, kaum eine Minute später, hatte er sich soweit gefangen, daß er taumelnd auf die Beine kam, aber er hielt sich den Magen, und sein Atem kam schnell und flach und vorsichtig, als könne er seinen Sauerstoffbedarf nicht schnell genug nachpumpen. Sein Gesicht war grau und gedunsen, und das, was in den blutunterlaufenen Augen stand, grenzte an Haß. Und verdenken konnte ich es ihm nicht.

»Das ist das Ende Ihrer Laufbahn, Cavell«, stieß er heiser hervor. Er rang noch immer nach Luft. »Diesmal sind Sie etwas zu weit gegangen. Sind ohne jeden Anlaß tätlich geworden und –«

Er nahm den Schwung, mit dem ich ausholte, wahr, schenkte sich den Rest und schlug instinktiv beide Hände vors Gesicht. Und genau da, wo ich eben das harte Eisen gelandet hatte, erwischte ich ihn nun mit der freien Hand, und diesmal blieb er länger unten. Als er aufstand, sah er schwer mitgenommen aus. Haß, blanker Haß stand noch immer in seinen Augen, jetzt jedoch nahm ich noch etwas wahr: Furcht. Ich riß die Hanyatti hoch und ging auf ihn zu. Er wich zurück, rammte rückwärts eine Sitzbank und krachte schwer in die Polster. Angst, ich könnte noch einmal zuschlagen, Wut, Bestürzung standen ihm im Gesicht. Und Haß. Er haßte mich für das, was ich ihm antat, und er haßte sich selbst, weil er wußte, daß ihm nichts anderes übrig bleiben würde, als zu tun, was ich wollte. Nein, weich hatte ich ihn noch nicht, aber ich wußte, daß ich ihn weich kriegen würde, und auch er wußte es.

»Wo waren Sie in der fraglichen Nacht, als Baxter und Clandon ermordet wurden?« fragte ich. Ich stand noch immer und hielt ihm die Hanyatti vor.

»Hardanger hat meine Aussage«, kaute er mürrisch heraus. »Zu Hause. Beim Bridge mit drei Freunden von mir. Und zwar bis Mitternacht.«

»Freunde?«

»Ein pensionierter Kollege, der Arzt des Ortes, der Vikar. Genügt Ihnen das, Cavell?« Sein Mut schien zurückzukehren.

»Ärzte sind Experten für Mord. Und Priester haben den Rock schon des öfteren ausgezogen.« Ich blickte auf meine Schuhe, auf die weiche graue Teppichflucht: Wer hier seine Brillantnadel verlor, brauchte einen Spürhund. »Nicht schlecht, was Sie da liegen haben, Dr. MacDonald. Fünfhundert Pfund dürften kaum hinkommen für diese kleine Sammlung«, konstatierte ich so ganz nebenbei.

»Wie soll ich das auffassen, Cavell, als Feststellung oder als Unverschämtheit?« Dachte ich's mir doch, er wurde mutiger; ich hoffte nur, daß er nicht zu mutig wurde. »Alles schwere Seide an den Fenstern«, registrierte ich weiter. »Stilmöbel, echte Kristallü- ster. Sehr schönes, großes Haus. Ich wette, daß Sie vom Keller bis zum Dach in diesem Stil eingerichtet sind. In diesem nicht gerade bescheidenen Stil. Wie machen Sie das, MacDonald? Toto – wenn ich fragen darf. Oder sind Sie Lotto-Experte?«

Mir war, als wolle er mir raten, mich doch gefälligst um meinen eigenen Dreck zu kümmern. Ich brachte die Hanyatti wieder etwas höher, nicht viel, nur als kleine Anregung, sich eines Besseren zu besinnen. Worauf er zugeknöpft herauspreßte: »Ich bin Junggeselle und habe für niemanden zu sorgen, also kann ich es mir leisten, so zu leben, wie es mir paßt.«

»Beneidenswert. Sagen Sie, Dr. MacDonald, wo waren Sie gestern abend zwischen neun und elf?«

Er stutzte, überlegte: »Zu Hause«, sagte er schließlich.

»Wirklich? Wissen Sie das genau?«

»Natürlich weiß ich das genau«, gab er kurz und patzig zurück. Offensichtlich schien ihm das die sicherste Tour.

»Zeugen?«

»Ich war allein.«

»Die ganze Nacht?«

»Die ganze Nacht. Meine Wirtschafterin kommt jeden Morgen um acht.«

»Das dürfte recht ungünstig für Sie sein. So gar keine Zeugen.«

»Verdammt, möchten Sie mir nicht vielleicht verraten, was das heißen soll?« Er schien ehrlich nicht mitzukommen.

»Das werden Sie noch früh genug erfahren. Sie fahren doch keinen Wagen, Dr. MacDonald, nicht wahr?«

»Zufällig doch, wenn Sie nichts dagegen haben.«

»Aber nach Mordon fahren Sie mit dem Armee-Bus.«

»Das ziehe ich nun einmal vor. Und warum – ist meine Sache.«

»Da haben Sie auch wieder recht. Was für einen Wagen fahren Sie?«

»Einen Sportwagen.«

»Und welchen Typ, wenn ich fragen darf?«

»Einen Bentley Continental.«

»Einen Continental. Einen Sportwagen.« Ich sah ihn des längeren an. Umsonst. Er starrte auf den Teppich. Vielleicht hatte er tatsächlich einen Brillanten dort verloren. »Sie scheinen für gute Wagen die gleiche Vorliebe zu haben wie für gute Teppiche.«

»Ein alter Wagen. Aus zweiter Hand.«

»Wann haben Sie ihn gekauft?«

Er blickte abrupt auf. »Ist das so wichtig? Worauf wollen Sie hinaus, Cavell?«

»Wann haben Sie ihn gekauft?«

»Vor etwa zehn Wochen.« Er suchte den Teppich noch einmal gründlich ab. »Drei Monate dürften es etwa sein.«

»Ein alter Wagen, sagten Sie. Wie alt?«

»Vier Jahre.«

»Vier Jahre. Na, der dürfte dann ja wohl auch nicht so ganz billig gewesen sein. Sagen wir fünftausend Pfund. Wo hatten Sie diese Summe eigentlich her?«

»Sie werden lachen, ich habe nur tausend Pfund bar angezahlt, der Rest läuft über die nächsten drei Jahre auf Wechsel. Die allgemein übliche Art, einen Wagen zu bezahlen, wie Sie vermutlich wissen werden.«

»Ein weitläufiges Kreditsystem, um das Kapital nicht anzugreifen, so heißt es wohl für Sie und Ihresgleichen. Für mich und meinesgleichen heißt das abstottern. Darf ich den Kaufvertrag einmal sehen?«

Er brachte ihn an. Ein Blick überzeugte mich, daß er die Wahrheit sagte. »Wie hoch ist Ihr Gehalt, Dr. MacDonald?« – »Etwas über zweitausend. Die Regierung ist nicht sonderlich großzügig.« Ich vermerkte mit Verwunderung, daß er die Tonart gewechselt hatte. Das klang nicht aufgeblasen und nicht unwillig.

»Also dürfte Ihnen nach Abzug der Steuern und Lebenshaltungskosten am Jahresende kaum mehr als ein Tausender bleiben. Dreitausend in drei Jahren. Alles in allem, wie hieraus ersichtlich ist, mit Zinsen und Gebühren viertausendfünfhundert Pfund. Und in welcher Form glauben Sie, diese mathematische Unmöglichkeit zustande zu bringen?«

»Zwei meiner Lebensversicherungen kommen nächstes Jahr zur Auszahlung. Moment, ich kann sie Ihnen vorlegen.«

»Lassen Sie nur. Sagen Sie, MacDonald, warum sind Sie so nervös. Was belastet Sie?«

»Mich belastet nichts.«

»Lügen Sie nicht.«

»Dann lüge ich eben. Na schön. Mich belastet also etwas. Ich bin nervös. Kunststück – Ihre Fragerei muß jeden nervös machen.«

Und damit konnte er sogar recht haben. »Aber ich bitte Sie, McDonald«, sagte ich, »warum werden Sie nervös?«

»Warum? Das fragte er auch noch?« er blickte hoch und nahm dann die Suche nach seiner Brillantnadel auf dem Teppich wieder auf. »Das, worauf Ihre Fragen abzielen, paßt mir nicht, Cavell.

Das, was Sie mir nachzuweisen suchen, paßt mir nicht. Und ich wüßte nicht, wem es passen würde.«

»Was versuche ich Ihnen nachzuweisen?«

»Ich weiß es nicht.« Er schüttelte den Kopf, aber er sah nicht auf. »Sie versuchen mir nachzuweisen, daß ich über meine Verhältnisse lebe. Dem ist nicht so. Was weiß ich, was Sie mir am Zeug flicken wollen.«

»Darf ich Sie darauf aufmerksam machen, daß Sie etwas kariert aus der Wäsche gucken und daß das, was Sie haben, mit Verlaub eine ausgesprochene Whiskyfahne ist. Sie sehen aus, als hätten Sie eine schwere Sitzung hinter sich und büßten sie nun mit einem handfesten Kater. Wobei ich annehme, daß die Behandlung, die ich Ihnen soeben angedeihen ließ, nicht dazu angetan war, Ihr Wohlbefinden zu steigern. Das Komische daran ist, daß Sie bei uns als ein in Gesellschaft mäßiger Alkoholverbraucher bekannt sind. Kein Säufer also. Aber Sie waren heute nacht allein, und wer selbst in Gesellschaft sehr mäßig ist, ergibt sich normalerweise zu Hause nicht dem stillen Suff. Sie haben aber getrunken – und nicht gerade wenig, Dr. McDonald. Ich frage mich, warum? Nervosität? Sogar noch ehe Cavell mitsamt seinen beunruhigenden Fragen ankam?«

»Gewöhnlich verabreiche ich mir noch einen sogenannten Schlaftrunk, ehe ich ins Bett gehe.« Noch immer starrte er den Teppich an, weniger um der Brillantnadel willen, vielmehr um sein Gesicht jetzt nicht preiszugeben. »Und das macht mich noch lange nicht zum Säufer. Was ist das schon? Ein Whisky vor dem Zubettgehen.«

»Oder auch zwei«, pflichtete ich bei. »Bei einer guten halben Flasche allerdings, dürfte es sich dann doch nicht mehr um einen Schlaftrunk handeln.« Ich sah mich um. »Wo ist Ihre Küche?«

»Was wollen Sie –«

»Fragen Sie nicht soviel, meine Zeit ist verdammt kostbar.«

»Hier durch.«

Ich ging der angewiesenen Richtung nach und befand mich alsbald in einer dieser fleckenlos reinen Chrommonstrositäten, die sich ausnehmen wie ein Operationssaal, der sich die Sache im letzten Moment anders überlegt hat. Ein weiterer Beweis für üppige Gelder. Und in dem blitzenden Spülstein ein noch weiterer Beweis für Dr. McDonalds üppigen Schlaftrunk. Eine Whiskyflasche, dreiviertel leer – die abgerissene Verschlußkappe gleich daneben. Ein schmutziger Aschenbecher voll zerquetschter Zigaretten. Mir war, als hörte ich etwas. Ich sah mich um. McDonald stand in der Tür.

»Also gut«, sagte er resigniert. »Ich habe getrunken. Zwei oder drei Stunden habe ich mich vollaufen lassen. Schließlich bin ich solche Sachen nicht gewöhnt, Cavell. Ich bin kein Polizist, und ich bin kein Soldat. Zwei unheimliche, grauenhafte Morde.« Er schüttelte sich. Wenn er schauspielerte – dann gekonnt. »Baxter gehörte seit Jahren zu meinen besten Freunden. Und *warum* wurde er ermordet? Wer will wissen, ob der Mörder nicht noch ein Opfer sucht? Und ich *weiß* schließlich, welche Wirkung der Satanskäfer hat. Weiß Gott, Mann, ich hatte genügend Grund, mir Sorgen zu machen, ganz verdammte Sorgen sogar.«

»Das hatten Sie«, pflichtete ich ihm bei. » Und das haben Sie noch – obwohl ich ihm schon ziemlich dicht auf der Pelle bin. Dem Mörder meine ich. Vielleicht ist er jetzt hinter Ihnen her – ein Gedanke, der gar nicht von der Hand zu weisen ist.«

»Sie eiskalter Sadist«, knirschte er durch die Zähne. »Gehen Sie in Gottes Namen endlich, und lassen Sie mir meine Ruhe.«

»Ich bin bereits dabei. Und vergessen Sie nicht, Ihre Türen abzuschließen, Dr. McDonald.«

»Sie hören noch von mir, Cavell.« Jetzt nachdem ich meinen Abgang angekündigt hatte und die Hanyatti außer Sicht war, wurde er wieder couragiert. »Wollen mal sehen, ob Sie, wenn Sie sich vor dem Kadi wegen Hausfriedensbruch und Tätlichkeit zu verantworten haben, auch noch soviel forschen Schneid aufbringen.«

»Reden Sie doch kein Blech«, sagte ich kurz. »Wer hat Sie angerührt? Ich, wo haben Sie auch nur einen blauen Flecken? Ihr Wort gegen meins. Mir wäre meins jederzeit mehr wert.« Ich ging. Ich sah den dunklen Umriß der Garage, wo vermutlich der Bentley behaust war, doch ich blickte nicht einmal näher hin. Wozu. Wer einen netten, unauffälligen, gut geschmierten Wagen für dunkle, gut geschmierte Missionen braucht, der rennt nicht herum und pumpt sich ausgerechnet einen Bentley Continental.

Ich stoppte an der nächsten Telefonzelle und tätigte unter dem Vorwand, Gregoris Adresse zu benötigen, zwei unnötige Anrufe.

Erst bei Cliveden, der, wie ich sehr wohl wußte, mir nicht helfen konnte, dann bei Weybridge, der mir helfen konnte und wollte. Beide reagierten höchst sauer ob dieses Ansinnens in grauer Morgendämmerung, doch als ich damit herausrückte, daß

451

es hart auf hart ginge und ich die Auskunft unter allen Umständen bräuchte, weil Aussicht bestünde, den Fall bis morgen abend abgeschlossen zu haben, regten sie sich wieder ab. Beide hatten tausend Fragen, wie weit ich wäre, aber ich ließ kein Sterbenswort verlauten. Und dazu gehörte nicht viel, denn ich hatte nichts verlauten zu lassen – nach keiner Richtung hin.

Sieben Uhr fünfzehn. Ich lehnte mich gegen die Glocke von Dr. Gregoris Haus, besser gesagt des Hauses, in dem er residierte, eine Pension für finanziell nicht gerade Minderbemittelte, die von einer Witwe und ihren beiden Töchtern geführt wurde. Davor stand ein marineblauer Fiat 2100. Gregoris Wagen. Es war noch immer stockdunkel und noch immer kalt und naß. Ich war müde, und mein Bein tat verflucht weh, und meine Konzentration ging langsam flöten.

Die Tür ging auf, und etwas Dickliches, Angegrautes spähte in die Dunkelheit. Mrs. Whithorn, die Dame des Hauses selbst, als immer fröhliche Laisser-faire-laisser-aller-Seele von unwahrscheinlichster Schlamperei bekannt, deren Pension die weit und breit begehrteste war: Ihre Küche war einmalig.

»Um Gottes willen, was ist denn jetzt los – um diese Zeit!« räsonierte sie gutmütig. »Doch nicht etwa schon wieder die Polizei?«

»Leider, Mrs. Whithorn, ich fürchte, ja. Cavell ist mein Name. Kann ich Dr. Gregori sprechen?«

»Der Ärmste. Dem haben sie doch schon genug zu schaffen gemacht. Na, dann kommen Sie mal herein. Ich will mal sehen, ob er schon auf ist.«

»Ich finde mich schon selbst zurecht, wenn Sie mir sagen würden, wo sein Zimmer ist, Mrs. Whithorn.«

Sie wand sich noch ein bißchen, bis sie sich schließlich aufraffte und mir sagte, was ich wissen wollte. Durch die große Diele in den Gang, und da hatte ich sie auch schon, die richtige Tür. Sein Name stand daran. Ich klopfte und wartete.

Aber es dauerte nicht lange. Er schien eben aufgestanden zu sein, denn er war noch im Morgenrock, einem abgetragenen, rotbraunen Ding, das er über den Schlafanzug gezogen hatte. Sein dunkles Gesicht mit dem bläulichen Bartschimmer wirkte noch dunkler und stoppeliger als sonst. - Offensichtlich war er nicht dazu gekommen, sich zu rasieren.

»Cavell«, sagte er, ohne sonderlich beglückt zu sein – Leute, denen die Polizei in aller Hergottsfrühe ins Haus geschneit kommt, sind nie sonderlich beglückt –, immerhin war er, ganz im Gegensatz zu Dr. McDonald, zumindest höflich. »Na, dann kommen Sie mal herein, und nehmen Sie Platz. Sie sehen auch nicht gerade taufrisch aus.«

Ich fühlte mich auch nicht taufrisch. Ich ließ mich in den angebotenen Stuhl sinken und sah mich um. Gregori stand dem Kollegen McDonald, was die Heimgestaltung anbelangte, weit nach, aber das lag wohl daran, daß er möbliert wohnte. Der Raum, in dem ich saß, war ein kleines Arbeitszimmer – sein Schlafzimmer schien hinter der Verbindungstür zu liegen. Ein fadenscheinig gewordener, aber noch brauchbarer Teppich, ein paar Sessel der gleichen Qualität und Güte, eine Wand voller Bücher, ein schwerer Schreibtisch mit Drehstuhl, Schreibmaschine und jede Menge Papiere, das war's. Im Kamin ein Rest Glut und die weiße flockige Asche verheizter Buche. Kalt, aber stickig war es hier. Gregori hatte sich der englischen Sucht, Winter wie Sommer sämtliche Fenster aufzureißen, noch nicht gebeugt, und mir kam es vor, als röche es hier ganz eigenartig, schwach, undefinierbar.

»Wenn ich Ihnen irgendwie helfen kann, Mr. Cavell«, kurbelte Gregori meine Mission an.

»Nur Routinefragen, Dr. Gregori«, sagte ich leichthin. »Eine unzivilisierte Zeit, ich weiß, nur leider – sie ist nicht gerade auf unserer Seite – die Zeit.«

»Sie sind noch gar nicht ins Bett gekommen?« fragte er scharfsinnig.

»Noch nicht. Ich war nur unterwegs von einem zum anderen. Leider zu einem Zeitpunkt, für den die meisten nicht viel übrig haben, was meine Beliebtheit nicht gerade ins Unermeßliche steigern dürfte. Ich komme gerade von McDonald, und ich fürchte, auch der war nicht sonderlich entzückt von dem Einfall, mitten in der Nacht mobil gemacht zu werden.«

»Nein?« sagte Gregori mit aller Vorsicht. »McDonald auf die Palme zu bringen, dazu gehört eigentlich nicht viel.« – »Kommen Sie gut mit ihm aus? Befreundet eventuell?«

»Ein Kollege mehr oder weniger. Ich schätze seine Arbeit. Warum, Mr. Cavell?«

»Nur so – eine unheilbare Sucht, meine Nase in anderer Leute Angelegenheit zu stecken. Sagen Sie, Dr. Gregori, haben Sie ein Alibi für letzte Nacht?«

»Ja, natürlich doch.« Er sah mich perplex an. »Aber das habe ich

Mr. Hardanger doch höchstpersönlich auseinandergesetzt. Von acht bis zwölf war ich auf der Geburtstagsfeier von Mrs. Whithorns Tochter –«

»Verzeihung, Sie haben mich mißverstanden – letzte Nacht – nicht gestern nacht.«

»Aha.« Er sah mich besorgt an. »Es wird doch nicht – es ist doch nicht schon wieder etwas passiert?«

»Nein, nein«, beruhigte ich. »Ja, aber wie steht's. Dr. Gregori?«

»Heute nacht?« Er lächelte vage und zuckte die Achseln.

»Ein Alibi? Du lieber Gott, wenn ich das gewußt hätte, dann hätte ich mir eins besorgt. Für welche Zeit genau, Mr. Cavell?«

»Sagen wir so zwischen neun Uhr dreißig und zehn Uhr dreißig.«

»Leider nein. Ich fürchte, das ist hoffnungslos. Ich war hier und habe den ganzen Abend an meinem Buch gearbeitet. Eine Art Arbeitstherapie, wenn Sie wollen, Mr. Cavell, nach all dem, was gestern geschehen ist.« Er hielt inne und sagte dann entschuldigend: »Nicht gerade die ganze Nacht, sagen wir von acht bis gegen elf; gleich nach dem Essen habe ich angefangen. Ein produktiver Abend für mich trotz allem – drei ganze Seiten.« Er lächelte wieder, wenn auch nicht mehr so vage wie eben. »Sehen Sie, Mr. Cavell, für die Art von Buch, das ich da schreibe, ist schon eine Seite pro Stunde ein gutes Arbeitstempo.«

»Und worüber schreiben Sie?«

»Über anorganische Chemie.« Er schüttelte den Kopf und setzte mit einem Tropfen Vermouth in der Stimme hinzu: »Schlange stehen werden Sie deshalb kaum vor den Buchhandlungen. Dafür ist der Leserkreis für so ein Spezialgebiet viel zu begrenzt.«

Ich wies nach den Papieren auf dem Schreibtisch. »Das da?«

»Jawohl, das. Einen Versuch habe ich vor Jahr und Tag schon einmal gemacht, aber das ist so endlos lange her, daß ich kaum mehr zu sagen wüßte, wann. Bitte, Mr. Cavell, werfen Sie ruhig einen Blick hinein, wenn es Sie interessiert. Nur dürfte Ihnen das alles nicht viel sagen, fürchte ich. Abgesehen von der an sich recht abstrusen Natur des Stoffes schreibe ich auch noch auf italienisch. Eine Sprache, die mir naturgemäß am meisten liegt.« Ich dachte nicht daran, ihn wissen zu lassen, daß ich Italienisch so gut las, wie ich Englisch sprach. Statt dessen bemerkte ich lediglich: »Sie schreiben direkt in die Maschine?«

»Ja, natürlich. Meine Schrift ist die ganz typische Wissenschaftlerklaue – nicht zu entziffern. Moment, da fällt mir etwas ein.« Seine Hand strich nachdenklich über die blauen Stoppeln. »Die Schreibmaschine, die könnte man eventuell gehört haben.«

»Eben«, sagte ich, »daher meine Frage. Halten Sie das für möglich?«

»Ich weiß nicht. Um dieses Umstandes willen sind diese Räume für mich extra ausgesucht worden – um niemanden mit dem Geklapper zu stören. Sie wissen schon, wie das ist. Weder über mir noch nebenan liegen irgendwelche Schlafzimmer. Warten Sie doch mal, ja – ja, nebenan war das Fernsehprogramm an, doch, ich weiß es bestimmt. Wenigstens –«, fügte er etwas unsicher hinzu, »wenigstens bildete ich mir ein, etwas gehört zu haben. Doch, ich glaube schon. Wissen Sie, gleich nebenan liegt nämlich das, was Mrs. Whithorn höchst anspruchsvoll als ihren Musik- und Fernsehsalon zu bezeichnen pflegt, nur findet diese Kunststätte im allgemeinen wenig Anklang. Mrs. Whithorn und ihre Töchter sind die einzigen, die gelegentlich Gebrauch davon machen, und auch das kommt höchst selten einmal vor. Mir ist aber, als hätte ich etwas gehört. Und ich glaube nicht, daß ich mich täusche. Wollen wir fragen?« Wir fragten. Wir gingen in die Küche, wo Mrs. Whithorn – unterstützt von einer ihrer Töchter – Frühstück für ihre Gäste machte. Siedender Schinkengeruch stieg mir in die Nase. Mein linkes Bein tat mir plötzlich noch mal so weh. Innerhalb einer Minute wußten wir, was wir wissen wollten. Ein alter Spitzenfilm war gelaufen, und Mutter und Töchter hatten das gesamte Programm gesehen. Genau um zehn hatte es angefangen. Ja natürlich hatte man Dr. Gregoris Schreibmaschine einwandfrei im Vorbeigehen und später leise von nebenan klappern gehört. Nicht gerade so laut, daß es störend gewesen wäre, doch einwandfrei klar und deutlich. ›So etwas‹, hatte Mrs. Whithorn noch dazu bemerkt, ›jetzt muß unser armer Professor die Geburtstagsparty von gestern – seit Wochen der erste Abend, an dem er einmal von der Arbeit losgekommen ist – wieder aufholen; etwas mehr Ruhe und Entspannung sollte er wahrhaftig haben.‹ Dr. Gregori war hochbefriedigt und gab sich keinerlei Mühe daraus auch nur einen Hehl zu machen.

»Ich muß schon sagen, ich bin diesem alten Film, wie gut oder schlecht er auch gewesen sein mag, zu tiefstem Dank verpflichtet und Ihnen, Mrs. Whithorn, nicht minder.« Er lächelte mir zu.

»Sind Sie nun beruhigt, Mr. Cavell?« – »Ich war nie beunruhigt, mein lieber Dr. Gregori, aber das ist nun einmal das Grundlegende jeder erfolgreichen Polizeiarbeit – auch die entferntesten Möglichkeiten erst auszuräumen.«

Dr. Gregori brachte mich bis zur Tür. Es war noch immer dunkel, noch immer kalt, noch immer naß. Der Regen klatschte auf das Straßenpflaster. Ich dachte gerade darüber nach, wie diese Standardermittlungen am besten als bemerkenswerter Erfolg umzufrisieren wären, als Gregori, als hätte er meine Gedanken erraten, plötzlich sagte: »Es läge mir fern, Sie über Dinge ausfragen zu wollen, deren Beantwortung sich mit Ihrem Berufsgeheimnis nicht vereinbaren lassen, Mr. Cavell, aber glauben Sie wirklich, daß Aussicht besteht, Licht in dieses Dunkel zu bringen? Haben Sie den Eindruck, daß Sie weiterkommen?«

»Weitaus besser, als ich es vor zwölf Stunden noch für möglich gehalten hätte. Meine Ermittlungen weisen eindeutig in eine Richtung, von der ich annehmen möchte, daß sie die richtige ist. Wenn wir nicht gegen eine Mauer anzugehen hätten.«

»Keine Mauer ist so unüberwindlich, daß man nicht gegebenenfalls darüber klettern könnte.«

»Das ist richtig. Und nichts, aber auch gar nichts soll uns daran hindern, auch über diese zu kommen.« Ich ließ eine Pause eintreten. »Vielleicht hätte ich Ihnen das nicht sagen dürfen. Aber Sie werden es für sich behalten, das weiß ich.«

Und dessen versicherte er mich nachdrücklichst, als wir uns trennten. Genau eine halbe Meile weiter hielt ich an der nächsten Telefonzelle und wählte nach London durch. »Waren Sie schon im Bett, Cavell?« war das erste, was der General wissen wollte.

»Nein, Sir.«

»Nehmen Sie's nicht tragisch, Cavell, mir geht es nicht besser. Ich war so damit beschäftigt, die Leute mitten in der Nacht aus den Betten zu holen und mich allenthalben unbeliebt zu machen, daß ich gar nicht dazu kam.«

»Nicht so erfolgreich unbeliebt wie ich, Sir.«

»Das will ich Ihnen gern glauben. Und wie stehen die Aktien?«

»Flau, Sir. Nichts von Bedeutung. Und Sie selbst, Sir?«

»Chessingham. Ein Führerschein konnte an keiner zivilen Dienststelle registriert werden – vollkommen zuverlässig ist allerdings auch das nicht. Es wäre immerhin möglich, daß er ihn im Ausland gemacht hat, auch wenn das etwas ungewöhnlich sein dürfte. Was seine Militärdienstzeit anbelangt, so hat sich allerdings herausgestellt, daß er beim Royal Army Service Corps gedient hat – was auch mich stutzig gemacht hat.«

»Das Royal Army Service Corps? Das läßt vermuten, daß er eigentlich einen Führerschein haben müßte. Sind Sie der Sache nachgegangen, Sir?«

»Die einzige Tatsache, die ich über Chessinghams militärische Karriere festzustellen in der Lage war, ist die, daß er beim Militär war«, sagte der General trocken. »Des Kriegsministeriums Mühlen mahlen zu allen Zeiten langsam, nachts aber stehen sie eisern still. Mittags dürften wir vielleicht mehr wissen. Augenblicklich besitzen wir lediglich ein paar recht interessante Zahlen, die uns vor einer halben Stunde von Chessinghams Bank durchgegeben worden sind.«

Er gab mir die Zahlen und hing ein. Und ich kroch müde wieder in mein Vehikel und machte mich auf den Weg zu Chessingham. Fünfzehn Minuten später hielt ich vor seinem Haus. Und jetzt in dem bleichen diffusen Halblicht der Dämmerung, wirkte der quadratische Kasten mit seinem abgesunkenen Fundament noch düsterer und unheilschwangerer. Aber davon wurden wir auch nicht gescheiter. Und so schleppte ich mich denn noch einmal die ausgetretenen Stufen über den Burggraben hoch und läutete.

Stella Chessingham erschien. Blank und in ihrem geblümten Morgenrock hübsch anzusehen, aber blaß und müde um die Augen herum. Und auch sie schien nicht entzückt von meinem Ersuchen, ihren Bruder sprechen zu dürfen.

»Wollen Sie nicht hereinkommen, Mr. Cavell?« rang sie sich schließlich durch. »Mutter ist noch nicht auf. Und Eric noch beim Frühstück.«

Das war er. Noch mal Eier und Schinken. Mein linkes Bein wurde schwächer denn je. Chessingham stand auf und begrüßte mich nervös: »Guten Morgen, Mr. Cavell.« Ich überhörte das. Ich sah ihn nur kalt und unpersönlich an. Mit einem Blick, wie er überhaupt erst ab Polizeikommissar oder Oberkellner zulässig ist. »Chessingham«, sagte ich, »ich hätte noch einige Fragen. Ich bin aber noch nicht ins Bett gekommen und demgemäß nicht mehr in der Verfassung, auf Ausflüchte einzugehen. Machen Sie also kein langes Gerede, sondern beantworten Sie diese Fragen. Unsere nächtlichen Ermittlungen weisen völlig neue Richtlinien auf, deren wichtigste einwandfrei hierher führt.« Ich blickte zu seiner Schwester hinüber. »Miss Chessingham, ich möchte Sie nicht unnötig erschrecken. Ich hielte es für richtiger, wenn Sie uns allein ließen.« Sie riß die Augen auf, biß sich nervös auf die Lippen, nickte und schickte sich an, zu gehen. »Bleib hier, Stella« sagte

Chessingham. »Ich wüßte nicht, was ich vor jemandem zu verstecken hätte, schon gar nicht vor meiner Schwester, Mr. Cavell.«

»Ich wäre meiner Sache nicht so sicher«, meine Stimme klang so frostig wie der Blick, mit dem ich sie alle beide ansah. »Es steht Ihnen selbstverständlich frei zu bleiben, nur vergessen Sie bitte nicht, daß ich Sie gewarnt habe.« Beiden saß der Schreck in den Gliedern, sie waren blaß geworden. Was meine Fähigkeit, den Leuten die Hölle heiß zu machen, anbelangt, so wäre ich jederzeit für einen Job bei Interpol qualifiziert.

»Wo waren Sie heute nacht?« Chessingham blinzelte, als hätte er nicht recht verstanden. »Muß ich Ihnen darüber auch Rechenschaft ablegen?«

»Sonst hätte ich Sie nicht danach gefragt. Also bitte, antworten Sie.«

»Ich – ich war zu Hause. Mit Stella und meiner Mutter.«

»Die ganze Nacht?«

»Natürlich.«

»So natürlich ist das nicht. Besucher, irgend jemand, der das bezeugen könnte?«

»Nur Stella und Mutter.«

»Also nur Miss Chessingham. Ihre Mutter dürfte um zehn Uhr im Bett gewesen sein.«

»Ja, richtig. Das hatte ich vergessen.«

»Das überrascht mich durchaus nicht. Im Vergessen sind Sie groß. Sie haben gestern auch total vergessen, mir zu sagen, daß Sie beim Royal Army Service Corps waren.« – »Das Royal Army Service Corps?« Er setzte sich wieder an den Tisch, aber die unmerkliche Bewegung der Arme verriet mir, daß er sie unter dem Tisch zusammenpreßte. »Ja, das ist richtig. Woher wissen Sie das?«

»Ein niedlicher kleiner Vogel hat's mir zugezwitschert. Und der gleiche kleine Vogel hat mir auch erzählt, daß er Sie ein Armee-Fahrzeug steuern sah.«

Mir blieb keine andere Wahl. Ich klopfte auf den Busch. Die Zeit stand nicht auf unserer Seite. »Sagten Sie nicht, daß Sie nicht fahren können?«

»Ich kann nicht fahren.« Seine unruhigen Augen wanderten zu seiner Schwester und dann zu mir zurück. »Ausgeschlossen, das kann nicht stimmen, irgend jemand muß sich irren.«

»Wenn sich hier jemand irrt, Chessingham, dann sind Sie es, falls Sie es weiterhin ableugnen. Und wenn ich Ihnen bis heute abend vier Zeugen aufmarschieren lasse, die Ihnen unabhängig voneinander bestätigen werden, Sie am Steuer gesehen zu haben. Was dann?«

»Versucht habe ich es vielleicht – Möglicherweise ein- oder zweimal, so genau weiß ich das heute auch nicht mehr.« – »Chessingham, Sie fallen mir allmählich auf die Nerven«, sagte ich angeekelt. »Wer soll Ihnen das abnehmen? Sie benehmen sich wie ein Idiot. Lassen Sie endlich dieses alberne Herumreden. Sie können fahren. Geben Sie es zu. Miss Chessingham, Ihr Bruder kann fahren, stimmt das?« – »Lassen Sie Stella in Ruhe.« Chessinghams Stimme war fast schrill, und sein Gesicht hatte alle Farbe verloren. »Ich kann fahren, verdammt ja, meinetwegen. Sie haben recht.«

»Sie hielten sich wohl für ganz besonders schlau und geistreich, als Sie den Lastwagen vorgestern sozusagen vor der eigenen Haustür stehen ließen, was? So viel offensichtliche Dämlichkeit traut die Polizei niemandem zu, was?«

»Ich war nie an diesem Lastwagen.« Chessingham brüllte beinahe. »Ich schwöre es! Ich schwöre, daß ich nie an diesem Lastwagen war. Verdammt, ich habe es mit der Angst zu tun bekommen, als Sie gestern ankamen, ich habe alles nur getan, um meine Unschuld zu beweisen.«

»Ihre Unschuld.« Ich lachte mein übelstes Polizeilachen. »Die Jupiterfotos, die Sie angeblich aufgenommen haben wollen. Wie haben Sie sie aufgenommen? Selbst? Oder hat vielleicht jemand anders aufs Knöpfchen gedrückt? Ein Selbstauslösersystem eventuell – während Sie in Mordon waren?«

»Um Gottes willen, worüber reden Sie da eigentlich?« wehrte er sich verzweifelt. »Selbstauslöserapparat? Herrgott, Sie können meinetwegen das Haus vom Keller bis zum Speicher durchsuchen –«

Ich winkte ab. »Seien Sie doch nicht so naiv. Das Ding ist doch längst hier irgendwo im Umkreis von fünfzig Meilen eingebuddelt.«

»Mr. Cavell!« Stella Chessingham stand vor mir – zitternd, außer sich. »Das ist ein Irrtum, ein entsetzlicher Irrtum. Eric hat nichts zu tun damit – um was immer es auch gehen mag. Nicht mit dem Mord. Nichts mit alledem. Glauben Sie mir! Ich *weiß* es.«

»Waren *Sie* vorgestern nacht nach halb elf mit ihm zusammen? Waren Sie etwa bei ihm auf dem Dach? Wenn nicht, kleines Fräulein, dann wissen Sie gar nichts.«

»Ich kenne Eric, ich weiß, daß er niemals fähig wäre –« »Charakteranalysen interessieren mich nicht«, sagte ich brüsk.»Wenn Sie aber soviel wissen, dann können Sie mir vielleicht verraten, wie die tausend Pfund, die im Lauf der letzten vier Monate eingezahlt wurden, auf Ihres Bruders Bankkonto kommen? Fünfhundert am 31. Juli, der gleiche Betrag am 3. Oktober. Wie erklären Sie sich das?«

Sie sahen sich an. Angst, die sie nicht mehr zu verbergen suchten, stand in ihren Augen. Chessingham setzte zum Reden an, aber er brachte keinen Ton heraus.

»Das – das – das ist eine abgekartete Sache. Irgend jemand steckt dahinter, der mich fertigmachen will«, stotterte er schließlich.

»Halten Sie den Mund, Chessingham. Wenn Sie etwas zu sagen haben, dann reden Sie gefälligst vernünftig«, sagte ich müde. »Wo kommt das Geld her, Chessingham?«

Chessingham würgte an der Antwort und sah hilfeflehend an die Decke und sagte dann – vielmehr er flüsterte es nur: »Von Onkel George.«

»Sehr anständig von Onkel George. Und wer ist Onkel George, wenn ich fragen darf?«

»Der Bruder meiner Mutter, das schwarze Schaf der Familie. So jedenfalls sieht alles aus. Er will an dem Verbrechen, dessen man ihn bezichtigte, völlig unschuldig gewesen sein, nur sollen die Indizien so gegen ihn gesprochen haben, daß er ins Ausland geflüchtet ist.«

Ich sah Chessingham nur an. Was er mir da auftischte, war einfach zuviel des Guten nach einer schlaflosen Nacht auf nüchternen Magen. »Was soll das heißen? Verbrechen? Welches Verbrechen?«

»Das weiß ich selbst nicht«, sagte Chessingham völlig verzweifelt. »Wir haben ihn nie im Leben gesehen – nur angerufen hat er zweimal in Mordon. Meine Mutter hat nie ein Wort von ihm erwähnt – wir wußten bis vor kurzem überhaupt nichts von seiner Existenz.«

»Und Sie wußten von der Geschichte?« wandte ich mich an Stella.

»Natürlich wußte ich davon.«

»Ihre Mutter?«

»Um Gottes willen, nein«, sagte Chessingham. »Ich sagte doch bereits, daß sie seine Existenz nie auch nur erwähnte. Wessen man ihn auch beschuldigte, eine üble Geschichte muß es gewesen sein. Alles, was er dazu sagte, war, daß Mutter es ablehnen würde, von seinem ›schmutzigen Geld‹ auch nur einen Cent anzunehmen. Aber wir beide – Stella und ich – möchten sie aus gesundheitlichen Gründen ins Ausland schicken, und ohne dieses Geld wären wir nie in der Lage dazu. Es sollte uns helfen.«

»Ja«, sagte ich höchst unsentimental und grob. »Ins Old Bailey vor den Staatsanwalt, wird es Ihnen helfen, das steht fest. Wo ist Ihre Mutter geboren?«

»In Alfringham«, nahm Stella ihrem Bruder die Antwort ab. Er schien am Ende.

»Ihr Mädchennahme?«

»Jane Barclay.«

»Wo ist Ihr Telefon?«

Stella gab Auskunft. Ich ging in die Diele und rief den General in London an. Fast fünfzehn Minuten verstrichen, ehe ich wieder im Frühstückszimmer erschien. Beide hockten noch so versteinert da, wie ich sie verlassen hatte. »Und auf die glänzende Idee, sich vielleicht einmal ins Rathaus, wo man derlei Dinge erfahren kann, zu begeben, ist wohl keiner von Ihnen gekommen?« sagte ich kopfschüttelnd. »Und warum nicht? Soll ich es Ihnen sagen? Weil Sie alle beide genau wußten, daß Sie sich den Weg sparen konnten, weil Onkel George nie existiert hat. Ihre Mutter hatte nie einen Bruder. Aber damit dürfte ich Ihnen wohl nichts Neues sagen. Kommen Sie, Chessingham, seien Sie vernünftig. Schließlich hatten Sie Zeit genug, sich eine brauchbare Geschichte auszudenken. Eine billigere Erklärung für diese tausend Pfund gibt es doch wohl kaum noch.«

Er brachte überhaupt keinen Ton mehr heraus. Hoffnungslos starrte er erst mich an, dann seine Schwester und schließlich auf den Boden. »Na schön«, sagte ich ermunternd, »es hat ja weiß Gott keine Eile. Zeit und Muße, Ihre Fantasie etwas zu beflügeln, werden Sie jetzt bekommen. Erst möchte ich aber noch einmal Ihre Mutter sehen.«

»Verdammt noch mal, lassen Sie meine Mutter aus dem Spiel.« Chessingham war so ruckartig aufgestanden, daß seine blonde Mähne zurückschlug. »Meine Mutter ist eine alte, kranke Frau – lassen Sie sie in Ruhe, Cavell, hören Sie?«

»Miss Chessingham«, wandte ich mich ungerührt an Stella, »bitte sagen Sie Ihrer Mutter, daß ich in einer Minute oben sein werde.«

461

Chessingham kam auf mich zu, seine Schwester vertrat ihm den Weg und sah mich an, als wenn sie mich aufspießen wollte. »Eric, bitte, du weißt, Mr. Cavell tut doch, was er will.«

Ich tat, was ich wollte.

Das Interview mit Mrs. Chessingham dauerte lediglich zehn Minuten. Es waren nicht gerade die angenehmsten zehn Minuten meines Lebens.

Als ich hinunterkam, erwartete sie mich in der Diele. Stellas Augen waren zwei braune Teiche in einem kalkweißen Gesicht. »Sie sind im Irrtum, Mr. Cavell, in einem entsetzlichen Irrtum. Eric ist mein Bruder, und ich kenne ihn, ich kenne ihn wirklich. Er ist vollkommen unschuldig an allem, was Sie ihm auch zur Last legen.«

»Er hat jede Möglichkeit, das zu beweisen.« Es gibt immer einmal Augenblicke, in denen ich mich widerlich finde: Das war einer. »Chessingham, ich hielte es für ratsam, einen Koffer zu packen. Wenigstens das Nötigste für ein paar Tage.«

»Sie wollen mich mitnehmen?« fragte er hoffnungslos niedergeschlagen.

»Dazu habe ich weder das Recht noch den Auftrag. Sie werden schon noch abgeholt, verlassen Sie sich drauf. Und kommen Sie nicht auf die absurde Idee, auch noch einen Fluchtversuch zu riskieren. Keine Maus käme durch den Absperrgürtel.«

»Absperrgürtel?« Er starrte mich an. »Soll das heißen, daß Sie das Haus –«

»Glauben Sie etwa, wir legen Wert darauf, daß Sie in die nächstbeste Maschine springen und abrauschen? Wie der liebe alte Onkel George?« Das genügte eigentlich. Ich ließ es dabei bewenden.

Als nächstes standen mir die Hartnells noch bevor – mein letzter Besuch vor dem Frühstück. Auf halbem Weg etwa stoppte ich auf einer verlassenen Waldstraße an einer Telefonzelle und rief mein Hotel an. Nach einigen Bemühungen hatte ich Mary endlich an der Strippe, und nachdem sie mich gefragt hatte, wie es mir ginge, und ich gesagt hatte, bestens, und sie mich daraufhin mehr oder weniger einen aalglatten Schwindler hieß, bat ich sie, Hardanger ins Hotel zu zitieren und Frühstück zu bestellen. Ich käme kurz nach neun.

Und nachdem dies geschehen war, machte ich, daß ich schnurstracks wieder zu meinem Wagen kam. Er stand zwar nur ein paar

Meter weit weg, aber es goß noch immer in kalten grauen Strömen. Trotz der Eile hielt ich, die Tür schon in der Hand, inne und sah mir an, was da des Wegs kam. Auf eine Entfernung von kaum hundert Metern sah das, was da auf mich zukam, wie ein bürgerlicher Mensch mit Regenmantel und Hut aus, aber damit war die Ähnlichkeit mit dem normalen Menschen auch bereits zu Ende. Er hüpfte – einen Arm ausgestreckt, um die Balance zu halten – auf einem Bein durch den rauschenden Rinnstein und stieß eine alte Blechbüchse vor sich her. Und das Wasser klatschte nur so durch die Gegend bei jedem kombinierten Sprung und Stoß. Ich sah mir dieses Affentheater eine Weile an, bis mich der Regen langsam aufzuweichen begann. Außerdem war es nicht gerade taktvoll, hier herumzustehen und ihn anzustieren, selbst wenn er einer Anstalt entsprungen schien. Und wer weiß, was ich alles aufführen würde, wenn ich lange genug in der Wiltshire-Öde begraben wäre – womöglich auch Veitstänze. Noch immer mit einem Auge bei den kostenlosen Darbietungen auf der Landstraße, ließ ich mich in den Wagen fallen und zog die Tür zu, und da erst sollte mir klar werden, was es mit dieser Demonstration ausgewachsener Wiltshire-Verblödung auf sich hatte. Sie war lediglich dazu erdacht, mich ein bißchen von dem abzulenken, was sich hinten, auf dem Boden meines Wagens verkrochen hatte.

Als ich durch ein Geräusch aufmerksam wurde und mich umdrehte, was es zu spät, zu spät. Der Totschläger war bereits in Aktion. Mein linker Fuß stand noch auf der falschen Seite der Steuersäule, und der Segen kam von links, von der Seite, auf der ich nichts sehe. Gemessen jedoch an den Sternen, die ich sah, und meinem sofortigen Abrutsch in nachtschwarze Finsternis mußte der ausgeführte Hieb, der mich direkt am Hinterkopf, unterhalb des Ohres erwischte, entweder sehr genau gezielt oder mit beachtlicher Kraft durchgeführt worden sein – oder auch beides.

## 8

Es wäre nicht richtig zu sagen, daß ich aufwachte. Der Ausdruck trifft nicht ganz zu. Unter Aufwachen versteht man eigentlich einen ziemlich raschen eindeutigen Übergang vom Zustand der Bewußtlosigkeit in den des Bewußtseins. Mein Tasten durch die Zwielichtzone, die zwischen dem einen und dem anderen liegt, war weder rasch noch eindeutig. Einen Augenblick lang war ich mir verschwommen bewußt, daß ich auf etwas Nassem und Hartem lag, im nächsten war ich bereits wieder weg. Und wie lange diese Intervalle zwischen meinen graugetönten lichten Momenten jeweils dauerten, ließ sich nicht feststellen. Und selbst wenn sie sich hätten feststellen lassen, wäre ich viel zu behämmert gewesen, um mich dieser Rückkehr ins Leben dankbar zu erfreuen. Nach und nach wurden sie jedenfalls länger, die lichten Momente, bis die Dunkelheit völlig schwand. Nur war ich mir durchaus nicht sicher, ob das nun ein wünschenswerter Fortschritt war, denn mit zunehmendem Wiedererwachen verstärkte sich auch ein geradezu lähmender Schmerz, der mich vom Schädel bis zu linken Brustseite unbarmherzig in seinen Griff nahm; einen Griff, dessen Druck ein unerbittlicher Kerl mit Bärenkräften fest und fester schraubte. Ich kam mir vor wie ein Korn, das durch die Mühle gegangen war.

Mühsam bekam ich ein Auge auf und verdrehte es so lange, bis ich entdeckte, woher das trübe Licht kam. Aus einem Gitterfenster ganz oben unterm Dach. Es mußte ein Keller sein, einer mit dem gleichen architektonischen Kennzeichen wie der Keller in Chessinghams Haus.

In der Härte des Bodens hatte ich mich nicht getäuscht. Auch nicht in der Nässe. Roher, unfertiger Zementboden voll seichter Wasserpfützen. Und wer immer mich hier unten auch deponiert haben mochte, hatte mich mit aller Umsicht in die Mitte der größten davon geworfen.

Ich lag halb seitlich auf dem Rücken, die Arme geradezu lächerlich nach hinten verrenkt. Mir war nicht ganz klar, warum ich mich so verkrampfte, ich sollte aber sofort dahinterkommen, als ich versuchte, dem abzuhelfen. Irgend jemand hatte mich gefesselt und ganze Arbeit geleistet. Dem tauben Gefühl meiner Arme nach zu urteilen, ging ich bestimmt nicht fehl in der Annahme, daß er ganz besonderen Wert auf die Verknotungen gelegt hatte.

Ich machte den Versuch, die Beine anzuziehen und mich aufzusetzen, das ging jedoch nicht so, wie ich mir das gedacht hatte. Sie ließen sich nicht bewegen. Und so machte ich mir denn diese Unbeweglichkeit zunutze und stemmte mich mit dem Oberkörper hoch, wartete, bis die Sterne vor meinen Augen wieder verblaßten, und sah mir dann die Sache näher an. Meine Beine waren nicht nur an den Knöcheln gefesselt, sie waren obendrein auch noch an dem Metallgestänge eines Weinregals, das die ganze

Wand einnahm, festgemacht. Und ich war nicht nur gefesselt, ich war auch noch dazu mit PVC, einer Nylonbindung, gefesselt. Hätte ich eine Bestätigung dafür gebracht, daß hier ein Professioneller am Werk war, das wäre sie gewesen. Nicht einmal ein Gorilla wäre damit fertig geworden. Hier half nur noch eins: Die Kombizange. Finger waren völlig nutzlos. Langsam und Vorsichtig – eine schnelle Bewegung, und mein Kopf war ab – sah ich mich um. Ein Keller wie tausend andere und leer, wie er leerer nicht sein konnte: Das Fenster, die geschlossene Tür, das Weinregal und ich. Es hätte schlimmer sein können. Keiner war am Werk mich zu ersäufen, keiner traktierte mich mit Giftgas, keine Giftschlange bedrohte mich, keine Giftspinnen. Ein Keller. Ein simpler Keller und ich. Aber übel genug.

Ich rutschte gegen das Regal und strampelte mit aller Gewalt gegen die Drähte, die mich daran schnürten, aber alles, was ich damit erreichte, war eine Zulage an Schmerzen, mit denen ich ohnehin reichlich eingedeckt war. Ich versuchte meine Hände freizubekommen, ein Beginnen, von dessen Sinnlosigkeit ich, noch ehe ich damit anfing, überzeugt war, und das ich sofort wieder aufgab. Ich fragte mich nur noch, wie lange es dauern konnte, bis ich hier mit Erfolg verhungert oder verdurstet sein mußte. Immer mit der Ruhe, redete ich mir gut zu. Cavell, streng dich an, überleg, wie du am besten aus diesem Schlamassel herauskommst. Also bemühte ich mich, so schwierig sich das bei meinem Schädel auch anließ, einen klaren Gedanken zu fassen. Viel kam dabei nicht heraus. Alles, was ich zu denken imstande schien, war, wie hundeelend ich mich fühlte.

Und genau das war der Moment, da ich die Hanyatti entdeckte. Ich sah einmal hin, schüttelte den Kopf und sah nochmal hin. Jawohl, sie war's, kein Zweifel. Einwandfrei schaute sie aus meiner Jacke heraus. Ich starrte sie an, aber sie blieb, wo sie war, sie verschwand nicht. Ich fragte mich nur, wie dem – oder auch denen – die mich hierher verfrachtet hatten, das passieren konnte. Dann ging mir ein Licht auf. Sie hatten mich gar nicht nach Waffen durchsucht. Polizisten in England tragen keine Pistolen. Und deren war ich mehr oder weniger einer. Ergo konnte ich auch keine Pistole haben.

Ich zog die rechte Schulter hoch, ging mit dem Kopf so tief wie möglich hinunter und drückte gleichzeitig mit dem Gesicht das Revers weg. Beim drittenmal erwischte ich den Kolben mit den Zähnen, doch die abgerundete Oberfläche bot keinen Halt, sie rutschte wieder ab, als ich versuchte, das Ding aus dem Halfter zu ziehen. Viermal wiederholte ich das Experiment, dann gab ich auf. Verrenkungen dieser Art waren schon normalerweise eine Strapaze: Als Zugabe zu den Nachwirkungen der intensiven Behandlung mit dem Totschläger ließen sie den Keller vor meinen Augen verschwimmen. Gleichzeitig verspürte ich bei dieser Gymnastik auch noch rechts in der Brustkorbgegend einen scharfen, stechenden Schmerz. Ich überlegte trübsinnig, ob sich nicht eventuell auch noch ein paar Rippen in meine Lunge gespießt haben konnten. So, wie ich mich augenblicklich fühlte, war alles möglich.

Kleine Erholungspause. Dann krabbelte ich so lange, bis ich endlich auf die Knie kam. Ich verrenkte mich so tief hinunter, daß ich mit dem Kopf benahe auf den Zementboden kam, aber auch damit brachte ich dieses Schießeisen nicht aus dem Halfter. Nichts rührte sich. Noch einmal probierte ich es, geriet vor lauter Anstrengung aus dem Gleichgewicht und kippte flach aufs Gesicht. Als mein Kopf wieder einigermaßen klar geworden war, wiederholte ich das Experiment, und diesmal rutschte sie tatsächlich heraus und schepperte zu Boden.

Da kniete ich nun in grauem Kellertrübsinn und äugte nach meiner Pistole und traute dem Frieden nicht. Es konnte natürlich auch ein ganz abgefeimter, sadistischer Vogel gewesen sein, der seinen Spaß daran gehabt hatte, das Magazin zu entleeren und das Ding dann wieder in den Halfter zu schieben, möglich war alles. Doch dem war nicht so. Diese humorige Note blieb mir erspart. Der Ladeanzeiger stand auf neun. Das Magazin war voll.

Ich wand mich näher heran, bekam die Hanyatti mit meinen gefesselten Händen zu fassen, entsicherte und brachte sie mühsam, soweit ich das aus meiner verrenkten Stellung schaffte, nach rechts hinüber. Die Jacke behinderte mich, aber mit einigem Fluchen brachte ich das Kunststück schließlich zuwege. Jetzt lag das Ding seitlich in der Richtung, wie ich es brauchte. Ich zog die Knie an und turnte so lange herum, bis ich mit der Mündung auf fünfzehn Zoll Abstand zu den Füßen kam.

Durch die Nylonstränge schießen – ging es mir durch den Kopf. Eine glorreiche Idee, die ich gleich wieder verabschiedete. Das war allerhöchstens etwas für das geschärfte Auge Buffalo Bills, und auch da hatte ich das Gefühl, daß er seine Scharfschützenkunststücke nie in düsteren Kellerlöchern mit völlig tauben, auf den Rücken gebundenen Händen durchexerziert hatte. Mein linkes Bein wäre dabei allerhöchstens ein gefundenes Fressen für die beiden darauf lauernden Londoner Chirurgen geworden. Die Chancen standen eins zu tausend für sie. Und so entschloß ich mich denn, mich lieber auf das zu konzentrieren, was mich an das Weinregal schnürte.

Ich zielte so gut es ging, und drückte ab. Dreierlei begab sich umgehend und gleichzeitig: Der Rückstoß riß mir fast den Daumen weg, die Detonation ließ meine Trommelfelle beinah platzen, und ein leichter Windzug pfiff, lautlos im Detonationsdonner, über meine Frisur weg und löste in Form einer rikoschettierenden Kugel mein Problem um einen halben Zoll ein für allemal. Und noch ein vierter Punkt wäre zu erwähnen: Ich schoß daneben.

Zwei Sekunden darauf feuerte ich wieder – ohne mir Zeit zu nehmen zu überlegen. Schob oben eventuell einer Wache, so mußte ihn das, was er soeben vernommen hatte, aus seiner wohlverdienten Ruhe gescheucht und auf die Sprünge gebracht haben, um klarzustellen, wer hier unten sein trautes Heim demolierte. Und nicht nur das. Ich wußte genau, daß ich erst gar nicht anfangen durfte, darüber nachzudenken, ob der Prellschuß nicht unter Umständen diesmal auch einen halben Zoll tiefer zurückpfeifen konnte, weil ich dann gar nicht mehr fähig gewesen wäre, diesen Abzug jemals wieder zu betätigen.

Wieder krachte es, und diesmal war ich sicher, daß mein rechter Daumen endgültig hin war. Wenn schon! Die Drahtbindung jedenfalls war sauber durchtrennt. Buffalo Bill hätte es nicht besser hinbekommen.

Ich rutschte herum, zog mich mühsam an dem Metallgestänge hoch, lehnte mich mit dem linken Ellbogen auf eines der Regalbretter und harrte der Dinge, die eventuell durch die Tür kommen konnten. Wer immer hier nach dem Rechten oder Unrechten zu sehen kam, mußte da durch, aber ein Kerl auf sechs Fuß war immerhin ein leichteres Ziel als ein Draht auf achtzehn Zoll.

Regungslos – abgesehen von meinen zitternden Beinen – stand ich da und lauschte mit dem bißchen Gehör, das mir nach den krachenden Salven noch erhalten geblieben war, angestrengt in die Stille. Nichts rührte sich. Ich riskierte ein paar eilige Sprünge in die Mitte des Kellers und spähte durch das offene Fenster, ob mein Wärter nicht etwa auf die vorsichtig raffinierte Tour reiste. Nichts. Einige solcher Sprünge mehr, und ich war an der Tür und versuchte mit dem Ellbogen an der Klinke. Zu. Verschlossen.

Ich stellte mich mit dem Rücken zur Tür, fummelte mit der Pistolenmündung so lange herum, bis ich das Schloß fand und drückte ab. Beim zweiten Schuß gab die Tür unter meinem Gewicht so blitzartig nach – daß ich nicht einmal vorher nachgesehen hatte, ob das Ding nun nach innen oder außen zu öffnen war, sagt alles, was es über meinen Geisteszustand zu sagen gibt –, daß ich, wie selbst aus der Pistole geschossen, der Länge nach draußen auf den Steinboden schlug. Falls jemand in der hoffnungsvollen Absicht, mich fertigzumachen, meiner hier draußen harrte, so war dies jetzt seine einmalige Chance.

Niemand machte mich fertig, weil keiner darauf lauerte, mich fertigzumachen. Benommen und elend krabbelte ich wieder hoch, entdeckte einen Lichtschalter und knipste ihn mit der Schulter an. Die nackte Birne, die direkt über mir baumelte, gab kein Lebenszeichen von sich. Vielleicht war sie durchgebrannt, vielleicht war die Sicherung hin, möglich. Ich tippte eher darauf, daß überhaupt kein Strom da war. Der ganze leblos trübe Kellermuff sprach von langer Stille und Verödung. Wer immer auch einmal hier residiert haben mochte, mußte seit langem endgültig ausgezogen sein.

Eine ausgetretene Stiege führte in trübes Halbdunkel. Ich nahm mit einem kühnen Sprung die ersten beiden Stufen, wackelte wie ein absterbender Kreisel und erwischte gerade noch den richtigen Dreh, mich hinzusetzen, ehe ich kippte. Einmal unten, schien es mir das Sicherste, mein Schwergewicht dort zu lassen, wo es war. Den weiteren Aufstieg bewerkstelligte ich von rückwärts auf dem Hosenboden.

Auch die Vorkellertür war zu, aber es war ja schließlich nicht meine, und fünf Schuß steckten noch in der Hanyatti. Diesmal stolperte ich beim ersten bereits in die Diele. Sie war hoch, lang und schmal, etwa das, was Immobilienhändler euphemistisch als Fülle gediegener Holzarbeit zu bezeichnen pflegen. Gräßliche schwarze Eichenbalken, wo immer man hinsah. Türen rechts und links, beide zu. Eine Glastür am anderen Ende, die Tür neben mir schien auf die Rückseite dieses verlassenen Hauses zu führen. Eine Treppe über mir, ein unebener Parkettboden, durch dessen Staubschicht eine Wirrnis von Fußspuren von meinem Standort bis zur Glastür liefen, unter mir. Immerhin schien die Luft rein, und das war einwandfrei dieser Stätte bester Zug. Ich wußte jetzt, daß ich allein war. Nur für wie lange ich allein bleiben würde, das wußte ich nicht. Es schien mir nicht ratsam, auch nur eine Sekunde ungenutzt verstreichen zu lassen.

Um die Fußspuren zur Glastür nicht zu verwischen, versuchte ich es gleich an meiner Tür. Zur Abwechslung war sie unverschlossen. Dahinter lag ein weiterer Gang, der in den Küchenbereich zu führen schien. Ein weitläufiges altmodisches Haus.

Ich machte mich auf den Weg, riß unterwegs Schränke und Schubladen auf und sah ein, daß es nur Zeitverschwendung war. Nichts von überstürzter Flucht, alles wies daraufhin, daß die einstigen Herren von Haus und Hof sich die Zeit genommen hatten, ordnungsgemäß mit Sack und Pack auszuziehen, ohne auch nur eine Sicherheitsnadel liegen zu lassen, die meinen Entfesselungszwecken sowieso nicht dienlich gewesen wäre.

Die äußerste Küchentür war unverschlossen. Ich machte sie auf und stand – das bedurfte allerdings noch einiger Sprünge mehr – im Regen, der unvermindert weiter rann. Ich sah mich um. Nichts, was genauere Rückschlüsse zuließ, wo ich mich befand. Ein großer, verwilderter Garten, zehn Fuß hohe Hecken, die seit Jahr und Tag keine Baumschere mehr gesehen hatten, Nadelbäume und Zypressen, seufzend und vor Nässe triefend, unter einem grauen, weinenden Himmel. Wildnis.

Zwei Holzhütten gehörten noch in die Szenerie, die eine war vermutlich die Garage, die andere kaum halb so groß. Ich nahm Kurs auf die kleinere. Nicht, daß sie mir anziehender erschienen wäre, sondern einfach, weil sie näher lag. Die Tür hing schief in den Angeln, die jämmerlich quietschten, als ich mich an das morsche Holz lehnte.

Ein Schuppen, der offensichtlich einmal als Werkstatt gedient hatte. Unter dem verrotteten Fenster stand eine massive Werkbank mit einem rostigen Schraubstock – stehengelassen, wie er gebraucht worden war. Falls er noch nicht völlig eingerostet war und sich drehen ließ und sich unter Umständen auch noch ein Schneidwerkzeug zum Dazwischenklemmen finden sollte, ein nützliches Gerät. Leider war dergleichen nicht zu sehen. Nichts war hier zu sehen, weder schneidende noch sonstige Werkzeuge. Hier wie auch drüben im Haus hatten die scheidenden Bewohner beim Zusammensuchen ihrer Habseligkeiten jedenfalls ganze Arbeit geleistet. Die Wände waren gähnend leer.

Eins hatten sie stehenlassen, und auch das nur, weil es Abfall war: Eine Kiste voller Spaltholz und Kram. Mit Hilfe eines Holzscheits brachte ich das Ding hoch und kippte es um. Mit dem Scheit stocherte ich den Inhalt durch: Abfall, Blechkram, verbogene Nägel, verrostete Schrauben und schließlich ein sehr altes und sehr rostiges Metall-Sägeblatt.

Es dauerte zehn Minuten, bis ich das Ding im Schraubstock

hatte. Die Gefühllosigkeit meiner Hände hatte inzwischen Lähmungserscheinungen angenommen. Weiterer zehn Minuten bedurfte es, um die Nylonstränge meiner Handgelenke zu durchsägen. Natürlich hätte ich es schneller schaffen können, aber schließlich hatte ich ja hinten keine Augen und sah nicht, was ich tat, also war Vorsicht geboten. Meine Hände waren so leblos, daß ich aus Versehen, ohne es zu merken, auch eine Arterie erwischen konnte. Und das hätte mir gerade noch gefehlt.

Sie waren nicht erfreulich anzusehen, meine Hände, als ich sie nach vollbrachtem Werk examinierte – angeschwollen zur doppelten Größe, blaurot blutig gescheuert an der Innenseite der Gelenke, aufgerissen und zerschnitten an sämtlichen Fingern. Als ich die roten Blutspuren auf dem rostigen Sägeblatt entdeckte, hoffte ich nur noch still, daß ich mir nicht auch noch eine Blutvergiftung zugezogen hatte.

Fluchend saß ich fünf Minuten auf der Kiste, bis die roten Striemen allmählich zu verschwinden begannen und die Blutzirkulation mit tausend feinen unerträglichen Nadelstichen wieder in Gang war. Endlich war ich dann in der Lage, das Sägeblatt selbst zu halten, durchschnitt die Nylonstränge an meinen Knöcheln und ließ mein blumiges Repertoire gängiger Kraftausdrücke gleich noch einmal vom Stapel, bis sich auch hier der gleiche wohltuende Prozeß vollzogen hatte. Dann zog ich das Hemd aus der Hose und inspizierte meine rechte Seite. Aber ich konnte das Hemd gar nicht schnell genug wieder in den Gürtel packen. Jede eingehende Untersuchung hätte mich höchstens doppelt so elend gemacht, als ich es ohnehin war. Alles was die dicke Blutkruste nicht gnädig zudeckte – und sie deckte fast die ganze Seite zu –, war grotesk verschollen und begann bereits in sämtlichen Regenbogenfarben zu schillern. Wer immer mich zu diesem Fußballtraining erkoren hatte, dachte ich sauer, hätte sich, so er an die linke Seite geraten wäre, an der Hanyatti sämtliche Zehen gebrochen. Es war ihm erspart geblieben. Und es war besser so.

Ohne ernstlich anzunehmen, daß ich sie gebrauchen würde, verließ ich mit der Pistole in der Hand den Werkzeugschuppen. Das Haus interessierte mich nicht mehr. Die Fußabdrücke – mehr war dort nicht zu finden, das wußte ich nun, und die waren eine Angelegenheit für Hardangers Experten. Von der vorderen Front ging unter tropfenden Bäumen eine Zufahrtsstraße ab. Ich hinkte den unkrautüberwucherten Kiesweg entlang, ohne zu wissen, wohin er führte.

Kaum ein paar Schritte weiter, blieb ich stehen und fing an nachzudenken – soweit das bei meiner ramponierten geistigen Verfassung noch möglich war. Wer immer mich hier festgesetzt hatte, konnte dies – obwohl ich eigentlich eher vom Gegenteil überzeugt war, in der Absicht getan haben, mich ganz offiziell eine Weile von der Szene verschwinden zu lassen. Wenn nicht, dann konnte er sich es nicht leisten, meinen Wagen einfach stehenzulassen, sondern war gezwungen gewesen, ihn wegzubringen. Wohin? Dahin, wo auch Cavell versteckt worden war, klar. Was konnte logischer und simpler sein? Ich machte kehrt und ging zur Garage zurück.

Da war er, der Wagen. Ich sank müde in den Sitz, döste zwei Minuten vor mich hin, kroch genauso müde wieder hinaus. War es sein Plus, daß niemand dahinterkam, daß ich aus dem Spiel war, so war es mein Plus, daß er nicht dahinterkam, daß ich wieder mit im Spiel war. Warum dem so sein sollte, war mir im Augenblick nicht ganz klar, und ich versuchte auch gar nicht erst, mich zu des Rätsels Lösung durchzuarbeiten. Mein Denkapparat war vor lauter Schwäche und Müdigkeit und dem, was ich da an Hieben bezogen hatte, so benommen, daß ich von jedem zusammenhängenden, folgerichtigen Gedankengang weit entfernt war. Alles, was ich vage mehr fühlte als wußte, war, daß das irgendwie ein Vorteil für mich sein konnte, und bei der Verfassung, in der ich mich befand und den mäßigen Fortschritten, die ich zu verzeichnen hatte, mußte ich jeden nützen. Dieser Wagen war ein vernichtendes Aushängeschild. Ich machte mich zu Fuß auf den Weg.

Die Zufahrt führte auf die Straße, die nicht mehr als ein lausiger, verschlammter Feldweg voller Wasserlachen war. Ich hielt mich rechts, aus dem einfachen Grund, weil es links steil bergauf ging, und kam nach zwanzig Minuten zu einer zweiten Straße. Ein Straßenschild verhieß: ›Netley Common: 2 Meilen‹. Netley Common also. Das lang an der Hauptverkehrsstraße London – Alfringham, rund zehn Meilen von Alfringham entfernt. Also hatte man mich gute sechs Meilen vom Ort des Überfalls an der Telefonzelle weitergebracht. Warum, war mir selbst nicht ganz klar. Wahrscheinlich, weil es sonst im Umkreis von sechs Meilen nirgends ein leeres Haus mit Keller gab.

Ich brauchte über eine Stunde für diese zwei Meilen, und das lag nicht nur an meinem Zustand, sondern zum Teil daran, daß ich bei jedem herankommenden Wagen oder Fahrrad in die Büsche sprang. Netley Common selbst ließ ich links liegen und marschierte querfeldein durch eine menschenleere Öde – bar jeden Lebenszeichens an diesem bitteren, ereignisreichen Oktobermorgen –, bis ich endlich auf der Hauptstraße landete und erledigt in eine Mulde hinter dem Gebüsch sank. Ich kam mir vor wie eine wasserdurchtränkte Stoffpuppe, die aus allen Nähten zu platzen drohte. Nicht einmal meinen lädierten Brustkasten spürte ich noch, so erschöpft war ich. Ich fror bis ins innerste Knochenmark und zitterte wie eine Marionette in der Hand eines wildgewordenen Puppenspielers. Ich wurde alt.

Zwanzig Minuten später war ich noch viel älter geworden. Der Verkehr im ländlichen Wiltshire erreichte auch in seinen besten Zeiten gewiß keinen Piccadillystandard, heute jedoch schien er völlig zu ruhen oder seinen freien Tag zu haben. Drei ganze Wagen und ein Bus waren vorbeigerollt, und ich hatte sie vorbeirollen lassen, weil sie entweder fast oder ganz vollbesetzt gewesen waren. Wonach ich Ausschau hielt, war ein Lastwagen, in dem nur der Fahrer saß, und wenn es der nicht sein konnte, dann zumindest ein Personenwagen, möglichst ohne Begleitmannschaft. Obwohl ich mir, ehrlich gesagt, nicht vorzustellen vermochte, wie ein einsamer Mann hinterm Steuer auf dieses heruntergekommene Häufchen menschlichen Elends am Straßenrand reagieren würde.

Im nächsten Vehikel, das ankam, saßen zwei Männer, doch auch das ließ mich nicht länger zögern. Noch ehe ich die Uniform überhaupt sah, wußte ich schon, was es mit diesem großen, schwarzen Wolseley auf sich hatte, der da langsam herankam und hielt. Ein Sergeant sprang heraus und half mir auf die Beine – sichtlich erleichtert, ob meines Anblicks. Und er hatte auch zum Glück ganz das Format und die Kraft, Gewichte zu schleppen. Ich überließ ihm das meinige zum größten Teil.

»Mr. Cavell?« Er sah mich noch einmal genauer an. »Sind Sie es, Mr. Cavell?«

Ich nickte. Daß mich die letzten Stunden verändert hatten, wußte ich, das allerdings hatte ich denn doch nicht erwartet.

»Na, Gott sei Dank, daß wir Sie haben. Seit zwei Stunden sind ein halbes Dutzend Polizeiwagen und weiß Gott wie viele Militärfahrzeuge auf der Suche nach Ihnen.« Er verfrachtete mich mit aller Behutsamkeit auf den Rücksitz. »Und jetzt machen Sie es sich da hinten so bequem wie möglich, Sir.«

»Worauf Sie sich verlassen können«, gab ich zurück und verstaute meine triefende, verdreckte Figur in einer Ecke. »Ich fürchte nur, dieser Sitz wird nie mehr das werden, was er einmal war, Sergeant.«

»Darüber lassen Sie sich mal keine grauen Haare wachsen, Sir, da, wo der herkommt, gibt's noch jede Menge von der gleichen Sorte«, grinste er, kletterte neben den Kollegen des Polizeibezirks und griff nach dem Mikrophon, während der Wagen langsam anfuhr. »Ihre Frau erwartet Sie auf dem Polizeirevier bei Inspektor Wylie.«

»Moment«, sagte ich eilig. »Nur kein Riesentheater um Cavells Auferstehung von den Toten, um Gottes willen nicht, Sergeant. Sowenig Aufhebens wie möglich. Und bringen Sie mich bloß nirgends hin, wo ich sofort erkannt werde. Wissen Sie nicht irgendeine verschwiegene Klause, in der Sie mich absetzen könnten?«

Er drehte sich ruckartig um und starrte mich an. »Da komme ich nicht ganz mit, Sir?«

Ich war drauf und dran, ihm zu sagen, daß es mir scheißegal sei, ob er mitkäme oder nicht, aber das wäre wiederum auch nicht fair gewesen. Also sagte ich nur: »Sergeant, es ist nun mal erforderlich, glauben Sie's mir. Zumindest hab ich so das Gefühl, als ob. Wissen Sie denn keine stille Ecke hier, in der man unterkriechen könnte?«

»Hm.« Er studierte. »Schwierig, Mr. Cavell, sehr schwierig –«

»Mein Bunker, Sergeant«, rückte der Fahrer heraus. »Jane ist ja bei ihrer Mutter, das wissen Sie doch. Da könnte Mr. Cavell doch erst mal hin.«

»Liegt das ruhig, hat das Telefon, und ist das in der Nähe von Alfringham?« erkundigte ich mich.

»Alles da, Sir.«

»Bestens. Vielen Dank. Sergeant, sprechen Sie mit dem Inspektor. Allein bitte. Er soll meine Frau nehmen und sich schnellstens zu mir begeben und Hardanger auch gleich mitbringen, falls er greifbar sein sollte. Und, sagen Sie, Sergeant, hätten Sie nicht unter Umständen auch einen Arzt auf dem Revier, einen, der nicht allzuviel quasselt?«

»Machen wir, Sir.« Er drehte sich um und sah mich etwas genauer an. »Einen Arzt?«

Ich nickte und schlug die Jacke zurück. Der Regen hatte alles, was ich anhatte, durchweicht, und mein Hemd bot einen unerfreulichen bräunlichrot verfärbten Anblick. Der Sergeant sah nur kurz hin, drehte sich dann wieder um und sagte sehr ruhig zum

Fahrer, »also dann, mein Sohn, tu deinen Gefühlen keinen Zwang an und drück auf die Tube. Aber laß ja die Finger von der verfluchten Sirene.«

Dann griff er zum Mikrophon und fing an zu reden – leise, aber eindringlich.

»Und ich denke nicht daran, in dieses verfluchte Krankenhaus zu gehen, und damit basta«, erklärte ich sauer. Ein paar Schinkenbrote und ein anständiger Whisky hatten mich wieder üppig und unverschämt gemacht. »Verehrtester Doktor, daran ist nun einmal gar nichts zu ändern, tut mir leid.«

»Mir auch.« Der Arzt, der sich in dem Polizeibungalow über mein Bett beugte, war ein sauber, methodisch und präzis arbeitender Mann mit einer sauberen, methodischen, präzisen Stimme. »Zwingen kann ich Sie leider nicht, obwohl ich das sehr bedauere. Aber ich würde, wenn ich könnte, denn Sie sind kränker, als Sie glauben, und bedürfen dringendst einer Röntgenuntersuchung und klinischer Pflege. Zwei Rippen sind zumindest verbogen und die dritte definitiv gebrochen. Und wie die Sache von innen aussieht, kann ich natürlich so nicht sagen, Röntgenaugen habe ich auch nicht.«

»Machen Sie sich mal keinen Kummer, Herr Doktor«, sagte ich munter, »so wie Sie mich verpackt und bandagiert haben, kann da nichts mehr schief durch die Lunge oder quer durch mein Fell gehen.«

»Falls Sie nicht gerade den unwiderstehlichen Drang zu Turnübungen oder dergleichen haben sollten, an sich nicht. Aber wir brauchen hier die verschiedenen Möglichkeiten Ihres verfrühten und selbstverschuldeten Ablebens wohl nicht weiter zu erörtern. Näherliegend wäre eine Lungenentzündung. Frakturen plus alldem, was Sie da an Nässe und Kälte und Erschöpfung hinter sich haben, sind für so etwas die ideale Brutstätte. Eine unangenehme Kombination – Lungenentzündung und Rippenbrüche. Auf den Friedhöfen der Umgebung liegen jede Menge Leute, die Ihnen das aus eigener, trüber Erfahrung bestätigen könnten.«

»Daß ich nicht lache«, sagte ich sauer.

Das ignorierte er und blickte Mary an, die still und blaß auf der gegenüberliegenden Bettkante saß. »Kontrollieren Sie bitte Atmung, Puls und Temperatur stündlich, Mrs. Cavell. Und falls das Fieber steigen sollte oder Atembeschwerden auftreten, dann rufen Sie mich sofort an. Meine Nummer haben Sie ja. Und noch etwas, was ich Ihnen – und auch Ihnen, meine Herren –« er nickte Hardanger und Wylie zu, »sehr ans Herz legen möchte: Falls Mr. Cavell sich innerhalb der nächsten zweiundsiebzig Stunden auch nur aus diesem Bett rühren sollte, muß ich jede Verantwortung ablehnen.«

Damit nahm er seine Tasche und ging. Als die Tür hinter ihm zugefallen war, schwang ich die Beine aus dem Bett und fing an, mir ein frisches Hemd anzuziehen. Das tat mir nicht gerade gut, aber auch nicht so weh, wie ich es erwartet hatte. Weder Mary noch Hardanger sagten einen Ton dazu, und als Wylie voller Erstaunen wahrnahm, daß keinerlei Einwendungen erhoben wurden, fühlte er sich dazu veranlaßt zu sagen: »Sagen Sie, Cavell, wollen Sie sich mit Gewalt umbringen? Sie haben doch gehört, was der Arzt Ihnen eben noch gesagt hat? Und Sie, Hardanger, Sie lassen das auch noch wortlos zu?«

»Den können Sie nicht ganz für voll nehmen. Wie Sie sehen, macht nicht einmal seine Frau auch nur einen Versuch, ihm etwas zu sagen. Wissen Sie, Wylie, es gibt einige Dinge im Leben, die vollkommene Zeitverschwendung sind, und eins dieser Dinge ist, auch nur den Versuch zu machen, Cavell zu bewegen, Vernunft anzunehmen.« Er funkelte mich an. »Gescheiter als wir alle wollten Sie mal wieder sein, was? Allein den Spürhund spielen, was? Und was ist dabei herausgekommen? Sehen Sie sich diese Schweinerei an, jawohl, Schweinerei – im wahrsten Sinne des Wortes. Sehen Sie es sich nur an. Und was haben wir davon profitiert? Einen Dreck. Wann werden Sie endlich einmal zu Verstand kommen und einsehen, daß man überhaupt nur etwas in vernünftiger Zusammenarbeit erreichen kann? Ihre gottverfluchten d'Artagnan-Methoden, Cavell, der Teufel soll sie holen. System, verdammt nochmal, Methode, Routine, Kooperation – nur so – und ganz allein so – gehts, wenn es gilt, ein Kapitalverbrechen aufzuklären. Und das wissen Sie verdammt so gut wie ich.«

»Ja, ich weiß«, stimmte ich gottergeben zu. »Geduldige, rührige, erfahrene Leute, die zäh und verbissen das tun, was ihnen von einer geduldigen, rührigen erfahrenen Obrigkeit genau aufs Wort vorgeschrieben wird. Dieser Meinung bin ich selbstverständlich auch. Nur nicht gerade hier und jetzt. Mit Geduld können wir hier einpacken. Geduld braucht Zeit, und die haben wir nicht. Haben Sie veranlaßt, daß das Haus bewaffnet bewacht wird und daß Ihre Kriminalhengste sich um die Fußspuren kümmern?«

Er nickte. »Schießen Sie mal los mit Ihrer Story. Zeit haben wir wahrhaftig keine zu verlieren.«

»Umgehend. Sobald Sie mir verraten haben, warum Sie mich erstens nicht restlos zur Sau machen, weil Sie Ihre kostbare Zeit damit verschwenden mußten, mich suchen zu lassen, und warum Sie zweitens nicht versuchten, mich ins Bett zu kommandieren. Wo stinkt's, Hardanger?«

»Die Presse hat die Story«, sagte er schlicht. »In Bausch und Bogen« Einbruch, Morde, Diebstahl der Satanskäferviren. Und letzteres haben wir nun doch nicht erwartet. Großes Geschrei. Rote Schlagzeilen allenthalben.« Er wies auf den Stoß Zeitungen, die er neben sich auf dem Fußboden liegen hatte. »Da, wollen Sie sich diesen Mist selbst ansehen?«

»Danke, danke. Um noch mehr Zeit zu vertrödeln. Kann ich mir auch so vorstellen. Aber das ist ja wohl noch nicht alles, was Ihnen auf der Seele liegt.«

»Sie sagen es. Der General hat angerufen – wollte Sie sprechen – unbedingt. Vor einer halber Stunde ungefähr. Ein Brief in sechsfacher Vervielfältigung ging heute per Sonderboten in den sechs größten Redaktionen der Fleet Street ein. Unser lieber Freund hat folgendes zu melden: Seine Warnung sei ignoriert worden. Keinerlei Erklärung dazu sei in den Neun-Uhr-Nachrichten über B. B. C. erfolgt. Die Mauern von Mordon stünden noch immer, und dergleichen Blech mehr. Innerhalb der nächsten sechs Stunden könne man sich auf eine Demonstration gefaßt machen, die erstens unter Beweis stellen werde, daß er die Viren habe und zweitens willens sei, diese zu gebrauchen.«

»Und die Zeitungen wollen das bringen?«

»Wort für Wort. Erst einmal haben sich sämtliche Herausgeber zusammengeschlossen und sind an den Sonderdienst von Scotland Yard herangetreten. Der Sonderbeauftragte hat sich an den Innenminister gewandt, und ich nehme an, daß daraufhin schnellstens eine Sitzung anberaumt wurde, bei der es zu einer Entschließung gekommen sein muß, über deren Inhalt bisher noch nichts verlautbart geworden ist. Jedenfalls steht immerhin zu vermuten, daß die Presse der Regierung nahegelegt hat, sich endlich den berühmten inneren Ruck zu geben, weil ja schließlich nach altem Brauch sie die Dienerin des Volkes ist und nicht vice versa. Ferner nehme ich an, daß man darauf hingewiesen hat, daß die Nation zumindest ein Recht habe, von dem Damoklesschwert, das über ihr hängt, etwas zu erfahren. Außerdem dürfte man vernehmlich darauf gepocht haben, daß hier allergrößte Vorsicht geboten ist, weil nämlich der winzigste falsche Schritt das gesamte Kabinett über Nacht hochgehen lassen könne. Und das, mein Lieber, gibt Schlagzeilen, wie wir sie seit dem Invasionstag nicht mehr hatten. Schätzungsweise dürften sie jetzt gerade draußen sein, die Londoner Abendblätter.«

»Na also, dann rollt er ja, der Ball«, gab ich mein bißchen Senf dazu und beobachtete Mary, die sich inzwischen meiner Invalidität erbarmt hatte und sich um meine Manschettenknöpfe bemühte. Geschunden und verbunden wie ich war, kam ich allein damit nicht ganz zurecht. Sie sah mich nicht an. Ihr Gesicht war ausdruckslos und verriet nicht von dem, was in ihr vorging. »Zumindest bringt das mal 'ne kleine Abwechslung ins Konversationsrepertoire der britischen Öffentlichkeit. Zeit, daß sie auch mal was anderes zu diskutieren kriegen als nur ihren ewigen Fußball, und was das Fernsehen an Erschütterndem gebracht hat. Mehr bewegt doch die Gemüter nicht – höchstens noch die letzte *Rock and roll*-Sensation«, grinste ich und nahm meinen Bericht über die Ereignisse der letzten Nacht wieder auf, wobei ich lediglich meinen Abstecher nach London unter den Tisch fallen ließ.

»Interessant«, sagte Hardanger unheilschwanger, als ich damit zu Ende war, »außerordentlich interessant. Wollen Sie mir vielleicht weismachen, daß Sie so mitten in der Nacht plötzlich wach wurden und – ohne Mary auch nur etwas zu sagen, losgezogen sind, um ganz Wiltshire verrückt zu machen?«

»Genau das. Nach der bewährten alten Methode, die nun einmal nicht zu schlagen ist: Hol sie aus den Betten und schnapp sie dann, wenn sie am verdöstesten und völlig unvorbereitet sind, und du bist bereits halb da, wo du hinwillst. Und im übrigen brauchte ich nicht erst aufzuwachen, weil ich nämlich gar nicht schlafen gegangen bin. Ihnen habe ich wohlweislich nichts davon verkündet, weil ich doch genau weiß, wie sehr Ihnen das wieder mal gegen den Strich und Ihre gesamten Prinzipien gegangen wäre und weil anzunehmen war, daß Sie alle Hebel in Bewegung setzen würden, mich an meinem Tun zu hindern.«

»Und wenn ich sie in Bewegung gesetzt hätte, dann wären Sie jetzt wenigstens noch im Besitz eines ganzen und unbeschädigten Rippensatzes.«

»Und wenn Sie mich gehindert hätten, dann wäre unsere Liste jetzt nicht bis auf fünf zusammengeschrumpft. Ganz nebenbei habe ich übrigens bei allen einfließen lassen, daß wir des Rätsels

Lösung sehr nahe sind, und siehe da, einer davon hat Manschetten bekommen und versucht, mich für eine Weile unschädlich zu machen.«

»Nehmen Sie das an?«

»Eine verdammt naheliegende Annahme. Oder haben Sie eine bessere? Ich würde vorschlagen, wir kassieren Chessingham erst einmal, und zwar sofort. Der hat jedenfalls einiges auf dem Kerbholz, und –«

»Was ich übrigens noch sagen wollte, Sie haben den General gestern nacht noch angerufen?«

»Ja.« Ich hätte jetzt schamrot werden müssen, aber ich dachte nicht daran. »Irgendeiner Genehmigung zu diesem nächtlichen Streifzug bedurfte es doch wohl, und von Ihnen war sie kaum zu erwarten. Das wissen Sie so wohl wie ich.«

»Welch ein kluges Kind Sie doch sind, Cavell!«

Falls er annahm, daß ich log, so bekundete er das mit keiner Miene. »Sie hatten ihn gebeten, Chessinghams Militärlaufbahn zu überprüfen. Scheint Fahrer beim Royal Army Service Corps gewesen zu sein, der Knabe.«

»Na bitte, da haben wir es ja. Wollen Sie ihn daraufhin auf Numero Sicher setzen?«

»Ja. Und seine Schwester?«

»Der ist nicht mehr nachzusagen, als daß sie halt die eigene Familie deckt. Und die Mutter geht einwandfrei klar. Das steht fest.«

»So. Blieben also noch die vier anderen, die Sie sich heute morgen vorgenommen haben. Was halten Sie von denen? Auch alle unbeschriebene Blätter?«

»Was heißt das schon. Da wäre schon einmal Weybridge – nehmen Sie meinetwegen nur mal den. Die einzig feststehende Tatsache, die wir bisher von ihm wissen, ist, daß er keinerlei Zugang zu den Geheimakten hat und demgemäß auch nicht in der Lage sein konnte, Hartnell die Daumenschrauben anzusetzen und ihn zur Mithilfe zu zwingen.«

»Gestern abend sagten Sie jedenfalls noch, daß Hartnell klar gehe.«

»Mit Vorbehalt, wohlgemerkt. Bleiben wir bei unserem ach so tapferen Oberst. Warum hat er sich eigentlich – genau wie auch sein ebenso tapferer Kommandant – nicht freiwillig erboten, statt meiner ins Labor zu gehen? Sollte er etwa gewußt haben, welche Tierchen dort herumflattern? Und außerdem ist er nach wie vor der einzige, der für die Zeit, in der der Mord geschah, kein Alibi besitzt.«

»Erbarmen Sie sich, Cavell! Sie wollen doch damit nicht etwa sagen, daß ich Weybridge festsetzen soll? Was glauben Sie, was wir mit den beiden – mit Weybridge wie auch mit Cliveden – für ein Theater hatten, als unsere Leute da waren, um die Fingerabdrücke in den Wohnungen festzustellen. Cliveden hatte nichts Besseres zu tun, als sofort den Sonderbeauftragten anzurufen.«

»Und den Marsch geblasen bekommen, was?«

»Auf die vornehme Tour. Aber dem liegen wir schwer im Magen.«

»Dafür können wir uns was kaufen. Irgendwas herausgekommen dabei?«

»Nu mal langsam, Cavell, immer langsam. Wofür halten Sie uns eigentlich? Es ist noch nicht einmal ein Uhr. Ein paar Stunden brauchen wir ja schließlich auch, um das Material auszuwerten. Und Weybridge festsetzen? Nee, mein Lieber, das geht zu weit, das *kann* ich nicht. Was glauben Sie, was die mir beim Kriegsministerium erzählen?«

»Wenn dieser Vogel erst einmal anfängt, mit den Viren herumzuspielen, dann dürfte es innerhalb von vierundzwanzig Stunden kaum mehr ein Kriegsministerium geben, das Ihnen noch etwas erzählen könnte. Auf Gefühle können wir augenblicklich keinerlei Rücksichten nehmen. Sie brauchen ihn ja nicht gleich einzulochen. Setzen Sie ihn zu Hause fest. Hausarrest meinetwegen, oder wie immer Sie das nennen. War sonst noch was los?«

»Tausenderlei – und nirgends was dahinter«, sagte Hardanger verbissen. »Aber der Hammer und die Kombizange sind tatsächlich die Werkzeuge, mit denen der Einbruch verübt wurde – was wir ohnehin wußten. Keinerlei brauchbare Fingerabdrücke im Bedford, genausowenig wie in der Telefonzelle, aus der der Anruf nach London kam. Die Bücher Ihres speziellen Freundes Tuffnell und Genossen haben wir inzwischen so eingehend studiert, daß wir uns jetzt in dem Saftladen besser auskennen als die. Wir könnten das Gespann innerhalb einer Woche hinter Schloß und Riegel setzen, aber was soll's. Dr. Hartnell jedenfalls ist der einzige aus Labor I, der dort in der Kreide steht. Die Londoner Polizei ist schwer hinter dem Jungen her, der die Briefe an die Fleet Street geschrieben hat, aber womit wir unsere Zeit vertrödeln, ist ja schließlich ganz egal. Jeder auf seine Weise, wir so und die so. Kommissar Martin hat den geschlagenen Vormittag den ganzen

Labor-I-Haufen, immer einen nach dem anderen, vorgehabt, um die gesellschaftlichen Beziehungen dieser Herrschaften zu sondieren. Und alles, was dabei zutage gekommen ist, sind die freundschaftlichen Besuche von Haus zu Haus zwischen Dr. Hartnell und Chessingham. Aber so schlau sind wir auch vorher schon gewesen. Jetzt durchleuchten wir erst einmal jede Bewegung der einzelnen Verdachtspersonen innerhalb des letzten Jahres. Und außerdem grasen wir jetzt auch noch die gesamte Einwohnerschaft im Drei-Meilen-Umkreis von Mordon ab, um festzustellen, ob denen in der Mordnacht nicht etwas Verdächtiges aufgefallen ist. Irgend etwas müßte ja wohl einmal auftauchen. Verdammt, wenn man das Netz weit genug spannt und die Maschen klein genug sind, dann ist erfahrungsgemäß bisher noch immer etwas darin hängengeblieben. Wäre ja gelacht.«

»In ein paar Wochen bestimmt. Oder auch in ein paar Monaten. Nur hat unser Genosse leider angekündigt, daß er sich bereits in den nächsten Stunden zu rühren gedenkt. Hardanger, Herrgott nochmal, wir können doch nicht auf den berühmten Zufall warten. Mit Ihrer Organisation, so massiv und wohldurchdacht sie auch sein mag, ist hier doch nichts mehr zu wollen. Und uns in aller Ruhe zurückzulehnen und wie Sherlock Holmes gelassen die Meerschaumpfeife anzustecken, scheint für unseren Fall auch nicht gerade die geeignete Methode. Uns bleibt gar nichts anderes übrig, als eine Reaktion zu provozieren.«

»Das haben Sie ja bereits ausreichend exerziert«, sagte Hardanger sauer, »und wie sehen Sie aus? Langt Ihnen das noch immer nicht? Was wollen Sie noch für Reaktionen?«

»Überprüfen Sie als Auftakt erst einmal die sämtlichen finanziellen Transaktionen aller Verdächtigen, alles, was an Bankeinzahlungen im letzten Jahr getätigt worden ist – aber vergessen Sie auch Weybridge und Cliveden nicht. Und lassen Sie niemanden im Zweifel über diese Ermittlungen. Und dann lassen Sie Haussuchungen durchführen von der Polizei. Bei allen. Lassen Sie überall auch den letzten verrosteten Nagel registrieren. Umgekrempelt müssen die Häuser werden. Damit werden Sie nicht nur demjenigen, hinter dem wir her sind, ein bißchen einheizen, sondern es könnte auch noch obendrein etwas dabei herauskommen.«

»Wenn wir so weit gehen wollen«, warf Wylie ein, »dann könnten wir sie alle auch gleich samt und sonders festsetzen. Der sicherste Weg übrigens, unseren Kumpanen erstmal außer Funktion zu setzen.«

480

»Irrtum, Inspektor, hoffnungslos. Kann sein, daß wir es mit einem Verrückten zu tun haben, aber dann mit einem genialen Verrückten. Das hat der doch längst mit einkalkuliert. Der hat 'ne ganze Organisation hinter sich. Kein Mensch aus Mordon konnte heute früh diese Briefe in London ausliefern. Der konnte die Viren, nachdem er sie einmal hatte, garantiert nicht schnell genug wieder loswerden, darauf können Sie meinetwegen Ihre Pension verwetten.«

»Nun denn«, sagte Hardanger höchst widerwillig, »dann fangen wir halt man an, ein bißchen Schaum zu schlagen. Verflucht, wenn ich nur wüßte, wo ich die ganzen Leute dafür eigentlich hernehmen soll –«

»Blasen Sie diese Fragerei von Haus zu Haus wieder ab. Das bringt uns sowieso nichts ein.«

Hardanger nickte, wenn auch wenig begeistert. Und dann hing er sich ans Telefon und führte ein längeres Gespräch, während ich meine Garderobe vervollständigte. Als er wieder aufgelegt hatte, sah er sich um und sagte: »Wissen Sie, Cavell, ich habe wahrhaftig keine Lust, mir Fransen an die Schnauze zu reden, bringen Sie sich von mir aus um. Aber an Mary könnten Sie zumindest ein bißchen denken.«

»Das tue ich unentwegt. Ich denke unentwegt daran, daß unser unbekannter Menschenfreund mit dem, was er in der Hand hat, Dummheiten machen könnte – und dann gute Nacht, Mary, gute Nacht uns allen.«

Und dies schien mir ein recht wirkungsvoller Abschluß der Debatte. Nach einer Weile fing Wylie jedoch wieder an. »Ich möchte wirklich gern wissen, ob die nun Mordon tatsächlich schließen, wenn unser Menschheitswohltäter sich zu einer Kostprobe entschließen sollte?«

»Schließen? Irrtum, mein Lieber, dem Erdboden gleichgemacht haben möchte es unser Freund gern. Na, wie dem auch sei, vorerst ist die Lage zwar hoffnungslos, aber noch lange nicht ernst.«

»Ihre Ansicht«, grollte Hardanger mich an. »Und was gedachten Sie nun weiterhin zu tun – falls Sie so liebenswürdig sein wollen, mich davon zu informieren«, setzte er voll gallenbitterer Ironie hinzu.

»Das werde ich Ihnen sofort verraten. Sie werden lachen, aber ich werde in Kostüm und Maske als Inspektor Gibson von der Metropolitan Police auftreten«, instruierte ich ihn und fuhr dabei über meine vernarbte Gesichtshälfte. »Bißchen was aus Marys Döschen und ihrer Assistenz, und nichts davon wird mehr zu sehen sein. Hornbrille, Schnurrbart, grauer Anzug – und schon ist Cavell ein anderer Mensch.«

»Und wer, wenn ich fragen darf, liefert Ihnen die dazugehörigen Ausweise?« erkundigte sich Hardanger voller Mißtrauen. »Ich etwa?«

»Nicht nötig. Die habe ich für den Fall eines Falles sowieso immer bei mir.« Ich ignorierte den Blick, mit dem er mich bedachte, und fuhr unbeirrt fort: »Und dann werde ich unserem Freund MacDonald noch einen weiteren Besuch abstatten. In seiner Abwesenheit. Der gute Dr. MacDonald kann es sich nämlich leisten, von seinem bescheidenen Gehalt wie ein mittelprächtiger östlicher Potentat zu leben – mit allem Zubehör, abgesehen von einem Harem, und wer weiß, ob er den nicht auch noch unterhält und ihn lediglich aus Gründen der Diskretion nach außerhalb verlegt hat. Außerdem säuft er, vor lauter Angst, daß die Viren losgelassen werden und sein kostbares Leben gefährden könnten, wie ein Loch. Und das glaube ich ihm nun doch nicht so ganz. Daher werde ich so frei sein und ihn noch einmal besuchen.«

»Das können Sie sich schenken«, sagte Hardanger mit einigem Nachdruck. »An den ist nicht zu tippen. Ausführlichste, beste Personalberichte. Damit habe ich mich erst heute morgen noch eingehend befaßt. Ganze zwanzig Minuten lang.«

»Weiß ich. Kenne ich auch. Nur hatten leider einige von den großen Stars der *Old Bailey*-Elite auch ein reines und fleckenloses Vorleben auf dem Papier zu verzeichnen, bis die Justiz anfing, sich mit ihnen zu befassen.«

»Ein allenthalben auch hier sehr angesehener Mann«, gab Wylie seinen Senf dazu. »Bißchen versnobt zwar, verkehrt standesbewußt nur in den besten Kreisen, erfreut sich aber allgemeiner Beliebtheit.«

»Und noch etwas zu Ihrer gefälligen Kenntnisnahme, was Sie nicht gelesen haben können, Cavell«, schaltete Hardanger sich wieder ein, »von seinem Kriegsdienst nämlich ist kaum etwas erwähnt. Zufällig aber ist der kommandierende Oberst, zu dessen Regiment MacDonald die letzten zwei Kriegsjahre gehörte, ein persönlicher Freund von mir. Den rief ich an und stellte fest, daß MacDonald, was seine militärische Karriere anbelangt, von geradezu erstaunlich persönlicher Zurückhaltung gewesen ist. Wußten Sie eigentlich, daß er 1940 in Belgien als Leutnant mit einem

Verdienstorden ausgezeichnet wurde und als Oberstleutnant eines Panzerregiments mit einem Ordensband, das so lang wie Ihr Arm sein dürfte, ausgeschieden ist?«

»Das ist mir neu. Und da komme ich auch nicht ganz mit«, gab ich zu. »Ehrlich gesagt, mir schien er mehr von der Sorte, die gern den starken Mann markiert und mit ihren Heldentaten – falls solche zu verzeichnen wären – keineswegs schamhaft zurückhaltend ist. Sieh mal an! Und mich wollte er glauben machen, daß er Angst habe. Vor mir hat er sich nicht gerade bemüht, in Tapferkeit und Mut zu machen. Warum? Weil er genau wußte, daß er mir seinen nächtlich stillen Suff irgendwie plausibel zu machen hatte, und dies mit persönlicher Angst und Nervosität am einleuchtendsten zu begründen glaubte. Im Hinblick auf das, was ich da soeben vernommen habe, scheint mir dem aber gar nicht so zu sein. Merkwürdig, sehr merkwürdig. Und was mir noch merkwürdiger erscheint, ist die Tatsache, daß das alles so gar nicht aktenkundig geworden ist. Easton Derry forderte solche Unterlagen doch immer an. Daß er eine solche Lücke in einer Personalakte übersehen haben sollte, kommt mir sehr unwahrscheinlich vor.«

»Dazu kann ich natürlich auch nichts sagen«, gab Hardanger zu. »Soviel aber steht zumindest fest – ein Mann derartigen Formats wird sich kaum auf solche dunkle Machenschaften einlassen – wenn meine Informationen zutreffen sollten.«

»Sagen Sie, Hardanger, diesen Oberst, von dem Sie die Geschichte bezogen haben – können Sie veranlassen, daß er sich sofort in Marsch setzt hierher?«

Hardanger sah mich kühl und abwägend an. »Halten Sie etwa den ganzen MacDonald nicht für echt – für einen Strohmann, der ihn hier mimt?«

»Das könnte ich im Moment selbst nicht sagen. Auf jeden Fall müssen wir uns seine Akten noch mal vornehmen und feststellen, ob Derry sie auch wirklich bearbeitet hat.«

Ich wandte mich zum Gehen. Hardanger sah sich meine Handflächen und meine Finger an, aus deren Rissen, die ich mir an dieser Säge zugezogen hatte, noch immer Blut trat. »Konnten Sie sich das denn nicht verdammt wenigstens verbinden lassen? Menschenskind, wollen Sie auch eine Blutvergiftung als Gratiszugabe?« schnauzte er.

»Haben Sie schon mal versucht mit verbundenen Pfoten mit einer Pistole zu hantieren?« gab ich sauer zurück.

»Dann ziehen Sie gefälligst Handschuhe an. Mann, das ist ja geradezu lächerlich.«

»Das ist genauso lästig. Wie soll ich denn damit in den Abzugbügel kommen?«

»Dann nehmen Sie Gummihandschuhe«, fuhr er mich ungeduldig an. »Plastik.«

»Das ist eine Idee«, gab ich zu. Damit bräuchte ich dann wenigstens meine zerschundenen Pfoten nicht zur Schau zu stellen. »Und dann starrte ich ihn plötzlich an, ohne ihn zu sehen und sank langsam auf Bett. »Gummihandschuhe!« flüsterte ich vor mich hin.

Nur das sagte ich und verstummte. Niemand sagte ein Wort. »Gummihandschuhe«, sagte ich wieder, aber das, was ich da führte, war mehr ein Selbstgespräch. »Um die Krater und Risse schön zuzudecken. Und warum keine Gummistrümpfe, verdammt, warum nicht?« Als ich aufsah, fing ich, halb geistesabwesend, gerade noch einen Blick Hardangers an Wylies Adresse auf, der sehr beredt fragte, ob man den Arzt nicht eventuell doch etwas zu früh weggehen lassen habe. Aber Mary kam mir sofort zu Hilfe.

Ich spürte, wie sich ihre Hand auf meinen Arm legte, und sah sie an. Entsetzen über eine plötzlich zur Gewißheit gewordene Erkenntnis stand in ihrem unbewegten Gesicht und den großen grünen Augen.

»Mordon«, flüsterte sie, »die Felder um Mordon, Stechginster, lauter Stechginster. Und sie hatte Elastikstrümpfe an, Pierre. *Elastikstrümpfe.*«

»Also was, zum Donnerwetter, ist –«, fuhr Hardanger dazwischen.

Ich ließ ihn nicht ausreden. »Inspektor Wylie, wie lange brauchen Sie, um einen Haftbefehl zu bekommen? Mord. Beihilfe zum Mord.«

»Kein Problem«, sagte er hart und klopfte auf die Brusttasche. »Alles da. Drei Stück. Fix und fertig, gestempelt und unterschrieben. Wie Sie soeben treffend bemerkten, gibt es Zeiten, in denen sich die Vorschriften nicht immer bis aufs I-Tüpfelchen durchführen lassen. Füllen wir also aus. Mord?«

»Beihilfe.«

»Und der Name«, verlangte Hardanger. Er schien sich noch immer nicht ganz sicher, ob er nicht doch lieber nach dem Arzt telefonieren sollte.

»Dr. Roger Hartnell«, sagte ich.

»Was sagen Sie da?« Dr. Roger Hartnells junges Gesicht sah plötzlich alt und verfallen aus. Er blickte erst uns an und dann seine Frau und dann wieder uns. »Beihilfe zum Mord? Mann, worüber reden Sie denn da um Himmels willen?«

»Fragen Sie nicht so dumm. Sie wissen ganz genau, wovon hier die Rede ist«, sage Wylie ruhig. Es war sein Bezirk, und er demgemäß derjenige, der den Haftbefehl zu verlesen hatte und die Arrestierung durchführte. »Dr. Hartnell, ich muß Sie darauf aufmerksam machen, daß alles, was Sie jetzt aussagen, in einem späteren Verfahren gegen Sie geltend gemacht werden kann. Ein volles Geständnis würde natürlich beiden Teilen helfen, Ihnen wie auch uns, das ist richtig, aber auch der Untersuchungsgefangene hat seine Rechte. Es steht Ihnen ein Anwalt zu, und vielleicht wollen Sie den in Anspruch nehmen, ehe Sie reden.« Anwalt! Der würde die Klappe auch ohne Anwalt aufmachen, und zwar gleich, noch ehe wir dieses Haus verließen. Und Hardanger und Wylie und ich wußten es.

»Wäre vielleicht einer von Ihnen so freundlich, uns erst einmal zu erklären, was dieser ganze Unsinn hier zu bedeuten haben soll?« sagte Mrs. Hartnell kühl. Die starre Feindseligkeit, die von ihr ausging, die verkrampften Hände, all das sprach eine deutlichere Sprache, als ihre wohlerzogene kühl anmaßende Verständnislosigkeit es zu überspielen imstande war.

»Aber gern«, sagte Wylie. »Dr. Hartnell, Sie sagten doch gestern bei Mr. Cavell aus –« Wylie deutete mit einer Handbewegung auf mich, und Hartnell riß die Augen auf.

»Cavell? Das ist nicht Cavell!«

»Meine Visage hat mir nicht mehr gefallen«, sagte ich, »wollen Sie mir das verdenken? Lassen Sie den Inspektor zu Ende reden, Hartnell.«

» –daß Sie in der fraglichen Nacht noch sehr spät unterwegs waren, um Mr. Tuffnell aufzusuchen. Eingehende Ermittlungen haben uns eine ganze Reihe Zeugen finden lassen, die Sie in der angegebenen Richtung hätten sehen müssen. Keiner dieser Leute hat sie gesehen, soweit Punkt eins.« Ein ausgezeichneter Punkt sogar – wenn auch blanke Fiktion: Nachgegangen waren wir der Sache, aber, wie zu erwarten, war auch nicht ein einziger Zeuge aufzutreiben gewesen, der für oder gegen Hartnells Behauptung auszusagen in der Lage gewesen wäre.

»Zu Punkt zwei«, fuhr Wylie fort, »Straßenschmutz wurde am vorderen Kotflügel Ihres Rollers festgestellt, eine Art rötlichen Lehms, wie er weit und breit nur im Umkreis von Mordon zu finden ist. Wir nehmen an, daß Sie in den frühen Abendstunden noch mal unterwegs waren, um die Lage zu peilen. Ihre Maschine wird augenblicklich zu einer genauen Untersuchung ins Polizeilabor gebracht. Zu Punkt –«

»Mein Roller?« Hartnell sah aus, als wenn die Decke über ihm eingestürzt wäre. »Mordon. Ich schwöre –«

»Punkt drei. In der gleichen Nacht noch fuhren Sie dann mit Ihrer Frau auf diesem Roller in die Nähe von Chessinghams Haus. Sie waren drauf und dran, sich bei Mr. Cavell selbst zu verraten – ein Polizist sollte Sie angeblich auf ihrer Fahrt nach Alfringham gesehen haben –, und dann fiel Ihnen im allerletzten Moment noch ein, daß er dann ja auch Ihre Frau auf dem Rücksitz gesehen haben mußte. Spuren Ihrer Reifen wurden im Gebüsch, kaum zwanzig Meter von dem stehengelassenen Bedford festgestellt. Unvorsichtig, Dr. Hartnell, sehr unvorsichtig. Ich stelle fest, daß Sie dagegen keinerlei Protestgeschrei erheben.« Wie hätte er auch. Die Spuren hatten wir gerade vor zwanzig Minuten erst festgestellt.

»Punkt vier und fünf. Ein Hammer wurde gebraucht, um den Wachhund zu betäuben, eine Kombizange, um den Zaun zu durchschneiden. Beides wurde gestern abend in Ihrem Werkzeugschuppen gefunden. Auch von Mr. Cavell.«

»Sie Subjekt, Sie widerliches – herumspionieren –« Seine mühsame Selbstbeherrschung krachte zusammen. Mit wutverzerrtem Gesicht, bereit, auf mich loszugehen, kam er auf mich zu. Er kam nicht weit. Massiv rückten Hardanger und Wylie von beiden Seiten heran und klemmten ihn fest. Das steigerte seinen hilflosen Wutanfall nur noch. »Hereingebeten haben wir Sie auch noch, Sie Schwein, uns um Ihre Frau gekümmert. Ich –« Seine Stimme, die sich eben noch beinah überschlagen hatte, fiel ab, wurde langsam, tonlos, brach ab. Als er wieder anhob, kam es mir vor, als spräche ein völlig anderer. »Der Hammer, mit dem der Hund erledigt wurde? Die Kombizange? Hier? In meinem Haus? Hier soll dieses Zeug gefunden worden sein? Wie ist das möglich?«

Er hätte nicht fassungsloser sein können, wenn er soeben vernommen hätte, daß der verstorbene Senator McCarthy sein Leben lang ein überzeugter Kommunist gewesen sei. »Sie können einfach nicht hier gefunden worden sein. Wovon reden sie, Jane?« Die blanke Verzweiflung stand ihm im Gesicht.

»Wir reden von Mord«, sagte Wylie hart und trocken. »Und daß von Ihnen etwas zu dessen Aufklärung beigetragen werden würde, war sowieso nicht zu erwarten. Also dann kommen Sie mit. Beide.«

»Das muß ein Irrtum sein – ein entsetzlicher Irrtum. Ich verstehe das alles nicht. Das kann nicht sein.« Er starrte uns an, wie ein gehetztes Tier, das keinen Ausweg mehr sieht. »Das muß sich aufklären, alles wird sich aufklären, bestimmt. Und wenn Sie schon jemanden mitnehmen müssen, dann mich, aber zerren Sie bitte meine Frau da nicht auch noch mit hinein.«

»Und warum nicht?« sagte ich. »Ihnen hat es doch offensichtlich vorgestern nacht auch nichts weiter ausgemacht, sie mit hineinzuzerren.«

»Ich weiß überhaupt nicht, worüber Sie eigentlich reden?« sagte er müde.

»Und Sie, Mrs. Hartnell, was haben Sie dazu zu sagen?« erkundigte ich mich. »Zum Beispiel im Hinblick auf die Tatsache, daß Sie Ihr Arzt vor nicht länger als kaum drei Wochen noch für einwandfrei gesund gehalten hat?«

»Was soll das heißen?« wollte sie wissen. Sie hatte sich weitaus besser in der Kontrolle als ihr Mann. »Worauf wollen Sie da hinaus?«

»Auf die feststehende Tatsache, daß Sie sich erst gestern ein Paar Elastikstrümpfe in einer Drogerie in Alfringham gekauft haben. Ein widerliches Zeug, dieser Stechginster um Mordon herum, was? Und dunkel war es auch noch, als Sie losrannten, nachdem Sie die Leute aus ihrem Streifenwagen gelotst hatten. Sie müssen ganz schön was abbekommen haben, nicht wahr, Mrs. Hartnell? Und weil Polizeibeamte nun einmal von Haus aus ein mißtrauischer Haufen sind, besonders, wenn es um Mord geht, deckt man so etwas halt am besten zu, so ist es doch, Mrs. Hartnell, stimmt's?«

»Aber das ist doch einfach lächerlich«, sagte sie tonlos und mechanisch. »Wie können Sie sich nur unterstehen –«

»Sie vergeuden unsere Zeit, *Madame!*« Hardanger hatte bisher geschwiegen. Es war das erstemal, daß er scharf und autoritativ eingriff. »Draußen steht eine Beamtin von uns. Soll ich sie kommen lassen?« Stille. »Schön, dann schlage ich vor, wir fahren jetzt zum Revier.«

»Kann ich noch einmal mit Dr. Hartnell reden?« fragte ich. »Unter vier Augen.«

Hardanger und Wylie sahen sich an. Es war eine reine Formsache. Ich hatte ihr Einverständnis dazu längst, aber sie mußten gedeckt bleiben, wenn es zur Verhandlung kam.

»Warum?« verlangte Hardanger.

»Wir kennen einander recht gut, und ich wüßte nicht, wann Dr. Hartnell und ich jemals nicht miteinander ausgekommen wären. Und Sie wissen ja, unsere Zeit drängt. Eventuell wäre er bereit, mir etwas mehr zu sagen.«

»Ihnen?« Zu schreien und gleichzeitig auch noch eine gewisse Ironie in dieses Geschrei zu legen, ist bestimmt nicht so einfach, aber Hartnell brachte es fertig. »Nie – bei Gott nicht.«

»Wir sind sogar ganz verflucht im Gedränge«, nickte Hardanger nachdrücklich. »Na, dann meinetwegen, Cavell, zehn Minuten.« Er bedeutete Mrs. Hartnell hinauszugehen. Sie sah ihren Mann noch einmal unentschlossen an und ging schließlich zögernd, gefolgt von Hardanger und Wylie. Hartnell machte Anstalten, sich anzuschließen. Ich blockierte ihn.

»Lassen Sie mich vorbei.« Seine Stimme klang wie ein leises, stimmloses Zischen. »Leuten Ihres Kalibers habe ich nichts zu sagen.« Und dann folgte noch eine kurze Beschreibung dessen, was er unter Leuten meines Kalibers verstand. Als ich unbeeindruckt davon stehenblieb, holte er aus. So ungeschickt, daß auch ein blinder Achtzigjähriger noch in der Lage gewesen wäre, den Schlag zu parieren oder ihm auszuweichen. Daraufhin zeigte ich ihm meine Pistole, und das schien eine gewisse Sinneswandlung zu bewirken.

»Haben Sie einen Keller im Haus?« wollte ich wissen.

»Einen Keller. Ja wir –« Er brach ab. Sein Gesicht verzerrte sich und bekam wieder jenen üblen Ausdruck, den ich vorhin schon einmal wahrgenommen hatte. »Falls Sie mich –«

Und jetzt holte ich in einer gelungenen Imitation seines eigenen tappsigen Versuchs aus und stoppte seine zur Abwehr erhobene Rechte mit der Hanyatti gerade in der Preislage, die ihre Energie lähmte, riß seinen linken Arm nach hinten und ließ ihn vor mir her durch den rückwärtigen Ausgang in den Keller marschieren. Dort angekommen schloß ich die Tür und beförderte ihn unsanft auf eine Holzbank. Da hockte er erst einmal, rieb sich den Kopf und sah dann zu mir auf.

»Bilden Sie sich etwa ein, ich wüßte nicht, daß das ein ganz abgekartetes Spiel ist«, meuterte er heißer. »Als wenn Hardanger und Wylie nicht gewußt hätten, was Sie da mit mir vorhaben!«

»Hardanger und Wylie können nicht so, wie sie gern möchten«, sagte ich kaltlächelnd. »Sie sind durch gesetzliche Vorschriften zum Verhör Verdächtiger und durch den Gedanken an ihre Karriere und ihre Pension gehandikapt. Ich weiß von solchen Hemmungen nichts. Ich bin Privatmann.«

»Und Sie glauben, damit davonzukommen? Wie haben Sie sich das vorgestellt – etwa, daß ich das, ohne ein Wort darüber zu verlieren, hinnehmen werde?«

»Daß Sie dazu noch in der Lage sein werden, wenn ich einmal hier fertig bin, bezweifle ich«, dämmte ich ihn ungerührt. »In genau fünfzehn Minuten werde ich die Wahrheit aus Ihnen herausgebracht haben, ohne daß Sie auch nur einen blauen Flecken davontragen. Auf dem Gebiet bin ich Experte, Hartnell. Ich habe ein dreiwöchiges erfolgreiches Praktikum in belgischen Verhören absolviert. Der Angeklagte war ich. Und ich kenne keine Rücksichtnahme, Hartnell, machen Sie sich darauf gefaßt.«

Hartnell schien sich einzureden, daß wir hier nicht in Belgien seien, aber ihm wurde mulmig. Er war nicht zum Helden geboren.

»Vielleicht versuchen wir es erst einmal auf die vernünftige Tour. Vielleicht genügt es auch, wenn ich Sie ganz kurz einmal daran erinnere, daß ein Verrückter mit dem Satanskäfer frei durch die Gegend läuft und damit droht, unsere schöne grüne Insel zu Versuchszwecken zu benutzen, falls wir uns nicht bereit erklären, auf seine Bedingungen einzugehen. Seine erste Demonstration wäre in genau einer Stunde fällig.«

»Was sagen Sie da?« Ihm schien noch mulmiger zu werden. Ich packte aus, was ich von Hardanger erfahren hatte, und fuhr dann fort: »Und wenn dieser wildgewordene Idiot womöglich ganze Landstriche vernichtet, dann gnade uns Gott, das nimmt das Volk nicht so ohne weiteres hin. O nein, man wird nach einem Sündenbock schreiben, und diesem öffentlichen Druck wird auch ein Sündenbock geliefert werden müssen. Geht Ihnen das ein, Hartnell? So töricht, es nicht kommen zu sehen, werden Sie doch wohl kaum sein. Und was wäre die Folgerung? Ihre Frau mit der Schlinge um den Hals, während der Scharfrichter die Falltür öffnet – das Absacken, der Ruck, das Knacken der Wirbelsäule, die trampelnden Reflexbewegungen – sehen Sie sie vor sich, Hartnell – Ihre Jane? Wissen Sie auch, was Sie ihr da antun? Sie ist zu jung, um schon zu sterben, Hartnell. Und der Tod durch den Strang ist ein grauenhafter – und noch immer die gesetzliche Strafe bei Mord oder Beihilfe zum Mord aus Geldgier und Gewinnsucht.«

Er starrte mich an. Das heulende Elend saß ihm in den Augen – und Haß. Grau schien sein Gesicht jetzt im trüben Kellermuff. Schweiß glänzte auf seiner Stirn.

Ich setzte den Hebel wieder an. »Ihnen ist klar, daß Sie alles, was Sie mir hier sagen, jederzeit widerrufen können? Ohne Zeugen ist jedes Geständnis wertlos.« Ich sah ihn an und wartete. »Sie stecken da ganz verflucht tief mit drin, Hartnell, was?«

Er nickte. Er starrte auf den Boden.

»Wer ist der Mörder? Wer steckt dahinter?«

»Ich weiß es nicht. Gott sei mein Zeuge, ich weiß es nicht. Irgend jemand, ein Mann, rief mich an und bot mir Geld für dieses Ablenkungsmanöver. Jane und ich sollten die Geschichte durchführen. Ich hielt ihn für verrückt – zumindest hatte ich sehr das Gefühl, daß an der ganzen Geschichte etwas faul ist . . . ich lehnte ab. Am nächsten Tag kamen per Post zweihundert Pfund mit dem Vermerk, daß weitere dreihundert im Anrollen wären, wenn ich auf diesen Vorschlag einginge. Vierzehn Tage vergingen, da rief er mich wieder an.«

»Und seine Stimme? Haben Sie seine Stimme nicht erkannt?«

»Tief – erstickt, als wenn er das Mundstück verstopft hätte. Nein, ich habe keine Ahnung, wer das gewesen sein könnte.«

»Und was hat er gesagt?«

»Genau das, was er auch schon geschrieben hatte. Weitere dreihundert, wenn ich mich auf den Handel einließe.«

»Und?«

»Ich ließ mich darauf ein.« Er sah noch immer zu Boden. »Ich hatte das Geld schon angegriffen.«

»Sind diese dreihundert Pfund schon da?«

»Noch nicht.«

»Was hatten Sie von den zweihundert ausgegeben?«

»Etwas über vierzig.«

»Und der Rest? Kann ich ihn sehen?«

»Der ist nicht hier. Nicht im Haus jedenfalls. Vergraben. Als Sie gestern gingen, habe ich ihn weggebracht.«

»In welchen Werten – in welchen Scheinen, meine ich?«

»In Fünfern.«

»Aha. Interessant, Dr. Hartnell, wirklich sehr interessant.« Ich ging zur Bank hinüber, nahm ihn bei den Haaren, riß ihm den Kopf nach hinten und stieß ihm die Pistole in die Magengrube, und dann, als ich ihn keuchen hörte, brachte ich sie hoch und drückte sie ihm zwischen die Zähne. Zehn Sekunden stand ich so da, während seine entsetzensstarren Augen an mir klebten. Mir wurde leicht übel.

»Hartnell«, sagte ich, »eine Chance stand Ihnen zu. Mehr haben Sie nicht zu erwarten. Jetzt muß ich leider zu anderen Methoden greifen. Sie sind ein Schwein, ein elendes, verlogenes Schwein. Oder haben Sie sich eingebildet, daß ich Ihnen diesen Quatsch abnehme. Bilden Sie sich etwa ein, daß ein geradezu genial funktionierendes Gehirn, wie es das ist, das hinter all dem steht, das Risiko auf sich nehmen wird, sich von einem lächerlichen Würstchen, wie Sie es sind, all seine wohldurchdachten Pläne durchkreuzen zu lassen? Sie glauben doch wohl selbst nicht daran, daß der Ihnen auch noch per Telefon seine Vorschläge unterbreiten wird, um damit Gefahr zu laufen, daß Sie zur Polizei rennen und damit alles, was in Mordon in einer Uniform steckt, mobilisieren? Bilden Sie sich ein, daß ein Kerl wie der sich für Sie an die Telefonstrippe hängt, bei der er jederzeit damit rechnen muß, daß die Vermittlung, die gerade ihren Kaffee schlürft und im Moment nichts Besseres zu tun hat, jedes Wort mithören kann? Sind Sie denn wirklich so naiv, daß Sie angenommen haben, ich würde Ihnen derartige Kindermärchen abnehmen? Hartnell, Sie glauben doch nicht im Ernst, daß ein genialer Organisator sein raffiniert ausgeklügeltes Spiel ganz allein von Ihrer Geldgier abhängig machen wird, davon, daß Sie in letzter Sekunde doch noch nach dem ausgehangenen Köder schnappen werden? Und dann wird er Sie auch noch in Fünfern beliefern, ausgerechnet in Fünfern, die erstens am leichtesten zurückzuverfolgen sind und zweitens wenn nicht gerade die Ihren, so doch mindestens die Fingerabdrücke des Auszahlers tragen können. Erwarten Sie von mir, daß ich mir von Ihnen weismachen lasse, daß er gerade Ihnen fünfhundert Pfund für einen Job bieten wird, für den er in London so viele Experten, wie er braucht, finden kann, die zudem auch noch um das Zehnfache billiger zu haben wären? Und dann wollen Sie das Geld auch noch im Wald vergraben haben – jawohl, um dann morgens, wenn Sie auf polizeiliches Geheiß genötigt wären, es wieder auszugraben, mit dummem Gesicht dazustehen, weil Sie die Stelle absolut nicht mehr finden können, was? All diesen absurden Blödsinn soll ich Ihnen abnehmen, Hartnell?« Ich trat zurück und ließ die Pistole, die noch immer zwischen seinen Zähnen steckte, sinken. »Oder wollen wir beide das Geld ausgraben gehen?«

Er war am Ende. »Cavell«, stöhnte er, »ich bin fertig, restlos fertig. Ich stecke bis zum Hals in Schulden. Ich bin mit zweitausend Pfund belastet, und kein Mensch weit und breit gibt mir auch nur einen Heller.«

»Verschonen Sie mich mit dieser Platte, Hartnell. Kommen Sie mir bloß nicht mit Ihrem heulenden Elend. Es interessiert mich nicht.«

»Tuffnell rückte mir unbarmherzig auf die Pelle«, nahm er sein persönliches Trauerspiel wieder auf und vermied es dabei, mich anzusehen. »Ich bin Messeoffizier in Mordon. In der Kasse fehlen über sechshundert Pfund. Und irgend jemand ist dahinter gekommen und drohte mich anzuzeigen, wenn ich nicht spurte. Ich spurte.«

Ich legte die Pistole aus der Hand. Die Wahrheit klingt bei weitem nicht immer so glockenrein, wie unschuldige Gemüter glauben mögen, aber Hartnell war viel zu geschlagen, um noch irgendwelche Verdunkelungsversuche zu machen. »Und Sie haben keine Ahnung, wer hinter all dem stehen könnte?«

»Nein. Und ich schwöre, ich weiß weder etwas von dem Hammer noch von der Kombizange, noch wie der rote Lehm an meinen Roller gekommen ist.«

Mein Bein machte mir so verdammt zu schaffen, daß man mir einen Polizeiwagen samt Fahrer zur Verfügung gestellt hatte, aber auch unter diesen Umständen war die Fahrt zu MacDonald keine reine Freude für mich. Die Zeit verrann unerbittlich, und alles, was ich sah, war eine Wand. Sämtliche Zeitungen mußten heute abend voll von den letzten Mordoner Geschehnissen sein: Zwei Wissenschaftler unter Mordverdacht verhaftet – die endgültige Klärung des Virendiebstahls lediglich noch eine Frage von Stunden. Selbst wenn die wahren Täter damit in Sicherheit gewiegt wurden, uns brachte das auch nicht viel weiter. Wie Blinde tasteten wir uns durch mitternächtlichen Nebel. Und nirgends eine Spur, nicht eine. Hardanger suchte inzwischen intensiv nach allen Leuten, die unter Umständen Zugang zu den Messebüchern gehabt haben konnten. Da konnte er lange suchen. Einige Hundert hatten Einsicht und Zugang zu dieser Buchführung, überlegte ich verbittert.

Die Haushälterin MacDonalds, Mrs. Turpin, nahm mich in Empfang. Mrs. Turpin war etwa Mitte dreißig und nicht nur ganz passabel, sondern auch sehr hübsch. Auch wenn sie augenblicklich als treue Dienerin ihres Herrn innerlich kochte, weil sie hier ohnmächtig mit ansehen mußte, wie brutale Hände in den ihr anvertrauten Gütern hausten.

Als ich mich mit der falschen Dienstmarke auswies, bemerkte sie nur bitter, daß es auf einen Schnüffler mehr oder weniger jetzt auch nicht mehr ankäme.

Und von Polizei in Zivil schien es auch tatsächlich hier nur so zu wimmeln. Ich gab mich dem Sergeanten vom Dienst, Carlisle, zu erkennen.

»Schon irgend etwas gefunden, Sergeant?«

»Schwer zu sagen, Sir. Seit 'ner Stunde wühlen wir hier herum, aber bis jetzt ist mir eigentlich noch nichts in die Finger gefallen, was mir nicht ganz koscher vorgekommen wäre. Aber er lebt gar nicht schlecht, dieser Dr. MacDonald, das muß ich schon sagen. Einer von meinen Leuten hier, ein gewisser Chambell, der selbst den Kunst- und Kulturfimmel hat und was davon versteht, behauptet, daß einiges von diesem ganzen Kram hier 'ne ganz schöne Stange gekostet haben muß. Und dann diese Dunkelkammer da oben am Speicher – die sollten Sie mal sehen! Ausgestattet mit den letzten Finessen, von denen ich auch nicht wissen möchte, was sie gekostet haben.«

»Dunkelkammer? Ach! Interessant. Mir völlig neu, daß MacDonald ein so begeisterter Fotograf sein soll.«

»Das wissen Sie nicht? Ach du lieber Gott, der ist doch einer der besten Amateure, den wir haben. Präsident des Alfringhamer Fotoclubs. Gleich neben seinem Studio können Sie seine sämtlichen Preise bewundern. Na, und ein Geheimnis macht er ja auch weiß Gott nicht daraus.«

Ich überließ ihm und seinen Leuten die weiteren Wühlarbeiten und stieg nach oben. Was die nicht fanden, würde ich schwerlich selbst finden. Und verdammt, nein, Carlisle hatte nicht übertrieben. Dr. MacDonald schien nicht nur ein Rechengenie, er schien auch noch ein Fotogenie. Die Kamera jedenfalls schien er so geübt wie die sonstigen materiellen Belange seines Daseins zu handhaben. Trotzdem hielt ich mich hier oben nicht allzulange auf. Hoffnungslos für mich und das, was ich suchte. Man konnte auch einen Londoner Sachverständigen von der Polizei kommen lassen, um selbst hier ja nichts zu übersehen, aber du lieber Gott, was sollte schon dabei herauskommen. Nichts. Eine Chance, die eins zu tausend stand. Achselzuckend stieg ich wieder hinunter, um mir Mrs. Turpin vorzunehmen.

»Daß ich Ihnen nun all diese Ungelegenheiten machen muß, tut mir wirklich leid, Mrs. Turpin«, eröffnete ich das Gespräch mit meinem charmantesten Lächeln. »Routine, um die man nun einmal nicht herumkommt. Aber, ich muß schon sagen, hier zu wohnen und zu wirken, muß eigentlich ein Vergnügen sein.«

»Sparen Sie sich Ihr Fünf-Uhr-Tee-Geplauder. Wenn Sie etwas zu fragen haben, dann fragen Sie bitte, aber lassen Sie dieses Herumreden.«

Das war eine sehr deutliche Abfuhr meiner diplomatischen Bemühungen. »Wie lange sind Sie eigentlich schon bei Dr. Mac-Donald?«

»Vier Jahre. Seitdem er in Mordon ist. Ein Gentleman, wie man ihn lange suchen kann. Warum fragen Sie?«

»Er hat immerhin beachtliche Werte in seiner Wohnung. Wenn man sich hier so umsieht – Teppiche – Bilder. Seit wann hat er eigentlich diese Sachen?«

»Ich bin doch wohl nicht gezwungen, Ihre Fragen zu beantworten.« Aha, eine von der besonders zugänglichen und hilfsbereiten Sorte!

»Nein«, gab ich zu, »das nicht. Besonders dann nicht, wenn Sie gesteigerten Wert darauf legen, Dr. MacDonald möglichst viele Schwierigkeiten zu machen.«

Das wirkte. Sie warf mir einen nicht gerade liebenswürdigen Blick zu, beantwortete meine Fragen aber. Die Hälfte all dessen, was hier so herumstand, hatte er demzufolge bereits vor vier Jahren mitgebracht. Der Rest war nach und nach hinzugekommen. Mrs. Turpin gehörte zu jener Sorte Frauen, die sich der nichtigsten alltäglichen Belanglosigkeiten mit geradezu optischer Genauigkeit zu erinnern vermögen, und so konnte sie denn jedes ehemaligen Neuzugangs Tag und Stunde und womöglich auch noch die genauen Wetterverhältnisse angeben. Was sie sagte, stimmte und bedurfte keiner Bestätigung. Sich damit aufzuhalten, wäre die reinste Zeitverschwendung gewesen, soviel stand fest.

Ein Plus für MacDonald. Keine plötzliche Wohlstandsschwemme in den letzten Wochen und Monaten. Diese Pracht war nicht von heute und gestern, sondern sukzessive seit Jahren Stück für Stück erworben. Woher ihm die Gelder zugeflogen sein mochten, war eine andere Frage, die mich augenblicklich nicht so sehr interessierte. Schließlich war er ja tatsächlich Junggeselle, der für niemanden zu sorgen hatte. Das erklärte manches – wenn auch nicht alles.

Ich ging ins Wohnzimmer. Carlisle schien gerade mit ein paar dicken Akten auf der Suche nach mir gewesen zu sein. Jetzt kam er auf mich zu. »Wir sind da gerade in Dr. MacDonalds Arbeitszimmer und nehmen natürlich alles auf. Aber wenn Sie sich das hier vielleicht einmal etwas genauer ansehen würden – sieht mir ganz nach offiziellem Schriftwechsel aus. Vielleicht interessiert es Sie.«

Es interessierte mich. Nicht jedoch so, wie ich es erwartet hatte. Je eingehender ich mich mit diesem MacDonald beschäftigte, desto harmloser schien er zu werden. Die Akte enthielt seine Korrespondenz mit Kollegen, medizinischen Instituten und Gesundheitsorganisationen aus ganz Europa, in der Hauptsache eigene Durchschläge und Antwortschreiben der Weltgesundheitsorganisation. Und nach allem, was diesem Schriftwechsel zu entnehmen war, bestand kein Zweifel, daß MacDonald auf seinem Gebiet eine anerkannte Autorität und Koryphäe war. Fast die Hälfte all dieser Briefe war nach Paris, nach Stockholm, nach Bonn oder Rom an Institutionen, die der Weltgesundheitsorganisation angegliedert waren, gegangen und von dort auch beantwortet. Nichts Verdächtiges, nichts, was in irgendeiner Weise im Sinn internationaler Zusammenarbeit nicht auch vertretbar gewesen wäre – und in fast allen Fällen auch noch von Dr. Baxter gegengezeichnet; eine weitere Garantie dafür, daß hier alles seine Richtigkeit hatte. Zudem ging in Mordon sowieso jeder Brief durch die Zensur, und obwohl daraus ein Staatsgeheimnis gemacht wurde, wußte jeder Wissenschaftler Bescheid. Ich ging die Akte flüchtig noch mal durch und legte sie dann beiseite, als das Telefon läutete.

Es war Hardanger. Er klang recht bedrückt. Und die frohe Botschaft, die er auf Lager hatte, bedrückte auch mich. Ein Anruf nach Alfringham habe zur Auflage gemacht, daß sämtliche Ermittlungen für vierundzwanzig Stunden einzustellen seien, andernfalls Pierre Cavell, dessen Verschwinden inzwischen entdeckt worden war, damit rechnen könne, daß ihm etwas recht Unerfreuliches zustoßen würde. Beweis, daß man wisse, wer Cavell sei, würde postwendend geliefert, falls bis sechs Uhr nicht alles gestoppt wäre.

Doch dieser erste Absatz war es gar nicht, der mir die Laune verdarb. »Na und?« gab ich zurück. »Auf dergleichen waren wir doch schon gefaßt. Bei allem, was ich Ihnen da in grauer Morgendämmerung unter die Nase gerieben habe, mußten Sie doch wohl annehmen, daß ich mich ein bißchen zu erfolgreich betätige.«

»Bilden Sie sich nur keine Schwachheiten ein, mein Lieber«, dämpfte Hardanger in seinem üblichen Polterton. »Sie sind auch nichts weiter als eine ganz billige Schachfigur. Denn dieser Anruf erging nicht etwa an die Polizei, sondern an Ihre Frau im *Waggoner's Rest*, wobei ihr schlicht mitgeteilt wurde, daß sie, falls der General seine Hörner nicht einzöge – sein voller Name, seine Adresse und sein Rang wurden übrigens genannt –, bei der nächsten Morgenpost mit ein paar Ohren rechnen könne. Auch wenn sie gerade erst ein paar Monate verheiratet sei, die Ohren ihres eigenen Mannes zu erkennen, würde sie immerhin gewiß schon imstande sein.«

Mein Gefieder sträubte sich, aber nicht etwa so wie beim Haareschneiden. »Hardanger«, sagte ich bedächtig, »mir fällt dreierlei auf. Wer weiß denn schon, daß wir verheiratet sind? Ein ganz kleiner Kreis doch nur. Und die Anzahl derer, die wissen, daß Mary die Tochter des Generals ist, dürfte noch geringer sein. Aber diejenigen, die des Generals Persönlichkeit und seine wahre Identität kennen, sind, abgesehen von uns beiden, doch an einer Hand abzuzählen. Und jetzt frage ich mich nur, wie in Gottes Namen kann irgend so ein dunkles Subjekt dieses Landes wissen, wie der General heißt?«

»Wem sagen Sie das?« sagte er gewichtig. »Das ist doch wohl die übelste Entwicklung dieser ganzen Chose. Nicht nur, daß dieser Kerl den General kennt, nein, er weiß auch noch, daß Mary sein einziges Kind und sein Augapfel ist, der einzige Mensch auf dieser Welt, mit dem man ihn unter Druck setzen könnte. Und sie würde ihn unter Druck setzen, verlassen Sie sich drauf. Welche Frau kümmert sich noch um die abstrakten Ideale der Gerechtigkeit, wenn es um das Leben ihres Mannes geht? Die ganze Geschichte stinkt einfach, Cavell.«

»Zum Himmel stinkt sie«, stimmte ich bedächtig zu. »Nach Verrat – und zwar nach Verrat aus den allerhöchsten Kreisen.«

»Ich wäre dafür, daß wir das nicht auch noch telefonisch erörtern«, sagte Hardanger eilig.

»Lassen wir es. Haben Sie schon versucht herauszubekommen, woher das kam? Der Anruf meine ich?«

»Noch nicht. Aber womit wir unsere Zeit vergeuden, ist ja schließlich schon ganz egal.«

Er hing ein, und ich stand da und stierte auf das verstummte Telefon. Der General war ein persönlicher Beauftragter des Premierministers und des Innenministers. Seine Person war bei den Chefs der Spionage und Abwehr bekannt – natürlich. Der Sonderbeauftragte, Hardanger selbst, der Kommandant und der Sicherheitschef von Mordon – aus – damit endete die Liste derer, die ihn zu identifizieren wußten. Ein häßlicher Gedanke. Vage ging es mir durch den Kopf, wie beglückend die nächsten Stunden für General Cliveden werden mochten, denn es bedurfte keiner telepathischen Kräfte, um zu wissen, wohin Hardanger stürzen würde, sobald er diesen Hörer aufgelegt hatte. Nur er kannte den Namen des Generals in dem Kreis aller Verdächtigen. Vielleicht hätte ich ihm doch ein wenig mehr Aufmerksamkeit zuwenden sollen.

Ein Schatten verdunkelte die offene Tür. Ich sah auf. Drei uniformierte Figuren standen auf dem Treppenabsatz, und eine davon, der Sergeant in der Mitte, hatte schon die Hand an der Glocke und ließ sie wieder sinken, als er mich sah.

»Ich suche Inspektor Gibson. Ist er vielleicht hier?«

»Gibson?« Es dauerte einen Moment, bis ich geschaltet hatte und mich besann, wer das war. »Das bin ich, Sergeant.«

»Wir hätten da etwas für Sie, Sir«, sagte er und deutete auf den Umschlag, den er in der Hand hielt. »Allerdings muß ich Sie bitten, sich auszuweisen.«

Das tat ich. Dann nahm ich den großen Umschlag in Empfang. »Sie werden verzeihen, Sir, aber ich habe Befehl, diese Sachen hier nicht aus den Augen zu lassen. Sie kämen aus der Registratur von Mr. Clandon, wurde mir von Polizeichef Hardanger gesagt, und ich nehme an, daß es sich um ganz vertrauliches Material handelt.«

»Selbstverständlich doch, Sergeant.« Gefolgt von den drei Mann, marschierte ich gelassen an der beleidigten Miene von Mrs. Turpin vorbei, die auch noch auf der Szene erschienen war, ins Wohnzimmer. Ich forderte sie auf zu gehen. Funkelnden Auges kam sie der Aufforderung nach.

Dann brach ich das Siegel auf und öffnete den Umschlag. Er enthielt eine Reservesiegelmarke, um den Umschlag nach Kenntnisnahme des Inhalts ordnungsgemäß wieder versiegeln zu können, und einen Bericht über die politische und persönliche Unbedenklichkeit Dr. MacDonalds. Natürlich hatte ich damals, als ich den verschwundenen Easton Derry in Mordon ablöste, auch diesen Schriftsatz gelesen, aber was hatte er mich schon interessiert. Damals hatte ich keinen Grund. Heute hatte ich einen.

Erst kamen einmal sieben Seiten allgemeines Gewäsch. Trotzdem las ich mir auch das dreimal durch, um ja nichts zu übersehen. Krampfhaft – mit einer Intensität, die dem Eifer eines Senators McCarthy, wenn es galt einen Roten aufzuspüren, in nichts nachstand – suchte ich nach der winzigsten Unregelmäßigkeit, die mir als Hinweis auf einen Anhaltspunkt hätte dienen können, daß hier irgend etwas faul war. Doch nichts zeigte sich. Lediglich die ungemein karge Information über seine Armeelaufbahn, die auch Hardanger bereits aufgefallen war, gab Anlaß zu einem gewissen Befremden. Verwunderlich insofern, als Easton Derry, der diese Sache bearbeitet haben mußte, doch weiß Gott alle Informationsquellen offengestanden hatten. Doch nichts, nichts anderes als eine dürftige Bemerkung, ganz am Schluß einer Seite, deutete darauf hin, daß MacDonald 1938 als Soldat eingetreten und seine Karriere 1945 als Oberstleutnant einer Panzerdivision in Italien abgeschlossen hatte. Die folgende Seite begann sofort mit dem Jahr 1946, in dem er als Chemiker in die Dienste der Regierung in Nordostengland getreten war. Schon möglich, daß das alles in dieser Form von Easton Derry zusammengestellt worden war – oder aber auch nicht.

Ungeachtet des entsetzten Blickes des beobachtenden Sergeants bog ich mit dem Federmesser die Steifdecke, die die Seiten an der oberen Ecke zusammenhielt, auf. Darunter fand sich eine dünne Drahtklammer, wie sie bei jedem gebräuchlichen handelsüblichen Hefter anfällt. Ich bog die beiden Enden auf, bis sie genau im rechten Winkel standen, nahm die Seiten heraus und prüfte sie einzeln. Nicht ein Blatt wies Durchlöcherungen auf, die von mehrmaligem Heften herrühren konnten. Eine einzige Heftspur war zu sehen und nicht mehr. Wenn irgend jemand diesen Bericht geöffnet haben sollte, um ihm ein Blatt zu entnehmen, so mußte er ihn mit ungewöhnlicher Sorgfalt wieder zusammenmontiert haben. Demnach sah es ganz so aus, als habe nie jemand auch nur den Versuch gemacht, hier krumme Touren anzuwenden.

Ich sah auf. Carlisle, der Sergeant in Zivil, stand da und hielt mir weitere Akten und Papiere hin. »Das könnte Sie unter Umständen interessieren, Sir. Ich weiß es nicht, aber es wäre möglich.«

»Moment.« Ich brachte die Bogen wieder in die Klammer, drückte sie zusammen, schob das Schriftstück in den Aktenumschlag, versiegelte ihn ordnungsgemäß und übergab ihn dem Sergeant, der, nach erledigtem Auftrag, mit den zwei anderen, die er im Gefolge hatte, wieder abzog. »Und was bringen Sie mir da?« wandte ich mich an Carlisle.

»Fotos, Sir.«

»Fotos? Wie kommen Sie denn auf die Idee, daß ich mich ausgerechnet für Fotos interessieren sollte, Sergeant?«

»Durch den Umstand, daß wir sie in einer verschlossenen Stahlkassette entdeckt haben. Und auch diese Kassette war ganz unten im Schreibtischfach unter Verschluß. Und diese Sachen hier halte ich für ganz private Korrespondenz. Die lagen auch noch mit dabei.«

»War es schwierig, die Kassette aufzubekommen?«

»Nicht bei dem Trumm von Metallsäge, das ich in solchen Fällen benutze, Sir.«

»Im übrigen wären wir jetzt soweit, Inspektor. Alles ist registriert und falls ich meine unmaßgebliche Meinung dazu äußern darf, dann glaube ich kaum, daß die Liste Sie interessieren wird.«

»Alles durchfurcht? Auch das Kellergeschoß?«

»Den mistigsten Kohlenkeller, der mir jemals untergekommen ist«, grinste er. »Kaum zu glauben, bei all diesem Glanz und persönlichen Geschmack hätte ich eher angenommen, daß Mr. MacDonald auch seine Kohlen noch da aufzubewahren pflegt, wo sie nicht so dreckig werden.«

Und nach diesem persönlichen Kommentar überließ er mich seinem Fund und ging. Vier Alben waren es. Drei davon typisch von der Sorte, wie sie in Millionen britischen Haushaltungen anzutreffen ist: In die Sonne blinzelndes Familienleben. Alt und vergilbt, stammten diese Aufnahmen samt und sonders aus MacDonalds sonniger Jugend in den zwanziger und dreißiger Jahren. Das vierte war neueren Ursprungs. Ein Geschenk in Anerkennung langjähriger hervorragender Dienste im Rahmen der Weltgesundheitsorganisation kündete die Widmung der Kollegen auf der Innenseite des Umschlags. Fünfzig Bilder etwa, die allesamt Dr. McDonald in allen möglichen europäischen Großstädten im Kreis von Kollegen zeigten. Hauptsächlich eigentlich in Frankreich, in Italien und Skandinavien. Ganz gelegentlich auch einmal ein anderes Land dazwischen. Chronologisch, mit Ort, und Zeitangaben geordnet. Die letzte Aufnahme stammte aus Helsinki und war kaum sechs Monate alt.

Mich interessierten allerdings weniger die Bilder, die das Album enthielt, sondern vielmehr dasjenige, das es nicht enthielt. Der geordneten Bildfolge nach, mußte es vor achtzehn Monaten gemacht worden sein. Die Angaben dazu waren durch horizontale Striche in der gleichen weißen Tusche, in der die gesamte Beschriftung durchgeführt war, unkenntlich gemacht worden.

Ich machte Licht und besah mir den Fall eingehend. Fraglos mußte der Name des Ortes mit T angefangen haben. Was danach kam, war schwer zu sagen. Ein O konnte es sein, ein D eventuell. Ein O mußte es sein. Keine Stadt der Welt fing mit TD an. Der Rest war völlig unleserlich. TO... Sechs, eventuell sieben Buchstaben. Aber auch nicht eine Unterlänge ragte über den Strich, und das schloß sämtliche Städte, die ein p, ein j, ein g und weitere Konsonanten dieser Art enthielten von vornherein aus.

Ich studierte. Welche größeren europäischen Städte begannen mit TO und hatten sechs bis sieben Buchstaben aufzuweisen? Nicht sonderlich viele. Jedenfalls nicht solche von der Größenordnung, in der die Weltgesundheitsorganisation ihre Tagungen abzuhalten pflegte. Torquay – schlecht, Unterlängen fielen aus. Totnes – zu klein. In Europa? Tornio in Schweden, Tonder in Dänemark – beide relativ unbedeutend. Toledo - zumindest nicht gerade ein Dorf. Nur war MacDonald nie in Spanien. Tournai in Belgien oder eventuell Toulon in Frankreich – das kam der Sache wohl am nächsten. Tournai? Toulon? Ich sinnierte einen Moment, dann griff ich nach den Briefen.

Zirka dreißig bis vierzig an der Zahl durften es sein. Ein schwach duftendes Bündel mit blauem Bändchen. Das Allerletzte, was ich in MacDonalds gesamter Habe zu finden erwartet hatte. Und nicht nur das Allerletzte, sondern auch das Nutzloseste vom Nutzlosen. Ich war bereit, um mein nächstes Gehalt zu wetten: Liebesbriefe! Großer Gott – mir stand wahrhaftig augenblicklich nicht der Sinn danach, mich indiskreterweise auch noch an des guten Doktors jugendlichen Erinnerungen zu erbauen, aber ich hätte auch Homer im Originaltext gelesen, wenn ich das Gefühl gehabt hätte, daß dabei etwas herauskommen könnte. Also zog ich die Schleife auf.

Genau fünf Minuten später hing ich am Telefon und sprach mit dem General.

»Ich will unbedingt eine gewisse Mme. Yvette Peugeot, die 1945/46 im Pasteur Institut in Paris beschäftigt war, interviewen. Nein, nicht erst nächste Woche und auch nicht morgen, sondern heute. Heute nachmittag. Können Sie das arrangieren, Sir?«

»Arrangieren kann ich alles, Cavell,« sagte der General schlicht. »Vor kaum zwei Stunden hat uns der Premier alle verfügbaren Hilfsmittel zur Verfügung gestellt. Der ist fuchsteufelswild. Und wie wichtig ist Ihnen dieser Ausflug?«

»Lebenswichtig unter Umständen, Sir. Aber das eben ist es,

was ich noch feststellen muß. Diese Frau scheint etwa neun Monate während und nach dem Krieg in sehr intimen Beziehungen zu unserem Freund MacDonald gestanden zu haben. Und das ist genau der Abschnitt seines Lebens, über den wir keinerlei Unterlagen haben. Falls diese Frau noch am Leben und auffindbar sein sollte, könnte sie diese Lücke eventuell schließen.«

»Und das ist alles?« Seine Enttäuschung war dem Tonfall deutlich zu entnehmen. »Und die Briefe selbst?«

»Einige davon habe ich mir zu Gemüte geführt. Harmlos im Grunde, wenn auch nicht gerade von der Sorte, auf deren Veröffentlichung vor einem Gericht ich gesteigerten Wert legen würde, wenn ich der Verfasser wäre.«

»Bißchen wenig, um was damit anzufangen, Cavell?«

»Ich habe nur so'n dumpfes Gefühl, Sir. Mehr als das vielleicht. Es wäre möglich, daß aus dem Sicherheitsbericht über MacDonald eine Seite entfernt worden ist. Die Daten dieser Briefe stimmen mit dieser fehlenden Seite genau überein – wenn sie fehlen sollte. Und wenn dem so ist, dann würde ich der Geschichte doch gern auf den Grund gehen.«

»Fehlen?« Seine Stimme knatterte geradezu durch den Draht. »Wie kann eine Seite aus einem Sicherheitsbericht fehlen. Wer könnte – wer hatte Zugang zu den Akten?«

»Easton, Clandon, ich selbst – Cliveden und Weybridge.«

»Stimmt genau. General Cliveden.« Lastende Stille. »Sagen Sie, Cavell, diese kürzliche Drohung, Mary sozusagen Ihren Kopf auf dem Tablett zu überreichen: General Cliveden ist der einzige Mensch in Mordon, der weiß, wer ich bin und in welcher Beziehung ich zu Mary stehe. Er ist einer von den beiden, die Zugang zu den Akten haben. Hielten Sie es nicht für angebracht, sich mal auf Cliveden zu konzentrieren?«

»Lassen Sie das Hardangers Sache sein, Sir. Ich möchte Mme. Peugeot sprechen.«

»Na schön. Bleiben Sie am Apparat.« Ich blieb. Ein paar Minuten später war er wieder da. »Fahren Sie nach Mordon. Ein Hubschrauber wird Sie zum Flugplatz Stanton bringen. Dort steht ein zweisitziger Düsennachtjäger. Vierzig Minuten von Stanton bis Paris. Geht das in Ordnung?«

»Ausgezeichnet, Sir. Ich fürchte nur, ich habe keinen Paß bei mir.«

»Brauchen Sie nicht. Falls die Dame noch lebt und in Paris ist, wird sie Sie auf dem Flugplatz in Orly erwarten. Dafür sorge ich.

Wir sehen uns, wenn Sie zurück sind – ich starte in dreißig Minuten nach Alfringham.«

Ich hing ein und wandte mich, die Briefe in der Hand, zum Gehen, und da entdeckte ich Mrs. Turpin in der offenen Tür. Ihr Gesicht war ausdruckslos. Nur ihre Augen wanderten von den meinen zu den Briefen und wieder zurück zu den meinen. Und dann drehte sie sich um und verschwand. Ich aber hätte verdammt gern gewußt, wie lange sie dort gestanden und mir zugehört hatte.


Der General war ein Mann von Wort. Der Hubschrauber stand bereits in Mordon. Die Düsenmaschine brauchte von Stanton bis Orly genau fünfunddreißig Minuten. Und Madame Peugeot, in Begleitung eines Pariser Polizeioffiziers, saß bereits in einem Privatraum und erwartete mich. Die Drähte hatten blitzartig funktioniert. Doch es sollte sich gleich herausstellen, daß es kein Problem gewesen war, Mme. Peugeot – jetzt Madame Halle – ausfindig zu machen. Sie arbeitete noch immer da, wo sie dereinst im Mai, als ihre Beziehungen zu MacDonald noch blühten, auch gearbeitet hatte: Im Pasteur-Institut. Und sie hatte sich bereitwillig zum Flugplatz bringen lassen, als die Polizei ihr die Dringlichkeit klargemacht hatte.

Sie war dunkel, rundlich – eine hübsche Vierzigerin mit Augen, die gern lächelten. Im Moment jedoch war sie gehemmt und unsicher und ein bißchen verängstigt, wie jeder, an dem die Polizei ein plötzliches Interesse bekundet.

Der französische Polizeioffizier übernahm die Vorstellung. Ich hielt mich nicht bei langen Vorreden auf. »Wir wären Ihnen sehr dankbar, Madame, wenn Sie uns mit ein paar Informationen über einen Engländer, dessen Bekanntschaft Sie in den vierziger Jahren – genauer 1945/46 – gemacht haben, helfen würden. Es handelt sich um einen gewissen Dr. Alexander MacDonald.«

»Dr. MacDonald? Alex?« Sie lachte auf. »Der würde ja hochgehen, wenn er gehört hätte, daß man ihn hier Engländer nennt. Oder sagen wir, er wäre hochgegangen. Damals, in diesen längst verflossenen Zeiten, als ich ihn noch kannte, war er genau das, was man einen geradezu fanatischen schottischen – wie sagen Sie doch noch?«

»Nationalisten?«

»Ganz recht. Was man einen schottischen Nationalisten nennt, ›Nieder mit England, hoch die alte franko-schottische Allianz‹ war sein glühendes Motto. Trotzdem muß man ihm lassen, daß er sich, bei allem Haß gegen den alten Erzfeind, im letzten Krieg tapfer für ihn geschlagen hat.« Sie brach plötzlich ab und sah mich an, als traute sie dem Frieden nicht recht. »Er – er wird doch nicht etwa gestorben sein?«

»Nein, Madame, er ist so gesund und munter wie Sie.«

»Aber Krach hat er. Krach mit der Polizei.« Sie war sehr hell und schaltete schnell. Sogar den geringfügigen Unterton in meiner Stimme hatte sie sofort erfaßt.

»Ich fürchte, Sie könnten recht haben, Madame. Wie und wann fand diese erste Begegnung statt?«

»Das war ungefähr zwei bis drei Monate vor Kriegsende – in Europa jedenfalls. Und Oberst MacDonald, das war er seinerzeit, war damals beauftragt, eine Munitions- und chemische Fabrik in St. Denis, die lange in deutschen Händen gewesen war, zu besichtigen. Ich war zu der Zeit – weiß Gott nicht aus eigenem Antrieb – in der Forschungsabteilung tätig. Natürlich hatte ich keine Ahnung , daß der Oberst selbst ein hervorragender Chemiker war, und unternahm es also, ihm die einzelnen chemischen Prozesse und Produktionsverfahren zu erläutern, bis ich dann am Ende meines Rundgangs feststellen mußte, daß er davon weit mehr als ich verstand.« Sie lächelte. »Ich glaube, ich hatte es ihm angetan. Nun ja – und er mir nicht minder.«

Dazu konnte ich nur nicken. Im Hinblick auf die flammenden Ergüsse schien mir das sehr zutreffend.

»Er blieb dann ein paar Monate in der Umgebung von Paris stationiert«, fuhr sie fort. »Und ich weiß zwar nicht so genau, welcher Art seine Aufgabengebiete hier waren, aber in der Hauptsache waren sie wohl technisch ausgerichtet. Damals waren wir ständig zusammen, jede freie Stunde.« Sie zuckte die Achseln. »Wie lange ist das alles her, du lieber Gott, wie eine andere Welt kommt mir das heute vor. Dann mußte er nach England zurück, um seine Entlassungsformalitäten nach Kriegsende zu erledigen, war innerhalb von einer Woche wieder in Paris und versuchte, hier als Chemiker unterzukommen. Das war ausgeschlossen. Schließlich trat er dann irgendeine Stelle bei der britischen Regierung auf dem Forschungssektor an.«

»Und ist Ihnen vielleicht jemals irgend etwas Dunkles, nicht so ganz Astreines über ihn zu Ohren gekommen?« fragte ich ohne alle Umschweife.

»Nie. Sonst wäre ich niemals mit ihm befreundet gewesen.«

Und dieses sehr entschiedene ›Nie‹ stand so völlig im Einklang mit ihrer fraulichen Würde, daß ich es nicht bezweifelte. Mit einemmal hatte ich das dumpfe Gefühl, daß der General recht behalten würde. Mir war plötzlich, als verschwendete ich hier lediglich meine kostbare Zeit, von der ich mich verbittert fragte, ob sie überhaupt noch etwas wert war, auf der Jagd nach einem Phantom. Ich sah mich bereits mit eingezogenem Schwanz in Mordon ankommen.

»Nichts«, bohrte ich trotzdem weiter. »Gar nichts – denken Sie doch einmal nach, Madame.«

»Wollen Sie mich beleidigen?« gab sie sehr ruhig zurück.

»Verzeihung«, konnte ich da nur sagen und die Taktik wechseln.

»Eine etwas indiskrete Frage, Madame, haben Sie ihn eigentlich geliebt?«

Sie sah mich an und sagte dann gelassen: »Ich glaube annehmen zu dürfen, daß es nicht gerade Dr. MacDonald war, der Sie zu mir geschickt hat. Also müssen Sie durch Briefe auf meine Existenz gestoßen sein. Damit dürfte sich die Antwort auf Ihre Frage wohl erübrigen.«

»Und er? Glauben Sie, daß er Sie geliebt hat?«

»Ich weiß es sogar. Auf jeden Fall hat er mich gebeten, seine Frau zu werden, und das nicht nur einmal, sondern mindestens zehnmal. Und das dürfte doch wohl Beweis genug sein, nicht wahr?«

»Aber Sie haben ihn nicht geheiratet. Sie haben sogar jeden Kontakt zueinander verloren. Und da Sie sich liebten und er Sie doch gebeten hatte, seine Frau zu werden, darf ich dann fragen, warum Sie nein gesagt haben. An Ihnen hat es doch gelegen?«

»Aus dem gleichen Grund, aus dem unsere Freundschaft schließlich auseinanderging. Zum Teil vielleicht, weil er, trotz aller Liebesbeteuerungen, mit unheilbarer Vorliebe *à la carte* lebte, in der Hauptsache jedoch um grundlegender Differenzen willen. Damals waren wir alle beide noch zu jung und zu unreif, um nicht nur das Herz, sondern gelegentlich auch mal den Kopf sprechen zu lassen.«

»Differenzen? Darf ich fragen, welcher Art diese Differenzen waren, Madame Halle?«

»Sie können aber sehr beharrlich sein. Ist das so wichtig?« Sie seufzte. »Wahrscheinlich – sonst würden Sie es nicht wissen wollen. Um eine Antwort komme ich wohl doch nicht herum.

Und ein Geheimnis ist es auch nicht – auch wenn es im Grund lächerlich und kindisch sein mag.«

»Trotzdem würde ich es gern hören.«

»Davon bin ich überzeugt. Frankreich war nach dem Krieg, wie Sie sich erinnern werden, ein politisches Chaos voller Parteien, deren politische Tendenzen gar nicht extremer nach rechts und links auseinanderklaffen konnten. Ich bin eine gute Katholikin und demgemäß nach rechts orientiert. Ein in der Wolle gefärbter Tory, wie Sie es vielleicht ausdrücken würden.« Sie lächelte Verzeihung heischend. »Was kann man da machen? Dr. MacDonald lehnte meine politische Einstellung so restlos ab, kommt vor. Wenn man jung ist, nimmt man die Politik ungemein wichtig.«

»Dr. MacDonald teilte also Ihre konservativen Ansichten nicht?«

»Konservativ?« Sie lachte amüsiert auf. »Konservativ sagten Sie! Ob Alex nun wirklich ein echter schottischer Nationalist war, das kann ich nicht sagen. Daß es aber außerhalb des Kremls nie einen unbeugsameren, zutiefst überzeugteren Kommunisten gab, das weiß ich bestimmt. Er war nicht zu ertragen.«

Genau eine Stunde und zehn Minuten später trat ich ins Foyer des *Waggoner's Rest* in Alfringham.

## 10

Ich hatte von Stanton aus angerufen. Der General und Polizeichef Hardanger erwarteten mich bereits. Und obwohl es noch früh am Abend war, hatte auch der General schon die Reste dessen vor sich, was einmal ein beachtlicher Whisky gewesen sein mußte. Seit ich ihn kannte, hatte ich ihn vor neun Uhr abends nie den ersten Drink nehmen sehen. Sein Gesicht war blaß und abgespannt. Zum erstenmal hatte ich das Gefühl, daß man ihm sein Alter ansah, obwohl ich nicht zu sagen vermocht hätte, woran das lag. An den leicht gebeugten Schultern, vielleicht an der undefinierbaren Müdigkeit. Etwas merkwürdig Erschütterndes war um ihn. Die resignierte Tragik eines Starken, der plötzlich erkennen muß, daß ihm die Bürde, die seine breiten Schultern tragen, zu schwer geworden war.

Hardanger sah nicht viel besser aus.

Ich begrüßte sie beide, kassierte einen Whisky vom Genossen

Hemdsärmel, der sich in geziemender Distanz und außer Hörweite befand, und streckte dankbar die Beine von mir. »Und wo ist Mary?« fragte ich.

»Bei Stella Chessingham und ihrer Mutter«, sagte Hardanger. »Beim Flügelflicken. Ihr essigsaurer Freund hinter der Theke ist eben erst zurückgekommen. Er hat sie rausgefahren. Sie mußte unbedingt hin, um zu trösten. Und daß die beiden nach Chessinghams Verhaftung trostbedürftig sind, gab ich schon zu, war aber trotzdem nicht ganz einverstanden mit diesem Trip. Aber sie hört ja nicht. Sie kennen Ihre Frau ja, Cavell. Und Sie Ihre Tochter, Sir.«

»Das hätte sie sich schenken können«, sagte ich. »Überflüssig. Chessingham ist so unschuldig wie ein Säugling im Steckkissen. Und das habe ich seiner Mutter bereits um acht Uhr morgens gesagt. Ich mußte es ihr sagen. Sie ist schwer krank, der Schock hätte sie umbringen können – und daß sie es, sofort nachdem der Polizeiwagen mit Chessingham abgerauscht war, ihrer Tochter brühwarm mitgeteilt hat, steht doch wohl fest. Die brauchen weder Trost noch Zuspruch.«

»Was?« Hardanger beugte sich erbost vor und zerquetschte vor lauter Erbitterung fast das Glas, das er in der Hand hielt. »Was sagen Sie da, Cavell? Unschuldig? Daß ich nicht lache. Für seine Mitschuld spricht doch wohl verdammt genug –«

»Das einzige, was gegen ihn spricht, ist die Tatsache, daß er – verständlich genug – seinen Führerschein abgeleugnet hat und daß der Mörder ihm unter falschem Namen Geld zugehen ließ, um ihn verdächtig zu machen. Um Zeit zu gewinnen. Alles immer wieder um Zeit zu gewinnen. Fragen Sie mich nicht warum, ich weiß selbst nicht, warum dieser Kerl nun so unbedingt versessen darauf ist, Zeit zu schinden. Aber das ist es nun einmal, worauf er es immer wieder anlegt, wenn er den Verdacht auf einen anderen zu lenken sucht. Darin ist er so einmalig gerissen, daß es ihm tatsächlich gelungen ist, so ungefähr jeden verdächtig zu machen. Wozu kassierte er mich heute morgen? Um Zeit zu gewinnen. Seit Monaten – Anfang Juli ging das erste Geld auf Chessinghams Konto ein – wußte er bereits genau, daß es notwendig werden würde, Zeit zu gewinnen. Warum? Warum Zeit gewinnen?«

»Und mich halten Sie zum Narren«, fluchte Hardanger. »Einen Wind haben Sie gemacht –«

»Ich habe Ihnen den Fall mit allen Tatsachen erzählt, so, wie ich ihn vorfand.« Ich dachte nicht daran, ihn zu besänftigen. »Hätten

Sie ihn etwa verhaftet, wenn ich Ihnen gesagt hätte, daß er unschuldig ist? Nie. Das wissen Sie wohl genausogut wie ich. So aber haben Sie ihn festgesetzt, und damit haben wir Zeit gewonnen, weil der Mörder oder auch die Mörder dies den Abendzeitungen entnehmen und überzeugt sein werden, daß wir jetzt auf der falschen Spur sind.«

»Jetzt warte ich nur noch darauf, daß Sie damit herausrücken, daß auch Hartnell samt Frau auf diese Tour fertiggemacht worden sind«, knirschte er.

»Was Hammer, Kombizange und Straßendreck am Motorroller anbelangt – auf jeden Fall. Das lassen Sie sich von mir gesagt sein. Im übrigen sind sie dessen schuldig, wessen man sie anklagt. Aber kein Gericht wird sie deshalb verurteilen. Ein Mann, der erpreßt und gezwungen wird, seine Frau zu veranlassen, sich auf die Straße zu stellen und mit ihrem Geschrei einen Streifenwagen anzuhalten – dafür sieht unser verdammtes Strafrecht nichts vor. Alles, was dabei herauskommen wird, sind ein paar Jährchen wegen Unterschlagung, die sie ihm aufbrummen werden – falls die Armee ihn deshalb unter Anklage stellt, was ich noch bezweifeln möchte. Aber auch seine Verhaftung läßt uns Zeit gewinnen. Was Hammer und Zange in Hartnells Schuppen anbelangt, so war das lediglich einmal eine andere Masche des Mörders, Zeit zu schinden. Daß wir allerdings auf diesen Dreh nicht hereingefallen sind, das wissen sie nicht. Eins zu null für uns.«

Hardanger wandte sich an den General. »Wußten Sie, daß Cavell hinter meinem Rücken arbeitet, Sir?«

Der General runzelte die Stirn. »Immer mit der Ruhe, Hardanger, so war es auch wieder nicht. Was heißt – wußten Sie – verdammt, *wer* hat mich denn überredet, Cavell in diese Geschichte einzuschalten? Sie, wenn ich mich nicht irre! Aber ich muß schon zugeben, er arbeitet mal wieder mit reichlich unorthodoxen Methoden. Apropos Cavell – Was Neues aus Paris über unseren Freund MacDonald?«

Ich antwortete nicht gleich. Er schien mir so merkwürdig indifferent, so, als wäre er im Grunde mit viel wichtigerem beschäftigt. Deshalb sagte ich genauso nebenbei: »Hängt davon ab, was Sie interessant nennen, Sir. Jedenfalls bin ich jetzt in der Lage, Ihnen den Namen einer der Leute zu nennen, die hinter all dem stehen. Dr. Alexander MacDonald. Und ferner ist er seit fünfzehn Jahren ganz zweifellos einer der Spitzenagenten kommunistischer Spionage. Wenn das reicht.« Das saß. Sie waren bestimmt die letzten, die etwas erschüttern konnte, aber das hatte gefunkt. Genau für eine Sekunde. Dann starrten sie sich erst gegenseitig an und hinterher mich. In einer Minute hatte ich berichtet, was zu berichten war. Hardanger brachte nur noch ein »O mein Gott« heraus und machte sich eiligst davon, um einen Einsatzwagen zu holen.

»Haben Sie den Polizeifunkwagen draußen gesehen?« fragte der General.

Ich nickte.

»Wir sind in ständiger Verbindung mit der Regierung und mit Scotland Yard.« Er fischte zwei Schriftstücke aus einer Innentasche. »Das erste davon bekam ich vor zwei Stunden, das andere vor kaum zehn Minuten.« Ich sah mir die Dinger schnell an und stellte dabei fest, daß die allgemein geläufige Redensart betreffs des in den Adern zu Eis erstarrten Bluts im menschlichen Erlebnisbereich durchaus ihre Berechtigung hat. Mir wurde unerklärlich kalt und eisig, und ich war froh, daß Hardanger, nachdem er getan hatte, was zu tun gewesen war, mit drei Whiskys wieder ankam. Jetzt wurde mir klar, weshalb sie beide so restlos fertig und erledigt ausgesehen hatten, als ich hereingekommen war. Jetzt war mir klar, und jetzt begriff ich sogar, warum mein Ausflug nach Paris ihnen relativ nebensächlich geworden war. Die erste Mitteilung war etwa gleichzeitig an Reuter und AP durchgegeben worden und relativ kurz. Der blumige Stil war nicht zu verkennen. Sie lautete: *Die Mauern der Stätte des Antichristentums stehen noch immer. Meine Forderungen wurden ignoriert. Die Verantwortung liegt allein bei euch. Ich habe eine Virusampulle an eine einfache Zeitbombe befestigt, die heute nachmittag, drei Uhr fünfundvierzig, in Lower Hampton, Norfolk, hochgehen wird. Der Wind steht WSW. Sollte die Zerstörung von Mordon nicht bis heute um Mitternacht vollendet sein, so sehe ich mich gezwungen, morgen eine weitere Ampulle zur Explosion zu bringen, und zwar genau im Herzen von London. Ein Blutbad, das so einzigartig sein wird, wie es die Welt noch nie erlebt hat. Die Wahl habt ihr.*

»Lower Hampton ist ein Dorf von etwa einhundertfünfzig Leuten, sechs Meilen von der Küste entfern«, sagte der General. »Der Hinweis auf den Wind besagt, daß der Virus nur vier Meilen Land infizieren und dann auf die See hinausgetragen wird. Wenn er sich nicht dreht, der Wind. – Das kam heute nachmittag zwei Uhr fünfundvierzig. Sämtliche in der Gegend vorhandenen Streifenwagen wurden nach Lower Hampton und Umgebung beordert, und alles, was greifbar war, nach dem Westen evakuiert.« Er brach ab und starrte auf den Tisch. »Leider haben wir es da unten mit einer landwirtschaftlich anständigen Gegend zu tun, und es sind verdammt viele Höfe da und nur wenige Wagen. Alle rechtzeitig zu erreichen, war nicht möglich, fürchte ich. Und daß wir schnellstens versucht haben, auch die Bombe noch ausfindig zu machen, ist wohl klar. Aber du lieber Gott, das war ein so aussichtsloses Unternehmen, wie die berühmte Nadel im Heuhaufen zu finden. Genau um drei Uhr fünfundvierzig knallte es. Rauch und Flammen stachen aus dem Dach eines verlassenen kleinen Anwesens. Der Sergeant und die beiden Konstabler, die die Geschichte beobachtet hatten, machten, daß sie in ihren Wagen kamen und drückten nur noch aufs Gas – das werden Sie sich wohl vorstellen können.«

Mir war der Mund so trocken wie Asche, und ich griff nur noch nach dem Whiskyglas und kippte den halben Whisky in mich hinein, um die Asche wegzuspülen. Der General fuhr fort: »Um vier Uhr zwanzig startete ein R.A.F. Bomber – ein Aufklärer – von einem Flugplatz in Ostengland und überflog das Gebiet. Der Pilot hatte zwar Befehl, nicht unter zehntausend Fuß zu gehen, bei der klaren Sicht jedoch und den Kameras, die sie heutzutage haben, war es weiter kein Problem, eine genaue Aufklärung zu fliegen. Das gesamte betroffene Gebiet wurde fotografiert. Aus zehntausend Fuß Höhe sind ja so ein paar Meilen Erdoberfläche schnell aufgenommen – genau eine halbe Stunde nach dem Start landete der Bomber bereits wieder. Die Bilder waren innerhalb von Minuten entwickelt und durch einen Experten überprüft. Die Ergebnisse können Sie sich hier in diesem zweiten Schrieb ansehen.« Der war noch kürzer als der erste. Er lautete: *Über einer keilförmigen Landschaft, deren Spitze die kleine Ortschaft Little Hampton und deren Fuß zweieinhalb Meilen Küste darstellen, sind keinerlei Lebenszeichen zu entdecken, weder um die Wohnhäuser noch um die Scheunen noch auf den Feldern. Drei- bis vierhundert Stück totes Vieh wurden schätzungsweise auf den Feldern gesichtet. Drei Schafherden – offensichtlich auch tot. Mindestens sieben menschliche Leichen konnten identifiziert werden. Charakteristisch verrenkte Stellung qualvoller Todesagonie bei Mensch und Tier. Detaillierter Bericht folgt.*

Darauf schluckte ich die zweite Hälfte meines Whiskys. Pures Soda hätte mir kaum anders geschmeckt und etwa die gleiche Wirkung gehabt. »Und jetzt?« fragte ich. »Was will sie jetzt unternehmen, die Regierung?«

»Ich weiß es nicht«, sagte der General tonlos. »Und die wissen es noch weniger. Man beabsichtigt, bis um zehn Uhr abends zu einer Entscheidung zu kommen – und wenn sie das hören werden, was Sie zu berichten haben, wird man sich vermutlich noch schneller dazu durchringen. Das ändert nämlich die ganze Sachlage total. Wir glaubten es mit einem wildgewordenen Verrückten zu tun zu haben – so brillant sein Gehirn auch funktioniert. Statt dessen scheint es sich um ein kommunistisches Komplott zu handeln, das darauf angelegt ist, die stärkste Waffe, die Großbritannien – oder welches Land auch immer – jemals in der Hand gehabt hat, zu vernichten. Vielleicht soll dies auch nur der Anfang vom Ende für ganz England sein. Was weiß denn ich, verdammt nochmal. Die Idee kam mir auch gerade erst, und ich bin noch nicht dazugekommen, darüber nachzudenken. Wollen die dem Westen etwa demonstrieren, daß sie jederzeit in der Lage sind, uns so restlos zu schlagen, daß wir gar nicht mehr dazu kommen, zurückzuschlagen? Das heißt, wenn Mordon samt seinen Viren ausgelöscht ist. Ich kann's nicht sagen, und Gott allein mag's wissen. Ein Verrückter in diesem Spiel wäre mir weitaus lieber. Und wer sagt uns denn im übrigen, daß Ihre Informationen auch tatsächlich stimmen?«

»Das festzustellen, gibt es nur einen Weg, Sir.« Ich stand auf. »Der Streifenwagen steht draußen. Starten wir zu unserem interessanten Plauderstündchen mit MacDonald?«

Wir waren in genau acht Minuten in Mordon und bekamen an der Wache zu hören, daß Dr. MacDonald bereits vor zwei Stunden gegangen war. Weitere acht Minuten später stoppten wir vor seiner Haustür. Nichts schien sich im Haus zu rühren. Alles wirkte verlassen und dunkel. An und für sich hätte Mrs. Turpin, die Haushälterin, noch da sein müssen. Sie war aber nicht mehr da. Und auch MacDonald war fort. – Nicht nur für eine Nacht, sondern für immer. Unser Vogel war ausgeflogen.

Und nicht einmal die Tür hatte er verschlossen, als er gegangen war. So eilig hatte er es gehabt. Wir gingen in die Diele, machten Licht und sahen uns im Erdgeschoß um. Kein Feuer – keine Heizung schien an – kein Geruch nach Küche und Abendessen – kein Zigarettenrauch in der Luft – nichts. Wer immer sich hier aus dem Staub gemacht hatte, war nicht durchs Hoffenster gestiegen, sondern ordnungsgemäß durch den Vordereingang gegangen. Und das war eine gute Weile her. Ich fühlte mich plötzlich alt und krank und müde. Und idiotisch. Mir war plötzlich klar, warum sich dieser Aufbruch so in aller Eile vollzogen hatte.

Ohne Zeit zu verlieren, nahmen wir uns das Haus, vom Speicher angefangen, noch einmal vor. Der ganze kostspielige Fotoaufwand stand noch da, wie er dagestanden hatte, nur sah ich ihn diesmal mit ganz anderen Augen. Selbst ein Idiot wie ich, Pierre Cavell, mußte mal auf den Trichter kommen, wenn er Zeit genug hatte und förmlich darauf gestoßen wurde. Auch im Schlafzimmer fanden sich keinerlei Spuren hastigen Aufbruchs. Das war befremdend. Wer auf eine Reise geht ohne die Absicht zu haben, zurückzukommen, versorgt sich normalerweise wenigstens mit dem Nötigsten – wie brandeilig er es auch immer haben mag. Rasierzeug, Zahnbürste – alles da. MacDonalds alter Oberst würde ja sehr erbaut sein, wenn er ankam und kein MacDonald zu identifizieren mehr vorhanden war. Wir hatten zwar andere Sorgen, aber das ging mir trotzdem durch den Kopf.

Noch rätselhafter kam uns die Küche vor. Mrs. Turpin, soviel hatte ich in Erfahrung gebracht, pflegte um sechs Uhr dreißig, wenn Dr. MacDonald vom Dienst kam, zu verschwinden und ihm sein Abendessen fix und fertig hinzustellen. Er hatte die Gewohnheit, sich selbst zu versorgen und den Abwasch für Mrs. Turpin stehenzulassen. Nichts jedoch deutete darauf hin, daß hier gekocht worden war. Nichts war warmgestellt, nichts stand auf dem Herd, und der elektrische Ofen war so ausgekühlt, daß er seit Stunden nicht in Betrieb gewesen sein konnte. »Die letzten Leute von der Hausdurchsuchung sind spätestens gegen halb vier abgezogen«, sagte ich. »Kein Grund und Anlaß, daß Mrs. Turpin nicht wie üblich hätte kochen sollen – und MacDonald scheint mir durchaus der Typ, der höchst ungemütlich werden kann, wenn er nicht seine gewohnte Ordnung vorfindet. Sie hat aber nicht gekocht. Warum?«

»Weil sie genau wußte, daß er keinerlei Hunger verspüren würde«, sagte Hardanger gewichtig. »Irgendwie muß diese Dame heute Wind bekommen und genau gewußt haben, daß ihm nicht mehr danach sein würde, sich noch länger in dieser Gegend aufzuhalten, wenn sie ihn davon verständigte, was sie da spitzbekommen hatte. Was dafür spricht, daß sie mit ihm unter einer Decke gesteckt oder zumindest von seinen Machenschaften gewußt haben muß.«

»Ohrfeigen könnte ich mich!« ging ich hoch. »Dieses Weibsbild, dieses dreimal verfluchte. Die muß gehört haben, daß ich dem

General am Telefon sagte, daß ich nach Paris muß. Wer weiß, wie lange sie an der Tür gestanden und mich mit den Briefen in der Hand beobachtet hat. Links von mir stand sie natürlich, und auf der Seite sehe ich ja nichts. Das muß ihr aufgefallen sein und mein Hinken, und das muß sie ihm telefonisch geflüstert haben. Ohrfeigen könnte ich mich für meine eigene Dämlichkeit«, wütete ich. »Daß ich nicht gleich darauf kam, verdammt nochmal. Wir sollten sie uns umgehend vornehmen. Falls wir sie zu Hause erwischen – was abzuwarten bleibt.«

Hardanger klemmte sich ans Telefon, während der General mir in MacDonalds Arbeitszimmer folgte. Ich ging sofort zu dem riesigen altmodischen Schreibtisch, in dem MacDonalds Korrespondenz samt den Fotoalben entdeckt worden waren. Er war verschlossen. »Moment, Sir«, sagte ich zum General, »ich bin gleich wieder da.«

Nichts, was mir irgendwie brauchbar erschien, fand sich in der Garage. Aber gleich dahinter stand ein Werkzeugschuppen. Ich ließ die Taschenlampe aufleuchten und sah mich um. Gartengeräte, Bauplatten, ein Haufen leerer Zementsäcke, eine Arbeitsbank, ein Fahrrad. Kein Klauenhammer, wonach ich nämlich Ausschau hielt. Aber ich griff nach dem Nächstbesten, einem ziemlich massiven Beil.

Damit ging ich zurück, und gerade, als ich auf den Schreibtisch zuging, kam auch Hardanger an.

»Wollen Sie etwa den Schreibtisch hier zu Kleinholz machen?«

»Falls MacDonald das nicht passen sollte, muß er es sagen.« Damit machte ich kurzen Prozeß, schlug zweimal zu, und schon war das Ding offen. Die Alben und seine Korrespondenz mit der Weltgesundheitsorganisation waren noch da. Ich nahm das Album mit der fehlenden Aufnahme und zeigte die Sache dem General.

»Eine Aufnahme, auf deren Existenz unser teurer Freund MacDonald keinen Wert gelegt haben muß«, sagte ich. »Und ich habe nicht nur das vage Gefühl, sonder ich weiß irgendwie, daß es wichtig wäre, dahinterzukommen, warum. Sehen Sie sich doch diese durchgestrichene Bildunterschrift mal an. Sechs Buchstaben etwa – und anfangen tut das Ganze mit TO. Ich krieg's nicht raus. Bei anderem Papier oder mit zwei verschiedenen Tintenarten wäre das für die Jungen im Labor kein Problem. Aber weiß auf weiß – auf diesem porösen Löschpapier? Verdammt, das ist schlecht.«

»Ausgeschlossen«. Hardanger schielte mich argwöhnisch an. »Und warum sollte das von so eminenter Wichtigkeit sein?«

»Wenn ich das wüßte, pfiffe ich auf die Unterschrift. Haben Sie unsere charmante Mrs. Turpin erreicht?«

»Meldet sich nicht. Sie lebt allein. Witwe, wie die hiesige Polizei sagte, nachdem ich mich umsonst bemüht hatte. Ein Polizeioffizier ist schon unterwegs zu ihr, aber der wird nichts ausrichten können. Alles ist verständigt, sie wird bereits gesucht.«

»Das wird uns sehr viel nützen«, sagte ich sauer und blätterte schnell die Antwortschreiben, die aus allen möglichen Ecken Europas eingegangen waren, durch. Ich wußte genau, was ich suchte und hatte innerhalb von zwei Minuten ein halbes Dutzend Schreiben eines Dr. John Weißmann aus Wien aus dem Haufen gezogen. Die hielt ich den beiden hin. »Beweisstück A für den Old Bailey, wenn MacDonald zum Galgen in Marsch gesetzt wird.«

Der General sah mich an – müde, alt, leer. »Wovon reden Sie da eigentlich?« fragte Hardanger verständnislos.

Ich schwieg und sah den General an. Der sagte nur gelassen: »Ich glaube, wir können's verantworten, mein Junge. Hardanger wird's verstehen. Und bei ihm ist es gut aufgehoben.«

Hardanger blickte von mir auf die Schriftstücke und dann zurück zu mir. »Was werde ich verstehen? Zeit wär's, daß ich hier manches verstehe. Verdammt, ich hatte doch gleich von Anfang an das Gefühl, daß ich hier irgendwo im Düstern tappe. Und Sie haben ja auch ganz verdächtig schnell angebissen, als ich Ihnen diesen Job anbot.«

»Tut mir leid«, sagte ich. »War nicht anders zu machen. Sie wissen, daß ich mich nach dem Krieg überall herumgetrieben und wieder abgesetzt habe oder auch abgesetzt worden bin – so da waren Armee, Polizei, Sonderdienst, Rauschgiftdezernat, wieder Sonderdienst, Sicherheitschef in Mordon und schließlich Privatdetektiv. Scheinstellung alles. Seit sechzehn Jahren arbeite ich einzig und allein, und zwar pausenlos, nur für den General. Und jedesmal, wenn ich irgendwo flog, zog er an den Drähten.«

»Das überrascht mich gar nicht einmal so«, meinte Hardanger betont ob dieser Eröffnungen. Und ich war ehrlich froh, daß er die Geschichte von dieser Seite nahm und keinen Wirbel machte.

»Gedacht habe ich mir mein Teil sowieso!«

»Deshalb sind Sie ja auch Polizeichef«, brummte der General vor sich hin.

»Wie dem auch sei, etwa vor einem Jahr fing mein Vorgänger,

Easton Derry, an, Lunte zu riechen. Lassen wir die Details jetzt beiseite; er kam auf jeden Fall zu dem Schluß, daß geheimste bakteriologische Forschungspräparate aus Mordon verschwanden. Und sein Verdacht wurde zur Gewißheit, als Dr. Baxter ihm eines Tages unter vier Augen mitteilte, daß er *genau* wisse, daß gewisse Materialien abhanden gekommen seien.«

»Dr. Baxter?« Hardanger sah mich verblüfft an.

»Jawohl. Dr. Baxter. Auch das tut mir leid, gewiß – aber ich habe Ihnen doch so deutlich wie möglich zu verstehen gegeben, sich nicht erst mit ihm aufzuhalten. Baxter sagte damals zu Derry, daß es sich zwar nicht um geheimste Präparate handle, die aus Labor I zu bringen, sei unmöglich, immerhin aber um Dinge von großer Wichtigkeit. Von erheblicher Wichtigkeit! England ist in der Weltproduktion mikrobiologischer Waffen gegen Mensch, Tier und Pflanzenbereich führend. Davon steht zwar nichts in den Parlamentsbeschlüssen, aber es steht fest, daß unsere Wissenschaftler in Mordon Bakterien, die Pest, Typhus, Pocken, Tularämie, pestähnliche Nagetierseuchen und pflanzenvernichtende Seuchen hervorrufen, zu ihrer tödlichsten Form entwickelt haben. Nützliche Kleinigkeiten für jeden lokalisierten oder weltweiten Krieg.«

»Und was soll das alles mit Dr. MacDonald zu tun haben?« unterbrach Hardanger mich.

»Das werden Sie gleich hören. Vor mehr als zwei Jahren fingen unsere Agenten an, sich für das neu errichtete Lenin-Museum am Stadtrand von Warschau zu interessieren. Ein Museum, das nie eröffnet wurde – und nie eröffnet werden wird. Ein mikrobiologisches Forschungsinstitut gleich Mordon. Einem unserer Agenten, einem eingetragenen Mitglied der Partei, gelang es, hineinzukommen und die interessante Entdeckung zu machen, daß die Polen genau die Viren entwickelten, die in Mordon bereits vollendet waren. Ein Hinweis, der sehr zu denken gab. Easton Derry fing an, der Sache nachzugehen. Dabei machte er leider zwei Fehler: Er riskierte zuviel, ohne uns, auf eigene Faust und ließ sich unvorsichtigerweise in die Karten sehen. Wie, das wissen wir selbst nicht. Möglicherweise hat er sogar den Bock zum Gärtner gemacht und denjenigen, der den mysteriösen Schmuggel betrieb, auch noch ins Vertrauen gezogen. MacDonald schon mal mit Sicherheit – und daß nun gleich zwei Geheimagenten gleichzeitig operieren sollten, ist nicht anzunehmen. Jedenfalls bekam jemand Wind, daß Easton Derry unter Umständen etwas zu neugierig werden könnte. Und so verschwand er denn von der Bildfläche. Darauf zog der General seine Drähte. Ich stieg beim Sonderdienst aus und in Mordon als Sicherheitschef ein. Das erste, was ich tat, war einen Köder auszulegen. Einen Stahlbehälter mit der Aufschrift Botulin/ Stärke I. Und diesen Köder brachte ich im Virenschrank eines Nebengelasses von Labor I unter. Er verschwand am gleichen Tag. Wir hatten einen UKW-Empfänger am Tor installiert, denn dieser Behälter enthielt kein Toxin, sondern einen batteriegespeisten cm-Wellen-Transistorsender. Und wer immer sich damit bis auf zweihundert Meter den Toren Mordons näherte, war geliefert. Es geht Ihnen doch wohl ein«, setzte ich trocken hinzu, »daß niemand, der sich einen Botulinbehälter klammheimlich unter den Nagel reißt, sich auch noch seines Inhalts vergewissern wird, indem er ihn aufmacht. Wir schnappten niemanden. Und es war kaum schwer zu erraten, warum. Bei Dunkelheit hatte sich jemand an eine abgelegene Stelle des Zauns gemacht und den Behälter mit einem kühnen Wurf – mehr als zehn Meter breit ist ja die Gesamtkonstruktion nicht – in die angrenzenden Felder befördert. Nicht etwa, weil ihnen der Inhalt verdächtig erschien, sondern ganz einfach, weil man gewohnt war, so zu Werke zu gehen. – Sie wissen ja, wie häufig auch einmal Stichproben an Leuten, die Mordon verlassen, gemacht werden. Um acht Uhr hatten wir sämtliche Flugplätze Londons, Southend und Lydd, und was so um den Kanal herum liegt, mit UKW-Geräten ausgestattet und –«

»Ich möchte bezweifeln, daß der Sender nicht schon beim Aufschlag zum Teufel gegangen ist«, protestierte Hardanger.

»Wo denken Sie hin. Die amerikanische Firma, die diese Dinger fabriziert, wäre zutiefst erschüttert,wenn sie das hören würde. Die sind bruchsicher – selbst wenn sie von einer handfesten Marinekanone in die Gegend gefeuert werden. Na, jedenfalls passierte dann doch noch etwas – spät nachts – es rührte sich etwas auf unserem Empfänger – und zwar kamen die Sendezeichen vom Londoner Flugplatz. Und wie nicht anders zu erwarten, kamen sie von einem Gentleman, der in eine Maschine nach Warschau kletterte. Wir kassierten ihn, und er erzählte uns, daß er in seiner Eigenschaft als Kurier alle vierzehn Tage einmal von Warschau herüberkäme, um von einer Südlondoner Adresse Post abzuholen. Wer immer der Absender sei, wüßte er nicht zu sagen.«

»Das hat er Ihnen so ohne weiteres gesagt? Na, ich kann mir gut vorstellen, wie *freiwillig* er das ausgespuckt hat!«

»Da sind Sie auf dem Holzweg, mein Bester. Wir haben ihn lediglich darauf aufmerksam gemacht – er war naturalisierter Brite, Ex-Tscheche –, daß Spionage ein Kapitalverbrechen sei und er bei zugesicherter Straffreiheit Kronzeuge zu spielen habe. Und das begriff er denn auch, und sehr schnell sogar. Wir wollten seinen Kontaktmann aus Mordon festnageln. Also wurde ich im Rahmen der Aktion in Mordon an die Luft gesetzt und war seit drei Wochen mit dem Aufspüren dieser verfluchten Adresse und ihrer gesamten Umgebung beschäftigt. Wir konnten niemanden anderen damit beglücken, weil nämlich ich der einzige bin, der sämtliche Wissenschaftler und Techniker von Mordon kennt und zu identifizieren in der Lage ist. Aber leider, leider, bisher hatten wir Pech – abgesehen von der Tatsache, daß Dr. Baxter meldete, daß in Mordon Ruhe herrsche und die Diebstähle aufgehört hatten. Da also hatten wir schon mal gestoppt – zeitweilig wenigstens.

Das war aber laut Baxter und unserem polnischen Berichterstatter nicht das einzige Leck in der ganzen Chose. Wir hatten in Erfahrung gebracht, daß das Lenin-Museum Viren entwickelte, die zwar nicht in Mordon gestohlen, jedoch dort produziert und entwickelt worden waren. Offensichtlich war jemand da, der die Warschauer mit den nötigen Tips und Anweisungen belieferte. Und soeben ist uns nun ein Licht aufgegangen.« Ich tippte auf die Wiener Briefe. »Durchaus kein neues System, aber kaum dahinterzukommen. Mikrofotografie.«

»Daher also auch die ganze kostspielige Fotoausrüstung da oben?« fragte der General so leise, als spräche er zu sich selbst.

»Jawohl, darum. Wir haben zwar einen Fotoexperten aus London hierher beordert, der sich diesen Zauber mal näher ansehen sollte, aber das ist kaum mehr notwendig. Sehen Sie sich diese Briefe von Dr. Weißmann an. In jedem werden Sie feststellen, daß ein i-Punkt oder auch ein Satzpunkt im ersten Absatz fehlt. Weißmann tippte eine Mitteilung, reduzierte sie durch Mikrofotografie zu einem Pünktchen und setzte sie auf ein i oder an ein Satzende. Und alles, was MacDonald zu tun hatte, war, dieses Pünktchen abzuheben und es zu vergrößern. Und er selbst führte seine Korrespondenz mit Weißmann natürlich auf die gleiche Weise. Und dies alles nicht gerade für Kleingeld.« Ich sah mich in der häuslichen Pracht um. »Ein Vermögen hat er damit im Lauf der Jahre verdient – und das auch noch steuerfrei!«

Alles schwieg, und dann nickte der General. »Dem dürfte wohl so sein. MacDonald jedenfalls wird uns keinen Kummer mehr machen.« Er sah mich an und grinste ohne jeden Humor.

»Wenn es darum geht, die Stalltür zuzumachen, nachdem der Gaul geklaut ist, gibt es kaum jemanden, der uns das Wasser reichen könnte, was? Und falls Sie noch Bedarf haben sollten, dann wüßte ich noch eine Tür, die ich Ihnen jetzt liebend gern und nachträglich zumachen will. Die durchgestrichene Unterschrift in diesem Album.«

»Toulon? Tounai?«

»Weder – noch.« Er nahm den hinteren Einbanddeckel vor.

»Diese Sachen sind eine Spezialanfertigung für gewisse Mitglieder der Weltgesundheitsorganisation von einer Firma namens Gucci Zanolette, Via Settembre, Genua. Und das durchgestrichene Wort lautet Turin – auf gut italienisch - *Torino*.«

»Turin.« Ein einziges Wort. Mich traf es wie ein Vorschlaghammer. Es hatte etwa die gleiche Wirkung. Ich ließ mich in einen Stuhl fallen, weil ich plötzlich das Gefühl hatte, mich hinsetzen zu müssen, und nachdem die erste Betäubung langsam nachließ, gelang es mir tatsächlich, ein paar minder abgestumpfte Gehirnzellen aus ihrem Koma wieder in Gang zu bringen und anzufangen, zu denken. Nicht gerade sonderlich produktiv, gemessen an dem, was man normalerweise darunter versteht. Ich war nach meiner anstrengenden Morgengymnastik – weichgeklopft und durchgeregnet – samt Mangel an Schlaf und Essen weit von dem, was ich unter meinen besten Momenten verstand, entfernt. Aber langsam und mühsam kramte ich aus den vernebelten Abstellkammern meines Gehirns doch ein paar Tatsachen vor, und wie immer ich sie auch zusammensetzte, sie ergaben stets das gleiche Mosaik. Zwei und zwei war und blieb vier.

Ich stand auf. »Ja, es ist, wie Sie sagen, Sir. Und Sie wissen gar nicht, wie Sie den Nagel auf den Kopf getroffen haben.«

»Ist Ihnen etwas, Cavell?« erkundigte sich der General sehr besorgt.

»Ich bin zwar ein Wrack, Sir, aber meine Gehirnzellen arbeiten noch im Rahmen ihrer begrenzten Kapazität. Jedenfalls bilde ich mir das ein. Und das werden wir gleich feststellen.«

Mit gezückter Taschenlampe machte ich kehrt und ging aus dem Zimmer. Der General und Hardanger blieben erstmal unentschlossen zurück, kamen mir aber dann doch nach. Ich vermutete zwar, daß sie hinter meinem Rücken alle Abstufungen besorgter Blicke wechselten, aber das ließ mich völlig kalt.

In der Garage und im Schuppen war ich bereits. Diesen Weg konnte ich mir schenken. Irgendwo im Gebüsch, ging es mir wenig beglückt durch den Kopf – es goß noch immer. Unten in der Diele machte ich Licht und wollte gerade auf die Hintertür zu, als ich die Treppe, die zum Keller führte, entdeckte. Dunkel erinnerte ich mich, daß Sergeant Carlisle heute nachmittag, als sie hier alles auf den Kopf gestellt hatten, auch von diesem Keller gesprochen hatte. Ich stieg hinunter, öffnete die Kellertür und machte Licht. Dann trat ich beiseite und ließ den General und Hardanger an mir vorbei.

Ich sah den General an. »Es ist genau so, wie Sie eben sagten, Sie, der wird uns nichts mehr zu schaffen machen.« Was zumindest eine Übertreibung war. MacDonald sollte uns noch einiges zu schaffen machen – dem Polizeiarzt, dem Beerdigungsinstitut und demjenigen, der ihn von dem Seil, an dem er hing, loszuschneiden hatte. Wie er da mit den Füßen über dem Boden neben dem umgekippten Stuhl baumelte, erschien er mir wie ein Schreckensbild entsetzlicher Alpträume: hervorquellende Augen voll angstvoller Todesqual, bläulich angelaufen, die aufgequollene Zunge zwischen schwärzlich verfärbten Lippen. Ein Anblick – gräßlich und gemein.

»Großer Gott.« Des Generals Stimme war ein tonloses Flüstern.

»MacDonald.« Er starrte die baumelnde Figur an und sagte dann langsam: »Er muß gewußt haben, daß seine Zeit abgelaufen war.«

Ich schüttelte den Kopf. »Die Entscheidung hat ihm ein anderer abgenommen.«

»Ein anderer –« Hardanger examinierte den Toten eingehend. Er verzog keine Miene. »Seine Hände sind frei, seine Füße sind frei. Er war bei Bewußtsein, als sich die Schlinge zuzog. Dieser Stuhl hier stammt aus der Küche. Und da wollen Sie noch behaupten –«

»Er wurde ermordet. Sehen Sie sich doch nur den aufgewühlten Kohlenstaub neben dem Stuhl an und all das, was hier sonst noch an Brocken herumliegt. Und dann hier, bitte, Blut und die Striemen an der Innenseite der Daumen.«

»Es wäre immerhin denkbar, daß er im letzten Moment Angst vor der eigenen Courage bekam und sich aus der Schlinge zu ziehen suchte. Auch so etwas soll vorkommen und gar nicht so selten. Sowie ihm die Luft ausging, muß er nach dem Seil über seinem Kopf gegriffen und sich hochgezogen haben, um das

Gewicht abzufangen, bis ihm dann wohl die Arme erlahmten. Das könnte die Druckstellen erklären.«

»Die wurden durch den Draht oder die Schnüre verursacht, mit denen seine Daumen zusammengebunden waren«, sagte ich. »Der ist mit vorgehaltener Pistole hierher in Marsch gesetzt und dann gezwungen worden, sich auf den Boden zu legen. Eventuell sogar mit verbundenen Augen, das weiß ich nicht, aber ich nehme es an. Wer immer ihn umgebracht hat, zog dieses Seil hier durch den Ring, legte ihm die Schlinge um den Hals und fing an zu ziehen, noch ehe MacDonald sich rühren konnte. Daher dieser Verhau allenthalben. MacDonald muß wie ein Irrer versucht haben, auf die Beine zu kommen, als sich der Druck um seinen Hals verstärkte. Und gefesselt, wie er war, kann ihm das nur mit Assistenz des eigenen Henkers geglückt sein. Aber auch das war nur ein Aufschub, denn der Henker, der den Strick hielt, zog weiter. Sehen Sie denn nicht, daß er sich bei all seinen verzweifelten Anstrengungen, wenigstens die Hände freizubekommen, die Daumen fast ausgerissen hat? Nach und nach kam er auf die Zehenspitzen, aber kein Mensch kann sich ewig auf den Zehenspitzen halten. Als er tot war, holte unser Genosse, der das Zungenende in der Hand gehalten hatte, einen Stuhl und brachte MacDonald damit vorschriftsmäßig über den Boden – MacDonald war ja nicht gerade ein Leichtgewicht. Und als er ihn dann schließlich festgemacht hatte, schnitt er die Schnüre um seine Daumen auf, warf den Stuhl um und gab der ganzen Geschichte den Anschein von Selbstmord. Zeit gewinnen – jawohl, da wäre er mal wieder, unser alter Freund, der um jeden Preis Zeit zu schinden sucht. Wenn es ihm gelang, uns glauben zu machen, daß MacDonald selbst Hand an sich legte, weil er spürte, wie sich das Netz allmählich um ihn zusammenzog, dann mußten wir ihn für die entscheidende Figur halten, für den König im Spiel. So hoffte er. Aber er war seiner Sache nicht sicher.«

»Das ist lediglich eine Vermutung«, sagte Hardanger.

»Nein. Können Sie sich vorstellen, daß ein so eiserner Kerl wie MacDonald, der nicht nur als Offizier mit tausend Orden und Ehrenzeichen dekoriert, sechs Jahre lang bei einem Panzerregiment gekämpft hat, sonder auch noch jahrelang bar aller Nerven als Spionageagent tätig war, Selbstmord verübt, wenn es brenzlig wird? Sich geschlagen geben? O nein, das war ein Begriff, den er höchstwahrscheinlich gar nicht kannte. MacDonald ist einwandfrei und feststehend ermordet worden – was er zweifellos auch wohl verdient hat. Der springende Punkt dabei ist jedoch die Tatsache, daß er nicht *nur* dranglauben mußte, auf daß unser Freund uns noch ein paar faule Fische mehr servieren kann, um Zeit zu gewinnen: Nein, er war *fällig*, und unser Genosse glaubte schlau, das Unangenehme mit dem Nützlichen zu verbinden und uns mit einem vorgetäuschten Selbstmord weiter auf der Stelle treten zu lassen. Was bisher nur Vermutung war, Hardanger, das ist jetzt Gewißheit geworden.«

»MacDonald mußte sterben?« Hardanger legte eine gedankenvolle Pause ein und studierte mich unverwandt. Dann sagte er abrupt: »Sie scheinen Ihrer Sache ganz verdammt sicher zu sein.«

»Vollkommen sicher. Ich weiß es.« Ich griff nach der Schaufel und begann, von den Kohlen etwas wegzuschaufeln. Gut ein paar Tonnen mußten es sein, die sich hier an der Kellerwand bis hoch zur Decke hinauf türmten, und ich war jedweder Anstrengung, die übers Zähneputzen hinausging, abgeneigt. Es war jedoch nicht so schlimm, wie es aussah. Mit jeder Schippe, die ich von unten herausholte, krachte eine ganze Ladung von oben herunter.

»Und was hoffen Sie, dortselbst zu finden, wenn ich fragen darf?« erkundigte sich Hardanger voll Sarkasmus. »Noch eine Leiche vielleicht?«

»Sie sagen es. Genauer gesagt, die verstorbene Mrs. Turpin ist es, die ich hier zu finden hoffe. Die Tatsache, daß sie eilends MacDonald das, was sie vernommen hatte, steckte und obendrein nicht einmal mehr gekocht hat, weil sie genau wußte, daß seines Bleibens hier nicht länger war, läßt eindeutig darauf schließen, daß sie genau im Bild war, was hier gespielt wurde, und mit von der Partie war. Was MacDonald wußte, wußte auch Mrs. Turpin. Ergo wäre es sinnlos gewesen, ihn zu beseitigen, ohne auch Mrs. Turpin zum Verstummen zu bringen. Also mußte auch sie dranglauben. – Aber wo immer das geschehen sein mag, hier unten bestimmt nicht.«

Und so stiegen wir denn wieder nach oben. Und während der General sich zu einem längeren Gespräch an das Sprechgerät im Streifenwagen begab, der uns von Alfringham hierher gefolgt war, starteten Hardanger und ich, unterstützt von den beiden Polizeifahrern und einigen Taschenlampen, in das umliegende Gartenland. Keine ganz einfache Sache. Der gute Doktor, der es so wohl verstanden hatte, sich ein behagliches Heim zu schaffen, hatte auch genausogut gewußt, sich für das, was sich hier in aller

Stille tat, seine Ruhe zu sichern, und sich mit einem ausgedehnten Park von einigen Morgen umgeben, dessen enorme Buchenhecke selbst einem Panzer ein Hindernis gewesen wäre. Es war dunkel und sehr kalt und völlig windstill, und der Regen fiel schwer und senkrecht durch das dürre Laub der triefenden Bäume in die durchweichte Erde. Alles wie geschaffen, um eine Leiche zu suchen, dachte ich trübsinnig: In einem ausgedehnten Park und einer Nacht wie heute – düster und verregnet – kann man lange suchen. Die Buchenhecke war irgendwann einmal im vorigen Monat geschnitten worden, und der Abfall lag weit hinten in einer Ecke auf einem Haufen. Unter diesem Haufen fanden wir Mrs. Turpin. Nicht sehr tief vergraben, lediglich mit Lauf und Zweigen gut gegen jede Sicht abgedeckt. Daneben lag der Hammer, den ich im Werkzeugschuppen so vergeblich gesucht hatte, und es bedurfte lediglich eines Blicks auf den Hinterkopf, um zu wissen, warum der Hammer hier lag. Und hätte ich dreimal raten dürfen, dann hätte ich gesagt, daß derjenige, der versucht hatte, meine Rippen zu zerkleinern, ihn auch gegen Mrs. Turpins Hinterkopf geschwungen haben mußte. Meine Rippen wie auch der Kopf der Toten zeugten einmütig von der brutalen und unsinnigen Kraft eines krankhaft bösartigen Gehirns.

Wieder im Trockenen zapfte ich MacDonalds Whiskybestände an. Selbst würde er sie kaum mehr brauchen. Er hatte doch so betont hervorgehoben, daß er keinerlei Angehörige besaß und somit also niemanden, dem er ihn hinterlassen konnte. Sollte der Whisky verkommen? Das konnte ich nicht mit ansehen. Wir brauchten ihn dringend. Ich versorgte uns mit einem recht herzhaften Schluck, ein Glas für Hardanger, eins für mich und zwei für die Fahrer, und falls Hardangers Beamtenherz ob dieses Vergehens an fremdem Eigentum und der Zuwiderhandlung gegen die bestehenden Vorschriften, Polizisten im Dienst nicht zu Alkoholgenuß zu verleiten, schmerzhaft zusammenzuckte, dann behielt er das für sich und ließ sich nichts anmerken. Er erledigte seinen Whisky schneller als wir alle. Die zwei Fahrer waren gerade im Begriff zu gehen, als der General kam. Er schien gealtert, jede Minute, die er von hier abwesend war, schien ein ganzes Lebensjahr zu sein. Die scharfen Falten um Mund und Nase traten schärfer hervor denn je.

»Sie haben sie gefunden?« fragte er.

»Wir haben sie gefunden«, bestätigte Hardanger. »Tot, wie Cavell das prophezeit hat. Ermordet.«

»Wenn schon!« Der General schüttelte sich plötzlich, als liefe ihm eine Gänsehaut über den Rücken, und griff nach der Stärkung aus MacDonalds Beständen. »Sie ist nur eine. Und morgen um diese Zeit – weiß Gott, wie viele Tausend es dann sein werden. Dieser Verrückte hat uns eine neue Mitteilung zukommen lassen. Die üblichen biblischen Wendungen: *Noch immer stehen die Mauern von Mordon, nichts deutet auf ihre Vernichtung, und somit rückt die Stunde näher und näher und so weiter.* Und wenn mit der Demolierung Mordons nicht bis Mitternacht begonnen worden ist, will er genau um vier Uhr morgens im Herzen von London, unmittelbar in der Nähe der Oxford Street, eine Botulintoxin-Ampulle zerschlagen.«

Daraufhin brauchten wir erstmal einen Whiskynachschub. Hardanger sagte: »Das ist kein Irrer, Sir.«

»Nein.« Der General rieb sich müde die Stirn. »Ich habe denen gesagt, was Cavell inzwischen festgestellt hat und was wir annehmen. Das hat die reinste Panikstimmung ausgelöst. Wissen Sie, daß die ersten Zeitungen schon draußen sind – vor sechs Uhr. Das ist noch nie dagewesen – aber es ist so. Die Zeitungen scheinen das Entsetzen des Volks genau widerzuspiegeln, und flehen – oder verlangen –, daß die Regierung nachgibt, denn zu der Zeit, da sie in Druck kamen, glaubten doch alle noch, es mit einem Wahnsinnigen zu tun zu haben. Die ersten Meldungen über die Vernichtung des kleinen Abschnitts in Ostengland kommen gerade im Radio und Fernsehen. Alles ist völlig kopflos. Wer immer auch hinter all dem steht, er ist ein genialer Satan: Noch ein paar Stunden, und er hat die gesamte Nation auf den Knien. Es ist sein erschreckendes Tempo, diese kurze Frist zwischen Drohung und Vollstreckung, die allenthalben diesen Terror auslöst. Besonders, da jedes Käseblatt, jede Nachrichtensendung immer wieder aufs neue ausposaunt, daß dieser Irre den Unterschied zwischen dem Botulintoxin und dem Satanskäfer nicht kennt und unter Umständen beim nächstenmal auch an die falsche Ampulle geraten könnte.«

»Nun ja«, sagte ich um etwas zu sagen. »Wenigstens werden jetzt alle, die ständig gewinselt haben, daß dieses Leben unter dem Damoklesschwert nuklearer Vernichtung kaum mehr lebenswert sei, zur Besinnung kommen und feststellen, daß es durchaus noch seine gewissen Reize hat. Glauben Sie, daß die Regierung nachgeben wird?«

»Das kann ich nicht sagen«, gab der General zu. »Ich fürchte, ich habe mich in der Beurteilung des Premiers schwer getäuscht. Ich hielt ihn für einen Schwächling, wie er im Buch steht. Aber jetzt bin ich mir darüber gar nicht mehr so klar. Seine Haltung hat sich ganz erstaunlich gefestigt. Vielleicht will er die Scharte seiner ersten angsterfüllten Reaktion wieder wettmachen. Vielleicht sieht er hier eine Chance, sich in den Geschichtsbüchern unsterblich zu machen.«

»Vielleicht sitzt er auch da wie wir, vielleicht säuft er sich auch einen an«, sagte ich.

»Vielleicht. Augenblicklich debattiert er jedenfalls mit dem Kabinett. Und er bleibt dabei, daß er auf gar keinen Fall nachzugeben gedenkt, wenn es sich um einen kommunistischen Anschlag handeln sollte. Denn, wenn der Osten dahintersteht, dann können wir es uns nicht leisten, Mordon abzubauen, selbst wenn das den Tod ungezählter Menschen bedeuten sollte. Diese Forderung zu erfüllen, wäre im Endeffekt der Tod aller. Und ich halte diese Einstellung für die einzig mögliche und bin ganz seiner Meinung, wenn er sich bereit erklärt, eher ganz London zu evakuieren, als nachzugeben.«

»Was? London evakuieren?« sagte Hardanger als hätte er nicht recht gehört. »Zehn Millionen Menschen in zehn Stunden. Sagenhaft! Der ist doch wohl verrückt. Ausgeschlossen.«

»Na, so absurd ist das nun auch wieder nicht. – Gottlob. Wir haben einen windstillen Abend, laut Wetterbericht ist eine windstille Nacht zu erwarten, und es regnet stark. Ein von oben kommender Virus muß durch den Regen niedergeschlagen werden, da seine Affinität zu Wasser weitaus stärker ist als zur Luft. Und die Experten bezweifeln, daß der Virus bei regnerisch windstillen Wetterverhältnissen sich weiter als ein paar hundert Meter von seinem Auslösepunkt ausdehnen kann. Falls es notwendig werden sollte, beabsichtigt man, das gesamte Gebiet zwischen Euston Road und der Themse, von der Portland Street und Regent Street im Westen bis zur Gray's Inn Road im Osten menschenleer zu machen.«

»Und das wäre sogar durchaus möglich«, gab auch Hardanger zu. »Eine Gegend, die nachts praktisch sowieso leergefegt und verlassen ist, ein ausgesprochenes Geschäfts- und Büroviertel. Aber dieser Virus! Verdammt, er wird die Themse infizieren – das Trinkwasser womöglich verunreinigen. Und was soll dann werden – sollen wir den Leuten etwa verbieten, noch einen Tropfen Wasser zu trinken – oder sich zu waschen, bis die zwölfstündige Oxydationsperiode um ist?«

»Davon war die Rede, falls das Wasser nicht vorher abgedeckt gelagert wird. Mein Gott, was soll das alles bloß noch werden? So verdammt hilflos bin ich mir im ganzen Leben noch nicht vorgekommen. Daß wir der Geschichte aber auch so völlig machtlos gegenüberstehen. Wenn wir auch nur die leiseste Ahnung, die geringste Spur eines Verdachts hätten, wer hinter all dem steht – verdammt, ich würde mich auf dem Absatz umdrehen und Cavell in Gottes Namen allein weitermachen lassen.«

Ich machte mein Glas leer und stellte es hin. »Ist das Ihr Ernst, Sir?«

»Was heißt das?« Er hatte in das Glas gestarrt. Jetzt hob er den Kopf und blickte mich wie gebannt aus müden grauen Augen an. »Wie meinen Sie das, Cavell? Soll das heißen, daß Sie irgendwo einen Lichtschimmer in diesem Dunkel sehen?«

»Nicht nur einen Lichtschimmer, Sir. Ich weiß es, ich weiß, wer es ist.«

Hinsichtlich dessen, was man normalerweise an Reaktion erwartet, war der General eine Enttäuschung. Immer. Nie hielt er die Luft an, nie fielen ihm die Augen aus dem Kopf, nie kam die sonst so unvermeidliche A- und O-Salve. »Die Hälfte meines Königreichs, Pierre«, murmelte er nur. »Wer?«

»Den letzten Beweis muß ich noch haben«, sagte ich. »Den letzten – dann kann ich es sagen. Ins Gesicht gestarrt hat es uns förmlich, und wir waren blind und taub. Mir jedenfalls hat es ins Gesicht gestarrt. Und Hardanger. Und von so etwas hängt nun die Sicherheit des ganzen Landes ab. Polizeibeamte, Detektive wollen wir sein! Verdammt, wenn's darauf ankommt, dann sind wir nicht einmal imstande, die Löcher im Schweizer Käse zu sehen.« Ich sah Hardanger an. »Wir haben doch gerade eine immerhin recht umfassende Durchsuchung dieses Gartens hinter uns, stimmt's?«

»Stimmt. Na und?«

»Kaum einen Fußbreit Boden haben wir übersehen«, bohrte ich weiter.

»Verdammt, ja, machen Sie es nicht so spannend«, meuterte Hardanger.

»Sind Ihnen irgendwo vielleicht irgendwelche Spuren von neuerlichen Bauarbeiten aufgefallen? Gartenhäuschen? Mauern? Fischteiche? Oder sonstiges, was hier zu Dekorationszwecken entstanden wäre? Irgend etwas?«

Er sah mich so wachsam wie ein Schießhund an und schüttelte den Kopf. Ich wurde langsam verrückt. »Nichts dergleichen.«

»Und wozu dann eigentlich der Zement aus den leeren Zementsäcken, die wir draußen im Werkzeugschuppen haben liegen sehen? Wo ist der hingekommen? Verschwunden kann er doch wohl nicht sein. Und die paar Bauplatten? Restbestände einer höchstwahrscheinlich beachtlichen Menge. Wenn unser lieber MacDonald mit der Bauerei zwecks Gartengestaltung nichts im Sinn hatte – wo soll er sich dann damit betätigt haben? Im Speisezimmer etwa – im Schlafzimmer vielleicht?«

»Rücken Sie schon heraus mit dem, was Sie auf Lager haben, Cavell.«

»Ich werde etwas viel Besseres tun. Ich werde es Ihnen vorführen.«

Damit ließ ich sie sitzen und ging in den Werkzeugschuppen und kramte nach Brecheisen und Kreuzhacke herum. Nichts dergleichen fand sich. Das Brauchbarste war noch ein kleinerer Vorschlaghammer. Der mußte und würde es tun. Einen Eimer griff ich mir auch noch gleich. Damit ausgerüstet erschien ich wieder in der Küche, wo der General und Hardanger meines Erscheinens harrten. Ich ließ den Eimer am Ausguß vollaufen und ging dann in den Keller voraus. Hardanger, die Nähe des Toten offensichtlich völlig vergessend, polterte los: »Sagen Sie mal, Cavell, was beabsichtigen Sie eigentlich hier zu demonstrieren? Wie man Briketts herstellt?«

Oben in der Diele läutete das Telefon. Automatisch sahen wir uns alle an. Dr. MacDonalds Anrufe konnten unter Umständen sehr interessant sein. Hardanger machte sich auf den Weg. »Na, dann will ich das mal abnehmen, mal hören, wer da was will.«

Wir hörten ihn reden und rufen. Er rief nach mir. Ich stieg die Treppe hinauf. Hinter mir hörte ich die Schritte des Generals.

Hardanger übergab mir den Hörer. »Für Sie. Wollte seinen Namen nicht nennen. Will Sie unbedingt persönlich sprechen.« Ich nahm den Hörer. »Cavell hier.«

»Also doch. Cavell wieder am Werk. Dann hat sie also nicht gelogen, die junge Dame.« Die Worte kamen als tiefes, dunkles, heiseres Flüstern durch den Draht. »Stoppen Sie ab, Cavell, sagen Sie dem General, er soll alles abstoppen – wenn Sie diese junge Dame hier jemals lebend wiedersehen wollen.« Die neuen Kunststofferzeugnisse sind ausgesprochen stabil, der Hörer splitterte nicht in meiner Hand. Aber er war nahe dran. Mein Herz vollführte einen langsamen Salto und landete dann mit einem dumpfen Schlag auf dem Rücken. Ich riß mich am Riemen und sagte ruhig: »Was zum Donnerwetter soll dieses Gerede?«

»Ich sprach von der schönen Mrs. Cavell, Sie steht neben mir. Sie möchte Sie sprechen.«

Es wurde still in der Leitung. Dann eine Stimme, Marys Stimme: »Pierre? O Gott, Pierre, es tut mir ja so leid –« Hier brach die Stimme ab – ein Stöhnen, ein Aufschrei – Stille. Wieder das dunkle Flüstern: »Stellen Sie alles ein, Cavell.« Es knackte in der Leitung. Der Hörer war aufgelegt worden. Ich tat desgleichen. Ein scharfes Stakkato knatterte auf, als ich ihn in die Gabel legte. Meine Hand war so ruhig, als hätte ich gerade einen kleinen Anfall von Schüttelfrost.

Schreck, Furcht oder auch beides mußten mein Gesicht zu einem normalen Ausdruck versteinert haben, oder aber es war nur das starre Make-up, das Gemütsbewegungen nicht durchdringen ließ. Was es auch gewesen sein mochte, sie waren nicht dahintergekommen, daß irgend etwas nicht stimmte, denn der General sagte lediglich mit zulässiger Neugierde: »Wer war das denn?«

»Ich weiß es nicht.« Ich schwieg und setzte dann mechanisch hinzu »Sie haben Mary.«

Der General hatte die Hand schon auf der Türklinke liegen gehabt. Jetzt sank diese Hand mit einer lächerlich langsamen Bewegung zurück – mit einer Bewegung, die fast zehn Sekunden dauerte, während irgend etwas in seinem Gesicht erlosch. Hardanger fluchte etwas vor sich hin, etwas, das nicht druckreif ist: Sein Gesicht war versteinert. Keiner wollte das, was ich soeben gesagt hatte, nochmal hören, keiner hatte den leisesten Zweifel, wen ich gemeint hatte.

»Die Ermittlungsarbeiten sollen wir einstellen«, fuhr ich mit derselben hölzernen Stimme fort. »Oder Mary stirbt. Sie haben sie, und das stimmt. Sie hat ein paar Worte gesagt und dann geschrien. Und das klang nicht gut, verdammt noch mal.«

Hardanger sagte völlig erledigt und fast verzweifelt: »Wie ist er nur dahintergekommen, daß Sie ausgebrochen sind? Daß er überhaupt auf die Idee kam? Wie –«

»Sehr einfach: MacDonald«, unterbrach ich ihn. »Er wußte es – Mrs. Turpin hatte es ihm gesagt –, und der Mörder muß es von MacDonald erfahren haben.« Ich starrte fast blind in des Generals Gesicht – in ein noch immer unbewegtes Gesicht, aus dem alles Leben und alles Beseelende entwichen schien, und dann fuhr ich fort: »Wenn Mary etwas zustößt, dann ist es meine Schuld. Meine eigene gesetzwidrige Idiotie und Nachlässigkeit.«

Der General sah mich an. »Was nun, mein Junge?« Die Stimme war müde, deprimiert und paßte zu der trüben Leere, die jetzt anstelle des einstigen soldatischen Feuers in seinen Augen lag. »Sie wissen doch, daß sie Ihre Frau umbringen werden? Leute wie diese töten immer.«

»Wir verschwenden unsere Zeit hier«, sagte ich heiser. »Alles was ich brauche, sind noch zwei Minuten. Dann weiß ich, was los ist.«

Ich rannte wieder in den Keller zurück, griff nach dem Eimer Wasser und ließ das Wasser zur Hälfte an die gegenüberliegende Wand klatschen. Als Reinigungsaktion ein nutzloses Bemühen, ohne jede Wirkung an der Kohlenstaub- und Dreckpatina vieler Jahre. Und dann nahm ich den Eimer noch einmal und goß alles, was noch drin war über die Rückwand, an der sich die Kohlen, ehe ich hier ein paar Abtragarbeiten geleistet hatte, bis obenhin getürmt hatten. Der General und Hardanger sahen diesem Treiben noch immer verständnislos zu. Das Wasser schwappte gegen die Wand, rann in die Kohlen und ließ die Wand so einwandfrei und frisch und sauber zurück, wie sie vor wenigen Wochen erst errichtet worden war. Hardanger stierte erst die Wand und dann mich und dann wieder die Wand an.

»Oh verflucht!« sagte er nur. »Na, da muß ich mich ja wohl entschuldigen, Cavell. Deshalb also türmten sich die Kohlen hier so hoch – um alles schön zuzudecken, was in letzter Zeit hier gebaut worden ist, sieh mal an.«

Ich verlor keine Zeit mit Redereien. Zeit war ein Artikel, der uns vollkommen ausgegangen war. Statt dessen nahm ich den Hammer und schwang ihn gegen die oberen Baustoffplatten – der untere Teil war solide zementiert. Einmal nur holte ich aus. Mir war dabei, als hätte mir jemand ein Stilett zwischen die Rippen gestoßen. Sollte der Arzt recht gehabt haben, sollten meine Rippen vielleicht doch nicht mehr ganz so fest verankert sein, wie das von Natur aus vorgesehen war? Ohne Kommentar reichte ich Hardanger den Hammer und setzte mich schachmatt auf den umgekippten Eimer.

Hardanger holte mit Genuß aus. Trotz aller undurchdringlichen Gelassenheit, mit der er keine Miene verzog, war er durch und durch geladen. Und mit all der Kraft und grimmigen Entschlossenheit, deren er fähig war, ging er jetzt auf die Mauer los, als sei sie der Inbegriff aller Übel der Welt. Dem hielt keine Wand stand. Beim dritten Schlag gaben die Baustoffplatten krachend nach, und innerhalb von dreißig Sekunden hatte er ein etwa zwei Fuß breites Loch herausgehauen. Er hielt inne, sah mich an und ich erhob mich wie der Hundertjährige, der zu sein ich augenblicklich das Gefühl hatte, und ließ die Taschenlampe aufleuchten. Gemeinsam spähten wir in das Loch.

Zwischen der eingezogenen und der eigentlichen Kellerwand lag ein Hohlraum von etwa zwei Fuß, und auf dem Boden lag bedeckt von Staub, Mörtel und Baustoffresten das, was einmal ein Mann gewesen sein mußte. Zerschlagen, verrenkt, entstellt, aber unbezweifelbar ein Mensch oder dessen traurige Überreste.

»Wissen Sie, wer das ist, Cavell?« verlangte Hardanger verdächtig ruhig zu erfahren.

»Ich erkenne ihn. Easton Derry. Mein Vorgänger als Sicherheitschef in Mordon.«

»Easton Derry?« Der General war von der gleichen unnatürlich beherrschten Ruhe wie Hardanger. »Wie wollen Sie das sagen? Sein Gesicht ist nicht mehr zu erkennen.«

»Er ist es. An dem Ring, den er links trägt, ist ein blauer Bergkristall. Easton Derry trug einen solchen blauen Stein. Es ist Easton Derry.«

»Und was – was hat ihn so zugerichtet?« Der General starrte auf den halbnackten Körper. »Ein Autounfall? Ein – ein wildes Tier?« Eine endlose Minute starrte er stumm auf den Toten. Dann richtete er sich auf und sah mich an. Alter und Müdigkeit traten schärfer heraus denn je, aber die hellen Augen waren von einer eisigen Ruhe. »Ein Mensch hat ihn so zugerichtet. Er wurde zu Tode gefoltert.«

»Er wurde zu Tode gefoltert«, sagte ich.

»Und wissen Sie, wer es war?« erinnerte Hardanger mich an das, was ich gesagt hatte.

»Ich weiß, wer es getan hat.«

Hardanger holte ein Formblatt und einen Füller aus der Tasche und wartete. Ich sagte: »Lassen Sie nur, Hardanger, das werden Sie kaum brauchen. Nicht, wenn ich ihn zuerst in die Finger bekomme. Wenn nicht, dann schreiben Sie den Haftbefehl auf den Namen Dr. Giovanni Gregori aus. Er nennt sich Dr. Giovanni Gregori. Der wahre Dr. Gregori ist tot.«

## 11

Acht Minuten später stoppte der große Polizei-Jaguar hart vor Chessinghams Haus, und zum drittenmal innerhalb von vierundzwanzig Stunden stieg ich die ausgetretenen Stufen über dem Burggraben hoch und läutete. Der General war dicht hinter mir. Hardanger war im Funkwagen geblieben und gab an etwa ein Dutzend umliegender Grafschaften Gregoris Steckbrief und die Kennzeichen seines Wagens durch mit dem Befehl, ihn, wo er auch gesichtet würde, zu verfolgen – ohne ihn festzunehmen. Es ging um Mary. Wir hatten das Gefühl, daß er sie schonen würde, solange ihn nicht die Verzweiflung packte, und dieses letzte bißchen Hoffnung auf Leben waren wir ihr schuldig.

»Mr. Cavell!« Die Begrüßung, die Stella Chessingham mir angedeihen ließ, hatte keinerlei Ähnlichkeit mit der in grauer Morgenstunde des gleichen Tages. Die Augen glänzten wieder, und die Angst stand ihr nicht mehr ins Gesicht geschrieben. Sie war froh, mich zu sehen, und entschuldigte sich eifrig: »Sie haben es mir doch nicht übelgenommen, daß ich heute morgen – ach, Mr. Cavell, was meine Mutter mir erzählt hat, nachdem sie ihn abgeholt hatten, das stimmt doch wohl, ja?«

»Wort für Wort, Miss Chessingham.« Ich bemühte mich zu lächeln, aber bei meiner Verfassung und den Nachwehen des hastig heruntergeschrubbten Make-ups vor dem Aufbruch aus MacDonalds Villa war ich froh, daß ich den kläglichen Versuch, den ich unternahm, nicht sehen konnte. Was die respektiven Positionen betraf, so hatten sie sich inzwischen um zirka neunzig Grad verschoben. Jetzt saß mir die Angst im Nacken. »Es mußte sein, Miss Chessingham, so leid es mir selbst getan hat. Übrigens wird Ihr Bruder heute abend auch schon wieder entlassen. Haben Sie meine Frau heute nachmittag gesehen?«

»Ja, freilich – und wir waren ganz gerührt, daß sie kam. Wollen Sie und Ihr – Ihr Freund denn nicht hereinkommen und Mutter begrüßen. Sie würde sich bestimmt freuen.«

Ich schüttelte nur den Kopf. »Um welche Zeit ist meine Frau von Ihnen fortgegangen?«

»So gegen halb sechs dürfte es wohl gewesen sein. Es fing schon an, dunkel zu werden, und – es ist ihr doch nichts passiert?« Die letzten Worte flüsterte sie nur noch.

»Sie ist entführt worden und wird jetzt vom Mörder als Geisel festgehalten.«

»Um Gottes willen! Das kann doch wohl nicht wahr sein, Mr. Cavell?«

»Sagen Sie mir lieber, wie sie von hier wegkam?«

»Entführt? Ihre Frau entführt?« Sie starrte mich aus riesengroßen Augen an. »Aber warum sollte man denn –«

»Jetzt fragen Sie doch um Himmels willen nicht so viel, sondern beantworten Sie mir das, was ich wissen muß«, fuhr ich sie an. Meine Geduld war erschöpft.

»Mit einem Wagen«, flüsterte sie. »Ein Wagen kam an, um sie abzuholen. Der Kerl hat behauptet er käme in Ihrem Auftrag und Sie bräuchten Mrs. Cavell ganz dringend...« Immer tonloser, immer langsamer wurde ihre Stimme, während ihr der Zusammenhang aufging.

»Und wie sah er aus? Was für einen Wagen hatte er?«

»Mittleren Alters«, sie stockte. »Dunkel war er, ja. Und einen blauen Wagen hatte er. Hinten saß auch noch einer. Aber was das für ein Wagen war, weiß ich nicht. Ein ausländischer jedenfalls – einer mit Linkssteuerung. Hat sie –«

»Gregori und sein Fiat?« flüsterte der General mir zu. »Herrgott, wie kann er denn nur dahintergekommen sein, daß sie hier gewesen ist?«

»Sehr einfach. Indem er nach dem Telefonhörer gegriffen hat«, sagte ich verbittert. »Er wußte doch, wo wir wohnen, und brauchte nur nach ihr zu fragen. Und der dusselige Fettwanst hinter der Theke hat natürlich jede gewünschte Auskunft gegeben – wahrscheinlich auch, daß er sie selbst erst noch vor ein paar Stunden zu Chessingham gebracht hat. Na, und das lag ja auf Gregoris Weg, also stoppte er und versuchte sein Glück. Dabei hatte er alles zu gewinnen und nichts zu verlieren.«

Wir verabschiedeten uns nicht einmal. Wir rasten nur noch die Stufen hinunter, fingen Hardanger auf dem Weg vom Funkwagen zum Jaguar ab und schmissen ihn fast hinein. »Los, nach Alfringham«, sagte ich hastig. »Der Fiat, verdammt, also doch. Daß er das riskieren würde, hätte ich nicht –«

»Denkste –«, kaute Hardanger durch die Zähne. »Gerade kam es durch. Stehengelassen hat er ihn, und zwar in irgendeiner Seitenstraße in Graylin, keine drei Meilen von hier und keine zwanzig Fuß weit weg vom dortigen Polizeirevier. Der Mann von Dienst vernahm die Meldung, sah auf, und siehe da – der Fiat – da steht er schon.«

»Leer, natürlich.«

»Was sonst. Glauben Sie, er läßt ihn stehen, wenn er keinen anderen hat? Alles ist bereits verständigt. Sämtliche Reviere und Streifen sind schon auf der Suche nach geklauten Wagen. Und höchstwahrscheinlich wird er sowieso in diesem kleinen Kaff, in diesem Grayling weggekommen sein. Aber das werden wir gleich haben.«

Wir hatten es sehr bald, und zwar kamen wir selbst dahinter. Kaum, daß wir zwei Minuten später in Grayling einfuhren, wurden wir auch schon von einer wild wedelnden Aktentasche gestoppt. Was da auf der Landstraße herumsprang, schien ein wildgewordener Indianer. Wir hielten. Hardanger kurbelte die Scheibe herunter.

»Das ist doch wohl nicht zu fassen.« Der Aktentaschenbewaffnete überschlug sich fast vor Aufregung. »Wenigstens sind Sie jetzt da, na Gott sei Dank. Das Letzte – eine Unverschämtheit, wie sie noch nie dagewesen ist. Und das bei helllichtem Tag –«

»Was ist los?« fuhr Hardanger unvermittelt in die Kanonade.

»Weg – mein Wagen ist weg. Und das um diese Zeit, verdammt. Weg – hin – gestohlen. Und dabei hatte ich nur kurz hier im Haus zu tun –«

»Wie lange waren Sie weg?«

»Was? Wie lange? Ja, verflucht, was –«

»Antworten Sie!« schnauzte Hardanger.

»Vierzig Minuten etwa. Aber was –«

»Was war das für ein Wagen?« – »Ein Vanden Plas Princess 3-Liter.« Er jaulte fast vor Wut. »Neu – nagelneu. Türkis. Gerade drei Wochen alt –«

»Beruhigen Sie sich«, sagte Hardanger kurz. Unser Jaguar rollte schon wieder an. »Den kriegen wir schon wieder.« Damit drehte er dem Verdutzten vor der Nase das Fenster hoch und gab dem Sergeant die Meldung durch.

»Alfringham. Dann die Straße nach London. Und blasen Sie den Fiat ab. Ein türkisfarbener Vanden Plas Princess 3-Liter. An alle Stationen. Feststellen – verfolgen – aber unauffällig.«

»Blaugrün«, korrigierte der General, »Menschenskind, sagen Sie blaugrün, und nicht türkis. Schließlich haben Sie ja hier ein paar biedere Landpolizisten und nicht deren Frauen vor sich. Türkis! Die müssen ja erst im Lexikon nachschlagen, was das sein soll.«

»Das ganze Theater hat mit MacDonald angefangen«, sagte ich. Der starke Wagen zischte über den nassen Asphalt, vorbei an den bei jeder Umdrehung der Räder enteilenden, in nachtschwarze Finsternis zurückfliegenden triefenden Bäumen. Es war leichter zu reden, als stumm, den eigenen Ängsten ausgeliefert, dazusitzen und langsam verrückt zu werden. Außerdem hatten sie sich alle beide, der General wie auch Hardanger, lange genug gedulden müssen. »Wir alle wissen genau, was MacDonald wollte, und wir wissen auch, daß es ihm dabei nicht nur um die kommunistischen Ideale ging. O nein, dafür stand er den Schönheiten und Annehmlichkeiten dieses Lebens viel zu aufgeschlossen gegenüber – der gute MacDonald. Obwohl es zweifellos feststeht, daß es wohl auch einmal eine Zeit gab, da er wirklich ein durch-und-durch-in-der-Wolle-gefärbter Idealist gewesen sein muß. Ich hatte durchaus nicht den Eindruck, daß Madame Halle zu der Sorte gehört, die sich etwas vormachen ließe – und ich wüßte nicht, wie seine Beziehungen zum Osten sich sonst angebahnt haben könnten. Im Lauf der Jahre jedenfalls muß er einen Haufen Geld gemacht haben. Bitte – Sie brauchen sich ja nur bei ihm in der Wohnung umzusehen. Nur schmiß er klugerweise nicht auffällig und plötzlich damit herum, sondern wußte es weise und durchaus im Rahmen des zu Rechtfertigenden auszugeben.«

»Und der Bentley Continental?« warf Hardanger ein. »Glauben Sie, daß er den für einen Pappenstiel bekommen hat?«

»Da hatte er sich mit einer wasserdichten Deckung gesichert. Aber zugegeben, langsam wurde er üppig und konnte wohl doch nicht mehr genug kriegen. Der muß in den letzten Monaten so viel abkassiert haben, daß ihm der Segen langsam Löcher in die Taschen brannte.«

»Mit Überstunden, um seine Genossen in Wien mit Informationen und Material zu beliefern?« fragte der General.

»Das nicht gerade. Aber er hat Gregori erpreßt.«

»Augenblick mal«, murmelte der General müde aus seiner Ecke, »da kann ich Ihnen jetzt geistig wirklich nicht mehr ganz folgen.«

»Kein Problem«, sagte ich. »Gregori – der Mann, den wir alle als Gregori kennen – hatte zweierlei: Einen wunderschönen Plan und ganz verdammtes Pech. Wie Sie sich alle noch erinnern werden, wurde aus Gregoris Ankunft hier in England nicht gerade ein Staatsgeheimnis gemacht. Ganz im Gegenteil, sie löste eine kleine internationale Krise aus. Die Italianos platzten fast vor Wut, daß einer ihrer Spitzenchemiker dem eigenen Land den Rücken kehren sollte, um für England tätig zu werden. Und irgend jemand – einer der nicht nur ein hergelaufener Schmalspurchemiker war, sondern schon einiges von der Sache verstand und dem berühmten Gregori sehr ähnlich sah, las von dieser Abberufung und sah in dieser Abreise die große Chance seines Lebens. Und er traf seine Vorkehrungen.«

»Dann wurde also der wahre Gregori ermordet?« fragte Hardanger.

»Das steht außer Frage. Der Gregori, der sich mit seiner gesamten Habe im Kofferraum und auf dem Rücksitz seines Fiats nach England aufmachte, war nicht der Gregori, der hier ankam. Dem Original-Gregori muß unterwegs ein recht tragischer Unfall zugestoßen sein, und sein hochstapelndes Double, das zweifellos der vorhandenen Ähnlichkeit wohlüberlegt noch ein wenig nachgeholfen hatte, kam komplett mit allem Zubehör – mit Anzügen und Paß und Fotos und allem Drum und Dran in England an. So weit – so gut.

Nun aber sein Pech. Abgesehen von seinen Veröffentlichungen und seinen Arbeiten war der Originalprofessor in England gänzlich unbekannt – als Person. In ganz England konnte es unter Umständen einen unter Millionen geben, der ihn kannte. Und ausgerechnet dieser eine mußte nun genau da arbeiten, wo auch er arbeitete – in seinem eigenen Laboratorium. MacDonald. Gregori wußte das nicht. Aber MacDonald wußte es – und er wußte auch, daß der angekommene Gregori lediglich ein Strohmann war. Sie dürfen nicht vergessen, daß MacDonald immerhin der hiesige maßgebliche Mann der Weltgesundheitsorganisation gewesen ist, und ich möchte wetten, daß Gregori in Italien die gleiche Position innehatte.«

»Womit das fehlende Foto im Album einwandfrei erklärt wäre«, setzte der General langsam hinzu.

»Jawohl. Zweifellos zeigte es die beiden – MacDonald und den richtigen Gregori – kollegial Arm in Arm. In Turin. Jedenfalls – vermutlich, nachdem er sich die Sache noch ein bis zwei Tage durch den Kopf hatte gehen lassen – eröffnete MacDonald dem nachgemachten Gregori, daß er ihm auf die Schliche gekommen sei. Was darauf folgte, läßt sich denken. Gregori wird wohl eine Pistole aus der Tasche gezogen und MacDonald erklärt haben, daß er dann leider nicht umhin könne, ihn zum Schweigen zu bringen. Und unser guter MacDonald, der ja auch nicht gerade auf den

Kopf gefallen war, wird daraufhin seinerseits seiner Tasche ein Papierchen entnommen und versichert haben, daß auch er leider nicht umhingekonnt habe, seine Bank oder auch die Polizei zu beauftragen, im Falle seines Ablebens einen hinterlegten, versiegelten Umschlag zu öffnen. Einen Umschlag, der einige recht interessante Ausführungen zur Person eines gewissen Dr. Gregori enthielt. Worauf Gregori sein Schießeisen wohl wieder einsteckte und einen Handel abschloß – einen einseitigen Handel. Er mußte zahlen – monatlich – soundsoviel. Vergessen Sie nicht, daß MacDonald jetzt in der Lage war, ihn jederzeit wegen Raubmordes anzuzeigen.«

»Nee, das geht mir nicht ein«, unterbrach Hardanger trocken. »Wie stellen Sie sich das vor? Glauben Sie etwa, der General würde gleich zwei Leute auf einmal ins gleiche Projekt stecken – sagen wir, zum Beispiel in Warschau? Männer, die einander nicht nur fremd sind, sondern sich gegenseitig auch noch das Wasser abzugraben suchen. Nee, Cavell, nee, nee, da habe ich ja nun doch eine etwas bessere Meinung von der östlichen Intelligenz als Sie.«

»Ja, da muß ich Hardanger rechtgeben«, ließ sich auch der General vernehmen.

»Und ich auch«, beruhigte ich sie alle beide. »Alles, was ich bisher dazu sagte, war, daß MacDonald für die Sowjets gearbeitet hat, daß Gregori oder dieses ganze Affentheater um den Satanskäfer etwas mit dem Osten zu tun haben, das habe ich nie behauptet. Diesen Schluß haben Sie beide gezogen.«

Hardanger beugte sich vor und sah mich witternd an. »Dann – dann wären Sie also der Meinung, daß Gregori nach allem doch nur ein wildgewordener Verrückter ist?«

»Wenn Sie das noch immer glauben sollten, mein Bester, dann wird es allmählich Zeit, daß Sie mal länger Urlaub machen. O nein, Gregori wollte die Viren, und das mit gutem Grund, und ich lege meine Hand dafür ins Feuer, daß er MacDonald auch gesagt hat, warum. Dessen Mitarbeit mußte er sich ja versichern. Wenn er ihm nämlich zu verstehen gegeben hätte, daß er bloß mit den Botulinviren zu verschwinden gedächte, dann bezweifle ich, daß MacDonald in das Geschäft eingestiegen wäre. Bei einem Angebot von – na, sagen wir – zehntausend Pfund aber, wußte er genau, daß ein Kerl wie MacDonald sich sehr schnell eines Besseren besinnen würde.«

Wir waren jetzt fast in Alfringham. Aber der große Jaguar jagte auch mit beinah der doppelten zulässigen Geschwindigkeit durch den immer dünner werdenden Abendverkehr und schaffte sich mit der Sirene freie Fahrt, wo immer es belebter zuging. Der Fahrer war Hardangers größte Klasse – der beste seiner Londoner Mannschaft, und der wußte genau, was er aus sich und auch aus dem Wagen herausholen konnte, ohne uns alle samt und sonders unter die Erde zu befördern.

»Halten Sie!« unterbrach Hardanger mich. »Da, bei dem Verkehrsschutzmann.« Wir näherten uns sehr schnell der einzigen Alfringhamer Ampel, die offensichtlich noch nach der alten Väter Weise mit Handbetrieb bei dem, was man in Alfringham unter Hauptverkehrszeiten verstand, geschaltet wurde. Weiß und gummiglänzend im trüben Schein der verregneten Straßenbeleuchtung wirkte der Verkehrspolizist am Kontrollkasten, der an einem Laternenpfahl hing. Der Wagen hielt. Hardanger drehte die Scheibe herunter und winkte den Mann heran.

»Polizeichef Hardanger, London«, warf er hin. »Haben Sie heute abend einen blaugrünen Vanden Plas Princess hier vorbeikommen sehen? Vor einer knappen Stunde etwa?«

»Den habe ich gesehen, Sir, ja tatsächlich. Der kam mit Tempo hier angerauscht und überfuhr das Rotlicht. Ich pfiff und brachte ihn zum Stehen, als er schon über die Gegenampel weg war. Und dann erkundigte ich mich natürlich, was er sich dabei gedacht habe, und darauf erklärte er, seine Hinterreifen hätten vorhin, bei dem Versuch zu bremsen, blockiert, und jetzt habe er natürlich Bedenken gehabt, noch mal so hart auf die Bremse zu steigen, weil seine Tochter hinten im Wagen läge und schliefe und durch den plötzlichen Ruck womöglich vorgeschleudert werden und was abbekommen könnte. Ich sah nach, und da lag sie wirklich und schlief. Und wie. Nicht einmal von unserem Gerede war sie wachgeworden. Neben ihr saß übrigens noch einer. Ein Mann. Was sollte ich tun – ich ließ es halt bei einer Verwarnung bewenden und schickte ihn weiter...« Er brach ab. Schon beim letzten Satz war er langsam und langsamer geworden. »Großartig!« brüllte Hardanger, »was Sie nicht sagen! Mann, sind Sie denn so blind, daß Sie nicht einmal unterscheiden können, wenn jemand schläft und wenn jemand mit der Pistole in den Rippen gezwungen wird, so zu tun als ob. Geschlafen hat sie! Daß ich nicht lache. Sie Trottel, Sie verdammter. Und das will Polizist sein. Daß Sie das gewesen sind, dafür werde ich sorgen.«

»Jawohl, Sir.« Starr, ohne etwas zu sehen, blickte der versteinert stramm stehende Verkehrspolizist über das Verdeck des Jaguars, Abbild des klassischen Paradepostens, der noch mit den Händen an der Hosennaht zusammenbricht. »Es tut mir leid, Sir.«

»In welcher Richtung hat er sich abgesetzt?« verlangte Hardanger.

»Richtung London, Sir«, sagte der zum Zinnsoldaten Erstarrte.

»Es dürfte vermutlich weit gefehlt sein, auch noch anzunehmen, daß Sie die Wagennummer notiert haben, nehme ich an«, meckerte Hardanger voll triefendem Sarkasmus.

»X-OW 973, Sir.«

»Was!«

»X-OW 973.«

»Nicht zu fassen. Na, dann betrachten Sie sich wieder als eingestellt«, grollte Hardanger. Er drehte das Fenster hoch und schon waren wir wieder unterwegs, während der Sergeant leise ins Handmikrofon redete. Hardanger sah uns an. »Bißchen sehr haarig für das arme Schwein. Na ja, wenn er clever genug gewesen wäre zu merken, was los ist, dann würde er höchstwahrscheinlich jetzt bereits da oben auf einer Harfe klimpern statt hier unten auf den Ampelknöpfen. Tja, na denn, Cavell, entschuldigen Sie die Unterbrechung.«

»Macht nichts«, winkte ich ab. Ich war für jede Unterbrechung dankbar, für alles ungefähr, was mich von dem Gedanken an Mary mit des Mörders Pistole in den Rippen ablenkte. »MacDonald – ja, bei dem waren wir wohl gerade. Geldgierig – aber dabei doch ein ganz durchtriebenes Exemplar. Ganz verdammt durchtrieben – aber das mußte er ja wohl auch sein, sonst hätte er sich kaum bis heute so erfolgreich für die östliche Abwehr betätigen können. Er wußte ganz genau, daß der Botulindiebstahl – von seiner Absicht, auch noch den Satanskäfer mitgehen zu lassen, hat Gregori bestimmt nicht gesprochen – einigen Aktenstaub aufwirbeln würde und intensivste Durchleuchtungen der einzelnen Verdachtspersonen zur Folge haben mußte. Und er dürfte sogar vermutet haben, daß die eigene Spionagetätigkeit auch eine erneute Durchschnüffelungswelle für alle anderen auslösen würde. Daß jede Kleinigkeit seines Lebens in diesen Geheimakten registriert war, wußte er und war sich durchaus im klaren darüber, daß die eine oder andere Angabe – besonders das, was sich auf seine unmittelbare Nachkriegstätigkeit bezog – rigorosen Methoden nicht standhalten konnte. Die Geheimakten aber hütete Easton Derry, der Sicherheitschef. Und so erklärte er Gregori, daß er gar nicht daran dächte mitzumachen, solange er nicht Einblick in diese Akten genommen habe. MacDonald verspürte keinerlei Verlangen, das Opfer polizeilicher Nachforschungen zu werden.«

»Und deshalb also liegt Easton Derry – oder das, was noch von ihm übriggeblieben ist, nun in diesem Keller«, sagte der General ruhig.

»Eben deshalb. Und was jetzt kommt, sind zwar reine Vermutungen, aber Vermutungen, die sich mit aller Wahrscheinlichkeit mit der Wahrheit decken dürften. Abgesehen von den Personalakten, die MacDonald verlangte, wollte auch Gregori etwas – die Kombination von Labor I, die Panzertürkombination, die nur Derry und Dr. Baxter kannten. Und ich nehme an, daß man übereinkam, Derry unter dem Vorwand, ihm dringend etwas mitteilen zu müssen, in MacDonalds Haus zu lotsen. Derry kam. Und als er durch die Tür trat, war er theoretisch bereits ein toter Mann. Für die praktische Durchführung sorgte Gregori, der ihn mit der Pistole in der Hand erwartete. Erst einmal nahmen sie ihm die Schlüssel ab, die Schlüssel zu den Safes, in denen Derry bei sich zu Hause die Geheimakten unter Verschluß hielt. Als Sicherheitschef von Mordon hatte er die Schlüssel ständig bei sich zu tragen. Dann versuchten sie wohl die Einstellung der Kombination aus ihm herauszuquetschen – zumindest Gregori. MacDonald dürfte meines Erachtens zwar hiervon gewußt und womöglich auch einiges gesehen haben, jedoch kaum direkt beteiligt gewesen sein. Und Gregori, auch wenn ich ihn nicht gerade für verrückt halte, ein Psychopath muß er auf jeden Fall gewesen sein – ein ganz blutrünstiger Sadist zumindest. Sehen Sie sich nur an, was er mit Derry gemacht hat, sehen Sie sich den Hinterkopf von Mrs. Turpin an, ganz zu schweigen von meinen eigenen Rippen und der Methode, MacDonald ins Jenseits zu befördern: ihm bei vollem Bewußtsein die Schlinge um den Hals zu legen.«

»Um sich mit den eigenen Waffen zu schlagen«, ließ sich Hardanger düster dazu vernehmen. »Er muß Derry so sinnlos gequält und gefoltert haben, daß er starb, noch ehe er den Mund aufmachen konnte. Aber was dieser Ersatz-Gregori für ein Vogel ist, dürfte ja wohl kaum schwierig sein herauszubekommen. Ein Subjekt solcher Methoden und dieses Steckbriefs muß in den diesbezüglichen Karteien bereits registriert sein. Fingerabdrücke und Beschreibung – und Sie werden sehen, Interpol in Paris hat ihn innerhalb von sechzig Minuten garantiert identifiziert.« Er lehnte sich vor und gab dem Sergeant neue Instruktionen.

»Ja«, bestätigte ich, »das dürfte wohl kaum auf Schwierigkeiten stoßen, ist aber im Moment nicht so wichtig. Nachdem er Derry nun aber umgebracht hatte, noch ehe er zum reden gekommen war, mußte Gregori einen anderen Weg ins Labor ausfindig machen. Erst einmal durchsuchten sie natürlich Derrys Haus und ich gehe jede Wette ein, daß sie auch seine Privatsachen durchwühlt haben. Dabei muß ihnen ein Foto in die Finger gefallen sein – ein Bild, das Derry als Trauzeugen einer Hochzeit zeigte. Meiner Hochzeit. Und auf diesem Foto ist selbstverständlich auch der General. Deshalb haben sie erst einmal mich und jetzt Mary kassiert. Sie wußten Bescheid. Nun ja – sie schlossen das Safe auf, entnahmen MacDonalds Akten die prekäre Seite und sahen sich bei dieser günstigen Gelegenheit auch gleich alle anderen Akten gut an. Und so gelangten sie dann zu der wertvollen Kenntnis von Hartnells finanziellem Dilemma und beschlossen ihn unter Druck zu setzen, den Ausbruch aus Mordon mit dem bewußten Ablenkungsmanöver zu decken. Denn nachdem der Plan, die Einstellungsziffern aus Derry herauszubekommen, nun einmal mißlungen war, mußten sie sich ja etwas Neues ausdenken, um an die Viren zu gelangen.«

»Ausbruch?« wiederholte Hardanger kopfschüttelnd. »Einbruch wollten Sie wohl sagen.«

»Den Ausbruch – auch wenn Sie es nicht für möglich halten.«

Und während Hardanger im Halbdunkel lehnte und mich ansah, als hielte er mich für übergeschnappt, entwickelte ich abermals die Theorie, die ich bereits in grauer Morgendämmerung dem General plausibel gemacht hatte: Zwei Mann in Tragkörben eingeschmuggelt – einer als Verbrecher X verkleidet, der andere als Baxter; beide verlassen zur normalen Zeit, ordnungsgemäß ausgewiesen, das Haus während der eigentliche X, den wir suchen, im Labor bleibt und erst nach vollbrachter Tat mit den Viren durch den Drahtzaun ausbricht.

»Interessant, sehr interessant«, sagte Hardanger fachlich zwar zutiefst beeindruckt, nicht jedoch ohne Ironie. »Und mir haben Sie weisgemacht, Easton Derry habe zu sehr auf eigene Faust operiert.. Verdammt, ich habe so das Gefühl, als hätten Sie mich mit Wonne auf den Holzweg geführt, was?«

»Das war gar nicht nötig«, gab ich zurück. »Sie liefen von ganz allein. Parallel in meiner Richtung.« Ich suchte nach einer brauchbaren Erklärung dazu, fand aber keine. »Die Durchbruchsidee stammt schon einmal von Ihnen. Sie waren auch derjenige, dem zuerst auffiel, daß an MaDonalds Akten etwas faul sein mußte.«

Im Lautsprecher krachte es plötzlich. Der Eigentümer des Van-den Plas, ein Arzt auf Krankenbesuch, war aufs Polizeirevier gegangen, nachdem wir ihn hatten stehenlassen, und hatte seiner Meldung die interessante Tatsache hinzugefügt, daß sein Tank beinahe leer gewesen sei. Hardanger gab den beiden vorn Anweisung, die Augen nach der nächsten Tankstelle aufzuhalten und nahm das Thema dann wieder auf. »Also dann mal weiter im Text.« Meine letzten Ausführungen hatten ihn erst zur Hälfte besänftigt, und verdenken konnte ich es ihm nicht, daß er sauer war.

»Tja, was gibt es da noch viel zu sagen? Gregori stellte nicht nur fest, daß Hartnell bei Tuffnell, dem Zinsgeier, in der Kreide saß, sondern darüber hinaus auch noch, als Verwalter der Messegelder, den Messefonds angegriffen hatte. Fragen Sie mich nicht, wie er dahintergekommen sein kann. Und danach –«

»Das kann ich Ihnen genau sagen«, fiel Hardanger ein. »Leider, wie üblich, zu spät«, setzte er hinzu, und ich merkte, wie sehr ihm das stank. »MacDonald war Messepräsident und kam natürlich sofort, nachdem nun einmal festgestellt worden war, daß Hartnell finanziell in der Klemme saß, auf die glorreiche Idee, sich die Bücher anzusehen. Als Präsident stand ihm natürlich auch die Buchführung offen.«

»Da haben wir es, jawohl«, stimmte ich zu, nicht weniger erschüttert über die eigene Dummheit wie Hardanger. »Und dabei wußte ich auch noch, daß er Präsident war. Verdammt, ein Hinweis, der einem doch geradezu ins Auge springt! Cavell, du wirst alt! Daraufhin hatte Gregori Hartnell natürlich vollkommen in der Hand und, bestens informiert durch seine Personalakte, stand für ihn fest, daß auch Hartnell als Verdachtsperson unter die Lupe genommen werden würde. So brachte er denn noch ein paar Knoten mehr in die Geschichte indem er alles, was zum Ausbruch benutzt worden war, Hammer und Zange, bei Hartnell deponierte und ihm obendrein auch noch den Mordoner Lehm an seinen Roller schmierte. Wenn er es nicht selbst war, dann zumindest einer seiner Helfershelfer. Fauler Fisch Numero eins. Fauler Fisch Numero zwei – als mysteriöser Onkel George fungierend, ließ er schon Wochen vor dem Verbrechen laufend Zahlungen auf Chessinghams Konto eingehen. Bankkonten sind ja für gewöhnlich somit das erste, wofür sich die Polizei im Zuge ihrer Ermittlungen zu interessieren pflegt, das wußte er sehr wohl.«

»Faule Fische und nichts als faule Fische«, stöhnte Hardanger verbittert, »Immer wieder diese gottverfluchten faulen Fische. Warum?«

»Um Zeit zu gewinnen. Darauf komme ich gleich noch.«

Der General sah mich an. »Und die beiden Morde und der Virendiebstahl, wie steht's damit? Stimmt Ihre These?«

Ich schüttelte den Kopf. »Nicht ganz. Da habe ich einen Kunstfehler hineingebracht.«

Noch immer sah der General mich an. Schweigend und doch sehr beredt. »Meine Annahme ging dahin, daß einer der Wissenschaftler aus Labor I beide tötete, Dr. Baxter sowohl wie auch Clandon. Darauf wies alles unfehlbar hin. Ich irrte mich. Ich mußte mich irren. Wir haben überprüft und nochmal überprüft, und jeder einzelne Wissenschaftler und Techniker aus diesem Labor hatte ein hieb- und stichfestes Alibi für die Mordnacht. Hieb- und stichfest insofern, als es der Wahrheit entsprach. Die beiden Männer wurden eingeschleppt, schön – möglich, daß es auch drei waren, ich weiß es nicht. Was wir aber wissen, ist, daß Gregori eine beachtliche Organisation hinter sich hatte. Sagen wir also drei. Und nur *einer*, und zwar derjenige, der Baxters Rolle zu spielen hatte, verließ zur normalen Zeit das Haus. Die anderen blieben, bis auf unseren X, der blieb nicht. Bei Dienstschuß ging er gleichfalls und kam ordnungsgemäß zu Hause an, um sich selbst mit einem hübschen kleinen Alibi zu versorgen. X war, und das steht mit ziemlicher Sicherheit fest, Gregori – MacDonald war lediglich stiller Teilhaber bei dem Geschäft. Und Gregori mag eventuell sogar die Viren mitgenommen haben. Eine Annahme, die zutreffen kann, aber nicht zutreffen muß – wahrscheinlich nicht, weil das Risiko einer Stichprobe wohl doch zu groß gewesen sein dürfte. Wie dem auch sein, eine Botulinampulle und das Zyankalikonfekt ließ er zurück. Sie werden sich entsinnen, daß wir alle von der Erklärung, daß Clandon von einem ihm doch immerhin recht verdächtig vorkommenden nächtlichen Besucher bereitwillig Konfekt angenommen haben sollte, nicht sonderlich befriedigt waren.«

»Wozu Botulin? Warum das Konfekt? Beides erübrigte sich doch im Grunde?« gab der General zu bedenken.

»Nicht, wie Gregori die Sache sah. Er ordnete an, Baxter erst einmal mit einer Art Holzhammernarkose fertigzumachen und dann, ehe die Labortür ins Schloß fiel, noch die Ampulle zu zerschlagen. Einmal draußen, agierte einer der beiden als Ablenkungsfigur für Clandon, der den Korridor von seinem Haus aus beobachtet hatte und mit der Pistole in der Hand angestürzt kam. Während Clandon seinem Gegenüber nun die Pistole vorhielt, tauchte hinter seinem Rücken die Verstärkung auf, entriß ihm die Pistole und stopfte ihm dann, wahrscheinlich mit Assistenz des Kollegen, das Konfekt in den Mund. Gott allein mag wissen, was Clandon sich dabei gedacht haben mag. Er war tot, ehe er feststellen konnte, was es war.«

»Der Feind«, murmelte der General, »der erbarmungslose Feind.«

»Und all das sollte den Eindruck vermitteln, daß der Täter sowohl Baxter wie auch Clandon bekannt war. Das funktionierte ja auch. Der dritte faule Fisch – und einer, der uns in die völlig falsche Richtung lenkte. Zeit gewinnen, immer nur Zeit gewinnen. Gregori ist ein Genie der Verschleierungstaktik. Auch mich hat er mit diesem ersten Anruf, der abends um zehn in London erfolgte, ganz erfolgreich auf den Arm genommen. Er rief an. Fauler Fisch Nummer Gottweißwieviel.«

»Gregori rief an?« Hardanger sah mich scharf an.»Er hatte ein Alibi für die Zeit, und Sie selbst haben sich dieses Alibis angenommen. An seinem Buch oder irgend etwas gesessen und getippt.«

»Cavell ist nicht zu schlagen, wenn es um verspätete Einsichten geht«, sagte ich sauer. »Das Maschinengeklappere kam zweifellos aus seinem Zimmer. Eine Bandaufnahme, die er anstellte, ehe er sich via Erdgeschoßfenster verdünnisierte. Als ich morgens, in aller Hergottsfrühe hinkam, hing noch ein ganz eigenartiger Geruch im Raum, und im Kamin lag ein Häufchen weißer Asche. Die Überbleibsel eines Tonbands.«

»Herrgott, ich frage mich nur, warum all diese faulen Fische –« fing Hardanger erneut an zu fluchen, als ihn die Stimme des Sergeants von vorn verstummen ließ.

»Eine Tankstelle, Sir.«

»Halten Sie«, kommandierte Hardanger. »Stellen Sie fest, was hier los gewesen ist.«

Wir fuhren in die Tankstelle ein. Der Fahrer drückte auf die Sirene. Ein Geheul um Tote zu erwecken, nur den Tankwart erweckte es nicht. Der Sergeant verlor keine Zeit. Innerhalb von fünf Sekunden, nachdem der Wagen eingefahren war und stand, war er in dem hellerleuchteten Büro, augenblicks wieder draußen und blitzartig hinter der Tankstelle verschwunden. Und das reichte mir. Ich schoß hinaus, und Hardanger war mir auf den Fersen.

Wir fanden den Tankwart in einer Garage hinter der Tankstelle.

Sach- und fachgerecht gefesselt und geknebelt von einem, der sich über die Kosten des Tesafilms keinerlei Gedanken gemacht zu haben schien. Die gleiche kunstfertige Hand hatte wohl auch seinen Hinterkopf mit einem harten Gegenstand bearbeitet. Davon jedoch fing der Tankwart gerade an, sich wieder zu erholen, genauer gesagt, er war bereits wieder bei Bewußtsein, als wir bei ihm anlangten. Eine handfeste Ausgabe mittleren Jahrgangs. Das, was normalerweise eine gesunde, rote Gesichtsfarbe sein mußte, hatte sich jetzt, bei all den Anstrengungen, sich selbst zu befreien, zu einem dunklen Blaurot vertieft.

Wir schnitten die Klebstreifen um Fuß und Handgelenke durch und rissen ihm das Zeug nicht gerade überaus zart vom Gesicht, ehe wir ihn aufsetzten. Und dann ließ er erst einmal einige bildhafte Betrachtungen zu der gegebenen Situation vom Stapel, und das mußten wir ihm, bei aller Eile, zugestehen. Erst nach ein paar Sekunden schnitt Hardanger diese Kundgebung mit Kommandostimme ab.

»Jetzt reicht's. Das Schwein, das Sie hier fertiggemacht hat, ist ein Mörder auf der Flucht. Wir sind Polizeioffiziere. Jede Sekunde, die Sie herumsitzen und fluchen, steigert seine Chancen zu entkommen. Schildern Sie den Vorfall. Aber kurz und bündig, bitte.«

Der Tankwart wackelte mit dem Kopf. Man brauchte kein Arzt zu sein, um zu sehen, daß er noch völlig groggy war. Aber er riß sich zusammen: »Ein Kerl, dunkel, so zwischen dreißig und vierzig etwa, kam an und wollte tanken. Halb sieben war's. Er –«

»Halb sieben«, unterbrach ich. »Vor zwanzig Minuten erst? Wissen Sie das genau?«

»Bestimmt sogar«, bekam ich zur Antwort. »Der Sprit muß ihm so ungefähr zwei bis drei Meilen von hier ausgegangen sein, und er muß es ganz verflucht eilig gehabt haben, denn er war noch völlig außer Atem. Zehn Liter wollte er in einer Kanne mitnehmen, und als ich mich umdrehte, um mich nach einem brauchbaren Pott umzusehen, da hatte er mir auch schon was über den Schädel geknallt. Als ich dann wieder zu mir kam, lag ich in der Garage – so, wie Sie mich eben hier vorgefunden haben, aber ich ließ mir nichts anmerken und machte auf toten Hund. Noch ein Kerl war dabei, der so'n kleines Mädchen mit 'ner großen Pistole in Schach hielt – blond war sie. Und der andere, der Dreckskerl, der mich hier versorgt hatte, der war gerade dabei, den Wagen meines Alten rückwärts aus der Garage zu fahren. Und –«

»Kennummer – Farbe des Wagens?« fuhr Hardanger ungeduldig dazwischen. Beides wurde ihm genannt. »Sie bleiben jetzt hier, verstanden«, kommandierte Hardanger weiter. »Laufen Sie nicht herum. Sie haben ganz schön was abbekommen. Ich werde die Alfringhamer Polizei sofort per Funk verständigen. Der Wagen wird gleich hier sein.« Zehn Sekunden später hatten wir den verdutzten Tankwärter samt seinem dicken Kopf stehenlassen und lagen bereits wieder auf der Landstraße.

»Zwanzig Minuten«, sagte ich, mit halbem Ohr auf das, was der Sergeant eilig und leise ins Telefon redete, hörend. »Sie müssen ganz schön Zeit verloren haben. Einmal mußten sie den Karren ja von der Straße schieben, um uns hinters Licht zu führen, und dann hatten sie auch noch den weiten Weg zur Tankstelle zu machen. Zwanzig Minuten.«

»Die kaufen wir uns jetzt«, sagte Hardanger optimistisch. »Mindestens ein halbes Dutzend Streifenwagen sind hier innerhalb der nächsten dreißig Meilen unterwegs, und die kennen diese Strecke aus dem ff – wie sie überhaupt nur ortsansässige Polizisten kennen können. Und wenn sich davon einer mal an Gregori angehängt hat, schüttelt der ihn nie wieder ab.«

»Lassen Sie die Straßen sperren. Geben Sie durch, daß man den Wagen unter allen Umständen stoppen soll.«

»Sind Sie total verrückt geworden?« fuhr Hardanger mich an. »Sie haben wohl den Verstand verloren, Cavell? Wollen Sie Ihre Frau mit Gewalt umbringen? Sie wissen doch genau, wofür er sie benutzt, verdammt noch mal. Als Schild, mit dem er sich deckt. So, wie die Dinge jetzt liegen, ist sie noch immer sicher. Seitdem er MacDonalds Haus verlassen hat, ist ihm noch kein Polizeibeamter über den Weg gelaufen – abgesehen von dem Verkehrsschutzmann. Der muß doch jetzt so halb und halb glauben, wir hätten die Suche aufgegeben.«

»Straßensperren«, beharrte ich eigensinnig. »Setzen Sie jetzt Straßensperren ein. Wohin sollen die Wagen ihn denn verfolgen? Bis ins Herz von London etwa? Da, wo er seine verfluchte Ampulle knacken will? Einmal in London, verlieren sie ihn doch, sie müssen ihn ja verlieren. Verdammt, sehen Sie denn nicht ein, daß er jetzt unbedingt irgendwo festgehalten werden *muß?* Wenn wir den auf London loslassen –«

»Aber Sie waren ja selbst einverstanden, daß –«

»Ehe ich wußte, daß er tatsächlich nach London unterwegs ist.«

»General«, flehte Hardanger, »können Sie ihn nicht zur Vernunft bringen –«

»Sie ist mein einziges Kind, Hardanger, und man sollte einem alten Mann nicht zumuten, über Leben und Tod des einzigen Kindes zu entscheiden«, sagte der General tonlos. »Sie wissen so gut wie jeder andere, was Mary mir bedeutet.« Er schwieg. Dann sagte er so ruhig wie bisher: »Ich stimme mit Cavell überein. Bitte, tun Sie, was er vorschlägt.«

Hardanger würgte an dem Brocken, aber er beugte sich vor, um den Sergeant zu instruieren. Als auch das geschehen war, sagte der General still: »Wir können ja doch nur abwarten, vielleicht füllen Sie inzwischen die letzten Lücken dieses Puzzlespiels noch aus, mein Junge. Ich bin nicht mehr in der Verfassung, es selbst zu tun. Zum Beispiel die Frage, die auch der Polizeichef immer wieder aufwirft. All diese verdammten faulen Fische. Warum?«

»Um Zeit zu gewinnen.« Ich war weiß Gott auch nicht in der Verfassung für Rätselspiele, aber mit dem bißchen klaren Verstand, das mir noch geblieben war, sah ich den tieferen Sinn dieser Bitte sehr wohl und ging darauf ein, dankbar für alles, was uns von dem vor uns herfahrenden Wagen ablenkte, von der Frau, die einem grausamen und unerbittlichen Sadisten ausgeliefert war, dankbar für alles, was unsere quälenden Ängste zu lindern imstande war und die unerträgliche Spannung, die uns geistig und körperlich fast zu zerbrechen drohte, ein wenig milderte. Tastend, den Zusammenhang mühsam suchend, nahm ich den Faden wieder auf. »Unser spezieller Freund, der da vor uns fährt, mußte Zeit gewinnen. Je mehr falschen Fingerzeigen wir folgten, in je mehr Sackgassen wir stolperten – und deren gab es genug –, desto länger mußte es dauern, bis wir dahin gelangten, wo der Boden wirklich heiß wurde. Er überschätzte uns, und doch kamen wir schneller voran, als er es erwartet hatte – vergessen Sie nicht, daß es kaum vierzig Stunden her sind, daß dieses Verbrechen entdeckt worden ist. Aber er wußte genau, daß wir früher oder später an der Stelle bohren würden, die er fürchtete – bei MacDonald. Und er wußte auch, daß er sich MacDonalds eines Tages, früher oder später, zu entledigen hatte. Je später, desto besser, denn innerhalb weniger Stunden nach MacDonalds Tod mußte auch der versiegelte Umschlag geöffnet werden, und dann – dessen war er sich klar – würden wir ihn wie ein Expreß überfahren. Was immer auch Gregoris Absichten waren – er zog es offensichtlich vor, sie durchzuführen, solange er noch als angesehenes Mitglied der Alfringhamer Gesellschaft galt und nicht als gesuchter Mörder auf der Flucht vor der britischen Polizei.«

»Tja, es ist nicht so einfach, die Regierung und die Nation zu bedrohen und zu erpressen, wenn einem der kalte Atem des Gesetzes ins Genick weht«, stimmte der General ein. Seine Beherrschung, seine eiserne Ruhe waren fast übermenschlich. »Aber warum mußte MacDonald sterben?«

»Aus zweierlei Gründen. Erstens kannte er Gregoris endgültige Ziele, und das konnte seine, Gregoris, Pläne, falls MacDonald den Mund aufmachte, restlos ruinieren. Und zweitens, weil auch Mrs. Turpin eine Gefahr darstellte. MacDonald war ein verdammt zäher Bursche – es konnte sein, daß er dicht hielt, selbst wenn ihn die Polizei dazwischen nahm, – schließlich, obzwar er sich bestimmt von allem, was mit Mord und Totschlag zu tun gehabt, distanziert hatte, saß er selbst tief genug im Schlamassel. Sie aber hätte ihn zum Reden gebracht, und wenn nicht, dann hätte sie aller Voraussicht nach wohl den Mund selbst aufgetan. Madame Halle gab mir in Paris zu verstehen, daß MacDonald ein ewiger Abenteurer der Liebe war, und wer nun einmal gern *à la carte* lebt, der läßt von dieser Gewohnheit ungern ab. Nicht vor achtzig jedenfalls. Mrs. Turpin war eine gutaussehende Frau, und ihre ganze Art, sich umgehend als MacDonalds Beschützerin aufzuwerfen, sagt alles. Sie liebte ihn. Ob er das erwiderte, kann ich nicht sagen, und es spielt auch keine Rolle. Wenn indessen etwas schiefgegangen wäre, dann wäre sie diejenige gewesen, die Mac-Donald gezwungen hätte, den Kronzeugen zu spielen und Gregori dem Henker auszuliefern. Seine Zeugenaussage wäre meines Erachtens von solcher Bedeutung – von einer solch entscheidenden Bedeutung – gewesen, daß entweder sie oder MacDonald oder auch alle beide davon überzeugt gewesen waren, daß Mac-Donald schlimmstenfalls mit einer leichten Strafe davonkommen müsse. Und wären erst einmal alle Hoffnungen auf Gregoris Geld endgültig dahin gewesen, dann glaube ich kaum, daß unser Freund McDonald auch nur noch einen Moment gezögert hätte, den Kronzeugen zu spielen. War das, was er zu sagen hatte, wichtig genug, dann konnte er unter Umständen sogar mit einem Generalpardon rechnen. Wohingegen er sonst Gefahr lief, als Helfershelfer zum Mord aus persönlicher Gewinnsucht mit angeklagt zu werden. Ein Vergehen, das in diesem Land noch immer mit dem Gang zum Richtblock geahndet wird. Und hätte er wirklich gezögert, dann hätte Mrs. Turpin für ihn entschieden.

Meine Vermutung – es ist nur eine Vermutung, aber das wird sich in Mordon genau feststellen lassen, geht dahin, daß Mrs.

Turpin MacDonald umgehend, nachdem ich das Haus verlassen hatte, angerufen haben muß und Gregori das Gespräch entweder gehört oder anderweitig erfahren haben dürfte, was inzwischen geschehen war. Wahrscheinlich begleitete er MacDonald heim, um zu sehen, wie die Aktien stünden – und das war schnell passiert. Der Verdacht fiel auf MacDonald, und dieser Umstand konnte für Gregori höchst fatal werden. Um das zu verhindern, war Gregori gezwungen, den Spieß umzudrehen.«

»Haut alles haargenau hin, was?« sagte Hardanger, ohne auch nur eine Miene zu verziehen. Er war noch weit entfernt davon, endgültig zu vergeben und vergessen.

»Jawohl. Das Netz ist zusammengezogen und geschlossen. Das einzige Malheur dabei ist nur, daß der Fisch entkommen ist und der Rest uns nichts nützt. Nur eins wissen wir jetzt genau: Das ganze Gefasel von Mordons Zerstörung können wir abschreiben. Wäre nämlich das sein Plan gewesen, dann hätte auch ein MacDonald mit allem Gerede weder etwas dafür noch dagegen tun können – dàs ganze Land weiß davon. Was immer es auch sei – es liegt auf einer breiteren und weitaus bedeutenderen Ebene; eine Angelegenheit, die vielleicht – bestimmt sogar – schiefgegangen wäre, wenn wir rechtzeitig Wind davon bekommen hätten.«

»Zum Beispiel?« fragte Hardanger.

»Das sollen Sie mir sagen. Mein Bedarf an diesem Ratespiel ist für heute gedeckt.« Und er war gedeckt. Ich war nur noch willens den Mund aufzumachen, wenn es absolut sein mußte. Zurückgelehnt in die weichen warmen Polster, spürte ich nun doch allmählich die Reaktion. Der anästhesierende Effekt raschen Denkens und Handelns begann nachzulassen, und je mehr er nachließ, desto älter und verbrauchter fühlte ich mich. Und elender. Auch das noch. Ich dachte an den weitverbreiteten Glauben, daß der Mensch nie gleichzeitig mehrere, sondern immer nur einen Schmerz zu spüren imstande sei, und ich fragte mich, welcher völlig fehl informierte Vollidiot dies in die Welt gesetzt haben mochte. Was war es eigentlich, was mich am meisten peinigte? Mein Schädel, oder mein Fuß oder meine Rippen? Schließlich gab ich den Rippen um Haaresbreite vor meinem geschundenen Haupt den Vorrang. Wir rauschten mit neunzig Sachen über die kurvenfreie, nasse Strecke, aber der Mann am Steuer fuhr so weich und routiniert, daß ich trotz meiner Sorgen und Ängste um Mary gerade am Eindösen gewesen sein mußte, als der Lautsprecher vorn wieder zu krachen anfing.

Erst das Kennwort – dann kam die Meldung. »Grauer Humber der angegebenen Beschreibung – Nummer nicht festgestellt – ist soeben von der Strecke nach London in eine B-Straße abgebogen, um die Flemington-Kreuzung zu vermeiden – zweieinhalb Meilen östlich von Crutchley. Ich verfolge weiter.«

»Flemington-Kreuzung!« Der Stimme des Sergeants, ein Alfringhamer, war einige Aufregung zu entnehmen. »Das ist bestens, der ist auf einem Umweg, der ihn nirgends hinbringt als nach Flemington und nach drei weiteren Meilen genau wieder auf die Hauptstraße nach London zurück.«

»Und wie weit sind wir noch von diesem – na, wie hieß das Kaff doch noch – Crutchley entfernt?« wollte Hardanger wissen.

»Dicht dran, Sir. Vier Meilen.«

»Also neun bis zehn Meilen bis zur Kreuzung, bei der Gregori wieder auf die Hauptstraße kommen muß. Und die Nebenstraße, auf der er jetzt ist – wie sieht die aus? Wie lange dürfte er brauchen?«

»So fünf bis sechs Meilen, Sir. Ziemlich verzinkt, lauter Kurven. Etwa zehn Minuten, wenn er was riskiert und auf dem Gas bleibt. Kurven und Biegungen noch und noch.«

»Glauben Sie, daß Sie es in zehn Minuten schaffen?« erkundigte Hardanger sich beim Fahrer.

»Ich weiß nicht, Sir.« Er zögerte. »Ich kenne die Straße nicht.«

»Aber ich«, versicherte der Sergeant zuversichtlich. »Er schafft's.«

Und er schaffte es. Der Regen goß noch immer senkrecht herunter, die nassen Straßen waren rutschig, gerade Strecken eine Seltenheit, und ich glaube, wir alle fügten in dieser Nacht unserer bereits vorhandenen Quantum grauer Haare einige hinzu, aber er schaffte es. Schneller sogar noch als notwendig. Den ständig einlaufenden Meldungen des Streifenwagens, der sich an Gregori gehängt hatte, war einwandfrei zu entnehmen, daß der Mann am Steuer alles andere, nur nicht gerade ein versierter Autofahrer war.

Unser Wagen verlangsamte sein Tempo und hielt. Quer über die Straße nach Flemington geparkt, blockierten wir die gesamte Ausfahrt zur Hauptstraße. Alles stieg eilends aus, während der Sergeant die starken Suchlichter in die Richtung drehte, aus der Gregoris gestohlener Humber aufkreuzen mußte. Dann gingen wir im strömenden Regen hinter dem Jaguar in Deckung. Vorsichtshalber in zehn Fuß Abstand. Bei diesem elenden Sauwetter konnte schon eine beschlagene Windschutzscheibe oder auch ein defekter Scheibenwischer jedes heranrauschenden Fahrers Sicht so behindern, daß er unvermeidlich in den Jaguar brummen mußte. Besonders dann, wenn es sich um einen ausgesprochenen Stümper handelte, wie den eingehenden Meldungen zu entnehmen war.

Ich sah mich erst mal gründlich in der Gegend um. Für einen Überfall so unwahrscheinlich geeignet, daß auch ein Dick Turpin nichts Besseres hätte ausfindig machen können. Genau die Spitze und eine Seite des rechten Winkels der T-Kreuzung standen dichtbewachsen mit Buchengehölz. Die dritte Seite des T, strahlend beleuchtet von den noch immer brennenden Scheinwerfern des Jaguars, war offenes Weideland, auf dem weit und breit nichts zu sehen war als ein baumumsäumter Bauernhof mit den dazugehörigen Scheunen und Stallungen. Das Wohnhaus lag etwa zweihundert Meter weit weg, die nächste Scheune kaum hundert. Aus einem der Fenster fiel matt ein regendurchtränkter, diffuser Lichtstrahl, soviel konnte ich ausmachen.

Genau neben der Straße nach Flemington lief ein tiefer Graben. Ich zog bereits in Erwägung, ob es nicht eventuell zweckmäßig wäre, sich dahin zu postieren, einen anständigen Steinbrocken zu nehmen und den durch die Fahrerscheibe zu schmettern, um so zumindest fünfzig Prozent aller Gefahrenmomente aus der Welt zu schaffen. Das Bedenkliche daran war leider, daß auch Mary bei diesem Unternehmen gleich mit aus der Welt geschafft werden konnte. Die Tatsache, daß sie, als sie durch Alfringham gekommen waren, nicht vorn, sondern hinten gesessen hatte, war längst keine Garantie dafür, daß dem noch immer so war. Also beschloß ich, da zu bleiben, wo ich war.

Und dann schien er heranzukommen. Durch das Klatschen weißlicher Regengüsse auf dem Asphalt und das schwere Trommeln auf dem Wagendach vernahmen wir plötzlich das stetig näherkommende Geräusch eines Motors – unsinnig hochgetrieben und weit entfernt von jedem kunstgerechten Schalten. Sekunden später fiel bereits die erste Lichtgarbe auf die Fahrbahn, die gestauten Strahlenbündel flackerten gespenstisch durch die Buchenstämme und die fahlen Regengüsse. Und wir alle gingen samt und sonders hinter dem Jaguar in die Knie. Ich zog die Hanyatti heraus und entsicherte.

Und dann, ganz plötzlich, begleitet von dem grätigen Krächzen des Getriebes und dem Aufheulen des auf Touren kommenden

Motors, kam der Wagen um die letzte Kurve und direkt auf uns zu. Noch etwa hundertfünfzig Meter weit weg von unserem Standort, konnten wir bereits die Geschwindigkeitsbeschleunigung ausmachen, nachdem er die Kurve genommen hatte: Dann ein abrupter Ausfall des Motorengeräusches, unmittelbar gefolgt von dem nicht zu mißdeutenden Aufjaulen blockierender Reifen auf nasser Straße.

Gedeckt durch den Jaguar, sah ich die Scheinwerferstrahlen von einer Seite zur anderen schwingen, während der Fahrer sich verzweifelt bemühte, den Wagen unter Kontrolle zu bringen, und lauerte instinktiv auf das zu erwartende splitternde Krachen und den unvermeidlichen Stoß des in den quer auf der Straße liegenden Jaguar brummenden Wagens.

Aber das Krachen blieb aus, und der Stoß kam nicht. Absolut nicht seiner Fahrtechnik, lediglich einem sagenhaften Dusel zuzuschreiben, gelang es dem Fahrer gerade noch, den nach links abgerutschten Wagen kaum fünf Fuß vor dem Jaguar mitten auf der Straße zum Stehen zu bringen. Ich stand auf und ging, völlig geblendet von den starken Scheinwerfern des Humbers, mit fast zugekniffenen Augen auf die Seitenfront des Jaguars zu. Und so scharf ausgeleuchtet ich auch war, so bezweifelte ich doch, daß die Insassen des Humbers mich zu sehen imstande waren. Das starke Suchlicht aus dem Dach des Jaguars knallte direkt in Gregoris Windschutzscheibe.

Ich bin weiß Gott keine *Anni Oakly with the gun,* aber auf eine Entfernung von zehn Fuß und bei einem Ziel in der Größe eines Suppentellers, schaffe ich es bei schlechtesten Bedingungen. Zwei schnelle Schüsse, und die Scheinwerfer des Humbers klirrten und starben. Gefolgt von den anderen, ging ich rund um den Jaguar herum, als auch schon ein zweiter Wagen – der Gregoris Wagen verfolgende Streifenwagen – hinter dem Humber zum Stehen kam. Und ich war kaum bis an die Nase des Jaguars gekommen, als rechts und links die Türen des Humbers weit aufflogen und zwei Männer eiligst hinausstolperten. Und für eine Sekunde – für nur eine einzige – hatte ich das Spiel noch einmal in der Hand. Alle beide hätte ich sie über den Haufen schießen können, wie sie da standen, und die Tatsache, daß dies hinterrücks hätte erfolgen müssen, hätte mein Gewissen kaum belastet. Statt dessen stand ich da wie ein Idiot und zögerte und bekam die Pistole nicht schnell genug hoch, und schon war sie dahin, diese eine Sekunde, und mit ihr meine allerletzte Chance. Denn schon war auch Mary mit einer Gewalt, die sie aufstöhnen ließ, aus dem Wagen gezerrt und mit einem brutalen Ruck vor Gregori gerissen worden, dessen Pistole jetzt direkt über ihre linke Schulter weg auf mich gerichtet war. Der zweite der Genossen war ein breitschultriges, vierschrötiges hartgesottenes Subjekt südlicher Herkunft mit einer Pistole von der Güte eines abgesägten Kanonenrohrs in der haarigen Faust. In der linken, stellte ich fest. Und es war auch ein Linkshänder gewesen, der die Kombizange gehandhabt hatte, um den Zaun von Mordon zu durchschneiden. Das also mußte er sein, der Mörder beider, der Mörder von Baxter und Clandon. Denn, daß er dieses Gewerbes war, stand außer Frage für mich. Wenn man einmal genug von dieser Sorte gesehen hat, dann kennt man sie augenblicklich wieder. Selbst wenn sie noch so normal und völlig harmlos aussehen wie tausend andere auch. In den tiefsten Tiefen ihrer Augen glimmt der Funke leeren Wahnsinns. Nichts, das ihnen eigen wäre, vielmehr etwas, das ihnen nicht eigen ist. Und das hier war einer von dieser Sorte. Und Gregori? Noch einer? Es war der gleiche Gregori, den ich von jeher kannte, groß und dunkel und haarig und ein wenig spöttisch wie immer und doch wiederum ein völlig anderer. Er trug die Brille nicht mehr.

»Cavell.« Die Stimme war sanft und farblos; konversationell beinah. »Seit Wochen hatte ich die Möglichkeit, Sie einfach aus dem Weg zu räumen. Ich hätte sie wahrnehmen sollen. Nachlässigkeit! Dabei kenne ich Sie seit langem. Und man hat mich sogar gewarnt. Ich wollte nicht hören.«

»Der Genosse«, sagte ich nur. Meine eigene Pistole hing bleiern hinunter. Ich starrte in den Lauf in der haarigen linken Hand. Er zielte direkt in mein rechtes Auge. »Linkshänder. Der Mörder von Baxter und Clandon.«

»Stimmt auffallend.« Gregoris Griff um Mary festigte sich noch. Wie eine Puppe, die man durch den Dreck gezogen hatte, sah sie aus. Über ihrem rechten Auge schien sich eine Beule zu bilden. Ich tippte auf einen Ausbruchsversuch, als ihnen der Sprit ausgegangen war und sie zur Tankstelle unterwegs gewesen waren. Aber sehr verängstigt schien sie mir nicht. Und falls sie es war, dann ließ sie es sich nicht anmerken. »Ich war wahrhaftig gewarnt. Henriques, mein – ah – mein Adjutant. Ja, er zeichnet verantwortlich für ein paar sauber durchgeführte kleine Unfälle, stimmt's, Henriques? Einschließlich dieses kleinen Mißgeschicks, das Ihnen selbst passiert ist, Cavell.«

Ich nickte. Das leuchtete mir ein. Henriques, der Vollstrecker. Ich sah in das harte, bittere Gesicht, in die leeren Augen und wußte, daß Gregori die Wahrheit sprach. Nicht, daß dies Gregori auch nur einen Deut unschuldiger gemacht hätte, nein, das nicht, verständlicher aber. Meister dieser Zunft – wie Gregori einer war – ließen stets die Finger von der physischen Seite ihres Gewerbes.

Gregori hatte einen raschen Blick nach den beiden Polizeioffizieren, die aus dem Streifenwagen gestiegen waren, geworfen und kommandierte Henriques mit einer schnellen Kopfbewegung in die Richtung. Der reagierte wortlos und schwang seine Kanone herum, dahin, wo die beiden sofort haltmachten. Ich hob die Pistole und ging einen Schritt auf Gregori zu.

»Lassen Sie das«, sagte Gregori ruhig und preßte dabei den Lauf seiner Pistole so hart in Marys Rippen, daß sie aufstöhnte. »Es soll mir nicht darauf ankommen, abzudrücken.« Noch einen Schritt wagte ich mich vor. Wir standen uns jetzt auf vier Fuß gegenüber. »Sie werden ihr nichts tun. Und wenn, dann lege ich Sie um. Dafür sollten Sie mich kennen. Gott allein mag wissen, um welchen Einsatz Sie spielen, aber gemessen an der Planung und den Morden, die Sie investiert haben, muß es ein grandioses Projekt sein, wenn es all diesen Aufwand rechtfertigen soll. Was immer es auch ist, Sie haben es noch nicht erreicht, und Sie werden es nicht einfach wegwerfen, indem Sie meine Frau erschießen, nicht wahr, Gregori?«

»Pierre – hol mich weg von diesem Scheusal – egal, was auch geschieht«, stammelte Mary hilflos.

»Er wird dir nichts tun, Mary«, sagte ich ruhig. »Er wird es nicht wagen. Und er weiß es.«

»Sieh da, Cavell, der kleine Psychologe«, spöttelte Gregori, als stünde er in einem modernen Konversationsstück auf der Bühne. Und plötzlich, völlig unerwartet, lehnte er sich an den Wagen und schleuderte Mary mit aller Kraft zu mir hinüber. Ich stemmte mich so gut es ging gegen den Anprall, wich aber trotzdem taumelnd ein Stück zurück, und bis wir uns wieder gefangen hatten, hielt auch Gregori meiner hochgerissenen Pistole in der ausgestreckten Hand etwas entgegen: eine Glasampulle mit blau versiegeltem Kopf. In der anderen lag der Stahlbehälter, dem er sie entnommen hatte. Ich sah in Gregoris regungsloses Gesicht, ich sah auf die Ampulle, und dann fühlte ich plötzlich, wie die Hanyatti in meiner Hand langsam feucht und klebrig wurde.

Ich sah mich um und sah sie alle an – den General und Hardanger, die beide mit gezogenen schweren Pistolen hinter mir standen –, die beiden Polizisten, und dann wandte ich den Kopf wieder nach vorn, dahin, wo die beiden von Henriques in Schach gehaltenen Polizeioffiziere standen. Und dann sagte ich langsam und klar und deutlich: »Keiner unternimmt mehr etwas. Diese Ampulle in Gregoris Hand enthält den Satanskäfer. Sie alle haben heute die Zeitung gelesen. Sie wissen, was geschieht, wenn dieses Glas zerbricht.«

Sie alle wußten es. Twisttanzende, vom Veitstanz befallene Wachsfiguren standen mir vor Augen. Wie lange konnte es dauern, bis alles Leben in Großbritannien erlosch, wenn diese höchstentwickelte Poliopest über uns kam? Was hatte Gregori gestern noch gesagt? Es fiel mir nicht ein. Darauf kam es wohl auch nicht mehr an.

»Sehr richtig«, sagte Gregori gelassen. »Das rote Siegel für den Botulinvirus, das blaue für den Satanskäfer. Cavells Spiel um das Leben seiner Frau war eben nicht ganz frei von Bluff. Ich würde Sie jedoch bitten, mir zu glauben, daß ich nicht bluffe. Heute nacht noch hoffe ich das zu erreichen, worauf ich alles gesetzt habe, woran mein Herz hängt.« Schweigend sah er uns der Reihe nach mit seinen im Schein der Suchlichter leer glänzenden Augen an. »Wenn ich nicht unbehindert von hier fortkomme, wird es mir kaum gelingen, das, was ich mir in den Kopf gesetzt habe, zu erreichen, und dann verspüre ich durchaus nicht mehr den Wunsch, mein Leben noch zu verlängern. Und ich beschwöre Sie alle, wie Sie hier stehen, mir zu glauben, daß dies mein heiligster Ernst ist.«

Ich glaubte es ihm aufs Wort. Blanker Wahnsinn glänzte ihm aus den Augen. »Und Ihr Adjutant?« warf ich ein. »Henriques? Was hält der von Ihrer gleichmütigen Einstellung seinem Leben gegenüber?«

»Ich war es, der ihm das Leben dreimal gerettet hat. Einmal vor dem Ertrinken, zweimal vor dem elektrischen Stuhl. Über sein Leben verfüge ich wie es mir beliebt. Das versteht er. Außerdem ist er taubstumm.«

»Sie sind wahnsinnig«, sagte ich heiser. »Gestern noch haben Sie uns erklärt, daß nichts und gar nichts die stetige Ausdehnung dieses Virus aufhalten könne, weder Feuer noch Eis weder das Meer noch die Berge.«

»Und das dürfte im wesentlichen auch genau zutreffen. Aber

wenn ich zu gehen habe, was kümmert es mich dann, ob mich der Rest der Menschheit begleitet.«

»Aber –«, ich stockte. »Großer Gott, Gregori, kein normaler Mensch, nicht einmal das verbrecherischste Ungeheuer der gesamten Kriminalgeschichte, würde jemals auf den Gedanken verfallen, so etwas – um Himmels willen, Mann, das kann doch nicht Ihr Ernst sein!«

»Vielleicht bin ich nicht normal.«

Und das bezweifle ich nicht. Nicht in diesem Augenblick. Angsterfüllt, fasziniert geradezu, beobachtete ich ihn – wie sorglos er mit dem Stückchen Glas umging – wie schnell er sich bückte und es auf den nassen Boden unter seine linke Schuhsohle schob. Der Absatz grub sich in den Matsch. Flüchtig ging es mir durch den Kopf, ob es nicht zu schaffen wäre, ihn mit ein paar anständigen Schlägen mit der Hanyatti nach rückwärts zu kippen und so seinen Fuß von der Ampulle zu bringen, doch so blitzartig diese Erleuchtung aufflammte, so schnell war sie erloschen. Ein Wahnsinniger konnte so leichtfertig mit dem Leben seiner Mitmenschen umgehen, mir stand diese Rechtfertigung nicht zu. Selbst wenn die Chancen, statt zum Retter zum Henker der Menschheit zu werden, eins zu einer Million stünden, das konnte ich nicht verantworten.

»Ich habe diese Ampulle im Labor getestet - leere, versteht sich –«, fuhr Gregori beiläufig fort, »und ich habe dabei festgestellt, daß ein Gewicht von siebeneinhalb Pfund ausreicht, sie zu zersplittern. Vorsichtshalber habe ich mich für alle Fälle mit konzentrierten Zyankalitabletten für Henriques und mich eingedeckt. Wie wir durch Tierexperimente wissen, ist es weitaus qualvoller, am Satanskäfer einzugehen als an Botulin. Es dauert länger. Sie werden also jetzt schön einer nach dem anderen antreten und mir Ihre Schießeisen auf Armeslänge, wie sich das gehört, mit dem Kolben vornweg abliefern. Und Sie werden dabei außerordentlich vorsichtig sein, damit mich auch nichts aus dem Gleichgewicht bringt und ich nicht gezwungen bin, mein Gewicht auf den linken Fuß zu verlagern. Cavell, Sie fangen an.«

Ich drehte die Pistole um und überreichte sie ihm langsam und vorschriftsmäßig, und ich muß sagen, ich paßte höllisch auf, ihn ja nicht zum Wackeln zu bringen. Unsere komplette Niederlage, die Tatsache, daß es diesem Mörder, dem der Wahnsinn aus den Augen glänzte, doch noch gelingen sollte, alles Übel das er im Sinn hatte und um das er mit allen Mitteln verzweifelt kämpfte, doch noch zu vollbringen, war im Augenblick völlig unwichtig geworden. Wichtig allein war und blieb, daß ihn nichts aus dem Gleichgewicht brachte.

Einer nach dem anderen händigten wir unsere Pistolen aus. Als die letzte abgeliefert war, ließ er uns in einer Reihe antreten, während der Taubstumme uns im Vorbeigehen schnell und geübt nach weiteren Waffen durchsuchte. Er fand keine. Dann erst, und keine Sekunde früher, nahm Gregori vorsichtig seinen Fuß von der Ampulle, bückte sich und ließ sie wieder in die Stahlhülle gleiten.

»Ich glaube, wir kommen jetzt auch mit den konventionellen Waffen aus«, sagte er breit und behaglich. »Die Gefahr, daß einem ein kleines Versehen mit – sagen wir mit permanenter Wirkung – unterläuft, ist dabei weniger gegeben.« Damit griff er nach zwei Pistolen, die Henriques alle auf einen Haufen auf die Motorhaube des Humbers geworfen hatte, und überzeugte sich noch einmal, ob sie auch entsichert waren. Sie waren entsichert. Er nickte Henriques zu und redete schnell auf ihn ein. Ein gräßlicher Anblick – diese übertriebenen Lippenbewegungen, denen nicht ein Laut entkam. Die Methode des Lippenlesens ist mir nicht unbekannt, dem jedoch war nicht zu entnehmen. Wahrscheinlich war das, was er sprach, weder Französisch noch Italienisch, sondern eine völlig fremde Sprache. Henriques jedenfalls hatte verstanden, was ihm geheißen. Er nickte dazu und sah uns dann mit einem merkwürdig erwartungsvollen Blick an. Ein Blick, der mir gar nicht gefiel. Wie er mir insgesamt zutiefst mißfiel, dieser Henriques – ein übles, unerfreuliches Stück Mensch. Gregori wies mit einer seiner Pistolen nach einem der Männer aus dem Streifenwagen.

»Runter mit den Uniformen«, kommandierte er. »Los, los.«

Die beiden sahen sich an. »Nicht ums Verrecken«, stieß einer durch die Zähne.

»Das könnte Ihnen gleich blühen, Sie Idiot«, fuhr ich ihn an. »Merken Sie noch immer nicht, mit was für einer Kategorie wir es hier zu tun haben? Ziehen Sie die Klamotten aus, los.«

»Ich denke nicht daran. Nicht von denen und von niemandem lasse ich mich dazu zwingen«, meuterte er renitent.

»Das ist ein Befehl, verstanden!« brüllte Hardanger nervös. »Verdammt, wenn Sie erst mal ein Stück Blei zwischen den Augen haben, wird's ihm kein Problem mehr sein, Ihnen das Zeug vom Leib zu ziehen. Machen Sie keine Geschichten«, schloß er ruhig, dafür aber um so eindringlicher.

Verbissen und widerwillig kamen die beiden dem Kommando

nach und zitterten sich dann im kalten Regen warm. Henriques sammelte die Uniformstücke auf und warf sie in den Jaguar.

»Und wer von euch bedient das UKW-Gerät in diesem Jaguar?« erkundigte sich Gregori als nächstes. Mir war, als hätte mir jemand einen Spieß durch den Leib gerannt und ihn ein paarmal umgedreht. Dabei hatte ich es bereits kommen sehen.

»Ich«, meldete sich der Sergeant.

»Gut. Dann geben Sie dem *Headquarter* jetzt durch, daß Sie uns haben und nach London weiterbefördern. Geben Sie weiter durch, daß sämtliche Streifen, die noch hier herumgeistern – außer den regulären – sofort zurückgezogen werden können.«

»Tun Sie, was er sagt«, redete Hardanger erledigt zu. »Und Sergeant, hören Sie zu, ich halte Sie für so intelligent, daß ich annehme, daß Sie keinen Blödsinn machen werden. Machen Sie genau das, was er verlangt.«

Der Sergeant tat genau das. Mit Gregoris Pistole im linken Ohr blieb ihm wahrhaftig keine andere Wahl. Als er zu Ende war, nickte Gregori befriedigt.

»Ausgezeichnet.« Er sah dabei zu, wie Henriques in den gestohlenen Humber kletterte. »Und dann werden wir hier gleich ganze Arbeit leisten und unseren Wagen und den Ihrer zwei schlotternden Kadetten ins Grüne fahren und die Verteiler demolieren. Vor Tagesanbruch findet sie dort kein Schwein. Und nachdem die Verfolgung eingestellt ist, dürften wir wohl, bestens ausgerüstet mit allem polizeilichen Zubehör, Wagen und Uniformen, unterwegs auf dieser Strecke kaum mehr auf Schwierigkeiten stoßen. Dann steigen wir um.« Er warf dem Jaguar einen bedauernden Blick zu. »Der dürfte leider ein sehr heißes Eisen werden, wenn Ihr *Headquarter* erst mal dahinterkommt, daß Sie abgängig sind. Bliebe nur noch ein Problem: Was machen wir mit Ihnen?«

Mit leerer Gleichgültigkeit starrte er uns unter dem triefenden Rand seines weichen Filzhutes an und wartete ab, bis Henriques die Wagen weggebracht hatte. »Habt ihr einen Handscheinwerfer in eurem Jaguar?« wollte er wissen. »Das dürfte ja wohl mit zur Standardausrüstung gehören, Sergeant?«

»Eine Batterielampe ist da«, gab der Sergeant Auskunft. »Holen Sie sie.« Ein Lächeln trat in Gregoris Augen und kroch dann langsam in seine Mundwinkel. Das Lächeln eines gefangenen Tieres tief unten in der Falle, mit dem er denjenigen, der ihm diese Falle gestellt hatte, jetzt stürzen und neben sich landen sieht. »Ich kann Sie nicht umlegen, obwohl ich durchaus nicht abgeneigt wäre und auch keinerlei Hemmungen hätte, wenn nicht gerade dieses Haus in der Nähe stünde. Und ich kann Ihnen allen leider auch nicht schlicht eins aufs Dach geben, weil ich bezweifle, daß Sie das so stillschweigend hinnehmen würden. Und auch fesseln kann ich Sie nicht, weil es nun einmal nicht zu meinen Gewohnheiten gehört, all das, was nötig ist, um acht Mann bewegungsunfähig und mundtot zu machen, ständig mit mir herumzuschleppen.

Ich möchte jedoch annehmen, daß eines dieser Farmgebäude da drüben allen Anforderungen eines temporären Gefängnisses vollkommen entsprechen wird. Stellen Sie mal die Scheinwerfer ab, Sergeant, und gehen Sie dann mit Ihrer Lampe vorneweg in Richtung Stallungen. Immer schön zwei und zwei, meine Herrschaften. Mrs. Cavell und ich übernehmen die Rückendeckung. Wobei ich Sie darauf aufmerksam machen möchte, daß meine Pistole in Mrs. Cavells Rücken steckt, und Sie werden sich ja wohl darüber klar sein, was geschieht, wenn hier auch nur einer den Versuch machen sollte, aus der Reihe zu tanzen.«

Mir war es klar. Uns allen.

Die Scheunen und Stallungen waren leer – menschenleer jedenfalls. Aus dem Kuhstall kam das fromm-friedliche Mahlen wiederkäuender Kühe, aber das Abendmelken war vorbei. Gregori ging am Kuhstall vorbei, er ging an der Molkerei vorbei, an einem ehemaligen Stall, der inzwischen zu einem Traktorenschuppen degradiert worden war, an dem großen ausgemauerten Schweinestall und an einem Rübenlager. An der Scheune sah er sich um und schien genau das entdeckt zu haben, was er brauchte. Und ich mußte zugeben, daß es für seine Zwecke genau das Geeignete war.

Ein langgestrecktes niedriges Steingebäude war es mit kopfhohen, schießschartenartigen Fenstern, bei deren Anblick man ganz unwillkürlich nach den wehrhaften Zinnen Ausschau hielt. Ein altertümliches Ding, das zwar ganz nach Privatkapelle aussah, in seiner wahren Funktion jedoch von solcherlei heiligen Zwecken gar nicht weiter entfernt sein konnte. Es war eine Apfelkelterei mit einer schweren, altertümlichen Eichenpresse, die am entgegengesetzten Ende stand. Lauter Obstregale liefen an der einen Längswand entlang; gegenüber standen verspundete Fässer und abgedeckte Kufen frischen Apfelweins. Tür wie auch die Presse waren aus solider alter Eiche, und wenn der Fallriegel an der Außenseite einmal eingerastet war, dann bedurfte es zumindest eines Rammbocks, um hier durchzubrechen.

Wir hatten keinen Rammbock. Wir hatten mehr: Verzweiflung, den Willen zum Leben und, insgesamt gesehen, doch eine ganz beträchtliche Portion Intelligenz. Aber auch Gregori konnte nicht so auf den Kopf gefallen sein, sich einzubilden, uns hier in alle Ewigkeit festsetzen zu können. Passanten mußten uns hören, die Bauern sogar, deren Wohnhaus kaum hundert Meter weit ablag, wenn wir erst einmal anfingen, hier um Hilfe zu schreien. Nein, so dumm konnte er nicht sein. Eine Erkenntnis von bleierner Schwere und erstarrender Endgültigkeit, die alles in mir auslöschte und mich wie gelähmt zurückließ, überkam mich. So dumm war ein Gregori nicht. Er wußte – genau wußte er es –, daß hier niemand versuchen würde, diese Tür zu durchbrechen, er wußte, daß hier niemand um Hilfe schreien würde, und was er vor allem wußte, war, daß keiner von uns diese Apfelkelterei jemals wieder verlassen würde, es sei denn auf einer zugedeckten Bahre. Zu Eiszapfen erstarrte Finger schienen auf meiner Wirbelsäule – die ganze Tastatur hinauf und hinunter – Rachmaninoff zu spielen.

»Alles nach hinten und dageblieben, während ich die Tür von außen dicht mache«, kommandierte Gregori. »Leider ist meine Zeit zu kurz bemessen, um wohlgesetzte Abschiedsreden zu halten. In genau zwölf Stunden aber, wenn ich den Staub dieses verfluchten Landes zum letztenmal von meinen Schuhsohlen geschüttelt haben werde, will ich Ihrer aller gedenken. *Good-bye.*«

Ich raffte mich auf. »Und keine großmütige Geste für den besiegten Feind?«

»Sie haben darum gebeten, Cavell. Also schön, dann will ich mir noch die Zeit für eine Kleinigkeit nehmen. Zeit für denjenigen, der mich so viel gekostet hat, für den Mann, dem es beinahe gelungen ist, alle meine Pläne und Hoffnungen zunichte zu machen.« Er trat auf mich zu, stieß mir eine seiner Pistolen in den Magen und zog mir die andere mit aller seiner Kraft rechts und links durchs Gesicht. Weißglühend schmerzhaft spürte ich, wie meine Haut in lauter feinen Linien riß und das Blut mir warm über mein eiskaltes Gesicht zu rinnen begann. Mary schrie auf – irgend etwas – ich verstand es nicht. Ich sah nur, daß Hardanger zugriff und sie mit Gewalt festhielt, bis ihr nutzloser Widerstand erlahmte. Gregori trat zurück. »*Das*, Cavell, ist der Abschiedsgruß für Bettler.«

Ich nickte. Ich hob nicht einmal die Hand zum Gesicht. Noch

mehr verschönern, als es bereits war, konnte er es ohnehin nicht mehr. »Ich stelle Ihnen anheim, Mrs. Cavell mitzunehmen.«

»Pierre!« schluchzte Mary auf. »Was sagen Sie da!« Hardanger fluchte erbittert vor sich hin. Der General sah mich in dumpfem Nichtbegreifen an.

Gregori rührte sich nicht. Wir sahen uns an. Meine Augen fielen in die dunkle, ausdruckslose Leere, die ihnen entgegenglänzte. Dann schüttelte Gregori mit einer sonderbaren, kleinen Bewegung den Kopf. »Diesmal bin ich an der Reihe zu bitten, Cavell. Verzeihen Sie mir. Ich wußte nicht, daß *Sie* es wußten. Ich hoffe, daß, wenn ich einmal an der Reihe –« Er ließ den Rest ungesagt in der Luft hängen und sah sich nach Mary um. »Sie haben recht, es wäre ein Jammer. Eine schöne Frau – und so jung! Auch ich bin nicht bar jeden menschlichen Gefühls, Cavell – wenigstens dann nicht, wenn es um Frauen und Kinder geht. Übrigens sind auch die beiden Kinder, die ich leider gezwungen war, von der Alfringham Farm zu entführen, bereits wieder frei. Sie werden innerhalb weniger Stunden bei ihren Eltern sein. Nein, es wäre schade. Kommen Sie, Mrs. Cavell.«

Doch sie kam statt dessen zu mir und fuhr mir sanft übers Gesicht. »Was ist los, Pierre?« flüsterte sie. Liebe und Nichtbegreifenkönnen, aber nicht die Spur eines Vorwurfs lagen in ihrer Stimme. »Was macht dich so fertig?«

»Leb wohl, Mary«, sagte ich. »Dr. Gregori wartet nicht gern. Wir sehen uns bald.« Sie kam nicht mehr dazu, das zu sagen, was sie sagen wollte. Gregori hatte sie beim Arm genommen und brachte sie bereits zur Tür, während der Taubstumme uns alle in Schach hielt und uns nicht aus den Augen ließ, bis die Tür sich schloß und der schwere Riegel einrastete. Wir standen da und starrten uns im weißlichen Licht der Lampe, die noch immer auf dem Boden brannte, an.

»Sie Schwein, verfluchtes«, machte Hardanger seinem Herzen Luft. »Warum –.«

»Halten Sie die Schnauze, Hardanger!« Meine Stimme war leise, dringend, verzweifelt. »Schwingt euch, los. Paßt lieber auf die Gitter auf – die Fenster, verdammt. Los – los. Um Gottes willen *schnell!*«

In meiner Stimme muß etwas gelegen haben, das wohl auch eine ägyptische Mumie auf die Beine gebracht hätte. Wortlos und eilig verteilten wir uns. »Der wird hier sofort etwas durch die Fenster schmeißen«, zischelte ich ihnen zu. »Eine Botulin-Ampulle. Jeden Augenblick muß sie kommen.« Ein paar Sekunden brauchte er, um den Verschluß vom Stahlbehälter abzuschrauben, das wußte ich. »Abfangen! Ihr müßt es unbedingt auffangen. Wenn dieses Ding auf den Boden oder gegen die Wand knallt, sind wir alle hier geliefert.«

Und ich war noch nicht ganz zu Ende, als von draußen ein Geräusch kam, als der Schatten eines Armes über die Vergitterung fiel und irgend etwas wirbelnd in den Raum schoß. Irgend etwas im Schein der Lampe Glitzerndes und Funkelndes. Irgend etwas aus Glas mit rotem Siegelknopf. Eine Botulin-Ampulle.

Blitzartig, schnell, unerwartet kam das, und so genau zu Boden geschleudert, daß niemand von uns auch nur die geringste Chance hatte, zuzugreifen. Es wirbelte quer durch den Raum, schlug direkt gegen die Steinkante zwischen Boden und Wand und zersplitterte klirrend in tausend Teile.


## 12


Ich werde nie wissen, was es war. Ich werde wohl niemals wissen, warum ich – wie ich es heute im Rückblick auf die Geschehnisse sehe – so blitzartig reagierte. Der Bruchteil einer Sekunde, der zwischen dem Schlag, den man erwartet, und der Reflexbewegung, in der der eigene Arm zur Abwehr hochschnellt, verrinnt, genügte mir, um zu schalten. Automatisch, instinktiv, völlig gedankenlos – und doch muß etwas dahinter gestanden haben: Eine blitzartig sich zutiefst im Unterbewußtsein formende Überlegung, die nicht mehr die Zeit hat, als bewußter Gedankengang an die Oberfläche zu gelangen. Ich tat das einzige, was zu tun war, das einzige, was einen armseligen Funken Hoffnung auf Leben versprach.

Noch während die Phiole durch die Luft flog und ich auch nicht die geringste Möglichkeit sah, sie aufzuhalten, griffen meine Hände bereits nach dem Weinfaß auf dem Bock neben mir, und das Klirren der Scherben echote noch durch die entgeisterte Stille des kleinen Raums, als ich das Faß auch schon mit aller Kraft genau dahin schmetterte, wo das Glas aufgeschlagen war. Die Faßdauben krachten und splitterten, als wären sie aus dünnem Sperrholz, und zehn Liter Apfelwein überfluteten gurgelnd die Wand und den Boden.

»Apfelwein«, schrie ich. »Mehr Apfelwein. Los, gießt alles, was ihr findet, auf den Boden und an die Wand und verspritzt es in der Luft da, wo dieses Mistding aufgeschlagen ist. Aber seid ja vorsichtig und seht zu, daß ihr um Gottes willen keinen Tropfen abbekommt. Los, los!«

»Menschenskind, wozu soll das denn noch gut sein?« meuterte Hardanger, und auch sein sonst so blühend gesundes Gesicht war jetzt weiß und still und verständnislos, aber er war nichtsdestoweniger schon dabei, vorsichtig eine kleine Weinkufe auf den Boden zu gießen. »Und was soll das alles noch? Wozu?«

»Weil's hygroskopisch ist«, sagte ich sehr schnell. »Das Botulin ist hygroskopisch, verstehen Sie nicht? Es bindet sich jederzeit weitaus eher mit Feuchtigkeit als mit Luft und hat hundertmal mehr Affinität zu Wasserstoff als zu Stickstoff. Sie haben doch gehört, was der General heute abend noch sagte.«

»Aber das hier ist doch kein Wasser«, protestierte Hardanger renitent. »Apfelwein ist das.«

»Herrgott, erbarm dich«, ging ich hoch. »Freilich ist es Apfelwein, wir können uns nun einmal kein Wasser aus dem Boden stampfen. Was weiß ich, welche Wirkung und welche Affinität das Zeug hat. Und deshalb wäre endlich die Stunde gekommen, da Sie zum erstenmal in Ihrem Leben darum beten sollten, daß dieser Alkohol hier einen möglichst hohen Wassergehalt hat.« Ich griff schon nach dem nächsten handlicheren Faß, stöhnte auf, bei dem Versuch, es hochzubringen, und ließ es wieder fallen. Ein scharfer, stechender Schmerz in der linken Seite ließ mich die Luft anhalten. Und nicht nur der Schmerz allein. Hatte es mich erwischt? Lähmender Schreck durchzuckte mich für eine lange endlose Sekunde. Doch schon in der nächsten wurde ich mir darüber klar, daß es nicht der Virus war, sondern meine gebrochenen Rippen, deren kunstgerechte Bandage verrutscht sein mußte, als ich eben das Faß durch die Luft geschleudert hatte. Vage fragte ich mich, wohin das nun gegangen sein konnte – in die Pleura? In die Lunge? Wenn schon, dachte ich achselzuckend, was spielte das auch noch für eine Rolle jetzt?

Wieviel Zeit zu leben hatten wir denn schon noch. Wie lange noch – falls irgend etwas von diesem Dreckzeug hier die Luft verpestete? Wie lange noch – bis die ersten Krämpfe einsetzen mußten? Welche Frist hatte Gregori dem Hamster gegeben, als wir gestern vor dem Labor gestanden hatten? Fünfzehn Sekunden – jawohl, fünfzehn Sekunden waren es gewesen. Fünfzehn für den

Satanskäfer und etwa die gleiche Frist für das Botulin. Fünfzehn Sekunden für einen Hamster, und für einen Menschen? Gott allein mochte das wissen. Dreißig wahrscheinlich – höchstens dreißig. Allerhöchstens. Ich bückte mich und hob die Lampe vom Boden. »Schluß«, rief ich, »aus – aufhören. Genug. Stellt euch auf die Fässer, wenn ihr hier noch lebend herauskommen wollt. Und seht zu, daß ihr ja keinen Tropfen von diesem Zeug abbekommt, achtet auf die Schuhe – oder ihr seid alle geliefert.« Ich schwang die Lampe herum, während sich alles nach oben absetzte, um der bernsteinfarbenen Flut, die sich eilig über dem Steinboden auszudehnen begann, zu entkommen. Und da, während ich ihnen die Lampe hochhielt, hörte ich den Jaguar draußen anspringen. Gregori setzte sich ab. In dem unfrommen Glauben, ein Leichenhaus zu hinterlassen, fuhr er mit Henriques und Mary los – seinem größenwahnsinnigen Traum entgegen.

Dreißig Sekunden waren um. Mindestens dreißig Sekunden waren jetzt um. Niemand zuckte auch nur mit der Wimper, geschweige denn verkrampfte sich. Noch einmal – und langsamer diesmal – ließ ich den Lichtstrahl über sie hinweggleiten; angefangen von den angsterstarrten Gesichtern, bis hinunter zu den Füßen; einen nach dem anderen leuchtete ich ab, bis der Strahl stockte und an einem der Konstabler, dem sie die Uniform ausgezogen hatten, hängenblieb.

»Ziehen Sie Ihren rechten Schuh aus«, sagte ich scharf. »Er hat einen Spritzer abbekommen. Herrgott, doch nicht mit der Hand, Sie Vollidiot! Nehmen Sie halt den anderen Schuh dazu. Achtung, Hardanger, der linke Ärmel Ihrer Jacke ist naß.«

Hardanger stand sehr still, und er wagte nicht einmal, mich anzusehen, als ich sein Jackett oben am Kragen nahm und es ihm vorsichtig über die Arme und Hände zog, ehe es zu Boden glitt.

»Sind wir – sind wir denn jetzt sicher, Sir?« fragte der Sergeant nervös.

»Sicher? Mir wäre es lieber, dieser verfluchte Verhau hier wäre voller Kobras und Giftspinnen. Verdammt. Nein, sicher sind wir hier nicht. Davon kann gar keine Rede sein. Einer dieser Flecken hier an der Wand oder auf dem Boden braucht nur zu trocknen, und schon muß dieses Dreckzeug die Luft verpesten – auch die hat einen Feuchtigkeitsgehalt, das wissen Sie doch. Sobald auch nur ein Fleckchen verschwindet, sind wir innerhalb von einer Minute erledigt.«

»Also müssen wir hier heraus«, sagte der General ruhig. »Und zwar schnellstens; nicht wahr, mein Junge, das wollten Sie doch wohl damit sagen?«

»Ja, Sir.« Ich peilte schnell die Lage. »Los, zwei Fässer an jede Seite der Tür. Und die nächsten gleich daneben, mit etwas Abstand. Und dann hinein mit der Apfelpresse. Ich passe – mit meinen Rippen stimmt was nicht. Und dann los – hau ruck – strengen Sie sich an. Denken Sie daran, daß dieses Ding hier dreihundert Pfund wiegen muß, und wenn es auch so leicht wie eine Briefmarke sein sollte. Hardanger, was ist – glauben Sie, daß ihr es zu viert schafft?«

»Das wollen wir doch mal sehen, ob wir dieses verdammte Ding hier nicht zu Kleinholz kriegen«, knurrte Hardanger. »Mit einer Hand und mit der anderen in der Hosentasche schaffe ich das, wenn's sein muß. Los – los, ein bißchen dalli, Kinder.«

Und beeilen taten sie sich. Fässer in die richtige Position zu verrollen, wenn man selber hoch oben auf dergleichen turnt, ist ein akrobatisches Kunststück, besonders dann, wenn die zu verrollenden Fässer auch noch voll sind, aber Verzweiflung und Angst vollbringen Taten und verleihen Kräfte, deren Ausmaß man später nie begreift. In kaum zwanzig Sekunden waren die Fässer da, wo sie hingehörten, und in weiterer zwanzig Sekunden standen Hardanger, der Sergeant und die beiden Konstabler, je zwei Mann zu beiden Seiten der schweren wuchtigen Presse – und holten aus. Die Tür war solide alte Eiche, die Angeln nicht minder kompakt und der Zugriegel an der Außenseite weiß Gott nicht aus Blech, aber bei diesem ehernen Rammbock und dem übermenschlichen Schwung, zu dem vier Männer, deren Leben auf dem Spiel steht, auszuholen imstande sind, hätte sie aus leichtestem Sperrholz sein können. Sie splitterte, krachte aus den Angeln, und die im gleichen Moment losgelassene Apfelpresse donnerte ins Dunkel hinab. Und fünf Sekunden danach war ihr auch der Letzte gefolgt.

»Los«, drängte Hardanger, »das Bauernhaus drüben. Die könnten eventuell Telefon haben.«

»Moment«, stoppte ich genauso eilig ab. »Geht nicht. Können wir nicht machen. Was wissen wir denn, ob wir diese Pest nicht doch an uns herumschleppen. Womöglich bringen wir dort die ganze Familie um. Warten wir wenigstens noch solange, bis der Regen das, was an unseren Klamotten hängengeblieben sein könnte, weggespült hat.«

»Warten? Verdammt, als wenn wir es uns leisten könnten, hier herumzustehen und Maulaffen feil zu halten«, sagte Hardanger hitzig. »Wenn wir da drin nicht verreckt sind, dann werden wir das kaum hier draußen nachholen. General?«

Der General zögerte. »Ich weiß nicht – ja, vielleicht haben Sie recht. Wir haben wahrhaftig keine Zeit mehr –«

Entsetzt brach er ab und starrte auf den Konstabler, auf denjenigen, dessen Schuh vorhin naß geworden war. Aufstöhnend vor Qual, schreiend, ein Schrei, der in ein jagendes, gestoßenes, ringendes Keuchen absank, brach er zusammen: Zuckende Hände krampften sich in wilder, tierischer Angst um ein plötzlich versteiftes Genick, aus dem die Haare sich wie zitternde kleine Drähtchen hoben. Und dann taumelte er und sank schwer auf den schmierigen Boden. Still geworden. Nur die Nägel seiner erstarrten Finger krampften sich noch in den Hals, als wollten sie ihn aufreißen. Mit einem Entsetzenslaut machte sein Kamerad Anstalten, sich über ihn zu beugen, und stöhnte auf, als sich mein Arm wie eine Klammer um seinen Hals legte und ihn zurückkriß.

»Nicht anrühren«, schrie ich heiser. »Fassen Sie ihn an – und Sie krepieren genauso elend. Der muß was aufgefangen haben, als er mit den Fingern an den Schuh und hinterher wohl an den Mund gekommen ist. Nichts kann ihn mehr retten. Zurück. Halten Sie Abstand von ihm.«

Zwanzig Sekunden brauchte er, um zu sterben – zwanzig Sekunden, die niemand vergißt, die jedem, der sie mit ansah, ein Alptraum bis zum letzten Atemzug bleiben müssen. Viele hatte ich sterben sehen. Dagegen jedoch – gegen diesen erschütternden, von unfaßlichen Krämpfen geschüttelten, sich windenden, um sich schlagenden und hoch in die Luft gepeitschten Todeskampf, waren auch die grauenhaftesten Qualen Schwerverwundeter ein friedliches Dahinscheiden. Zweimal schleuderte es diesen gequälten Körper in den letzten verzweifelten Sekunden so hoch, daß mit Leichtigkeit ein Tisch unter ihm Platz gehabt hätte, und dann, so plötzlich, wie es kam, war es vorbei. Zu Ende. Und nichts blieb zurück, als ein sonderbar kleines, formloses Bündel Kleider, das still mit dem Gesicht in dem schmierigen Schlamm lag. Mein Mund war völlig ausgedörrt, und ich verspürte den üblen Geschmack von Salz und Furcht. Ich weiß nicht mehr, wie lange wir da in diesem schweren kalten Regen standen und auf den Toten starrten. Lange, glaube ich. Und dann sahen wir einander an, und jeder wußte vom anderen, was er dachte, denn jeder spürte, daß auch die anderen nur noch fähig waren, eines zu denken: Wer ist der nächste? In dem fahl verwaschenen Licht der Lampe, die ich noch immer in der Hand hielt, starrten wir einander halb von Sinnen an, angespannt bis zum Zerreißen, regungslos erstarrt auf die ersten Todeszuckungen lauernd, halb nach innen gerichtet auf die eigenen, halb nach außen auf die der anderen. Und dann plötzlich fing ich an zu fluchen, wie ich noch nie geflucht hatte, und ich weiß nicht, was ich da verfluchte, mich selbst, die eigene Feigheit, Gregori oder die Viren. Ich weiß es nicht. Ich drehte mich um und ging schnell mit der Lampe zum Kuhstall. Ich ließ sie stehen. In der regenerfüllten Dunkelheit – um den Toten geschart, sahen sie aus wie die versteinerten Trauernden eines uralten heidnischen mitternächtlichen Ritus.

Ich suchte einen Schlauch und fand ihn auch sofort. Den nahm ich mit. Draußen schloß ich ihn an einen Hofhydranten an und drehte den Hahn voll auf: Der Effekt, was Druck und Menge anbelangte, hätte jedem Stadthydranten zur Ehre gereicht. Und dann kletterte ich auf einen Heuwagen und sagte zum General: »Kommen Sie, Sir, Sie sind als erster dran.«

Er stellte sich direkt unter die hinuntergerichtete Düse und taumelte. Der starke Strahl aus einer Distanz von nur wenigen Zoll riß ihn fast um. Aber er hielt die volle halbe Minute, auf der ich unbedingt bestand, durch, und als er fertig war, triefte er und war so durchweicht und zitterte, als hätte er sich selbst nach einer langen Nacht aus dem Wasser gefischt. Noch durch das Zischen des Wasserstrahls konnte ich seine Zähne klappern hören: Aber ich wußte jetzt wenigstens genau, daß alles, was er an sich gehabt haben konnte, einwandfrei weggespült sein mußte. Nach der Reihe nahm ich sie mir vor, alle vier. Zum Schluß ließ Hardanger mich antreten. Die Kraft des Wasserstrahls war derart, daß man sich wie in einer Non-stop-Serie keineswegs leichtgewichtiger Schläge im Boxring vorkam, und das Wasser selbst war eiskalt: Aber ich brauchte nur an das eben miterlebte Sterben zu denken, und schon erschienen mir ein paar lächerliche Beulen und das Risiko einer eventuellen Lungenentzündung nicht mehr der Rede wert.

Als Hardanger mit mir fertig war, stellte er das Wasser ab und sagte ruhig: »Sie hatten verdammt recht, Cavell.«

»Es war meine Schuld«, sagte ich, und ich konnte auch nichts dafür, daß meine Stimme sich so dumpf und hohl anhörte, wie sie mir in die eigenen Ohren drang. »Warnen sollen hätte ich ihn wenigstens noch. Verdammt, konnte ich ihm nicht noch sagen, die Pfote aus dem Gesicht zu lassen?«

»Daran hätte er selbst denken sollen«, sagte Hardanger geradezu roh. »Er kannte die Gefahr sowohl wie Sie – schließlich hat jedes Käseblatt in diesem Land heute ausreichend darüber geschrieben. Gehen wir. Mal sehen, ob die da drin wenigstens Telefon haben. Obgleich das auch nicht mehr viel ändern dürfte. Gregori weiß genau daß dieser Polizei-Jaguar ein viel zu heißes Eisen ist, um sich auch nur eine Sekunde länger als unbedingt notwendig damit zu belasten. Er hat auf der ganzen Linie gesiegt, verflucht sei seine schwarze Seele, und nichts wird ihn mehr aufhalten. Zwölf Stunden hat er gesagt, in zwölf Stunden ist der über alle Berge.«

»In zwölf Stunden ist Gregori ein toter Mann«, sagte ich.

»Was?« Ich spürte direkt, wie er mich anstarrte. »Was haben Sie da gesagt?«

»Daß er ein toter Mann sein wird, habe ich gesagt, und zwar noch ehe es wieder Tag wird.«

»Schon gut«, sagte Hardanger. Und ich wußte, was er dachte: Jetzt ist er übergeschnappt aber tun wir um Gottes willen so, als merkten wir nichts, nur kein Theater daraus machen. Er nahm mich am Arm und lancierte mich zu dem erleuchteten Rechteck, in dem das Haus stand.

»Je schneller das alles vorbei ist, desto eher kommen wir alle wieder zur Ruhe – zum Essen – zum Schlafen.«

»Ja, wenn ich Gregori fertiggemacht habe, werde ich alle Viere von mir stecken und schlafen«, sagte ich. »Und ich mache ihn heute Nacht noch fertig. Erst bringe ich Mary zurück. Dann mache ich ihn fertig.«

»Mary passiert nichts, Cavell«, sagte er. Mary in den Händen dieses Verrückten, das hat Cavell den Rest gegeben, das hat ihn um sein letztes bißchen Verstand gebracht, dachte er. »Er wird sie laufen lassen, was soll er ihr denn tun? Dazu hat er keinen Anlaß. Und Sie? Sie *mußten* das tun, was Sie getan haben. Sie dachten doch wohl, daß auch sie dranglauben mußte, wenn sie bei uns in der Kelterei bliebe. Stimmt's, Cavell?«

»Der Polizeichef hat recht, mein Junge, bestimmt.« Sie hatten mich in die Mitte genommen, der General und Hardanger, und des Generals Stimme war leise und beruhigend, weil man arme Irre nicht aufregen soll. »Ihr wird schon nichts passieren.«

»Vielleicht bin ich übergeschnappt – na, wenn schon«, sagte ich.

Hardanger blieb stehen. Der Griff, mit dem er mich am Arm hielt, wurde etwas fester, er sah mich an, als traute er dem Frieden nicht. Wer einen Dachschaden hat, der redet gewöhnlich nicht darüber; aus dem einfachen Grund, weil er selbst fest davon überzeugt ist, daß da oben alles stimmt. Auch das wußte er. »Da komme ich nicht ganz mit«, sagte er schließlich, vorsichtig geworden.

»Nein? Dann passen Sie gut auf«, sagte ich nur, und dann zum General: »Sie müssen dem Kabinett unbedingt beibringen, daß das Londoner Zentrum weiter evakuiert wird. Daß die Radio- und Fernsehnachrichten weiter durchgegeben werden. Schwierigkeiten, den Leuten plausibel zu machen, daß sie weg müssen, werden sich wohl kaum ergeben. Zudem ist nachts in dieser Gegend sowieso nicht allzuviel los. Ich weiß genau, was Gregori heute nacht vorhat. Ich weiß genau, was er zu erreichen hofft. Und ich weiß genau, daß er sich aus England abzusetzen gedenkt. – Und ich weiß auch genau wohin.«

»Und wieso wissen Sie das, mein Junge?« Des Generals Stimme war so leise, daß ich ihn durch das Trommeln des Regens kaum noch verstand.

»Weil er ein bißchen viel gequasselt hat, der gute Gregori. Irgendwann haben sie alle einmal ihre gesprächigen fünf Minuten. Gregori war zugeknöpfter als die meisten. Und selbst, als er bereits davon überzeugt war, daß unser bevorstehendes Ende nur noch eine Frage von Minuten war, sagte er nur sehr wenig. Aber auch das wenige war bereits zuviel. Und ich glaube, seit dem Moment, da wir MacDonalds Leiche fanden, habe ich es immer gewußt.«

»Na, dann müssen Sie mehr gehört haben als ich«, sagte Hardanger sauer.

»Alle habt ihr es gehört. Sie haben doch wohl vernommen, daß er sagte, er wolle nach London. Und wenn er London wirklich zu verseuchen gedächte, um Mordon damit zu zerstören, dann wäre er in Mordon geblieben, um zumindest festzustellen, was sich dort tut. Dann hätte er den kleinen Job in London einem seiner Handlanger überlassen. Aber er hatte gar kein Interesse an Mordon. Er hatte es nie. In London hat er dringend etwas zu tun. Auch das ist wieder mal einer seiner berühmten faulen Fische. Nur der kommunistische Schachzug, der ergab sich rein zufällig – damit hatte Gregori nichts zu schaffen. Soweit zum ersten Punkt. Zum zweiten: Die große Hoffnung seines Lebens soll sich heute nacht erfüllen. Auch davon sprach er. Und drittens sagte er, daß er Henriques zweimal vor dem elektrischen Stuhl bewahrt habe, und das zeigt deutlich, wess' Geistes Kind er ist – gewiß kein zugelassener Strafverteidiger der Anwaltskammer der Vereinigten Staaten. Ich will jede Wette eingehen, daß seine Personalakten nicht nur bei Interpol registriert sind, sondern ich bin auch noch überzeugt, daß er einer der ehemaligen Gangsterkönige Amerikas war, der dann nach Italien ins Exil ging. Es dürfte recht interessant und aufschlußreich sein, gelegentlich einmal nachzulesen, in welche Richtung seiner Zunft er spezialisiert war. Denn die Leoparden der Unterwelt – auch deren stattlichste Exemplare, wechseln ihre Zeichnung nie. Und zum vierten beabsichtigt er, in zwölf Stunden außer Landes zu gehen. Und zum fünften – ist heute Samstag, Samstagnacht. Und jetzt setzen Sie sich alle diese netten Kleinigkeiten zusammen, und schauen Sie selbst, was dabei herauskommt.«

»Ich wäre dafür, Sie sagen es uns«, murrte Hardanger ungeduldig.

Also sagte ich es ihnen.

Der Regen fiel noch immer senkrecht und schwer – noch genauso schwer wie vor wenigen Stunden, als wir die ländliche Weinkelterei verlassen hatten. Eine Gegend, in der der strömende Regen und blitzschnelle Evakuierung des Gebiets die Seuchenviren um ihre sämtlichen Opfer – bis auf den einen unglücklichen Konstabler, der so grauenhaft vor unseren Augen gestorben war – gebracht hatte. Jetzt, morgens zwanzig nach drei, war er eisig geworden, dieser Regen; aber ich spürte das kaum. Alles, was ich noch fühlte, war meine Erschöpfung, die schmerzhaften Stiche meiner Rippen bei jedem Atemzug und die nagende Angst, daß ich trotz aller Zuversicht, die ich da vor dem General und Hardanger zur Schau gestellt hatte, hoffnungslos im Irrtum und Mary mir für immer und ewig verloren war. Und selbst, wenn ich recht haben sollte, war es genausogut möglich, daß sie mir verloren war.

Mit verzweifelter Anstrengung versuchte ich ganz bewußt, an etwa anderes zu denken.

Der mit einer hohen Mauer umgebene Hof, in dem ich schon seit drei Stunden stand, war so dunkel und verlassen wie das Herz von London. Die Räumung des Stadtzentrums hatte nach sechs, kurz nach Laden- und allgemeinem Dienstschluß der Banken und

Büros, eingesetzt. Die vorübergehend Heimatlosen waren in bereitgestellten Sälen und Theatern und Schulen untergebracht worden. Und man hatte die Evakuierung in den Neun-Uhr-Nachrichten noch weiter zu beschleunigen gesucht, indem bekanntgegeben worden war, daß nach einer letzten, soeben eingegangenen Mitteilung der Termin für den Botulinangriff von vier Uhr auf halb zwei morgens vorverlegt worden sei.

Alles war ohne Hast, ohne Panik, ohne verzweifeltes Theater vor sich gegangen. Und wären nicht all die Kofferschleppenden im Straßenbild aufgefallen, so wäre man gar nicht auf die Idee gekommen, daß hier etwas nicht stimmte. Die phlegmatischen Londoner, die in Hunderten von Nächten den Bombenangriffen des Kriegs ausgesetzt gewesen waren und ihre Stadt hatten brennen sehen, dachten gar nicht daran, sich auch nur aus der Ruhe bringen zu lassen – egal, um was es ging – und wer es war.

Zwischen halb zehn und zehn hatten über tausend Mann Militär das ganze Londoner Zentrum systematisch durchgekämmt, auf daß auch der letzte Mann, die letzte Frau, das letzte Kind in Sicherheit und niemand übersehen worden war. Um halb zwölf war ein abgedunkeltes Patrouillenboot geräuschlos am Nordufer der Themse angelaufen und hatte mich genau am Ufer bei der Hungerford Bridge abgesetzt. Ein bewaffneter mitternächtlicher Polizei- und Militäreinsatz hatte das ganze Gebiet, einschließlich der Themsebrücken gesperrt und abgeriegelt. Um ein Uhr hatte ein Stromausfall fast eine ganze Quadratmeile des Stadtgebiets in völlige Finsternis fallen lassen – eine Meile innerhalb des Sperriegels.

Zwanzig nach drei, genau fünfzig Minuten nach dem festgesetzten Zeitpunkt für die Seuchenattacke. Es wurde Zeit zu gehen. Ich rückte die geliehene Webley, die nicht ins Schulterhalfter paßte, zurecht, prüfte das Messer, das mir, mit der Scheide nach unten gerichtet, im linken Ärmel steckte, und machte mich in die Dunkelheit auf. Den neuen Hubschrauberlandeplatz hatte ich bisher nie abgebildet gesehen, geschweige denn, daß ich jemals draußen gewesen wäre. Aber ein Inspektor der Metropolitan Police hatte mich so enervierend gründlich und erschöpfend instruiert, daß ich jetzt auch blind dahin gefunden hätte. Und genau das war ich im Grunde genommen auch. Blind. Total blind. Die Finsternis in dieser verdunkelten, regenverweinten Stadt war von fast absoluter Vollkommenheit.

Man hat mir erklärt, daß ich auf dreierlei Wegen zu diesem

Landeplatz, der hundert Fuß über London, auf dem Dach des Bahnhofs liegt, kommen könne. Es gab zwar zwei Aufzüge, bei dem Stromausfall jedoch mußten sie außer Betrieb sein. Zwischen beiden lief eingeglast eine von unten bis oben völlig offene Wendeltreppe hinauf. Eine ideale Sprunganlage für Selbstmordkandidaten, falls ihrer unten ein Empfangskomitee harrte, und Gregori schien mir gewiß nicht der Mann, der seine Anmarschlinie unbewacht lassen würde, das war klar. Und dann gab es noch einen dritten Weg. Die Feuerleiter auf der anderen Seite des Bahnhofs. Und das war der einzige Weg für mich. Ich ging.

Eine schmale Kopfsteingasse führte zweihundert Meter an der Mauer entlang. Dann hörte sie auf, und ich tastete herum, stellte einen hohen Holzzaun fest, griff nach oben, zog mich hoch und rutschte leise auf der anderen Seite ab. Dann ging ich den Schienen nach. Die zuständigen Buchkompilatoren, die behaupten, daß der Clapham Verschiebebahnhof mehr parallel laufende Gleisanlagen habe als sämtliche Bahnhöfe Englands, würden sich wahrhaftig nicht zu solch blödsinnigen Feststellungen versteigen, wenn sie das einmal in einer tiefschwarzen, stockdunklen Oktobernacht, wenn einem der eisige Regen um die Ohren pfeift, selbst ausprobiert hätten. Ich glaube, es gab kein einziges Stück Eisen und Metall mehr in der endlosen Weite dieser Gleisanlagen, das ich in jener Nacht nicht gefunden hätte – und meistens mit Schienbeinen und Knöcheln. Gleise und Drähte und Signalanlagen und Verschiebeanlagen, Hydranten und Plattformen, wo sie hingehörten und nicht hingehörten – ich fand sie alle. Und um allem die Krone aufzusetzen, fing jetzt auch noch der verbrannte Kork, mit dem mein Gesicht und meine Hände total geschwärzt worden waren, an zu laufen, und verbrannter Kork schmeckt ganz genauso, wie man erwartet, daß verbrannter Kork schmeckt. Und es tut höllisch weh, wenn man ihn in die Augen bekommt. Die einzige Gefahr, um die ich mich nicht zu kümmern brauchte, waren die Stromschienen. Der Strom war abgestellt. Den gegenüberliegenden Zaun des Verschiebebahnhofs fand ich ohne alle Schwierigkeiten, indem ich in ihn hineinrannte. Und einmal drüben, drehte ich nach links ab und ging in Richtung Feuerleiter, die irgendwo in einem schmalen Mauervorhof liegen sollte. Ich fand ihn schließlich, ging hinein und preßte mich flach gegen die Mauer. Die Feuerleiter war da, jawohl; in der Dunkelheit kaum wahrnehmbar, schwang sie sich etwa zwanzig Fuß weiter gegen das leicht aufgehellte Dunkel des Himmels, starr, düster und zickzackförmig hoch, um oben gegen den schwärzlichen Hintergrund dunkler Gebäude zu verschwinden.

Drei Minuten blieb ich starr an die Wand gepreßt stehen und zeigte nicht mehr Leben als ein hölzerner Indianer... Dann hörte ich es, noch durch das Trommeln des Regens gegen meine durchweichten Schultern und das Gurgeln des Wassers in den Abflußrinnen hörte ich es: das leichte Scharren eines Schuhes auf dem Pflaster, mit dem jemand sich aus einer unbequemen, eingeengten Stellung rührte. Dann blieb es still, aber mehr brauchte ich auch gar nicht zu hören. Einmal reichte vollauf... Irgend jemand stand direkt unter der untersten Sprossenwand der Feuerleiter, und wenn er sich als unschuldiges Gemüt mit keinerlei anderen Absichten als denen, der eigenen Gesundheit zu dienen, herausstellen sollte, hätte mir das höchstens eine erschütternde Überraschung sein können – gelinde gesagt. Auch diese Kur würde ihm nicht mehr helfen; aber wenn er erst einmal kalt war, gab er sicher nicht mehr allzuviel darauf. Ihn hier zu finden, ließ mich, ob der Gefahr die er darstellte, durchaus nicht in hoffnungslose Trübsal verfallen; alles, was ich empfand, war tiefste Befriedigung und ein Gefühl von Erleichterung, das sich nicht beschreiben läßt. Ich hatte alles auf eine Karte gesetzt, aber ich hatte gewonnen. Dr. Gregori funktionierte genauso, wie ich es dem General und Hardanger prophezeit hatte.

Ich ließ das Messer aus der Scheide rutschen und fuhr mit dem Daumen über die Schneide. Es war spitz wie eine Lanze und scharf wie ein Skalpell. Ein kleines Messerchen nur, aber von dreieinhalb Zoll Stahl kann man im Endeffekt genauso tot sein wie vom längsten Stilett oder vom stärksten Schwert. Das heißt, falls man genau weiß, wohin man zu stechen hat. Und das wußte ich ziemlich genau. Wie und wohin. Und in jedem Fall leistete ich bei allem, was über eine Distanz von zehn Fuß hinausging, mit dem Messer die akkuratere Arbeit.

Sechzehn der zwanzig Schritte, die uns trennten, schaffte ich in zehn Sekunden, nicht geräuschvoller als der im Mondlicht dahintreibende Schatten einer Schneeflocke. Und jetzt sah ich ihn fast genau. Direkt unter der ersten Plattform der Feuerleiter stand er, um soweit wie möglich vor dem Regen Deckung zu nehmen. Mit dem Rücken zur Wand. Sein Kopf hing hinunter, als sei er mit dem Kinn auf der Brust im Stehen halb eingedöst. Ein einziger Blick hätte genügt, und schon hätte er mich gehabt.

Aber daß er endlos so schön blind bleiben würde, war kaum zu erwarten. Ich drehte das Messer, bis die Scheide nach oben stand, und dann zögerte ich plötzlich. Selbst jetzt, da Marys Leben in der Waagschale lang, stand ich da und zögerte. Wer immer auch da unten stehen mochte, verdient hatte er sich seinen frühen Tod redlich, daran zweifelte ich kaum. Einen ahnungslosen Halbschlafenden jedoch mit dem Messer zu überfallen – verdammt, das ging mir quer, ob er es nun verdient hatte oder nicht. Nein, verdammt, so etwas war wahrhaftig kein Krieg in Ehren. Ich ließ leise die Webley aus dem Halfter rutschen, schlich mich vorsichtig und leise und auf Zehenspitzen, wie die Maus an die schlafende Katze, an ihn heran, suchte mir unter dem Hutrand genau die richtige Stelle und holte aus. Und vermutlich, weil mich die eigene Zimperlichkeit, ihn mit dem Messer fertigzumachen, irgendwie wurmte, fiel das, was ich ihm verpaßte ziemlich hart aus – verdammt hart. Es klang wie eine Axt, die sich tief in einen Stamm gräbt. Ich fing ihn ab und ließ ihn sanft zu Boden gleiten. Der wachte nicht auf – nicht ehe der Morgen graute, wenn er überhaupt noch erwachte. Aber das war mir jetzt nicht so wichtig. Ich startete die Feuerleiter hoch.

Langsam, ohne jede Hast, ohne jede Eile, Eile konnte das Ende bedeuten. Den Blick nach oben gerichtet, nahm ich eine Stufe nach der anderen, immer nur eine. Ich war zu nah am Ziel, um durch einen übereilten Schritt alles zunichte zu machen. Nach dem sechsten oder siebten Sprossenabsatz wurde ich sogar noch langsamer, und das nicht etwa, weil mich mein Bein oder diese sehr komischen Atembeschwerden peinigten, was sie zweifellos sowieso taten, sondern weil ich plötzlich direkt über mir in der Wand, wo kein Licht zu sein hatte, einen diffusen Lichtschein wahrnahm. Nirgends hatte Licht zu sein, denn alles Licht im Herzen Londons war erloschen. Falls schwarze Gesichter für Geister zulässig sind – meins mußte zwar jetzt schon reichlich gestreift wirken –, dann kletterte ich die nächste Sprossenwand wie ein Geist hoch. Und als ich mich dem Lichtschein näherte, konnte ich feststellen, daß er nicht aus einem Fenster, sondern aus einer schmiedeeisernen Tür in der Wand fiel. Vorsichtig brachte ich meinen Kopf hoch genug, um zu sehen, was dort los war.

Die Tür lag etwa in gleicher Höhe mit den massiven Eisenträgern, die das Dach des Bahnhofs stützten. Mindestens ein Dutzend Lampen – schwächliche vereinsamte Lichtquellen, die eigentlich nur dazu dienten, den allgemeinen düsteren Trübsinn, der über der gesamten riesigen höhlenartigen Halle lag, noch zu betonen, verbreiteten ein bißchen Helligkeit. Und dann plötzlich wurde mir klar, warum sie brannten. Kein Bahnhof kann ganz ohne Licht operieren. Das, was ich da unten sah, mußte die batteriegespeiste Notbeleuchtung für Stromausfall sein. Eine völlig prosaische Erklärung; aber genau die richtige.

Ich studierte einen Moment die geometrischen Formen der rußgeschwärzten Stahlträger, die sich drüben am anderen Ende des Bahnhofs in der undurchdringlichen Finsternis verloren, und drückte dann versuchsweise leicht gegen die Tür. Sie gab nach. Aber dieses Ding quietschte auch noch wie ein Galgen im Nachtwind – wie ein Galgen mit einem im Nachtwind baumelnden Toten. Keine erbauliche Vorstellung. Ich versuchte, an etwas anderes zu denken als ausgerechnet an Leichen. Genug war genug.

Die Tür stand jetzt weit genug auf, um mich ins Innere sehen zu lassen. Eine Stahlplattform mit senkrechten Leitern stellte ich fest. Eine führte direkt nach oben in den langen Quergang unter dem riesigen Oberlicht, die andere tief nach unten bis etwa zur höchsten Lampe: Die erstere vermutlich für die Fensterputzer gedacht, die letztere für die Elektriker. Eine Entdeckung, die mir enorm viel einbrachte. Ich raffte mich auf, um weiterzuklettern. Das, was mich tatsächlich interessierte, lag mindestens noch sechs Sprossenabsätze höher.

Der Arm, der sich um meinen Hals schloß und mir Luft und Leben abzuquetschen drohte, gehörte einem Gorilla – einem Gorilla in Hemd und Jackett – aber einem Gorilla. In den ersten zwei versteinerten Schrecksekunden war mir, als müsse mein Genick brechen, und ehe ich überhaupt fähig wurde zu reagieren, glitt auch schon etwas hartes, Metallisches über mein rechtes Handgelenk und fiel noch, ehe ich zufassen konnte: die Webley. Sie schlug noch gegen die Kante der Plattform und trudelte dann in die Nacht und Finsternis.

Den Aufschlag hörte ich nie, wie sollte ich? Ich war viel zu beschäftigt damit, um mein Leben zu kämpfen. Mit der linken – die Rechte war momentan bewegungsunfähig und ziemlich nutzlos – griff ich hoch, erwischte ihn am Handgelenk und versuchte, den Arm wegzuzerren. Aber ich hätte ebenso versuchen können, einen vier Zoll starken Ast von einer Eiche abzureißen. Übermenschliche Kräfte schnürten mir das Leben ab. Und das nicht gerade langsam.

Irgend etwas, genau über den Nieren, bohrte sich schmerzhaft in meinen Rücken. Und was das hieß, wußte ich sehr wohl. Trotzdem gab ich den Widerstand nicht auf. Länger als wenige Sekunden war dieser Druck einfach nicht mehr zu ertragen. Mein Genick mußte brechen. Mit aller Gewalt stieß ich mit dem rechten Fuß die Tür auf und riß uns beide taumelnd auf die äußere Plattform. Noch immer in seinem Würgegriff, spürte ich, wie seine Füße abrutschten, als er gegen das hüfthohe Geländer schlug und wir alle beide den Halt zu verlieren drohten. Und dann plötzlich gab er mich frei und griff verzweifelt nach dem Gitter, um sich selbst zu retten.

Keuchend und um Atem ringend, taumelte ich zurück und fiel schwer gegen die Eisenleiter, die nach unten führte. Genau da, wo meine Rippen gebrochen waren, schlug ich auf. Mir wurde schwarz vor den Augen. Die Welt verdunkelte sich und versank in einem Nebel voll Schmerz. Wenn ich jetzt nachgegeben hätte, wenn ich mich auch nur einen Augenblick in meinen völligen Erschöpfungszustand hätte fallen lassen, wäre es aus gewesen. Ich hätte die Besinnung verloren. Das jedoch war ein Luxus, den ich mir nicht leisten konnte, nicht bei diesem Subjekt. Jetzt wußte ich, mit wem ich es zu tun hatte. Hätte er mich unschädlich machen wollen, hätte er mir nur sein Schießeisen über den Schädel zu ziehen brauchen. Hätte er mich umbringen wollen, dann wäre ich eben sehr gut abzuknallen gewesen, und falls er keinen Schalldämpfer hatte und ihm darum zu tun war, Geräusche zu vermeiden, so hätte auch ein eiserner Hieb aufs Dach und ein guter Schwung übers Gitter – sechzig Fuß hoch über dem Kopfsteinpflaster – seinen Zwecken vollauf genügt. Aber nein, so schlicht und so simpel und so schmerzlos tat er das auch wieder nicht. Wenn schon sterben, dann sollten wir auch alle beide etwas davon haben: Ich die Todesqualen spüren, er den Anblick genießen. Ein Vieh, ein übler Sadist, dem der Blutrausch in den Augen geschreiben stand. Gregoris rechte Hand, Henriques. Der Taubstumme mit den leeren Augen.

Halb liegend und halb stehend an die Leiter gelehnt, drehte ich mich um, als er wieder auf mich zukam. Gebückt, die Pistole in der Hand. Doch die gedachte er erst mal nicht zu gebrauchen. O nein, nicht, solange er das Heft in der Hand hatte. Mit einer Kugel ging das Sterben viel zu schnell. – Es sei denn, man plazierte sie richtig. Und plötzlich wurde mir klar, daß es genau das war, was er jetzt im Sinn hatte.

Ich spürte, wie das kalte Eisen über meinen Körper glitt, wie er suchte, um mich so zu erwischen, daß mein Hinübergehen recht ausdauernd und unerquicklich wurde. Ich stemmte mich mit den Armen gegen die Sprossen. Ja, wenn mein rechter Fuß dort gelandet wäre, wo er hätte landen sollen, dann hätte mir dieser Henriques keinen weiteren Kummer mehr gemacht. Aber meine Sicht war verschwommen, und meine gesamte Koordination geradezu armselig. Mein Fuß streifte seinen rechten Schenkel, krachte gegen den Arm und schlug ihm die Pistole aus der Hand. Scheppernd rutschte sie über die Plattform, die Stufen hinunter immer weiter abwärts und blieb auf dem unteren Treppenabsatz liegen. Wie eine Katze riß es ihn herum, um zu retten, was noch zu retten war, und ich war kaum weniger langsam. Kaum daß er über der ersten Stufe hing und sich nach der Pistole verrenkte, machte auch ich einen Satz, traf ihn mit beiden Füßen und schickte ihn der Pistole nach. Mit einem tierischen, unartikulierten Laut krachte er die Stufen hinunter und landete auf der Plattform. Aber er landete auf den Beinen. Er stand. Und er hatte die Pistole.

Ich überlegte nicht lange. Jeder Versuch, die letzten Sprossenabsätze zu nehmen und auf den Landeplatz zu gelangen, war sinnlos. Nur um Sekunden konnte es sich handeln – und er hätte mich gehabt, wie er mich brauchte. Und selbst, wenn ich darauf gebaut hätte, daß der Wunder dieses Tages noch kein Ende sein und ich wirklich angekommen wäre, hätte ich damit rechnen müssen, daß das nicht gerade in aller Heimlichkeit und Stille vor sich gehen und Gregori, bereit, mich in Empfang zu nehmen, dastehen würde. Und das hieß, daß ich beiden Pistolen unbewaffnet ausgeliefert wäre, das bedeutete für Mary das Ende. Doch auch der Versuch, ihm nachzurennen oder ihn einfach da zu erwarten, wo ich war, mußte glatter Selbstmord sein. Alles was ich besaß, war das Messer, und das stak fest am linken Arm, und meine rechte Hand war noch immer völlig taub, unfähig, das Messer überhaupt herauszuziehen, geschweige denn, es zu benutzen. Und selbst wenn wir einander waffenlos gegenübergestanden hätten, selbst wenn ich in bester Form gewesen wäre, selbst dann bezweifle ich, daß ich mich mit den abgründigen, tierischen Kräften dieses taubstummen Unmenschen hätte messen können. Davon aber, von meiner besten Form war ich weit entfernt. Ich ging durch die Eisentür wie ein Kaninchen, das ein Frettchen aus seinem Bau auf die Sprünge gebracht hat.

Verzweifelt sah ich mich auf der winzigen Plattform um. Wohin? Nach oben zum Laufsteg der Fensterputzer oder nach unten zu den Elektrikern? Weder – noch. Es bedurfte keiner halben Sekunde, bis ich das erfaßt hatte. Nicht so, wie ich ausgestattet war – nur mit einer fast lahmen rechten Hand und der stillen Hoffnung, daß ich mit viel Glück und Gottes Hilfe die obere oder untere Plattform schaffte, noch ehe Henriques durch diese Tür kam, um sich meiner nach eigenem Ermessen anzunehmen. Sechs Fuß von der Plattform entfernt, lag einer der riesigen Träger, die über die gesamte Dachbreite liefen. Und da, in diesem Augenblick, schaltete ich jeden Gedanken ab, weil ich mir wohl ganz unbewußt darüber klar war, daß jede Erwägung, und ginge sie noch so blitzartig vor sich, mich von diesem Unternehmen abhalten mußte. Pistole hin – Pistole her, ich hätte es vorgezogen, alles weitere mit Henriques auf dieser Plattform auszutragen. Aber ich schaltete ab. Ich bückte mich unter die hüfthohe Kette, die um die Plattform lief, und sprang über eine Tiefe von 60 Fuß auf den Träger. Mein gesunder Fuß landete halbwegs sicher, der angeknackte faßte zu kurz und rutschte an der gefährlichen dicken Rußpatina, die eine Generation Lokomotiven hier abgesetzt hatte, ab. Während mein Kinn gegen die Metallkante krachte und mir die Sterne vor den Augen flimmerten, griff ich mit der Linken nach dem Träger. Zwei oder drei entsetzliche Sekunden baumelte ich hoch in der Luft, während der riesige leere Bahnhof mir vor den Augen verschwamm. Dann hatte ich mich hochgezogen und war sicher. Für den Moment. Schlotternd kam ich auf die Beine. Ich kroch nicht über den Träger. Ich balancierte nicht vorsichtig mit ausgestreckten Armen hinüber. Ich zog den Kopf ein und rannte. Der Träger war höchstens acht bis neun Zoll breit, mit einer gefährlichen Schicht Ruß bedeckt, und es wäre mein sicheres Ende gewesen, wenn ich an eine der glatten, abgerundeten Nietköpfe gekommen wäre, die beiderseitig den Kanten entlang liefen. Aber ich rannte. Sekunden nur brauchte ich, um die siebzig Fuß bis zu dem starken, vertikalen Mittelträger zu schaffen, der hoch oben in Nacht und Finsternis verschwand. Den bekam ich endlich zu fassen, schob mich herum und starrte in die Richtung, aus der ich gekommen war.

Henriques stand auf der Plattform an der Eisentür, den Arm voll ausgestreckt, die Pistole genau auf mich gerichtet. Aber noch während ich das wahrnahm, ließ er sie sinken. Er hatte mich zwar gesehen, aber zu spät, um noch zu zielen, ehe ich hinter dem Pfeiler in Deckung gegangen war.

Er sah sich um und schien sich nicht schlüssig werden zu können.

Ich blieb, wo ich war, und klammerte mich an den Pfeiler, während ich spürte, wie die taube Lähmung meiner rechten Hand langsam nachließ. Und während Henriques da stand und offensichtlich zu einem Entschluß zu kommen suchte, verfluchte ich mich und meine eigene Dummheit. Nicht ein einziges Mal hatte ich mich an der Sprossenwand umgesehen. Nicht einmal während des ganzen Aufstiegs war mir dieser glanzvolle Einfall gekommen. Der Taubstumme mußte bei einem Kontrollgang durch die Posten den Bewußtlosen an der Feuerleiter entdeckt und daraus seine unvermeidlichen Schlüsse gezogen haben.

Henriques hatte sich durchgerungen. Der Sprung von der Plattform zum Träger schien ihm gar nicht zu gefallen, und verdenken konnte ich es ihm nicht. Er rannte die Eisenleiter hoch, die zum Laufsteg der Fensterputzer führte, lief weiter, bis er genau über mir war, schob sich dann durch die Geländerquerstange und ließ sich so weit hinunter, bis seine Füße kaum ein paar Zoll über dem Träger waren. Dann ließ er sich fallen, hielt sich an der Wand fest, bis er auf den Beinen stand, drehte sich vorsichtig um und kam mit ausgestreckten Armen, wie ein Seiltänzer, auf mich zu. Ich wartete nicht auf ihn. Auch ich machte kehrt und startete. Ich ging nicht weit, brauchte nicht weit zu gehen. Der Träger, auf dem ich war, lief zur anderen Seite der Halle, und damit war es schon aus. Er verschwand in dem schmierigen Mauerwerk. Und hier gab es nichts, keine Plattform, keinen Laufsteg – weder über mir noch unter mir – nichts. Nur den Träger, der in der Mauer endete. Und unten in einer Tiefe von sechzig Fuß den trüben Schein der Gleise und der hydraulischen Puffer. Nichts gab es hier: Nur mich, den Träger und die schwarze Wand. Das Ende des Wegs, aus dem es kein Entrinnen mehr gab. Ich drehte mich um und machte mich auf das gefaßt, was auf mich zukam. Auf den Tod.

Henriques hatte den vertikalen Mittelträger erreicht, sich herumgeschoben und kam immer näher. Als er auf fünfzig Fuß herangekommen war, hielt er inne, und selbst in dem trüben Licht noch sah ich seine weißen Zähne schimmern. Er lächelte. Er hatte die Situation erfaßt, er sah, daß ich ihm auf Gnade und Ungnade ausgeliefert war. Eine Sternstunde im Leben dieses Irren brach an.

Wieder bewegte er sich auf mich zu. Langsam verringerte sich die Distanz zwischen uns. Zwanzig Fuß vor mir machte er halt, ging mit den Händen hinunter und setzte sich, nicht ohne die Beine fest um den Träger zu schließen. Was er da anhatte, war weiches italienisches Woll-Leinen. Der Ruß tat seinem Anzug bestimmt nicht gut. Das schien Henriques nicht im mindesten zu kümmern. Er hob die Pistole mit beiden Händen und zielte. In die Mitte – in den Bauch.

Nichts konnte ich machen. Die Hände gegen die Wand gepreßt, machte ich den nutzlosen Versuch, mich innerlich zusammenzureißen und gegen die dröhnende Wucht des Schlages zu wappnen. Ich starrte auf seine Hände, und mir war, als würden seine Finger weiß und blutleer. Und da zuckte ich unwillkürlich zusammen und schloß die Augen. Nur für eine Sekunde oder vielleicht waren es auch zwei, ich weiß es nicht. Als ich sie wieder öffnete, hatte er die Pistole sinken lassen und grinste mich an. Diesem ausgeklügelten Sadismus und dieser raffinierten Grausamkeit war alles, was ich bisher erlebt hatte, nicht gleichgekommen. Aber das hätte ich wissen müssen. Ich hätte es kommen sehen müssen. Dieser tierische Unmensch, der ein Zyankalikonfekt in Clandons Mund gestopft, der MacDonald mit Genuß bei Bewußtsein stranguliert, der Mrs. Turpins Hinterkopf eingeschlagen, der Easton Derry zu Tode gefoltert und *last not least* meine Rippen gebrochen hatte – so ein Untier dachte gar nicht daran, sich um das exquisite Vergnügen zu bringen, mich Zoll für Zoll sterben zu sehen, auch wenn ich ihm für diesmal statt der körperlichen nur die seelischen Qualen zu bieten hatte.

Ich sah sie förmlich vor mir, diese leeren Augen, in denen die Gier nach Blut und Qual stand, ich sah ihn förmlich vor mir, diesen grinsenden Mund, geifernd wie ein Wolfsmaul. Er war die Katze, und ich war die Maus, und er beabsichtigte, sich mit mir zu belustigen, bis er diesem makabren Spiel auch die letzte Unze Vergnügen abgewonnen hatte. Um mich dann mit einem bedauernden Achselzucken abzuknallen, obwohl ihm der Clou des Ganzen noch bevorstand: mich fallen und in der Tiefe zerschmettern zu sehen.

Ich hatte Angst. Ich bin kein Held. Aber wer ist schon noch eine Held, wenn er dem Tod ins Gesicht starren muß. Und diese Angst hatte mich fast körperlich gelähmt – körperlich und geistig. Jetzt aber wich diese äußere Versteinerung, und eine plötzliche Flut von Ärger, daß mein Leben und Marys Schicksal von der Laune dieser entmenschten Kreatur abhängig sein sollte, überschwemmte mich. Das Messer fiel mir ein.

Langsam schob ich die Hände hinter dem Rücken zusammen, bis sie sich berührten. Die Finger meiner Rechten – sie tat noch weh, war aber wieder bewegungsfähig – griffen in den linken Ärmel und schlossen sich um den Messerschaft. Henriques hob die Pistole wieder und zielte. Diesmal mit teuflischem Grinsen auf meinen Kopf. Ich ließ mich nicht stören, ich zog und zerrte, bis ich das Messer aus der Scheide hatte. Um mich endgültig zum Kadaver zu machen, dazu war es noch zu früh. Das wußte ich jetzt. Des unschuldigen Vergnügens an diesem harmlosen Spiel war es noch lange nicht genug – ehe der gelangweilt den Abzug drücken würde, um mir den letzten pfeifenden Abschiedsgruß zu senden. Wieder ließ er die Pistole sinken, rutschte ein wenig herum, um die Füße unter dem Träger noch fester zu schließen, und fuhr dann mit der Linken in die Tasche. Was zum Vorschein kam, waren Zigaretten und Streichhölzer. Er lächelte ein irres Lächeln. Dies war der Gipfel, die Krönung verfeinerter Folter. Der Mörder gibt sich frech einer genußvollen Erholungspause hin, während das zitternde Opfer auf seinen letzten Moment, der zwar noch nicht feststeht, auf jeden Fall aber gewiß ist, wartet: Und das alles hatte er sich ausgedacht, er allein.

Er steckte sich eine Zigarette in den Mund und beugte sich über das Streichholz, um sie anzuzünden. Die Pistole lag noch immer in seiner rechten Hand. Das Streichholz flammte auf und ließ ihn für eine halbe Sekunde erblinden.

Stahl flackerte und blitzte durch die schwache Lichtwelle, und Henriques hustete. Das Messer steckte ihm bis zum Heft im Hals. Er zuckte, als sei eine starke Stromwelle durch den Träger gelaufen und kippte dann hintenüber. Die Pistole fiel ihm aus der Hand und trudelte in einer langen sanften Schleife in die Tiefe. Eine Ewigkeit schien es zu dauern. Ich konnte mich nicht losreißen von dieser fallenden Pistole. Ich sah sie nicht landen – nur die Funken sah ich, da wo Stahl auf Stahl aufgeschlagen war. Ich blickte auf Henriques zurück. Er hatte sich wieder aufgerichtet und starrte mich, leicht vorgebeugt, an. Perplex. Seine Rechte fuhr hoch und zog das Messer heraus, und kaum einen Augenblick darauf war auch sein Hemd schon durchtränkt von dem strömenden Blut. Sein Gesicht verzerrte sich zu einem Fletschen, einem Fletschen, das der herannahende Verfall bereits gezeichnet zu haben schien. Seine Rechte kam hoch – über die Schulter. Die Schneide glänzte nicht mehr im Lampenschein. Noch einmal lehnte er sich zurück, um dem Stoß alle Kraft zu verleihen, und dann erschlaffte das dunkle, böse Gesicht, das Messer entglitt der sterbenden Hand und schlug scheppernd in der Tiefe auf. Seine Augen schlossen sich, er sank seitlich ab und baumelte schließlich nur noch an den überkreuzten Beinen unter dem Träger. Wie lange er so hing, wußte ich später nicht mehr zu sagen. Lange, schien es mir, sehr lange. Bis sich dann in einer seltsam langsamen Bewegung seine Knöchel voneinander lösten und er ins Dunkel fiel. Ich sah ihn nicht fallen, ich konnte ihn nicht fallen sehen. Erst als ich schließlich doch einen Blick hinunterwarf, sah ich ihn. Tief unten hing sein zerschmetterter Körper schlaff über der glänzenden Ramme eines gigantischen hydraulischen Puffers. Um seinetwillen, wo immer er jetzt auch sein mochte, hoffte ich, daß die Schatten seiner Opfer ihn nicht erwarteten. Vage wurde mir plötzlich bewußt, daß meine Wangenmuskeln spannten. Ich hatte zu dem Toten hinunter gelächelt. Weniger nach lächeln war mir nie zumute gewesen.

Krank und schwindlig und unsicher wie ein Greis, den die Altersschwäche zittern läßt, kroch ich über den Träger zurück – auf allen vieren. Und diesmal war es ein endloser Weg; es dauerte lange, bis ich ihn zurückgelegt hatte, und ich weiß noch heute nicht, wie ich die sechs Fuß vom Träger zur Plattform schaffte, obwohl es diesmal einfacher war. Die Kette war da, nach der ich greifen konnte. Ich schwankte durch die schmiedeeiserne Tür zu der Feuerleiter und sackte, mehr als ich sank, auf der Plattform zusammen. Und nie war mir die Londoner Nachtluft so weich und süß gewesen. Wie lange ich dort lag, weiß ich nicht. Ich weiß nicht einmal, ob ich wach oder bewußtlos war. Aber es kann nicht lange gewesen sein, denn als ich nach der Uhr sah, war es erst zehn Minuten vor vier.

Ich raffte mich auf und stieg müde die Feuerleiter wieder hinunter. Unten angekommen, nahm ich mir gar nicht die Mühe, mich nach meiner Webley umzusehen. Wer mochte wissen, wo sie lag und wie lange es dauern konnte, bis ich sie fand. Zudem lag die Wahrscheinlichkeit sehr nahe, daß der Mechanismus durch den Fall und den Aufschlag nicht mehr intakt war. Ich wäre verdammt überrascht gewesen, wenn der Posten, dessen ich mich hier entledigt hatte, keine Pistole bei sich gehabt hätte. Ich war nicht überrascht. Nicht einmal, um welche Art von Automatic es sich bei dem Ding handelte, sah ich mir an. Abzug und Sicherung waren da, wo sie hingehörten, mehr brachte ich nicht. Und noch einmal startete ich die Feuerleiter hoch.

Die letzten beiden Sprossenabsätze bis zum Dach kroch ich nur noch auf Knien und Händen. Und das nicht um der Stille und

Verschwiegenheit willen. Ich schaffte es nicht mehr anders. Ich war fertig. An die Wand des Passagierwarteraums gelehnt, verschnaufte ich einen Moment, dann ging ich langsam über das Pflaster zur Halle hinüber.

Ein schwacher Lichtschein fiel matt durch die offenen Tore – von unten unsichtbar, denn die Hallentore öffneten sich zur Mitte des Landeplatzes. Und es kam auch nicht direkt aus der Halle, dieses Licht, es kam von etwas, das sich inseitig befand: Aus dem großen vierundzwanzigsitzigen Voland Helikopter, der jetzt auf den neuen Landesrouten eingesetzt wurde.

Die Kanzel war es, aus der der Lichtschein fiel. Kopf und Schulter des Piloten zeichneten sich deutlich ab. Ohne Mütze, in einer grauen Uniformjacke saß er links in der Kanzel. Rechts von ihm Gregori.

Ich schlich um den Hangar, kam an das Seitentor und schob es langsam in seinen geölten Laufbahnen zurück. Es gab kein Geräusch. Kaum zwanzig Fuß weit weg, lag die erste Stufe der fahrbaren Gangway, die zur geöffneten Passagiertür in der Mitte des Helikopters führte. Ich zog die Pistole entsichert aus der Manteltasche. Nur wer imstande ist, das Gras wachsen zu hören, hätte mich vielleicht auch diese Treppe hinaufschleichen hören können.

Auch die Passagierkabine war erleuchtet – dürftig erleuchtet – eine einzige Lampe brannte gleich neben der Tür. Vorsichtig steckte ich den Kopf durch die Tür – und da, keine drei Fuß weit weg, saß sie auch schon. Mary. Sie war mit den Händen an die Armlehnen des ersten, rückwärts ausgerichteten Sitzes gefesselt. Die Beule über ihrem Auge war jetzt so groß wie ein Ei – wie ein Entenei. Ihr Gesicht war zerkratzt, zerschunden, totenblaß, aber sie war hellwach und starrte mir direkt ins Gesicht. Und sie erkannte mich sofort. Dabei muß ich mit meinem rußgeschwärzten, verbeulten Gesicht wie ein Marsmensch ausgesehen haben, und noch dazu wie einer, der sich gerade aus seiner zu Bruch gegangenen fliegenden Untertasse davongemacht hatte. Aber Mary erkannte mich. Mit weit aufgerissenen Augen und geöffneten Lippen starrte sie mir entgegen. In der uralten Gebärde des Schweigegebietens legte ich sofort den Finger auf den Mund. Zu spät. Hundert Jahre zu spät. Und war das nicht zu verstehen? Sie hatte in hoffnungsloser Verzweiflung dagesessen. Ihr Leben war bar jeden Sinnes, bar jeden Hoffens. Und jetzt kam ihr Mann, von dem sie mit Sicherheit wußte, daß er tot sein mußte, wie durch ein

Wunder aus dem Land der Toten zurück. Ihre Welt würde wieder auferstehen! Nein, sie wäre kein warm empfindender Mensch gewesen, wenn sie in diesem Augenblick nicht ganz instinktiv reagiert hätte.

»Pierre!« Schreck, Hoffnung, Glück – alles lag in ihrer Stimme. »O Pierre!« Ich sah sie nicht an. Meine Augen sahen nur noch eines: Die Tür zur Kanzel. Und dorthin zielte auch meine Pistole. Irgend etwas Dumpfes schlug auf. Dann erschien Dr. Gregori, in einer Hand die Pistole, die andere hoch erhoben, um sich abzustützen, während er durch den niedrigen Gang spähte. Nur die Augen kniff er zusammen, sonst war sein Gesicht ruhig und kalt. Komischerweise hing auch sein Arm mit der Pistole herunter. Ich hob die meine ein wenig an, bis sie auf seine Stirn zielte, und krümmte die Finger am Abzug. »Ihr Weg ist zu Ende, Scarlatti«, sagte ich, »und auch mein Warten auf Sie hat sein Ende gefunden. Kein Mensch wird heute nacht noch hier erscheinen. Nur ich, Scarlatti. Nur ich.«

## 13

»Cavell!« Gregori hatte nicht realisiert, wen er vor sich hatte, bis ich den Mund aufmachte. Sein dunkles Gesicht wurde kalkweiß. Er starrte mich an wie einer, der einen Geist gesehen hat, und für ihn war ich das auch.

»Cavell! Unmöglich.«

»Das ist nur ein frommer Wunsch, Scarlatti. In die Kabine mit Ihnen, und lassen Sie Ihre Kanone unten.«

»Scarlatti?« Er schien das, was ich gesagt hatte, gar nicht gehört zu haben. Der erste Schreck hatte ihn aus der Fassung gebracht, der zweite ließ ihn erstarren. »Woher wissen Sie das?« flüsterte er.

»Seit fünf Stunden kennen wir Ihre Story durch Interpol und F.B.I. Und daß das eine Story ist, das kann man wohl sagen. Enzo Scarlatti. Dereinst ein renommierter Mann der Chemieforschung, der dann zum Superboß des amerikanischen Verbrechens des gesamten Mittelwestens avancierte. Erpressung, Raub, Mord, Rauschgift, Automaten – die ganze Litanei. Der König im Spiel. Und keiner konnte Ihnen was am Zeug flicken. Und doch schnappten sie Sie zum Schluß, nicht wahr, Scarlatti, das Übliche – Einkommensteuerhinterziehung. Sie wurden deportiert.« Ich ging zwei Schritte auf ihn zu. Ich wollte Mary nicht in der Feuerlinie haben, wenn hier der Krieg losging. »Ab, in die Kabine, Scarlatti.«

Noch immer starrte er mich an, aber sein Gesichtsausdruck wechselte unmerklich. Seine Elastizität, seine geistige Widerstandskraft waren bewundernswert. »Darüber müssen wir reden«, sagte er langsam.

»Später. Drinnen. Los jetzt. Oder ich knalle Sie da, wo Sie stehen, über den Haufen.«

»Das werden Sie nicht. Sie würden es zwar gern, aber noch ist es nicht soweit. Ich weiß, wann ich dem Tod ins Gesicht sehe, Cavell. Und ich sehe ihm jetzt ins Gesicht. Sie möchten gern, daß ich hereinkomme und Platz nehme, und dann erst wollen Sie mich fertigmachen. Aber nicht bevor ich in dem Stuhl da sitze, werden Sie mich killen.«

Ich machte noch einen Schritt auf ihn zu, und jetzt wurde seine linke Hand sichtbar. »Das ist es doch, wovor Sie Angst haben, Cavell, nicht wahr? Sie fürchten, ich könnte eins von diesen niedlichen Dingern in der Hand oder bei mir haben und im Fallen womöglich zerbrechen. Ist es nicht so, Cavell?«

So war es. Ich starte auf die Ampulle in seiner Hand, auf die kleine Glasphiole mit dem versiegelten blauen Plastikkopf. Sein Gesicht spannte sich. »Ich hielte es für besser, wenn Sie die Kanone jetzt mal herunternehmen würden, Cavell.«

»Diesmal nicht. Denn so lange sie auf Ihre Stirn gerichtet ist, werden Sie gar nichts tun. In dem Moment, da ich sie herunterbringe, verpassen Sie mir doch eins. Und ich weiß jetzt, was ich vorher nicht wußte. Sie werden von dieser Ampulle keinen Gebrauch machen. Ich hielt Sie für verrückt, Scarlatti, jetzt aber ist mir vollkommen klar, daß Sie uns mit dieser Drohung nur zwingen wollten, das zu tun, was Sie wollten. Aber jetzt weiß ich Bescheid über Sie und kenne Ihren Streckbrief. Sie mögen verrückt sein, aber Sie sind dabei so schlau und gerissen wie ein Fuchs. Sie sind geistig so normal wie ich. Sie denken ja gar nicht daran, von diesem Ding Gebrauch zu machen. Dafür schätzen Sie Ihr eigenes Leben viel zu sehr, Ihr Leben und den Erfolg Ihrer Pläne.«

»Irrtum, Cavell. Ich werde davon Gebrauch machen. Und ich schätze mein Leben, jawohl.« Er warf einen raschen Blick über die Schulter und drehte sich schnell wieder um. »Acht Monate ist es jetzt her, daß ich nach Mordon kam. Und dieses Gift hier hätte ich

herausbringen können, wann immer ich wollte. Aber ich wartete. Warum? Ich wartete so lange, bis Baxter und MacDonald
einen abgeschwächten Stamm des Satanskäfers entwickelt hatten, eine Kultur, die zwar noch immer tödlicher als das Botulismustoxin ist, aber nur noch eine Lebensdauer von vierundzwanzig Stunden besitzt. Und ich wartete und wartete, bis sie endlich
auch die richtige Kombination von Hitze, Pheno, Formalin und
Ultraviolett für das Gegengift zu diesem abgeschwächten Stamm
hatten.« Er hielt die Phiole hoch. »Hier in diesem Glas, der
Satanskäfer mit geringerer Virulenz – hier in meinem Blut, die
inaktivierenden Mikroorganismen, die wir dagegen entwickelt
haben. Verstanden, Cavell? Das Zyankali war Bluff. Ich brauche
kein Zyankali. Und jetzt werden Sie auch verstehen, warum
Baxter sterben mußte – er kannte den neuen Virus und das neue
Vakzin.«

Ich verstand.

»Und Sie werden auch begreifen, daß ich durchaus keine Bedenken habe, es zu gebrauchen. Ich werde –«

Er brach ab. Sein Gesicht wurde hart und kalt. »Was war das?«
Ich hatte es auch gehört. Zwei kurze Serien harten Knatterns –
wie eine Maschinenpistole, nur fünfmal so schnell.

»Das wissen Sie nicht? Die neue Merlin Mark 2, Scarlatti. Der
neue Schnellfeuerkarabiner der Natostreitkräfte.« Ich sah ihn
abwägend an. »Haben Sie denn nicht gehört, was ich Ihnen eben
sagte! Kein Mensch wird heute nacht noch hier erscheinen. Nur
ich.«

»Was sagen Sie da?« flüsterte er. Seine Knöchel traten weiß
heraus, als seine Hand sich unwillkürlich um die Glasphiole
krampfte. »Wovon reden Sie da?«

»Von all Ihren Freunden, die ihre Heimat lange nicht mehr
wiedersehen werden. Von diesem finstersten Abschaum – auch
wenn es die Spitzen der Unterwelt sind –, der in den letzten
Wochen so mysteriös aus allen Schlupfwinkeln der Welt – aus
London und Amerika und Frankreich und Italien – verschwunden ist. Ich rede von all den großen Spezialisten der autogenen
Schweißung, von den Fachleuten der Nitroglyzerine, von den
Herrschaften, die so gut mit allen Kombinationsschlössern umzugehen verstehen, und was es dergleichen mehr gibt. Von den
Besten der Welt, wenn es gilt, Safes und Tresore zu knacken und
zu sprengen. Vor Wochen hatten wir bereits von Interpol erfah-
ren, daß alle diese Leute plötzlich verschwunden sind. Aber wir

wußten nicht, daß sie einen Treffpunkt hatten und sich samt und sonders hier in London versammelt haben.«

Die dunklen, glitzernden Augen trafen sich jetzt mit den meinen. Sein Atem kam pfeifend. Er sah aus wie ein reißender Wolf.

»Der F.B.I. hält Sie für das Gehirn des Ganzen, er hält Sie für den größten Organisator, mit dem er es seit dem Krieg jemals zu tun gehabt hat. Ein Kompliment, Scarlatti, ein beachtliches sogar, und verdient. Sie haben uns alle ganz schön an der Nase herumgeführt. Ihr unnachgiebiges Verlangen, Mordon zu zerstören, die Botulindemonstration in Ostengland, die Vorspiegelung völliger Ahnungslosigkeit, daß drei der gestohlenen Ampullen nicht das Botulin, sondern die Satanskäferviren enthalten – jawohl, Scarlatti, Sie hatten uns alle davon überzeugt, daß wir es mit einem Irren zu tun haben. Und wir waren sicher, daß die Drohung, ins Herz von London zu schlagen, um Mordon zu Fall zu bringen, das Hirngespinst eines Verrückten sein mußte. Dann hielten wir das Ganze für einen kommunistischen Anschlag, der es darauf abgelegt hatte, unsere letzte, aber stärkste Verteidigungslinie zu vernichten. Erst vor wenigen Stunden mußten wir erkennen, daß die Drohung, London mitten ins Herz zu treffen, nur einem Zweck – und nur diesem einen einzigen – diente, dieses Zentrum zu räumen, und zwar so gründlich, daß auch nicht eine einzige Seele mehr darin verblieb.

Denn dieser kleine Bereich von London ist die Hochburg der Finanzen. Der Welt größte Banken liegen im Herzen von London. Banken, in denen sich die gängigen Währungen von fünfzig Nationen stapeln, Banken, die millionenschwer sind, Banken, die über Depositen zu verfügen haben, deren Juwelenbestand allein ausreichen dürfte, um notfalls ein ganzes Dutzend Millionäre loszukaufen. Und das wäre eine lohnende Beute gewesen, nicht wahr, Scarlatti? Seit gestern abend lauert Ihre wohlausgerüstete Mannschaft in leeren Gebäuden und ganz harmlos aussehenden Lastwagen auf den großen Moment. Alles, was sie noch zu tun hatte, war abzuwarten, bis der letzte Mann verschwunden war, um sich dann bei Dunkelheit in aller Gemütsruhe in die Banken zu begeben. Nichts konnte mehr schiefgehen. Alle diese Banken besitzen ein zweifaches Sicherheitssystem – Wächter und automatische Alarmanlagen, die die Signale aller zuständigen Polizeireviere auslösen. Aber die Wachleute hatten ja zu verschwinden, wenn sie nicht elend an den Viren krepieren wollten, und diese Absicht hatten sie nicht. Und was die Einbruchsicherungsanlagen anbelangt, so besaßen Sie genügend hochqualifizierte Fachkräfte, denen solche Schaltanlagen gar kein Geheimnis sind. Man baut die Schalter ab, pustet die Sicherungen aus, löst die überlasteten Spulen aus oder schneidet die Kabel, die das gesamte Viertel mit Strom versorgen, einfach durch. Und darum liegt das Zentrum von London jetzt in völliger Finsternis. Darum schrillt auf keinem Polizeirevier eine Alarmglocke. Können Sie mir folgen, Scarlatti?«

Er konnte mir folgen. Sein Gesicht war haßentstellt.

»Alles andere war gar kein Problem mehr«, nahm ich meine Rede wieder auf. »Ich nehme an, Sie haben sich Ihres Piloten rechtzeitig versichert und den armen Teufel schon im Laufe des Tages kassiert. Man bringt die Beute ein, verlädt alles ordnungsgemäß in den Hubschrauber und rauscht eilends nach dem Kontinent ab: Nur so, auf diesem Weg war es zu machen, denn das gesamte Gebiet war abgesperrt, und es gab nur noch diese eine Möglichkeit, die Ernte abzufahren. Und das wußten Sie. Ihre tapferen Mannen waren angewiesen, genau da zu bleiben, wo sie waren, um sich dann, wenn die Bevölkerung nach allen ausgestandenen Ängsten wohlbehalten zurückkehrt, klammheimlich unters Volk zu mischen und zu verschwinden. Nicht vor drei Uhr nachmittags allerdings, weil dies der früheste Termin zur allgemeinen Rückkehr sein dürfte. Aber bis dahin konnte auch niemand darauf kommen, was sich inzwischen in den Banken getan hatte. Und da wir heute Sonntag haben, ist sogar anzunehmen, daß aller Wahrscheinlichkeit nach bis Montag früh alles still und rühig bleibt und niemand auf die Idee verfallen wird, daß die Banken leer und ausgeraubt sind. Eine Zeit, zu der Sie dann längst um die halbe Welt geflogen und in Sicherheit sind. Nicht aber jetzt, Scarlatti. Es ist, wie ich bereits sagte: Ihr Weg ist zu Ende.«

»Und jetzt – und jetzt ist wirklich alles vorbei?« flüsterte Mary hinter mir.

»Es ist alles vorbei. Schon um zehn Uhr abends, lange, ehe die Truppen das gesamte Gebiet durchgekämmt hatten, waren sämtliche strategische Punkte der City mit insgesamt zweihundert Detektiven besetzt – in den Banken selbst – vor den Banken – überall. Versteckt natürlich. Und sie hatten Befehl, ihre Stellungen vor 3.45 Uhr morgens nicht zu verlassen. Jetzt ist es vier. Es ist alles vorüber. Jeder einzelne dieser Männer war mit einer allerneuesten Merlin-Maschinenpistole aus Heeresbeständen ausgerüstet und hatte Anweisung, alles niederzumachen, was ihm vor die Flinte kam, wenn einer auch nur mit der Wimper zuckte. Und das, was wir da eben noch vor wenigen Minuten vernommen haben – das hat sich ganz so angehört, als hätte da doch einer mit der Wimper gezuckt.«

»Sie lügen.« Scarlattis Gesicht war eine haßerfüllte Grimasse, und seine Lippen zuckten und bewegten sich, auch wenn ihnen kein Ton entkam. »Das«, keuchte er heiser, »das haben Sie doch alles nur aus der Luft gegriffen.«

»Das dürften Sie doch wohl verdammt besser wissen, Scarlatti. Alles, was ich weiß, ist leider viel zu wahr, als daß nicht auch noch die Schlußpointe hinhauen sollte.«

Er sah mich an. Mord stand in diesen Augen. »Schließen Sie die Kabinentür«, sagte er leise voll verbissener Wut. »Schließen Sie die Tür, habe ich gesagt, oder, bei Gott, ich bringe euch alle um.« Die Ampulle hoch erhoben, kam er zwei Schritte weiter in den Gang.

Ich beobachtete ihn einen Moment und nickte dann. Er hatte nichts mehr zu verlieren, und ich hatte nicht die geringste Lust, Marys Leben und meines mit dazu – ganz zu schweigen von dem des Piloten – jetzt aufs Spiel zu setzen. Ich ließ ihn nicht aus den Augen und hielt ihn eisern mit der Pistole weiter in Schach, aber ich ging zurück und schloß die Tür.

Die Linke noch immer unverrückbar erhoben, kam er weitere zwei Schritte näher. »So, Cavell, und jetzt abliefern, her mit der Pistole.«

»Nicht meine Pistole, Scarlatti.« Ich schüttelte den Kopf und fragte mich, ob er nicht nach allem doch am Ende wahnsinnig sei – oder aber vielleicht auch nur ein glänzender Schauspieler. »Nicht meine Pistole, Scarlatti. Und das wissen Sie ja wohl auch genau. Dann nämlich bringen Sie uns alle hier kaltlächelnd um und verschwinden. Aber so lange ich sie in der Hand halte, können Sie sich nicht rühren. Zerschmettern Sie Ihre Phiole, meinetwegen, aber noch ehe der Virus mich bekommt, hat sie meine Kugel. Nein, nein, nicht meine Pistole.«

Wieder – die Augen leer glänzend und weit aufgerissen – kam er näher, die Linke hoch und drohend erhoben. Verdammt, sollte ich mich doch geirrt haben. War er doch verrückt? »Ihre Pistole, Cavell«, kreischte er, »her damit.«

Wieder schüttelte ich nur den Kopf, und alles, was er daraufhin von sich gab, war ein wilder, kreischender Laut, während er die Linke hinunterriß nicht mit der gegen mich gerichteten Innenfläche etwa, wie ich es erwartet hatte, sondern mit dem Handrücken. Dunkelheit flutete in die Kabine, als eine geballte Faust in die einzige brennende Birne krachte, eine Finsternis, die umgehend von dem orangenen Aufzucken zweier Stichflammen illuminiert wurde, als ich zweimal hintereinander abdrückte; ein Aufblitzen, gefolgt von widerhallendem ohrenbetäubenden Donner und dann plötzliche Dunkelheit und tiefe Stille, und aus der Stille Marys gequältes Stöhnen und Scarlattis Stimme:

»Meine Pistole sitzt genau im Genick Ihrer Frau, Cavell. Sie stirbt.«

Also war er doch nicht verrückt.

Ich ließ die Pistole zu Boden fallen. Laut scheppernd schlug sie auf. »Gewonnen, Scarlatti«, sagte ich.

»Machen Sie das Licht in der Passagierkabine an«, befahl er. »Gleich links an der Tür ist der Schalter.«

Ich tastete, fand ihn schließlich und knipste ihn an. Ein Dutzend Birnen flammten auf und überfluteten die Kabine mit Helligkeit. Scarlatti zog sich aus Marys Nachbarsitz, in den er sich in dem Augenblick, da das Licht verlöscht war, geworfen hatte, nahm die Pistole aus Marys Genick und richtete sie auf mich. Ich nahm die Arme hoch und starrte auf seine linke Hand. Sie war ganz, die Phiole. Er hatte alles auf eine Karte gesetzt, auf die einzige, die ihm noch geblieben war. Und dann sah ich noch etwas: Die Stelle, an der sein Ärmel zerfetzt war, war der linke Ärmel. Das hätte leicht ins Auge gehen können, verdammt – ihm und uns allen. Wenn ich ihn erwischt hätte, dann wäre auch die Ampulle jetzt hin gewesen. Und wenn schon, dachte ich achselzuckend, ob früher oder später, zu Bruch gehen würde sie sowieso.

»Marsch, zurück«, kommandierte Scarlatti jetzt ruhig geworden. Beherrscht und konversationsmäßig klang seine Stimme wieder. Er hatte seinen Oscar für diese Nacht gewonnen und die Schauspielerei daraufhin eingepackt. »Zurück mit Ihnen bis an die Kabinenwand.«

Ich ging zurück. Er kam vor, hob meine Pistole auf, ließ die Phiole in die Tasche gleiten und dirigierte mich mit allen beiden Kanonen weiter: »In die Kanzel, los.«

Ich tat, wie mir geheißen. Als ich an Marys Sitz vorbeikam, sah sie auf und lächelte mir durch die blonde Mähne, die ihr ins Gesicht hing, zu. Auch wenn ihre grünen Augen voller Wasser standen. Ich lächelte zurück. Als gute Schauspieler waren wir nun einmal nicht zu schlagen. Nicht einmal von Scarlatti.

Der Pilot lag über den Kontrollinstrumenten. Darum also das dumpfe Echo zu Marys erstauntem Aufschrei, als sie mich hatte kommen sehen. Jetzt wurde mir auch dieses merkwürdige Geräusch klar. Den Piloten hatte er vor der Inspektion ja noch versorgen müssen, um nicht auch noch von seiner Seite auf Schwierigkeiten zu stoßen. Er war groß, dunkelhaarig und die eine Gesichtshälfte, die ich von ihm zu sehen bekam, war wind- und wettergebräunt. Etwas Blut sickerte auf seinem Hinterkopf durch das dunkle Haar.

»In den Kopilotensitz, los«, kommandierte Scarlatti weiter. »Und wecken Sie den Mann.«

»Wecken? Wie denn, verdammt noch mal?« In Schach gehalten von den zwei starrenden Pistolenmündungen ließ ich mich in den Sitz gleiten. »Das arme Schwein haben Sie ja hier verarztet.«

»Nicht gefährlich«, sagte er. »Na los, bißchen dalli.«

Ich tat, was sich tun ließ. Mir blieb schließlich keine Wahl. Also schüttelte ich den Piloten, schlug ihn leicht ins Gesicht, redete auf ihn ein – umsonst. Scarlattis Handschrift schien kräftiger ausgefallen als vorgesehen. Und Zeit für Finessen hatte er unter den gegebenen Umständen ja auch kaum mehr gehabt, das mußte auch ich verbittert zugeben. Scarlatti wurde ungeduldig und nervös. Wie eine Katze auf der Lauer starrte er durch die Kanzelverglasung auf die Hallentüren. Nach allem, was er wußte, mußte da draußen in der Dunkelheit ein ganzes Regiment Bewaffneter seiner harren. Denn er konnte ja schließlich nicht ahnen, daß ich den General und Hardanger bekniet hatte, mich in aller Heimlichkeit und Stille losziehen zu lassen. Nicht nur, um die einzig verbliebene Chance, Marys Leben nicht aufs Spiel zu setzen, wahrzunehmen, sondern auch um tunlichst zu vermeiden, daß Scarlatti in einem Augenblick unkontrollierbarer Panik doch noch nach dem letzten Mittel griff – nach dem Satanskäfer. Was ich da geleistet hatte, war schon großartig.

Nach fünf Minuten rührte sich der Pilot und kam zu sich. Und ich hatte mich nicht geirrt. Wach war er genau der Kerl, für den ich ihn schlafend gehalten hatte. Bereit, es sofort mit Gott und der Welt aufzunehmen, schlug er die Augen auf. Und alles, was mir zu tun übrig blieb, war, ihn davon abzuhalten, bis ihn dann ein kühles metallenes Streicheln im Genick einwandfrei wissen ließ, daß er damit bei Scarlatti an den falschen geraten war. Das riß ihn herum. Er erkannte, wen er vor sich hatte und bekundete dieses Wiedererkennen mit einigen Redewendungen, die keinen Zweifel darüber ließen, daß er einwandfrei aus Irland war. Was er zu sagen hatte, war zwar ganz interessant, aber im Grunde nebensächlich und nicht druckreif. Er brach ab, als Scarlatti ihm den Lauf seiner Pistole ins Gesicht stieß. Eine schlechte Angewohnheit von Scarlatti, das muß einmal gesagt sein, aber es schien mir zweifellos ein bißchen verspätet, ihn jetzt noch davon zu kurieren.

»Bringen Sie die Kiste hoch«, kommandierte Scarlatti. »Sofort.«

»Was sollte er? Starten?« protestierte ich. »Der ist nicht fähig zu laufen, geschweige denn zu fliegen.«

Scarlatti indessen verlieh seiner Aufforderung mit der Pistole den entsprechenden Nachdruck. »Haben Sie mich verstanden? Also dann los.«

»Das geht nicht«, bockte der Pilot mürrisch und wütend zugleich. »Er muß rausgezogen werden. Ich kann die Motoren hier nicht starten – von wegen der Auspuffdämpfe und der Feuerschutzbestimmungen.«

»Packen Sie mit Ihren Feuerschutzbestimmungen ein. Der Vogel kann mit eigener Kraft rollen, oder glauben Sie, daß ich mir das nicht angesehen hätte, also los, los.«

Dem Piloten blieb keine Wahl, und er wußte es. Er ließ den Motor anspringen, und ich zuckte nicht nur innerlich, sondern auch äußerlich zusammen bei dem hallenden Dröhnen, dessen Echo uns von den engen Wänden des Metallkäfigs in die Ohren schlug. Dem Piloten mußte das genausowenig behagen wie mir: Entweder das war es, oder aber sein Gefühl, daß weitere Verzögerungen hier leicht ins Auge oder auch ins Genick gehen konnten. Welche Gründe er auch haben mochte, er verlor keine Zeit. Umgehend ließ er die zwei gigantischen Rotoren anspringen, schaltete die Steuerung, um den Drehflügeln den richtigen Steigungswinkel zu geben, und machte die Bremsen los. Der Hubschrauber begann zu rollen.

Dreißig Sekunden später hatten wir abgehoben und waren in der Luft. Scarlatti, nicht mehr ganz so nervös, griff nach dem Gepäcknetz über sich und reichte mir eine viereckige Metallbüchse und dann langte er gleich noch einmal hinauf und diesmal holte er ein ganz gewöhnliches engmaschiges Einkaufsnetz herunter.

»Machen Sie die Büchse auf und legen Sie den Inhalt in dieses Netz«, sagte er kurz angebunden. »Und ich würde Ihnen raten, recht vorsichtig damit umzugehen. Sie werden gleich sehen warum.«

Ich sah warum, und ich war sehr vorsichtig. Ich öffnete das

Blechding, und – da lagen sie, gut in Holzwolle verpackt – fünf verchromte Stahlbehälter. Nach seinen Anweisungen öffnete ich einen nach dem andern und legte mit unendlicher Sorgfalt und Vorsicht die fünf Ampullen ins Netz. Wie gesagt, fünf Stück im ganzen: Zwei blaue Siegel – zwei Phiolen Satanskäferviren, drei rote Siegel – drei Phiolen Botulinviren. Dann griff Scarlatti noch einmal in die Tasche und überreichte mir noch eine von der blauen Sorte. Das waren zusammen sechs. Auch die legte ich mit geradezu zimperlicher Umsicht hinein, zog das Netz zusammen und überreichte es Scarlatti. Es war kalt in der Kanzel, aber ich schwitzte wie in einem Dampfbad, und es kostete mich alle Energie, meine Hände einigermaßen ruhig zu halten. Ich fing einen Blick des Piloten nach dem Netz auf, und ich könnte wirklich nicht behaupten, daß ich den Eindruck gehabt hätte, er fühle sich wohler als ich. Er wußte, was hier los war.

»Ausgezeichnet.« Scarlatti nahm mir die Tasche ab, langte in die Passagierkabine zurück und legte sie auf den nächsten Sitz. »Und nun werden Sie gewiß in der Lage sein, unsere Freunde davon zu überzeugen, daß ich nicht nur willens, sondern auch bereit bin, meine Drohung wahrzumachen.«

»Worüber reden Sie da eigentlich?«

»Das werden Sie gleich sehen. Sie werden sich über UKW gleich einmal mit Ihrem Schwiegervater in Verbindung setzen und ihm etwas ausrichten. Und Sie«, wandte er sich an den Piloten, »Sie werden die Freundlichkeit haben, schön über diesem Landeplatz zu kreisen. Wir werden nämlich sehr bald wieder zurück sein.«

»Mit diesem verfluchten Apparat kann ich gar nicht umgehen«, sagte ich.

»Dann denken Sie ein wenig nach«, sagte er freundlich. Er schien seiner Sache ganz verdammt sicher, und das gefiel mir gar nicht. »Es wird Ihnen schon wieder einfallen. Das wäre ja gelacht, wer sein Leben im Dienst des Vaterlandes beim Geheimdienst verbracht hat, wird wohl auch noch fähig sein, mit einem Sender fertigzuwerden, das sollte man doch meinen. Und falls es wirklich gar nicht klappen sollte, dann könnte ich ja auch unter Umständen noch ein bißchen zu Ihrer Gattin in die Passagierkabine gehen. Was glauben Sie, wie gut Ihr Gedächtnis funktionieren wird, wenn Sie sie schreien hören, Cavell?«

Ich ging hoch. »Also dann bitte – was wollen Sie von mir?«

»Gehen Sie auf Polizeiwelle. Wie das vor sich zu gehen hat,

weiß ich zwar nicht, aber Sie müssen es wissen. Und dann geben Sie bitte durch, daß ich mich leider gezwungen sehe, meine Virenvorräte über London abzuwerfen, falls man sich nicht bereit erklären sollte, meine sämtlichen Leute umgehend – samt dem Geld, das sie bei sich haben – freizulassen. Ich habe zwar keine Ahnung, wo die Ampullen landen werden, aber das interessiert mich auch weiter nicht. Ferner geben Sie durch, daß ich bei dem geringsten Versuch, uns zu verfolgen oder irgendwie in unsere Absatzbewegungen einzugreifen, rücksichtslos von den Viren Gebrauch machen werde, gleichgültig welche Konsequenzen sich daraus auch ergeben mögen. Sehen Sie vielleicht irgendwo einen Haken, Cavell?«

Ich schwieg erst einmal. Ich starrte durch die Scheibenwischer in den Regen und die Dunkelheit. Schließlich sagte ich: »Nein, ich sehe keinen Haken.«

»Ich bin ein Verzweifelter, Cavell«, fuhr er in aller Ruhe, aber auch in aller Eindringlichkeit fort. »Damals, als man mich aus den Staaten abschob, hielt man mich für erledigt. Für eine gewesene Größe. Spott, Schande und Gelächter begleiteten meinen Abgang. Und so habe ich mich denn entschlossen – und das bin ich noch immer – ihnen zu zeigen, wer Scarlatti ist und ihnen den größten Coup aller Zeiten zu liefern. Als Sie uns heute abend mit Ihrem Polizeiwagen aufhielten, sagte ich manches, was nicht ganz stimmte. Eines aber stimmt: Ich werde dieses Ziel erreichen, was immer es auch kosten mag, oder mit daran zugrunde gehen. Und jetzt mache ich Ihnen nichts vor, Cavell. Nichts wird mich aufhalten, nichts auf dieser Welt wird mich in diesem letzten entscheidenden Moment daran hindern. Das hätten sie nicht tun sollen – einen Enzo Scarlatti lacht niemand aus. Und das, Cavell, ist mein heiligster Ernst. Glauben Sie mir?«

»Ich glaube Ihnen.«

»Und ich werde nicht zögern, das durchzuführen, was ich angekündigt habe. Sie müssen sie davon überzeugen.«

»Mich haben Sie überzeugt, Scarlatti. Ob sich die anderen überzeugen lassen, kann ich Ihnen nicht versprechen. Ich werde es versuchen.«

»Und es wäre gut, wenn es Ihnen gelingen würde«, sagte er gleichmütig.

Es gelang mir. Nach einigem Drehen und Schalten kam ich auf Polizeiwellenlänge. Die telefonische Weiterleitung ging glatt, und dann hörte ich Hardanger.

»Cavell hier«, sagte ich. »Ich befinde mich derzeitig in einem Hubschrauber und zwar mit –«

»Hubschrauber?« Er fluchte. »Als wenn ich die verfluchte Kiste nicht bis hierher hören würde. Direkt über uns. Und was in Gottes Namen?«

»Hören Sie zu, Hardanger. Ich sitze hier mit Mary und einem Piloten, einem Leutnant –« Ich warf ihm einen Blick zu.

»Buckley«, sagte er heiser.

»Leutnant Buckley. Scarlatti hat uns alle in der Hand. Ich soll dem General und Ihnen etwas ausrichten.«

»Ist die Schweinerei fertig, na also, Cavell, ich hab's ja gesagt«, brüllte Hardanger. »Habe ich Sie vielleicht nicht genug gewarnt –«

»Mensch, Hardanger, halten Sie die Schnauze«, sagte ich müde. »Hören Sie gefälligst zu.« Und dann gab ich durch, was man mir aufgetragen hatte, und nach einer Pause hörte ich den General in den Kopfhörern. Ohne Vorwürfe, ohne Gefasel, kurz und bündig.

»Glauben Sie, daß er blufft?«

»Ausgeschlossen«, gab ich zurück. »Der läßt eher halb London verrecken, als daß er aufgibt. Das ist sein tödlichster Ernst. Und was sind schon alle Banknoten und Millionen gegen das Leben einer Million Menschen?«

Die Stimme des Generals wurde beinah sanft. »Sie haben doch nicht etwa Angst, Cavell?«

»Ich habe Angst, Sir. Und nicht nur um mich selbst.«

»Ich verstehe. Ich rufe in ein paar Minuten zurück.«

Ich nahm den Kopfhörer ab. »In ein paar Minuten«, sagte ich. »Er entscheidet nicht allein.«

»Verständlich.« Scarlatti lehnte nachlässig mit einer Schulter an der Tür, nur die zwei Kanonen wankten und wichen nicht. Nicht der Schatten eines Zweifels über das, was hier herauskommen würde, schien ihn zu belasten. »Tja, Cavell – ich habe sämtliche Karten in der Hand.«

Und das war nicht übertrieben. Er hielt sie alle in der Hand, die Karten. Und keiner konnte ihm das Spiel abnehmen. Aber zutiefst in meinem Innern rührte sich das erste Fünkchen Hoffnung, daß er sich eventuell doch mit dem letzten Stich verrechnet haben könnte. Eine verzweifelte, winzige Chance, nicht größer als eins zu einer Million. Aber wer am Ende ist, der ist willens, auch darauf zu setzen. Auf ein Spiel voll unberechenbarer Umstände, abhängig von tausend Imponderabilien: von Scarlattis Geistesverfassung, seiner zunehmenden Sicherheit und nachlassenden Vorsicht, die sich vielleicht – vielleicht – seiner bemächtigte, wenn er erst einmal überzeugt war, der Held des Tages zu sein; von Leutnant Buckleys Scharfsinn, seiner Intelligenz und seinem Mitmachen; und von meinem eigenen Reaktionsvermögen. Und das war aller ›wenn und aber‹ größtes. So, wie ich mich fühlte, hätte der gute Scarlatti auch mit einem Schwachsinnigen kaum mehr Schwierigkeiten zu erwarten gehabt.

In den Kopfhörern krachte es. Ich zog sie über und hörte auch schon den General. Ohne Vorrede. »Wir sind einverstanden. Sagen Sie es Scarlatti.«

»Ja, Sir. Mir ist das alles entsetzlich, Sir.«

»Sie haben getan, was Sie konnten. Da kann man nichts machen, Cavell. Nicht die Schuldigen zu strafen, sondern die Unschuldigen vor dem Übel zu bewahren, darauf allein kommt es jetzt an.«

Einer der Kopfhörer wurde mir vom Ohr gerissen, und das nicht gerade zart. »Na und – und?« meuterte Scarlatti ungeduldig.

»Er ist einverstanden«, sagte ich resigniert.

»Gut. Etwas anderes habe ich auch gar nicht erwartet. Und jetzt stellen Sie bitte noch fest, wie lange es dauern kann, bis meine Leute samt dem Geld auf freiem Fuß sind und die Polizei verschwunden ist.«

Ich fragte nach und gab die Antwort durch. »Eine halbe Stunde.«

»Sehr schön. Stellen Sie das Ding wieder ab. Wir kreisen weiter und werden dann runtergehen.« Und als er sich jetzt an die Tür lehnte, erschien zum erstenmal ein Lächeln auf seinem Gesicht. »Na, das war eine kleine Verzögerung in der Durchführung meines Vorhabens, mein lieber Cavell, aber das soll das Endresultat in keiner Weise beeinträchtigen. Und ich kann Ihnen gar nicht sagen, wie ich auf die amerikanischen Schlagzeilen von morgen warte, die mich vor zwei Jahren, als man mich abgeschoben hat, als lächerliche Null und gewesene Größe abgetan haben. Wie die an diesem Brocken würgen werden, darauf bin ich wahrhaftig gespannt.«

Ich fluchte nur noch müde vor mich hin, und er lächelte wieder. Und je mehr er lächelte, desto besser für mich. So hoffte ich. Ich hing in miserabelster Verfassung in meinem Sitz und murrte nur noch lustlos: »Hätten Sie vielleicht was dagegen, wenn ich rauche?«

»Aber bitte, bitte.« Er steckte eine der Pistolen ein und gab mir Zigaretten und Streichhölzer. »Mit Vergnügen, Cavell.«

»Ich pflege keine hochexplosiven Zigarren mit mir herumzuschleppen«, murrte ich nur.

»Das hatte ich auch nicht angenommen.« Er lächelte wieder, und er schien bester Laune. »Wissen Sie, Cavell, das hier geschafft zu haben, das tut mir schon ganz verdammt gut. Aber mit einem Gegner, wie Sie es waren, fertig geworden zu sein, das tut mir fast genauso gut. Was Sie mir da geliefert haben, das ist mir noch nie passiert – und so, wie Sie mich um Haaresbreite fertiggemacht haben, hat mich noch keiner fertiggemacht.«

»Außer den cleveren Finanzbeamten von der Einkommensteuer«, sagte ich sauer. »Mensch, Scarlatti, scheren Sie sich doch zum Teufel.«

Er lachte. Ich zog nachhaltig an meiner Zigarette, und da, in diesem Moment schien sich der Helikopter zu heben und über eine Warmluftwelle wegzugehen. Und das war nur ein Zeichen. Nervös und ängstlich drehte ich mich um und sagte: »Menschenskind, können Sie sich denn nicht endlich hinsetzen oder irgendwo festhalten. Ich sehe Sie schon auf diesen ganzen gottverdammten Virensegen krachen, wenn diese Kiste hier in ein Luftloch fällt.«

»Nur keine Sorge, mein Bester«, sagte er geruhsam und lehnte sich sehr leger wieder an die Tür. »Fallböen bei diesem Wetter gibt es nicht.«

Aber ich hörte ihn kaum und sah ihn bestimmt nicht. Ich sah Buckley an, und da merkte ich, daß auch er mich ansah. Ohne auch nur den Kopf zu bewegen, schielte er aus den Augenwinkeln zu mir hin, so daß Scarlatti hinter ihm auch gar nichts davon sehen konnte. Ein Augenlid klappte halb hinunter – und da wußte ich, daß der große Ire umgehend geschaltet hatte. Nachlässig, wie absichtlos ließ er seine Hand von den Kontrollgeräten hinunterfallen, fuhr sich langsam über den Schenkel, bis seine Finger horizontal über der Kniescheibe standen. Und plötzlich klappten sie in scharfem Winkel nach unten ab.

Ich nickte langsam und ganz unmerklich zweimal hintereinander und starrte dabei angestrengt durch die Windschutzscheibe, um die Bewegung jeder Bedeutung zu enteignen. Dem Mißtrauischsten hätte sie nichts gesagt, und Scarlatti war seiner Sache bereits viel zu sicher, um dort nach Pannen Ausschau zu halten, wo keine zu vermuten standen. Er wäre nicht der erste, der sich des guten Glaubens, das Spiel schon in der Tasche zu haben, ein wenig zu sorglos zurücklehnte, um zu guter Letzt beim Schlußpfiff auf der Seite der Verlierer zu landen. Ich schielte wieder zu Buckley und sah, wie seine Lippen das Wort ›jetzt‹ formten. Und da nickte ich zum drittenmal und holte tief Luft.

Aus den Augenwinkeln überzog ich, wie Scarlatti seine Stellung geringfügig veränderte, als Buckley den Hubschrauber eine Spur höher zog. Seine Beine aber waren noch immer übergeschlagen. Und da plötzlich, schaltete Buckley die Rotoren auf volle Kraft voraus, ging in eine steile Kurve, und Scarlatti, völlig aus dem Gleichgewicht, schoß nach vorn und schlug fast auf mich drauf.

Ich hatte mich gedreht und halb erhoben, als er auf mich zukam. Mein Rundschlag landete eine Spur zu hoch und erwischte ihn unterm Brustbein. Die Pistole flog in hohem Boden krachend gegen die Kanzelverglasung.

Scarlatti raste. Er kämpfte nicht – er raste. Seine Knie, seine Füße, seine Zähne, seine Fäuste, sein Kopf und sein Ellbogen, alles war in Aktion, um mich – ohne das, was ich ihm verpaßte überhaupt wahrzunehmen – in den Sitz zurück zu zwingen. Brüllend, grunzend, gleich einem verwundeten Tier, pflasterte er mit aller Kraft und Wendigkeit, deren er fähig war, auf mich ein. So daß ich , obgleich zwanzig Jahre jünger und zumindest zwanzig Pfund schwerer, ihn nirgends zu fassen bekam. Das Blut fing an in meinen Ohren zu rauschen, mein Brustkorb schien nahe daran auseinanderzubersten, und dann, Sekunden ehe mir die Sinne zu schwinden drohten, brach dieses irrsinnige Trommelfeuer plötzlich ab, und er war weg.

Benommen, blutend, halb verrückt vor Schmerzen, riß ich mich hoch und startete ihm nach. Der Hubschrauber war noch immer am Absacken, und Scarlatti, gegen die Gewalt der Schwerkraft ringend, versuchte krampfhaft im Mittelgang an den Sitzen einen Halt zu gewinnen. Mit einer Hand nur, die andere umklammerte das Netz mit den Ampullen. Verrückt hatte er eben gespielt – und vielleicht nicht nur das, vielleicht war es sogar gewesen – ein Winkel seines Gehirns jedoch schien noch in Tätigkeit: Er wußte, daß er uns mit dem Satanskäfer hier oben wenigstens nicht mehr direkt unter Druck zu setzen vermochte, denn Sekunden, nachdem er die Viren auf uns losgelassen hatte, mußte auch dieser Helikopter mit einem toten Piloten im Führersitz unweigerlich in die Straßen Londons krachen mit einem einzigen Überlebenden an Bord – mit ihm: Einem hoffnungslos verkauften und verratenen Scarlatti.

Noch ehe ich den halben Gang geschafft hatte, war er bereits an der Tür, erwischte den Griff und versuchte sie – vergeblich gegen den Druck der fallenden Maschine – aufzuziehen. Die Füße gegen

Marys Nachbarsitz gestemmt, zerrte er, blaurot angelaufen vor Anstrengung, mit aller Kraft, die er aufbringen konnte. Langsam, unaufhaltsam begann sie aufzugleiten. Und ich war noch immer nicht bei ihm, sechs Fuß trennten uns noch. Da kam plötzlich und ruckartig die Maschine aus ihrer Schräglage ins Gleichgewicht, als Buckley auf Horizontalflug ging, die Tür flog auf, Scarlatti taumelte und fiel. Und keine Sekunde später hatte ich ihn auch schon.

Nicht Scarlatti war es, um den ich so besorgt war, das, was er in der Hand hielt, war es, was mich auf die Beine brachte. Das Netz. Ich entriß es ihm. Knackend brach einer seiner Finger, der sich in den Maschen verfangen hatte. Aber da war er auch schon wieder auf den Beinen, und ich kämpfte um mein Leben – und ich kämpfte darum mit einer Hand.

Er war jetzt stumm. Sein Gesicht war das eines Irren. Er war dabei, mich umzubringen. Am Hals hatte er mich erwischt, und gegen die Gewalt, mit der er mich zurückstieß, kam ich nicht auf. Nur den linken Fuß stieß ich nach hinten, um wenigstens an der Kabinenseite noch etwas Halt zu gewinnen und Scarlatti abzuschütteln. Und Mary schrie. Mein Fuß hing im Leeren, ich fand keinen Widerstand. Nichts war hinter mir. Leere. Die offene Tür. Und alles, was mir zu tun übrig blieb, war die Arme weit auseinanderzureißen und den Oberkörper zu versteifen. Die Knöchel krachten gegen die Metallkanten des Türrahmens, die obere Kante schnitt sich wie eine Guillotine in mein Genick. Alles verschwamm in rotem, glühendem Nebel und lichtete sich wieder. Mary, kalkweiß geworden, starrte mich aus ihrem Sitz gegenüber der Tür mit riesigen , entsetzensweiten grünen Augen an. Und Scarlatti hatte mich noch immer am Hals. Sein Gesicht war direkt über mir.

»Ich habe Sie gewarnt, Cavell«, keuchte er heiser, »ich habe Sie gewarnt. Morgen wird eine Million verreckt sein, Cavell. Eine Million Menschen – und nicht ich, *Sie* haben sie umgebracht.« Er stöhnte, seine Finger krallten sich tiefer in meinen Hals, er hatte mich in den Klauen, er war dabei, mich in die nachtschwarze Tiefe zu stoßen.

Nichts konnte ich tun, nichts. Nicht einmal meine Hände hatte ich frei, um ihn abzuwehren; ein einziger Versuch nur, das, woran ich mich klammerte loszulassen, und ich wäre weg gewesen, verschwunden in Nacht und Finsternis. Hinter mir das Dunkle, vor mir Scarlattis Gesicht. Das Gesicht eines Irren. Und jetzt, in diesem Augenblick – was immer er vorher gewesen sein mochte, verrückt oder normal – jetzt war er wahnsinnig. Meine weitaufgerissenen, steifen Arme, mit denen ich mich an die Türpfosten stemmte, beugten sich nach innen, meine Schultern, die sich an den harten Metallkanten scheuerten, brannten wie Feuer, und Scarlatti stieß mich weiter und weiter zurück. Ich spürte den eisigen Windzug, und ich spürte, wie der Regen mit der Kraft heulenden Sturmes gegen meine Schultern trommelte. Auch das war eine Art zu sterben. Ich versuchte die rechte Hand zu öffnen, um wenigstens den Satanskäfer nicht mitzunehmen, wenn ich fiel, aber nicht einmal das konnte ich. Meine Finger hingen in dem Netz und waren gegen die Kanten gepreßt.

Und das war der Augenblick, da Mary zu sich kam und ihr versteinertes Entsetzen durchbrach. Sie war an die Lehnen ihres Sitzes gefesselt, aber ihre Füße waren frei. Und plötzlich krümmte sie sich und versetzte Scarlatti mit beiden Beinen und aller Gewalt, die sie aufzubringen imstande war, einen Tritt. Sie trug italienische Schuhe, und zum erstenmal in meinem Leben sandte ich für diese spitzen Monstrositäten ein Dankgebet zum Himmel. Scarlatti schrie vor Schmerz auf, als sie ihn genau unterm rechten Knie erwischte, sein Bein sackte ab, und für einen Augenblick – einen einzigen einmaligen Augenblick, der mir geschenkt war – lockerte sich sein Griff um meinen Hals. Mit aller verzweifelten Kraft und all meinem Gewicht stieß ich mich vor und ließ mein linkes Bein hochschnellen. Scarlatti taumelte zurück. Ich war weg von der Tür, ich stieß die fletschend und fauchend gekrümmte Figur beiseite und rannte in den Mittelgang.

Ich rannte nicht weit. Buckley, die Pistole in der Hand, kam durch die Tür. Vage ging es mir durch den Kopf, was ihn in Gottes Namen solange aufgehalten haben konnte. Einen Hubschrauber auf automatische Steuerung zu setzen und sich eine Pistole zu greifen, mußte eine Sache von Sekunden sein. Und das war es auch gewesen. Sie war mir nur wie eine Ewigkeit vorgekommen, das war's.

Er sah mich kommen und warf mir die Pistole zu. Ich fing sie auf – auch jetzt sehr bedacht auf das, was ich noch immer in der Hand hielt, auf das Netz mit den Viren. Dann schwang ich mich herum. Aber Scarlatti kam mir nicht mehr nach.

Still, vor Schmerz noch immer in sich zusammengekrochen, stand er an der Tür. Er sah mich an, aber der irre Glanz in seinen Augen war verschwunden. Langsam richtete er sich auf. »Lassen Sie nur, Cavell«, sagte er, »bemühen Sie sich nicht. Drücken Sie nicht ab.«

»Ich werde nicht abdrücken.«

»Das Ende eines Traums«, sagte er im Konversationston. Er stand dicht an der offenen Tür. Wind und Regen schlugen auf ihn ein, doch er schien es nicht einmal zu merken. »Aber vielleicht mußte es so sein, vielleicht müssen alle Träume, die ich und meinesgleichen träumen, so enden.« Er schwieg. Und dann blickte er mich fast ein wenig spöttisch an. »Sie werden doch nicht etwa im Ernst geglaubt haben, mich jemals im Old Bailey zu sehen?«

»Nein«, sagte ich, »das nicht.«

»Können Sie sich einen Mann wie mich auf der Anklagebank vorstellen, wenn es um den Kopf geht?«

»Nein«, sagte ich, »das kann ich mir nicht gut vorstellen.«

Dazu nickte er befriedigt, ging einen Schritt auf die Tür zu, hielt inne und drehte sich um. »Aber was die *New York Times* dazu zu sagen gehabt hätte, das hätte ich schon sehr gern gelesen.« Seine Stimme war beinahe traurig. Dann drehte er sich um und trat in die Dunkelheit.

Ich befreite Mary und brachte das Blut in ihre Hände zurück, während Buckley wieder nach vorn ging, um die Polizei zu verständigen, die Überfallwagen wieder abzublasen. Mary und ich folgten ihm, während er langsam auf den Landeplatz hinunterging. Ich griff zum Sprechfunkgerät.

»Und sie ist heil und sicher?« sagte der General.

»Ja, Sir. Sie ist heil und sicher.«

»Und Scarlatti ist erledigt?«

»Auch das, Sir, Scarlatti ist erledigt. Er ist gerade ausgestiegen.«

Hardangers Stimme, rauh und heiser wie immer, krachte im Kopfhörer. »Freiwillig oder mit Gewalt?«

»Freiwillig.« Ich hing ein. Ich wußte, sie würden mir niemals glauben.

# Alistair MacLean
# ein Meister der Spannung

Mit einer Gesamtauflage von inzwischen mehr als 50 Millionen Exemplaren ist Alistair MacLean einer der gefragtesten internationalen Thriller-Autoren. Tapfere Agenten, rauhe Soldaten und edle Spione stehen im Mittelpunkt der Romane des ehemaligen Marineoffiziers.

MacLean wurde 1922 im schottischen Hochland geboren, diente 1941 bis 1946 als Offizier und studierte dann bis 1953 an der Universität von Glasgow. Sein erster großer Bucherfolg, der Seekriegsroman »H.M.S. Ulysses« (1955; dt. »Die Männer der Ulysses«), erlaubte es ihm, die Stelle als Kunsterzieher aufzugeben und als freier Schriftsteller zu arbeiten.

Seitdem ist Alistair MacLean auf griffige Action-Thriller mit Bestsellerauflagen spezialisiert. Die Details stimmen: Er beherrscht den Agenten-Jargon, er kennt die Arbeit der Geheimdienste. Seine visuelle Art zu schreiben ist der Grund dafür, daß so viele seiner Bücher verfilmt worden sind.

Nach dem Erfolgsrezept seiner Bücher befragt, sagte MacLean: »Ich glaube, man muß die Handlung so schnell anlegen, daß der Leser niemals Zeit hat, über die Wahrscheinlichkeit oder Unglaubwürdigkeit irgendeiner Begebenheit nachzudenken.« Tatsächlich sind seine Bücher so packend geschrieben, daß derjenige, der Entspannung durch Spannung sucht, voll auf seine Kosten kommt.

Alistair MacLean starb 1987 in München.

# Alistair MacLean
# Verzeichnis lieferbarer Titel

(Stand November 1989)

Agenten sterben einsam (01/956)

Angst ist der Schlüssel (01/642)

Circus (01/5535)

Einsame See (01/6772)

Eisstation Zebra (01/685)

Die Erpressung (01/6731)

Fluß des Grauens (01/6515)

Geheimkommando Zenica (01/5120)

Das Geheimnis der San Andreas (01/6916)

Golden Gate (01/5454)

Goodbye Kalifornien (01/5921)

Die Hölle von Athabasca (01/6144)

Die Insel (01/5280)

Jenseits der Grenze (01/576)

Die Kanonen von Navarone (01/411)

Die Männer der Ulysses (01/6931)

Meerhexe (01/5657)

Das Mörderschiff

Nacht ohne Ende (01/433)

Nevada Pass (01/5330)

Partisanen (01/6592)

Rendezvous mit dem Tod
Der Santorin-Schock (01/7754)

Der Satanskäfer (01/5034)

Die schwarze Hornisse (01/944)

Dem Sieger eine Handvoll Erde (01/5245)

Souvenirs (01/5148)

Tobendes Meer (01/7690)

Tödliche Fiesta (01/5192)

Der Traum vom Südland (19/52)

Die Überlebenden der Kerry Dancer (01/504)


3 ROMANE IN EINEM BAND:
Eisstation Zebra/Circus/ Meerhexe (23/35)

Geheimkommando Zenica/ Angst ist der Schlüssel/ Die Überlebenden der Kerry Dancer (23/1)

Nacht ohne Ende/Dem Sieger eine Handvoll Erde/Jenseits der Grenze (23/17)


ALISTAIR MACLEAN ZUSAM-MEN MIT JOHN DENIS:
Geiseldrama in Paris (01/6032)

Höllenflug der Air Force I (01/6332)


*Die Bandnummern der Heyne-Taschenbücher sind jeweils in Klammern angegeben.*

# ALISTAIR MACLEAN

*Der Großmeister der Spannungs-literatur mit Niveau*

01/685

01/956

01/5148

01/944

01/5192

01/5245

01/6515

01/6144

# ALISTAIR MACLEAN

01/6592

01/6731

01/6772

01/6916

01/6931

01/7690

01/7754

01/7983

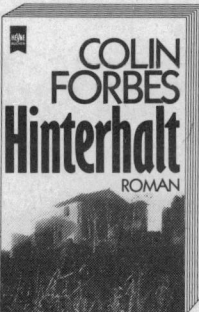